MEGAN DEVOS arbeitet als Operationsschwester und lebt in South Dakota. Das Schreiben ist schon immer ihre größte Leidenschaft. Ihre vierbändige Serie »Ruins of Love« wurde zur Wattpad-Sensation: Weltweit sind Millionen von Leser*innen süchtig nach der dramatisch-prickelnden Liebesgeschichte von Grace und Hayden.

Außerdem von Megan DeVos lieferbar:

Die Grace-&-Hayden-Reihe:

Ruins of Love – Gefangen
Ruins of Love – Gespalten
Ruins of Love – Zerrissen
Ruins of Love – Vereint

www.penguin-verlag.de

MEGAN DEVOS

ZERRISSEN

ROMAN

Aus dem Englischen von
Nicole Hölsken

Die Originalausgabe erschien 2018
unter dem Titel *Revolution*
bei Orion Books, London.

Der Verlag behält sich die Verwertung des urheberrechtlich geschützten Inhalts dieses Werkes für Zwecke des Text- und Data-Minings nach § 44b UrhG ausdrücklich vor.
Jegliche unbefugte Nutzung ist hiermit ausgeschlossen.

Penguin Random House Verlagsgruppe FSC® N001967

1. Auflage
Copyright © 2018 der Originalausgabe by Megan DeVos
Copyright © 2022 der deutschsprachigen Ausgabe by Penguin Verlag
in der Penguin Random House Verlagsgruppe GmbH,
Neumarkter Straße 28, 81673 München
Redaktion: Christiane Sipeer
Umschlagmotiv und -gestaltung: www.buerosued.de
Satz: Uhl + Massopust, Aalen
Druck und Bindung: GGP Media GmbH, Pößneck
Printed in Germany
ISBN 978-3-328-10631-9
www.penguin-verlag.de

*Für meine Freunde und meine Familie,
die mich immer schon liebten.*

KAPITEL 1
GENESIS

Grace

Die dunkle Nacht war erfüllt von der grauenhaften Geräuschkulisse des Krieges, als das Chaos sich um mich herum entfaltete. Schüsse, Explosionen und markerschütternde Schreckens- und Schmerzensschreie zerrissen die Luft. Hypnotisierende Feuerzungen verschlangen ein Gebäude neben mir. Die Hitze der Flammen versengte mir die Haut und brachte meine Gedanken zum Schmelzen. Der Krieg überrollte das Camp, riss Häuser und Menschen entzwei. Verzweifelt überlegte ich, was als Nächstes zu tun war.

Eine Mischung aus Entsetzen, Adrenalin und quälender Angst durchfuhr mich, als eine plötzlich auf mich zurasende Gestalt meine Aufmerksamkeit erregte. Ich wandte den Kopf und erkannte sogleich, wer es war. Alles ging so schnell, dass mir mein Entsetzen noch gar nicht so recht zu Bewusstsein gekommen war, als sein Körper schon schmerzhaft mit dem meinen zusammenprallte. Sämtliche Luft entwich aus meinen Lungen. Ich hatte ihn seit Tagen nicht mehr gesehen, und ganz sicher war ich jetzt, als er mich zu Boden warf, alles andere als erfreut darüber.

Das letzte noch lebende Mitglied meiner Familie.

Mein Bruder.

Jonah.

»Du dreckige Verräterin!«, fauchte er wütend und versuchte, mich nach unten zu drücken.

Angestrengt bemühte er sich, meine Arme festzuhalten, während ich im Gegenzug mit aller Macht versuchte, ihn von mir hinunterzustoßen. Angesichts seines Körpergewichts war ich entschieden im Nachteil, trotzdem ließ ich keine Sekunde lang in meinen Versuchen nach. Ich trat nach ihm, konnte ihn aber einfach nicht abschütteln.

»Runter von mir!«, zischte ich wütend. Empört spürte ich, wie er meine Schultern packte, mich vom Boden hochzog, nur um mich wieder zurück in den Schmutz zu schleudern. Wieder atmete ich scharf aus, und mir blieb die Luft weg. Dann gelang es mir, eine meiner Fäuste lang genug zu befreien, um einen Hieb nach oben zu landen. Meine Knöchel trafen auf sein Kinn. Der Schlag war immerhin heftig genug, dass er seinen Angriff kurz aussetzte.

»Du hast uns verraten«, zischte er kochend vor Wut und funkelte mich so hasserfüllt an, dass ihm die Augen aus den Höhlen traten. Er war stark, bewegte sich zielgenau; es war ihm gleichgültig, ob er mich vielleicht verletzte – im Gegenteil: Das war sogar sein Ziel.

»Nein, hab ich nicht!«, schrie ich.

Aber das war gelogen.

Ich *hatte* sie verraten.

All das zuckte mir im Bruchteil einer Sekunde durch den Sinn, während ich mich unter ihm wand. Grob packte er meine Handgelenke, zerrte sie zur Seite und versuchte, sie auf die Erde zu drücken. Doch ich setzte mich unter ihm unermüdlich zur Wehr, sodass er mich nicht so recht in den Griff bekommen konnte.

Panik durchzuckte mich, als ich sah, wie er sich nach hinten lehnte und ein Messer aus dem Gürtel zog. Die lange, scharfe Klinge funkelte im Licht des Feuers, das neben uns brannte, während er immer noch über mir hockte. Wir beide keuchten schwer, als ich mich gegen seine Brust stemmte, versuchte, ihn von mir zu stoßen, aber er war zu stark.

»Jonah, nicht ...«

»Du hast deine Seite gewählt, Grace. Jetzt kannst du mit den anderen zusammen sterben.«

»Nein ...«

Ich schnaubte frustriert und stemmte mich mit aller Macht gegen ihn. Meine Arme zitterten vor Anstrengung, während ich ihn von mir fortzudrängen versuchte, doch die Klinge seines Messers kam mit jeder Sekunde näher auf mich zu. Schweiß tropfte von seiner Stirn auf meine Haut, und er biss ebenso erbittert die Zähne zusammen wie ich selbst.

Das war es also.

Mein eigener Bruder würde mich töten.

Ich spürte die Spitze des Messers jetzt auf meiner Brust, genau über meinem Herzen. Die scharfe Klinge hatte bereits die Haut durchbohrt, als mir einfiel, dass ich schon einmal in einer solchen Lage gewesen war, wenn auch unter vollkommen anderen Umständen. Haydens Gesicht blitzte vor meinem geistigen Auge auf, über mir schwebend, während er mich im weichen Gebüsch des Waldes am Boden gehalten und verspottet hatte. Ich erinnerte mich daran, wie er mich mithilfe einer Bewegung seiner Hüften abgeworfen hatte. Nun war ich in einer ähnlich verletzlichen Situation.

Ohne zu zögern, bot ich all meine Kraft auf und benutzte meine Beine als Hebel. Jonah war so darauf konzentriert, mir sein Messer in die Brust zu rammen, dass er für einen Augenblick unsere Unterkörper vergessen hatte. Im Bruchteil einer Sekunde fiel er seitwärts in den Schmutz, sodass ich lange genug von seinem Gewicht befreit war, um mich wegzurollen.

»Du kleine ...«, knurrte er und versuchte aufzustehen.

Ich sprang auf die Füße. Ohne nachzudenken, holte ich tief Luft, zog das Bein zurück und ließ es dann mit aller Macht nach vorn schnellen. Die harte Spitze meines Stiefels traf auf sein Kinn, riss seinen gesamten Kopf zur Seite. Sein Körper folgte, und er blieb regungslos im Schmutz liegen – eindeutig bewusstlos von dem Schlag gegen sein Gesicht. Doch seine Brust hob und senkte sich weiterhin – er war also am Leben.

»Arschloch«, murmelte ich. Ich konnte mir einen weiteren Tritt gegen seine Seite einfach nicht verkneifen und ließ den Fuß ebenso heftig gegen seine Rippen prallen.

Eigentlich hätte ich mir sein Messer schnappen und ihm in die Brust rammen sollen, genau wie er es bei mir versucht hatte, aber ich brachte es nicht über mich. Ich konnte meinen eigenen Bruder einfach nicht töten.

Allerdings riss ich ihm das Messer aus der Hand und nahm auch die beiden Waffen an mich, die er im Gürtel bei sich trug. Ich keuchte, als die Luft schmerzhaft in meine Lungen zurückschoss. Ich war erschöpft, aber wild entschlossen, Hayden wiederzufinden. Meine Hände bewegten sich schnell, während ich mich davon überzeugte, dass beide Waffen geladen waren, und dann die Magazine wieder in ihr Gehäuse schob. Ein leises metallisches Klicken zeigte mir an, dass sie einsatzfähig waren. Ich behielt eine in der Hand, verstaute die andere jedoch in meinem Hosenbund. Das Messer nahm ich in die andere Hand.

Dann warf ich einen letzten verächtlichen Blick auf den leblosen Körper meines Bruders, bevor ich mich eilig wieder ins Getümmel stürzte. Mehr als nur eine Hütte wurde von den Flammen vollkommen verzehrt, und der Weg war bereits mit einigen Leichen übersät. Ich blieb nicht lange genug stehen, um nachzusehen, um wen es sich handelte, aus Angst, jemanden zu erkennen, der mir am Herzen lag.

Wohin ich auch blickte, zuckten Schatten durch die Nacht. Freunde, Feinde, wer konnte das schon auseinanderhalten? Unaufhörlich hallten Schüsse durch die Luft; man konnte kaum sagen, aus welcher Richtung sie kamen, geschweige denn beurteilen, wer hier auf wen schoss.

Meine Füße trugen mich weiter auf der Suche nach jenem einen Gesicht inmitten dieses Höllenlärms: Hayden. Aus dem Augenwinkel sah ich, wie zwei Gestalten aufeinanderprallten und dann die Fäuste fliegen ließen. Ein paar Schläge, dann ein widerlich feuchtes, dumpfes Geräusch – ein Messer, das sein Ziel gefunden hatte. Ein Schatten blieb steif und starr auf dem Boden liegen, der andere erhob sich und hastete wieder in die Dunkelheit zurück.

»Hayden!«, schrie ich. Ich konnte mich nicht länger zurückhalten. Ich musste ihn einfach finden, bevor mein Herz meine Brust noch sprengte.

»Hayden!«

Das Entsetzen schien mich schier zu zerreißen, als ich mich dem größten Feuer weit und breit näherte. Wenn Hayden ganz sicher irgendwo war, dann inmitten des größten Tumults, um jene zu beschützen, die ihm etwas bedeuteten. Ich wollte gerade die letzte Ecke umrunden, um mich sodann mitten ins Gefecht zu stürzen, als ich zwei weitere Gestalten entdeckte, die zwischen den Hütten auftauchten.

Eine war kleiner als die meisten anderen und schoss in Windeseile aus einer Lücke zwischen den Gebäuden hervor. Kurz darauf tauchte der Grund für seine Hast auf, denn ein erheblich größerer, bedrohlicherer Schatten folgte ihm auf dem Fuße. Der Größere kam dem Kleineren immer näher. Gerade wollte er sich auf den Kleinen stürzen, als das Feuer ihre Gesichter beleuchtete, und eine Woge des Entsetzens durchflutete mich.

Jett.

Das zweite Gesicht gehörte einem Mann aus Greystone, an dessen Namen ich mich allerdings nicht erinnern konnte. Er war etwa Anfang dreißig und verfolgte Jett mit mordgierigem Blick.

Der Mann machte einen Hechtsprung, wollte Jett zu Boden werfen, doch gleichzeitig richtete ich meine Pistole auf ihn. Ohne auch nur eine Sekunde zu zögern, drückte ich ab. Der Körper des Mannes wurde zur Seite gerissen wie von einem Seil; die Kugel hatte sich in seinen Schädel gegraben. Dennoch hatte er noch so viel Schwung, dass er mit Jett zusammenprallte und ihn zu Fall brachte.

Ein schriller Schreckensschrei entfuhr dem Jungen, als

er unter dem Leichnam begraben wurde. Er versuchte verzweifelt, sich zu befreien, den Blick voller Verwirrung und Entsetzen, als er in die weit aufgerissenen, leeren Augen des Mannes sah.

»Jett!«, schrie ich und hastete auf ihn zu. Er zappelte verängstigt, wollte die Last des Mannes abschütteln, konnte sich aber nicht befreien. Kaum war ich bei ihm, hockte ich mich hin und schob den Toten weit genug zur Seite, dass er unter ihm hervorkriechen konnte. Dann kippte der Leichnam wieder in den Schmutz, und Jett richtete sich mit zitternden Knien auf. Tränen rannen ihm über die Wangen. Kaum hatte ich mich wieder erhoben, als er sich an meine Brust warf, mich fest umarmte und unkontrolliert schluchzte.

»Du dürftest eigentlich gar nicht hier sein«, stieß ich mühsam hervor. Ich war noch nie in einer so verzweifelten und wahnsinnigen Lage gewesen, und es war unglaublich verstörend. Kaum auszudenken, welche Wirkung das Ganze auf den naiven, unschuldigen Jett haben musste.

Er gab keine Antwort, sondern umarmte mich nur innig. So gern ich ihn getröstet hätte, ich brachte es einfach nicht fertig. Ich spürte, wie mir die Zeit davonrannte, und jede Sekunde, die ich nicht bei Hayden war, beunruhigte mich mehr. Ich suchte unsere Umgebung ab, hielt nach Feinden oder Freunden in Not Ausschau, aber im Augenblick waren wir allein.

»Komm, Jett, komm mit mir«, sagte ich also hastig. Ungeduld und Angst drohten mich zu überwältigen, sodass ich immer hektischer wurde. Ich löste mich von ihm und verstaute das Messer in meiner Tasche. Dann nahm ich seine

Hand in die meine. Mit einem letzten schnellen Blick wandte ich mich von diesem Wahnsinn wieder ab, um ihn fortzuführen.

Ich entdeckte eine kleine Hütte, die zu beiden Seiten von ein paar anderen ähnlicher Größe begrenzt wurde. Den immer noch schluchzenden Jett schleifte ich förmlich hinter mir her. Ich sah mich immer wieder nach Feinden um, doch wir erreichten die Hütte, ohne weiter behelligt zu werden. Ich warf mich mit der Schulter gegen die Tür, brach sie auf.

Ein entsetztes Quieken begrüßte mich, aber es war zu dunkel, um irgendetwas erkennen zu können.

»Bitte, töte uns nicht«, erklang eine dünne Stimme aus der Ecke des Raumes. Mit zusammengekniffenen Augen spähte ich hinein. Nachdem ich mich an die Dunkelheit gewöhnt hatte, entdeckte ich zwei kleine Mädchen, die in der Ecke kauerten. Ich hatte sie noch nie gesehen, aber höchstwahrscheinlich stammten sie aus Blackwing und versuchten nur, sich vom Schlachtgetümmel fernzuhalten.

»Ich werde euch nicht töten«, sagte ich so ruhig wie möglich. »Ich bin auf eurer Seite.«

Die kleinere der beiden, die vielleicht vier oder fünf Jahre alt war, sah mit großen Augen zu mir empor. Die ältere, vielleicht neun oder zehn, blickte eher ängstlich drein. Doch dann machte sie ein überraschtes Gesicht. Sie hatte Jett entdeckt. Endlich hatte er mit dem Weinen aufgehört und stand mit tränenverschmiertem Gesicht neben mir.

»Jett?«, fragte das ältere Mädchen.

»Hi Rainey«, murmelte er leise, als sei er mit einem Mal verlegen.

»Jett, kennst du diese Mädchen?«, fragte ich eilig. Immerhin wollte ich unbedingt so schnell wie möglich wieder nach draußen und Hayden finden.

»Ja«, antwortete er.

Ich hockte mich hin, sodass unsere Augen auf einer Höhe waren, und sah ihn eindringlich an.

»Du bist doch ein mutiger Junge, stimmt's, Jett?«

»Ja, ich ... ich bin mutig«, stammelte er.

»Das weiß ich doch«, versicherte ich ihm. »Jetzt hör mir gut zu, okay?«

Er nickte entschlossen, wobei seine Züge härter wurden.

»Ich will, dass du sie beschützt, okay? Du bleibst hier bei ihnen, bis alles vorbei ist, und erschießt jeden Unbekannten, der durch diese Tür kommt.«

Seine Augen weiteten sich, und er schluckte schwer. Ich zitterte vor Angst, weil ich hier kostbare Zeit mit Jett verschwendete.

»Schaffst du das?«

»Ja«, erwiderte er angespannt. Er holte tief Luft und nickte. Dann fügte er hinzu: »Ja, Grace, das schaffe ich.«

»Gut, ich weiß, dass du es schaffst«, sagte ich und warf ihm ein flüchtiges, angespanntes Lächeln zu.

»Hier, nimm diese Waffe. Weißt du noch, was ich zum Thema Schießen gesagt habe? Beide Augen für Bewegungen, eines für stillstehende Ziele?«

»Weiß ich noch.«

»Ich muss jetzt gehen, aber du machst das schon. Irgendwann, wenn alles vorbei ist, kommt jemand und sucht nach euch. Sorge für ihre Sicherheit, Jett.«

»Mach ich, Grace. Mach ich!«, antwortete er entschlossen. Er blähte die magere Brust in dem Versuch, mutig zu erscheinen. Ein winziges Gefühl des Stolzes erfüllte mich, als ich ihm ermutigend zunickte. Dann drehte ich mich wieder zur Tür um. Ich war gerade dort angelangt, als ich hörte, wie er noch etwas sagte.

»Grace, du willst Hayden finden, stimmt's?«

»Ja, Jett. Ich werde ihn finden«, versprach ich. Ich war gerade nach draußen geschlüpft und hatte die Tür beinahe schon hinter mir geschlossen, als ich hörte, wie Jett leise mit den beiden Mädchen sprach.

»Macht euch keine Sorgen. Ich werde euch beschützen.«

Mein Magen zog sich bei diesen Worten schmerzhaft zusammen. Ich hoffte inständig, dass ihm das gelingen würde. Ich zog die Tür hinter mir zu und rannte wieder los. Ich hatte ein Messer und eine Pistole mit einer einzigen Patrone. Ich sprintete also zur Mitte des Geschehens zurück, wobei ich mit jedem Schritt den Staub aufwirbelte.

Überall kämpften Menschen miteinander. Fäuste flogen, Messer hieben zu, Pistolen schossen, und Körper fielen zu Boden. So viele Leichen – mehr, als ich zählen konnte – lagen auf den Wegen, während ich durch das Camp hastete. Ich ignoriere die Welle der Übelkeit, die mich überkam, und versuchte nicht daran zu denken, wie viele Leben genau in diesem Moment verloren gingen.

Schließlich umrundete ich die letzte Ecke, und egal, wie sehr ich mich geistig gewappnet hätte, auf diesen Anblick wäre ich niemals gefasst gewesen. Inmitten der miteinander kämpfenden Menschen, der tosenden Feuersbrunst, der toten Körper und des endlosen Gemetzels stand ein entsetzliches, grauenhaftes Herzstück. Der untere Teil des achtstöckigen Turms, des Stolzes von Blackwing, stand lichterloh in Flammen, und das Feuer fraß sich langsam, aber sicher nach oben.

Mein Herz krampfte sich vor Furcht zusammen, als mir einfiel, wohin Hayden hatte gehen wollen, bevor er mich verließ: zum Turm. Durch die dicken, erstickenden Rauchschwaden, die sich in die Nachtluft erhoben, war das Bauwerk kaum mehr zu erkennen. Ich hielt meine Waffe und mein Messer in der Hand parat und stürmte wieder voran, gleichzeitig verängstigt und voller Hoffnung, gleich Hayden zu finden.

Von links versuchte jemand, mich mit einem Messer niederzustrecken. Allerdings erfolglos, denn jemand warf den Angreifer zu Boden.

»Oh, nein, das wirst du nicht!«, schrie eine bekannte Stimme. Mein Blick schoss zu dem kämpfenden Paar hinüber, und entsetzt erkannte ich Kit, der mit einem Mann aus Greystone rang. Noch bevor ich mir aber Sorgen um Kit machen konnte, landete er schon zwei kräftige Schläge in das Gesicht des Mannes, gefolgt von einem schnellen Aufblitzen seines Messers quer über die Kehle des anderen. Sofort floss hellrotes Blut aus seiner Halsschlagader.

Kit hatte ihn einfach so getötet.

»Worauf wartest du noch, hilf ihm!«, schrie Kit, als mir klar wurde, dass ich ihn mit offenem Mund anstarrte. Er wies mit schwungvoller Geste auf den Turm. So schnell wie er gekommen war, war er auch wieder verschwunden, ließ den Leichnam liegen, um sich auf den nächsten Feind zu stürzen.

Aus meiner neuen Position konnte ich eine Gestalt ein paar Stockwerke höher erkennen, die sich vornüberbeugte und etwas hinter sich herzerrte. Der Mann war schon etwa zur Hälfte den Turm hinabgestiegen, doch unter ihm standen mindestens schon zwei Stockwerke in Flammen. Mehr als die Wölbung seines Rückens und sein schimmerndes Haar waren nicht nötig, um zu wissen, wer es war: Hayden.

Ich wusste nicht, was er da tat, aber eins war nicht zu übersehen: Je näher er dem Boden kam, umso näher kam er auch dem Inferno.

»Hayden!«, schrie ich. Doch anscheinend konnte er mich nicht hören und zerrte, was immer er da hatte, weiter hinter sich her und die Stufen hinab. Mein Herz pochte wie wild. Ein Schmerzensschrei zerriss die Luft, steigerte meine Angst. Und zwar nicht um mich selbst, sondern um ihn. Wie wollte er von dort herunterkommen?

»Hayden!«, schrie ich erneut. Sein Kopf fuhr bei dem Laut in die Höhe, und er beugte sich über die Brüstung und sah mit verengten Augen auf mich herab. Offenbar hatte er sich das Shirt über die Nase gezogen, um sich vor dem dichten, erstickenden Rauch zu schützen.

»Grace!«, rief er überrascht. »Mach, dass du hier wegkommst!«

»Nein!«, schrie ich zurück. Mit jeder Sekunde, die er verschwendete, wurden die Flammen grimmiger. »Du musst springen, bevor es zu hoch kommt.«

Warum war er nicht gleich gesprungen?

Sehr zu meinem Schrecken wich er über die Brüstung zurück, sodass ich ihn jetzt nicht mehr sehen konnte.

»Kann ich nicht«, bellte er. Er war über das tosende Flammenmeer und das Kriegsgetümmel, das um mich herum wütete, kaum zu verstehen. Die Schießereien waren mittlerweile in Zweikämpfe übergegangen, aber die Schreie, Rufe und die Feuersbrunst waren weiterhin ohrenbetäubend.

»*Warum nicht?!*«, verlangte ich zu wissen und stampfte tatsächlich sogar vor Frustration mit dem Fuß auf.

Er antwortete nicht, und eine Woge der Angst durchflutete mich.

»Hayden!«

Ich suchte den Boden nach einer Art Sprungkissen ab. Doch da waren nur Erde, ein paar Grasflecken und entsetzlicherweise hie und da ein Leichnam. Ein lautes Grunzen und ein dumpfer Aufschlag ließen mich wieder zum Turm hinaufsehen. Erleichtert atmete ich aus, als ich Hayden wieder sehen konnte.

Plötzlich war klar, warum er so langsam vorankam. Er zog zwei schwere Bündel hinter sich her.

Nein, nicht Bündel.

Körper.

Ich konnte nicht erkennen, wer es war, aber in Bezug auf den einen hatte ich doch einen eindeutigen Verdacht. Wenn Hayden sein Leben aufs Spiel setzte, um dieses wertlose Stück Mist den Turm hinabzuzerren, konnte er sich auf etwas gefasst machen. Ich war fuchsteufelswild. Barrow hatte es nicht verdient zu leben.

»Hayden, lass sie liegen. Du musst jetzt springen, sonst schafft es keiner von euch!«

Ich klang kalt, herzlos, aber das war mir gleichgültig. Es

zählte nur eines, nämlich Hayden da lebend herauszubekommen.

»*Nein*«, schrie er wütend, als ob diese ganze Lage ihn zutiefst frustrierte. Er befand sich jetzt nur noch einen Treppenabsatz über den Flammen, drei Stockwerke über dem Boden. Ich schnaubte ebenso zornig wie verzweifelt, als er sich erneut über die Brüstung lehnte, um den Boden zu inspizieren. Seine Haut war mit schwarzen Rußstreifen bedeckt vom allgegenwärtigen Rauch, und sein T-Shirt war verschwunden, sodass er keinen Atemschutz mehr hatte. Er hustete heftig und laut, während er durch den Rauch hindurchspähte.

»Grace, siehst du den Heuballen da drüben?«, rief er und deutete zwischen zwei der nächstgelegenen Hütten.

Ich wirbelte herum und spähte durch die Dunkelheit, um zu sehen, was er entdeckt hatte.

»Ja, ich sehe ihn«, rief ich. Mir war sofort klar, was er wollte, also sprintete ich darauf zu. Ich sprang über einen Leichnam am Boden hinweg, ohne hinzusehen. Der Ballen war beinahe genauso groß wie ich selbst und unglaublich schwer. Glücklicherweise war er rund, und so stellte ich mich dahinter und warf meine Schulter dagegen, um ihn vorwärtszurollen.

Ich stemmte die Füße in den Boden, schob wieder, stieß einen frustrierten Schrei aus. Da endlich bewegte er sich. Danach wurde es erheblich leichter, und immer wieder warf ich meine Schulter dagegen, während ich ihn zum Turm rollte.

Doch dann prallte der Ballen gegen ein Hindernis. Ich zuckte zusammen – wahrscheinlich war es eine Leiche – verdrängte den Gedanken aber sofort wieder. Und tatsächlich, als der Heuballen sich endlich wieder in Bewegung setzte, tauchte ein Körper darunter auf. Ich umrundete ihn sorgsam und war endlich wieder am Fuße des Turms angelangt. Die Luft war sengend heiß. Ich stand nur wenige Meter entfernt, holte das Messer aus der Tasche, um die Seile zu durchtrennen, die den Ballen zusammenhielten. Sofort verlor das Heu seine Form und ergoss sich mit meiner fieberhaften Unterstützung auf die Erde, sodass ein Haufen aus Halmen entstand. Kaum hatte es sich ausgebreitet, sprang ich zurück und blickte zu Hayden auf.

Erleichtert stellte ich fest, dass er alles gesehen hatte, obwohl er schnell wieder verschwand und sich wieder duckte. Jede Sekunde, die verging, kam mir vor wie ein Eispickel, der trotz der überwältigenden Hitze unablässig auf mein Herz einhämmerte. Schließlich tauchte ein schlaffer Arm über dem Geländer auf, und ich hörte ein lautes Ächzen von Hayden. Dem Arm folgten ein Bein und ein Oberkörper. Offensichtlich hatte Hayden große Mühe, den Menschen über das Geländer zu wuchten.

»Okay, Grace, schieb sie weg, sobald sie unten ist«, rief er. »Verstanden!«

Er zögerte nicht länger, sondern schob die bewusstlose Person über die Brüstung, wobei er sorgsam darauf achtete, dass sie nicht mit den Flammen unten in Berührung kam. Ich beobachtete ehrfürchtig, wie der Körper der Frau durch die Luft flog, wie das blonde Haar sich um ihren Kopf herum ausbreitete wie in Zeitlupe. Eine Sekunde später landete sie mit dumpfem Aufprall im Heuhaufen. Ich fuhr zusammen, eilte dann aber sofort zu ihr hinüber.

Nachdem ich ihre Arme gepackt hatte, um sie fortzuziehen, sah ich, um wen es sich handelte. Ihre Augen waren geschlossen, und ihre Haut war mit schwarzen Striemen bedeckt, aber ihre Brust hob und senkte sich langsam, während sie lebenserhaltenden Atem schöpfte: Maisie.

Ohne Zeit zu verlieren, zog ich sie vom Feuer weg, legte sie ins Gras und kehrte an meinen ursprünglichen Platz zurück.

»Hayden, Beeilung«, drängte ich auf und ab hüpfend. Schnell sah ich mich um und vergewisserte mich, dass glücklicherweise alle in der Umgebung viel zu sehr mit Kämpfen beschäftigt waren, um mir und meinen Aktivitäten am Fuße des Turms Beachtung zu schenken.

Ohne Vorwarnung fiel ein zweiter Körper, wobei der Aufprall diesmal erheblich lauter war. Vor Abscheu verzog ich das Gesicht: Wie ich schon vermutet hatte, lag da Barrow vor mir im Heu, sehr lebendig und ohne es nur im Geringsten verdient zu haben, dass Hayden ihm das Leben rettete. Trotz meines Widerwillens packte ich ihn an den Fußknöcheln und zerrte ihn mit aller Macht nach hinten, wobei ich laut vor mich hin stöhnte, denn sein Körper war ziemlich schwer. Ich schaffte es, ihn neben Maisie abzulegen, bevor ich seine Beine achtlos fallen ließ und zum Turm zurückstürmte.

»Hayden, nun mach schon«, murmelte ich angsterfüllt und leise. Meine Hände zitterten, als er langsam über das Geländer kletterte. Bellender Husten entrang sich seiner Kehle, während er gegen den erstickenden Rauch ankämpfte. Ich schrie entsetzt auf, als er schwankte. Eine halbe Sekunde lang schlossen sich flatternd seine Lider, dann riss er sich zusammen und zerrte sich wieder nach oben.

Es sah aus, als verliere er jeden Augenblick das Bewusstsein. Der Rauch hüllte ihn mittlerweile fast vollständig ein.

»Spring, Hayden! Spring!«

Aber wieder schlossen sich seine Lider, ein schwaches Husten ließ seine Brust einfallen. Sein Körper lehnte nun gefährlich weit über dem Geländer.

»Hayden!«

Mein schriller Versuch, ihn zu Bewusstsein zu bringen, verhallte ungehört. Starr vor Schreck sah ich zu, wie die Schwerkraft siegte und ihn über die Kante nach unten kippen ließ. Schlaff schlackerten seine Gliedmaßen in der Luft, die auch sein Haar zurückwehte. Sein Körper stürzte unkontrolliert in die Tiefe. Dann landete er mit lautem Rums rücklings auf dem inzwischen ziemlichen flachen Heuhaufen.

»Hayden«, keuchte ich, stürzte auf ihn zu, wäre beinahe selbst gestolpert, als ich mich neben ihm ins Heu warf.

Seine Arme waren zu beiden Seiten ausgebreitet, und seine Beine standen in seltsamem Winkel ab. Ich brach neben ihm zusammen und umfing verzweifelt sein Gesicht mit den Händen. Ein dünner Blutfaden sickerte aus seinem Mund und seinen Hals hinab.

»Hayden, wach auf, bitte wach auf«, flehte ich. Tränen brannten hinter meinen Augäpfeln, aber ich kämpfte sie nieder. Ich hatte das Gefühl, mich gleich übergeben zu müssen. »Komm schon, bitte ...«

Er gab keine Antwort. Ich beugte mich über ihn, wusste nicht, was ich tun sollte. Die Haut an seiner Kehle war schmutzig und heiß, als ich die Fingerspitzen dagegenpresste und seinen Puls ertastete. Panik durchflutete mich, als ich nichts fühlte, aber dann wurde ich wieder ruhiger, als ich sie ein wenig verlagerte und ein schwaches Pulsieren erspürte.

Er war am Leben.

Erst da nahm ich seine schwachen, leisen Atemzüge wahr. Ich keuchte so laut vor Erleichterung, dass ich beinahe zusammengebrochen wäre. Er lebte. Hayden lebte.

Nach dieser Erkenntnis nahm ich plötzlich alles wieder wahr: die glühende Hitze des Feuers, sein wütendes Tosen, während es alles in seinem Weg verschlang. Ich hörte auch den endlosen Kugelhagel, der wieder eingesetzt hatte, das dumpfe Aufeinanderprallen von Körpern, die qualvollen Schreie der Sterbenden. Das alles prasselte auf mich ein, während ich mich an Haydens schlaffen Körper klammerte.

Wo ich auch hinsah, starben reihenweise Menschen. Ein Schatten tötete den anderen, der wiederum im Schmutz liegen blieb. Eine geheimnisvolle Kugel traf ihr Ziel, wischte Spannung und Leben fort wie im Flug. Ein paar Meter weiter verbrannte ein Leichnam vor meinen Augen, vergor die Luft mit dem kranken Geruch versengten Fleisches.

Der Krieg war überall, drang in meine Sinne ein, übernahm die Macht über jeden meiner Gedanken. Ich konnte nichts tun, außer Hayden zu beschützen. Die Dunkelheit holte mich ein, als ich die Augen schloss. Meine Arme schlangen sich um seinen Hals, und ich beugte mich über ihn, beschirmte ihn vor der Trostlosigkeit der Menschen und dem Unsäglichen, zu dem sie fähig waren.

Plötzlich erschütterte mich ungeheurer Lärm bis auf die Knochen. Einem Lichtblitz so hell, dass er sich durch meine geschlossenen Lider brannte, folgte ein Knall so laut, dass

ich glaubte, meine Trommelfelle würden zerfetzt. Dann eine Explosion aus sengender Hitze.
   Das war's.
   Licht.
   Feuer.
   Hitze.
   Dunkelheit.

KAPITEL 2
BLUTBAD

Grace

Ein dumpfes Surren brachte mich wieder zu Bewusstsein; die Hitze schien meine Haut aus sämtlichen Richtungen zu attackieren – von hinten, von beiden Seiten und von unten. *Von unten?* Schließlich gelang es mir, die Augen zu öffnen, und ich zwang mich, mich aufzusetzen. Sofort fand ich die Erklärung für die Hitze, denn überall um mich herum brannte das Feuer.

Ich sah auf Hayden hinab. Er lag auf dem Rücken im Heu, noch genauso, wie er gelandet war, die Augen geschlossen, die Lippen leicht geöffnet, leise atmend. Ebenso wie zuvor spürte ich, wie die Panik in mir emporstieg, als ich ihm das Haar aus dem Gesicht strich. Meine Hände zitterten, als ich fahrig mit den Daumen seine Wangen streichelte.

»Hayden«, sagte ich, um ihn sanft zu wecken.

Undeutlich war ich mir bewusst, dass um mich herum nichts mehr zu hören war, doch ich konzentrierte mich so darauf, Hayden zu wecken, dass ich nicht weiter darauf achtete. Wo vorher noch Schreie, Schüsse und tosendes Feuer gewesen waren, hörte man jetzt nur noch das Knistern der weiter brennenden Flammen. Doch noch nicht einmal die eindeutige Veränderung in der Atmosphäre konnte meine Aufmerksamkeit von ihm ablenken.

»Hayden, bitte ...«, flehte ich leise. Die Tatsache, dass er noch atmete, war das Einzige, was mich vor dem Wahnsinn bewahrte. Mein Herz pochte so laut, dass ich das Gefühl hatte, es müsse jeden Moment in zwei Teile zerspringen.

Er hustete einmal, sodass sich mir vor Angst der Magen zusammenzog. Ich beugte mich näher zu ihm hinab.

»Ja, genau, komm schon«, murmelte ich eindringlich.

Diesmal war das Husten, das in seiner Brust grollte, heftiger. Dann enthüllte er mir endlich seine atemberaubende grüne Iris, und seine Augen öffneten sich flatternd.

»Grace.«

Durch die Unmengen an Rauch, die er eingeatmet hatte, war seine Stimme sogar noch tiefer und heiserer als sonst – trotzdem sank ich erleichtert auf seine Brust, als ich sie hörte. Immer und immer wieder sagte ich seinen Namen, bis ich schließlich tatsächlich glaubte, dass es ihm gut ging.

»Hayden, bist du in Ordnung?«

Er stöhnte zur Bestätigung leise, widersetzte sich meiner Umarmung jedoch nicht. Ich spürte, wie er ganz schwach die Hand hob und auf meine Seite legte, wo seine Finger federleicht über den leicht angesengten Stoff meiner Kleider fuhren. Erst da bemerkte ich, dass auch meine Haut schmerzte.

»Der erste Schritt hat's immer in sich«, murmelte er tonlos.

Mir entfuhr ein Laut, der halb Lachen, halb Keuchen war, und eine weitere Woge der Erleichterung erfasste mich. Als ich es schließlich schaffte, ihn loszulassen, verlagerte er sich so, dass er die Ellbogen aufstützen konnte, und zog eine Grimasse. Gewiss hatte er Schmerzen. Immerhin war er gerade aus dem dritten Stock in einen kümmerlichen Heuhaufen gefallen.

»Du bist ein Idiot«, sagte ich zu ihm. Er war mutmaßlich der einzige Mensch, den ich kannte, der für jemanden, der es so wenig verdient hatte wie Barrow, sein Leben aufs Spiel setzte. Mir wäre es schwergefallen, Maisie zurückzulassen, aber an Barrow hätte ich keinen weiteren Gedanken verschwendet. Anscheinend wurde ich beständig mit Beweisen dafür bombardiert, dass Hayden so viel besser war als der Rest von uns.

»Ja, wahrscheinlich«, stimmte er mir zu und presste die Lippen fest aufeinander.

»Du hättest ihn zurücklassen sollen.«

»Ja, wahrscheinlich«, wiederholte er.

Ich streckte die Hand aus, um ihm eine verfilzte Haarsträhne aus dem Gesicht zu streichen. Dann ließ ich die Fingerspitzen sanft über die Platzwunde an seiner Lippe fahren. Das Blut begann bereits zu trocknen. Sein Blick brannte sich in meinen, war ebenso heiß und lodernd wie die Feuer, die um uns prasselten. Da das Kämpfen um uns aufgehört hatte, fanden wir uns in jener Blase wieder, die Hayden und mich so oft umgab.

»Bist du sicher, dass es dir gut geht?«, forschte ich und musterte ihn eindringlich. Er atmete tief aus und setzte sich mühsam auf, sodass sein Gesicht jetzt auf gleicher Höhe mit dem meinen war.

»Mir geht es gut, Grace«, beschwichtigte er mich. Seine Stimme klang noch immer raucherstickt. Ich fragte mich, wie lang es wohl dauern mochte, bis sie wieder so tief und vertraut klingen würde wie früher.

Ich wollte nochmals nachfragen, um sicherzugehen, ob er die Wahrheit sagte, aber sein Blick wanderte nun zu den beiden Menschen, die er vom Turm hinabgeworfen hatte: Maisie und Barrow. Doch als er aufzustehen versuchte, erschütterte wieder der bellende Husten seine Brust. Er bewegte sich langsam und steif; offenbar war er doch verletzt.

»Hayden ...«

Er ignorierte mich und machte sich auf den Weg zu ihnen, wobei er die Schulter im Gelenk kreisen ließ. Ich erhob mich und rannte ihm hinterher, musste mich beeilen, um ihn einzuholen, gerade als er neben den ersten, zarteren Körper trat. Maisie rührte sich, als er sich zu ihr hinabbeugte und ihr leise die Hand streichelte.

»Maisie«, hörte ich ihn murmeln. Sie stöhnte, dann öffnete sie die Augen. Sie blinzelte ein paar Mal, dann setzte sie sich auf, eindeutig weniger vom Rauch beeinträchtigt als Hayden, da sie schneller das Bewusstsein verloren hatte. Hayden hatte sowohl Maisie als auch Barrow die Treppenstufen hinabgezerrt, sich also erheblich mehr angestrengt und demzufolge auch mehr Rauch eingeatmet.

»Hey«, antwortete sie. Sie rieb sich die Augen, wo der Ruß vom Rauch sich in den feinen Fältchen gesammelt hatte, sodass sich dunkle Striemen auf ihrer Haut gebildet hatten.

Während Hayden sich davon überzeugte, dass es ihr gut ging, sah ich mich um. Obwohl der Turm immer noch brannte, ebenso wie die umliegenden Gebäude, hatten die Kämpfe aufgehört. Ich konnte mir allerdings nicht erklären, wieso. Die Menschen gingen umher, Schatten im flackernden Feuerschein, und untersuchten andere Schatten, die leblos am Boden lagen. Meine vorübergehende Erleichterung wurde von dem Grauen vor den Folgen dieses Gemetzels abgelöst, mit denen wir in den nächsten Stunden konfrontiert sein würden.

Ein lautes Husten riss meinen Blick von einem Menschen, der sich über einen gefallenen Leichnam beugte. In etwa einem Meter Entfernung setzte Barrow sich auf. Heißer Zorn durchzuckte mich bei seinem Anblick, und ich musste mich beherrschen, damit ich ihm keinen Tritt ins Gesicht verpasste. Er wirkte etwas dünner als beim letzten Mal, da ich ihn gesehen hatte, als wären seine festen Muskeln durch die erzwungene Inaktivität auf dem Turm verkümmert.

»Du bist immer noch da«, murmelte er, als sein Blick auf mich fiel.

»Jep, und das bleibe ich auch«, zischte ich vorwurfsvoll. Ich hatte viele Gründe, ihn zu hassen – sein offensichtliches Misstrauen mir gegenüber, seine Versuche, Hayden zu stürzen, und natürlich die Tatsache, dass er mich verschleppt und malträtiert hatte, als ich versucht hatte, nach Blackwing zurückzukehren –, am liebsten hätte ich ihn in die Flammen gestoßen, die in ein paar Metern Entfernung noch loderten.

»Grace«, murmelte Hayden warnend. Er warf mir einen tadelnden Blick zu, als er merkte, wie ich Barrow wütend anfunkelte. Dann wandte er mir den Rücken zu. »Komm, steh auf.«

Verbittert verschränkte ich die Arme vor der Brust und beobachtete, wie Barrow aufstand. Mein Zorn wurde nur ein wenig durch die Erleichterung darüber gemildert, dass auch Maisie sich erhoben hatte. Ein Mann, der zufällig vorüberging, fuhr erschrocken zusammen, als Hayden zu ihm hinüberrief.

»Frank«, sagte Hayden scharf. Der Mann kam mir vage bekannt vor, und ich erinnerte mich daran, dass ich ihn während meiner Blackwing-Zeit hier häufiger hatte Wache schieben sehen. »Ich will, dass du diese beiden zu Docc bringst. Danach steckst du Barrow in eine Hütte, wo du ihn bewachen kannst. Verstanden?«

Nun, da es den Turm nicht mehr gab, musste er sich anscheinend eine neue Lösung ausdenken, um Barrow unter Kontrolle zu halten. Frank nickte unverzüglich und rückte drohend das lange Gewehr zurecht, das über seiner Schulter hing, während er Barrow ansah.

»Danke, Hayden. Für das, was du getan hast«, sagte nun Maisie und trat mit sanftem Lächeln vor.

»Kein Ding«, krächzte Hayden. Wieder musste er husten, nickte und bedeutete ihnen ohne ein weiteres Wort, sich auf den Weg zu machen. Ich registrierte, dass Barrow sich mit keinem Wort bei Hayden für seine Rettung bedankte. Zornig funkelte ich ihm hinterher, als er davonstapfte.

»Hör auf damit, Grace«, meinte Hayden, sodass ich ihn wieder ansah. Er runzelte über mein offensichtliches Missfallen die Stirn.

»Er hat es einfach nicht verdient«, wandte ich ein.

»Er hat mich mit aufgezogen. Ich konnte ihn nicht einfach so sterben lassen.«

Ich brachte nicht genug Mitgefühl auf, um ihm zuzustimmen. »Die Vergangenheit einiger Menschen hat nichts mit ihrer Gegenwart zu tun«, murmelte ich. Dem hätte mein eigener Bruder sicherlich beigepflichtet. Der blutige Beweis für seinen Mordversuch an mir rann immer noch an meiner Brust hinab.

Hayden wollte gerade antworten, als plötzlich eine bekannte Stimme überlaut in der Nähe ertönte. Er schloss den Mund wieder, warf mir einen fragenden Blick zu und deutete mit einem kurzen Kopfnicken auf den Lärm. Ich sollte ihm folgen, und er machte sich, so schnell es sein steifer Körper ihm erlaubte, ebenfalls auf den Weg.

»... *und dann ging die verfluchte Bombe genau an meinem Ohr hoch!*«

»Was zum Teufel ...«, murmelte Hayden verwirrt, als wir um die Ecke bogen, wobei wir darauf achteten, den Flammenzungen auszuweichen, die nach uns leckten.

Dort entdeckten wir eine Gruppe von etwa dreißig Leuten, die sich um niemand anderen als Dax geschart hatte, der lautstark vor sich hin schwadronierte. Erleichtert atmete ich auf, weil er am Leben war. Als Nächstes erblickte ich den vollkommen blutüberströmten Kit und seufzte erneut.

»Was ist los? Was ist passiert?«, fragte Hayden, als wir uns zu der Gruppe gesellten, die uns bereitwillig Platz machte.

»*Jemand hat eine Bombe gezündet ...*«

»Hörst du jetzt verdammt nochmal auf, hier herumzubrüllen? Mein Gott«, murmelte Kit und verdrehte die Augen.

»*Was?*«

»Ich sagte, halt's Maul, du Ochse!«, wiederholte Kit etwas lauter. Er schüttelte den Kopf, und ich glaubte die winzige Andeutung eines Lächelns zu sehen, bevor er sich Hayden und mir zuwandte. Diesmal hatte Dax ihn offenbar verstanden, denn er hörte tatsächlich mit dem Geschrei auf.

»Kann mir das mal bitte jemand erklären?«, forderte Hayden ungeduldig.

»Überall wurde gekämpft, und wir drohten besiegt zu werden, weil wir zahlenmäßig unterlegen waren. Da tauchte Perdita auf und zündete eine Blendgranate. Natürlich ging sie genau neben diesem Idioten los, weshalb er jetzt scheinbar *schwerhörig* ist«, erklärte Kit, wobei er das vorletzte Wort betonte und Dax einen vielsagenden Blick zuwarf. »Die waren zu Tode erschrocken und haben sich vom Acker gemacht.«

Erst in diesem Augenblick bemerkte ich die zierliche alte Frau in der Menge. Ihre Zahnlücken waren gut zu sehen, als sie uns breit angrinste, eindeutig zufrieden mit ihrem Werk. Mir fiel Haydens Beschreibung ein: alte, leicht verrückte Tattoo-Künstlerin und Bombenexpertin.

»Wumm«, sagte Perdita schlicht und nickte eifrig.

»Wumm«, wiederholte ich leise und wie zu mir selbst. Das erklärte den plötzlichen Blitz und die Hitze, die ich gespürt hatte, bevor ich vorübergehend das Bewusstsein verloren hatte. Diese verrückte, faltige alte Lady hatte womöglich gerade unzählige Leben gerettet und den Kampf beendet. Zumindest vorläufig.

»Und sie sind einfach alle geflohen?«, fragte Hayden skeptisch und runzelte verwirrt die Stirn.

»Ja, Kumpel, in alle Himmelsrichtungen. Ist auch gut so. Sah wirklich mies aus«, antwortete Kit und unterband damit Dax' Versuch zu antworten, oder besser: herumzuschreien.

»*Ich sehe nicht mies aus!*«, protestierte Dax entrüstet, der Kit falsch verstanden hatte. Kit brachte ihn mit einer Handbewegung zum Schweigen. Ich hoffte, dass Dax' Gehör irgendwann wiederkommen würde, denn dieser neue, laute Dax hatte beim Anschleichen auf Raubzügen wohl kaum mehr eine Chance.

Trotz der Ereignisse war ich ein wenig belustigt. Alles war natürlich immer noch ziemlich beunruhigend. Überall brannte es, und der Boden war mit Leichen übersät. Wir waren erschöpft, konnten uns aber sicher noch lange nicht zur Ruhe begeben.

»Wie viele sind tot?«, fragte Hayden mit grimmiger Miene.

»Weiß ich noch nicht«, bekannte Kit. Aus der restlichen bislang schweigsamen Menge erhob sich leises Raunen.

»Okay.« Hayden hielt inne und fuhr sich durchs Haar. »Na gut, also, wenn ihr schlimme Verletzungen davongetragen habt, dann geht zu Docc und lasst euch behandeln. Sagt das auch den anderen, die nicht hier sind. Wenn ihr helfen könnt, dann fangt an, die Leichen einzusammeln. Trennt ihre Toten von unseren, aber behandelt sie alle wie menschliche Wesen. Kapiert?«

Die Gruppe murmelte leise und zustimmend, während Hayden jeden Einzelnen eindringlich ansah. »Einige von euch sollten versuchen, das Feuer im Turm zu löschen – hoffentlich können wir ihn retten. Wir haben nicht genug Wasser, um die restlichen Feuer ebenfalls zu löschen, lasst sie also ausbrennen, aber achtet darauf, dass sie sich nicht weiter ausbreiten. Und bleibt alle auf der Hut. Man weiß nie, ob sie nicht doch zurückkommen.«

Mit diesen Worten entließ er uns, und alle schwärmten

aus, um sich den ihnen zugewiesenen Aufgaben zu widmen. Er wandte sich zu mir um, und sein Blick brannte sich in mich hinein, als er sagte: »Du solltest lieber in meine Hütte zurückgehen, Grace. Das jetzt wird schwer für dich sein, denn du kennst wahrscheinlich Opfer aus beiden Lagern.«

Erst in diesem Augenblick wurde mir klar, dass er Recht hatte. Nicht nur, dass ich mutmaßlich einige der Toten kennen würde, ich hatte selbst auch jemanden umgebracht. Der Mann, der Jett hinterhergejagt war, war der Erste aus Greystone, den ich getötet hatte. Ich hatte gar nicht weiter darüber nachgedacht und wollte jetzt gar nicht wissen, was das zu bedeuten hatte.

»Nein, ich will helfen«, widersprach ich kopfschüttelnd. Ich wusste, wie sehr Hayden unter alldem leiden würde, und ich wollte für ihn da sein. »Los, fangen wir an.«

Kurz drückte ich seinen Arm. Er war von oben bis unten mit Ruß und Schweiß bedeckt, sodass auch meine Haut jetzt schwarze Striemen zierten. Ich selbst sah wahrscheinlich nicht viel besser aus, zumal ich auch noch Blutspritzer überall hatte. Es gab vieles, worüber wir reden mussten, aber jetzt war nicht der richtige Zeitpunkt.

Es dauerte nicht lange, bis wir auf den ersten Leichnam stießen – ein Mann von etwa dreißig Jahren lag mit dem Gesicht nach unten am Wegesrand. Hayden hockte sich wortlos neben ihn und presste seine Finger an das Handgelenk des Mannes, suchte vergeblich nach einem Pulsschlag. Seufzend richtete er sich wieder auf und drehte ihn um. Nun konnte man sein Gesicht sehen, das wir glücklicherweise jedoch beide nicht kannten.

Ich erinnerte mich an unseren Raubzug in der Stadt, an die Brutes, die wir erschossen, nachdem unser Jeep den Geist aufgegeben hatte. Genau wie damals packten Hayden und ich auch diesen Mann an Armen und Beinen, um seinen Leichnam zur immer länger werdenden Reihe der Toten aus Greystone zu bringen. Seine Haut hatte bereits die typische kalte, blaurote Färbung angenommen, und sein Gesicht war leer und leblos, genau wie ich es schon unzählige andere Male gesehen hatte. Mindestens vier weitere Leichen lagen bereits dort auf der Erde, und in der Ferne entdeckte ich weitere Personenpaare, die noch mehr heranschafften.

Im Grunde war dies nur ein Vorgeschmack jenes Krieges, der uns bevorstand, und schon jetzt hatten so viele ihr Leben verloren.

Hayden stieß einen tiefen Seufzer aus, sagte aber nichts, sondern machte sich auf die Suche nach dem nächsten Leichnam, was auch diesmal nicht allzu lange dauerte. Unsere grauenvolle Aufgabe schien endlos. Hayden und ich schleppten einen Körper nach dem anderen zu den entsprechenden Reihen. Beim dritten Leichnam hatte ich weniger Glück – es war eine Frau aus Greystone, die nur ein paar Jahre älter war als ich und einst meinem Bruder sehr nahegestanden hatte. Ich betrachtete sie seltsam teilnahmslos, als wir sie neben die anderen legten.

Nach dem zehnten Toten begannen meine Arme leicht zu zittern. Vier Menschen hatte ich bereits aus Greystone erkannt, danach hatte ich aufgehört, ihnen in die Gesichter zu sehen. Ich wollte nicht wissen, wer aus meinem früheren Leben verstorben war, also stellte ich mir vor, dass sie Mehlsäcke waren, die ich mit den anderen zu Maisie schaffte. Nur so konnte ich einen kleinen Zusammenbruch verhindern. Allerdings vergewisserte ich mich dennoch bei allen Toten, dass es sich nicht um meinen Bruder handelte. Er war nirgends zu entdecken. Anscheinend hatte er entkommen können.

Hayden arbeitete methodisch, wie ein Roboter, als versuchte auch er, emotional möglichst unbeteiligt zu bleiben. Ich wusste aber, dass er damit keinen Erfolg haben würde. Es spielte keine Rolle, in welche Reihe wir einen Toten legten – ob sie zu Blackwing oder Greystone gehörten –, seine Stimmung wurde immer düsterer. Jeder einzelne schien ihn niederzudrücken, physisch und emotional. Er zog sich mehr und mehr in sich und vor mir zurück und verschwand in den düsteren Untiefen seiner Erinnerungen.

Nachdem wir das Gelände Blackwings über eine Stunde lang abgesucht hatten, waren wir fertig. Zwei zermürbend lange Reihen von Körpern waren zusammengekommen und erstreckten sich weiter, als das Auge reichte. Vorläufig, zumindest für heute Abend, schienen meine Freunde jedoch in Sicherheit zu sein. Ich hatte die meisten von ihnen kurz gesehen – Dax, Kit, Docc, Malin –, während sie bei den Aufräumarbeiten nach dem Blutbad halfen. Dennoch nagte weiterhin die Sorge um einen einzigen kleinen Menschen in meinem Hinterkopf – Jett.

Ich stand neben Hayden, die Hände in die Hüften gestemmt, und Schweiß rann mir den Rücken hinab. Die Feuer waren glücklicherweise weitgehend heruntergebrannt, und das Team, das den Turm hatte löschen sollen, war offenbar erfolgreich gewesen. Es blieb allerdings abzuwarten, ob man ihn würde reparieren können.

»Wir haben also zwölf aus Blackwing und dreiundzwanzig aus Greystone«, bilanzierte Hayden und zog so meine Aufmerksamkeit wieder auf sich. Insgesamt fünfunddreißig Menschen waren also am heutigen Abend gestorben, und das im Grunde für nichts. Bei dieser Erkenntnis überlief es mich eiskalt.

»Mein Gott«, murmelte ich. Haydens Gesicht war fast eingefallen; er konnte den Blick nicht von den Opfern aus Blackwing abwenden. Einige waren älter mit faltiger Haut, einige relativ jung, zwischen dreißig und vierzig, während wieder andere erschreckenderweise sogar noch jünger waren als ich selbst. Zu jung, um hier draußen zu sein und für etwas zu sterben, um das sie nicht gebeten hatten.

»Komm, Hayden«, sagte ich und streckte die Hand nach ihm aus. Sanft zog ich an seiner, um ihn von diesem Anblick wegzuziehen. »Du hast genug getan.«

Aber er blieb unverwandt dort stehen. Er ließ meine Hand los, seine eigene hing schlaff herunter, als befinde er sich in einer Art Trancezustand. Er reagierte nicht einmal, als Blackwing-Bewohner hinter uns begannen, die Leichname aus Greystone zu verbrennen und so die Tradition aufrechtzuerhalten, die Hayden ins Leben gerufen hatte. Die Toten aus Blackwing würde man begraben.

»Hayden«, versuchte ich es erneut und schob mich vorsichtig genau in sein Sichtfeld. Sein Blick war glasig, und er musste mehrfach blinzeln, bevor er mich wieder deutlich erkennen konnte. »Komm. Du solltest Docc aufsuchen, damit er dich untersucht.«

»Nein«, widersprach er kopfschüttelnd. »Mir geht es gut.«

»Aber ...«

»Ich sagte, mir geht es gut, Grace.« Seine Worte klangen barsch, aber ohne jede Überzeugung. Seine Stimme war ausdruckslos, hohl, leblos. Ich runzelte ganz leicht die Stirn. Genau diese Reaktion hatte ich im Grunde erwartet. Aber dass ich sie vorausgesehen hatte, machte es keineswegs besser.

Zumindest körperlich schien er einigermaßen okay zu sein. Er bewegte sich lediglich etwas steifer als sonst, und auch der beharrliche Husten hatte den ganzen Abend nicht nachgelassen. Er stieß einen tiefen Seufzer aus, als ich ihn leise bat, endlich Feierabend zu machen. Er musste sich ausruhen und brauchte eine Auszeit von der Dunkelheit, die sich heute Abend über uns alle herabgesenkt hatte.

»Komm, lass uns gehen. Du könntest duschen und dich einfach nur ... entspannen, okay? Das brauchst du jetzt dringend«, lockte ich ihn und streckte erneut vorsichtig die Hand nach der seinen aus. Diesmal widersetzte er sich nur schwach, gab dann nach und trat einen Schritt von dem grauenhaften Anblick vor uns zurück. Endlich hatte ich ihn dazu gebracht, sich zu bewegen. Also ließ ich die Hand sinken, denn mir fiel wieder ein, dass unsere ›Beziehung‹ bei den meisten Bewohnern Blackwings immer noch relativ geheim war.

In der Ferne hörte ich Dax unnötig laut herumschreien. Ich wusste, dass er und Kit dafür sorgen würde, dass im Camp auch in Haydens Abwesenheit alles weiterlief. Es gab ohnehin nicht mehr viel zu tun, niemand würde uns vermissen.

Ich seufzte erleichtert, als wir die letzte Ecke vor Haydens Hütte umrundeten und ich ein weiteres bekanntes Gesicht entdeckte, das aus seinem von mir ausgesuchten Versteck wieder aufgetaucht war.

»Grace! Hayden!«, rief er aufgeregt und breit grinsend.

»Jett«, antwortete ich erleichtert und brachte sogar ein sanftes Lächeln zustande, obwohl mir das nach dem, was wir hinter uns hatten, nicht leichtfiel. »Es geht dir gut.«

»Ja, tut es! Rainey und ihrer Schwester auch. Ich habe sie beschützt, genau wie du gesagt hast, obwohl gar niemand gekommen ist!«, sagte er und strahlte zu uns empor. Hayden stand reglos neben mir. Erst als Jett die Waffe hinter dem Rücken hervorzog, die ich ihm gegeben hatte, reagierte er endlich.

»Verdammt, wo hast du die her?«, verlangte er zu wissen und nahm sie dem Jungen sofort ab. Jett wirkte perplex und warf mir einen schuldbewussten Blick zu. Dann sah er wieder Hayden an.

»Grace hat sie mir gegeben«, bekannte er verlegen.

»Was?«, blaffte Hayden und funkelte mich zornig an.

»Es geht ihm gut, Hayden, das siehst du doch. Wir wurden überfallen, und er brauchte eben *irgendetwas*, um sich zu schützen.«

»Du hast ihn in diesem Chaos mit einer Waffe herumlaufen lassen?«

»Nein, natürlich nicht«, erwiderte ich. »Ich habe ihn in einer Hütte untergebracht, zusammen mit zwei verängstigten kleinen Mädchen. Er hat geholfen.«

»Hab ich etwas falsch gemacht?«, meldete sich Jett wieder zu Wort.

»Nein.«

»Ja.«

Hayden und ich hatten gleichzeitig geantwortet und funkelten einander einen Moment lang wütend an. Er sah mir tief in die Augen, dann lenkte er ein. Seufzend wandte er sich wieder Jett zu, während er die Waffe in seinem Hosenbund am Rücken verstaute.

»Sei ... einfach nur vorsichtig«, meinte er barsch. »Und jetzt geh wieder zu Maisie. Dieser Anblick hier im Camp ist nichts für dich. Hast du mich verstanden?«

Jetts Augen weiteten sich vor Überraschung. Offensichtlich war er gerade erst aus seinem Versteck gekommen und hatte noch nichts von all der Verwüstung mitbekommen.

»Okay«, antwortete er leise, nickte kurz und wich einen Schritt zurück. »Bis später, Leute.«

»Tschüs, Jett«, rief ich halbherzig.

Ich verdrehte die Augen. Dann packte ich Hayden am Arm und zwang ihn zum Weitergehen. Sein Gang war steif und ruckartig, bis er die Tür aufstieß, damit wir eintreten konnten. Er schaffte nur noch ein paar Schritte hinein, bevor er stehenblieb und langsam und tief ausatmete. Ich konnte beinahe sehen, wie er im Geiste gegen all das ankämpfte, was ihn bedrückte, und ich wünschte mir nichts sehnlicher, als ihm diese Bürde von den Schultern zu nehmen.

Ohne ein Wort ging ich zu ihm. Vorsichtig streichelte ich seine Seite, ließ die Daumen sanft über seine Rippen fahren. Ich sah, wie er die Augen ein letztes Mal fest schloss, dann den Kopf neigte, um auf mich herabzusehen. Sein Blick war so intensiv, dass mein Herz plötzlich härter gegen meine Rippen schlug. Das Schweigen breitete sich aus, und die Spannung zwischen uns wuchs. Er schien zwischen unterschiedlichen Gefühlen hin- und hergerissen zu sein, von denen keines wirklich positiv war.

»Komm her«, flüsterte er leise.

Nach einer gefühlten Ewigkeit zog er mich an sich. Ich reagierte automatisch, schlang die Arme um ihn, und so blieben wir in inniger Umarmung stehen, mein Gesicht an seiner Brust. Er roch nach Rauch, Schweiß und Blut, dennoch genoss ich die angenehme Wärme, seinen Körper so nah an meinem zu spüren. Ich fühlte, wie seine Lippen sich sanft auf meinen Scheitel drückten.

»Ich bin so froh, dass es dir gut geht«, raunte ich, wobei meine Worte von seiner Brust gedämpft wurden. Seine Umarmung wurde fester, als befürchtete er, ich könne ihm entgleiten.

»Nur deinetwegen«, antwortete er sanft. »Du hast mich gerettet.«

Ich schüttelte den Kopf. Wenn es eines gab, dessen ich sicher war, dann, dass er es auf jeden Fall irgendwie geschafft hätte. Er brauchte mich nicht. Ich musste ihn nicht retten.

»Nein, habe ich nicht.«

Die Umarmung dauerte noch ein paar weitere Sekunden an. Sein Gesicht war nur wenige Zentimeter von meinem entfernt, als er sich weiter zu mir herabbeugte und mir in die Augen sah. Sein Blick fuhr mir wie ein Schwert durch den Körper, bis hinab zu den Zehen.

»Doch, hast du wohl. Du hast mich gerettet, Grace. In jeglicher Hinsicht.«

KAPITEL 3
SCHMERZ

Hayden

Grace stand mit dem Rücken zu mir, ohne zu bemerken, dass ich sie musterte. Mein bedächtiger Blick glitt ihren Körper hinab, der nun bis auf den dünnen Stoff ihres Unterhöschens nackt war. Ich registrierte ihre schmale Taille, die in frauliche Hüften überging, und ich bemerkte, dass ihre Haut zwar voller Schmutz, Ruß und Blut, aber dennoch samtweich war. Mir stockte der Atem, als sie sich umwandte und schmunzelte. Offensichtlich hatte sie mich dabei ertappt, wie ich sie anstarrte. Sie wandte sich noch einmal um und zog das letzte Kleidungsstück aus, sodass sie vollkommen nackt war, während ich nur wartend dastand. Das kalte Wasser aus der Dusche prasselte auf mich herab, und doch schien es wärmer zu werden, als Grace mir unter den Strahl folgte.

»Ganz schön kalt«, bemerkte ich tonlos das Offensichtliche.

»Ja, ein wenig«, sagte sie. Sie lachte leise, trat dichter an mich heran, und ich spürte, wie ihre warmen Hände auf meiner Brust landeten. »Du bist schmutzig.«

»Du auch«, bemerkte ich.

Das Wasser, das den Ruß von ihrer Haut spülte, war beinahe schwarz. Doch das meiste blieb trotzdem haften, denn Wasser allein konnte nicht alles abwaschen. Sie rieb an ihrer Haut herum, allerdings ohne großen Erfolg.

»Hey, lass mich ...«

Ich verstummte, griff nach einem Lappen, benetzte ihn mit Wasser, bevor ich Seife darauf gab und damit über ihren Körper fuhr.

Dunkles Wasser floss herab, wo immer meine Hände sie berührten, und langsam, Stück für Stück, kam ihre wunderschöne Haut wieder zum Vorschein. Mein Herz schlug schneller, als der Lappen eine gezackte Narbe enthüllte, die sich über ihrem Brustkorb gebildet hatte. Es schien schon so lange her zu sein, dass ihr diese Verletzung zugefügt worden war, aber die Erinnerung daran zeichnete sie für immer.

Ein leises Seufzen entrang sich mir, als ich den Lappen ein letztes Mal nutzte, um ihre Brust zu reinigen, wobei ich darauf achtete, den Schnitt direkt über ihrem Herzen zu meiden. Ich musterte ihn eingehend, betrachtete den Riss in der Haut und das dünne Blutrinnsal, das immer noch nicht versiegt war. Vorsichtig strich ich mit dem Daumen unter der Wunde entlang, um den Rest wegzuwischen.

»Das sollte genäht werden, Grace«, sagte ich leise. »Wenn nicht, bekommst du dort eine wulstige Narbe.«

»Ist mir egal«, antwortete sie langsam. »Irgendwie wünsche ich mir das sogar.«

»Warum?«

Sie hatte schon viel zu viele Narben, und ich hasste die Andenken daran, dass sie Schmerzen erlitten hatte. Diese hier würde sich zu der schwachen an ihrem Oberschenkel gesellen, wo sie angeschossen worden war, und zu der langen, gezackten über ihren Rippen, zusammen mit unzähligen anderen, die noch aus der Zeit stammten, als ich sie noch nicht kannte.

Sie gab mir nicht sofort eine Antwort, sondern schürzte nur die Lippen. Sie wandte den Blick ab und sah auf meine Brust hinab, wo ihre Hände weiterhin sanft ihrerseits mit einem zweiten Lappen meine Haut säuberten.

»Warum, Grace?«, wiederholte ich leise und neigte den Kopf, damit sie mich ansehen musste.

»Ich brauche die Narbe als Erinnerung.«

»Eine Erinnerung woran?« Ich war verwirrt, versuchte zu verstehen.

»Eine Erinnerung daran, dass ... Menschen sich verändern können. Egal, was sie dir bedeuten.«

Das klang übel, aber ich verstand immer noch nicht, warum sie eine dermaßen abstoßende Erinnerung für immer auf ihrem schönen Körper haben wollte. Meine eigene Haut hatte sie jetzt vollends gesäubert, und sie legte den Lappen fort und ließ den letzten kümmerlichen Rest des sauberen Wassers über uns beide hinwegspülen. Meine Hände landeten auf ihren Hüften, und ich zog sie näher an mich heran.

»Was ist passiert, Grace?«

Sie antwortete nicht sofort, sondern atmete tief aus. Schließlich sah sie mich unsicher an. Ich musterte sie intensiv.

»Es war Jonah ... Mein Bruder hat mir das angetan«, erklärte sie langsam und wartete angespannt auf meine Reaktion. Sofort spürte ich eine Woge des Zorns und der Empörung: Ihr eigener Bruder hatte versucht, sie zu töten.

»Machst du Witze?«, rief ich schäumend vor Wut. »Er hat dir das angetan? Was zum Teufel ...«

»Hayden, ist schon gut ...«

»Nein, ist es nicht!«, widersprach ich laut. Zu laut für den kleinen Raum, in dem wir uns befanden. »Du bist seine Schwester!«

Ich konnte kaum fassen, wie abartig jemand sein musste, der versuchte, ein Mitglied der eigenen Familie zu töten, egal, was der Betreffende getan hatte.

»Ich habe sie verraten«, antwortete Grace achselzuckend. Und eine Spur zu lässig.

»Das ist noch lange kein Grund, um dich töten zu wollen«, widersprach ich energisch.

»Seiner Ansicht nach schon.«

»Nein«, murmelte ich und schüttelte ärgerlich den Kopf. »Das ist erbärmlich.«

»Hayden ...«

»Mein Gott, Grace, tut mir leid. Aber dein Bruder ist ein Arschloch.«

»Ich weiß«, antwortete sie leise. Ihre Hände glitten zärtlich an meiner Brust empor und landeten mit einem Mal an meinem Kinn, als wolle sie meine Aufmerksamkeit auf sich ziehen. »Aber es geht mir gut, okay? Mach dir deshalb keinen Kopf.«

»Wirklich? Und lüg mich nicht an, Grace. Wenn es dir nicht gut geht, dann sag es mir«, beharrte ich und sah ihr forschend in die Augen.

Sie holte tief Luft und zog meinen Kopf zu sich herab. Dann presste sie überraschend ihre Lippen auf die meinen, küsste mich zum ersten Mal, seit all das geschehen war. Mein Herz zog sich schmerzhaft zusammen, meine Hände auf ihren Hüften zogen sie dichter an mich, und Wärme durchströmte meinen Körper. Viel zu schnell löste sie die Lippen wieder von mir. Ich lehnte meine Stirn an ihre.

»Mir geht es gut, Hayden, versprochen.«

Ich beobachtete sie, unsicher, ob ich ihr nun glaubte oder nicht, während das Wasser weiter auf uns herabrieselte. Sie warf mir ein sanftes Lächeln zu, bevor sie sich von mir löste, um sich zwei Handtücher zu schnappen. Eines gab sie mir, das andere schlang sie sich um den Körper. Ich nahm es und band es mir um die Taille. Sie wandte sich um, wollte das kleine Badezimmer verlassen.

»Warte«, rief ich, griff sanft nach ihrem Arm und zog sie zurück. Ich rückte zu dem kleinen von mir eingebauten Regal hinüber und zog ein paar weiße Verbandsstreifen heraus. Dann stellte ich mich wieder vor sie hin. »Halt still«, befahl ich ruhig.

Ich nahm einen Verband aus der Verpackung und platzierte ihn vorsichtig auf der Wunde, versuchte sie, so gut es ging, zu verschließen, bevor ich einen zweiten Streifen aufklebte. Sanft fuhr ich mit den Fingern über den Verband, um mich davon zu überzeugen, dass er flach und fest saß. Dann beugte ich mich hinab, um sanft meine Lippen auf die verbundene Stelle zu pressen. Dort ließ ich sie ein paar Sekunden lang verharren, bevor ich mich wieder erhob. Wie immer knisterte die Spannung zwischen uns.

»Ich weiß, du wünschst dir eine Narbe, um dich stets daran zu erinnern, dass Menschen sich verändern können, aber ...

das werde ich nicht. Diese Sache zwischen uns, was ich für dich empfinde ... das wird sich niemals ändern. Verstanden?«

Sie sog so scharf den Atem ein, dass ihr Kinn leicht zitterte, und ihre Augen weiteten sich vor Überraschung. Ich spürte förmlich, wie ihr Herz in ihrer Brust pochte – genau wie mein eigenes.

»Verstehst du, Grace?«, wiederholte ich leise. Ich hob die Hände und umfing sanft ihr Gesicht.

»Absolut«, sagte sie schließlich. Ihre Stimme klang etwas atemlos. »Ich liebe dich so sehr, Hayden.«

»Ich liebe dich auch.«

Ich ließ meinen Worten einen süßen, zärtlichen Kuss folgen. Ich versuchte nicht, ihn zu intensivieren, sondern genoss lediglich seine Schlichtheit. Ich hatte das Gefühl, dass mir mit jedem Mal, da sie sich von mir küssen ließ, etwas von der erdrückenden Last von den Schultern genommen wurde.

Sie verharrte ein paar weitere Sekunden in meiner Umarmung, dann gingen wir zurück ins Hauptzimmer. Ich holte ein Paar Boxershorts aus der Kommode und streifte sie über. Dann setzte ich mich auf die Bettkante, während Grace sich ankleidete, schnell ihr Haar trocknete und ihr Handtuch neben meines hängte. Ich beugte mich vor, schlang die Hände um ihre Beine und zog sie dichter zu mir heran.

»Geht es dir gut, Hayden?«, fragte sie leise. Sanft strich sie mir das Haar aus dem Gesicht. Ich nickte langsam und ließ die Finger federleicht über die Hinterseite ihrer Schenkel gleiten. Sie drehte sich so, dass ihre Beine zwischen meinen lagen, setzte sich auf meinen Oberschenkel und schlang den Arm leicht um meinen Hals.

»Mir geht es prima«, antwortete ich langsam. Doch das entsprach nicht der Wahrheit – selbst in jenen wunderbaren Augenblicken, seit wir in meiner Hütte waren, spürte ich die bleierne Dunkelheit, die sich über uns herabgesenkt hatte. So viele hatten vorhin ihr Leben gelassen, und ich war ausgerechnet bei dem gescheitert, was ich geschworen hatte: für ihre Sicherheit zu sorgen. Grace war das Einzige, was mich davor bewahrte, buchstäblich zu Staub zu zerfallen, obwohl ich die Risse in meinem Innern deutlich spürte.

Sie musterte mich skeptisch; offensichtlich glaubte sie mir nicht. Sie öffnete den Mund, wollte noch etwas sagen, aber ich schnitt ihr das Wort ab.

»Hör zu, Grace, ich weiß es zu schätzen, dass du fragst, aber ich will einfach nicht darüber reden, okay?« Ich versuchte, gelassen und unbeschwert zu klingen. Ich wollte sie nicht ausschließen, aber darüber zu sprechen, hätte meinen fragilen Zustand, jenen letzten Rest emotionaler Gesundheit, vollends zunichtegemacht. Ich konnte einfach nicht. Nicht heute Nacht.

Sie schürzte die Lippen, als schmerzte es sie, dies zu akzeptieren. »Okay. Aber solltest du es dir anders überlegen ...«

»Schhhh.« Ich beugte mich vor und gab ihr einen sanften Kuss, um sie zum Schweigen zu bringen. »Ich weiß.«

Sie versuchte, ihre Enttäuschung vor mir zu verbergen, und warf mir ein sanftes, beinahe glaubwürdiges Lächeln zu. Dann stand sie von meinem Schoß auf und schlug die Bettdecke zurück. Sie legte sich auf die andere Seite und klopfte auf den Platz neben sich.

»Komm schon«, sagte sie leise. »Du brauchst jetzt Schlaf.«

Ich kroch zu ihr unter die Decke. Meine Arme griffen nach ihr, zogen sie sanft zu mir heran, bis ihre Brust sich an meine presste und eines ihrer Beine sich mit meinen verwob. Ihr Kopf ruhte auf meinem Oberarm, und ich legte den anderen Arm um sie, hielt sie fest. Sie passte zu mir wie ein fehlendes Puzzleteil. Sie legte mir die warmen Hände auf den nackten Oberkörper und schmiegte sich an mich.

Ich hätte ewig so daliegen können, mehr als zufrieden damit, die Wärme ihres Körpers zu spüren, ihre bloße Anwesenheit, für den Rest meines Lebens. Wenn die Welt es nur zugelassen hätte.

»Gute Nacht, Hayden«, murmelte sie leise. Ihre Lippen fuhren federleicht über meine Haut, bevor sie mir einen sanften Kuss auf den Hals gab.

»Gute Nacht, Grace«, antwortete ich flüsterleise. Ich strich mit den Fingern über ihren Rücken und spürte, wie sie sich noch fester an mich schmiegte und langsam einschlummerte.

Ich hingegen konnte meine Gedanken einfach nicht abschütteln. Mein Versuch, mich auf den langsamen Rhythmus ihres Atems zu konzentrieren, wurde übertönt von den Schmerzensschreien und den Schreien der Sterbenden, die ich vorhin gehört hatte. Wenn ich versuchte, die tröstliche Wärme von Graces Körper zu erspüren, der mit meinem verwoben war, fühlte ich nur die glühende Hitze der Flammen. Ihr schönes Gesicht, das ich mir vorstellte, wurde von jenen verdrängt, die der Tod ausgelöscht hatte. Ihr leerer Blick verfolgte mich, klagte mich an, quälte mich.

Zwölf Menschen aus meinem Camp waren heute Nacht gestorben.

Zwölf Menschen, für deren Sicherheit ich hätte sorgen müssen.

Zwölf Menschen, die ich im Stich gelassen hatte.

Ich presste die Lider zu und hielt Grace noch fester im Arm, aber ich konnte einfach an nichts anderes denken, sodass ich ihre Anwesenheit kaum spürte. Mein Herzschlag ging zu schnell und zu laut, und mein Magen zog sich zu einem unangenehmen, eisenharten Knoten zusammen.

Ich hatte es nicht anders verdient, als so zu empfinden.

Ohne es zu merken, ballte ich die Hände zu Fäusten, und mein ganzer Körper verkrampfte sich, als setze er sich gegen den Trost von Graces Anwesenheit zur Wehr. Der Masochist in mir hätte diesen Trost gern zurückgewiesen, hätte sich gern von ihr entfernt und sich der Dunkelheit überlassen, die mich einhüllte wie ein Leichentuch. Die schwache Seite in mir jedoch wünschte sich nichts sehnlicher, als sich verzweifelt an sie zu klammern und mit ihr den Versuch zu unternehmen, die Dämonen zu vertreiben, die mich jetzt heimsuchten.

Nun, da sie schlief, gab es nichts mehr, was mich von meinen Gedanken ablenken konnte. Ich war ganz kribbelig und war selbst überrascht, als ich mich von ihr löste, wobei ich mich langsam und vorsichtig bewegte, um sie nicht zu wecken. Ich schlüpfte aus dem Bett und legte die Decke dicht um sie, damit sie meine Abwesenheit nicht bemerkte und weiterschlief. Ich warf ihr noch einen letzten Blick zu und stieß heftig den Atem aus. Dann schüttelte ich den Kopf und ging zu meinem Schreibtisch hinüber.

Ich zuckte zusammen, als der Stuhl beim Hinsetzen laut

quietschte, aber ein kurzer Blick auf Grace versicherte mir, dass sie immer noch tief und fest schlummerte. Ein schwaches Licht flackerte vor mir auf, als ich ein Streichholz anriss, um die einzelne Kerze auf meinem Schreibtisch zu entzünden.

Ich zog die unterste Schublade auf und holte den Gegenstand heraus, auf den ich es abgesehen hatte. Ich spürte weiches Leder in den Händen und öffnete das Tagebuch, schlug eine der letzten Seiten auf. Meine Augen überflogen die Liste, und ich erinnerte mich daran, wie ich den letzten Namen dort eingetragen hatte; ich freute mich keineswegs darauf, noch mehr hinzuzufügen. Genau genommen zwölf.

Es kam mir nicht richtig vor, diese Namen auf die Liste zu setzen, ohne eine weitere Erklärung abzugeben; nur die Namen aufzuführen, schien ihnen nicht gerecht zu werden, aber ich hatte absolut keine Idee, was ich sonst noch hätte tun können. Ich drückte den Stift aufs Papier und schrieb ein einziges Wort unter das letzte: *Krieg.*

Beinahe wie von selbst flossen nun die Namen aus dem Füller, jeder begleitet von dem geistigen Bild ihrer leeren, leblosen Augen, während sie dort im Schmutz lagen. Bis zum Ende meines Lebens würde ich mich an jeden einzelnen erinnern, und ich wusste, dass ich mich auch genauso lange schuldig fühlen würde.

Dann war ich fertig, hatte den letzten Namen aufgeschrieben. Zwölf Stück standen nun auf der Seite, für immer festgehalten in diesem armseligen Abklatsch einer historischen Aufzeichnung.

Jim Rutter.

Bart Gregory.
Annie Jakobs.
Kellan York.
Travis Hendricks.
Jasmine Rossburg.
Fred Smith.
Quentin Brooks.
Julian Redfield.
Savannah Healer.
Ned Townsen.
Robert Underwood.

Voller Schmerz las ich mir die Seiten noch einmal durch, studierte jeden einzelnen Namen. Der Füller zitterte in meiner Hand. Unruhig fuchtelte ich damit herum, angespannt und nervös, nachdem ich meine Erinnerungen zu Papier gebracht hatte. Die böse Vorahnung, dass es sogar noch schlimmer kommen würde, ließ sich einfach nicht abschütteln.

Ich zuckte zusammen, als sich zwei Hände auf meine Schultern legten und mich sanft massierten, um meine Muskeln zu entspannen. Lautlos hatte sie sich angeschlichen, und ich hatte nicht mal mitbekommen, dass sie wach war, so sehr war ich in meinen eigenen Gedanken versunken gewesen. Ich spürte, wie sie sich herabbeugte, wie ihre Brust sich an meinen Rücken schmiegte, und der warme Punkt an der Seite meines Halses sagte mir, dass sie die Lippen auf meine Haut presste.

»Ach, Hayden ...« Sie verstummte resigniert. Ich wusste, dass es ihr gar nicht gefiel, mich in diesem Zustand vorzufinden.

Ich schwieg, während ihre Hände sanft meine Schultern massierten, die Knoten in meinen Muskeln fortkneteten. Ich seufzte erneut tief, versuchte, ihre Berührung zu genießen, aber es fiel mir nach wie vor schwer. Ihre Hände schoben sich nun meine Brust hinab, und sie umarmte mich von hinten, zog mich an sich, küsste meine Schulter.

»Komm wieder ins Bett«, verlangte sie sanft. Ich wusste, dass sie das Tagebuch offen vor mir liegen sehen konnte, und machte gar nicht den Versuch, es vor ihr zu verbergen. Sie war klug und wusste sowieso, was ich tat.

»Ich kann nicht schlafen«, antwortete ich.

Graces Körper hüllte mich in seine Wärme ein, ihre Lippen ruhten an meiner Schulter, und ihr sanft kitzelnder Atem auf meiner Haut tröstete mich. Ich griff nach ihrem Unterarm an meiner Brust, vermied es allerdings, mich diesem Gefühl hinzugeben, obwohl ich mir doch nichts sehnlicher wünschte, als sie festzuhalten und mich dank ihr zu entspannen.

»Ich weiß, was du tust«, sagte sie leise.

»Und was?« Ich versuchte, meinen Worten die Schärfe zu nehmen, indem ich den Daumen über die weiche Haut ihres Unterarms fahren ließ.

»Du gibst dir selbst die Schuld.«

Ich antwortete nicht, doch mein Schweigen bestätigte ihren Verdacht. Sie hatte Recht.

»Hayden, das alles ist nicht deine Schuld«, sagte sie entschieden. Ich glaubte ihr nicht. Ich spürte, wie sie seufzte, dann löste sie die Arme von meinen Schultern und stellte sich neben mich. Sie nahm meine Hand und zog mich hoch, sodass ich schließlich vor ihr stand. »Ich weiß, dass du mir nicht glaubst, aber es stimmt. Du hast heute Nacht nur eines getan, nämlich Leben gerettet«, versicherte sie mir ernst und sah mir angespannt ins Gesicht. Sie hielt meine Hände fest und drückte sie, als wolle sie ihren Worten damit Nachdruck verleihen. Doch obwohl sie darauf bestand, dass mich keine Schuld traf, fühlte ich mich innerlich ganz hohl.

»Auch wenn es vielleicht nicht mein Fehler war, sind heute Nacht so viele Menschen gestorben, Grace. Auf beiden Seiten. Und wofür? Was hatte das für einen Zweck?«

In meinen Augen war es vollkommen sinnlos. Ich konnte nicht verstehen, warum Menschen einander so viel Leid antaten, nur um zu überleben. Mittlerweile verließen wir uns nur noch auf unsere barbarischsten Instinkte, verfielen in die Verhaltensmuster unserer Vorfahren und waren darum nicht besser dran.

»Ich weiß es nicht«, erwiderte sie aufrichtig. »Es geht vielleicht ums Ziel. Letztendlich ... wird irgendwer verlieren, und alles ist vorbei. Es geht nicht darum, wer am schnellsten gewinnt, sondern darum, wer am längsten durchhält.«

Wie konnte es einen Gewinner geben, wenn der Preis fürs Überleben so hoch war? Welchen Preis würden wir noch bezahlen, um weiter auf dieser Mogelpackung von Welt auszuharren?

»Ich ... ich glaube einfach, dass das alles kein gutes Ende nehmen kann. Es ist furchtbar, Grace. Das ist unser aller Ende.«

»Hayden, bitte ...« Sie verstummte. Ihre Miene war voller Gefühl, und offensichtlich fand sie es schmerzhaft, mich so reden zu hören, aber ich konnte nicht anders. Sie nahm mein

Gesicht zwischen ihre Hände, strich mit den Daumen sacht über meine Wangen.

Niedergeschlagen stand ich vor ihr, versuchte, ihre Wärme, ihre Kraft und ihre Liebe in mich aufzunehmen.

»Ich weiß, dass dir das alles unendlich viel Kummer bereitet, und ich weiß, dass du nicht einfach so darüber hinwegkommst. Das kannst du einfach nicht. Denn dazu bist du ein viel zu guter Mensch. Aber du musst es *versuchen*, Hayden. Du musst mir glauben, wenn ich dir versichere, dass das alles irgendwann ein Ende haben wird. Kriege dauern niemals ewig, und ja, Menschen werden verletzt, und Menschen sterben, aber *irgendwann* wird es vorüber sein. Wir stehen das gemeinsam durch. Du, ich, Dax, Kit, Docc, alle anderen. Wir sind jetzt hier, wir werden kämpfen, und wir werden weiterleben.«

Ich holte tief und zittrig Luft und sah sie aufmerksam an, klammerte mich verzweifelt an jedes ihrer Worte, die ich so unbedingt glauben wollte. Mein Herz träumte davon, darauf zu vertrauen, und wünschte sich inständig, dass sie wahr wurden, und allein die Vorstellung, welche Erleichterung ein solches Ende bringen würde, erfüllte mich mit einer Sehnsucht, die beinahe körperlich schmerzte. Ich wagte kaum, darauf zu hoffen, und versuchte verzweifelt, meinen rasenden Gedanken Einhalt zu gebieten.

»Glaubst du wirklich daran?« Meine Stimme war unglaublich tief – und zwar nicht nur durch den Rauch, sondern auch, weil ich so tief bewegt war.

»Ja, wirklich«, versicherte sie mir aufrichtig, kam näher und ließ die Hände von meinem Gesicht herabsinken. Wortlos versuchte sie weiter, mich zu überzeugen, und zum ersten

Mal flackerte so etwas wie Hoffnung in mir auf. Wenn Grace davon wirklich so überzeugt war, dann bestand doch gewiss eine geringe Wahrscheinlichkeit, dass es wahr wurde.

»Wir werden es überstehen«, antwortete ich langsam, nur um den Klang der Worte zu testen. Sie nickte und gestattete sich ein sanftes, verständnisvolles Lächeln.

»Das werden wir, und ich bin bei jedem Schritt des Weges an deiner Seite.«

Ich schwor mir im Stillen, derlei düsteren Gedanken in Zukunft jeglichen Zugang zu verwehren. Ich würde stärker werden, widerstandsfähiger. Ich würde mich auch weiterhin an jene erinnern, die gestorben waren, aber ich würde mich nicht hineinsteigern. Ich würde nicht zulassen, dass der Gedanke mich zerstörte, denn so viele andere verließen sich auf meine Kraft; ich musste stark sein.

»Ich weiß gar nicht, was ich ohne dich täte«, sagte ich aufrichtig. Ich bekam eine Gänsehaut bei dem Gedanken, wo ich jetzt wäre, wenn ich sie nicht gehabt hätte.

»Du würdest schon zurechtkommen«, sagte sie und schüttelte mit der Andeutung eines Lächelns auf den Lippen den Kopf. »Außerdem hättest du dann dein Bett ganz für dich allein.«

»Ich will mein Bett gar nicht für mich allein haben«, protestierte ich. Zum ersten Mal breitete sich eine gewisse Wärme in meinem Herzen aus, verdrängte die erbarmungslose Eiseskälte. Graces Unterstützung trug dazu bei, genau wie ich es erwartet hatte.

»Ach nein?« Jetzt lächelte sie breit, sah zu mir auf, ließ die Finger federleicht über meine Brust gleiten.

Ich schüttelte bedächtig den Kopf, hielt ihrem warmen Blick stand und hatte das seltsame Bedürfnis, zu lächeln.

»Nein. Ich will, dass du jede einzelne Nacht darin liegst.«

»Tatsächlich?« Sie lächelte jetzt sogar noch breiter und kam noch näher, presste ihre Brust an meine und legte den Kopf in den Nacken. Es war einfach hinreißend.

»Hmm.«

Ich schlang ihr die Arme um die Taille und lächelte liebevoll auf sie hinab. Keine Ahnung, wie sie das geschafft hatte, aber sie hatte meine düstere Stimmung vertrieben. Nur weil sie mit mir gesprochen hatte, fühlte ich mich zehnmal besser als eben. Sie war absolut unglaublich.

»Gehen wir wieder ins Bett, ja?«, schlug sie leise vor. Sie hielt meinen Blick, strahlte zu mir empor, glücklich, dass ich nicht mehr so bedrückt wirkte.

»Gute Idee.«

Sie stellte sich auf die Zehenspitzen, gab mir einen zarten Kuss aufs Kinn, ließ die Lippen ein paar Sekunden verharren. Dann entzog sie sich mir, blies die Kerze auf meinem Schreibtisch aus. Ihre kleine, warme Hand ergriff die meine, und stumm zog sie mich durch die Dunkelheit zum Bett, wo das leise Quietschen der Matratze mir anzeigte, dass sie hineinstieg. Ohne meine Hand loszulassen, zog sie mich neben sich und deckte mich zu.

Dann seufzte sie zufrieden, während wir unsere Position von vorhin wieder einnahmen und voller Hoffnung die Glieder miteinander verwoben. Wieder spürte ich die Wärme ihres Körpers, nur diesmal konnte ich sie genießen, ebenso wie den leisen Rhythmus ihres Atems. Das Bild, wie sie da neben mir lag, wurde nicht länger von anderen, weniger willkommenen Bildern in meinem Geist überlagert. Sie heilte mein Innerstes, und das nur, indem sie sie selbst war.

»Ich liebe dich, Bär.«

Meine Stimme war nur ein Raunen und wurde von unserem leisen Atem beinahe übertönt, aber dann drückte sie mit dem einen Arm, der über mir lag, ganz leicht meinen Oberkörper. Sie hatte mich also verstanden.

»Ich liebe dich auch. Mehr, als dir bewusst ist.«

Mein letzter Gedanke war, wie viel Glück ich doch hatte, jemanden wie Grace mein Eigen nennen zu dürfen. Dann zog mich der Schlaf in seine Untiefen und beendete den inneren Aufruhr, dem ich ohne sie so lange Zeit nicht hatte entkommen können.

KAPITEL 4
RUHELOS

Grace

Die Welt war schaurig stumm, als ich mich durch die Dunkelheit bewegte, sorgsam darauf achtend, nicht die Stille aufzurütteln, die sich über alles gelegt hatte. Man sah beinahe die Hand vor Augen nicht. Ich hörte nur mein eigenes leises Keuchen und das unaufhörliche Pochen meines Herzens.

Ich war allein, wusste nicht, wo die anderen waren, suchte nach etwas, das ich nicht fand. Meine Füße trugen mich lautlos voran, und ich merkte, dass die Erde unter mir weicher wurde, denn mit jedem Schritt sank ich ein paar Zentimeter ein. Plötzlich nahm ich einen vertrauten Gestank wahr, und angewidert zog ich die Nase kraus. Allerdings bekam ich nicht heraus, woher er rührte. Mir wurde speiübel, als mir aufging, dass es nach verwesendem menschlichem Fleisch roch. Die Angst, die ich bis dahin zu unterdrücken versucht hatte, wurde immer stärker.

Die Dunkelheit um mich herum wurde noch schwärzer, verdrängte jegliches Licht; ich hatte das Gefühl, in einem Loch festzusitzen, aus dem kein Weg herausführte. Dann blieb ich mit der Stiefelspitze an irgendetwas hängen. Ich stürzte und fiel hin. Zum ersten Mal merkte ich, dass der Boden sich in Schlamm verwandelt hatte.

Er haftete an meinen Fingern, aber nicht Wasser hatte die Erde aufgeweicht – sondern Blut. Ich geriet in Panik, versuchte aufzustehen, sank aber durch meine Versuche nur immer tiefer und tiefer hinein.

Die Mischung aus Blut und Schlamm schien immer höher an meinem Körper hinaufzusteigen. Ich versuchte mich aufzusetzen, wurde aber nach unten gezerrt. Ich öffnete den Mund, wollte um Hilfe rufen, holte tief Luft, aber dann legte sich eine geheimnisvolle Hand darüber, brachte mich zum Schweigen. Meine Augen weiteten sich, und die Furcht überwältigte mich, während ich die kalte, feuchte Hand auf mir spürte, die meine Hilfeschreie unterdrückte.

»*Diebe.*«

Es war nicht mehr als ein Flüstern, das durch die Nacht wehte. Ich konnte nicht erkennen, wer es gesagt hatte, aber die Stimme jagte mir Schauer über den Rücken. Ein entsetztes Stöhnen entrang sich meiner Kehle, aber zu etwas anderem war ich nicht fähig, da mich die unglaublich starken Hände festhielten. Jede Bewegung, die ich machte, um sie abzuschütteln, ließ mich nur weiter in das klebrige Blut hinabsinken, und ich hatte das Gefühl, es werde sich auf ewig in meine Haut fressen.

Ich schlug um mich, setzte mich verzweifelt zur Wehr. Doch plötzlich erstarrte ich, denn der Schlamm bewegte sich, schloss mich ein. Nur wenige Zentimeter vor mir hob sich der Boden, als ob sich darunter etwas regte. Entsetzt beobachtete ich, wie die Erde erbebte, um mich herum pulsierte.

Wenn ich gekonnt hätte, hätte ich einen Schrei des Grauens ausgestoßen, als das, was die Erde zum Erzittern brachte, hindurchbrach. Um mich herum stießen verwesende Gliedmaßen nach oben und wollten nach mir greifen. Arme, Hände und – besonders schauderhaft – Arme ohne Hände. Sie alle wollten mich packen.

Wo immer sie mich anfassten, fühlte sich meine Haut wie erfroren an.

»Nein!«, stieß ich mühsam hervor, halb erstickt von der Hand, die immer noch auf meinem Mund lag. Mit blankem Entsetzen wurde mir jetzt klar, dass die Hand mit nichts verbunden war und vor meinen Augen verweste.

Tränen der Angst rannen meine Wangen hinab. Mittlerweile war ich bis zum Bauchnabel in den blutigen Schlamm eingesunken. Ich schlug um mich, kämpfte dagegen an, wollte die körperlosen Arme abschütteln, kratzte und prügelte auf alles ein, was mir in die Quere kam, aber es hatte keinen Zweck. Zentimeter um Zentimeter sank ich tiefer hinab, konnte es nicht aufhalten.

»Nein, Hilfe!«

Meine Stimme klang erstickt, und niemand kam mir zu Hilfe. Das Blut reichte mir jetzt bis zu den Schultern, und ich spürte den tödlich kalten Griff zweier Hände um meine eigenen Handgelenke. Immer weiter sank ich hinab. Ich versuchte ein letztes Mal zu schreien, das Kinn nach oben gereckt, um nicht am Blut zu ersticken.

»Hayden ...«

Mein letztes Wort war das schwächste, und ich spürte, wie das Blut über meinem Gesicht zusammenschlug, wie ich von allen Seiten erstickt wurde. Ich konnte nichts mehr tun, außer zu warten, bis alles vorüber war. Ich betete darum, dass es schnell ging.

Die Arme schüttelten mich, als wollten sie mich ertränken. Ich spürte jetzt Hände auf meinem Gesicht. Sie rieben mir über die Wangen, dann schüttelten sie mich wieder. Ich hörte eine gedämpfte Stimme, die durch das Blut in meinen Ohren kaum zu verstehen war.

»Grace ...« Schwach hörte ich meinen Namen, aber ich war zu verängstigt, um zu antworten.

Wieder machten sich Hände an meinen Wangen zu schaffen. Ich warf den Kopf zur Seite, um sie abzuschütteln. Mein Herz pochte wie wild, und ich bekam keine Luft mehr.

»Grace!«

Wieder wurde ich geschüttelt.

»*Grace!*«

Plötzlich schlug ich die Augen auf. Verwirrt stellte ich fest, dass das klebrige Blut, in dem ich versank, mir nicht die Sicht raubte. Ich holte so tief Luft, dass es beinahe schmerzte, und spürte kalten Schweiß auf meiner Stirn. Ich blinzelte heftig und versuchte, mich zu orientieren. Statt eines Meeres aus Blut und unzähligen verwesenden menschlichen Körperteilen sah ich in ein Paar besorgt auf mich herabblickende, zusammengekniffene grüne Augen.

»Hayden«, keuchte ich, gleichzeitig erschrocken und erleichtert. Mein Herz hämmerte immer noch wie wild, während ich die Panik niederzukämpfen versuchte, die sich meiner bemächtigt hatte. Hayden streichelte mir erneut über die Wangen und schob mir das Haar aus dem Gesicht – dieselben

Hände, die ich im Traum gespürt hatte, nur diesmal warm und tröstlich und nicht mehr kalt und angsteinflößend.

»Grace, alles ist gut«, sagte er leise. Er sah auf mich herab, wobei ihm vom Schlaf das Haar an einer Seite in einem merkwürdigen Winkel vom Kopf abstand. Ich registrierte, dass ich auf dem Rücken lag und er neben mir.

»Nur ein Alptraum«, sagte er ruhig und mit leiser Stimme. Ich atmete tief und zittrig aus. Leicht ließ er die Finger über meine Haut wandern, strich mir wieder und wieder übers Haar.

In meiner Brust rasselte es, als ich versuchte, mich zu beruhigen. Schließlich gelang es mir, die Arme zu heben, sie ihm um den Nacken zu schlingen und ihn zu mir herunterzuziehen. Ich klammerte mich an ihn, spürte, wie er seinerseits die Arme um mich legte und mich an seine Brust presste. Zitternd überließ ich mich seiner Zuverlässigkeit und Kraft.

»Schon gut, alles gut«, raunte er mir wieder ins Ohr. Ich bekam immer noch keinen Ton heraus, trotzdem murmelte er immer weiter. »Du bist hier bei mir, Grace. Alles ist gut.«

Ich kam mir so schwach vor, weil so etwas Albernes wie ein Alptraum eine solche Wirkung auf mich gehabt hatte, aber die Bilder standen mir kristallklar vor Augen. Am schlimmsten war, dass diese Bilder aus dem wahren Leben stammten. Was wir im Zeughaus gesehen hatten – die zergliederten Hände, die an die Mauern genagelt waren, die verwesenden Leichname, das Wort, das mit Blut an die Wand geschmiert worden war – das alles suchte mich jetzt heim und quälte mich.

Schließlich löste er sich von mir, wenn auch nur ein paar

Zentimeter weit. Er schwebte über mir und musterte mich aufmerksam. »Wieder alles okay?«

Ich nickte langsam und fand nun auch endlich meine Sprache wieder. »Ja, alles wieder gut.«

Skeptisch zog er eine Augenbraue hoch, und seine Finger widmeten sich erneut jener sanften, beruhigenden Tätigkeit – wieder und wieder strich er mir übers Haar. »Wirklich?«

»Ja, wirklich«, antwortete ich aufrichtig und atmete nochmals tief aus. »Es war nur ein Alptraum, wie du schon sagtest.«

Das stimmte. Nun, da ich wieder vollkommen wach war und in Haydens Armen lag, spürte ich, wie die Panik nachließ und mein Herz langsam wieder normal schlug. Die Wärme seines Körpers vertrieb die Kälte, die mich umfangen hatte, und seine sanfte Berührung trug dazu bei, dass ich den kalten Griff der Hände vergaß, die mich unter die Oberfläche dieses Meeres aus Blut gezogen hatten. Es war immer noch stockdunkel – eben mitten in der Nacht, aber diese Dunkelheit jagte mir keine Angst ein, denn Hayden war ja bei mir.

»Willst du darüber reden?«, fragte er zärtlich und beobachtete mich weiterhin.

Nachdenklich presste ich die Lippen aufeinander. Wollte ich das?

»Es war nur ... ich hab vom Zeughaus geträumt. Von Gliedmaßen, Händen, Blut und so weiter ...« Ich verstummte, und plötzlich hatte ich das Gefühl, es nur schlimmer zu machen, wenn ich in sämtlichen Einzelheiten darüber sprach.

»Ach, Grace ...«, sagte er und runzelte besorgt die Stirn.

»Ich hab dir doch gesagt, du sollt nicht darüber nachdenken.«

»Ich weiß«, antwortete ich leise. »Habe ich auch wirklich nicht, aber anscheinend ist es mir trotzdem im Gedächtnis geblieben.«

»Bist du sicher, dass es dir gut geht?«

»Ja, versprochen. Sollten wir den anderen nicht davon erzählen? Von dem, was wir gesehen haben?«, fragte ich. Meine Hände lagen immer noch um seinen Nacken, wollten ihn gar nicht loslassen.

»Wahrscheinlich. Reden wir doch morgen nochmal darüber, okay? Denk jetzt nicht weiter daran.« Haydens Stimme klang leise und beruhigend, was zu seinen sanften Liebkosungen passte.

»Okay«, stimmte ich zu.

Ich hob meinen Kopf vom Kissen, um ihm einen Kuss zu geben. Sofort wurde ich von Wärme durchflutet, was den letzten Rest an Kälte vertrieb. Sanft ließ er seine Zunge über die meine gleiten, presste die Lippen auf meinen Mund und löste sich dann von mir.

»Versuch noch etwas zu schlafen, Grace«, sagte er sanft.

Schlaf war das Letzte, wozu ich jetzt Lust hatte, so sehr hatte sein einfacher Kuss meinen Körper erweckt.

»Ich liebe dich.«

Ich würde es nie leid werden, ihn das sagen zu hören.

»Ich liebe dich, Hayden.«

Als ich diesmal die Augen schloss, konzentrierte ich mich ausschließlich auf Haydens warme Brust an meinem Rücken, auf seine tröstliche Umarmung und das rhythmische Rauschen seines Atems an meinem Nacken. Ich ließ mich vom Schlaf wieder davontragen, der diesmal glücklicherweise friedlich und ohne Alpträume war.

Stunden später erwachte ich sanft. Das Sonnenlicht schimmerte in die Hütte hinein, und mein ganzer Körper fühlte sich warm und wohlig an. Ich gestattete mir ein paar Augenblicke des Friedens und der Ruhe, schloss die Lider vor dem Sonnenlicht und kuschelte mich weiter in die Wärme hinein.

Ein leises, tiefes Seufzen vibrierte in Haydens Brust. Er war also ebenfalls wach.

»Guten Morgen.«

»Wie hast du geschlafen? Die restliche Nacht, meine ich«, fragte er leise.

»Perfekt«, antwortete ich ehrlich. Glücklicherweise hatte es keinerlei Störungen mehr gegeben.

»Gut«, antwortete er und nickte kurz.

Plötzlich hatte ich Lust, den ganzen Tag einfach nur untätig mit ihm im Bett herumzuliegen. Und immer noch spürte ich jenes Verlangen, das mich in der vergangenen Nacht erfasst hatte.

Doch Hayden gab mir keine Gelegenheit, entsprechend aktiv zu werden, sondern löste sich von mir, um sich aus dem warmen Refugium des Bettes zu erheben. Er streckte sich, reckte die Arme über den Kopf, um seine Rückenmuskulatur zu lockern. Dann stand er auf und durchquerte anmutig die Hütte. Ich seufzte tief, ließ den Blick nochmal über seinen Körper wandern, dann gab ich auf und stieg ebenfalls aus dem Bett.

»Wir sollten uns am besten auf die Suche nach Kit und Dax machen, um sie zu informieren«, verkündete Hayden.

»Ja, na gut«, stimmte ich zu und kämpfte den letzten Rest Hoffnung nieder, dass wir einen Tag lang alles hinter uns lassen und einfach im Haus bleiben konnten. Hayden war viel zu verantwortungsbewusst, um sich auf so etwas einzulassen.

Er warf mir ein winziges Lächeln zu, dann verschwand er im Bad. Es war egoistisch von mir, ihn ganz für mich haben zu wollen. Mein Blick fiel auf das Holzbrett an der Wand, und ich erinnerte mich an den Abend, an dem Jett es uns geschenkt hatte. Beim Anblick des Gemäldes, das drei Strichmännchen zeigte – eines für Jett, eines für Hayden und eines für mich –, wurde mir ganz warm ums Herz, und ich lächelte. Ich hoffte, Jett heute zu sehen, denn unser letztes Zusammentreffen war nun nicht gerade fröhlich gewesen, da wir vom Ausbruch des Krieges überrascht worden waren.

Eine Viertelstunde später hatten Hayden und ich uns angekleidet und waren bereit für den Tag. Wir wanderten den Pfad hinab zur Kantine. Die Feuer waren allesamt ausgebrannt, doch in der Luft hing immer noch ein leichter Rauchgeruch, während sie zu Asche verglühten. Wir passierten den Turm, und erfreut bemerkte ich, dass ein paar Leute schon an der Wiederinstandsetzung arbeiteten. Sie hatten noch nicht allzu viel erreicht, aber zumindest gab es Hoffnung, dass wir ihn würden retten können.

Die Kantine war etwa zur Hälfte mit Menschen gefüllt, die frühstückten. Maisie wirkte aufgeregt, während sie hinter dem Tresen stand und bediente. Sie bekam kaum einen Ton heraus, als sie Hayden und mich begrüßte, und so nahmen wir nur unser Essen entgegen und suchten uns einen Tisch. Es dauerte jedoch nicht lange, bis eine überlaute Stimme unsere Aufmerksamkeit auf sich zog.

»*Ich versichere dir, ich höre prima, Kumpel*«, beharrte Dax, den man eindeutig in der gesamten Kantine verstehen konnte.

»Verdammte Hacke«, murmelte Hayden und schüttelte ganz leicht den Kopf. Er warf mir noch einen besorgten Blick zu, bevor er sich zu dem Tisch hinüberbegab, an dem, wie ich jetzt entdeckte, Kit, Dax und Docc Platz genommen hatten.

»*Morgen, ihr beiden*«, schrie Dax so laut, dass Kit und Docc zusammenzuckten.

»Hallo zusammen«, antwortete Docc freundlich nickend. Seine Lautstärke war erheblich angemessener, ebenso wie Kits, als der uns begrüßte.

»Hey alle Mann«, sagte ich, als wir Platz nahmen. »Hörst du immer noch nichts, Dax?«

»*Was?*«

Ich lachte und verdrehte die Augen. Dann widmeten Hayden und ich uns unserer Mahlzeit. Dax öffnete den Mund, um etwas zu sagen oder besser: zu schreien. Aber wieder versetzte Kit ihm einen leichten Schlag auf den Arm.

»Halt den Mund, ja? Stimmt, Grace, er hört immer noch schwer. Eigentlich hatte ich den Eindruck, es würde besser, aber durchschlagend ist der Erfolg noch nicht.«

»Geht das wieder weg?«, fragte Hayden nun Docc und warf Dax einen skeptischen Blick zu. Dax musterte uns aus verengten Augen, als wüsste er, dass wir über ihn sprachen, auch ohne dass er unsere Worte verstand.

»*Hört auf, über mich zu lästern*«, grummelte er lautstark.

»Ich vermute schon«, antwortete Docc ruhig. »Soweit ich das beurteilen kann, ist sein linkes Ohr nicht ganz so stark betroffen wie das rechte, und heute scheint er schon ein wenig besser zu hören als gestern, obwohl er sich seiner Schwerhörigkeit offensichtlich nicht bewusst ist.«

»Das sind gute Neuigkeiten«, sagte ich aufrichtig. So seltsam belustigend die ganze Situation auch war, ich hoffte doch sehr, dass Dax' Gehör sich bald wieder normalisieren würde.

Ein lautes Scheppern hallte durch die Kantine, und alle wandten ruckartig den Kopf. Sogar Dax, der es anscheinend aufgegeben hatte, sich an unserer Unterhaltung zu beteiligen, nahm ein Geräusch wahr und drehte sich um. Jett stand vor der Frühstück servierenden Maisie. Zu seinen Füßen lagen Teller und Essen verstreut. Anscheinend hatte er sein Tablett fallen lassen. Seine Wangen färbten sich tiefrot, weil alle ihn anstarrten, und angesichts der allgemeinen Aufmerksamkeit riss er die Augen auf.

»Sorry«, murmelte er verlegen.

»Mach schon, Jett«, rief Maisie ungeduldig. »Hol dir ein anderes und iss. Ich mach das schon weg.«

Er nickte zackig und gehorchte, hastete fort von dem Chaos, das er angerichtet hatte, und holte sich ein neues Tablett mit Essen.

»Ich habe ein schlechtes Gewissen«, sagte Hayden leise und nur zu mir, denn Docc und Kit unterhielten sich jetzt über etwas anderes. Dax schmollte weiter.

»Was? Warum?« Ein paar Sekunden lang sah ich noch zu Jett hinüber, dann blickte ich Hayden an. Der fixierte den kleinen Jungen stirnrunzelnd.

»Ich ... äh, ich war neulich nicht besonders nett zu ihm.«

Nun war es an mir, die Stirn zu runzeln. Zuerst dachte ich an gestern Abend, als er ihn angeblafft hatte, weil er eine Waffe trug.

»Was meinst du damit?«

»Ähm.« Er hielt inne und warf mir einen schuldbewussten Blick zu, während er sich auf die Unterlippe biss. »Als du weg warst, habe ich ein paar Dinge zu ihm gesagt, die ich nicht so gemeint habe. Keine Ahnung, hätte ich wohl nicht sagen sollen, aber ... ich konnte eben nicht klar denken.«

»Verstehe«, antwortete ich. Was hatte er wohl zu Jett gesagt? »Na ja, wenn du ein schlechtes Gewissen hast, solltest du dich entschuldigen.«

»Mich entschuldigen«, wiederholte Hayden skeptisch.

»Ja, weißt du, das macht man so, wenn man Mist gebaut hat«, antwortete ich leicht amüsiert. Ich konnte mich nicht erinnern, dass er sich bei jemand anderem außer bei mir jemals entschuldigt hätte, und mir war klar, dass ihm das eigentlich nicht lag.

Unsere Unterhaltung wurde jedoch durch unseren Gesprächsgegenstand selbst unterbrochen, denn er kam zu uns herüber und stellte sein Tablett auf den Tisch.

»Hallo zusammen!«, rief er aufgeregt. Kit und Doc begrüßten ihn, widmeten sich dann aber wieder ihrer Unterhaltung. Dax begnügte sich mit einem kurzen Winken.

»Hi Jett«, begrüßte ich ihn lächelnd. »Wie geht es dir heute?«

»Ganz okay. Ich würde dir, ähm, gern danken. Dass du mich gestern gerettet hast«, fügte er hinzu und errötete erneut. Plötzlich entwickelte er ein ungeheures Interesse an seinem Essen und mied meinen Blick. Ein sanftes Lächeln umspielte meine Lippen.

»Gern geschehen.«

Ich war froh, dass ihn die Ereignisse auf lange Sicht doch nicht aus der Bahn geworfen hatten. Denn er war ziemlich geschockt gewesen, als ich den Mann erschossen hatte. Ich spürte, dass Hayden unsere Unterhaltung verfolgte und dass es ihm widerstrebte, sich daran zu beteiligen. Leicht stieß ich ihn mit dem Ellbogen in die Rippen, um ihn zu ermutigen. Unsere Blicke trafen sich, dann runzelte er die Stirn und verdrehte die Augen, als ich mit einem winzigen Kopfnicken auf Jett deutete. Er seufzte resigniert.

»Hey Jett ...«

»Ja?« Mit bangem Blick sah er zu Hayden auf.

»Tut mir leid wegen gestern Abend. Ich hätte dich wegen der Waffe nicht anschreien dürfen. Trotzdem war das eine einmalige Sache. Nur weil du einmal eine Waffe bekommen hast, bedeutet es noch lange nicht, dass du von jetzt ab immer eine kriegst. Kapiert?«

Ich verzog das Gesicht. Diese Äußerung war noch nicht ganz das, was mir vorschwebte. Eigentlich klang es gar nicht wie eine Entschuldigung. Er wollte, dass ich ihn lobte, blickte aber irritiert drein, als ich beinahe unmerklich den Kopf schüttelte.

»Was ich meine, ist Folgendes: Ich hätte dich nicht anschreien dürfen. Es tut mir leid«, fuhr er also fort.

»Schon gut! Ich freue mich nur, dass ich helfen konnte!«, antwortete Jett aufrichtig. Er sah zwischen Hayden und mir hin und her, während er sich das Frühstück in den Mund schaufelte.

»Nur dieses eine Mal«, betonte Hayden.

Jett nickte, gab mit vollem Mund aber keine Antwort.

Hayden sah erneut zu mir herüber. Und war schon wieder irritiert, als er bemerkte, dass ich noch nicht zufrieden war.

»Und?«, soufflierte ich leise.

»*Und* es tut mir leid, was ich vor ein paar Tagen zu dir gesagt habe. Als du fragtest, ob Grace nun fort sei und all das ... ich war einfach total fertig mit den Nerven und habe es an dir ausgelassen.«

Bei diesem Bekenntnis pochte mein Herz heftig. Ich hatte immer noch keine Ahnung, was er gesagt hatte, aber ich musste es auch gar nicht erfahren. Wenn es mit meiner Rückkehr nach Greystone zu tun gehabt hatte, war es bestimmt nicht besonders nett gewesen.

»Schon gut, Hayden«, sagte Jett leichthin. Er wischte sich mit dem Handrücken den Mund ab und grinste uns an. »Ich bin nur froh, dass Grace jetzt wieder da ist!«

Ich schnappte überrascht nach Luft, als Haydens Arm sich lose um meine Schultern legte, er mich kurz an sich zog und wieder losließ. Ich sah mich um, ob jemand diese beiläufig liebevolle Geste bemerkt hatte, aber anscheinend war dem nicht so.

»Das bin ich auch, kleiner Mann. Das bin ich auch.«

KAPITEL 5
TRUPP

Dax

Wütend blickte ich alle an. Ich sah, wie ihre Lippen sich bewegten, und hörte ein undeutliches, gedämpftes Murmeln, aber ihre Worte konnte ich nicht verstehen. Nachdem ich mit mäßigem Erfolg versucht hatte, mich an der Unterhaltung zu beteiligen, gab ich auf und vertilgte mein restliches Frühstück schweigend. Alle anderen hatten ebenfalls schon aufgegessen, und doch saßen wir immer noch am Tisch.

Mein Gehör kehrte zwar zurück, aber viel langsamer, als mir lieb war. Manchmal schien es beinahe wieder normal zu sein. Dann schwand es wieder, sodass ich das Gefühl hatte, unter mehreren Decken begraben zu sein. Das und die noch nicht ganz verheilte, von Docc genähte Wunde an meinem Arm machten mir ganz schön zu schaffen.

Ich sah mich am Tisch um, betrachtete Docc, Kit, Grace, Hayden, die sich mit solcher Selbstverständlichkeit unterhielten. Nach dem Essen hatte Jett Grace und Hayden noch etwas für mich Unverständliches mitgeteilt, dann war er verschwunden. Docc saß neben mir und schaute mit sanftem Blick versonnen zwischen Hayden und Grace hin und her. Ich sah, wie Kits Mund sich bewegte und er etwas sagte, aber auch hier hörte ich nur ersticktes Gemurmel. Anscheinend sprach er nur mit Docc, denn weder Grace noch Hayden achteten auf ihn.

Mit merkwürdiger Genugtuung beobachtete ich, wie Hayden sich vorbeugte und seine Lippen ganz nah an Graces Ohr führte. Sie grinste. Die beiden wurden einfach magisch voneinander angezogen – ihre physische Verbindung war so stark, dass sie wie ein Schleier wirkte, der sie vor der Außenwelt abschirmte.

Graces Grinsen spiegelte sich auf Haydens Gesicht wider. Sie strahlten einander an, schienen vollkommen ineinander versunken zu sein und alle anderen vergessen zu haben. Eine kurze Bewegung erregte meine Aufmerksamkeit. Ich sah, wie Graces Hand sich bewegte, als wolle sie Hayden über den Rücken streicheln, doch dann besann sie sich eines Besseren und gab sich mit einer leichten Berührung seines Unterarms zufrieden. Ansonsten beteiligten sie sich kaum am Gespräch, beinahe als wären auch sie vorübergehend taub.

Offensichtlich waren die beiden unsterblich ineinander verliebt. Umso verblüffender, dass es dem restlichen Camp gar nicht aufzufallen schien. Wer Hayden näher kannte, wusste, wie sehr er sich verändert hatte. Allerdings hatten diesen Vorzug nur wenige. Nur sehr selten gab er seiner Umgebung allzu viel von sich preis, aber wenn er es tat, dann merkte man, dass er ein viel besserer Mensch war als wir alle. Er und Kit waren für mich wie die Brüder gewesen, die ich nie hatte, die Familie, die ich nie hatte. Und gerade weil ich ihn so gut kannte, wusste ich, wie sehr er sich seit jenem Tag, an dem er Grace gerettet hatte, weiterentwickelt hatte.

Sogar die unmerkliche Art, wie sie sich einander zuneigten, wenn sie nebeneinandersaßen, machte ihre Liebe offensichtlich. Ich hatte keinen Zweifel, dass ausgerechnet er es verdient hatte, so zu empfinden. Er hatte für alle anderen so viele Opfer gebracht und sich nicht ein einziges Mal beklagt. Niemals hatte er selbstsüchtig gehandelt, sich den Vorrang vor anderen gegeben oder irgendetwas getan, das nicht dem Camp zugutekam. Er hatte sich immer und immer wieder bewährt und einen hohen Preis dafür gezahlt; er hatte die einfachen Dinge im Leben aufgegeben, die er sich auch jetzt nur zögerlich gönnte, hatte sich selbst so viele Dinge versagt, die das Leben lebenswert machten.

Mit Grace hatte sich das geändert. Es war mir schon wenige Tage nach ihrer Ankunft aufgefallen, wahrscheinlich sogar noch bevor er selbst sich dessen bewusst wurde. Es war überraschend, wie schnell er ihr gegenüber einen Beschützerinstinkt entwickelte, und sogar noch überraschender, wie befreit er bei ihr war. Er war genauso selbstlos wie eh und je, trotzdem gönnte er sich jetzt auch einmal etwas, begann sich zu öffnen und Erfahrungen zu machen, die er schon längst hätte machen sollen. Grace hatte ihm das *Leben* geschenkt – einen Grund, wirklich zu leben und nicht nur zu existieren, und dafür konnte ich ihr gar nicht dankbar genug sein.

Mein bester Freund, mein Bruder im Geiste statt des Blutes, war endlich glücklich – ihretwegen.

Ein leise klingelndes Lachen drang durch den Nebel in meinen Ohren und riss mich aus den Gedanken. Wieder landete mein Blick auf Grace, die mir gegenübersaß, ein breites Lächeln auf dem Gesicht, während sie Hayden erneut einen glühenden Blick zuwarf. Was immer er gesagt hatte, hatte sie belustigt, und Hayden war eindeutig erfreut über ihre Reaktion, denn er sah sie voller Anbetung an.

Ich seufzte tief und versuchte den Ärger darüber zu verdrängen, dass ich so viel von ihrer Unterhaltung verpasste. Es fiel mir schwer, die Zeit mit meiner Ersatzfamilie zu genießen, solange ich keine Ahnung hatte, was vor sich ging.

Wieder fixierte ich Grace. Sie war unbestreitbar eine schöne Frau, aber auf mich übte sie keinerlei Anziehungskraft aus. Sie war mittlerweile wie ein Kumpel, eine beste Freundin oder vielleicht sogar wie eine Schwester für mich, was mich ebenfalls überraschte. Unter anderen Umständen hätte ich vielleicht irgendwelche romantischen Gefühle für sie entwickelt, aber so war das unmöglich. Sie war in jeglicher Hinsicht für Hayden geschaffen, genau wie er für sie.

»Hey!«

Der Ruf war so laut, dass er sogar zu mir durchdrang, und ich blinzelte, sah mich um. Alle am Tisch starrten mich an, als warteten sie auf die Antwort auf eine Frage, die ich nicht gehört hatte.

»Was?« Ich merkte, dass ich schrie, konnte aber nichts daran ändern. Außerdem waren ihre entnervten Blicke durchaus amüsant, wenn ich wieder mal unnötig herumbrüllte.

»Wir gehen zur Kommandozen... zu reden ... *irgendetwas*«, sagte Hayden. Seine Stimme kam und ging, und ich beobachtete ihn mit zusammengekniffenen Augen, aber das Wichtigste entging mir nicht.

»Okay«, erwiderte ich. Es folgte ein dumpfer Schlag auf meinen Arm, und Kit gluckste amüsiert.

»Du kannst froh sein, wenn dein Gehör bald wiederkommt«, meinte er kopfschüttelnd.

»*Wem sagst du das. Und ihr vermisst sicher alle meinen intellektuellen Input, ich weiß.*«

Ich grinste, als sie die Augen verdrehten. Wieder entging mir nicht die subtile Liebkosung von Haydens Fingern in Graces Kreuz, als alle sich erhoben.

Ich dachte an das Freudenfeuer zurück, an die Nacht, in der sie miteinander getanzt hatten. Es hatte einigermaßen unschuldig begonnen, sich dann aber sehr schnell gesteigert. Sie waren so selbstvergessen gewesen, einander so nahegekommen, dass ich hatte eingreifen müssen, um ihre Beziehung zu schützen. Es ging mich zwar nichts an, aber das hinderte mich nicht daran, mich einzumischen, wenn es nötig war. Außerdem konnte ich nicht zulassen, dass sie ihr Geheimnis lüfteten, bevor sie wirklich bereit dazu waren.

Verdammt, was bin ich doch für ein fantastischer bester Freund.

Dieser selbstgefällige Gedanke zauberte ein zufriedenes Lächeln auf mein Gesicht, während ich den anderen nach draußen und über den Pfad zur Kommandozentrale folgte. Kit ging neben Grace und Hayden her, während Docc sich zu mir gesellte. Überrascht stellte ich fest, dass ich seine Stimme über das Surren in meinen Ohren hinweg durchaus verstehen konnte.

»Sie merken gar nichts, stimmt's?«, murmelte er.

»Wer?«, fragte ich glucksend und achtete darauf, leise zu sprechen.

»Hayden und Grace. Sie haben keine Ahnung, wie sie zusammen auf die Außenwelt wirken.«

Ich lächelte. Weder berührten sie einander noch sahen sie sich an, aber dennoch konnte ich den Funkenflug zwischen ihnen förmlich sehen.

»Du hast Recht.«

»Wann hast du es bemerkt?«, fragte Docc leise weiter. Wir blieben ein wenig zurück, damit man uns nicht hören konnte, und ich war froh, dass er so eine tiefe Stimme hatte.

»Ich glaube, nach dem Greystone-Raubzug, kurz nachdem sie herkam ... ich hatte von Anfang an so ein Gefühl, hätte aber nie geglaubt, dass ich wirklich richtigliege.« Docc schien das nicht weiter kommentieren zu wollen, also fragte ich: »Und du?«

»Davor ... nachdem sie Kit gerettet hatte. Es lag an der Art, wie er mit ihr umging«, überlegte Docc.

»Ah, der stets so scharfsichtige Docc, der mich mal wieder übertrumpft«, sagte ich mit gespielter Enttäuschung.

Mittlerweile waren wir an der Kommandozentrale angelangt, und unsere tiefsinnige Unterhaltung war beendet.

Grace

Die Kommandozentrale war nur spärlich erleuchtet, als wir einer nach dem anderen eintraten. Die diensthabende Wachfrau nickte Hayden einmal zu, dann verließ sie das Gebäude, um uns nicht zu stören. Hayden, Dax, Kit, Docc und ich versammelten uns um den Tisch in der Mitte. Ansatzweise wussten die anderen, was wir im Zeughaus vorgefunden hatten, aber sie hatten noch keine Ahnung von der grauenhaften Ent-

deckung, die Hayden und ich gemacht hatten und die mich in meinen Träumen verfolgte – die Leichen, deren Hände man abgehackt und an die Wände genagelt hatte, zusammen mit einer blutigen Botschaft, die alle wie uns warnen sollte.
Diebe.
Der tröstliche Druck von Haydens Hand, die kurz auf meinem Rücken landete, schien die Kälte zu vertreiben.

»Denk nicht daran«, sagte er so leise, dass nur ich ihn verstehen konnte. Ich warf ihm ein Lächeln zu und nickte, entschlossen, stark zu bleiben. Also wandte er seine Aufmerksamkeit wieder der Gruppe zu.

»Na gut, also, ich wollte darüber nicht in der Kantine reden, aber ... wir haben womöglich ein Problem.«

»*Was? Ein Problem?* Aber läuft doch alles prima«, sagte Dax laut und mit unverkennbarem Sarkasmus. Wir funkelten ihn zornig an. Mitten im Krieg zu sein, konnte man wohl kaum als »prima« bezeichnen.

»Was? Ihr seid noch nicht bereit für solche Scherze? Okay, okay«, sagte er und hob beschwichtigend die Hände. Hayden stand ganz verkrampft neben mir; er war eindeutig alles andere als amüsiert.

»Deine Witze sind wirklich manchmal fürchterlich, Dax«, sagte ich mit leichtem Kopfschütteln. Ich musste an den Tag denken, an dem er mir gesagt hatte, dass Hayden es nicht geschafft hatte, nur um dann zu gestehen, dass es nur ein »Witz« gewesen war. Das würde ich ihm wahrscheinlich niemals ganz verzeihen.

»Es gibt also ein Problem, Hayden?«, unterbrach Docc, um uns thematisch wieder auf Kurs zu bringen.

»Ja«, antwortete Hayden. »Offensichtlich wisst ihr ja alle von den Brutes, auf die wir während unseres Raubzuges gestoßen sind. Anscheinend leben sie im Zeughaus. Wir wissen alles über die Vorräte, die sie dort angesammelt haben, aber da ist noch etwas.«

Die Spannung im Raum war förmlich greifbar. Vier Augenpaare sahen ihn erwartungsvoll wartend an.

»Diese Brutes ... die, die wir bestohlen haben ... morden unaufhörlich.«

»Was meinst du damit?«, fragte Kit und runzelte nachdenklich die Stirn. Dax konzentrierte sich darauf, uns zu verstehen. Doccs Miene war unergründlich.

»Wir haben einen Haufen Leichen darin entdeckt«, unterbrach ich. »Einen ziemlich großen Haufen ...«

Wieder überlief es mich kalt, als ich die Hände vor mir sah, die an die Wand genagelt worden waren. Winzige Hände, die nur Kindern hatten gehören können.

»Aber ... ich meine, ist das denn eine so große Überraschung? Wir töten einander nun mal«, meinte Kit unverblümt. Hayden spannte sich neben mir sogar noch mehr an, und ich warf Kit einen wütenden Blick zu, weil er ihn daran erinnert hatte. Ich wollte nicht, dass er daran dachte, solange er es nicht musste.

»Das war was anders«, warf Hayden ein. »Wir töten jene, die uns angreifen oder schaden wollen ... Diese Männer haben die Menschen nicht einfach nur umgebracht ... sondern hinterher verstümmelt. Sie haben ihnen die Hände abgehackt und an die Wand genagelt, weil sie sie beim Stehlen erwischt haben. Kinderhände.«

Haydens Stimme klang belegt, als ob ihn jedes einzelne Wort schmerzte. Trostloses Schweigen senkte sich über die Gruppe herab. Die Erkenntnis, über was für eine Art von Männern wir da sprachen, war einfach zu entsetzlich, um weiter darüber nachzudenken, aber der Anblick, der sich in mein Hirn gebrannt hatte, war ebenso ein unumstößlicher Beweis wie die Worte, die wir aus ihrem Mund gehört hatten – über Frauen und was sie sich von ihnen holen wollten.

»Was sollen wir also tun, Boss?«, fragte Dax schließlich mit niedergeschlagener Stimme.

»Keine Ahnung«, bekannte Hayden. »Vielleicht vorläufig noch gar nichts, aber wir wären dumm, wenn wir es ignorieren würden. Sie sind bestens ausgestattet. Ihre Vorräte werden noch lange reichen, und sie besitzen genug Waffen, um uns im Bruchteil einer Sekunde wegzupusten.«

»Vielleicht könnten wir einen Erkundungstrupp hinschicken? Um mehr Informationen zu sammeln?«, schlug Docc vor. Er runzelte die Stirn und umfing sein Kinn gedankenverloren mit Daumen und Zeigefinger.

»Vielleicht«, überlegte Hayden. »Nur gebe ich zu bedenken, dass wir bei unserem Ausflug Glück hatten. Keine Ahnung, warum es dort leer war, als wir hineinkamen, aber ich bin mir beinahe hundertprozentig sicher, dass so etwas nicht wieder passieren wird.«

»Warum? Warum war niemand da, wenn sie doch eindeutig dort wohnen? Du hast Recht, das finde ich auch seltsam«, wandte Kit ein. Seine Miene war irritiert.

»Mir gefällt das Ganze auch nicht«, bekannte ich. Wir hatten viel zu viele Fragen und nicht annähernd genug Antworten.

»Da haben wir allerdings eine ganze Menge vor der Brust«, murmelte Docc. »Diesen Krieg mit Greystone, das Camp am Laufen zu halten, und jetzt auch noch diese geheimnisvollen Brutes aus dem Zeughaus. Vielleicht sollten wir Letzteres eine Weile einfach nur ruhen lassen, allerdings trotzdem im Auge behalten. Uns auf das konzentrieren, was wir tatsächlich tun können.«

Das schien zwar die logischste Entscheidung zu sein, trotzdem war uns allen unbehaglich bei der Vorstellung zumute, lediglich passiv abzuwarten. Keiner von uns saß gern untätig herum, wenn sich irgendwo in nicht allzu weiter Ferne Gefahr zusammenbraute.

»Also, vielleicht planen sie ja gar nichts, sondern versuchen einfach nur zu überleben, genau wie wir alle«, sagte Dax hoffnungsvoll.

»Glaubst du das wirklich? Hätten sie uns dann so verfolgt? Ein solches Verhalten passt nicht zu Männern, die nur zu überleben versuchen«, sagte ich. Eigentlich hatte ich schweigen wollen, aber jetzt konnte ich mich einfach nicht mehr zurückhalten.

»Und was schlägst du dann vor, hm? Zurücklaufen, geradewegs in eine Todesfalle und mal sehen, was so passiert?«, fragte Dax frustriert. So ängstlich hatte ich ihn noch nie reden hören.

»Keine Ahnung, aber wir können nicht einfach nur herumsitzen, gar nichts unternehmen und darauf warten, dass sie uns hier überfallen!« Meine Stimme klang unwillkürlich lauter. Die Angst, die ich beiseitegedrängt hatte, brach sich jetzt Bahn.

»Na ja, das ist nicht ...«

»*Genug!*«

Haydens Befehl klang laut und energisch, brachte Dax' und mein Gezänk zum Schweigen. Ein entnervtes Seufzen kam ihm über die Lippen, und er fuhr sich angespannt mit der Hand durchs Haar. Die Furcht vor dem Ungewissen machte uns alle nervös.

»Genug«, wiederholte er leiser.

Ich sah ihn an, beobachtete ihn, aber sein Blick war auf einen Punkt auf dem Tisch gerichtet. Er hatte die Hände flach auf die Tischfläche gelegt, sein Rücken war gebeugt.

»Okay, wir machen Folgendes. Wenn einer eine bessere Idee hat, soll er das sagen, aber hört mich erst bis zum Ende an.« Demonstrativ fixierte er zunächst jeden Einzelnen von uns. Ein paar Sekunden länger verharrte sein Blick auf Dax und mir, und ich spürte, wie meine Wangen sich leicht röteten. Ich hatte das Gefühl, wie ein ungehorsames Kind getadelt zu werden. Als niemand etwas sagte, fuhr er fort.

»Wir werden keine wie auch immer geartete Aktion starten, aber wir werden sie auch nicht ignorieren. Wir behalten sie im Auge, aber aus der Ferne. Wir werden kein Risiko eingehen. Solange wir es verhindern können, soll niemand zu Schaden kommen. Außerdem können wir definitiv niemanden für einen Angriff oder Ähnliches erübrigen. *Falls* wir einen Grund dazu haben, werden wir handeln, aber nur, wenn sie eine Bedrohung für uns darstellen. Kapiert?«

»Ja ...«, antwortete Docc bedächtig und nickte kurz mit dem Kopf. »Ja, das klingt einleuchtend.«

»Für mich auch«, stimmte Kit zu.

»Ja, einverstanden«, sagte auch Dax, immer noch etwas zu laut.

Wieder senkte sich die Stille ein paar Sekunden lang über uns herab. Dann spürte ich, dass alle mich ansahen. Ich blinzelte überrascht, als mir klar wurde, dass sie meine Meinung hören wollten.

»Grace? Was hältst du davon?«, fragte Kit.

Ich war verblüfft. Anscheinend betrachteten sie mich nicht nur als eine der ihren, sondern auch als Anführerin.

»Ich halte das für den bestmöglichen Plan«, antwortete ich.

Ich blickte jedem Einzelnen von ihnen und am Ende Hayden in die Augen. Seine Miene war zwar weitgehend unergründlich; trotzdem war er offensichtlich stolz auf mich.

»Dann wäre das also beschlossene Sache«, antwortete er dann wieder zur Gruppe gewandt, nachdem er den Blick von mir losgerissen hatte. »Wir werden etwa jede Woche einen Erkundigungstrupp zu ihnen schicken, um herauszufinden, was dort vor sich geht. Außerdem müssen wir unseren Turm instand setzen und die niedergebrannten Hütten wieder aufbauen.«

»Ich habe mich deshalb schon mit Malin zusammengesetzt«, verkündete Kit. »Wenn es um so etwas geht, ist das Mädchen einfach ein Genie.«

Als Malins Name fiel, drehte sich mir kurz der Magen um. Ich erinnerte mich an das, was sie mir eher zufällig gebeichtet hatte – dass sie und Hayden eine gemeinsame Vergangenheit hatten –, aber ich schob den Gedanken beiseite. Natürlich hatte es andere Frauen vor mir gegeben, genau wie für mich andere Männer. Es ging mich nichts an.

Ich war entschlossen, mir das auch weiterhin vor Augen zu führen. Ich würde mich definitiv nicht über Dinge aufregen, die keine Rolle mehr spielten.

»Also sind wir hier fertig?«, fragte Dax. »Ich hab nämlich noch was vor, wisst ihr?«

Jetzt grinste er wieder breit und rieb sich die Hände vor der Brust, weshalb sowohl Hayden als auch Kit entnervt stöhnten.

»Dax, du alter Charmeur«, gluckste Docc.

»Ja, wir sind fertig«, bestätigte Hayden.

»Dann bis später«, meinte Kit und nickte Hayden und mir zu. Er und Dax gingen schwatzend hinaus und ließen Hayden, Docc und mich allein.

»Hayden, könnte ich ein paar Worte mit dem Mädchen wechseln?«, fragte Docc respektvoll.

Hayden zog einen Schmollmund und warf mir einen fragenden Blick zu. Ich zuckte nur mit den Schultern, denn ich hatte keine Ahnung, was Docc von mir wollte, aber auch kein Problem damit, allein mit ihm gelassen zu werden.

»Na gut. Ich bin ... ich warte dann draußen«, antwortete Hayden zögernd. Kaum hatte sich die Tür hinter ihm geschlossen, wandte Docc sich mir mit sanftem Lächeln zu.

»Sorry, ich wusste nicht so genau, ob du etwas dagegen hast, wenn er es mitbekommt oder nicht. Alte Gewohnheiten lassen sich nun mal nur schwer ablegen ... Schweigepflicht und so«, erklärte Docc. Ich blinzelte und schüttelte den Kopf.

»Schon gut. Worum geht's?«

»Ich weiß nicht, ob du damit weitermachen willst, aber

wenn ja, dann wäre deine nächste Drei-Monats-Spritze bald fällig. Die Entscheidung liegt natürlich bei dir, aber ich dachte, ich erinnere dich vorsichtshalber mal dran.«

Etwas verlegen errötete ich, aber dann siegte die Dankbarkeit. Inmitten des ganzen Chaos war mir vollkommen entfallen, dass der Schutz aufgefrischt werden musste.

»Ja, ich möchte weitermachen«, antwortete ich und wurde noch röter im Gesicht. Docc nickte nur.

»Hast du denn jetzt sofort Zeit? Wir könnten gleich in die Krankenstation gehen und es hinter uns bringen. In jedem Fall aber muss es im Laufe dieser Woche geschehen.«

»Ja, machen wir es sofort«, antwortete ich. »Und, ähm, Hayden kann mitkommen, wenn er will. Er weiß Bescheid, also ...« Ich verstummte tödlich verlegen. Bestimmt war Docc mittlerweile klar, dass meine Lüge, die Spritze nur wegen meiner Periode bekommen zu wollen, genau das gewesen war – eine Lüge. Dennoch fühlte ich mich immer noch nicht so ganz wohl dabei, mit jemandem darüber zu reden, der Hayden schon von Kindesbeinen an kannte.

»Gut. Wenn der Junge noch da draußen ist, machen wir uns gleich auf den Weg.«

Ich nickte weiterhin peinlich berührt, und wir gingen zur Tür. Ich war keineswegs überrascht, Hayden draußen warten zu sehen. Selbst wenn ich nur mit Docc zusammen war, wollte er mich nicht aus den Augen lassen.

»Fertig?«, fragte er, kaum dass ich aus der Tür trat.

»Ja, äh, wir müssen mal eben schnell zur Krankenstation. Du musst nicht mitkommen, wenn du nicht willst«, antwortete ich ausweichend.

»Warum? Bist du verletzt?«, fragte er sogleich mit besorgter Miene.

»Nein, Hayden«, antwortete ich. Sein Gesicht wirkte erleichtert. »Es geht um die Hormon-Spritze.«

»Oh«, sagte er nur. »Ja, na gut.«

Die Krankenstation war leer, was überraschend war angesichts der Anzahl an Menschen, die bei Kriegsbeginn verletzt worden waren.

»Keiner da?«, fragte ich, als ich mich auf eine der Bänke setzte, die für die Patienten reserviert waren.

»Nö. Ich habe alle so weit versorgen können, dass ich sie nach Hause schicken konnte. Die Medikamente, die ihr aus dem Zeughaus mitgebracht habt, haben Wunder gewirkt«, antwortete Docc gelassen. Hayden stand neben mir, als Docc eine Ampulle aus dem Schrank holte. Er reinigte die Nadel der Spritze mit Alkohol, bevor er sie durch den Gummideckel führte und das Medikament aufzog.

»Das ist gut.«

»Stimmt.« Seine Augen waren unverwandt auf die Spritze gerichtet. Dann stellte er die Ampulle ab und kam näher. Ich spürte die kühle Feuchtigkeit des Alkohols, als er mir mit einem Tuch den Oberarm abwischte. »Eins, zwei ... drei.«

Ich spürte den leichten Stich der Nadel und das Brennen der Medizin. Hayden beobachtete mich genau. Es war doch nur eine Spritze und machte mir überhaupt nichts aus. Docc zog die Nadel heraus und warf sie in den Mülleimer.

»Jetzt wirst du deine Periode wahrscheinlich nicht mehr bekommen«, sagte Docc, nachdem er Hayden einen wachsamen Blick zugeworfen hatte. Der räusperte sich verlegen und interessierte sich plötzlich sehr intensiv für irgendetwas auf der anderen Seite des Raumes. Ohne ein Wort entfernte er sich, gab Docc und mir ein wenig Freiraum. »Wenn doch, dann ist sie wahrscheinlich nur sehr leicht, bis sie dann ganz aussetzt.«

»Okay«, antwortete ich. »Muss ich sonst noch etwas wissen?«

»Solange du daran denkst, in drei Monaten wiederzukommen, um den Empfängnisschutz wiederaufzufrischen, ist alles klar.«

»Danke, Docc.« Ich lächelte und hüpfte von der Bank herunter. Mit einem Pflaster hielt ich mich gar nicht erst auf, denn der Einstich blutete schon jetzt nicht mehr.

»Jederzeit, Mädchen. Jederzeit.«

Mit diesen Worten wandte er sich seinem Schreibtisch zu. Ich ging zu Hayden hinüber, der sich einen der zahlreichen Schränke ansah, in denen Docc seine Medikamente aufbewahrte. Ich legte ihm die Hand auf den Rücken, und er drehte sich mit einigermaßen überraschtem Gesichtsausdruck um.

»Fertig?«, fragte ich und musste mir das Lachen verkneifen.

»Mmm-hmm«, nickte er.

»Dann komm. Gehen wir.«

Er schenkte mir ein schiefes Lächeln.

»Ja, Ma'am.«

KAPITEL 6
RUHIG

Grace

»Ma'am, ja?«

»Mmm-hmm. Wenn du mich so herumkommandierst und was sonst noch alles ...« Er schwieg belustigt.

»Also bitte«, tadelte ich ihn spielerisch. »Als ob ich dich jemals herumkommandieren könnte.«

»Ist wohl so 'ne Art Machtkampf jetzt, was?«

»Aber klar doch, *Sir*«, antwortete ich und grinste breit, als er bei diesem Wort automatisch mal wieder die Stirn runzelte. Ich kicherte, als er mir mit der Schulter einen Knuff gab.

»Nenn mich nicht so«, sagte er heiter und mit einem winzigen Lächeln.

»Echt nicht, Herc?«, fragte ich. Da wurde sein Grinsen breiter.

»Ach was soll's, Bär«, meinte er zufrieden. Nach diesem doch etwas bedrückenden Morgen, der hinter uns lag, freute ich mich über unser fröhliches Geplänkel. Erst jetzt bemerkte ich, dass wir gar nicht zu Haydens Hütte zurückkehrten. Der Pfad, den wir jetzt eingeschlagen hatten, führte uns in die entgegengesetzte Richtung, fort vom Zentrum des Camps.

»Was hast du vor?«, fragte ich neugierig. Die Hütten hier sahen genauso aus wie alle anderen im Camp. Es war nichts Außergewöhnliches zu erkennen.

»Wir müssen bei Barrow vorbeischauen«, antwortete Hayden ernst. Mein Herz setzte einen Schlag aus.

»Was? Warum?«

»Nur weil ... ich muss ihm ein paar Fragen stellen«, erwiderte Hayden geheimnisvoll. Angesichts dieser ausweichenden Antwort runzelte ich die Stirn.

»Welche zum Beispiel?« Meine Stimme klang widerwillig.

»Wart's ab, Grace«, antwortete er ungeduldig.

Je näher wir der unauffälligen Hütte kamen, umso grimmiger wurde meine Miene. Hayden stieß die Tür mit der Schulter auf und verschwand im Inneren. Ich folgte ihm. Ein finsterdreinblickender Mann saß in der Ecke des Zimmers auf einem Stuhl. In der Hand hielt er eine Waffe und bewachte Barrow, der an einem Balken festgebunden war. Mürrisch betrachtete ich seine zerzauste Erscheinung, als er sich zu uns umdrehte und ein überraschtes Gesicht zog. Doch die Überraschung verschwand sofort wieder, als er bemerkte, dass Hayden ihm nicht allein einen Besuch abstattete.

»Na toll«, murmelte er bitter, als wir vor ihm stehenblieben.

»Barrow«, begrüßte Hayden ihn ausdruckslos. Barrow und ich funkelten einander an, während Hayden geduldig darauf wartete, dass ihm der andere Mann seine Aufmerksamkeit schenkte.

»Ja, mein Gebieter?«, sagte er in sarkastischem, bissigem Ton.

»Das hier muss nicht sein, das weißt du«, sagte Hayden streng. Barrow saß auf dem Boden, Hayden und ich standen vor ihm und überragten ihn beträchtlich. Ich spürte einen Anflug von Genugtuung angesichts unserer Überlegenheit.

»Du hast ziemlich deutlich gemacht, dass es doch sein muss.«

Ich hätte ihm am liebsten den Marsch geblasen, aber ich hielt den Mund. Sicher hatte Hayden einen bestimmten Grund, um ihn zu besuchen, und ich wollte ihn nicht unterbrechen.

»Aber erkennst du denn nicht, dass es auch anders laufen könnte? *Du* bist immerhin derjenige, der nicht akzeptieren kann, dass Grace jetzt zu Blackwing gehört. Sie hat vom ersten Tag an nichts anderes getan, als uns zu helfen, und du hast nie auch nur in Betracht gezogen, dass sie nicht unsere Feindin sein könnte.«

Barrow blickte bei Haydens Worten sogar noch finsterer drein und funkelte mich wieder zornig an.

»Denk doch nur, wie es vor einem Jahr war. Hättest du sie überhaupt am Leben gelassen, wenn sie jemand anders gewesen wäre? Zum Beispiel, wenn sie nicht so ein hübsches kleines Ding gewesen wäre, wenn du nicht ein Auge auf sie geworfen hättest? Wäre sie dann noch am Leben?« Barrow spuckte Gift und Galle. Er gab Hayden gar keine Gelegenheit zu einer Antwort. »Nein, Hayden. Sie wäre nicht mehr am Leben.«

»Das ist nicht wahr«, antwortete Hayden gelassen. Ich merkte, dass er es bewusst vermied, den Köder zu schlucken und sich auf den Streit einzulassen, den Barrow anzuzetteln versuchte.

»Natürlich ist es wahr! Du hast sie gesehen und wolltest ihr an die Wäsche, also bist du weich geworden und ...«

Doch jede weitere Äußerung wurde im Keim erstickt, denn Haydens Hand lang nun an seiner Kehle. Er hatte sich auf ihn gestürzt und presste ihn nun gegen den Pfeiler.

»Sie lebt, weil sie mir das Leben gerettet hat, ebenso wie Jett, und zwar in der allerersten Nacht, in der ich sie traf. Sie lebt, weil sie sich als vertrauenswürdig erwiesen hat, und zwar immer und immer wieder. Weil sie das für uns ist. Dass du das nicht *erkennst*, geht über meinen Verstand«, knurrte Hayden, der für einen Augenblick die Beherrschung verloren hatte.

Sein Arm schob sich nach vorn, und er drückte Barrows Kehle eine Sekunde lang noch fester zu, sodass dieser würgte und leise spuckte. Dann ließ er ihn los und richtete sich wieder zu voller Größe auf, als sei nichts geschehen. Barrow hustete noch ein paar Mal, dann schüttelte er den Kopf und blickte wieder höhnisch zu uns beiden empor.

»Warum hat Greystone uns dann angegriffen, hä? Warum haben sie das alles angefangen, wenn nicht ihretwegen?«

»Weil sämtliche Vorräte dahinschwinden, du Idiot. Wir wussten alle, dass es über kurz oder lang dazu kommen würde, und jetzt ist es halt so weit. Wir konnten schließlich nicht für immer und ewig auf Raubzüge gehen. Hast du vergessen, wie diese Welt funktioniert?«, rief Hayden ungeduldig. »Du irrst dich wirklich so *gründlich*, dass ich ausrasten könnte.«

Barrow schwieg und blickte wutentbrannt zu Boden. Während des gesamten Wortwechsels hatte der Wachmann ebenso geschwiegen wie ich. Doch wahrscheinlich war diese Unterhaltung nicht der Grund für unseren Besuch. Haydens nächste Bemerkung bestätigte das.

»Ich *wollte* darüber nachdenken, dich wieder freizulassen, aber das hast du dir jetzt selbst vermasselt«, teilte Hayden ihm mit. Unsere leichte, spielerische Stimmung von vorhin war wie weggeblasen.

»Ja klar wolltest du das.«

»Es ist wahr«, sagte Hayden. Ich versuchte das Gefühl, verraten worden zu sein, zu verdrängen. Schließlich musste ich mir ins Gedächtnis rufen, dass Barrow einst wie ein Vater für Hayden gewesen war. Eigentlich war die ganze Situation niemandem gegenüber wirklich fair.

»Nicht wirklich frei, dass wir uns nicht missverstehen, aber zumindest nicht an einen Pfahl gefesselt wie jetzt. Aber offensichtlich kann ich immer noch nicht sicher sein, dass du ihr kein Haar krümmst.«

Ich blinzelte, als mir klar wurde, dass er von mir sprach. Barrow widersprach nicht. Es war ziemlich offensichtlich, dass er sich immer noch am liebsten auf mich gestürzt hätte, trotz allem, was Hayden zu meinen Gunsten gesagt hatte.

Das Gefühl beruhte auf Gegenseitigkeit.

»Wenn du mit Schmollen fertig bist, muss ich dir eine Frage stellen«, beharrte Hayden. Barrow, der abwechselnd mich und den Boden wütend angefunkelt hatte, sah nun zu Hayden empor.

»Was?«

»Hast du den Angriff aus Greystone gesehen, bevor sie hier ankamen?«

»Ja«, knurrte er. Deshalb hatte er vermutlich in der Nacht des Kriegsbeginns so einen Mordsaufstand auf dem Turm veranstaltet.

»Wie viele hast du gesehen?«

»Keine Ahnung. Schließlich war ich gefesselt, oder?«, spie Barrow vorwurfsvoll hervor. Hayden zog ungeduldig eine Augenbraue hoch. »Hundert vielleicht.«

»Kamen sie nur aus einer Richtung oder hatten sie das Camp umzingelt?«

»Dachte, ein Anführer müsste das bereits wissen.«

»Halt's Maul und sag's mir.«

Barrow seufzte tief. »Sie kamen aus zwei Hauptrichtungen, aus Süden und Osten.«

»Kannst du mir sonst noch etwas sagen?«

»Nein. Bin auf dem Boden aufgewacht, und das ist das Letzte, woran ich mich erinnere.«

»Ja, und weißt du auch, wie du auf dem Boden gelandet bist?«, spie ich hervor, denn wieder kochte der Zorn in mir empor. Ich konnte mich einfach nicht mehr zurückhalten.

»Ich bin mir dessen bewusst«, antwortete er ausdruckslos. Sein Blick bohrte sich in mich hinein.

»Du hast dich noch immer nicht bei ihm bedankt, weißt du«, bemerkte ich wütend.

»Das geht dich nichts an«, erwiderte er höhnisch.

»Er hat sein Leben aufs Spiel gesetzt, um *dich* zu retten. Er hätte dabei sterben können.«

Auch wenn er mich vielleicht hasste, das war noch lange kein Grund, Hayden so zu behandeln, wie er es tat.

»Danke«, murmelte er erbittert und blickte zu Boden.

»Du bist so ein verda...«
»Schon gut, Grace«, unterbrach Hayden mich.
»Es ist nicht gut, Hayden!« Jetzt kochte das Blut in meinen Adern.
»Ich sagte, es ist gut«, widersprach Hayden entschieden.
»Wir sind fertig. Genieß deinen Aufenthalt hier, Barrow.«
Als Antwort gab Barrow nur ein entrüstetes Schnauben und ein winziges Kopfschütteln von sich. Ich biss mir auf die Innenseite der Wange, um nicht noch einmal hochzugehen. Erst als ich den sanften Druck von Haydens Schulter an meiner spürte, konnte ich mich bewegen und ihm zur Tür hinaus folgen. Er rief dem Wachmann einen Abschiedsgruß zu, und wieder befanden wir auf dem Pfad, der sich durch Blackwing hindurchschlängelte.

Innerlich brodelte ich vor Zorn. Auch Hayden schwieg, obwohl er nicht so wütend zu sein schien wie ich. Mit federnden Schritten ging er neben mir her, und ich spürte seinen Blick auf mir. Er musterte mich von der Seite.

Wir liefen den kurzen Pfad hinauf, der zu Haydens Eingangstür führte, als er endlich sein Schweigen brach. Sein Ton war milde.

»Ach, Grace ...«, murmelte er leise. Wenn ich mich nicht täuschte, dann schwang eine gewisse Belustigung in seiner Stimme mit. Ich wusste nicht genau, was ihn so sehr amüsierte, also ignorierte ich ihn, als er mir den Vortritt ließ, um die Tür zu seiner Hütte aufzustoßen.

Im Inneren war es dunkel und kühl, aber auch die vertraute Umgebung konnte den anhaltenden Zorn nicht lindern, an den ich mich klammerte. Ich konnte nicht anders, als geradewegs hineinzugehen, mich auf dem Absatz umzudrehen und hin und her zu tigern in dem Versuch, mir die Aggressionen aus dem Körper zu laufen. Erneut spürte ich Haydens Blick auf mir. Er lehnte sich gegen die Tür, die er nach dem Eintreten hinter sich geschlossen hatte. Unwillkürlich funkelte ich ihn stocksauer an, wurde aber lediglich mit einem amüsierten Grinsen bedacht.

»Was?«, rief ich etwas barscher als nötig.

»Du musst dich beruhigen, Grace«, sagte er gelassen.

»Ich *bin* ruhig«, geiferte ich wenig überzeugend. Dass ich ruhelos hin und her lief und dabei die Hände zu Fäusten ballte, strafte meine Worte Lügen.

»Ja klar«, widersprach er.

»Ach, halt den Mund, Hayden«, murmelte ich. Es war so seltsam, dass ich mich über etwas dermaßen aufregte, was im Grunde gar nichts mit mir zu tun hatte, aber wahrscheinlich passierte so etwas, wenn man jemanden liebte. Ich wandte mich von ihm ab.

Dann zuckte ich leicht zusammen, als ich Haydens warme Hände auf meinen Armen spürte. Er ließ sie langsam über meine Haut gleiten, bis hinauf zu meinen Schultern. Seine Finger kneteten die verspannten Muskeln unter meinem Tanktop. Allein die Hitze seiner Berührung trug bereits zur Entspannung bei.

»Ganz ruhig«, murmelte er leise.

Ich seufzte tief, spürte die beruhigende Wärme seiner Lippen am Nacken. Er hielt einen Augenblick lang inne und ließ sie dort verharren. Seine harte Brust presste sich an meinen Rücken, und ich spürte, wie seine Hände meine Arme wieder hinabglitten, bis eine auf meiner Hüfte landete. Sanft zog er mich an sich und massierte mit der anderen Hand sachte kreisend meine Hüfte.

»Genau so«, hauchte er, als er spürte, wie mein Körper an seinem dahinschmolz. Die Spannung sickerte förmlich aus mir heraus, ich neigte den Kopf nach hinten und legte ihn an seine Schulter. Er beschrieb einen Pfad aus Küssen an meinem Hals entlang, bis hin zu meinem Ohr, das er sanft zwischen die Zähne nahm.

Mein Körper presste sich sogar noch fester an ihn, und er stand stark und unwandelbar da und erwiderte den Druck. Als er diesmal erneut die Lippen an meinem Nacken entlangwandern ließ, spürte ich die feuchte Hitze seiner Zunge auf meiner Haut. Seine Finger erhöhen den Druck, seine Lippen liebkosten meinen Hals, und mit der anderen Hand hielt er mich fest, unterwarf mich seinem Willen.

»Bist du jetzt ruhig, Grace?«

Mit unglaublich leiser Stimme und voller Verlangen flüsterte er mir die Worte ins Ohr.

»Ja.« Ich keuchte beinahe. Aber eigentlich war ich alles andere als ruhig, denn mein Herz pochte wie wild, allerdings aus einem ganz anderen Grund als noch vor wenigen Augenblicken.

»Versprochen?«

Die Hitze zwischen meinen Beinen intensivierte sich, als er mit der Hand erneut darüberfuhr, während seine Lippen nun meine nackten Schultern liebkosten.

»Versprochen«, versicherte ich schwach. Es klang wie Betteln, aber das war mir egal. Er trieb mich zum Wahnsinn.

»Gut«, murmelte er.

Dann drehte ich mich zu ihm um, seine Hand ließ mich los, und ich presste meine Brust an die seine, während er mir einen Kuss auf die Lippen gab.

Er drängte mich rücklings an den Schreibtisch heran, der ungefähr einen Meter entfernt stand, dann presste er die Hüften gegen die meinen. Mit beiden Händen zerrte ich sein Shirt nach oben, wollte unbedingt seine nackte Haut spüren. Er schob mein Top ebenfalls nach oben, Stück für Stück, während seine Zunge sich an meine schmiegte. Dann löste er sich plötzlich von mir, schuf genug Raum zwischen uns, damit er mir das Oberteil über den Kopf ziehen und auf den Boden werfen konnte. Kaum war das erledigt, widmete er sich wieder unserem Kuss.

Doch lange verharrten seine Lippen nicht auf den meinen. Sanft neigte er meinen Kopf mit der Hand zur Seite, um erneut einen Pfad aus Küssen an meiner Kehle entlang zu beschreiben. Jeder einzelne traf mich tiefer und tiefer, bis er die Wölbung meiner Brüste erreicht hatte, wo die Wunde, die mir mein Bruder beigebracht hatte, noch immer nicht verheilt war. Nur ein hauchzarter Kuss darauf, und schon hob er wieder den Kopf, sah mir tief in die Augen. Ich keuchte – überwältigt von den Gefühlen, die er in mir weckte.

Sein Mund öffnete sich, als wolle er etwas sagen, aber ich schüttelte nur den Kopf. Ich wollte nicht reden – ich wollte nur ihn.

Ohne zu zögern, griff ich nach dem Saum seines Shirts und zerrte es nach oben. Ich fuhr mit den Händen über seine warme, vernarbte Haut. Doch dann preschte er voran, zwang meine Arme um seinen Nacken, presste mich mit den Hüften wieder rücklings gegen den Schreibtisch. Seine Hände glitten unter meinen Hintern, um mich auf die Tischplatte zu heben.

Dann schob er die Hand erneut zwischen meine Schenkel, löste sie aber sogleich wieder. Einen Augenblick lang war ich enttäuscht, doch dann schob er die Finger unter meine Kleiderschichten. Warm und geschickt wanderten sie meine Mitte hinab, dann presste er sie gegen meine Klitoris. Mein Körper zuckte bei dieser Berührung, nach der ich mich den ganzen Tag schon verzehrt hatte.

Ich spürte, wie bereit wir beide waren, und ich wusste, dass auch Hayden es bemerkte. Dennoch kreisten seine Finger weiterhin über den Nervenknoten, schürten das Feuer, das bereits in mir brannte. Es fiel mir schwer, ihn weiter zu küssen, während ich seine Finger an meiner Öffnung spürte, wie er sie leicht umkreiste und dann hineindrängte, um mich zu weiten. Ich keuchte unter dem Druck, und Hayden ergriff die Gelegenheit, um mit den Lippen erneut meinen Hals zu liebkosen.

»Hayden ...« Meine Stimme war kaum mehr als ein atemloses Flüstern.

Ich war mir gar nicht bewusst, dass seine freie Hand an meinen Rücken gewandert war, bis der Haken meines BHs geöffnet wurde und dieser locker zwischen uns hing. Ohne Zeit zu verlieren, warf ich ihn zu meinem Top auf den Boden. Hayden tauchte mit den Lippen immer weiter hinab, fuhr mit den quälenden Bewegungen seiner Hand zwischen meinen Beinen fort, während seine Lippen meine Brustwarzen umschlossen. Seine Zunge umkreiste sie ein paar Mal, dann wanderte sie wieder hinauf, wo ich sein Gesicht wieder zu mir heranzog.

Jedes Mal, wenn sein Daumen über meine Klitoris kreiste, jedes Zucken seines Fingers in meinem Innern, baute immer mehr Spannung auf, bereitete mich auf den Abgrund vor. Meine Arme schlangen sich um Haydens Nacken, und ich zog seine nackte Brust ganz dicht zu mir heran, küsste ihn leidenschaftlich. Seine Hand zwischen uns blieb unermüdlich. Mein Atem wurde immer unregelmäßiger, und ich schloss die Augen ganz fest. Ich spürte meinen Höhepunkt nahen, und das letzte Kreisen seines Daumens stürzte mich in die Tiefe, wobei ich die Lippen keine Sekunde lang von den seinen löste.

Hitze durchtoste mich, und mein Körper erschlaffte in seinen Armen. Dann zog er seine Hand zurück und hob mich vom Schreibtisch. Sein Arm um meine Taille war das Einzige, was mich davor bewahrte, zusammenzubrechen. Plötzlich tauchte seine freie Hand unter meinem Hosenbund ab und zog mir Shorts und Höschen über die Hüften, sodass ich nun nackt vor ihm stand.

Er grinste über meine Überraschung. Dann beugte er sich vor, um mich erneut zu küssen.

»Jetzt entspannt?«, raunte er an meinen Lippen. Ich nickte schwach, während er uns rückwärts aufs Bett manövrierte.

Meine Hände glitten an seinen Seiten hinab, spürten die raue Haut über seinen Rippen, bevor sie auf seinen Hüften landeten, genau über seinen Sportshorts. Dann tauchte Haydens Zunge wieder in meinem Mund ab, und ich ließ die Handfläche über seine Hüften und über die Wölbung an der Vorderseite wandern, was mir ein leises Stöhnen einbrachte.

Ich ließ die Hände in seine Shorts schlüpfen, um sein hartes Glied zu umfassen. Seine Hüften trieben nach vorn, und der Rhythmus seines Kusses spiegelte seine Empfindungen wider. Seine Lippen passten so perfekt auf meine. Die seidige Haut an seinem Schaft glitt an meiner Hand entlang, und sein Becken stieß nach unten, als sehne er sich nach mehr Berührung – genau wie ich.

Ohne zu zögern, ließ ich ihn wieder los, um ihm die Hose und Boxershorts nach unten zu schieben. Er half mir, als ich nicht weiterkam. Kaum lag alles auf der Erde, spürte ich ihn ganz und gar, denn wieder presste er die Hüften an mich, drängte sich an meine Öffnung.

»Bereit?«, murmelte er an meinen Lippen. Meine Hände kratzten über seinen Rücken, während er eine Hand in meinem Haar vergrub und sich mit der anderen festhielt. Einen Augenblick lang küssten wir uns noch, bevor ich antwortete.

»Ja, Hayden.«

So endete der Kuss, denn meine Lippen öffneten sich unwillkürlich, als er langsam in mich hineintrieb, mich stärker weitete als sein Finger es vor einigen Augenblicken noch getan hatte. Ein leises, heiseres Stöhnen der Befriedigung drang aus Haydens Kehle. Mein Kopf fiel zurück aufs Kissen, und ich genoss das Gefühl, wieder voll und ganz mit ihm verbunden zu sein.

»Mein Gott, Grace«, stöhnte er.

Seine Hüften hoben sich. Langsam zog er sich aus mir zurück und stieß wieder zu. Ich stöhnte leise, sein Körper passte perfekt zu meinem, als seien wir füreinander geschaffen. Hayden ließ mich auf so vielen Ebenen Dinge spüren, die ich so noch nie empfunden hatte, und ich war sicher, dass ich mich daran niemals gewöhnen würde.

Hitze und Verlangen wuchsen in mir, während er sanft in mich hinein brandete, und dieses Gefühl wurde durch die Explosion der Liebe verstärkt, die ich für ihn empfand.

Ich schlang ihm die Arme um den Nacken und zog ihn so dicht wie möglich an mich heran, während seine Hüften in einer einzigen, flüssigen Bewegung in mich hinein und wieder hinaus wogten. Hayden stützte das Gewicht auf einen Ellbogen neben meinem Kopf, seine Finger verwoben sich in meinem Haar, wo immer er mich zu fassen bekam, während seine andere Hand meinen Körper erkundete.

Einen Augenblick lang packte er mit seiner großen Hand meine Hüfte, um mir seinen Rhythmus aufzuzwingen, dann umfing er meine Brust und ließ den Daumen über die empfindliche Brustwarze kreisen.

Schließlich erreichte seine Hand mein Gesicht, er umfasste sanft meine Wange und stieß weiter in mich hinein. Ich schlang die Beine um seine Hüfte, zog ihn sogar noch dichter zu an mich heran, während er mich leidenschaftlich küsste. Er war überall, bedeckte mich, hüllte mich ein, auf die bestmögliche Weise.

»Ha-Hayden«, stieß ich keuchend hervor.

»Warte, Baby«, raunte er erneut an meinen Lippen. Noch nie zuvor hatte er mich »Baby« genannt, aber im Augenblick kam mir das ungeheuer passend vor. Ich stöhnte wieder, als er unglaublich tief in mich eindrang, sodass meine Nerven Funken sprühten und ein loderndes Feuer in meinem Innern entfachten. Meine Hüften schossen unwillkürlich nach oben. Ich versuchte, meinen zweiten Höhepunkt hinauszuzögern.

Nun wurde der Rhythmus seiner Hüften schneller. Gemeinsam strebten wir dem Abgrund entgegen, und eine dünne Schweißschicht hatte sich auf seiner Haut gebildet. Meine Beine umklammerten seine Hüfte fester denn je, und meine Selbstbeherrschung schwand dahin. Mein zweiter Orgasmus ließ sich nicht länger zurückhalten, sondern explodierte mit ungeheurer Macht in meinem Innern. Eine Mischung aus Keuchen und Stöhnen entrang sich mir, als die Erleichterung mich durchströmte. Erneut ließ ich den Kopf aufs Kissen zurücksinken, gab jegliche Kontrolle über meinen Körper auf.

»Aaah, Grace«, seufzte Hayden erstickt und trieb ein letztes Mal in mich hinein. Seine Muskeln zogen sich zusammen, während er dort verharrte, und ich spürte seine Anspannung, als er kam. Seine Hand umfasste meine fest, meine Beine waren immer noch um ihn geschlungen. Allerdings küssten wir uns nicht, denn zarte Bewegungen schienen unmöglich zu sein, solange diese intensive Befriedigung uns durchtoste.

Schließlich entspannte Hayden sich wieder und ließ sein Gewicht auf mir ruhen, während er aus luftigen Höhen wieder herabschwebte. Ich keuchte unter ihm, genoss den Augenblick, verschmolz förmlich mit der Matratze. Dann lockerte ich die feste Umklammerung meiner Beine und legte den freien Arm locker um seinen Nacken. Er hielt meine andere Hand weiterhin fest. Hayden senkte den Kopf, und ich spürte erst seinen schweren Atem an meiner Kehle und dann ein heißes Mal auf meiner Haut, als er einen Kuss darauf presste und die Lippen dort verharren ließ.

»Ich liebe dich, Grace«, raunte er leise, die Stimme schwer von Liebe und Befriedigung. Mein Herz machte buchstäblich einen Satz in meiner Brust, jubelte über die schönen Worte nach diesem unglaublichen und wunderbaren Zusammensein. Ein sanftes Lächeln umspielte meine Lippen, und zärtlich fuhr ich ihm mit den Fingern durchs Haar.

»Und ich liebe dich, Hayden.«

KAPITEL 7
ZWIEGESPALTEN

Grace

Das Zimmer war jetzt komplett dunkel, kein Licht mehr außer der Glut, die aus meinem Herzen zu kommen schien. Hayden schob sich von mir herunter und legte sich auf die Seite, sodass wir einander nun ins Gesicht sahen. Jede sachte Berührung seiner Fingerspitzen auf meiner Haut sandte beruhigende Wogen mein Rückgrat hinab. Die Decke hatten wir über uns ausgebreitet, sodass wir im Kokon des warmen Nachglühens unseres Zusammenseins eingehüllt waren.

Das Schweigen war ebenso tröstlich wie vertraut. Offensichtlich brauchten wir keine Worte, die ständig den Raum um uns herum erfüllten. Unsere Atmung hatte sich wieder normalisiert, und ich spürte das leise Pochen seines Herzens unter meinen Händen, die auf seiner Brust lagen.

»Es ist immer noch früh«, brach ich schließlich flüsternd die sanfte Stille. Die Nacht war erst vor weniger als einer Stunde hereingebrochen, und wahrscheinlich war es noch nicht später als neun Uhr.

»Hmm«, sagte er nur. Leise und heiser rumpelte die Stimme in seiner Kehle. Seine Lippen waren deutlich röter als sonst und leicht geschwollen.

»Steht denn für heute nichts mehr an?«

»Nein, heute Abend nicht mehr. Jetzt will ich einfach nur mit dir hier liegen.«

Ich lächelte und rückte noch näher an ihn heran. Seine Hand legte sich flach in mein Kreuz, und er zog mich dicht an sich, bevor er fortfuhr, sanft meine Haut zu liebkosen.

»Klingt perfekt.«

Er gab keine Antwort, aber seine Lippen verzogen sich zu einem Lächeln, und seine Augen leuchteten vor Freude. Ein paar Sekunden lang schwiegen wir zufrieden, dann sagte ich wieder etwas. Schon eine ganze Weile beschäftigte mich etwas, über das ich mit ihm reden wollte.

»Hey, Hayden?«

»Ja?«

»Ich mache mir die ganze Zeit Gedanken ...«

»Oh, nein«, witzelte er leichthin. Ich versetzte seiner Brust einen sanften Klaps, der jedoch nur bewirkte, dass er mich näher an sich heranzog. »Worüber denn?«

Ich machte eine Pause, holte tief Luft. Ich hatte keine Ahnung, wie er reagieren würde.

»Meinst du ... nun, da ich offiziell für immer zurückgekehrt bin ... dass wir nicht mehr zusammenwohnen sollten?«

Er blinzelte überrascht.

»Was?«, antwortete er tonlos. Offensichtlich hatte er das nicht erwartet.

»Findest du, ich sollte mir meine eigene Hütte suchen?« Mein Herz pochte heftig in meiner Brust, als ich es anders formulierte.

»Du willst nicht mehr bei mir wohnen?«

Seine Stimme ließ keinen Zweifel daran, wie verletzt er war.

»Nein, Hayden, nein, das meine ich damit nun wirklich nicht«, ruderte ich zurück. Gott wusste, dass ich nie wieder von ihm getrennt sein wollte. »Es ist nur ... vorher wohnte ich hier, weil ich es *musste*, stimmt's? Du musstest mich im Auge behalten, und das verstehe ich. Dann aber begannen wir ... was auch immer, es hat sich also irgendwie verändert, aber ...«

»Aber was, Grace?«, sagte er mit angespannter Stimme. Seine Hand lag jetzt reglos in meinem Rücken, und er fühlte sich erheblich weniger entspannt an als noch wenige Sekunden zuvor.

»Aber ich will nicht, dass du das Gefühl hast, mich hier wohnen lassen zu *müssen*, weißt du? Ich will dich nicht ... erdrücken oder so was«, fügte ich hinzu. Ich kam mir albern vor, als meine Wangen von einer feinen Röte überzogen wurden.

»Meinst du das ernst?« Sein Ton war unergründlich. Dann zwang er mich, zu ihm aufzusehen. »Worum genau geht es dir hier, Grace?«

»Es ist nur: Wir sind immerzu zusammen ... ich weiß gar nicht, ob du vielleicht deinen Freiraum brauchst oder ... ich will nur einfach nicht, dass du meiner überdrüssig wirst.«

Es war mir peinlich, das zuzugeben, aber es stimmte. Derlei Sorgen formulierte ich nicht oft und dachte genauso selten darüber nach, denn es kam mir schwach und mädchenhaft vor. Aber ich konnte nicht leugnen, dass ich seit meiner Rückkehr nach Blackwing immer mehr Angst davor entwickelte. Ich wollte ihn schließlich unter keinen Umständen vertreiben.

»Ist das der wahre Grund, oder willst du nur einfach nicht mehr mit mir zusammenwohnen?«, forschte er. Bei seiner Frage zog sich mein Magen schmerzhaft zusammen. Ich wollte doch jede Sekunde des Tages mit ihm zusammen sein. »Nein, das ist der wahre Grund«, versicherte ich im Brustton der Überzeugung. »Ich will dich niemals verlassen, aber ich will dir einfach nur vermitteln, dass ich dir deinen Freiraum lassen würde, wenn du ihn brauchtest.«

Irgendetwas blitzte in seinen Augen auf, aber ich konnte es nicht deuten. Seine Hand glitt von meinem Kinn hinauf, und er umfing meine Wange, die Finger hinter dem Ohr in meinem Haar vergraben.

»Du spinnst«, sagte er leise. »Keine Ahnung, warum du so etwas annimmst.«

Ich atmete tief aus. »Es ist nur ... so sind sie in Greystone alle, weißt du? Sie wollen alle ihre Privatsphäre.«

Hayden schüttelte bedächtig den Kopf und musterte mich ernst und mit gerunzelten Augenbrauen. Ich spürte, wie mein Herz angstvoll in meiner Brust schlug.

»Ich will einfach nur dich, Grace. Ich habe fast mein ganzes Leben allein geschlafen, und das will ich nie wieder. Hast du gehört?«

Erleichterung durchflutete mich. Er hatte meine Ängste zwar ein wenig beschwichtigt, dennoch wagte ich es nicht, ihm voll und ganz zu glauben, bis er es ein letztes Mal wiederholte.

»Sicher?«, fragte ich also vorsichtig. Ich würde ihm eine letzte Chance geben, offen zu mir zu sein.

»Ich war mir noch nie im Leben einer Sache so sicher. Ich

habe es ernst gemeint, als ich sagte, dass ich dich jede Nacht in unserem Bett haben will.«

Leise sog ich die Luft ein. Hatte ich ihn wirklich richtig verstanden?

»In *unserem* Bett?«, fragte ich, und mein Grinsen wurde breiter. Hayden blinzelte, als sei ihm nicht mal klar gewesen, dass er es so formuliert hatte.

»Ja, in unserem Bett«, wiederholte er langsam. Er hielt inne, als wolle er es sich nochmals vergegenwärtigen, dann nickte er kurz. »Unser Bett, unsere Hütte, unser alles, okay? Du wohnst auch hier. Bei mir.«

»Das ist wunderbar«, bekannte ich. Vor lauter Lächeln taten mir schon die Wangen weh. Haydens Hand lag immer noch auf meinem Gesicht. Er hielt mich fest im Arm, und sein eigenes atemberaubendes Grinsen enthüllte ein Grübchen in seiner Wange.

»Ja?«, fragte er glücklich.

Ich nickte, bekam vor lauter Glückseligkeit keinen Ton mehr heraus.

Doch unser gesegneter Augenblick wurde von einem plötzlichen Klopfen an der Tür unterbrochen.

»Soll das ein Witz sein?«, murmelte Hayden enttäuscht. Er gab mir einen weiteren Kuss auf die Lippen, dann löste er sich zögerlich von mir und stand vom Bett auf. *Unserem* Bett.

Mir war beinahe ein wenig schwindelig bei dem Gedanken, und ich fuhr mir mit beiden Händen übers Gesicht, konnte aber das Lächeln nicht wegwischen, und das, obwohl wir unterbrochen worden waren. Ich zog die Decke bis zum Kinn hinauf, während Hayden ein Paar Shorts anzog. Er warf mir einen misstrauischen Blick zu, dann wandte er den Kopf zur Tür, an der es erneut klopfte.

»Ich klär das draußen«, sagte Hayden im Hinblick auf meinen immer noch nackten Zustand.

»Okay.«

Ein leises Quietschen zeigte mir an, dass er die Tür gerade weit genug öffnete, um hindurchzuschlüpfen, bevor er sie wieder hinter sich zuzog.

Ich konnte das leise Murmeln von draußen hören, aber nicht verstehen, was gesprochen wurde. Also beschloss ich, mich wieder unter die Decke zu kuscheln und zu entspannen. Mein Blut sang immer noch, nicht nur durch den Rausch der Leidenschaft, den ich gerade erlebt hatte, sondern auch durch Haydens Erklärung. Ich musste dies also nicht länger als *seine* Hütte oder als *sein* Bett betrachten. Das alles gehörte jetzt *uns*, und darüber hätte ich kaum glücklicher sein können.

Doch so glückselig ich auch war, ich konnte die beharrliche dunkle Wolke in meinem Hinterkopf nicht ignorieren. Egal, was ich mir selbst einzureden versuchte, ich wusste, es war unumgänglich – irgendwann würde diese selige Galgenfrist beendet sein, und wir würden erneut in das Chaos des Krieges geworfen werden. Diese sanfte Flaute würde nicht für immer andauern, und ich spürte, wie das Ende immer näher kam.

Erneut öffnete sich die Tür, und Hayden schlüpfte wieder herein, schloss sie hinter sich. Sein muskulöser Oberkörper war immer noch nackt, und ich registrierte die flüssige Bewegung seiner Hüften, als er wieder auf das Bett zuging.

»Wer war es denn?«, erkundigte ich mich. Hayden setzte sich auf die Bettkante, kroch aber nicht zurück zu mir unter die Decke. Meine Hoffnung von vorhin, den Rest der Nacht gemeinsam verbringen zu können, schwand dahin.

»Dax«, murmelte er leise. Irgendetwas deprimierte ihn, und ich runzelte über die Stimmungsveränderung die Stirn.

»Was wollte er?« Plötzlich wurde ich nervös, und mein Herz pochte unstet.

»Er und Kit haben sich beraten und haben eine Idee.«

»Und ...?« Es war mir verhasst, dass ich ihm alles aus der Nase ziehen musste.

»Sie finden, dass wir nach Greystone gehen sollten, um es auszuspionieren und ein paar Informationen zu sammeln ...« Er verstummte, wartete gespannt auf meine Reaktion. »Und ich bin ihrer Meinung.«

Ich wusste, dass das irgendwann kommen würde – die Verstrickung mit Greystone war unvermeidlich –, aber innerlich war ich noch nicht bereit. Eigentlich hätte ich das Gefühl haben sollen, meine Heimat zu verraten. Vielleicht hätte ich ängstlich, widerwillig, *irgendetwas* sein sollen, aber ich war vollkommen empfindungslos. Es war, als sei jegliche verbleibende Bindung zu Greystone gekappt worden, und zwar in dem Augenblick, als mein eigener Bruder versucht hatte, mich zu töten.

»Nur um sie auszuspionieren?«, erkundigte ich mich nach langem Schweigen. Ich setzte mich im Bett auf, wobei ich die Decke in die Achselhöhlen klemmte, um bedeckt zu bleiben.

»Ja. Keine Gewalt, es sei denn, wir werden erwischt«, antwortete Hayden. »Was meinst du dazu?«

Nachdenklich kaute ich auf der Unterlippe herum und sah auf die Lücke zwischen uns herab. Obwohl mein Bruder versucht hatte, mich zu töten, gab es dort immer noch Menschen, die mir am Herzen lagen, wie zum Beispiel Leutie, meine beste Freundin. Ich hatte ein schlechtes Gewissen, weil ich erst jetzt an sie dachte, aber ich hatte mich egoistischerweise ausschließlich darum gekümmert, ob Hayden und diejenigen, die mir hier etwas bedeuteten, noch am Leben waren, sodass ich für Gedanken an jemand anderen keine Kapazitäten mehr freigehabt hatte.

»Ihr habt wahrscheinlich Recht. Wir haben keine Ahnung, was sie als Nächstes im Schilde führen. Wir müssen uns hinschleichen.«

»Du kannst hierbleiben, wenn du willst«, bot Hayden an.

Ich blickte zu ihm empor.

»Du weißt doch, dass das für mich nicht in Frage kommt.«

Er zuckte lediglich mit den Schultern. »Anbieten kann ich es dir ja trotzdem.«

»Wann wollen sie losziehen?«

»Jetzt.« Er zog ein bedauerndes Gesicht und konnte nicht anders, als den Blick an meinem nur von der Decke verhüllten Körper entlanggleiten zu lassen.

»Jetzt sofort?«, fragte ich überrascht.

»Leider.«

Ich nickte und krabbelte enttäuscht aus dem Bett. Hayden erhob sich und holte noch mehr geeignete Kleidungsstücke aus der Kommode, wobei er beiseiterückte, damit ich mir auch etwas heraussuchen konnte. Die Vernunft siegte – das hier war wichtig. Da ich dort aufgewachsen war, wusste ich, dass Greystone nachts am verwundbarsten war, deshalb war dies die beste Zeit, um das Camp auszuspionieren.

Ein paar Minuten später waren Hayden und ich komplett angezogen und auf dem Weg zur Kommandozentrale, wo wir auf Kit und Dax treffen sollten. Wir würden zu Fuß gehen und nur wenige Waffen zu unserem Schutz mitnehmen, die wir hoffentlich nicht einsetzen mussten.

»Du musst nicht mitkommen«, erinnerte Hayden mich ein letztes Mal. Wir waren jetzt beinahe an der Kommandozentrale angelangt, sodass ich bereits Dax' und Kits Stimmen von drinnen hören konnte.

»Halt den Mund, Hayden«, neckte ich ihn kurzerhand und grinste schwach. Er schüttelte nur spielerisch den Kopf, dann stieß er gegen die Tür und hielt sie mir auf. Ich zuckte leicht zusammen, als er mir kurz in den Hintern kniff, als ich an ihm vorbeischlüpfte, und warf ihm einen ebenso amüsierten wie überraschten Blick zu. Seine Augen glühten, während er mich unschuldig angrinste.

»Sieh mal einer an, wer da kommt«, meinte Dax und warf uns beiden ein verschwörerisches Grinsen zu. Er schrie nicht mehr, was ein gutes Zeichen war.

»Ist dein Gehör wiederhergestellt?«, fragte ich, seine Bemerkung ignorierend.

»Nicht vollständig, aber ich höre zumindest, wenn ihr euch unterhaltet«, sagte er glücklich. Er machte so schnelle Fortschritte, dass er hoffentlich bald wieder der Alte sein würde.

»Solltest du denn dann wirklich mitkommen? Wenn du noch nicht hundertprozentig wiederhergestellt bist?«, forschte Hayden. Er blickte ihn mit hochgezogener Augenbraue an und ging zur Waffenkiste hinüber, um seine 9mm-Pistole herauszuholen, die er sich wie immer am Rücken in den Hosenbund schob.

»Ich höre genug. Wenn du denkst, ich sitze hier untätig herum, hast du dich geschnitten«, antwortete er breit grinsend.

»Was ist mit deinem Arm? Immerhin bist du auch noch angeschossen worden«, wandte ich ein.

»Docc hat mich doch wieder zusammengeflickt, oder nicht?«, antwortete er unverfroren. »Mir geht's gut, ich komme mit.«

»Na gut ...«, gab Hayden skeptisch nach. Kit gab ein untypisches Glucksen von sich, während er ein geladenes Magazin in seine Waffe rammte.

»Ach, ihr Ungläubigen«, meinte Dax hochmütig, als habe ihn unsere Sorge beleidigt.

Ich lachte und tat es Hayden gleich, ging zu der Waffenkiste hinüber, um mir ebenfalls eine Pistole zu nehmen. Normalerweise wählte ich eine .22iger, aber heute entschied ich mich für eine 9mm wie Hayden. Diese Waffe war schlagkräftiger, und ich fand ihr Gewicht in meiner Hand tröstlich, als ich sie lud.

»Also, wie sieht der Plan aus?«, fragte Kit, als wir uns um den Tisch herum versammelten. Jeder von uns nahm sich zusätzlich noch ein Klappmesser, das wir in unseren Taschen verstauten.

»Gute Frage. Ich habe keine Ahnung, an welcher Stelle wir mit dem Auskundschaften anfangen sollten und ...«

»Aber ich«, unterbrach ich. Alle drei wandten ruckartig

die Köpfe und sahen mich an. Plötzlich fiel mir auf, dass dies das erste Mal war, dass ich bereitwillig Informationen über Greystone preiszugeben bereit war. »Ich weiß, wo wir nachschauen sollten.«

Alle schwiegen, als ob auch sie die gleiche Erkenntnis getroffen hätte wie mich. Jetzt gab es kein Zurück mehr. Ich war nun wirklich und wahrhaftig, hundertprozentig auf der Seite Blackwings.

»Wo sollten wir denn nachschauen, Grace?«, fragte Dax nüchtern.

»Na ja, vielleicht haben sich ja seit meinem Weggang einige Dinge verändert, aber ... ich würde sagen, der beste Ort, um mit den Nachforschungen zu beginnen, wäre das Büro meines – das Büro von Celt«, sagte ich.

Beim Gedanken an meinen Vater schlug mein Herz schmerzhaft in der Brust. Ihn hatte ich bislang recht erfolgreich verdrängen können.

Hayden schien meine plötzliche Aufgewühltheit zu spüren. Seine Armmuskeln spannten sich an, und er warf mir einen beruhigenden Seitenblick zu, bevor seine Miene wieder ausdruckslos wurde.

Irgendetwas sagte mir, dass dieser Ausflug eher eine emotionale als eine physische Herausforderung für mich darstellen würde.

»Es liegt etwa im Zentrum des Camps, wir müssen also vorsichtig sein, aber dort finden wir am ehesten irgendwelche Informationen.«

»Wenigstens ist das ein Anfang«, murmelte Kit und nickte. »Kannst du uns zeigen, wo es ist?«

»Ja«, sagte ich resigniert. Ich ließ es geschehen. Nein, nicht nur das, ich trug aktiv dazu bei.

»Denkt daran, dies ist eine friedfertige, geheime Aktion. Wir wollen nicht, dass irgendjemand etwas von unserer Anwesenheit mitbekommt, und wir wollen keine Gewalt, wenn sie nicht absolut notwendig ist. Kapiert?« Kit und Dax murmelten ebenso zustimmend wie ich selbst. »Okay, gut. Dann also: Los geht's.«

»Ist schon einige Zeit her, dass wir zuletzt einen Raubzug angezettelt haben, ohne etwas stehlen zu wollen«, überlegte Dax, während wir zur Tür hinausgingen.

»Allerdings. Wisst ihr noch, als wir das letzte Mal in Greystone waren?«, antwortete Kit. Er gluckste, doch dann schien ihm wieder einzufallen, dass ich in jener Nacht Hayden und Jett erwischt hatte.

»Ich weiß es noch«, sagte ich. Ein sanftes Lächeln umspielte meine Lippen. Ich erinnerte mich, wie sehr Hayden Jett hatte beschützen wollen und wie wütend er offensichtlich darüber gewesen war, dass Jett dort aufgetaucht war. Ich erinnerte mich auch daran, dass mir schon damals, als ich ihn doch eigentlich hatte töten sollen, aufgefallen war, wie viel Autorität er ausstrahlte. Und natürlich konnte ich nicht abstreiten, dass ich auch in jener ersten Nacht schon bemerkt hatte, wie attraktiv er war.

Damals war er nichts weiter als ein Fremder gewesen.

Das schien ein ganzes Leben lang her zu sein.

»Es hat sich viel verändert, was?«, meinte Dax.

»Könnte man so sagen.« Ich kicherte. Hayden ging neben mir her, aber ich bemerkte, wie er mir leise zugrinste.

Danach setzten wir schweigend unseren Weg durch die Ausläufer des Camps und den umliegenden Wald fort. Unwillkürlich erinnerte ich mich an das letzte Mal, als ich diesen Pfad gewandert war und wie schrecklich es geendet hatte, weil Hayden mich nach Hause zurückgeschickt hatte. Aber ich rief mir ins Gedächtnis, dass er das für mich getan hatte.

Greystone war gar nicht so weit von Blackwing entfernt, weshalb wir nicht lange brauchten, um die Baumgrenze zu erreichen, von der aus man die äußeren Bereiche meiner früheren Heimat erkennen konnte. Unsere Schritte wurden noch leiser, weil wir uns noch vorsichtiger bewegten, und wir versammelten uns an einem Punkt, um einen Blick auf das vor uns liegende Camp zu werfen. Hayden ragte neben mir empor, und ich konnte die Hitze seiner Schulter spüren, die sich an meine presste, während wir in den Schatten des Waldes verborgen standen.

»Was jetzt, Grace?«, raunte Hayden leise. Kit und Dax blickten abwechselnd zwischen Greystone und mir hin und her. Sie waren kaum einen Meter von uns entfernt.

»Wartet, bis die Wache vorübergegangen ist, dann dringt auf der linken Seite ein. Von dort aus werde ich euch anführen.«

»Wie viel Zeit ist zwischen den einzelnen Wachgängen?«, fragte Kit.

»Zehn Minuten«, antwortete ich leise. »Zumindest war das früher so. Keine Ahnung, ob sie den Rhythmus verändert haben oder nicht ...«

»Na gut. Bleibt alle wachsam. Schnellstens rein und wieder raus, okay?«, flüsterte Hayden neben mir.

»Alles klar, Boss«, antwortete Dax leise.

Ich zuckte leicht zusammen, als ich spürte, wie Haydens Arm sich leicht um meinen Hals legte und er mich lose an sich drückte. Kit und Dax schienen keine Notiz von seiner subtilen Liebkosung zu nehmen, sondern sich weiter auf Greystone zu konzentrieren. Ich spürte seine Lippen leicht auf meiner Haut. Sanft gab er mir einen Kuss auf die Schläfe und ließ die Lippen bis an mein Ohr wandern.

»Ich liebe dich. Sei vorsichtig.«

Ich legte den Arm um seinen Oberkörper und erwiderte die Umarmung, dann gab ich ihm einen sanften Kuss aufs Kinn. Dieser Teil war unvermeidlich – der prophylaktische Abschied, der hoffentlich nicht nötig sein würde.

»Sei du auch vorsichtig. Ich liebe dich, Hayden.«

Das war er also – mein erster offizieller Überfall auf meine ehemalige Heimat. Alles, was ich je gelernt hatte, verkehrte sich ins Gegenteil, als ich da im Schatten lauerte. Alles war anders, und es gab kein Zurück mehr.

KAPITEL 8
KONTRAST

Grace

Ich beobachtete, wie Haydens Shirt sich am Rücken bauschte, als er vor mir herrannte und den Weg für Kit, Dax und mich bahnte. Meine Muskeln genossen es, meinen Körper voranzutreiben, entschlossen, mit den anderen mitzuhalten, während wir leise durch die Dunkelheit dahinjagten.

Wir näherten uns dem ersten Gebäude, hinter dem wir uns verbergen konnten. Die Wache war soeben vorbeigekommen, bevor wir aus der Deckung der Bäume hervorgeprescht waren, sodass wir jetzt noch weiter vorrücken konnten. Ich suchte die Umgebung so gut wie möglich ab, während ich mich über Hayden hinwegbeugte, und ich spürte, dass sein angespannter Blick fest auf mir ruhte, während er auf mein Signal wartete. Eine kühle Brise wehte mir die Haarsträhnen aus dem Gesicht, die aus meinem Pferdeschwanz hatten entwischen können, und ich spürte die Hitze, die Hayden ausstrahlte.

»Ich glaube, die Luft ist rein«, flüsterte ich, als ich keine anderen Wachleute oder Bedrohungen erkennen konnte. Ich versuchte, das Ganze als Überfall wie jeden anderen auch zu betrachten, konnte aber die Vertrautheit der Umgebung ebenso wenig aus meinem Bewusstsein verbannen wie das Wissen, dass überall um mich herum Menschen waren, die ich kannte.

»Geh jetzt voran, Grace«, murmelte Hayden. Ich nickte entschlossen.

»Los geht's.«

Mit erhobener und schussbereiter Waffe stieß ich mich von der Hauswand ab und schlich mich langsam über die dunklen Pfade, die sich durch Greystone hindurchschlängelten. Wir befanden uns noch immer am äußersten Rand des Camps. Hier waren ausschließlich die Behausungen der Bewohner. Es war noch nicht sonderlich spät, sodass die Chance, auf einen abendlichen Heimkehrer zu treffen, beunruhigend hoch war. Es kam mir seltsam vor, als Erste voranzugehen, denn ich war es gewohnt, Hayden zu folgen. Dennoch war es so sicherlich am sinnvollsten.

Ein Blick über die Schulter überzeugte mich davon, dass Hayden, Dax und Kit mir auf dem Fuße folgten. Auch sie hielten unaufhörlich nach irgendwelchen Bedrohungen Ausschau. Wir blieben in den Schatten verborgen, mieden die spärlichen Lichtflecken, die hie und da auf den Pfaden aufleuchteten.

Plötzlich eine Bewegung. Schemenhaft erkannte ich einen Schatten auf dem Boden. Gleich würde jemand auf den Pfad einbiegen, auf dem wir uns befanden.

»Zurück«, zischte ich leise.

Sofort verschwanden wir vier im Schatten zweier Hütten, drückten uns flach gegen das Mauerwerk. Heiß presste sich Haydens Arm an meine Haut, ein scharfer Kontrast zu dem kühlen Metall der Waffe in meiner Hand und der Kälte des Steins in meinem Rücken. Ich spitzte die Ohren und lauschte gebannt. Schon bald hörte ich das bezeichnende Knirschen von Stiefeln auf dem Pfad.

Langsam wandte ich den Kopf, beobachtete den Weg, von dem wir uns gerade zurückgezogen hatten. Die Schritte wurden immer lauter, und es dauerte nicht lange, bis die dazugehörige Person in mein Blickfeld trat. Es war eine stämmige Frau, muskulös und mit einem Gewehr bewaffnet. Glücklicherweise bemerkte sie unsere Anwesenheit nicht, während wir sie aus dem Schatten beobachteten.

Offensichtlich hatte Greystone die Wachen verstärkt, denn es war definitiv noch keine zehn Minuten her, seit wir den letzten Wachposten gesehen hatten. Wir mussten also noch vorsichtiger sein als ursprünglich angenommen.

»Shit«, murmelte Hayden leise neben mir. Offensichtlich war ihm gerade der gleiche Gedanke gekommen.

»Wird schon alles gut gehen«, murmelte ich ermutigend. Plötzlich hatte ich es noch eiliger, uns vier unversehrt hinein- und wieder hinauszuschaffen. Wenn Hayden sich immer so fühlte wie ich jetzt, dann kam er mit dem Druck entschieden besser klar als ich. Nervös wippte mein Bein auf und ab, während ich darauf wartete, dass die Frau wieder verschwand.

Nachdem ihre Gestalt außer Sichtweite war und ihre Schritte verklungen waren, wagte ich es, mich vorzubeugen und den Pfad hinabzuspähen. Sie war jetzt etwa fünfundzwanzig Meter entfernt und würde gleich um die Ecke biegen, um einen anderen Weg abzuschreiten. Ein schneller Blick in sämtliche Richtungen sagte mir, dass die Luft ansonsten rein war.

»Okay«, flüsterte ich und deutete mit einem kurzen Kopfnicken auf den Weg, damit sie mir folgten.

Wieder schlichen wir uns am Rande des Weges entlang. Jeder Schritt trug uns näher ans Zentrum des Camps heran, und mit jedem Schritt war mir beklommener zumute. Noch zwei weitere Male mussten wir uns im Schatten verbergen, um nicht einem Wachtposten oder einem Bewohner Greystones in die Arme zu laufen. Jedes Mal presste Hayden beruhigend seine Schulter gegen meine, erinnerte mich daran, dass er an meiner Seite war.

Mich so beschützte, wie ich ihn beschützte.

Aber noch etwas anderes nagte an mir, während wir näher kamen, und die Quelle meines Unbehagens wurde offensichtlich, als wir auf einen sehr vertrauten Weg einbogen. Trotz meiner festen Absicht, anderswo hinzusehen, wurden meine Augen sofort automatisch davon angezogen. Ein sanfter Schimmer drang durch das Fenster, der Beweis dafür, dass jemand dort wohnte, nachdem ein Großteil der vorherigen Bewohner auf die eine oder andere Weise verschwunden war.

Die Hütte, in der ich aufgewachsen war, stand vor uns, während wir hinter einem großen Abfalleimer Halt machten. Eigentlich hätte ich nach Wachtposten oder möglichen Bedrohungen Ausschau halten müssen, aber ich konnte nur an den Ort denken, an dem ich einst eine Familie gehabt hatte, die glücklich und vollständig gewesen war. Das war jener Ort, an dem mir schon in jungen Jahren klar geworden war, dass mein Bruder mich nicht als ebenbürtig betrachtet hatte. Jener Ort, an dem meine Mutter sich langsam vor der Welt zurückgezogen hatte, um sich ihrer Krankheit zu ergeben und dahinzuscheiden.

Der Ort, an dem mein Vater gestorben war, während ich seine Hand hielt.

Plötzlich schnürte sich mir schmerzhaft die Kehle zu. Ich starrte die Hütte an und fuhr zusammen, als ich den sanften Druck von Haydens Hand im Kreuz spürte. Seine Lippen tauchten neben meinem Ohr auf, als er sich über mich beugte, und seine Brust presste sich von hinten an meinen Rücken.

»Geht es dir gut?«

Ich blinzelte ein paar Mal heftig. Dann holte ich tief Luft, und schließlich gelang es mir, den Blick loszureißen. Ich lehnte mich gegen Hayden, nahm seine tröstliche Wärme in mich auf, spürte seine Lippen an meinem Ohr, seine Brust an meinem Rücken.

»Ja, lass uns weitergehen«, murmelte ich. Ich wusste, dass er mir wahrscheinlich nicht glaubte, aber im Augenblick war wohl kaum der richtige Zeitpunkt, um über meine Gefühle zu reden.

Hayden legte mir die Hand auf die Hüfte und drückte sie leicht und beruhigend.

»Okay.«

Wenn wir jetzt an meinem früheren Zuhause angelangt waren, war es zu Celts Büro auch nicht mehr weit. Ich hoffte, die Tatsache, dass Licht in unserem alten Haus brannte, bedeutete, dass Jonah zu Hause war und nicht im Büro. Aber das konnten wir erst mit Sicherheit sagen, wenn wir dort waren.

Diesmal schlichen wir nicht am Rande des Pfades entlang, sondern rannten um den hinteren Teil der Hütten herum. Hier schien das Licht zu hell, und es gab zu viele Geräusche, als dass es ratsam gewesen wäre, auf den Wegen zu bleiben. Das spärliche Gras, das sich durch die nackte Erde kämpfen konnte, dämpfte unsere Schritte, während wir weiter voranschlichen. Schon bald kam unser Ziel in Sicht.

Schweigend hielt ich die Hand in die Höhe, sodass alle stehenblieben. Vorsichtig lugte ich um die Ecke eines Gebäudes, um es voll und ganz in Augenschein nehmen zu können.

»Mist«, murmelte ich.

»Was?«, flüsterte Hayden. Er beugte sich vor, presste seine Brust erneut an meinen Rücken, während er zu erkennen versuchte, was ich da sah. Offensichtlich gelang ihm das, denn dann stieß er ein bitteres »Na toll!« aus.

Ein großer, bulliger Mann stand vor der Tür des Büros. Im Inneren war es dunkel. Er kam mir vage bekannt vor, aber ich kam nicht auf seinen Namen. Ein langes, gefährlich aussehendes Messer hing an seinem Gürtel, und er hielt eine schlagkräftige Waffe in den Händen. Er schob also eindeutig Wache hier.

»Können wir nicht durch ein Fenster von hinten ins Haus eindringen?«, murmelte Dax, der neben mir aufgetaucht war und sich hingehockt hatte, um um uns herum zu sehen.

»Wir könnten hinter der Hütte auf die andere Seite gehen und uns von hinten an ihn heranschleichen«, überlegte ich laut.

»Aber wenn wir ihn töten, wissen sie dann nicht, dass wir da sind?«, fragte Dax. Damit hatte er Recht.

»Wir müssen ihn ja nicht töten, nur bewusstlos schlagen«, meinte Hayden. »Wenn er uns nicht sieht, dann weiß auch keiner, wer es war.«

»Aber schwer zu erraten ist es auch nicht«, meinte ich mit einer Grimasse.

»Trotzdem«, wandte Hayden ein und schüttelte den Kopf. »Wir müssen da rein. Wir könnten uns von hinter der Hütte anschleichen, ihm eins überbraten und ihn hineinzerren, sodass keiner ihn sieht. Dann verschwinden wir wieder, ehe jemand mitbekommen hat, dass wir hier waren.«

Alle runzelten nachdenklich die Stirn. Der Plan war nicht gerade brillant, aber Hayden hatte Recht: Wir mussten irgendwie an Informationen kommen.

»Ich finde, wir sollten ihn einfach töten«, widersprach Kit bitter. Plötzlich erinnerte ich mich daran, wie er mich am Abend des Kriegsbeginns gerettet hatte. Er war aus dem Nichts aufgetaucht, hatte meinen potentiellen Mörder zu Boden geworfen und ihm, ohne eine Sekunde zu zögern, die Kehle durchgeschnitten. Kit war brutal, aber auch ein wertvolles Mitglied des Camps.

»Nein«, sagte Hayden entschieden. »Wir umrunden die Hütte, und ich schlage ihn k.o. Dann dringen wir ein und durchsuchen sie, während einer von uns Wache hält. Verstanden?«

»Ja«, murmelten alle. Hayden nickte kurz, ging in Angriffsstellung, während wir nochmals schnell um die Ecke sahen. Der Mann stand immer noch da, bewachte die Tür, wobei er in entgegengesetzte Richtung blickte.

»Los«, flüsterte Hayden, flitzte in die Dunkelheit hinaus,

flog förmlich auf Celts ehemaliges Büro zu. Wir drei folgten ihm lautlos, und sehr schnell waren wir auf der Rückseite unseres Ziels angelangt. »Gebt mir Deckung«, murmelte Hayden.

Kit, Dax und ich hoben die Waffen, während Hayden die seine in den Hosenbund schob und um das Gebäude herumzukriechen begann. Ein angstvolles Zittern durchrann meinen Körper, als mir aufging, dass dieser Mann erheblich größer als Hayden war und gut und gern fünfundzwanzig Kilo Muskelmasse mehr auf die Waage brachte. Ich wollte ihm zuflüstern, dass er vorsichtig sein solle, aber ich durfte nicht riskieren, dass der andere mich hörte und ich uns dadurch verriet. Mit bangem Herzen und revoltierendem Magen beobachtete ich, wie Hayden sich ihm näherte.

Plötzlich stürzte Hayden voran. Er bewegte sich schnell, lautlos und voller unbestreitbarer Kraft. Sein Arm schlang sich um den Hals des Mannes, um ihn rücklings in die Dunkelheit zu zerren. Er winkelte den Ellbogen an, um seinem Gegner die Luft abzuschnüren. Der Mann setzte sich zur Wehr, ließ seine Waffe zu Boden fallen und klammerte sich verzweifelt an Haydens Arme, wurde aber mit jeder Sekunde schwächer.

Nach einem letzten vergeblichen Versuch, Haydens Arme um seinen Hals zu lösen, erschlaffte sein Körper, und er verlor das Bewusstsein. Hayden atmete scharf aus und ließ den Körper zu Boden gleiten.

»Kommt«, sagte Hayden dann lässig, als hätte er nicht gerade eigenhändig einen erheblich größeren und wahrscheinlich stärkeren Mann bezwungen. Er beugte sich hinab, um seinem Gegner die Waffe und das Messer zu entwenden. Das Messer gab er Kit, das Gewehr Dax zur Verwahrung.

Dann warf er noch einen schnellen Blick auf den Pfad hinter sich, aber es war niemand zu sehen. Hayden kehrte zurück und griff dem Mann unter die Arme, während Kit voraneilte, um seine Beine zu packen. Sie hoben ihn hoch, und ich bog um die Ecke, um die Tür zum Büro zu öffnen, die überraschenderweise tatsächlich unverschlossen war. Ich schlüpfte hinein und hielt die Tür lange genug für Hayden und Kit auf, damit sie mit dem Körper des Mannes und Dax auf den Fersen hineingelangen konnten. Dax schloss die Tür wieder und spähte vorsichtig zum Fenster hinaus.

»Ich halte Wache, macht euch auf die Suche«, flüsterte er.

Ein dumpfer Rums erklang, als Hayden und Kit den Mann in einer Ecke ablegten und sich aufrichteten. Im Büro war es beinahe stockdunkel, aber ich wagte auch nicht, eine Kerze anzuzünden, aus Angst, dann von außen entdeckt werden zu können. Ich zuckte zusammen, als ein Streichholz an einer rauen Oberfläche angerissen wurde. Dann breitete sich ein sanfter Schein im Raum aus, den Hayden jedoch sofort mit seinem Körper vom Fenster abschirmte. Er legte die Hand um die Flamme, sodass sie nicht mehr ganz so hell leuchtete und ebenso diskret wie brauchbar war.

Ich ging zum Schreibtisch hinüber, und mein Herz tat einen schmerzhaften Schlag, als ich daran dachte, wie Celt immer dahinter gesessen hatte. Als ich ihn das letzte Mal gesehen hatte, war sein Gesicht so hager und ausgemergelt gewesen. Er hatte gar nicht ausgesehen wie der Mann, bei dem ich aufgewachsen war. In diesem Moment hatte ich glatt das

Gefühl, dass er mich beobachtete. Hayden stellte sich neben mich, und der Luftzug wehte mir die Düfte meiner Jugend in die Nase. Kalter Tee, Schießpulver und der Geruch alten Papiers – diese Kombination erinnerte mich immer an meinen Vater.

»Was ist los, Grace?«, murmelte er leise und beschirmte immer noch das schnell herunterbrennende Streichholz mit der Hand, während Kit die Unterlagen auf dem Schreibtisch durchwühlte. Dax beobachtete weiterhin die Tür.

»Es ist nur ... dieser Ort ...«, flüsterte ich leise. Ich schluckte die Worte herunter, damit wir das tun konnten, weswegen wir hier waren. Sicherlich verstand Hayden, wie schwer es war, denn er selbst brachte schließlich auch nicht die Kraft auf, in sein Elternhaus zurückzukehren.

»Mein Gott ...«, murmelte er. »Es tut mir so leid, Grace. Daran habe ich gar nicht gedacht ...«

Seine Stimme verklang schuldbewusst, aber es war ja nicht seine Schuld. Ich hatte mich schließlich freiwillig erboten, uns herzubringen. Ich schüttelte energisch den Kopf und schob die Erinnerungen beiseite.

»Schon gut. Holen wir uns einfach nur, was wir brauchen, und verschwinden, bevor er wieder aufwacht«, sagte ich entschlossen und deutete mit einem kurzen Kopfnicken auf den bewusstlosen Wachmann in der Ecke.

Auf dem Tisch lagen unzählige Blätter, von denen mir kein einziges nützlich erschien. Ich entdeckte Listen von Gegenständen, die repariert oder ersetzt werden mussten, Listen von Vorräten, die woanders hingeräumt werden mussten, und Zeichnungen von Verbesserungsvorschlägen für die Gesamtanlage Greystones, aber nichts, was Blackwing direkt betraf. Kit stieß neben mir ein frustriertes Schnauben aus. Anscheinend hatte auch er noch nichts Nützliches gefunden.

Das leise Papierrascheln und unser verhaltener Atem waren die einzigen Laute, die zu hören waren, obwohl sich jede Sekunde das Pochen meines Herzens in meinen Ohren zu steigern schien, denn meine Angst wuchs. Ich zuckte zusammen, als hinter mir ein dumpfes Geräusch zu hören war, beruhigte mich aber sogleich wieder: Es war nur Hayden gewesen, der eine Schachtel mit Schriftstücken vom Regal zog.

»Irgendwas gefunden?«, fragte ich.

»Nein«, antwortete Kit bitter enttäuscht. »Dieser ganze Scheiß hier betrifft nur Greystone.«

»Das hier auch«, stimmte Hayden leise zu. Ich runzelte die Stirn. Wenn dieser Ausflug nicht irgendein Ergebnis brachte, waren wir gerade ein ungeheures Risiko eingegangen – für nichts und wieder nichts.

Nachdem ich ein paar der unordentlich auf dem Schreibtisch verteilten Gegenstände beiseitegeschoben hatte, fiel mir ein Blatt Papier ins Auge. Auf den ersten Blick sah man nicht so recht, worum es sich handelte, aber dennoch erkannte ich eine Skizze von Blackwing. Doch ich konnte sie mir leider nicht näher ansehen, denn schon erklang Dax' drängende Stimme.

»Runter!«

Hayden blies das mittlerweile dritte Streichholz aus, und der Raum wurde in Dunkelheit getaucht. Ich ließ mich hinter dem Schreibtisch auf den Boden fallen. Kit landete neben mir, und Hayden hockte auf der anderen Seite, ich stieß einen leisen Fluch aus.

Dax hatte kaum Zeit, hinter einem Regal auf der anderen Seite des Raumes Zuflucht zu suchen, als ich schon das Quietschen der Tür hörte, die jemand zu öffnen versuchte. Erst bewegte sie sich nicht, und wer immer davorstand, musste die Schulter dagegenstemmen, bevor sie nachgab. Vage erinnerte ich mich daran, dass sie immer festzuklemmen pflegte, aber ich hatte keine Zeit, weiter darüber nachzusinnen, denn nun stand mir das Herz still.

Mit einem leisen Quietschen öffnete sich die Tür. Dann erklangen die Schritte einer einzelnen Person, die den Raum betrat. Ein sanftes Glühen von der Kerze, die die Person in Händen hielt, erfüllte den Raum. Es war nicht hell genug, um Dax in der Ecke zu beleuchten, ebenso wenig wie den ohnmächtigen Wachmann. Mein Herz drohte meine Brust zu sprengen, während ich darauf wartete, erwischt zu werden, und es schlug nur umso härter, als ein paar weitere Schritte die betreffende Person ins Zimmer führten.

Mein Blick zuckte zu Kit hinüber, der an Dax gewandt etwas mit den Lippen formte. Immer noch waren wir durch den großen Schreibtisch, hinter dem wir uns versteckten, den Blicken verborgen. Anscheinend bedeutete er Dax, sich auf den Neuankömmling zu stürzen, also sah ich nun Hayden an. Er bedachte mich mit einer Grimasse, dann sah er an mir vorbei zu Kit hinüber und nickte. Er hob die Hand, sodass wir sie alle sehen konnten und forderte Kit auf, Dax ein Zeichen zu geben. Wir mussten jetzt handeln, sonst gingen wir das Risiko ein, getötet zu werden.

Hayden hob drei Finger in die Höhe.

Einen senkte er wieder.

Zwei blieben.

Dann noch einen.

Mir sank das Herz in die Kniekehlen, und meine Nerven waren zum Zerreißen gespannt, während ich auf das Zeichen wartete und die Waffe fest mit der Hand umfasste.

Dann senkte Hayden den letzten Finger, woraufhin jede Menge Dinge auf einmal geschahen. Hayden, Kit und ich sprangen auf, die Waffen erhoben und auf den Eindringling gerichtet. Dax schoss aus seinem Versteck, legte dem ahnungslosen Störenfried den Arm um den Hals und ein Messer an die Kehle. Ein überraschtes Wimmern erklang von der Person, die uns unterbrochen hatte. Sie ließ ihre Kerze fallen und tauchte uns in Halbdunkel, und erst in diesem Augenblick erkannte ich sie.

Blassblaue Augen, umrahmt von langem, hellbraunem Haar starrten mich entsetzt an. Der Mund war vor Überraschung und Schrecken weit geöffnet, als sie die Messerklinge am Hals spürte und die drei Waffen sah, die direkt auf sie gerichtet waren.

Meine beste Freundin aus Greystone.

Leutie.

»Grace?«, quiekte sie, die Stimme voller Furcht. Leutie kam mit Situationen wie dieser nicht besonders gut zurecht. Sie trug normalerweise nicht mal eine Waffe bei sich und hatte schon gar keine Ahnung, wie sie sich verteidigen sollte. Dazu war sie zu schwach, aber dafür besaß sie andere Stärken, die nichts mit Körperkraft zu tun hatten.

»Leutie?«

Verblüfft starrte ich sie an und ließ automatisch die Waffe sinken. Sonst regte sich jedoch niemand. Hayden und Kit richteten weiterhin die Pistole auf sie, und Dax presste ihr das Messer an die Kehle und hielt sie fest. Mein Blick schoss zur Tür hinüber, um zu sehen, ob ihr irgendjemand folgte, aber anscheinend war sie allein.

»Du lebst.« Offensichtlich war sie starr vor Schreck und wagte sich auch nicht zu bewegen, während ihre Blicke nervös im Zimmer umherhuschten. Dann erspähte sie den Mann in der Ecke. Sie schloss die Augen und stieß ein schreckerfülltes Wimmern aus.

»Bist du allein?«, fragte ich ihre Bemerkung ignorierend. Leuties Anblick hatte meine Nerven einen Augenblick lang beruhigt, doch jetzt steigerte sich meine Angst aufs Neue. Jede Sekunde konnte noch jemand anders durch diese Tür kommen.

»Ja«, antwortete sie schwach. Die Furcht in ihren Augen ließ darauf schließen, dass sie die Wahrheit sagte.

»Lass sie los, Dax.«

»Was ...«

»Lass sie los!«, zischte ich. Über Leuties Schulter hinweg funkelte er mich wütend an, doch dann gehorchte er und senkte das Messer. Sofort hastete sie an die Seite des Zimmers und presste den Rücken an die Wand wie eine verängstigte Maus im Käfig, die versucht, einer hungrigen Katze auf der Jagd zu entkommen.

»Grace ...«, warnte Hayden leise. Ich hob langsam die Hand, um ihn am Reden zu hindern.

»Was meinst du mit ›Du lebst‹?«, forschte ich nach.

»Wir hielten dich alle für tot«, antwortete Leutie. Ihr Blick blieb nicht allzu lang auf mir haften, sondern huschte zwischen Dax, Kit und Hayden hin und her, die alle noch mit gezückten Waffen dastanden. »Du bist einfach verschwunden, und Jonah sagte niemandem, was geschehen war, also nahmen wir an ...«

»Ihr habt angenommen, dass ich tot bin?«

»Grace, wir müssen hier raus«, raunte mir Hayden ins Ohr. Leuties Blick huschte nun zu ihm hinüber. Sie sah verwirrt aus. Ich nickte bestätigend, ohne ihn anzusehen.

»Warum bist du hier?«, unterbrach Leutie. Ich spürte die Anspannung der Jungs, die mich stumm beschworen, nicht zu antworten, aber etwas in Leuties Augen und die Tatsache, dass sie von so sanfter Natur war, sagten mir, dass sie mich verstehen würde. Dieser Krieg betraf schließlich auch sie.

Doch das reichte als Erklärung nicht, auch wenn es einigermaßen offensichtlich war. Ich war eine Verräterin, und sie hatte keinen Grund, mir zu vertrauen oder länger meine Geheimnisse zu wahren. Ich starrte sie nur an, spürte, wie die Sekunden verrannen und wir kostbare Zeit verschwendeten.

Plötzlich weiteten sich Leuties blaue Augen, und sie blickte an mir vorüber zum Fenster.

»Da kommt jemand«, flüsterte sie und sah mich wieder an.

Ich wirbelte herum. Und richtig: Dunkle Schatten näherten sich aus der Ferne. Sie schlenderten langsam auf uns zu, als ob sie uns noch nicht entdeckt hätten. Hayden fluchte neben mir. Wieder sah ich zu Leutie hinüber; sie schien mit sich zu ringen.

»Raus hier«, flüsterte sie scharf.

»Können wir ihr trauen?«, fragte Kit hektisch und stellte sich neben das Fenster, um besorgt hinauszublicken.

Ich starrte sie eine Sekunde lang an, und sie erwiderte den Blick. Immerhin war sie meine beste Freundin gewesen, und sie hatte nie zu Gewalttätigkeit geneigt.

»Ja«, murmelte ich. Dax brummelte etwas Unverständliches und bewegte sich zur Tür. Hayden packte ein paar Papiere, die auf dem Schreibtisch lagen, auch das, das ich untersucht hatte, faltete alles zusammen und stopfte es sich hastig in die Tasche.

»Los, schnell«, drängte Leutie und wedelte mit den Händen. »Ich sage ihnen, dass ich das hier so vorgefunden habe und keinen gesehen habe ... nur geht jetzt bitte.«

»Los, komm, Grace«, sagte Hayden scharf und machte einen Schritt auf mich zu, um meinen Arm mit seiner großen Hand zu packen.

Er zog mich zur Tür hinüber, wo Kit und Dax sich bereits versammelt hatten, aber mein Blick ruhte weiterhin auf Leutie. Sie warf mir ein schwaches, trauriges Lächeln zu, das ich nicht erwidern konnte. Ich war so verwirrt, dass ich keinen klaren Gedanken mehr fassen konnte, als Dax die Tür aufzog und hinausschlüpfte – dicht gefolgt von Kit. Hayden wollte mich gerade hinausziehen, als Leuties Stimme mich erstarren ließ.

»Grace«, flüsterte sie plötzlich. »Ich bin froh, dass du noch am Leben bist.«

Bei ihren liebevollen Worten wurde mir ganz warm ums Herz, und eine plötzliche Woge der Trauer überkam mich bei dem Gedanken, dass ich mehr zurückgelassen hatte als einen miesen Bruder und einen toten Vater. Ich hatte dort auch ein Leben geführt, aber das war jetzt vorbei.

»Danke, Leutie.«

Dann zog mich Hayden durch die Tür und zurück in die Dunkelheit zwischen den Hütten. Die Wachen kamen jetzt näher, aber sie schlugen keinen Alarm, hatten uns also noch nicht entdeckt. Hayden packte meine Hand, zwang mich zum Weiterlaufen.

»Komm schon, Grace«, murmelte er sanft.

Ich ließ zu, dass Kit uns aus Greystone hinausführte, und bildete zusammen mit Hayden, der mich keine Sekunde lang losließ, die Nachhut. Ich war viel zu sehr in Gedanken, um wirklich aufmerksam sein zu können, aber ich vertraute darauf, dass der Rest meiner Mannschaft uns schon sicher hinausschaffen würde. Lautlos hasteten wir durch die Schatten, schlichen zwischen den Hütten herum, stahlen uns um weitere Gebäude, bis wir den Rand des Camps erreicht hatten, jene Stelle, an der wir auch eingedrungen waren.

Nachdem wir uns kurz in alle Richtungen umgesehen hatten, rannten wir auf die Baumgrenze zu. Ich nahm mir gar nicht bewusst vor, mein Tempo zu erhöhen. Training und Instinkt übernahmen das Kommando, doch immer noch hielt Hayden meine Hand, um mich weiterzuziehen. Er drückte sie einmal beruhigend, als wir die letzten paar Meter bis zu den Bäumen sprinteten, und wir wurden erst langsamer, als wir im Dickicht der Wälder angelangt waren, die uns Deckung boten.

Ich konnte nicht aufhören, über das nachzudenken, was

gerade passiert war. Ich vertraute Leutie zwar, aber ein winziger Teil in mir befürchtete, dass sie womöglich gelogen hatte. Würde sie uns verraten, sodass wir noch mehr in die Schusslinie gerieten? Würde sie Wort halten? Meine Gedanken überschlugen sich, wirbelten in tausend verschiedene Richtungen, während wir uns durchs Unterholz bewegten, fort von Greystone.

KAPITEL 9
TROST

Hayden

Ich hielt Graces warme Hand ganz fest, klammerte mich an sie in dem verzweifelten Versuch, sie aus den Untiefen ihrer Gedanken wieder emporzuziehen. Wir schlichen zwischen den Bäumen hindurch, immer noch lautlos, obwohl wir beinahe wieder in Blackwing angelangt waren. Kit und Dax gingen voraus, Grace und ich hinterher. Keiner von uns sagte ein Wort. Ich wusste, dass dieser Ausflug voller schmerzhafter Erinnerungen an das war, was sie verloren oder zurückgelassen hatte.

Ich sah jetzt bestimmt zum hundertsten Mal zur Seite, sah, wie sie teilnahmslos den Boden absuchte, um nicht zu stolpern, ohne wirklich etwas wahrzunehmen. Ich wollte sie wieder zu mir zurückholen, sie an meine Brust drücken und ihr sagen, dass alles gut werden würde, aber im Augenblick konnte ich nur wenig tun, außer zum Camp zurückzukehren.

Ich drückte nochmals ihre Hand, und sie wandte mir flüchtig den Blick zu. Sie blinzelte, als bemerke sie mich erst jetzt. Dann rang sie sich ein flüchtiges Lächeln ab, das allerdings ihre Augen nicht erreichte. Ich erwiderte es, aber aufrichtig war es ebenso wenig wie ihres, denn ich empfand so ziemlich das Gleiche wie sie. Es war eine Qual, sie so zu sehen.

»Wir müssen in die Kommandozentrale und uns mit Kit und Dax beraten, wenn wir wieder zurück sind, aber danach gehen wir nach Hause, okay?«, sagte ich sanft zu ihr. Wenn sie reden wollte, dann konnten wir reden, und wenn sie einfach nur schlafen wollte, dann würden wir schlafen gehen. Ich würde alles tun, was sie wollte, wenn ich ihr dabei helfen konnte, mit ihren jetzigen Gefühlen klarzukommen, aber zuerst mussten wir über das sprechen, was auf dem Raubzug passiert war.

»Klingt gut«, sagte sie ausdruckslos, verbarg ihre Gedanken aber weiterhin vor mir.

Ich drückte erneut ihre Hand und beugte mich zu ihr hinüber, um ihr einen sanften Kuss auf den Scheitel zu geben, damit sie mal wieder von Herzen lächeln konnte. Ganz erfolglos blieb dieser Versuch nicht. Sie wandte sich zu mir um und wirkte zum ersten Mal, seit wir Greystone verlassen hatten, wieder einigermaßen glücklich. Dennoch war es noch lange nicht ihr normales, strahlendes Lächeln.

Der Augenblick endete, als wir die Bäume hinter uns ließen und wieder in Blackwing waren. Das Camp war hie und da spärlich von Kerzen und Laternen erleuchtet, wie immer bei Nacht. Grace ließ meine Hand los, blieb aber neben mir, verbarg unsere private Beziehung von etwaigen Zuschauern, die draußen vielleicht unterwegs waren. Ich hatte beinahe vergessen, dass noch nicht alle Bescheid wussten, und war froh über ihre Diskretion.

Kit und Dax gingen zur Kommandozentrale voraus. Eine Frau von etwa Mitte dreißig hatte Wachdienst. Sie hielt ein schlafendes Kind in den Armen, ein seltener Anblick in Blackwing. Die Menschen bekamen zwar immer noch Kinder, aber doch erheblich seltener als vor dem gesellschaftlichen Zusammenbruch. Jett war in der Neuzeit zur Welt gekommen. Docc hatte dabei geholfen, ihn zu entbinden. Seine Mutter war bei seiner Geburt verblutet, und sein Vater starb ein paar Monate später an einer infizierten Wunde, die er sich bei einem Raubzug zugezogen hatte. So war Jett quasi komplett bei Maisie aufgewachsen. Kinder waren stets so etwas wie ein Wunder, weil sie so selten waren: Und ohne sie würde die Menschheit über kurz oder lang aussterben.

Die Frau trat nach draußen, um die Tür zu bewachen und damit wir uns zurückziehen konnten. Wie immer versammelten wir uns um den Tisch in der Mitte, und wieder fand ich mich neben Grace wieder.

»Also, das war aber mal ein merkwürdiger Raubzug, hm?«, eröffnete Dax das Gespräch.

»Was du nicht sagst«, murmelte Kit zustimmend.

»Was hast du gefunden, Hayden?«, fragte Dax.

»Das weiß ich auch noch nicht so genau.«

Die drei sahen mich an, während ich die Dokumente, die ich hatte stehlen können, aus der Tasche zog. Sie beugten sich darüber, als ich sie auf dem Tisch glattstrich. Das erste war eine Liste von Waren, die man in Greystone anscheinend benötigte; bei dem zweiten Zettel handelte es sich um eine Aufzählung notwendiger Reparaturen. Aber das dritte Blatt war nicht so einfach zu entziffern, denn es enthielt diverse zusammengewürfelte Notizen, die jemand schnell hingekritzelt zu haben schien. Das vierte jedoch war das interessanteste. Es war das Papier, das Grace sich angesehen hatte, bevor wir unterbrochen worden waren.

Es handelte sich eindeutig um eine Skizze von Blackwing, wobei hie und da einige Details eingezeichnet waren. Ich erinnerte mich an das, was Grace beschrieben hatte, als sie mir von den Plänen berichtet hatte, auf die sie gestoßen war. Vielleicht war dies eine aktualisierte Version. Ein paar Gebäude waren beschriftet »Vorratsraum«, »Waffen«. Eine Skizze des Turms war mit einem großen »X« versehen worden. Andere Gebäude waren durchgestrichen, wobei es sich vornehmlich um die Hütten handelte, die zu Beginn des Krieges niedergebrannt worden waren.

»Woher wissen sie, wo wir unser Zeug lagern?«, fragte Dax, der die Seite genau musterte. Kit stand mit grimmigem Gesicht mir gegenüber.

»Na ja, sie haben uns ausspioniert«, murmelte Grace. Das waren ihre ersten Worte seit langem. Ich sah sie an, und sie warf mir einen schuldbewussten Blick zu. »Sie wussten, dass ich hier bin, also ... Offensichtlich haben sie einiges herausgefunden, indem sie uns einfach nur beobachtet haben.«

Ich runzelte die Stirn. Die Vorstellung, dass der Feind so viel über unser Camp wusste, gefiel mir gar nicht, insbesondere nicht, wenn es sich um Detailinformationen handelte wie die, wo wir unsere wichtigsten Schätze aufbewahrten.

»Ähnelt diese Karte hier derjenigen, die sie vorher hatten?«, fragte ich Grace.

»Ja, so ziemlich. Diese hier ist nur aktualisiert.«

»Anscheinend denken sie, dass der Turm zerstört ist«, bemerkte Kit und deutete auf das »X« über der Zeichnung. »Malin sagt, dass man ihn aber problemlos wieder nutzen kann. Damit sind wir also durchaus im Vorteil, stimmt's?«

»Stimmt«, pflichtete ich ihm bei. Während die anderen sich wieder auf die Karte konzentrierten, machte ich mir mit einem Mal erheblich weniger Sorgen deswegen. Anscheinend hatten sie all diese Informationen schon im Vorfeld gehabt, sodass uns diese Karte für den bevorstehenden Krieg nicht weiterhelfen würde. Aber die Listen konnten uns durchaus nützen. »Was ist hiermit? Wenn das eine Liste der Dinge ist, die sie benötigen, könnten wir dann nicht versuchen, sie mit allen Mitteln daran zu hindern, sie zu bekommen, statt sie von uns aus anzugreifen?«, überlegte ich laut. Wenn sie durch uns ihre Vorräte nicht aufstocken konnten, konnten wir auf einen Angriff *unsererseits* vielleicht sogar verzichten. Zumal der ohnehin nur weitere Opfer gefordert hätte.

»Und wenn diese Dinge hier repariert werden müssen, könnten wir dann nicht dafür sorgen, dass sie irreparabel kaputt sind?«, fügte Kit hinzu, der meinen Gedankengängen gefolgt war.

»Und wir könnten dieser Liste noch weitere kaputte Gegenstände hinzufügen ...«, murmelte Dax nachdenklich.

Das war es! So konnten wir diesen Krieg gewinnen. Wir waren zahlenmäßig unterlegen, aber der Krieg wurde ja schließlich nicht nur durch Schlachten entschieden. Wahrscheinlich konnten wir einen Kampf nicht komplett vermeiden, aber vielleicht konnten wir andere Methoden finden als den körperlichen Angriff.

»So könnte es tatsächlich funktionieren«, murmelte ich leise. »Das ... wir könnten es schaffen. Uns in ihr Camp schleichen, zerstören, was sie benötigen, verhindern, dass sie sich weitere Vorräte beschaffen ...«

»Das wird nicht funktionieren«, schnitt mir Grace das Wort ab. Sie war während des gesamten Wortwechsels sehr still gewesen, sodass sich nun drei Augenpaare interessiert auf sie richteten.

»Warum nicht?«, fragte Kit ein wenig barsch. Ich spürte, wie frustriert er war.

»Jonah wird sich davon nicht aufhalten lassen. Wenn ihr das tut – alles zerstört, was sie haben –, wird er euch nur umso leidenschaftlicher bezwingen wollen. Er wird nur umso härter kämpfen.«

Ihr Widerspruch machte mich zornig. Ich wollte glauben, dass das, was wir uns aufzubauen begonnen hatten, funktionieren konnte, aber Grace hatte das mit ein paar Sätzen einfach zunichtegemacht.

»Was sollen wir denn sonst tun? Sie alle umbringen?«, fragte ich sarkastisch.

»Zumindest will er das mit uns machen«, antwortete Grace mit tödlich ernster Stimme. »Von dem, was noch übrig ist, können nicht beide Camps überleben. Er wird riskieren, dass Menschen sterben, damit er gewinnt, denn wenn er es nicht tut, sterben sie in jedem Fall.«

»Also, was unternehmen wir dann?«, fragte Dax.

Ich spürte, wie mich eine Welle der Frustration erfasste. Egal, was wir uns überlegten, es schien keinen Ausweg zu geben. Wenn wir eine Schlacht nach der anderen schlugen, würden wir unzählige kostbare Leben verlieren für etwas, das nicht einmal garantiert war. Wenn wir versuchten, sie zu sabotieren und ihre Vorräte zu stehlen, dabei aber Leben zu verschonen, würden sie nur umso heftiger gegen uns ankämpfen und uns genau in jene Gefahr bringen, die wir zu vermeiden suchten. Frieden war unmöglich, denn es gab nicht genug, um beide Camps zu versorgen, und der erbitterte Hass zwischen uns machte alles nur noch schlimmer. Es gab keine Lösung, keine Möglichkeit, das alles zu beenden, ohne Zerstörung und Mord auf beiden Seiten.

Wie hatte es nur jemals so weit kommen können?

Mit einem tiefen Seufzer beugte ich mich über den Tisch. Grace tat es mir gleich. Sie hatte die Ellbogen auf der Tischfläche abgestützt und hielt das Gesicht in den Händen, als versuche sie, alles andere auszublenden.

»Wir müssen ja nicht gleich heute Abend eine Entscheidung treffen. Wir haben jetzt ein paar Informationen gesammelt, und das war schließlich der Zweck der ganzen Unternehmung«, sagte ich ruhig.

»Na gut«, antwortete Kit. »Aber wir haben noch ein anderes Problem.«

Erst war ich verwirrt, doch dann wurde mir klar, was er meinte. Beinahe hätte ich vergessen, dass wir auf unserem Beutezug ertappt worden waren.

»Grace, deine Freundin ...«, fuhr Kit fort.

»Leutie«, erklärte sie. Ihre Stimme klang gedämpft hinter ihren Handflächen.

»Ja, Leutie. Können wir ihr vertrauen?«

Grace stieß einen tiefen Seufzer aus und sich dann vom Tisch ab. Mit erschöpfter Miene sah sie jeden Einzelnen von uns an. »Ich weiß es nicht. Aber ich glaube schon.«

Ihre Stimme klang wenig überzeugend, und prompt zogen alle ein skeptisches Gesicht.

»Du glaubst es?«, wiederholte Dax ungläubig.

»Ja, Dax. Ich glaube es«, blaffte sie unwirsch. Offensichtlich machte ihr der Ausflug nach Greystone immer noch zu schaffen, woraus ich ihr keinen Vorwurf machen konnte. So fühlte ich selbst mich schließlich jedes Mal, wenn ich in die Gegend kam, in der mein Elternhaus stand: hilflos, frustriert und – was wahrscheinlich am schlimmsten war – am Boden zerstört.

Verstohlen streckte ich den Arm aus. Ich legte meine Hand über die ihre, die noch auf dem Tisch lag, und strich mit dem Daumen sacht über ihre Knöchel. Sie sah mich an. Ihr Blick war hart und gestresst, wurde allmählich aber weicher. Kit und Dax ignorierten die Geste, wofür ich dankbar war. Jetzt war nicht der richtige Zeitpunkt für Dax' Neckereien.

»Ich glaube, wir können ihr vertrauen«, fügte Grace hinzu. »Sie ist nicht der Typ, der Ärger sucht, und sie hasst Gewalt. Sie fürchtet sich vor ihrem eigenen Schatten, deshalb kann ich mir einfach nicht vorstellen, dass sie noch mehr Konflikte zwischen den Camps hervorrufen will ...«

»Sie kam mir in der Tat ziemlich verängstigt vor«, überlegte Dax. »Sie zitterte ja wie Espenlaub.«

»Ja, na ja, wahrscheinlich hatte sie zum ersten Mal ein Messer an der Kehle«, erklärte Grace. »Bestimmt hast du sie zu Tode erschreckt.«

»Genau genommen waren auch noch zwei Pistolen auf sie gerichtet«, ergänzte Dax mit schiefem Lächeln.

»Also sind nicht alle da drüben so krass drauf wie du?«, fragte Kit, und ein seltenes Grinsen umspielte seine Lippen, als er Grace ansah. Erfreut bemerkte ich auch ein Grinsen bei ihr, wenn ich auch enttäuscht war, dass nicht ich derjenige war, dem es galt.

»Nein, nicht alle«, erwiderte sie bescheiden. »Leutie geht nicht auf Raubzüge. Sie ist ziemlich weich, deshalb glaube ich, dass alles gut gehen wird. Sie wird Wort halten.«

Sie nickte einmal, wie um sich selbst davon zu überzeugen, und das schwache Lächeln verschwand wieder von ihrem Gesicht.

»Dann machen wir jetzt Feierabend, Leute. Es ist schon spät«, sagte ich. Ich griff nach den Unterlagen, um sie zusammenzufalten und sie wieder in die Tasche zu stecken. Dabei löste ich meine Hand von Graces.

»Ja, genau«, pflichtete Kit mir bei.

Er und Dax verstauten ihre Pistolen wieder in der Waffenkiste und nahmen auch Grace und mir unsere Waffen ab. Leise unterhielten sie sich sodann über etwas, das mich nicht weiter interessierte, und ich rückte näher an Grace heran. Sie war schweigsam und bedrückt, mied jeglichen Augenkontakt und hatte die Finger vor sich verschränkt.

»Hey, Bär«, sagte ich so leise, dass nur sie mich verstehen konnte. Mein Herz flatterte in meiner Brust, als ein sanftes Lächeln ihre Lippen umspielte und sie den Kopf hob, sodass ihre grünen Augen mich ansahen.

»Hey, Herc«, erwiderte sie leise. Ich versuchte, ihre Gedanken zu lesen. Sie zog mich dichter zu sich heran, hielt den Stoff meines Shirts mit der Faust umschlossen. Sonst tat sie nichts. Es war, als ob meine bloße Nähe sie schon tröstete.

»Bis bald, Leute«, rief Dax.

Ich hatte es gar nicht bemerkt, aber er und Kit hatten alles weggeräumt und waren zur Tür gegangen. Ich rang mir einen kurzen Abschiedsgruß ab. Dann waren sie verschwunden, ließen Grace und mich allein. Zärtlich umfing ich ihr Gesicht und ließ die Daumen leicht über ihre zarte Haut gleiten.

»Geht es dir gut?«, fragte ich, obwohl ich sehr genau wusste, dass dem nicht so war. Sie holte tief Luft, hielt inne und atmete wieder aus.

»Können wir nach Hause gehen?«, fragte sie. Die Formulierung »nach Hause« aus ihrem Mund sandte eine kleine Welle des Glücks durch meine Adern, die allerdings schnell wieder erstickt wurde durch das dringende Bedürfnis, ihr Trost zu spenden.

»Ja«, antwortete ich nur.

Grace ging an mir vorbei auf die Tür zu, wo die wachhabende Frau und ihr immer noch schlafendes Kind auf uns warteten. Ich wünschte ihr leise eine gute Nacht, dann machten wir uns auf den Weg in die stockfinstere Nacht. Es war jetzt sehr spät, wahrscheinlich nach Mitternacht, und ich wünschte mir nichts sehnlicher, als zu Bett zu gehen und Grace an meine Brust zu ziehen. Sie war weiterhin in sich gekehrt, sodass wir den Weg zu unserer Hütte schweigend zurücklegten.

Drinnen setzte sich Grace erst einmal auf die Bettkante, während ich eine Kerze entzündete, die uns etwas Licht spendete. Ihr warmer Schein erhellte den Raum, aber dennoch spürte ich die Kälte, die von Grace Besitz ergriffen hatte. Ich sah sie an. Jetzt saß sie vornübergebeugt, hatte die Ellbogen auf die Knie gestützt und verbarg das Gesicht erneut in den Händen.

Ich zog mich bis auf ein Paar Sportshorts aus, ließ den Oberkörper nackt. Grace war immer noch angezogen, obwohl sie doch sicherlich erschöpft sein musste. Ich holte eins meiner Shirts aus der Schublade, dann ging ich zum Bett hinüber. Erst als ich vor ihr stehenblieb, hob sie den Kopf und sah mir in die Augen.

»Arme hoch«, befahl ich sanft und hielt das T-Shirt in die Höhe.

Sie lächelte verhalten und erlaubte mir, ihr mein größeres T-Shirt über den Kopf zu ziehen und es bis auf ihre Taille herabfallen zu lassen. Ich bewegte mich langsam und zärtlich, weil ich sie beruhigen und entspannen wollte, ohne andere Absichten zu verfolgen.

»Komm her«, murmelte ich und hockte mich vor sie hin. Einen Augenblick lang packte ich ihre Knie und zog leicht daran.

Sie rückte zur Bettkante vor und ließ zu, dass ich ihre Shorts aufknöpfte. Ich spürte ihren Blick auf mir, unter dem mir ganz heiß wurde, während ich sie auszog. Meine Finger schlüpften unter den Hosenbund ihrer Shorts und zogen sie die Beine herunter, sodass sie jetzt nur noch ihr Höschen trug.

»Gut?«

»Perfekt«, antwortete sie.

Ich nickte kurz, dann stieg ich ins Bett und setzte mich hinter sie. Ich schlang ihr die Arme um die Schultern und zog sie nach hinten, bis ich mit dem Rücken an der Wand lehnte. Sie lachte leise, bis wir es uns entsprechend bequem gemacht hatten. Jetzt saß sie zwischen meinen Beinen, schmiegte sich rücklings an mich, während ihre Hände auf meinen Unterarmen vor ihrer Brust lagen.

»Willst du darüber reden?«, fragte ich. Ich merkte, wie sie die Lippen verzog.

»Keine Ahnung«, antwortete sie schließlich nachdenklich. »Wahrscheinlich fühlst du dich ganz ähnlich, stimmt's? Immer wenn du wieder in deiner alten Gegend bist?«

Wir beide hatten unsere Heimat hinter uns gelassen, Orte, an denen wir Menschen verloren hatten, Erinnerungen, denen keine weiteren mehr hinzugefügt würden.

»Ja, Grace.«

»Tut mir leid, dass du dich jemals so fühlen musst«, murmelte sie und neigte den Kopf, um mir einen Kuss auf den Unterarm zu geben.

»Hey, hier geht's gerade gar nicht um mich, weißt du?«, antwortete ich leichthin. »Mach dir um mich keine Sorgen.«

»Es ist nur so seltsam, weißt du? Mein Elternhaus zu sehen, in dem er gestorben ist ...«

»Das war dein Elternhaus?« Ich wusste genau, welche Hütte sie meinte, denn ich konnte mich noch sehr genau an ihren Gesichtsausdruck erinnern, als sie es sah.

»Ja«, antwortete sie und nickte. »Hier fällt es mir leichter, die Erinnerung daran zu verdrängen, aber wenn man es direkt vor Augen hat ...«

»Ist es ganz schön heftig«, beendete ich den Satz für sie. »Es wird mit der Zeit zwar leichter, aber ich müsste lügen, wenn ich behaupten würde, dass es irgendwann ganz nachlässt.«

Kurz wanderten meine Gedanken zu meinen eigenen

Eltern und den Erinnerungen an sie. Ich hatte sie verloren, als ich fünf Jahre alt gewesen war, aber Grace hatte durchaus noch ein paar Jahre mehr mit ihrer Mutter gehabt und ihr ganzes bisheriges Leben mit ihrem Vater. War es schlimmer, die Eltern in jungen Jahren verloren und kaum Erinnerungen an sie zu haben oder das gesamte bisherige Leben mit ihnen verbracht zu haben und nun zu erleben, wie sie einem plötzlich entrissen wurden?

Beides.

Beides war schlimm.

»Wann wird es denn leichter?«, fragte sie, und ich hörte die Verzweiflung in ihrer Stimme. »Denn eigentlich dachte ich, es ginge mir gut – bis zu dem Augenblick, da ich alles wieder vor Augen hatte. Alles zu sehen, was ich verloren oder verlassen habe ... das ist hart.«

»Keine Ahnung, Süße«, raunte ich an ihrer Schulter. Ich presste einen weiteren zärtlichen Kuss auf ihre Haut. »Aber ich bin hier bei dir. Das weißt du doch, oder?«

»Ich weiß ... ich komme mir nur total egoistisch vor, denn schließlich hast du doch auch so viel verloren«, antwortete sie, drehte sich plötzlich in meinen Armen um und sah mich an. Ihre Beine legten sich über meinen Schenkel, und sie setzte sich seitwärts, drehte den Oberkörper so, dass sie mir direkt in die Augen blicken konnte. Ich löste die Arme von ihren Schultern und umfing ihre Taille, wollte sie nicht loslassen.

»Sag das nicht«, bat ich.

»Aber es stimmt ...« Sie verstummte, runzelte die Stirn.

»Nein, Grace. Wir beide haben Angehörige verloren, und

das schmerzt, egal, wann es passiert ist oder wie viel Zeit wir mit ihnen verbringen durften. Du solltest dir niemals selbstsüchtig vorkommen, wenn du mit mir über deine Gefühle sprichst ... Ich kann schließlich nichts tun, außer in solchen Momenten für dich da zu sein, stimmt's?«

Sie musterte mich eindringlich, wollte meinen Worten Glauben schenken, wagte es aber nicht so recht, das zuzulassen.

»Ich meine es ernst«, versprach ich.

Sie seufzte tief. Dann schlang sie die Arme um meinen Nacken und schmiegte sich an meine Brust. Ich umfasste ihre Taille fester und ließ die freie Hand an ihren Hinterkopf wandern, um ihr beruhigend über das weiche Haar zu streicheln.

»Ich liebe dich, Hayden«, murmelte sie leise. Ihr warmer Atem kitzelte an meinem Hals, und ich spürte meinen Herzschlag dort, wo ihr Körper sich an meinen presste.

»Und ich liebe dich, Grace«, erwiderte ich entspannt. Ich küsste sie auf die Schläfe, ohne die Umarmung zu lösen. »Es wird dir wieder besser gehen. Das weiß ich.«

»Du hast Recht«, stimmte sie leise zu. Ihre Lippen liebkosten meine Kehle, dann zog sie sich gerade genug zurück, um mir nochmals in die Augen zu sehen. »Weißt du auch, woher ich das weiß?«

»Sag es mir, mein kluges Köpfchen«, antworte ich heiter. Ich lächelte, als sie tatsächlich grinste.

»Es wird mir wieder gut gehen, weil ich dich habe.«

»Das hast du.«

Sie hatte ja gar keine Ahnung, wie sehr sie mich hatte.

KAPITEL 10
ERKENNEN

Hayden

Durch die leichte Brise stellten sich mir die Nackenhaare auf, als ich durch Blackwing wanderte. Die Sonne glühte am spätnachmittäglichen Himmel, und das melodische Zwitschern der Vögel wurde vom leisen Knirschen meiner Stiefel im Staub und dem glockenhellen, leisen Lachen von Kindern begleitet, als ich an einer Familienhütte vorbeikam.

Mein Begleiter war so anders als der, an den ich gewöhnt war, und ich hatte schon mehrfach nicht hingehört.

»... und dann sagte ich Maisie, dass ich nicht mehr zur Schule will, denn Rainey will immer neben mir sitzen, und das ist total schräg«, sagte er gerade, als ich wieder hinhörte. Witzig! Jungs hatten immer noch Angst vor Mädchen, genau wie in meiner Jugend. In Gedanken kehrte ich zu dem zurück, was Grace mir über den Abend des Kriegsbeginns erzählt hatte: Als es darum ging, Rainey und ihre kleine Schwester zu beschützen, war er plötzlich mutig geworden.

»Du musst aber zur Schule gehen, Jett«, sagte ich ruhig. »Wie willst du sonst alles lernen, was du wissen musst, hm?«

»Aber das ist doch gar keine richtige Schule«, grummelte er entnervt.

Die »Schule« in Blackwing bestand tatsächlich nur aus einem Mann von etwa Mitte sechzig, der den Kindern die Grundlagen zu einer Anzahl von Themen beibrachte und sich ansonsten auf die Vermittlung von Überlebenstechniken konzentrierte. Aber mehr konnten wir nicht tun, und es war immerhin besser als nichts. Die meisten Kinder hörten auf hinzugehen, sobald sie die Grundlagen beherrschten, und Jett hatte wahrscheinlich auch nur noch ein oder zwei Jahre vor sich, bevor er mit der Schule aufhören konnte.

»Weißt du, Grace hat mir was erzählt«, sagte ich nun und warf ihm ausnahmsweise ein Lächeln zu. Sein Kopf fuhr in die Höhe, und er sah mich ängstlich an, strauchelte in einem Loch auf dem Weg, richtete sich wieder auf. Er musste ein paar Schritte joggen, bevor er mich wieder eingeholt hatte.

»W-was, was hat sie dir erzählt?«, stotterte er.

»Sie glaubt, dass du Rainey vielleicht ein wenig mehr magst, als du zugibst.« Meine Stimme klang eine Spur belustigt, als ich sah, wie er sich unbehaglich neben mir wand.

»Nein, tue ich nicht! Mädchen sind blöd«, rief er und verschränkte die Arme. »Ich mag Rainey nicht.«

»Mädchen sind nicht blöd«, widersprach ich leichthin.

»Sind sie wohl.«

»Du magst Grace doch, oder? Sie ist ein Mädchen«, erklärte ich.

»Ja, aber sie ist ... in deinem Alter. Alt. Ich mag sie auch nicht so, wie du sie magst«, sagte er und streckte die Zunge heraus, als fände er die Vorstellung eklig. Ich blinzelte überrascht. Mir war nicht klar gewesen, dass Jett scharfsinnig genug war, um meine Gefühle für Grace zu erfassen.

»Wie praktisch, dass Rainey *durchaus* in deinem Alter ist«, antwortete ich glattzüngig, seine vorherige Bemerkung ignorierend.

»Ich mag sie nicht, Hayden!«, bekräftigte er etwas zu laut. Er sah sich um, um sich davon zu überzeugen, dass niemand uns gehört hatte. Dann funkelte er mich böse an.

»Mich dünkt, du protestierest zu viel«, sagte ich kopfschüttelnd und mit breitem Grinsen.

»Was?«, fragte er. Verwirrt zog er die Nase kraus und legte den Kopf in den Nacken.

»Ach, egal«, murmelte ich. Diesen Spruch pflegte Docc früher gern bei Kit, Dax und mir anzuwenden, als wir noch jünger waren und ihm wieder einmal eine Lüge aufzutischen versuchten, warum wir uns davongeschlichen hatten. Unsere exzessiven Lügen waren jedoch eigentlich immer nur ein Eingeständnis unserer Schuld gewesen.

»Ich mag sie nicht«, bekräftigte er erneut und funkelte den Erdboden an, während wir weitergingen. Ein leises Glucksen drang aus meiner Brust.

»Wie du meinst, Kumpel.«

Dann murmelte er noch etwas vor sich hin, das ich nicht so recht verstand. Es war komisch, so gute Laune zu haben, seltsam, aber schön. Unser Besuch in Greystone war jetzt über eine Woche her, und es hatte im Nachgang keinen Ärger gegeben. Mit jedem Tag schwand unsere Angst ein wenig mehr und fühlten wir uns wieder sicherer, obwohl wir in unserer Wachsamkeit niemals nachließen.

Grace, die heute den ganzen Tag bei Docc gewesen war, um sich ein paar fortgeschrittene medizinische Kenntnisse anzueignen, war wieder ganz sie selbst. Und da Graces Stimmung sich wieder aufgehellt hatte, war auch ich wieder besser aufgelegt, sodass wir beide bemerkenswert heiter waren.

»Wo gehen wir eigentlich hin?«, fragte Jett.

»Kommandozentrale«, antwortete ich. Er war mir den ganzen Tag nicht von der Seite gewichen, und aufgrund meiner Heiterkeit hatte ich ihn und seine unaufhörlichen Fragen deutlich besser ertragen als sonst. Außerdem machte es offen gesagt Spaß, ihn ein wenig aufzuziehen.

»Warum?«

»Wir gehen heute Nacht zum ersten Mal auf Beobachtungsposten«, sagte ich. Er hatte keine Ahnung von der Sache mit den Brutes, aber er nickte und tat, als wisse er, wovon ich sprach.

»Oh, ach ja«, sagte er wenig überzeugend.

Unsere Unterhaltung endete, als wir an der Kommandozentrale anlangten.

»Mach dich jetzt lieber vom Acker, Jett. Bis bald, ja?«

»Okay, tschüs, Hayden!«, rief er und winkte mir kurz zu. Mich beschlich der Verdacht, dass er froh war, von mir wegzukommen, nachdem ich ihm wegen Rainey zugesetzt hatte.

Ich stieß die Tür zum Gebäude auf. Von drinnen hörte ich Stimmen, gefolgt von dem vertrauten, wunderschönen Klang von Graces Lachen. Drinnen entdeckte ich, dass sie in eine Unterhaltung mit Kit, Dax und Docc vertieft war. Ich versuchte, das winzige Aufflackern von Eifersucht zu unterdrücken, das ich verspürte, weil sie mit jemand anderem zusammen lachte.

»Hey«, begrüßte ich sie und gesellte mich zu ihnen an den Tisch.

»Also, Abraham«, begann Dax, beugte sich über die Tischplatte und stützte in übertrieben lässiger Manier den Ellbogen darauf. »Nur weil du hier der Boss bist, heißt das noch lange nicht, dass du zu spät zu unseren Meetings kommen darfst.«

Grace stand mir direkt gegenüber und sah mich unverwandt an. Sie kicherte über Dax' Bemerkung. Ihre Augen glühten förmlich, als sie mich ansah, und unwillkürlich erwiderte ich ihr Grinsen. Es war ein seltsames Gefühl, fast den ganzen Tag von ihr getrennt gewesen zu sein.

»Sorry, im Gegensatz zu manch anderem muss ich eben arbeiten, verzeiht mir also meine Unpünktlichkeit«, witzelte ich und zog ironisch die Augenbraue hoch. Dax schlug die Hand aufs Herz, als sei er beleidigt.

»Das tut mir weh«, versicherte er dramatisch. Es stimmte ja auch gar nicht – Dax arbeitete, wie ich wusste, genauso hart wie jeder andere auch. So hatte er gerade zum Beispiel den Jeep repariert, der an dem Tag beschädigt worden war, als wir auf die riesige Gruppe Brutes gestoßen waren. Aber er war eben immer noch Dax, und er hatte es verdient, mal ein bisschen aufgezogen zu werden, zumal er schließlich ebenfalls ordentlich austeilen konnte.

»Also«, unterbrach uns Docc, damit wir uns auf unser Meeting konzentrierten.

»Stimmt, ja«, murmelte ich und schüttelte kurz den Kopf. »Ich finde, dass wir keinesfalls alle gehen sollten, denn mir gefällt es nicht, wenn das Camp so verwundbar ist und nicht wenigstens einer von uns hierbleibt.«

Mein Blick wanderte von einem zum anderen. Jeder Einzelne von ihnen nickte zustimmend.

»Wir könnten uns doch abwechseln? Sodass jeder mal dran ist?«, bot Kit an.

»Ja, das wäre wahrscheinlich das Beste. Wenigstens zwei, wenn nicht gar drei von uns ziehen los, und einer bleibt hier bei Docc?«

»Ja, klingt gut«, pflichtete Docc mir kopfnickend bei.

»Und wollt ihr bald aufbrechen?«, fragte er. Er ging nie mit auf die Raubzüge, aber er war ein respektiertes Mitglied unseres Camps und oftmals verantwortlich für alles, wenn die anderen fort waren. Daher nahm er auch meist an den Meetings teil.

»Ja, sobald wir fertig sind. Den Jeep habe ich vorhin schon gepackt«, antwortete ich. »Wer will heute hierbleiben?«

Alle starrten einander an. Keiner wollte den Einsatz freiwillig verpassen. Mein Blick landete auf Grace, und sofort schüttelte sie den Kopf. Natürlich.

»Na ja, offensichtlich geht ihr beiden als Erste«, meinte Dax und verdrehte die Augen, während er auf Grace und mich deutete. »Können doch das glückliche Paar nicht so einfach trennen. Also Schere, Stein, Papier, Kit?«

»Halt's Maul, Dax«, murmelte ich. Einerseits wollte ich Grace natürlich nicht in Gefahr bringen, andererseits aber fühlte ich mich einfach wohler, wenn sie an meiner Seite war. Dann konnte ich sie zumindest selbst beschützen. Nicht dass sie meinen Schutz brauchte, aber dennoch würde sie ihn immer haben.

Kit und Dax beugten sich über den Tisch, um auszubaldowern, wer uns begleitete. Ich ignorierte die beiden. Docc gluckste leise vor sich hin, während er zwischen Kit und Dax als Schiedsrichter fungierte. Ich ging zu Grace auf die andere Seite des Tisches hinüber.

»Hallo«, begrüßte sie mich strahlend. Ihr blondes Haar war zu einem losen Zopf geflochten, und ein paar Haarsträhnen fielen ihr ins Gesicht.

»Selber hallo«, erwiderte ich. »Wie war dein Unterricht bei Docc?«

»Sehr lehrreich!« Sie lachte. »Vieles davon ging über meinen Verstand, aber ein paar Dinge habe ich auf jeden Fall gelernt.«

»Gut«, antwortete ich nur.

»*Ha!*«, schrie Dax mit einem Mal und unterbrach unser kleines Geplänkel. »Ratet mal, wer mich am Hals hat?«

»Na toll«, witzelte ich und verdrehte die Augen.

»Viel Spaß euch allen«, meinte Kit und winkte uns zu. »Bis morgen, wenn ihr wieder da seid.«

»Und seid vorsichtig«, fügte Docc leise hinzu. Wir nickten und winkten ebenfalls, als sie die Kommandozentrale verließen.

Nachdem wir unsere Waffen geholt hatten, liefen Grace, Dax und ich zur Garage. Die Sonne war bereits im Untergehen begriffen, und ich wusste, dass ich unseren Beobachtungsposten vor Einbruch der Nacht ausgesucht und bezogen haben wollte. Eine einzelne Laterne erhellte die Garage und beleuchtete unseren Jeep. Dax hatte versucht, die unzähligen Einschusslöcher in dem Fahrzeug zu flicken, war aber nur teilweise erfolgreich gewesen. Doch glücklicherweise war der Schaden vornehmlich oberflächlich, sodass wir das Fahrzeug immer noch nutzen konnten.

Im Kofferraum befanden sich Proviant und Ausrüstung, die etwas umfangreicher ausfiel, weil wir die Nacht in der Stadt verbringen wollten. Immerhin waren die Brutes dann am aktivsten. Ich erinnerte mich an unseren letzten Ausflug in die Stadt, als Grace, Dax und ich dort hatten übernachten müssen. Nur diesmal taten wir es mit Absicht. Diesmal waren wir vorbereitet.

Dax hatte bereits vorn Platz genommen. Und ehe wir es uns versahen, saßen wir alle im Auto und fuhren aus Blackwing hinaus. Wie immer spürte ich Graces Anwesenheit hinter mir. Das Lächeln, das sie mir im Rückspiegel zuwarf, zauberte ein Grinsen auf meine Lippen.

»Sobald wir angekommen sind, verstecken wir den Jeep irgendwo und suchen uns ein Gebäude in der Nähe des Zeughauses, in dem wir uns verstecken können«, sagte ich zu den beiden. »Wir können uns bei der Nachtwache abwechseln, aber es sollten immer zwei Leute gleichzeitig wach sein, damit uns nur ja nichts entgeht.«

»Klingt einleuchtend«, sagte Dax.

»Wonach halten wir denn Ausschau?«, fragte Grace.

»Nach allem, würde ich sagen. Wie viele kommen und gehen, ob sie irgendetwas hinein- oder herausbringen, eigentlich nach allem, was man sehen kann.«

Beide nickten erneut. Überrascht stellte ich fest, dass wir bereits am Stadtrand angelangt waren. Sogleich waren wir drei in Alarmbereitschaft, während wir uns durch die zerstörten Straßen bewegten, stets nach Brutes oder nach jemand anderem Ausschau haltend, der gefährlich werden konnte. Ich fuhr so schnell, wie es möglich war, ohne zu viel

Aufmerksamkeit auf uns zu ziehen, und wurde immer vorsichtiger, je näher wir dem Zeughaus kamen.

»Haltet nach einem Plätzchen Ausschau, wo wir die Nacht verbringen können«, ordnete ich an.

Nach der nächsten Biegung kam die kleine Karosseriewerkstatt in Sicht, in der sich der Zugang zum unterirdischen Bunker befand. Drum herum standen diverse Gebäude, von denen aus man einen guten Ausblick auf den Eingang hatte. Wir hatten also mehrere Möglichkeiten.

»Wie wäre es mit dem da?«, fragte Grace und beugte sich zwischen den Vordersitzen vor, um auf ein großes Bauwerk von bestimmt zwanzig Stockwerken genau gegenüber von der Werkstatt zu deuten. »Wenn wir uns im fünften oder sechsten Stock verschanzen vielleicht?«

»Und sieh mal – im Untergeschoss ist eine Garage, in der wir den Jeep verstecken können«, fügte Dax hinzu.

Ich brachte das Auto zum Stehen und beugte mich über das Lenkrad, um mit verengten Augen das Gebäude zu mustern. Es war nicht besonders auffällig, und der Ausblick auf den Eingang war wirklich hervorragend. Es war eindeutig die beste Option.

»Ja, gut«, sagte ich. »Aber seid auf der Hut. Sie dürfen nicht merken, dass wir hier sind.«

Adrenalin durchströmte meine Adern, als ich auf den Eingang zur Parkrampe zufuhr, wobei ich darauf achtete, die Schutthaufen auf der Straße zu umfahren, um durch entsprechenden Lärm nicht die Brutes aufzuschrecken, die unter der Straße lauerten. Ich war erleichtert, als wir im Schatten der Auffahrt verschwunden waren, die dank der schnell untergehenden Sonne jetzt ziemlich dunkel war. Unaufhörlich suchte ich die Umgebung nach Feinden ab, entdeckte aber keine, während ich in den höchsten Stock des Parkhauses fuhr. Das Gebäude selbst war allerdings noch erheblich höher.

Ich lenkte den Jeep in die entlegenste Ecke hinter einer Säule, verbarg ihn, so gut es ging, vor den Blicken, bevor ich den Motor abschaltete und den Schlüssel aus dem Zündschloss zog.

»Alle schnappen sich ihre Ausrüstung, und dann werden wir sie auskundschaften. Haltet eure Waffen schussbereit.«

Damit sprangen wir alle aus dem Jeep und holten unsere Rucksäcke heraus, in denen wir unser Equipment verstaut hatten. Grace und ich standen auf der gleichen Seite des Autos, während Dax seine Ausstattung auf der anderen Seite zusammensuchte. Ich wollte mich gerade zu ihr umdrehen, um unser Versprechen einzulösen, als sie mich überraschte, indem sie sich zu mir emporreckte und mir einen Kuss aufs Kinn gab.

»Liebe dich. Sei vorsichtig«, sagte sie mit sanftem Lächeln.

»Pass auch auf dich auf. Ich liebe dich auch.«

Ihr Lächeln wurde noch etwas breiter, bevor sie sich umwandte und den Jeep umrundete. Zunächst folgte ich ihr, ging aber schon bald voraus, als wir uns auf die Tür zubewegten, die in ein Treppenhaus führte, von dem aus wir mutmaßlich in die oberen Stockwerke gelangen würden. Wir hielten die Waffen gezückt, während wir lautlos die Stufen hinaufstiegen. Kaum hatten wir die nächste Ebene erreicht, fanden wir uns in der Lobby wieder; offenbar war dies früher einmal ein Wohnhaus gewesen.

Eine dicke Staubschicht lag über allem, und das meiste war von denen, die vor uns hier gewesen waren, auseinandergenommen worden. Aber selbst das schien lange her zu sein. Dennoch verhielten wir uns weiterhin mucksmäuschenstill, tasteten uns voran, checkten jedes einzelne Zimmer auf der Etage, allerdings ohne ein Lebenszeichen zu finden.

»Die Luft ist rein«, murmelte ich. »Weiter.«

Im zweiten Stock gab es vier Wohnungen, die allesamt geplündert waren. Auch hier keine Menschenseele. Im dritten und vierten Stock war es genauso, aber der fünfte Stock schien weniger verwüstet worden zu sein. Die Türen funktionierten noch. Anscheinend hatte sich keiner die Mühe gemacht, so hoch hinaufzusteigen, nachdem man die unteren Stockwerke ausgeräumt hatte. Sicherheitshalber erklommen wir sogar noch eine weitere Etage. Doch wieder fanden wir niemanden. Mein Herz, das vor lauter Adrenalin ein wenig schneller gepocht hatte, verlangsamte seinen Schlag wieder etwas, als klar wurde, dass tatsächlich niemand da war.

»Versuchen wir es doch hier«, sagte Grace und deutete auf eine Tür zu unserer Linken.

Ich legte die Hand auf den Knauf und drehte ihn. Überrascht, aber erfreut stellte ich fest, dass sie nicht verschlossen war. Langsam öffnete ich die Tür und tastete mich mit der Waffe voran hinein. Die Sonne war jetzt beinahe vollständig untergegangen, sodass es hier drinnen relativ dunkel war. Ich sah mich in der Wohnung um. Der Hauptraum war gleichzeitig Wohnzimmer, Esszimmer und Küche. Zwei Türen führten mutmaßlich in ein Schlafzimmer und ein Bad.

Langsam ging ich voran, wobei ich Grace dicht hinter mir hielt. Ich konzentrierte mich auf eine gleichmäßige und leise Atmung, als ich mich der ersten Tür näherte und angestrengt lauschte, ob sich dahinter irgendetwas regte. Ein schneller Blick über die Schulter sagte mir, dass Grace und Dax ihre Waffen bereithielten. Ich griff nach dem Türknauf, der sich genau wie der vorherige mühelos drehen ließ. Langsam öffnete ich die Tür.

Dahinter verbarg sich ein Schlafzimmer mit Doppelbett, ein paar Kommoden, sogar einem Fernseher, der ohne Strom natürlich nutzlos war. Nachdem ich unter dem Bett nachgesehen und die Schranktüren geöffnet hatte, erklärte ich das Zimmer ebenfalls für sauber.

Dax checkte die letzte Tür, hielt inne und horchte. Eine plötzliche Bewegung ließ uns alle drei zusammenfahren, und Dax' freier Arm flog vor Schreck in die Höhe. Ich schoss nach vorn, um Grace aus der Gefahrenzone zu bringen, aber dann merkten wir, dass keine Bedrohung zu erwarten war.

»Mein Gott«, murmelte Dax, stieß den Atem aus und blickte uns aus erschrockenen Augen an.

Die Bewegung war erneut zu sehen, diesmal in Richtung Eingangstür, bis sie im Treppenhaus verschwand. Eine gewöhnliche braune Ratte, die vor den Eindringlingen aus dem Bad flüchtete. Nachdem sie fort war, ging Dax zur Wohnungstür und schloss sie ab.

»Nur eine Ratte«, murmelte ich. Ich ließ Graces Arm wieder los, und sie sah mich an.

»Hier willst du dich also niederlassen?«, fragte sie.

»Ich denke schon«, antwortete ich.

Wir drei kehrten in den Hauptraum zurück und wandten uns dem Fenster zu, um hinauszusehen. Die Straße unten war ebenso deutlich zu erkennen wie der Eingang zu der Karosseriewerkstatt, durch die man ins Zeughaus gelangte. Dies war wirklich ein hervorragender Beobachtungsposten. Auch der Zustand der Wohnung war gar nicht so schlecht, was ein weiterer Pluspunkt war. Das Mobiliar war ein wenig schmutzig, aber mehr als ausreichend für unseren Zweck.

»Für meinen Geschmack ganz gut«, meinte Dax. »Wer übernimmt die erste Wache?«

»Ich«, bot ich an. Ich hatte immer noch jede Menge Adrenalin von der Fahrt im Blut und würde ohnehin nicht schlafen können.

»Ich auch«, sagte Grace. Ich freute mich darüber, denn ich hatte das Gefühl, sie den ganzen Tag noch nicht gesehen zu haben.

»Dann kann ich mich ja aufs Ohr hauen.« Dax rieb sich die Hände. Er setzte seinen Rucksack ab und legte ihn auf einen der Clubsessel im Wohnzimmer. »Ich lasse vorsichtshalber die Tür offen. Also seid leise, ja?«

Grace gluckste. »Wir geben unser Bestes.«

»Vielen Dank dafür«, sagte er mit spöttischer Verbeugung, bevor er sich ins Schlafzimmer zurückzog. Schon bald hörten wir die Sprungfedern der Matratze unter seinem Gewicht quietschen, und nachdem er es sich bequem gemacht hatte, senkte sich Stille herab, sodass Grace und ich allein im Wohnzimmer zurückblieben.

»Sollen wir?«, fragte ich und deutete mit einem Kopfnicken auf das Fenster. Sie nickte.

»Ja.«

Ich packte eine Seite des Sofas an der Wand, Grace nahm die andere, und wir brachten es zum Fenster, sodass wir während der Wache ein gemütliches Plätzchen zum Sitzen hatten. Wir stapelten unsere Taschen ganz in der Nähe auf, falls wir irgendetwas brauchten, hielten uns aber nicht weiter damit auf, Kerzen oder Laternen anzuzünden. Grace legte ihre Waffe auf das Fenstersims und ich die meine auf die Armstütze des Sofas, bevor ich mich hinsetzte.

Ohne ein Wort griff ich nach Graces Hand und zog sie neben mich.

»Irgendwie hübsch hier«, sagte Grace leise, um Dax nicht zu stören. Ich blinzelte und sah mich um, nickte.

»Stimmt, ja. Komisch, nicht wahr?«

Jetzt fielen mir Dinge auf, die ich zu Anfang gar nicht registriert hatte. Ein zweiter Fernseher und eine große, teuer aussehende Stereoanlage. Eine Glasvitrine war mit allerlei Krimskrams bestückt, und eine riesige dekorative Vase stand in der Ecke. Alles Dinge, die Menschen nicht zum Überleben benötigten, aber irgendwann trotzdem besessen hatten. In einer anderen Zeit hätte ich derlei Kram vielleicht auch gehabt, aber jetzt konnte ich es mir einfach nicht vorstellen. Es kam mir alles total überflüssig vor.

»Sehr komisch«, stimmte sie mir zu. »Wozu braucht man dieses Zeug?«

»Keine Ahnung«, murmelte ich.

Wir hörten ein leises Quietschen aus dem Schlafzimmer, als Dax sich auf der alten Matratze bewegte und uns so an seine Anwesenheit erinnerte.

Ich sah aus dem Fenster, aber nichts rührte sich unten auf der Straße. Geistesabwesend streichelten meine Finger Graces Haut, beschrieben kleine Kreise auf ihren Beinen.

»Hey, Hayden?«, begann sie leise.

»Hmm?«

»Klingt vielleicht merkwürdig, aber ... hatte Dax jemals ... jemanden?«, fragte sie und senkte dabei die Stimme sogar noch mehr.

»Ob er jemanden hatte?«, fragte ich nach.

»Ja, so wie ich dich habe, du mich ... Hatte er so was je?«

Nachdenklich zog ich die Augenbrauen zusammen. Dax war immer heiter und unbeschwert gewesen, aber vor ein paar Jahren hatte es eine Phase gegeben, in der seine Stimmung nicht ganz so sonnig gewesen war. Undeutlich tauchte das Gesicht eines Mädchens vor meinem geistigen Auge auf. Ich sah ihr erdbeerblondes Haar und ihre hellbraunen Augen vor mir, während sie Dax anlächelte.

»Einmal«, antwortete ich zögernd. Ich richtete den Blick auf das Fensterbrett, als die Erinnerung mich einholte.

»Tatsächlich?« Sie klang überrascht. »Wer war es?«

»Ein Mädchen namens Violetta«, antwortete ich. »Sie war etwa ein Jahr jünger als wir, und sie waren etwa ein Jahr zusammen, als wir achtzehn waren oder so.«

Plötzlich wurde ich ungeheuer traurig. Mir fiel ein, wie alles geendet hatte, ein Gefühl, das nur umso stärker wurde, als ich mir vorstellte, mit Grace in einer ähnlichen Situation zu sein. Leicht drückte ich ihre Beine, als müsse ich mich vergewissern, dass sie noch da war.

»Er hat sie geliebt?« Ihre Stimme klang sanft, als ahnte sie bereits, dass diese Geschichte kein glückliches Ende genommen hatte.

Ich nickte zögernd.

»Ich glaube schon. Zuerst hatte sie gar nicht so viel für ihn übrig, aber du kennst ja Dax ... er kann sehr hartnäckig sein. Schließlich gab sie nach, und von diesem Augenblick an waren sie so ziemlich unzertrennlich.«

Ich erinnerte mich daran, wie ich sie zusammen gesehen hatte und wie seltsam ich die Beziehung gefunden hatte. Ich hatte mir nicht vorstellen können, mich dermaßen an einen einzigen Menschen zu binden und so verletzlich zu machen. Trotzdem konnte ich den Anflug von Eifersucht nicht leugnen, wenn ich sah, wie glücklich sie offensichtlich miteinander waren. Es gab keinen Tag, an dem sie nicht über irgendeine Bemerkung von ihm lachte, und es gab keinen Tag, an dem er sie nicht ansah, als sei sie die Sonne.

Ich spürte, dass Grace sich die Frage verkniff, die ich erwartete. Noch einmal streichelte ich mit den Fingerspitzen ihre weiche Haut.

»Nun frag schon«, forderte ich sie mit gedämpfter Stimme auf.

Grace runzelte ganz leicht die Augenbrauen. Ihre Stimme war verhalten und voller Gefühl.

»Was ist mit ihr geschehen?«

»Sie ist gestorben«, antwortete ich nur. »Ist auf ihrem allerersten Raubzug überhaupt auf ein paar Brutes gestoßen.«

Ich kaute auf der Unterlippe herum. Mir schwirrte der Kopf vor traurigen Erinnerungen. Seit Ewigkeiten hatte ich nicht mehr daran gedacht. Grace schwieg und dachte über meine Geschichte nach, und die ganze Zeit über hörten meine Finger nicht auf, sie zu liebkosen.

»Ich glaube, er hat sich selbst die Schuld dafür gegeben. Er war lange vollkommen neben der Spur, und seither hat er sich auf nichts Ernsthaftes mehr eingelassen«, erklärte ich mit kaum vernehmbarer Stimme.

»Wie traurig«, antwortete Grace aufrichtig. Ich nickte. Sonst gab es nichts mehr zu sagen.

Eine Stimme schreckte uns beide auf. »Das ist es.«

Unsere Köpfe flogen herum, und sofort hatte ich ein schlechtes Gewissen. Dax lehnte im Türrahmen zum Schlafzimmer, die Arme lose vor der Brust verschränkt. Sein Blick richtete sich auf irgendeinen Punkt am Boden, aber sein schmerzerfülltes Gesicht zeigte, dass er jedes Wort gehört hatte. Ich zermarterte mir das Hirn, aber mir wollte einfach keine geeignete Antwort einfallen. Aber das spielte keine Rolle, denn Dax sprach sofort weiter.

»Nette Gutenachtgeschichte, was? Süße Träume.«

KAPITEL 11
DISKREPANZ

Grace

»Nette Gutenachtgeschichte, was? Süße Träume.«

Mir sank das Herz, als ich Dax diese Worte sagen hörte. Seine Stimme klang schmerzerfüllt. Er sah uns nicht an, sondern nur blicklos zu Boden. Schwere Stille senkte sich ein paar angespannte Augenblicke lang auf uns herab, bevor er tief aufseufzte und sich mühsam vom Türrahmen abstieß. Schließlich huschte sein Blick zu Hayden und mir herüber. Er zog eine kleine Grimasse und wollte wieder ins Schlafzimmer zurückkehren.

»Warte, Dax«, platzte ich unwillkürlich heraus. Ich konnte mich einfach nicht zurückhalten.

Er blieb stehen und wandte sich mit ausdruckslosem Gesicht zu mir um.

»Es tut mir leid«, sagte ich lahm. »Ich – wir – wir hätten nicht darüber reden sollen ...«

»Es muss dir nicht leidtun«, antwortete er ruhig und zuckte mit den Schultern. Seine Stimme klang aufrichtig, aber dennoch war der Schmerz darin deutlich zu hören.

»Ja, aber ...« Ich verstummte.

Natürlich hatte es ihn verletzt, uns von Violetta reden

zu hören. Nachdem Hayden mich nach Greystone zurückgeschickt hatte, hatte ich kaum seinen Namen aussprechen können – dabei war er damals noch am Leben gewesen. Ich konnte mir gar nicht vorstellen, wie weh es tun musste, jemanden zu verlieren, den man liebte. Es war anders, als einen Elternteil zu verlieren – vielmehr war es so, als verlöre man die Hälfte seiner Seele. Plötzlich spürte ich, wie Haydens Finger sanft über die Haut an meinen Knöcheln strichen, und ich widerstand nur mühsam dem Impuls, ihn in den Arm zu nehmen.

»Kumpel, wir wollten echt nicht, dass du uns hörst«, sagte Hayden. Auch er hatte ein schlechtes Gewissen; er runzelte die Augenbrauen, und sein Kinn verkantete sich.

»Schon gut«, sagte Dax. »Violetta ist jetzt drei Jahre tot. Über sie zu reden, kann sie nicht noch toter machen.«

Seine Stimme war jetzt tonlos, als halte er seine Gefühle nur mühsam im Zaum. Mein Herz zog sich um seinetwillen schmerzhaft zusammen, während er zwischen Hayden und mir hin und her blickte. Ihm schien die innige Verbundenheit, in der wir dort saßen, nicht zu entgehen. Ein sanftes, trauriges Lächeln umspielte seine Lippen.

»Es tut mir leid, Dax«, sagte ich leise.

Er nickte, wusste, dass ich mich nicht für unsere geflüsterte Unterhaltung entschuldigte. Ich meinte seinen Verlust.

»Ja«, sagte er gefasst. »Ich gehe jetzt wieder ins Bett, okay? Weckt mich in ein paar Stunden für meine Schicht.«

Mit diesen Worten nickte Dax noch einmal und zog sich erneut ins Schlafzimmer zurück. Wieder hörte ich das Quietschen der Matratze, als er ins Bett stieg.

»Mein Gott ...«, murmelte ich schuldbewusst.

Hayden sagte nichts, sondern drückte nur leicht meinen Knöchel. Dann griff er nach meiner Hand, die auf meinem Oberschenkel lag, zog mich langsam zu sich. Er berührte meine Wange, zog mich zu sich heran, um mir einen sanften Kuss auf die Lippen zu geben.

Der Kuss war sanft, zärtlich und schlicht, aber ich spürte seine tiefe Bedeutung. Nachdem Hayden daran erinnert worden war, wie schnell man einen geliebten Menschen verlieren konnte, brauchte er die Versicherung, dass ich bei ihm war. Mir ging es nicht anders.

Nachdem Hayden sich wieder von mir gelöst hatte, verharrte seine Hand auf meiner Wange. Seine Augen waren geschlossen, und sacht fuhr er mit dem Daumen über meine Haut. Wir schwiegen auch weiterhin, als er sich mit sanftem Lächeln zurücklehnte und wir unsere ursprüngliche Position wieder einnahmen. Er wusste, wie sehr ich ihn liebte, genauso wie ich seine große Liebe zu mir kannte. Wir mussten nicht darüber reden und das Risiko eingehen, dass Dax uns hörte; ich wollte ihm nicht noch mehr zusetzen, als es ohnehin schon der Fall war.

Ich hätte genau wie Hayden weiterhin wachsam sein müssen, aber ich konnte einfach an nichts anderes denken als an Dax und Violetta. Er war mir immer so glücklich vorgekommen, so sorglos, sodass die Entdeckung, dass er nicht immer so gewesen war, mich schockierte. Hayden zufolge hatte er seine natürliche Unbeschwertheit nach dem Verlust von Violetta verloren, eine Vorstellung, die ich unendlich tragisch fand.

Es erklärte so vieles an ihm. Er machte deshalb so viele Witze, um den Schmerz abzuwehren. Er nahm nichts ernst, denn das eine, das er wahrscheinlich ernst genommen hatte, hatte ein tragisches Ende gefunden. Er hatte Hayden und mich unterstützt, bevor wir unsere Verbindung überhaupt jemandem eingestanden hatten, wahrscheinlich weil wir ihn daran erinnerten, was er für Violetta empfunden hatte. Er wünschte sich das auch für Hayden, denn er wusste, wie es sich anfühlte.

Mit jeder Erkenntnis brach mir seinetwegen noch mehr das Herz. Ich hatte immer gewusst, dass Dax Hayden ein guter Freund war, eher sogar wie ein Bruder, aber ich hatte keine Ahnung, was für düstere Erinnerungen ihn offenbar heimsuchten. Er war mir immer so vergnügt und sorglos vorgekommen, aber nun hatte ich erkannt, dass auch er Leid erfahren hatte. Sogar die fröhlichsten Menschen waren nicht immer wirklich glücklich.

Bislang hatte ich den Blick auf meine Knie gerichtet, aber nun musterte ich Hayden, der zum Fenster hinaussah und unten nach Störenfrieden Ausschau hielt, während er geistesabwesend mit den Fingern über meine Haut streichelte. Gerade nahm ich seine etwas widerborstigen Augenbrauen wahr, als er sich plötzlich aufmerksam vorbeugte.

»Was ist los?«, fragte ich und wandte mich dem Fenster zu.

»Da ist einer«, antwortete Hayden leise und deutete auf den Eingang der Werkstatt.

Ich spähte hinüber und versuchte, so viele Einzelheiten wie möglich wahrzunehmen. Und tatsächlich tauchte dort ein Mann auf. Er schritt den Bürgersteig entlang, schnell und mit argwöhnischer Miene. Er schwenkte ein großes Gewehr und hielt nach Feinden Ausschau.

»Ein Wachposten?«, fragte ich.

»Wahrscheinlich.«

Meine Augen wanderten zur anderen Seite des Gebäudes, und ich wartete darauf, dass der Mann wieder auftauchen würde. Unruhig und nervös wippte mein Bein auf und ab. Ein paar angespannte Sekunden vergingen, bis der Mann tatsächlich an genau der gleichen Stelle, an der er verschwunden war, wieder erschien, seine Runde fortsetzte und damit unseren Verdacht bestätigte. Noch einmal suchte er die Umgebung ab, dann war er an der Tür angelangt und verschwand im Inneren.

Hayden atmete tief aus und lehnte sich auf dem Sofa zurück, nickte kurz vor sich hin. »Jetzt warten wir auf den Nächsten, würde ich sagen. Dann wissen wir, in welchem Rhythmus sie ihre Runde machen.«

»Klingt sinnvoll«, stimmte ich zu. Ich entspannte mich und nahm meine ursprüngliche Position wieder ein, gestattete Hayden, die Hände wieder auf meine Beine zu legen. Wir verfielen in behagliches Schweigen, und meine Gedanken wanderten zurück zu Dax, Violetta und der Erinnerung daran, dass auch mir und Hayden so etwas sehr schnell zustoßen konnte. Der Anblick des Brutes eben hatte mir einen Adrenalinschub beschert, und ich war wild entschlossen, eine derartige Entwicklung bei uns zu verhindern.

Nach etwa einer Stunde rührte sich Hayden erneut, denn ein weiterer Brute tauchte aus dem Eingang der Werkstatt auf. Er verhielt sich genau wie der vorherige Wachtposten, drehte seine Runde um das Gebäude und verschwand dann wieder. Nach einer weiteren Stunde passierte das Gleiche erneut.

»Anscheinend schieben sie jede Stunde Wache«, flüsterte Hayden.

»Ist ja gut zu wissen«, antwortete ich, und meine Beklommenheit ließ etwas nach. Immerhin war das schon mal ein Anhaltspunkt.

Ich drehte mich einen Augenblick herum, um es mir etwas gemütlicher zu machen, nachdem ich stundenlang in der gleichen Position verharrt hatte. Hayden hatte sich nicht viel bewegt, aber auch ihm schien die Reglosigkeit jetzt ein wenig zuzusetzen. Nur ein paar Minuten waren seit dem letzten Wachmann vergangen, und ich bereitete mich gerade auf eine weitere ruhige Stunde vor, als Hayden sich mit einem Mal hastig vorbeugte.

Ich fuhr bei seiner plötzlichen Bewegung zusammen, und mein Kopf schnellte zur Seite. Ich sah aus dem Fenster, spähte durch die Dunkelheit, konnte nicht erkennen, was Hayden aufgerüttelt hatte. Doch dann registrierte ich eine Gruppe, die die Straße entlangschlenderte.

»Brutes«, murmelte Hayden.

Ich zog die Beine von seinem Schoß und drehte mich um, um besser sehen zu können. Beide näherten wir uns, so gut es ging, dem Fenster. Wir waren zu weit oben, als dass sie uns hätten entdecken können, und immer noch brannte keinerlei Licht bei uns, durch das wir uns hätten verraten können.

»Wie viele?«, wisperte ich. Ich versuchte, sie zu zählen, aber das war gar nicht so einfach. Mein Blick wanderte über jeden Einzelnen hinweg, während sie zum Eingang der Werkstatt gingen, durch die man ins Zeughaus gelangte. Bislang hatte ich sieben Personen ausgemacht, doch dann sog ich vor Schreck scharf den Atem ein.

»Warte ...«

»O nein«, murmelte Hayden entsetzt.

Die sieben Brutes wurden von weiteren begleitet, sodass wahrscheinlich zwölf oder dreizehn zusammenkamen, aber was uns überrascht hatte, war nicht ihre relativ große Anzahl. Zwischen ihnen, festgehalten von zwei großen Männern, befand sich ein Mädchen, das gegen sie ankämpfte und sich verzweifelt zu befreien versuchte. Ihre Füße schleiften hinter ihr her, und sie kam nicht gegen den festen Griff an, mit dem sie sie über das Pflaster zerrten. Ich hatte sie noch nie gesehen, aber sie schien etwas jünger als wir zu sein und ganz und gar nicht gewillt, die Brutes zu begleiten.

Eine Bewegung zu meiner Rechten ließ mich zu Hayden hinsehen, der das Fenster öffnen wollte. Seine Armmuskulatur arbeitete, und er hatte das Gesicht zu einer Grimasse verzogen, als er daran herumzerrte. Aber das Fenster schien mit den Jahren festgerostet zu sein und rührte sich keinen Millimeter.

»Hayden.«

»Hilf mir, das Fenster zu öffnen«, forderte er scharf und ächzte erneut, während er sich wieder dagegenstemmte.

»Hayden, wir können ihr nicht helfen«, sagte ich sanft und schüttelte den Kopf.

»Was? Doch, können wir wohl! Komm, mach mit!«, widersprach er hastig. Wieder kämpfte er mit dem Fenster, aber es waren zu viele Jahre vergangen, seit es zum letzten Mal geöffnet worden war. Es war unmöglich.

Ein schneller Blick bewies mir, dass die Brutes und das Mädchen jetzt beinahe an der Tür angelangt waren, wodurch unsere Möglichkeiten, ihr beizustehen, noch geringer waren. Sie schlug heftig um sich, versuchte, die Arme loszureißen, aber ohne Erfolg. Einer der Männer hinter ihr hob die Hand und versetzte ihr einen groben Stoß, sodass sie stolperte und beinahe gefallen wäre, bevor die Männer, die sie festhielten, sie wieder hochzerrten.

»Hayden, wir können ihr nicht helfen«, wiederholte ich.

»Aber das müssen wir, Grace!«, erwiderte er wütend.

Mit einem frustrierten Stöhnen ließ er vom Fenster ab und schlug mit der Faust aufs Fensterbrett. Dann griff er nach seiner Waffe und machte einen Schritt auf die Tür zu. Sofort war ich auf den Beinen, packte sein Handgelenk und riss ihn zu mir herum.

»Nein, Hayden«, sagte ich entschlossen. »Wir können ihr nicht helfen.«

Eine Mischung aus Schmerz und Frustration verdüsterte nun Haydens Miene. Grimmig sah er wieder nach unten; ich aber wandte den Blick nicht von ihm ab. Seine Hände ballten sich an seinen Seiten zu Fäusten, und er atmete bebend aus. Seine Nasenflügel weiteten sich, und er biss die Zähne zusammen.

»Warum nicht?«, blaffte er und wandte mir ruckartig den Kopf zu. Er funkelte wütend auf mich herab, und ich überlegte, dass die Brutes mittlerweile wahrscheinlich mit dem Mädchen im Gebäude verschwunden waren.

»Hast du nicht gesehen, wie viele es waren? Mindestens zwölf, und du weißt, dass noch viel mehr sich im Zeughaus verstecken. Es gibt keine Möglichkeit, ihr zu helfen, Hayden.«

»Aber ...«

»Nein!«, bekräftigte ich jetzt wütend und lauter. »Ich lasse nicht zu, dass du getötet wirst, weil du eine Fremde retten willst.«

»Hast du eine Ahnung, was sie ihr antun werden?!«, knurrte Hayden und deutete hitzig zum Fenster.

Ich schluckte schwer und atmete tief aus. Ich erinnerte mich an jene Nacht, als wir dem Zeughaus kaum entkommen waren und uns in der Werkstatt versteckt hatten, während ein paar Brutes vorbeikamen. Ihre Unterhaltung hatte keinen Zweifel daran gelassen, dass sie sich nach weiblicher Gesellschaft sehnten und dass es ihnen egal war, wie sie das bekamen, wonach es sie verlangte. Ich schloss die Augen ganz fest und versuchte, mir nicht vorzustellen, wozu sie das Mädchen zwingen würden. Trotzdem sah ich vor meinem geistigen Auge, wie sie ihre Kleider zerrissen und sie zu Boden zwangen. Mein Herz pochte beinahe schmerzhaft in meiner Brust, aber ich schüttelte den Kopf, um die Bilder loszuwerden. Dann öffnete ich die Lider wieder und blickte in Haydens brennende Augen. Ich holte tief und entschlossen Luft.

»Trotzdem«, sagte ich leise. »Es gibt nichts, was wir tun können, Hayden.«

»Sie hat Recht, Kumpel.«

Wir zuckten zusammen, denn Dax war im Türrahmen aufgetaucht. »Wir dürfen nicht riskieren, dass einer von uns für irgendeine Fremde stirbt.«

Es war brutal, grausam und sogar unmenschlich, aber es war die Wahrheit. Wenn wir versuchten, dieses Mädchen zu retten, würden wir das definitiv nicht alle überleben. Wir waren zahlenmäßig weit unterlegen, und wahrscheinlich befanden sie sich mittlerweile schon in den Untiefen des Zeughauses. So leid mir dieses Mädchen auch tat, ich würde trotzdem nicht riskieren, Hayden zu verlieren.

Hayden hingegen schien anderer Ansicht zu sein als Dax und ich. Während wir beide selbstsüchtig genug waren, nicht einzugreifen, konnte er die Untätigkeit kaum aushalten. Er hätte nicht gezögert, sein Leben für diese Fremde aufs Spiel zu setzen. Das hatte er schon einmal bewiesen, indem er mich damals, vor einer Ewigkeit, ebenfalls gerettet hatte.

»Aber das ist falsch«, sagte er schließlich. Er deutete zum Fenster hinaus und funkelte wütend auf mich herab. »Dieses Mädchen ... sie erwartet ein entsetzliches Schicksal, und wir sollen einfach nichts unternehmen?«

»Ja«, antwortete ich kalt. »Denn ich werde dich sicher nicht ihretwegen verlieren. Sie bedeutet mir nichts. Aber du bedeutest mir *alles*.«

Hayden schnaubte und schüttelte den Kopf. Mir drehte sich angesichts seiner offensichtlichen Enttäuschung der Magen, trotzdem würde ich meine Worte nicht zurücknehmen. Es klang grausam, herzlos, aber es war nun mal eine Tatsache. Egal, wie die Umstände waren, ich würde immer denen, die ich liebte, den Vorzug vor Fremden geben. Sie waren das, was mir wichtig war, nicht die Fremden.

»Sie ist ein menschliches Wesen«, stieß Hayden zwischen zusammengebissenen Zähnen hervor. Er zog die Stirn in Falten, als könne er sich kaum beherrschen.

»Sie ist eine Fremde«, wiederholte ich. Er stand nur wenige Zentimeter von mir entfernt, aber irgendwie hatte ich das Gefühl, ihn nicht erreichen zu können. Wir starrten einander an, weigerten uns beide, den Blick abzuwenden oder nachzugeben.

»Du warst ebenfalls eine Fremde«, bemerkte er mit plötzlich tödlich ruhiger Stimme. »Stell dir doch mal vor, ich wäre auch im Hinblick auf dich deinem Rat gefolgt, bevor ich dich rettete, nachdem alle dich verlassen hatten.«

»Das ist nicht das Gleiche, und das weißt du auch.«

Meine Stimme klang jetzt nicht mehr ganz so überzeugt, und ich spürte, wie meine Kehle sich zuschnürte. Als er mich gerettet hatte, war ich nicht von zwölf oder dreizehn Brutes umzingelt gewesen. Und wenn ich ihn in jener ersten Nacht nicht laufen gelassen hätte, hätte er mich womöglich auch nicht gerettet. Hätte er Jett nicht bei sich gehabt, hätte auch ich ihn wohl nicht laufen lassen. So viel »wenn« – es reichte nicht, um ihn ziehen zu lassen.

»Ich darf dich nicht verlieren, Hayden«, sagte ich leise. Meine Wut war verflogen.

Hayden musterte mich einige Sekunden lang eindringlich. Schließlich sah ich, wie seine Entschlossenheit ins Wanken geriet und er tief ausatmete.

»Du wirst mich nicht verlieren«, murmelte er. Ich sah ihm tief in die Augen, wünschte mir so sehr, dass er verstand, warum ich all diese Dinge gesagt hatte.

»Und mich werdet ihr auch nicht verlieren, Leute, keine Sorge«, meinte Dax von der Seite. Ihn hatte ich im Eifer des Gefechts vollkommen vergessen. Ein schiefes Lächeln umspielte seine Lippen, das jedoch seine Augen nicht erreichte, als habe er noch immer an der Unterhaltung von vor ein paar Stunden zu knacken.

Aber ich war dankbar dafür, dass er auf meiner Seite war. Auf diese Weise war ich zumindest nicht alleine das egoistische Arschloch.

»Gott sei Dank«, stieß ich mühsam hervor.

»Hayden, warum schläfst du nicht ein Ründchen? Grace und ich übernehmen dann für eine Weile die Wache«, bot Dax an.

Hayden fühlte sich immer noch nicht wohl mit unserer Entscheidung, nichts zu unternehmen. Ungestüm fuhr er sich mit der Hand durchs Haar und ließ sie dann sinken. Ein frustrierter Seufzer entrang sich ihm, dann nickte er ruckartig mit dem Kopf. Ich streckte die Hand aus, um ihn zu berühren, aber er wich einen Schritt zurück. Ich versuchte, den winzigen Stich der Zurückweisung zu ignorieren, und sagte mir, dass er nur Zeit brauchte, um wieder einen klaren Kopf zu bekommen.

»Ja, na gut.« Seine Stimme klang jetzt tief und leise und seltsam gefühlsleer. Sein Blick suchte noch kurz den meinen, dann machte er sich auf den Weg ins Schlafzimmer, tauschte den Platz mit Dax. »Weckt mich, wenn ihr irgendwas seht.«

»Machen wir«, antwortete ich leise.

Aber mir war klar, dass er keinen Schlaf finden würde. Er würde dort im Dunkeln liegen und über das nachgrübeln, was wir gerade gesehen hatten, würde sich selbst zerfleischen, weil wir nicht eingegriffen hatten, auch wenn wir ein Einschreiten nicht überlebt hätten. Er würde wieder unverdiente Schuldgefühle haben. Ich selbst hingegen war einfach nur erleichtert.

Hayden nickte nur und zog sich in das dunkle Zimmer zurück, ließ Dax und mich im Wohnzimmer allein. Ich fühlte mich nicht wohl in meiner Haut, weil wir unseren Streit nicht beigelegt hatten. Trotzdem war ich froh, dass er im sicheren Refugium der Wohnung blieb und sich nicht in die Tiefen des Zeughauses begab, wo ihn der beinahe sichere Tod erwartete.

Es war das Beste für uns, auch wenn es Hayden nicht passte. Vorübergehend waren wir hier sicher, und alles andere spielte keine Rolle.

KAPITEL 12
ALTRUISMUS

Grace

Wir schwiegen eine gefühlte Ewigkeit lang, obwohl es in Wirklichkeit höchstens eine halbe Stunde gewesen sein mochte. Es war so anders als die Wache, die ich mit Hayden gehalten hatte. Dax und ich saßen so weit wie möglich voneinander entfernt, und ich hatte die Beine fest unter mich gezogen. Er sagte nichts, als wolle er die Stille nicht unterbrechen.

Ich selbst zögerte ebenfalls, mit ihm zu reden, denn ich wusste, dass Hayden jetzt wahrscheinlich wach lag und über unsere Tatenlosigkeit nachgrübelte. Wahrscheinlich hasste er sich deswegen. Ich wünschte mir nichts sehnlicher, als zu ihm zu gehen und zu versuchen, ihn zu trösten, aber andererseits befürchtete ich auch, dass er mich wieder zurückweisen würde. Zumindest beruhigte es mich, dass Dax und ich uns durchgesetzt hatten. Auch wenn Hayden mir deshalb jetzt grollte, wir waren weiterhin in Sicherheit.

»Brute«, murmelte Dax und riss mich aus meinen Gedanken.

Ich blinzelte und schüttelte den Kopf, um mich wieder auf die Straße zu konzentrieren. Ich beugte mich vor und sah wieder einen Brute, der genau wie die anderen vor ihm seine Runden drehte. Er war der erste, nachdem die große Gruppe mit dem Mädchen verschwunden war. Dax und ich warteten, bis er auf der anderen Seite des Gebäudes wieder auftauchte. Genau wie die anderen kehrte er durch die Türen der Werkstatt wieder ins Zeughaus zurück.

»Wie ein Uhrwerk«, murmelte ich leise.

Ich ließ mich wieder auf die Couch sinken, kauerte mich wieder zusammen wie zuvor. Dax nahm ebenfalls wieder die gleiche Position wie eben ein. Das Schweigen umhüllte uns, und ich nestelte an einem losen Faden an der Couchlehne herum, zwirbelte ihn immer wieder um meinen Finger in dem Versuch, mir nicht vorzustellen, was sie mit dem Mädchen anstellten. Ihrem Aussehen nach zu urteilen, war sie ein paar Jahre jünger als ich gewesen, vielleicht siebzehn oder achtzehn, jedenfalls viel zu jung, um in einer solchen Situation zu sein.

»Haben wir das Richtige getan, Dax?«, fragte ich schließlich stirnrunzelnd. Der Faden lag wieder um meinen Finger, schnitt einen Augenblick lang die Blutzufuhr ab, sodass die Fingerspitze kurz taub wurde, bevor ich ihn wieder löste.

»Hängt davon ab, was du als ›das Richtige‹ bezeichnen würdest, denke ich«, antwortet Dax ruhig.

»Ich weiß es nicht.«

»Hayden hatte moralisch gesehen vielleicht Recht«, begann Dax. »Aber in Bezug auf das, was das Beste für uns und für Blackwing ist ... haben *wir* das Richtige getan. Wir wären allesamt gestorben für jemanden, den wir gar nicht kennen, und außerdem wäre sie so oder so nicht entkommen.« Dann fuhr er fort: »Wir hatten keine Wahl, Grace. Hayden kriegt sich schon wieder ein, keine Sorge.«

»Das glaube ich nicht«, antwortete ich mit leisem Kopfschütteln. »Aber ich hoffe, dass du Recht hast.«

»Hab ich. Besser einer als vier, stimmt's?«

Ich wusste nicht genau, ob das wirklich seine Überzeugung war oder ob er mich nur aufmuntern wollte, aber an der Logik seiner Worte gab es nichts zu rütteln. Ein verlorenes Leben war besser als vier.

»Stimmt«, pflichtete ich ihm leise bei. Ich zuckte zusammen, als ich spürte, wie er mich leicht gegen die Schulter stieß, ähnlich wie ich es ihn bei Kit und Hayden schon so viele Male hatte tun sehen. Ich blickte ihn an.

»Hör mal, ich weiß, ich bin wahrscheinlich nicht derjenige, mit dem du jetzt gern über diese Sache reden möchtest, aber ... wir sind Freunde, oder? Ich bin für dich da.«

Es war ein schönes Gefühl, dass Dax mich als Mitglied unserer Ersatzfamilie betrachtete.

»Danke, Dax. Für dich gilt das auch, weißt du? Ihr Jungs seid jetzt wie eine Familie für mich«, antwortete ich aufrichtig. Das einzige noch lebende Mitglied meiner eigenen Familie hatte versucht, mich zu töten, und dieses Band mit einem Schnitt durchtrennt.

»Ooch«, machte Dax ironisch und grinste mich breit an. Ich versetzte ihm einen spielerischen Stoß.

»Halt's Maul«, sagte ich mit leichtem Kopfschütteln.

Aber mein Lächeln verblasste sogleich wieder. Dax hatte mit seiner Einschätzung der Situation auf jeden Fall richtiggelegen.

»Geh und rede mit ihm«, sagte er jetzt. Ich hatte zu Boden gesehen, doch nun blickte ich ihn wieder an. Er musterte mich eindringlich.

»Ich glaube, das will er nicht«, antwortete ich ehrlich. Meine Stimme klang nervös, und mein Magen zog sich ängstlich zusammen.

»Doch«, erklärte Dax im Brustton der Überzeugung. »Du bist seine *Geliebte*.«

Ein überraschtes Schnauben entrang sich mir, und mein Gesicht verzog sich vor Widerwillen. »O Gott, sag das bitte nie wieder.«

Dax lächelte breit, aber in seinen Augen schimmerte immer noch eine gewisse Traurigkeit.

»Na gut, na gut. Aber ernsthaft, geh zu ihm und rede mit ihm. Ihr fühlt euch danach sicher beide wieder besser.«

Ich seufzte, zwang meinen Finger, den Faden loszulassen, mit dem ich herumgespielt hatte. Ich war ganz zittrig, als ich mich aufraffte und nickte. Hayden und ich stritten uns so gut wie nie, und wenn doch, dann immer nur kurz. Diese Situation stresste mich deshalb noch mehr. Meine Glieder waren ganz steif, als ich von der Couch aufstand und auf das Schlafzimmer zuging. Doch dann blieb ich nochmal stehen und sah mich um.

»Danke, Dax.«

Er nickte mir zu. »Jederzeit.«

Ich lächelte verhalten, dann holte ich tief Luft und streckte die Hand nach der Schlafzimmertür aus, die immer noch einen Spalt offen stand. Ich blieb davor stehen, stützte die Hände an den Türrahmen und versuchte, meine Nerven zu beruhigen, aber ohne Erfolg. Leise schlüpfte ich durch die

Tür, zögerte einen Augenblick, bevor ich sie leise hinter mir schloss. Je mehr Privatsphäre, umso besser; unser Gespräch würde wohl kaum problemlos verlaufen.

Der Raum war dunkel, doch im schwachen Mondschein, der durch ein winziges schmutziges Fenster fiel, erkannte ich die groben Umrisse des Bettes. Hayden sagte nichts; er lag auf der Seite, wandte mir den Rücken zu. Ich rang nervös die Hände und näherte mich dem Bett, blieb an der Seite, die am weitesten von ihm entfernt war, stehen.

»Hayden ...«

Verlegen stand ich da, unsicher, ob ich mich hinsetzen oder an seine Seite hinübergehen sollte. Zuerst gab er keine Antwort. Kein besonders vielversprechender Anfang.

Vorsichtig setzte ich mich auf die Bettkante, sodass die alte Matratze quietschte und unter meinem Gewicht nachgab. Wie sehr wünschte ich mir doch, die Hand nach ihm auszustrecken und ihn zu berühren, aber ich wagte es nicht, aus Angst, er würde wieder zurückweichen.

»Hayden ...«

»Was ist, Grace?«

Bei dem Ton seiner Stimme zuckte ich zusammen, wenn er auch nicht ganz so wütend klang, wie ich erwartet hatte.

»Ich wollte ... ich wollte nur nachsehen, ob es dir gut geht«, sagte ich leise.

»Bestens.«

»Nein, es geht dir nicht gut«, widersprach ich sanft. Wieder schwieg er lange, bevor er eine Antwort gab.

»Was soll ich deiner Meinung nach jetzt darauf sagen, Grace?« Seine Stimme klang kalt und hart.

»Keine Ahnung, Hayden«, antwortete ich ehrlich. Ich erwartete nicht, dass er mir so ohne weiteres verzeihen würde, aber zumindest hoffte ich, dass er meinen Standpunkt verstand.

Obwohl ich es doch hätte besser wissen müssen, kletterte ich aufs Bett, zog die Beine unter mich und sah ihn an. Immer noch waren bestimmt dreißig Zentimeter Platz zwischen uns, und er rührte sich nicht, obwohl er doch gespürt haben musste, wie die Matratze sich bewegte. Als klar wurde, dass er nicht antworten würde, ergriff ich erneut das Wort.

»Hör zu, Hayden ... ich weiß, du bist nicht einer Meinung mit Dax und mir, aber ...«

»Mit Dax und mir, hm?«, schnitt er mir das Wort ab. Ich verdrehte die Augen, bevor er sich doch noch zu mir umwandte und mich mit einem wütenden Blick bedachte.

»Echt jetzt, Hayden?«, antwortete ich und zog skeptisch eine Augenbraue hoch.

»Ich konnte euch hören, weißt du«, sagte er anklagend.

»Dann weißt du ja, dass wir vornehmlich über *dich* gesprochen haben«, merkte ich an. Ausgerechnet jetzt war wohl kaum der richtige Zeitpunkt für seine Eifersuchtsanfälle.

Er setzte sich auf und lehnte sich an das Kopfteil des Bettes, die Arme vor der Brust verschränkt. Er streckte die Beine vor sich aus und warf mir einen weiteren wütenden Blick zu.

»Das ist doch nicht wirklich der Grund, warum du so sauer bist«, sagte ich. Ich zwang mich, einen ruhigen, gelassenen Ton anzuschlagen. Er seufzte kurz, dann nahm er die Unterlippe zwischen die Zähne und ließ sie langsam wieder los.

»Nein«, gab er schließlich zu. »Das stimmt.«

»Ich weiß, dass es dir nicht gefällt. Aber wir mussten so handeln, erkennst du das denn nicht? Wir konnten sie nicht retten.« Er starrte vor sich hin, das Kinn verkantet, die Arme immer noch verschränkt.

»Wir hätten sterben können ... und zwar für nichts«, fuhr ich fort. Ich holte tief Luft und streckte vorsichtig die Hand aus, um sie ihm leicht auf den Oberschenkel zu legen. Wieder traf mich der Stachel der Zurückweisung, als er leicht zurückzuckte, das Bein allerdings nicht vollkommen wegzog.

»Das kannst du doch gar nicht wissen«, erklärte er halsstarrig. Er sah mich immer noch nicht an.

»Aber ich habe eine ziemlich genaue Vorstellung, und die hast du auch. Du willst es nur nicht zugeben«, sagte ich. »Du bist so mutig und selbstlos, Hayden, und ich liebe dich dafür. Aber du darfst dein Leben nicht einfach so wegwerfen. Dir ist es vielleicht egal, ob du wegen eines anderen Menschen verletzt wirst, aber mir nicht, okay?«

Ich erinnerte mich an etwas, das er vor langer Zeit zu mir gesagt hatte, nachdem ich das Fotoalbum seiner Familie für ihn geholt und mich dafür in Gefahr gebracht hatte.

Sieh mal, dich kümmert es vielleicht einen Dreck, wenn du verletzt wirst, aber mich schon, okay?

Wie sich das Blatt doch gewendet hatte.

»Ich weiß, dass ich dir etwas bedeute, Grace«, antwortete er langsam.

»Aber es geht doch nicht nur um mich. Was ist mit Jett? Kit? Dax? Alle in Blackwing brauchen dich, Hayden. Du darfst dein Leben nicht einfach so wegwerfen.«

»Das habe ich auch gar nicht vor«, sagte er, und seine Stimme klang eine Spur verärgert.

»Aber heute Nacht hättest du es getan, wenn ich dich nicht aufgehalten hätte«, widersprach ich. Er gab keine Antwort, sondern schnaubte nur leise. »Du darfst dich nicht in Gefahr bringen für jemanden, den du gar nicht kennst.«

Zum ersten Mal, seit er sich aufgesetzt hatte, huschte sein Blick in meine Richtung. »Für dich habe ich das getan.«

Bei diesen Worten pochte mein Herz heftig in meiner Brust. Sie schmerzten genauso sehr wie beim ersten Mal, als er sie geäußert hatte. Ich erinnerte mich lebhaft an den Tag, als er mich gerettet hatte, wie er mich geholt hatte, nachdem mein eigener Bruder mich zurückgelassen hatte. Aber es war dennoch nicht das Gleiche.

»Ja, aber du weißt, dass es da einen Unterschied gibt ... ich war allein und nicht von zwölf oder mehr Brutes umgeben ...«

Hayden blickte mich weiter aus harten, verengten Augen an. Ich wartete gespannt. Schließlich schüttelte er den Kopf und seufzte tief. Das bislang erste gute Zeichen.

»Ich weiß«, pflichtete er mir bei. Seine Anspannung ließ ein wenig nach. »Und ... du hast mich zuerst gerettet.«

Ein kleines trauriges Lächeln umspielte meine Lippen. Ich freute mich, dass wir uns wenigstens in einem Punkt einig waren.

»Ich weiß, dass du am liebsten alle Menschen retten würdest, aber das geht nicht. Deine Leute brauchen dich ...« Ich hielt inne und holte tief Luft. Mein Herz fühlte sich an, als wollte es gleich meine Rippen sprengen. »*Ich* brauche dich, und ich bin zu egoistisch, um dich einfach loszulassen.«

Erleichterung durchflutete mich, als er meine Hand nahm. Ich sah unsere ineinander verschlungenen Hände an, denn plötzlich fiel es mir schwer, ihm weiter in die Augen zu sehen.

»Du bist nicht egoistisch, Grace«, versicherte er leise.

Ich legte heftig die Stirn in Falten und schüttelte den Kopf, sicher, dass er sich irrte. »Doch. Ich bin egoistisch, und ich werde mich nicht für das entschuldigen, was ich vorhin gesagt habe, denn ich stehe dazu. Es hat dafür gesorgt, dass du dich nicht in Gefahr begibst, und das ist das, was für mich zählt ... ich bin nicht vollkommen, und das weiß ich auch, aber *du*, Hayden ... *du* bist es.« Ich verstummte, wurde von meinen Gefühlen überwältigt. Ich hatte immer schon gewusst, dass ich kein so guter Mensch war wie Hayden, aber mit dieser unangenehmen Realität jetzt so konfrontiert zu werden, brachte mich aus der Fassung. Ich hatte ihn nicht verdient.

»Du hältst viel zu viel von mir«, widersprach er bedächtig. Mein Herz machte einen Satz, als er zärtlich meine Hand drückte. Entschlossen schüttelte ich den Kopf.

»Nein. Ich sehe dich so, wie du bist ... Ich sehe das, was du nicht sehen kannst oder nicht sehen willst. Du bist einfach nur ...« Ich verstummte, suchte nach dem richtigen Wort. Es schien nur eines zu geben. Ich zuckte mit den Schultern. »Perfekt.«

Er widersprach erneut. »Stimmt nicht. Ich habe durchaus meine Fehler, das kannst du mir glauben.«

»Ich habe bis jetzt noch keine entdeckt.«

»Wirst du noch«, antwortete er sanft. »Früher oder später entdeckst du sie.«

Sein Zorn war verraucht. Trotzdem wollte meine innere Anspannung nicht weichen. Mir gefiel nicht, dass er sich so sicher war, mich irgendwann zu enttäuschen.

»Nein«, erklärte ich halsstarrig. »Sag, was du willst ... aber das ändert gar nichts. Ich brauche dich immer noch. Ich brauche dich lebend und in Sicherheit.«

»Du hast mich doch, Grace«, versicherte er mir. »Ich gehe nirgendwohin.«

»Versprichst du das?«, fragte ich leise. Meine plötzliche Verletzlichkeit war mir absolut verhasst, und doch wartete ich angespannt und mit gesenktem Blick auf seine Antwort.

Er nickte bedächtig und drückte erneut meine Hand.

»Ich verspreche es.«

Dann hob er überraschend meine Hand an seine Lippen und gab mir einen federleichten Kuss auf den Handrücken, besiegelte damit sein Versprechen.

»Ich weiß, dass ihr Recht hattet, aber es fällt mir nun mal schwer, das zu akzeptieren«, bekannte er schließlich. Er legte unsere Hände in seinen Schoß, wo seine Finger mit den meinen spielten. Er war zwar immer noch nervös, aber zumindest schon mal ruhiger als zu Beginn unserer Unterhaltung.

»Ich weiß, Hayden.«

Wir schwiegen eine ganze Weile, und die Spannung, die wir langsam aufgelöst hatten, verharrte in der Luft, weigerte sich, vollends zu verschwinden.

»Wir wären nicht gestorben, weißt du«, sagte er plötzlich. Ich runzelte die Stirn und schnaubte unwillkürlich frustriert.

»Hayden ...«

»Wären wir nicht. Ich hätte niemals zugelassen, dass du

mitkommst«, schnitt er mir scharf das Wort ab. Ich blinzelte überrascht; diese Äußerung hatte ich nicht erwartet.

»Ach nein?«

»Natürlich nicht«, versicherte er und sah mir kopfschüttelnd und tief in die Augen. »Ich hätte dich niemals einer solchen Gefahr ausgesetzt.«

»Aber dich selbst hättest du durchaus hineinbegeben?«

»Du hast es ja nicht zugelassen, nicht wahr«, bemerkte er, und die Andeutung eines Lächelns umspielte seine Lippen. Ich tat es ihm gleich, spürte, wie sich auch auf meinem Gesicht ein verhaltenes Lächeln ausbreitete.

»Nein.«

Er beugte sich vor, verringerte den Abstand zwischen uns.

»Weißt du eigentlich, wie viele Menschen eine solche Macht über mich haben, dass ich auf sie höre?«

»Nicht allzu viele«, riet ich.

»Nein, nicht viele«, stimmte er zu. »Eigentlich nur ein einziger.«

»Dieser Mensch muss dir sehr wichtig sein«, murmelte ich leise, während ich mir ein Lächeln verkniff. Hayden nickte und wölbte eine Augenbraue. Ich spürte, wie die bedrückende Atmosphäre um uns herum sich jetzt doch langsam in Luft auflöste.

»Sehr, sehr wichtig«, stimmte er inbrünstig zu. »Klingt vielleicht ein wenig erbärmlich, aber ... ich brauche diesen Menschen sehr.«

Ich atmete ein und spürte, wie der Knoten in meinem Magen verschwand. Sein Ton war humorvoll, aber es bestand dennoch kein Zweifel daran, dass er es ernst meinte. Ich beugte mich zu ihm vor, und seine freie Hand landete sanft auf meinem Gesicht. Sacht fuhr er mit dem Daumen über meine Wange.

»Ich liebe dich, Hayden«, flüsterte ich, das kleine Spiel beendend. Ich war mehr als erleichtert, dass wir unseren Streit beigelegt hatten.

»Oh, ich habe nicht von dir gesprochen«, sagte er mit gespielter Verwirrung, offensichtlich über sich selbst belustigt. »Das ist jetzt vielleicht peinlich«, fuhr er fort, tat, als schneide er eine Grimasse und biss sich auf die Unterlippe.

»Ach, halt den Mund, Hayden«, antwortete ich kopfschüttelnd.

Meine Hand berührte sein Kinn, und ich zog ihn nach vorn, um den restlichen Abstand zwischen uns zu überbrücken und meine Lippen auf die seinen zu pressen.

»Sag es mir auch, Herc.«

Seine Lippen bedeckten die meinen, dann zog er sich wieder zurück.

»Ich habe nicht dich gemeint«, log er. Durch das breite Grinsen auf seinem Gesicht war er nicht sonderlich überzeugend, insbesondere nicht, als er mich erneut küsste. Ich kicherte, und er umfing meine Lippen mit den seinen, immer und immer wieder.

»Sag es mir auch«, raunte ich an seinem Mund.

Mittlerweile hatte er meine Wangen in die Hände genommen, hielt mich fest, während er mich küsste. Ich packte sein Shirt mit der Faust und fand es schwierig, ihn zu küssen, weil ich so breit grinste. Doch dann spürte ich, wie seine Zunge sich sacht in meinen Mund drängte. Ich musste meine ganze

Willenskraft aufbieten, um ihn an der Brust zurückzustoßen und mich von ihm zu lösen. Er atmete schneller als sonst und sackte nach vorn, als hätte die Unterbrechung des Kusses ihn aus dem Gleichgewicht gebracht.

»Sag es.«

Meine Stimme war wenig mehr als ein Flüstern, und ich sah ihm unverwandt in die Augen.

»Ich liebe dich, Grace. So sehr.«

Da strahlte ich umso mehr und konnte mich nicht länger zurückhalten. Ich zerrte erneut an seinem Shirt, um ihn wieder an mich zu ziehen. Der Abstand zwischen uns verschwand, als seine Lippen zärtlich wieder auf meinen landeten, den Schmerz vertrieben und die Wunde heilten, die unser Streit geschlagen hatte. Mein Herz pochte glücklich in meiner Brust, und er küsste mich zufrieden. Und in diesem Moment kam mir alles wieder genau richtig vor.

KAPITEL 13
ZÖGERN

Hayden

Die Sonne ging gerade auf und tauchte die Wohnung in ihren sanften Schein, wobei sie sich gerade auf die überflüssigen Einrichtungsgegenstände konzentrierte, als sei sie fest entschlossen, uns den krassen Kontrast zwischen unserer jetzigen Lebensweise und der Zeit, als die Menschen noch im Luxus wohnten, aufzeigen zu wollen. Ich war es schon bald leid, sie mir anzusehen, denn es war unmöglich, nicht an mein Leben vor dem Fall der Zivilisation zu denken. Diese Pein wollte ich mir ersparen, denn das Mädchen im Stich gelassen zu haben, war schon schmerzhaft genug.

Trotz unserer letztlich doch sehr entspannten Unterhaltung, nachdem wir unseren Streit beigelegt hatten, hatte ich wegen der Sache immer noch ein mieses Gefühl. Es kam mir einfach nicht richtig vor, einen hilflosen Menschen einfach so im Stich zu lassen, auch wenn ich die Logik erkannte, warum es nicht anders ging. Die Schuldgefühle quälten mich die ganze Nacht, zerrissen mich förmlich innerlich, und egal, wie oft ich Grace in den Armen hielt oder ihr schönes Gesicht musterte: Sie wollten einfach nicht nachlassen. Nachdem sie eingeschlafen war, war ich allein mit meinen düsteren Gedanken. Ich war jedoch entschlossen, ihr das zu verheimlichen. Ich hatte alles ernst gemeint, was ich zu ihr gesagt hatte, und ich wollte nicht, dass sie daran zweifelte.

Ich schloss die Lider, schob die Bilder von vergangener Nacht bewusst beiseite. Die Sonne würde schon bald hoch am Himmel stehen, und wir mussten zurückkehren. Wie immer wünschte ich mir, dass alles so bleiben könnte wie jetzt: Wir kuschelten uns aneinander, waren weit weg von der brutalen Realität der Welt, zusammengekauert in einer stillen Blase – aber ich wusste, dass das unmöglich war. Da draußen warteten stets weitere Aufgaben und Sorgen auf uns. Ich gestattete mir noch ein paar weitere Augenblicke lang, das Gefühl ihres warmen Körpers zu genießen, der sich tröstlich an meinen presste. Dann beschloss ich, sie zu wecken.

Ich winkelte den Arm, auf dem ihr Kopf ruhte, leicht an und strich ihr mit den Fingern sanft durch das seidige Haar. Die andere Hand legte ich ihr ins Kreuz und zog sie dicht an mich. Sanft presste ich die Lippen an ihre Schläfe und ließ sie dort verharren.

»Grace«, murmelte ich kaum hörbar. Ein leises Seufzen entrang sich ihrer Kehle, und sie rührte sich, wachte aber nicht auf. Ich ließ die Hand ihren Rücken hinauf- und wieder hinabfahren. »Wach auf, Liebes«, versuchte ich es erneut.

Ich sah auf ihr Gesicht hinab. Sie presste ganz fest die Augen zu und vergrub die Fäuste im Stoff meines Shirts. Dann atmete sie tief ein. Sie erwachte zögernd, vergrub das Gesicht an meinem Hals, als wolle sie sich vor dem Tageslicht verstecken. Ein tiefes Glucksen ließ meine Brust beben, und ich umfing Grace einen Augenblick lang fester, genoss ihre Nähe.

»Morgen«, begrüßte ich sie leise. Obwohl ich nicht geschlafen hatte, klang meine Stimme tief und heiser.

»Morgen«, antwortete sie. Sie klang erschöpft.

»Gut geschlafen?«

»Mmm-hmm. Und du?«

»Ganz gut«, log ich. Ich ließ die Hand noch einmal sanft ihren Rücken hinabgleiten, bevor sie schließlich ins Licht blinzelte und mir ein verschlafenes Lächeln schenkte. Sogar jetzt war sie so schön, dass es wehtat.

»Müssen wir los?«, fragte sie leise.

»Bald, ja.«

Sie seufzte tief und nickte. »Am liebsten würde ich für immer hierbleiben.«

Ich lächelte sanft und sah ihr in die Augen. Ihre Finger wanderten sacht über meine Rippen nach oben.

»Genau hier? In dieser Wohnung?«

»Hmm, ja«, murmelte sie. Ihre Augen schlossen sich langsam wieder, und ein winziges Lächeln breitete sich auf ihrem Gesicht aus. »Genau hier.«

Einen Augenblick lang stellte ich mir vor, wie ich auf dieser Couch saß, Grace an meiner Seite, und wir zusammen fernsahen. Ich stellte mir den Duft des Essens vor, das auf dem Herd vor sich hin brutzelte. Ich hörte das sanfte Rauschen der Klimaanlage, die kühle Luft durch die Gegend pustete. Ich sah den Verkehr auf der Straße unter uns, während die Menschen ganz gelassen ihren Alltagsgeschäften nachgingen, ohne Sorge haben zu müssen, erschossen zu werden, nur weil sie sich draußen aufhielten. Ich stellte mir vor, wie vollkommen anders unser Leben verlaufen würde, hätte die

Welt einen anderen Weg eingeschlagen. Ich schüttelte kurz den Kopf. Das war nicht unsere Welt und würde es auch niemals sein.

»Ich bin nicht sicher, ob das hier wirklich meinem Geschmack entspricht«, antwortete ich also leichthin.

»Das kriegen wir schon hin«, witzelte sie, öffnete die Augen und sah mich an.

Langsam ließ ich den Daumen über ihre Haut gleiten. Ich wusste, dass sie einen Witz gemacht hatte, spürte aber unwillkürlich, dass ein kleiner Teil von ihr sich so ein Leben tatsächlich wünschte. Ein kleiner Teil meiner selbst tat das ja auch.

»Vielleicht eines Tages, Grace.«

Sie wandte kurz den Blick ab, und etwas Unergründliches zuckte über ihr Gesicht, aber ich konnte nicht weiter darüber nachdenken, denn eine Stimme unterbrach uns.

»Haltet ihr beiden da drin jetzt endlich mal den Mund?«

Grace kicherte noch einmal und schüttelte den Kopf. Ich hatte beinahe vergessen, dass er im Zimmer nebenan war.

»Guten Morgen, Dax«, rief sie.

Ich fuhr zusammen, als ohne vorheriges Klopfen die Tür zum Schlafzimmer aufgestoßen wurde. Allerdings unternahm ich keinen Versuch, mich von Grace zu lösen. Ich war einfach noch nicht bereit dazu.

»Morgen, Kumpels«, sagte Dax, der lässig im Türrahmen lehnte.

Trotz seines fröhlichen Tons entgingen mir die dunklen Ringe unter seinen Augen nicht. Wahrscheinlich hatte auch er kein Auge zugemacht, da der Gedanke an Violetta ihn wach gehalten hatte. Den Rest der Nacht hatte er Wache geschoben. Er würde womöglich erst schlafen, wenn wir wieder zurück waren.

»Wir kommen sofort«, sagte ich zu ihm. Mir entging keineswegs, wie seine Augenbraue zuckte, weil wir so eng umschlungen dalagen, auch wenn wir komplett angezogen waren.

»Gut«, antwortete er in sarkastischem Ton. »Beeilt euch aber, ja? Es gibt nämlich *durchaus* Leute, die die ganze Nacht gearbeitet haben.«

Ich verdrehte die Augen. Grace aber lachte erneut und antwortete: »Was bist du doch für ein gewissenhafter Kerl!«

»Eben«, antwortete er. »Ich packe unser Zeug zusammen, während ihr beiden hier herumtrödelt.«

»Ach, halt den Mund«, murmelte ich.

Dax gluckste leise und zog sich zurück. Ich gestattete mir einen letzten Kuss auf Graces Stirn, dann löste ich mich aus unserer Umarmung und stand vom Bett auf. Ich streckte Grace die Hand entgegen, die sie ergriff, um mich dann sanft aus dem Zimmer zu führen, und auch dann ließ sie mich nicht los. Das machten wir selten, da unsere Beziehung ja immer noch ein Geheimnis war. Aber es war schön, Hand in Hand mit ihr ins Wohnzimmer zu kommen. Dax hatte unsere Klamotten schon zusammengesucht und war abmarschbereit.

»Hast du diese Nacht noch irgendetwas Ungewöhnliches beobachtet?«, erkundigte ich mich.

»Nein. Nur einmal pro Stunde einen Wachtposten, wie schon zuvor.«

Ich nickte, war erleichtert, dass es keine weiteren Zwischenfälle gegeben hatte. »Fertig?«

Grace und ich murmelten zustimmend und hielten unsere Waffen bereit, um in der gleichen Manier, wie wir zu dieser Wohnung hinaufgekommen waren, den Abstieg zu wagen. Ich signalisierte Dax, als Erster zur Tür zu gehen. Grace stand hinter mir, und ich spürte die sanfte Hitze ihres Atems auf meiner Haut, als sie flüsterte. »Ich liebe dich. Pass auf dich auf.«

Ein sanfter Kuss auf meinen Nacken besiegelte die Einhaltung ihres Versprechens.

»Du auch, ja? Ich liebe dich.«

»Das ist ja echt süß, aber ich bin total erschöpft, also lasst uns los«, unterbrach Dax uns von der Wohnungstür aus erneut und grinste breit.

Nachdem wir uns davon überzeugt hatten, dass die Luft draußen rein war, öffnete ich die Tür und betrat den Flur. Unser vorsichtiger Rückzug verlief ohne Zwischenfall, und ich war erleichtert, als der Jeep noch in dem gleichen Zustand dastand, wie wir ihn im Parkhaus abgestellt hatten. Nachdem wir unser Gepäck eingeladen hatten, verließ ich den unauffälligen Parkplatz, und wir fuhren die Rampe hinab.

Auf der Straße war niemand zu sehen, dennoch hielten wir aufmerksam nach Feinden Ausschau. Ich hatte eigentlich keinerlei Probleme erwartet, da es noch früh am Morgen war, aber ein gewisses Restrisiko bestand natürlich trotzdem.

Schließlich erreichten wir den Stadtrand. Fast umgehend waren wir danach an der Baumgrenze angelangt und fanden uns im Schatten des Waldes wieder. Dax war mittlerweile eingeschlummert, aber hin und wieder sah ich Graces grüne Augen im Rückspiegel aufblitzen.

Als wir endlich im Camp anlangten, stellte ich überrascht fest, dass sich eine größere Gruppe in der Mitte versammelt hatte. Es war noch relativ früh am Tag, weshalb eine solche Versammlung seltsam anmutete. Meine Nerven lagen sofort blank, genau wie Graces. Als wir in Höhe der Versammlung angelangt waren, stoppte ich den Jeep und sprang hinaus, weckte Dax, indem ich die Tür zuschlug.

Die Menschen starrten alle auf etwas auf dem Boden. Das Adrenalin brauste durch meine Adern, als ich mich nach vorn drängte und die Blicke ignorierte, die sich mir langsam zuwandten. Ich entdeckte Kit ganz vorn und schob weitere Menschen beiseite, um zu ihm zu gelangen. Meine Schritte wurden immer schneller.

»Kit«, rief ich.

Beim Klang seines Namens wandte Kit sich um. Er zog eine Grimasse, als er mich näher kommen sah. Schließlich hatte ich die letzte Menschenreihe überwunden und sah, was sie alle so fesselte.

Auf dem Boden lagen nebeneinander aufgereiht drei Männer im Alter zwischen etwa achtzehn und fünfundvierzig, und alle drei waren tot. Mir sank das Herz, als ich die graue Färbung ihrer Haut und ihre steifen, leblosen Glieder wahrnahm. Und ich verspürte nur wenig Erleichterung, als mir klar wurde, dass ich sie nicht kannte. Wer immer sie waren, sie stammten nicht aus Blackwing.

Ich spürte die sachte Berührung von Graces Hand in meinem Rücken. Dann zog sie sie zurück und blieb neben mir stehen.

»Shit«, murmelte Dax, der ebenfalls angekommen war.

»Was ist passiert?«, fragte ich, riss den Blick von den Leichnamen fort und fixierte Kit.

»Sie haben uns heute Morgen überfallen«, erklärte Kit. »Sie sind sogar unbemerkt bis zur Kommandozentrale gelangt.«

Ich schluckte schwer. Damit waren sie unentdeckt viel zu weit in unser Camp vorgedrungen, unseren neuralgischen Punkten viel zu nah gekommen. Wir mussten diesbezüglich etwas unternehmen, und zwar schnell.

»Wir müssen uns unterhalten, Kit. Hol Docc dazu. Wir treffen uns in der Kommandozentrale«, befahl ich. Ich sah mich kurz um. Es waren viel zu viele Gaffer hier, als handele es sich um eine Art Spektakel. »Ein paar von euch sollten sich um die Leichen kümmern und sie verbrennen. Der Rest sollte sich wieder seinen Aufgaben widmen. Hier gibt es nichts mehr zu sehen.«

Hastig wurden die Leute aktiv, gehorchten meinen Befehlen ohne Widerworte. Wieder warf ich einen Blick auf die Leichname. Meine Augen verharrten auf dem Gesicht des jüngsten, der nur ein paar Jahre jünger als ich gewesen sein mochte. Sein rötlich-braunes Haar war kurz geschoren, und Sommersprossen bedeckten seine jetzt graue Haut. Wen er wohl hinterließ? Eine Mutter? Einen Vater? Ein Mädchen, das er liebte vielleicht? Ein Schaudern lief mir den Rücken hinunter, als ich daran dachte, wie häufig ich an seiner Stelle hätte sein können.

»Hayden.«

Die sanfte Stimme ließ mich zusammenzucken.

»Gehen wir, ja?«, sagte Grace.

Plötzlich fragte ich mich, ob sie diese Männer kannte, aber ich wollte nicht jetzt fragen, sondern erst, wenn wir wieder unter uns waren. Dax folgte uns, sagte aber auch nichts. Schweigend, aber glücklicherweise schnell gelangten wir zur Kommandozentrale, wo Kit und Docc uns bereits erwarteten. Der Wachmann nickte uns zu, als wir hineingingen.

»Okay, berichtet mir jetzt nochmal im Detail, was passiert ist«, forderte ich, nachdem wir uns wie immer um den Tisch versammelt hatten.

»Ich weiß es eigentlich auch nicht so genau«, begann Kit. »Wie gesagt, sie sind bis zur Kommandozentrale vorgedrungen, bis der diensthabende Wachmann sie entdeckte und Schüsse auf sie abfeuerte. Sie schienen aber abgesehen von den kleinen Messern unbewaffnet zu sein, weshalb sie recht schnell überwältigt werden konnten.«

»Kennst du sie, Grace?«, fragte ich und sah sie an. Sie runzelte die Stirn.

»Nein, gar nicht«, antwortete sie. »Sie stammten nicht aus Greystone.«

»Wenn sie nicht aus Greystone kamen, woher dann?«, fragte Dax.

»Es waren aber auch definitiv keine Brutes. Dafür waren sie viel zu sauber«, sagte Kit.

»Dann stammten sie vielleicht aus Whetland«, vermutete Docc, der sich jetzt zum ersten Mal überhaupt zu Wort meldete. Er stand auf der gegenüberliegenden Seite des Tisches und wirkte nachdenklich.

»Wurdet ihr denn schon mal von Whetland geplündert?«, fragte Grace stirnrunzelnd.

»Nein«, antwortete ich spontan. »Nie. Wir haben dort Raubzüge unternommen, aber sie meiden normalerweise die Konfrontation und sind weder für den Kampf noch für Raubzüge besonders bekannt ...«

»Ja, das dachte ich auch gerade. Sie haben auch Greystone nie beraubt. Zumindest nicht, solange ich dort lebte.«

»Also warum jetzt?«, fragte Kit und blickte brütend auf die Tischplatte herab.

»Vielleicht haben sie die gleichen Probleme wie wir, dass ihnen die Vorräte ausgehen und so«, überlegte Docc. Alle schwiegen ein paar Sekunden lang nachdenklich.

»Ja, aber sie bauen doch ihre eigenen Nahrungsmittel an, oder? Wir haben zwar durchaus auch Vorräte, aber nicht annähernd das, was sie haben ... warum sollten sie uns also plündern wollen?«, forschte Dax.

Meine Gedanken rasten mit einer Geschwindigkeit von gefühlten tausend Stundenkilometern. Auf Probleme mit Greystone war ich bei unserer Rückkehr durchaus vorbereitet gewesen, aber an Whetland hatte ich keinen Gedanken verschwendet. Ich hatte plötzlich ein mulmiges Gefühl: Mir war immer klar gewesen, dass Whetland angesichts seiner Autarkie und der klugen Führung eine Gefahr darstellte. Anscheinend war die Zeit jetzt gekommen.

»Sie wollten uns auch keine Nahrungsmittels stehlen«, sagte ich deshalb nun. »Sie hatten es auf Waffen abgesehen, stimmt's?«

»Und selbst besaßen sie nur Messer. Die Theorie ergibt also Sinn«, stimmte Grace zu, die ahnte, in welche Richtung meine Gedanken gingen.

»Warum brauchen sie denn plötzlich Waffen. Die haben sie doch vorher nie benötigt?«, murmelte Dax. Ich fragte mich das Gleiche.

»Keine Ahnung«, bekannte ich widerstrebend.

Diese neue Entwicklung beunruhigte mich, zumal wir doch eigentlich schon genug Sorgen hatten. Greystone, die Brutes und jetzt Whetland? Es kam mir so vor, als stünde die Welt erneut vor ihrem Ende.

»Ist einer von ihnen entkommen, oder haben sie nur drei Leute geschickt?«

»Nur die drei«, antwortete Kit. »Ich kam dazu, gerade als der Dritte zu Boden ging.«

»Haben sie irgendetwas gesagt?«

»Nicht dass ich wüsste.«

»Nun, egal, warum sie hier waren, sie sind viel zu nahe an unsere wichtigste Schaltstelle herangekommen. Wir müssen vorsichtiger sein. Was, wenn dieser Angriff von Greystone ausgegangen wäre?«

Grace seufzte neben mir schwer, und ich sah sie an. Sie starrte auf den Tisch, die Brauen gerunzelt, und stützte sich auf die Ellbogen. Als könne sie spüren, dass ich sie beobachtete, warf sie mir einen kurzen Blick zu. Sie verzog ein wenig das Gesicht, dann zuckte sie mit den Schultern.

»Wir hatten Glück«, meinte Docc bedächtig, und mein Blick glitt zu ihm hinüber.

»Glück reicht aber nicht«, erwiderte ich hart. »Stellt eine weitere Wache zusätzlich zu den Schichten ab und sorgt dafür, dass der Turm stets mit drei Leuten besetzt ist. Wir dürfen so etwas nicht noch einmal zulassen.«

»Jawohl, Sir«, sagte Dax. Ich warf ihm einen bösen Blick zu, doch er grinste nur; er wusste, wie sehr ich diese Anrede hasste. »Ich arrangiere alles, aber dann gehe ich erst mal ins Bett. Ich bin ziemlich groggy.«

»Na gut. Danke, Kumpel.«

»Und ich gehe zum Turm. Ich glaube, da oben ist gerade sogar nur einer. Ich übernehme die erste Wache, bis Dax einen Plan erstellt hat.«

»Ich komme mit«, bot Grace überraschend an.

»Was?«, fragte ich impulsiv.

»Du wolltest doch drei Leute da oben haben? Kit und der jetzige Wachmann sind erst zwei. Ich bin die Dritte«, erklärte sie.

»Nein«, erklärte ich kategorisch.

Sie schnaubte genervt.

»Hayden ...«

»Bist du nicht müde? Du solltest schlafen«, schnitt ich ihr barsch das Wort ab. Ich merkte, dass alle unsere Unterhaltung verfolgten, und das passte mir gar nicht.

»Ich habe letzte Nacht ganz gut geschlafen«, antwortete sie achselzuckend. »Das geht schon klar.«

»Dann komme ich mit ...«

»Nein, Hayden, du brauchst jetzt wirklich Ruhe. Ich weiß, dass du nicht schlafen konntest«, widersprach sie liebevoll.

»Stimmt, Hayden. Du brauchst mindestens ein paar Stunden Ruhe«, mischte Docc sich sanft ein. Ich funkelte Grace noch ein paar Sekunden lang wütend an. Sie hatten Recht, und das wusste ich. Aber das bedeutete noch lange nicht, dass es mir gefiel. Grace nickte kurz beruhigend und lächelte flüchtig.

»Na gut«, grummelte ich. »Aber in ein paar Stunden komme ich hoch.«

»Deal«, stimmte Grace mit einem Lächeln zu. Als ich es nicht erwiderte, verdrehte sie spielerisch die Augen und setzte ebenfalls eine grimmige Miene auf.

»Na gut, das wäre also geklärt ...«, meinte Dax und klatschte in die Hände. »Ich mache mich dann mal an die Arbeit. Bis später.«

»Du weißt ja, wo du mich findest, wenn du mich brauchst«, sagte Docc. Er und Dax gingen zur Tür und winkten uns zum Abschied zu. Dann verschwanden sie.

»Fertig, Grace?«, fragte Kit und sah sie mit hochgezogenen Augenbrauen an.

»Ja«, antwortete sie. Kit nickte und durchquerte das Gebäude, um sich die Waffe zu holen, die er immer benutzte. Grace ergriff die Gelegenheit, näher an mich heranzurücken, und sah zu mir auf. »Ruh dich ein bisschen aus. Und diesmal auch wirklich.«

»Mir gefällt das nicht«, antwortete ich ihre Worte ignorierend. Wieder verdrehte sie die Augen.

»Hayden, es ist unpraktisch, wenn wir immerzu zusammen sind«, sagte sie sanft und fügte dann hinzu: »Auch wenn es uns lieber wäre.«

Mir war klar, dass sie damit Recht hatte, aber es änderte nichts an meinen Gefühlen. Mehr denn je wollte ich sie ständig an meiner Seite haben.

»Und?«, murmelte ich also halsstarrig.

Sie seufzte und sah zärtlich zu mir empor.

»Ruh dich jetzt einfach nur aus, Hayden, bitte«, bat sie leise.

Ich musterte sie einige Sekunden lang mit strenger Miene. Dann stieß ich einen tiefen, resignierten Seufzer aus.

»Gut.«

Ich wusste, was als Nächstes kommen würde – das Versprechen. »Ich liebe dich. Bis bald.«

»Und ich liebe dich«, murmelte ich. Als ich ihr damals das Versprechen abgenommen hatte, sich stets von mir zu verabschieden, hätte ich niemals gedacht, dass wir es so oft würden halten müssen.

Da tauchte Kit wieder an unserer Seite auf, und Grace trat einen Schritt zurück. Sie warf mir ein letztes Lächeln zu, das ich wieder nicht erwiderte, dann wandte sie sich um und begleitete Kit zur Tür. Ich versuchte, das Unbehagen in meinen Eingeweiden zu ignorieren, als sie sich immer weiter von mir entfernte. Kit war schon aus der Tür, und sie wollte ihm gerade folgen, als ich endlich wieder einen Ton herausbrachte.

»Grace«, rief ich, und sie blieb stehen und wandte sich zu mir um. »Sei vorsichtig.«

»Bin ich doch immer«, antwortete sie leichthin.

Damit wirbelte sie wieder herum und war schon zur Tür hinaus. Die weichen Strähnen ihres blonden Haars waren das Letzte, was ich von ihr sah, als die Tür sich schloss und mir den Blick auf sie versperrte. Ich schüttelte kurz den Kopf, um die Gedanken abzuschütteln.

Du übertreibst es, Hayden.

Ich wusste, dass ich überbehütend war. Aber ich war nun mal ein Mann! Was lag da näher, als für die Sicherheit der Frau zu sorgen, die ich liebte – sie mehr als jeden anderen beschützen zu wollen?

Sie beherrschte meine Gedanken so sehr, dass ich oft nicht mehr logisch denken konnte, aber ich konnte es nicht ändern. Ich seufzte tief und verließ die Kommandozentrale, zog mich in meine Hütte zurück, wobei ich auf dem Weg dorthin unaufhörlich gegen meine Instinkte ankämpfte.

Grace hatte Recht. Wir konnten nicht ständig zusammen sein, und ich musste endlich lernen, das zu akzeptieren.

KAPITEL 14
AHNUNGSLOSIGKEIT

Grace

Es fühlte sich merkwürdig an, an Kits und nicht an Haydens Seite das Camp zu durchqueren. Sein Haar war genauso dunkel wie Haydens, allerdings erheblich kürzer. Und seine Augen waren von einem solch dunklen Braun, dass man die Pupille manchmal gar nicht sehen konnte. Zudem bewegte er sich ganz anders. Hayden schritt mit natürlicher Grazie und leichtem Hüftschwung einher. Kit lief, als sei er stets in Eile, jeder Schritt zielgerichtet und stark.

»Wie lange werden wir dort oben Wache schieben?«, fragte ich, als wir am Fuß des Turms anlangten, der von den Flammen geschwärzt war. Die Metallstruktur war allerdings intakt geblieben. Wahrscheinlich stand er schon viel länger hier, als es Blackwing gab, und ich bezweifelte, dass er in nächster Zeit der Zerstörung anheimfallen würde.

»Keine Ahnung. Vermutlich so lange, bis Dax einen neuen Dienstplan erstellt hat.«

Ich nickte, und wir erklommen die Stufen. Ich mochte Kit, aber man konnte sich nicht so einfach mit ihm unterhalten wie mit Dax oder Docc. Er war von Natur aus ernst und in sich gekehrt, was ich zwar verstehen konnte, die Kommunikation jedoch erschwerte. Es war merkwürdig: Immerhin hatten wir irgendwann jeder einmal das Leben des jeweils anderen gerettet, aber trotzdem wusste ich kaum etwas über ihn. Hayden wurde jedes Mal eifersüchtig, wenn ich mit ihm sprach, weshalb wir bislang so gut wie keine Gelegenheiten für einen freundschaftlichen Austausch gehabt hatten. Aber eines wusste ich von Kit: Er war absolut loyal und zu allem bereit, was zum Überleben notwendig war, sogar zur Brutalität.

»Weißt du, wer momentan da oben Dienst hat?«, fragte ich, während wir weiter die Treppe hinaufstiegen. Wir hatten gerade den dritten Stock passiert. Ich warf ihm einen Seitenblick zu und sah die dicke Narbe, die an seinem Hals entlanglief. Es schien schon eine Ewigkeit her zu sein, seit ich ihm mit meinen Fingern die Arterie verschlossen hatte, damit er nicht verblutete.

»Nein«, bekannte Kit. »Hoffentlich jemand Erträgliches.«

Ich sah, wie er ganz leicht die Lippen verzog. Es kam selten genug vor, dass er einen Witz machte, aber wenn, dann verfügte er über einen äußerst trockenen Humor.

»Wie war euer Ausflug?«, fuhr er fort. Wir stiegen nun die vierte Treppe hinauf, hatten also bereits die Hälfte geschafft.

»Er war ...« Ich suchte nach dem richtigen Wort. »Heftig.«

»Heftig?«

»Ja. Wir wurden Zeuge, wie ein Mädchen von den Brutes verschleppt wurde, konnten aber nichts dagegen unternehmen«, antwortete ich. Mir drehte sich bei der Erinnerung auch jetzt noch der Magen um.

»Möchte wetten, dass Hayden das gar nicht gefallen hat.«

»Du hast recht, absolut nicht«, stimmte ich zu.

»Hmm.« Uns trennte nur noch eine Stiege von der Turmspitze. »Hey, ich wollte noch sagen ... tut mir leid, das mit deinem Dad.«

Ich blinzelte überrascht. Ich hatte nicht erwartet, dass er es überhaupt erwähnen würde, und unvermittelt traf mich ein heftiger, stechender Schmerz in der Brust. »Danke.«

»Ja, hat mir auch total leidgetan, als ich das von deinem Vater gehört habe, Grace.«

Mir gefror das Blut in den Adern, als ich die sarkastische Stimme auf der Turmspitze erkannte. Kein Geringerer als Barrow saß dort, die Hände hinter dem Rücken an eine der Stangen gefesselt. Höhnisch grinste er mich an.

»Was zum Teufel hat der denn hier zu suchen?«, verlangte Kit von dem Wachmann auf dem Turm zu wissen.

»Ich-ich dachte, irgendjemand hätte gesagt, er könne hier oben bleiben, solange er gefesselt ist?«, stammelte der Mann. Er klang jetzt extrem unsicher.

»Wer hat dir das gesagt?«, blaffte Kit ärgerlich. Ich stand wie angewurzelt da, starrte dem Mann, den ich so sehr hasste, unverwandt und zornentbrannt in die Augen. Am liebsten hätte ich ihm einen Tritt ins Gesicht verpasst, um dieses höhnische Grinsen daraus zu vertreiben.

»Na ja, das war Barrow ...«

»Barrow«, wiederholte Kit tonlos. »Du glaubst also allen Ernstes, dass du von Barrow Befehle entgegennehmen solltest, vor allem in Anbetracht der Tatsache, dass *er* derjenige ist, der Fesseln trägt?«

»Ich, äh, na ja ...«, stammelte der Mann unsicher und

spielte mit dem Saum seines Shirts. »Tut mir leid. Ich bring ihn wieder runter.«

»Vergiss es«, fauchte Kit. »Wir werden ihn bewachen, bis du jemanden gefunden hast, der dir hilft. Ich glaube nicht, dass einer allein mit ihm klarkommt.«

Der Mann wirkte betreten; sein Blick huschte zwischen Kit und Barrow hin und her.

»Nun? Los, such jemanden, der dir hilft!«, befahl Kit. Der Mann zuckte zusammen und brummelte etwas in den Bart, bevor er die Treppenstufen hinunterlief und Kit und mich mit Barrow allein ließ, der uns angrinste.

»Was für ein Zufall, euch beide hier zu treffen«, sagte Barrow glattzüngig.

»Halt's Maul«, befahl Kit und verdrehte die Augen.

Ich war etwas überrascht darüber, wie offensichtlich unhöflich Kit zu Barrow war. Er hatte eine gefühlte Ewigkeit gebraucht, um mich warmherziger zu behandeln, und das, obwohl ich ihm das Leben gerettet hatte. Anscheinend hatte man als Verräter auf ewig bei ihm verspielt. Barrow hatte ihn praktisch aufgezogen, aber das war Kit egal, weil er versucht hatte, Hayden zu stürzen, den Kit als Bruder betrachtete.

»Sorry, Grace«, fügte Kit leise an mich gewandt hinzu. Ich stand noch immer wie angewurzelt da, konnte den Blick nicht von Barrows verächtlichem Grinsen abwenden. Als hätte ich nicht schon genug Gründe, ihn zu hassen, wollte er mir nun auch noch den Tod meines Vaters unter die Nase reiben?

»Schon gut«, stieß ich schließlich mühsam hervor. Ich zwang mich, in die entgegengesetzte Ecke zu gehen, wo ich mich hinter eines der dort aufgestellten Gewehre hockte. Ich warf noch einen wütenden Blick über die Schulter, bevor ich mühsam den Kopf abwandte und tief einatmete.

»Überrascht mich schon, dass du jetzt nicht Greystone leitest, Cook«, spie Barrow hervor. »Nun, da dein Daddy fort ist und so.«

Ignoriere ihn, Grace.

Ich kochte still vor mich hin vor Wut und sah mich um, konnte die Aussicht vor lauter Zorn aber nicht genießen. Kit grummelte etwas, positionierte sich hinter einem weiteren Gewehr und blickte sich ebenfalls um.

»Nichts zu sagen? Oder hat dir Daddy das Recht etwa gar nicht vermacht?«

Halt's Maul.

»So ist es, nicht wahr? Er hat dich nicht zur Nachfolgerin bestimmt, und deshalb kamst du zurückgekrochen.«

Ich konnte spüren, wie meine Hände vor Wut zu zittern anfingen, aber immer noch schwieg ich beharrlich.

»Sie ist zurückgekommen, um uns vor dem Krieg zu warnen, du Idiot«, spie Kit hervor. »Und das weißt du ganz genau, also warum hältst du nicht einfach dein Maul?«

Ich war Kit dankbar, aber dieses Gefühl wurde sehr schnell wieder von Ärger erstickt, als Barrow höhnisch feixte. Barrows brennender Hass auf mich verwirrte mich, aber mittlerweile vermutete ich, dass er mit seiner Eifersucht auf Haydens Position zu tun hatte und dass er dies an mir ausließ, weil er das bei Hayden nicht konnte.

»Also du und Hayden, ihr spielt immer noch trautes Heim?«, piesackte er weiter und ignorierte Kit einfach.

»Was habe ich dir eigentlich getan?«, fragte ich. Meine

Selbstbeherrschung war dahin. Ich wirbelte herum und funkelte ihn zornig an.

»Du bist der Feind«, knurrte Barrow und gab seinen gespielt lässigen Ton auf.

»Ist das dein einziges Argument?«, fragte ich und verschränkte herausfordernd die Arme vor der Brust.

»Ich hab nun mal nichts für Leute übrig, die einfach so hier hereinspaziert kommen und sich für was Besseres halten«, fauchte er. »Seit du dich hier eingenistet hast, wirst du sogar mit jedem Tag schlimmer, und das macht mich krank.«

Kit schnaubte, als sei er verärgert über die ganze Situation. Damit waren wir schon zwei.

»Du täuschst dich. Du bist doch nur eifersüchtig, weil Hayden hier die Leitung hat und du nicht. Und mich benutzt du nur als Ausrede«, spie ich hervor. Unwillkürlich hatte ich ein paar drohende Schritte auf ihn zugemacht, überragte ihn, denn er saß gefesselt am Boden. »Das ist armselig.«

»Ich täusche mich?«, fragte er herausfordernd.

»Ja.«

»Oh, nein. Das denke ich ganz und gar nicht. Du glaubst also, du liebst den Jungen?«

Ich verweigerte die Antwort, sondern blickte nur wütend auf ihn herab. An meinem Kinn zuckte ein Muskel, und ich musste mich darauf konzentrieren, nicht unkontrolliert zu zittern.

»Stimmt. Das tust du«, schlussfolgerte Barrow. Er stieß ein freudloses Lachen aus und schüttelte den Kopf, als halte er mich für töricht. Seine steingrauen Augen fixierten mich. »Du glaubst, alles über ihn zu wissen? Jedes Geheimnis, jeden dunklen Augenblick in seiner Vergangenheit? Bin gespannt, wenn du mehr über ihn erfährst, ob du ihn dann immer noch liebst«, murmelte Barrow.

»Ich will deinen Mist nicht hören«, antwortete ich selbstbewusst. Sollte er doch sagen, was er wollte. Ich kannte Hayden. Er hatte keinerlei dunkle Geheimnisse wie der Rest von uns. Hayden war *ein guter Mensch*.

»Nenn es ruhig so, wenn du willst, solange du dich dabei besser fühlst. Hast du ihn eigentlich mal gefragt, woher er wusste, dass dein Vater im Sterben lag?«

Plötzlich hatte ich einen Riesenknoten im Magen. Bislang hatte ich alles als bittere Eifersucht und Groll abtun können, aber über diese Frage hatte ich schon früher nachgedacht. Hayden hatte mir nur eins gesagt: dass er von der Erkrankung meines Vaters gewusst hatte, als er mich heimschickte. Aber er hatte nie erwähnt, woher. Ich hatte auch nie gefragt, weil es mich zu sehr schmerzte, darüber zu reden, aber trotzdem war mir die Frage mehrfach in den Sinn gekommen.

»Ich werte das als Nein«, interpretierte Barrow mein Schweigen korrekt. Wieder funkelte ich ihn an.

»Das reicht jetzt, Barrow«, blaffte Kit verärgert.

»Bessere Frage: Hat er dir gesagt, dass es seine Schuld ist, dass dein Vater tot ist?«

Ich spürte, wie alle Farbe aus meinem Gesicht wich und mir das Blut in den Adern zu Eis gefror.

»Barrow!«, zischte Kit wütend. »Halt verdammt nochmal das Maul!«

»Schon wieder Nein«, erwiderte Barrow selbstgerecht.

Ich trat einen Schritt zurück und versuchte, einen klaren

Gedanken zu fassen, aber alles drehte sich um mich. Dass Kit nicht geradeheraus alles abstritt, war auch nicht gerade hilfreich, und plötzlich hatte ich das Gefühl, gleich in Ohnmacht zu fallen.

Konnte es wirklich Haydens Schuld sein?

Mein Atem ging immer flacher, und ich stolperte rückwärts, bis ich mit dem Rücken an das Geländer stieß. Ich packte es so fest, dass meine Knöchel weiß hervortraten, und versuchte angestrengt, klar zu denken. Es konnte einfach nicht Haydens Fehler gewesen sein. Mein Vater hatte eine Endokarditis. Eine Entzündung der Herzinnenhaut. Eine Infektion. Hayden konnte doch damit nichts zu tun haben.

Aber ...

Immer noch blieb die Frage – woher hatte er gewusst, dass mein Vater im Sterben lag?

»Grace.«

Ich blinzelte mehrfach und zwang mich aufzublicken. Kit sah mich an, und ich hatte das Gefühl, dass er meinen Namen schon mehrfach gesagt hatte.

»Was?« Meine Stimme klang ganz schwach, also räusperte ich mich entschlossen. Ängstlich wippte ich mit dem Bein auf dem Fußballen auf und ab, zwang es, damit aufzuhören, zitterte nur innerlich weiter.

»Hör nicht auf ihn. Er war nicht einmal dabei und hat keine Ahnung, wovon er spricht.«

Ich nickte und versuchte, meine rasenden Gedanken zu beruhigen, aber ich konnte einfach nicht den Mund halten.

»Woher wusstet ihr, dass mein Vater sterben würde?«, fragte ich in scharfem Ton. Barrow gluckste zufrieden, aber ich ignorierte ihn und richtete meinen Blick entschlossen auf Kit.

»Na ja, damals wusste ich nicht, dass es sich um deinen Vater handelte«, antwortete Kit ausweichend. »Weder Dax noch ich hatten eine Ahnung.«

»Aber ihr wusstet, dass Celt, der Anführer Greystones, im Sterben lag«, forschte ich. Wut simmerte unter der Oberfläche, und ich spürte, wie mein Bein wieder zu wippen anfing.

»Ja«, bekannte er.

»Woher?«

Kit holte tief Luft und stieß sie wieder aus. Er runzelte die Augenbrauen über seinen tiefbraunen Augen, musterte mich und zögerte. Ich wollte meine Frage gerade wiederholen, als er endlich antwortete.

»Ich glaube, du solltest mit Hayden reden.«

Mir sank das Herz. Das hatte ich nicht hören wollen. Ich wollte ihn sagen hören, dass Barrow sich das alles nur ausgedacht hatte, dass er log. Dass er nun auswich, ließ mich das Schlimmste befürchten. Anscheinend hatte Hayden tatsächlich das ein oder andere vor mir geheim gehalten.

»Was immer du jetzt denkst ... ist garantiert viel schlimmer als die Wahrheit«, versuchte Kit mich zu beruhigen.

Aber seine Worte vermochten mich nicht zu trösten. Ich nickte steif und zwang mich dazu, mich umzudrehen und wieder an meine Waffe zu treten. Blicklos starrte ich an meiner Seite hinaus und versuchte nicht darauf zu achten, dass sich mir der Magen umdrehte. Was mochte Barrow wohl gemeint haben? Hatte Hayden tatsächlich etwas mit dem Tod meines Vaters zu tun?

Doch meine düsteren Gedanken wurden durch die Ankunft des Wachmannes von eben und seines Begleiters unterbrochen. Ich wünschte mir nichts sehnlicher, als zu Barrow hinüberzulaufen und ihn vom Turm zu werfen, als sie seine Arme vom Geländer losbanden, aber trotzdem zögerte ich. Ein letztes Mal hörte ich seine abscheulich schmierige Stimme, was mir einen Schauer aus Wut und Schmerz den Rücken hinabsandte.

»Anscheinend sind die Flitterwochen jetzt vorbei.«

»Bringt ihn hier weg«, befahl Kit erbittert.

Die beiden Männer nickten und zerrten ihn die Treppenstufen hinab, von wo aus sein zynisches Gegacker bis zu mir heraufdrang. Meine Muskeln waren nach wie vor verspannt. Ich war ganz steif, versuchte mich zu beruhigen, aber erfolglos. Er hatte die beiden Themen angesprochen, die mich am meisten betrafen – Hayden und meinen Vater.

Ich zuckte zusammen, als mir jemand vorsichtig die Hand auf die Schulter legte. Mühsam öffnete ich die Augen und sah erneut Kit an.

»Hey«, sagte er. So sanft hatte ich ihn noch nie erlebt. »Sprich ... sprich einfach mit Hayden, bevor du irgendwelche Vermutungen anstellst, okay? Es ist nicht meine Aufgabe, darüber mit dir zu reden, aber ... mach dich nicht verrückt.«

Ich nickte und zwang mich, tief einzuatmen. Unter keinen Umständen wollte ich mich jetzt zu übereilten Reaktionen hinreißen lassen, aber ich spürte, dass es trotzdem mit mir durchging. Kit sagte nichts mehr, während ich mit mir kämpfte; offensichtlich fiel es ihm schwer, aber ich war dankbar für sein Schweigen.

Ich wünschte mir verzweifelt, mit Hayden über Barrows Worte reden zu können, aber gleichzeitig hatte ich auch Angst davor, etwas zu entdecken, das ich eigentlich gar nicht wissen wollte. Ich wollte in seliger Unwissenheit verharren und dem Thema keine weitere Beachtung schenken, doch auch das brachte ich nicht fertig. Die leise mahnende Stimme in meinem Hinterkopf sagte mir, dass Barrows Worte auf gewisse Weise der Wahrheit entsprochen hatten.

Keine Ahnung, wie lang ich dort in versteinertem Schweigen saß. Vielleicht Minuten, vielleicht Stunden. Erst als die Sonne sich dem Horizont entgegensenkte, wurde mir klar, dass einige Zeit vergangen war. Kit stöhnte leise, als er aufstand und sich reckte. Anscheinend waren wir länger hier oben gewesen, als mir in meinem Nebel aus Angst und Sorge bewusst gewesen war.

»So langsam müsste uns doch mal jemand ablösen ...«, murmelte Kit.

Ich wusste nicht, ob er mich meinte oder Selbstgespräche führte, also gab ich keine Antwort. Einerseits wäre ich am liebsten für immer hier oben geblieben, um das unweigerlich auf mich zukommende Gespräch mit Hayden zu vermeiden. Doch andererseits wäre ich auch gern auf der Stelle die Treppenstufen hinabgesprintet, um die Wahrheit herauszufinden.

Gerade als ich das Gefühl hatte, vor Unruhe beinahe aus der Haut zu fahren, vernahm ich leise Stimmen, die den Turm hinaufkamen. Eine Mischung aus Erleichterung und sogar noch mehr Sorge durchflutete mich, denn das Ende meiner Schicht war anscheinend endlich gekommen.

»Hey, Kit«, rief eine Stimme von der Treppe aus.

Drei Leute waren dort aufgetaucht. Vage erkannte ich sie wieder, wusste jedoch nicht, wie sie hießen. Derjenige, der Kit begrüßt hatte, nickte auch mir ruhig zu.

»Hey«, antwortete Kit. »Seid ihr unsere Ablösung?«

»Du hast's erfasst«, antwortete der Mann gut gelaunt. Er hatte hellbraunes Haar mit großer Halbglatze am Oberkopf, dazu einen borstig wirkenden Schnurrbart im Gesicht.

»Bestens. Wir haben nichts entdecken können, aber jetzt bricht die Nacht herein, also haltet die Augen auf«, meinte Kit. Mir fiel nichts Geistreiches ein, denn immer noch grübelte ich über die zahllosen Fragen nach, die ich Hayden stellen wollte.

»Machen wir. Und jetzt runter mit euch«, sagte der Mann nickend.

Ich fuhr zusammen, als Kit neben mir auftauchte und mich aus meiner Erstarrung riss. Ich sah ihm in die Augen, als er ruhig sagte: »Gehen wir.«

Ich nickte steif und folgte ihm die Treppe hinab. Auf dem Weg nach unten öffnete er zweimal den Mund, als wolle er etwas sagen, besann sich aber jedes Mal wieder eines Besseren. Beim dritten Versuch dieser Art – wir waren fast unten angelangt – konnte ich mich nicht länger beherrschen.

»Was, Kit?«, blaffte ich.

Er warf mir einen missbilligenden Blick zu. »Hör zu, ich weiß, du bist stinksauer oder so was, aber atme wenigstens ein paar Mal tief durch, bevor du ausrastest.«

Ich konnte das beleidigte Schnauben, das sich Bahn zu brechen drohte, kaum zurückhalten. »Stinksauer« schien meinen Gefühlen nicht im Entferntesten gerecht zu werden. Aber ich musste mir ins Gedächtnis rufen, dass Kit nicht Hayden war und dass er mich nicht halb so gut kannte wie Hayden. Kit sah nur ein wütendes Mädchen, und das war's. Hayden jedoch würde erheblich mehr sehen. Diese Stimmung würde ich nicht vor ihm verbergen können.

»Ja, okay«, antwortete ich also steif. Doch mein Versuch, mit ruhiger Stimme zu sprechen, scheiterte. Mittlerweile hatten wir den Fuß der Treppe erreicht und gingen in die gleiche Richtung, doch dann blieb er stehen.

»Ich muss jetzt hier abbiegen, aber ...« Er verstummte unsicher. »Viel Glück.«

Unwillkürlich verzog ich das Gesicht, doch dann gelang es mir, eine gelassene Miene aufzusetzen.

»Danke«, antwortete ich ausdruckslos. Kit nickte und machte sich auf den Weg, doch ich hielt ihn auf. »Hey, Kit?«

»Ja?«

»Danke für das, was du gesagt hast ... über meinen Vater«, sagte ich aufrichtig und in einem kurzen Augenblick der Klarheit. Kit war nicht der Typ, der viel über seine Gefühle sprach. Deshalb waren seine Worte umso bedeutsamer gewesen.

»Keine Ursache«, antwortete er lässig.

Dann winkte er mir noch einmal zu, wandte sich ab und ging davon. Ich blieb wie angewurzelt stehen, spielte am Saum meines Shirts und nagte an meiner Unterlippe. Unsere Hütte war nicht weit entfernt, aber ich fragte mich, ob ich schon bereit war, sie zu betreten. Hayden war nicht am Turm aufgetaucht, wahrscheinlich war er noch gar nicht wieder wach. Vermutlich war er erschöpft, was keineswegs überraschend war. Doch die Vorstellung, ihn zu wecken, nur um ihn mit meinen Fragen zu konfrontieren, fand ich alles andere als verlockend.

In diesem Moment hätte ich am liebsten alles vergessen, was ich von Barrow gehört hatte. Ich wollte so tun, als hätte Kit das Thema nicht gemieden und mich weiter im Dunkeln gelassen. Ich wollte in die Hütte zurückkehren und dort einen friedlich schlummernden Hayden vorfinden, mich neben ihn unter die Decke kuscheln und an ihn schmiegen. Ich wollte spüren, wie seine Arme sich um meine Taille schlangen und mich an ihn zogen. Ich wollte zurückkehren zu der glückseligen Ahnungslosigkeit von heute Morgen, als ich noch so glücklich mit ihm gewesen war. Aber die hartnäckigen Gedanken in meinem Hinterkopf verhinderten dies.

Ich nickte entschlossen, riss meine Füße vom Boden los und zwang mich zum Weitergehen. Viel zu schnell kam unsere Hütte in Sicht; jeder meiner Schritte trug mich dichter heran und steigerte die Angst, die in meiner Magengrube wütete. Als spürte ich das Herannahen einer Klippe, blieb aber nicht stehen, sondern rannte weiter darauf zu, um sodann in die Tiefe zu stürzen.

Vor der Tür verharrte ich einen Moment. Ich legte die Hände zu beiden Seiten auf den Türrahmen, schloss die Augen und atmete tief und bebend aus. Meine Gedanken überschlugen sich mit wildem Getöse, bombardierten mich mit negativen Szenarien und beängstigender Unsicherheit. Ich presste die zitternde Hand gegen das Holz der Tür und zwang mich, die Augen wieder zu öffnen, als ich eintrat.

Ich musste es wissen. Ich musste die Wahrheit erfahren, und wenn es mich zerriss.

KAPITEL 15
KATHARSIS

Grace

Drinnen war es dunkel, und meine Augen brauchten ein paar Sekunden, um sich daran zu gewöhnen, bevor ich den Blick aufs Bett richtete. Ich sah den Schwung von Haydens Schultern, ging ein paar Schritte hinein und schloss leise die Tür hinter mir. Im Gegensatz zum letzten Mal, da ich auf der Suche nach ihm ein Zimmer betreten hatte, schlief er jetzt. Mein Magen zog sich schmerzhaft zusammen, weil ich ihn aus seinem ach so notwendigen Schlaf reißen musste, aber ich hatte das Gefühl, auseinanderzufallen, wenn ich noch einen Augenblick länger wartete, ohne die Wahrheit zu erfahren.

Schon stand ich neben dem Bett. Aus der Nähe konnte ich Einzelheiten des schlafenden Mannes erkennen, den ich so innig liebte. Er hatte die Arme um ein Kissen geschlungen, als hätte er nach mir getastet und sich dann mit einem armseligen Ersatz zufriedengegeben. Weiche braune Strähnen seines Haars breiteten sich um seinen Kopf herum aus. Ein paar Wellen fielen ihm wahllos in die Stirn, und seine vollen, rosigen Lippen waren leicht geöffnet. Er atmete tief und gleichmäßig.

Wie ich ihn da so beobachtete, verzog ich unwillkürlich unglücklich den Mund. Dann setzte ich mich vorsichtig auf die Bettkante. Ich hasste mich, weil ich auch nur für eine einzige Sekunde an ihm zweifeln konnte, aber die leise, nagende Stimme, die ich so lange erstickt hatte, ließ sich einfach nicht mehr ignorieren. Die Fragen, die ich beiseitegeschoben hatte, preschten nun mit aller Macht voran, schrien mir zu, weigerten sich, sich länger verdrängen zu lassen, ohne Antworten zu bekommen. Bis jetzt hatte ich es geschafft, ihnen keine Beachtung zu schenken, aber nun waren sie aufgerüttelt worden und hatten sich nach Barrows boshaften Worten sogar noch vermehrt, die irgendwie so klangen, als stecke ein Fünkchen Wahrheit dahinter.

Ich streckte die Hand aus, wie um ihn zu berühren, hielt aber dann doch inne. Meine Hand schwebte in der Luft, dann ließ ich sie mit einem tiefen Seufzer in meinen Schoß zurücksinken.

Hayden würde es mir erklären, und dann würde zwischen uns alles wieder gut sein. Ich musste das jetzt einfach aus der Welt schaffen. Ich betrachtete den schlafenden Hayden und öffnete den Mund.

»Hayden ...«

Meine Stimme war sanft und leise, als rebellierte mein Körper gegen mein Vorhaben. Er regte sich nicht, und sein Atem ging weiterhin gleichmäßig. Mein Magen machte einen ängstlichen Satz, als ich ihm die Hand leicht auf die Schulter legte. Noch durch sein T-Shirt hindurch fühlte seine Haut sich sengend heiß an. Ich rüttelte ihn leicht.

»Hayden.«

Diesmal war meine Stimme ein wenig lauter gewesen. Jetzt rührte er sich doch.

»Hey Bär«, murmelte er mit tiefer Stimme.

Er öffnete ein Auge, und ein schiefes Lächeln umspielte seine Lippen. Schläfrig sah er mich an. Mein Kosename fuhr mir wie ein Dolch ins Herz, was so vollkommen anders war als die warme Woge, die mich bei seinem Klang sonst durchflutete. Meine Entschlossenheit geriet ins Wanken, als er die Hand nach mir ausstreckte. Seine langen Finger umfassten mein Handgelenk, und er wollte mich zu sich aufs Bett ziehen. Wie gern hätte ich es zugelassen, aber ich widerstand. Er blickte verwirrt drein.

»Hey«, erwiderte ich leise.

»Was ist los?«, fragte er. »Ist auf dem Turm etwas passiert? Geht es dir gut?«

Ich wandte die Augen ab. Die richtige Antwort lautete *Ja, es ist etwas passiert* und *Nein, es geht mir gar nicht gut*, wenn auch nicht aus den Gründen, die ihm jetzt durch den Kopf gingen.

Mein Schweigen machte ihn ungeduldig, und er setzte sich auf und beugte sich vor, zwang mich, ihn anzusehen.

»Grace, was ist los?«

»Im Camp ist nichts passiert«, beruhigte ich ihn sanft.

»Okay ...«, antwortete er gedehnt, offensichtlich verwirrt. »Was bedrückt dich dann?«

Ich vermochte das nicht vor ihm zu verbergen, auch wenn ich es noch so sehr wollte.

»Ich bin mit Kit los, um meine Schicht anzutreten, aber als wir oben auf dem Turm angekommen sind ...« Ich hielt inne. Es fiel mir schwer, die Ereignisse so zu schildern, wie ich es eigentlich wollte. Ich schüttelte den Kopf, wollte noch einmal von vorn anfangen.

»Ja?«, soufflierte Hayden sanft. Beruhigend streichelte sein Daumen mein Handgelenk, und ich widerstand dem Impuls, ihm meine Hand zu entziehen.

»Hayden ...« Ich bebte. Sein liebevoller Blick brachte mich vollkommen aus dem Gleichgewicht. »Woher wusstest du, dass mein Vater im Sterben lag?«

Da. Ich hatte die Frage gestellt. Jetzt war es an ihm, mir eine Antwort zu geben und womöglich mein schwaches Herz zu zerschmettern.

Hayden blieb vor Überraschung der Mund offen stehen, und er wölbte die Augenbrauen. Doch dann hatte er sein Mienenspiel wieder im Griff und runzelte die Stirn. Vor Überraschung ließ er meine Hand los.

»Wie kommst du jetzt darauf?«, fragte er ausweichend.

»Sag es mir einfach«, bat ich leise. Meine Stimme klang atemlos und unglücklicherweise verzweifelt.

»Grace ...«

»Hayden«, schnitt ich ihm in plötzlich strengem Ton das Wort ab.

Er bemerkte die Veränderung, aber seine ausweichende Reaktion deutete nun mal nicht gerade auf seine Unschuld hin. Der abscheuliche Zweifel in meinem Herzen wurde größer, ein Gefühl, das mir mit jeder Sekunde umso verhasster war.

»Woher kommt diese Frage?«, hakte er nach und schüttelte den Kopf. Verwirrt und mit offenem Mund starrte er mich an.

»Sag es mir einfach«, bat ich. »Bitte.«

Nachdem er mir ein paar lange Sekunden forschend in die Augen gesehen hatte, stieß er tief den Atem aus und schien unter dem Gewicht seines eigenen Körpers in sich zusammenzusinken.

»Erinnerst du dich an jenen Raubzug, bei dem ich dich zwang hierzubleiben? Als nicht alles so lief wie geplant und wir länger brauchten als ursprünglich vorgesehen?«, sagte er langsam und ließ mich keinen Moment aus den Augen.

»Natürlich«, antwortete ich hastig. Als hätte ich diese traumatischen Tage jemals vergessen können.

»Und weißt du noch, dass ich dir sagte, wir seien auf ein paar Leute aus Greystone gestoßen, bevor die Brutes auftauchten?«

»Ja …«

Mit jedem seiner Worte schien mein Herz schneller zu pochen, voller Angst und gleichzeitig auch voller Hoffnung. Er drückte mein Knie, aber ich war zu aufgeregt, um es zu spüren. Hayden wirkte nervös, beobachtete mich eindringlich, was meine Sorge nur weiter steigerte.

»Nun ja, bevor wir sie sahen, hörten wir sie … Sie befanden sich ganz in der Nähe, weißt du, und sie ahnten nichts von unserer Anwesenheit, deshalb sprachen sie laut … und ich habe sie sozusagen belauscht.«

Hayden hielt inne, holte tief Luft und sah mich schuldbewusst an. Anscheinend hätte er alles gegeben, um diese Unterhaltung nicht mit mir führen zu müssen. Er stand kurz davor, mir alles zu offenbaren, und ich zwang mich zum Stillsitzen, bis er zu Ende berichtet hatte.

»Was hast du gehört?« Meine Stimme klang steif und gefühllos, als spräche jemand anders, der versuchte so zu klingen wie ich.

»Grace«, flüsterte Hayden leise. Er schüttelte den Kopf – mehr für sich als meinetwegen – und legte die andere Hand auf mein Bein. Ich versuchte, nicht zusammenzuzucken, sondern wartete nur ab, war überrascht, dass mich diese atemlose Spannung nicht bereits erstickt hatte.

»Was hast du gehört, Hayden?«

»Ich ... ich hörte, wie sie erwähnten, dass sie die Medikamente zu Celt zurückbringen mussten, bevor es zu spät war ... und dass seine Krankheit schlimmer wurde.«

Mein Herz hätte beinahe meine Brust gesprengt. Das war es also – so hatte er es erfahren. Er hatte gehört, wie andere über meinen Vater gesprochen hatten und keinen Zweifel daran gelassen hatten, dass er lebensgefährlich erkrankt war. Doch das war es nicht, was mir das Blut in den Adern gefrieren ließ. Nein, meine Verzweiflung beruhte auf dem, was geschehen war, *nachdem* er die Personen belauscht hatte.

»Du hast sie getötet.«

Meine Stimme klang hohl und ausdruckslos. Ich konnte ihm einfach nicht mehr in die Augen sehen. Ich lehnte mich zurück, wollte unbedingt Abstand zwischen uns schaffen.

»Grace, bitte«, flehte Hayden. Er machte sich nicht mal die Mühe, es abzustreiten.

»O mein Gott«, stieß ich plötzlich erstickt hervor.

Plötzlich fühlten sich seine Hände auf meinen Beinen wie Eis an, und ungeschickt wand ich mich unter ihnen hervor, sodass ich auf dem Boden landete. Unsicher taumelte ich zurück, schuf Distanz zwischen uns. Vom Bett aus blickte Hayden mich niedergeschlagen und schuldbewusst an.

»Du ... Diese Leute aus Greystone ... sie wollten meinem Vater die Medizin verschaffen, die ihn hätte retten können, und du ... du hast sie getötet.«

Nur sehr verschwommen konnte ich Haydens erregtes Gesicht vor mir sehen. Ich schwankte, stolperte zur Seite, bis ich mich mühsam an dem Stuhl hinter seinem Schreibtisch festklammern konnte. Mit zitternden Fingern packte ich die Lehne so fest, dass meine Knöchel weiß hervortraten.

»Grace«, sagte Hayden und wollte vom Bett aufstehen.

»Nein!«, rief ich laut.

Zu laut. Ich hatte mich nicht mehr im Griff. Ich hielt eine Hand in die Höhe, um ihn daran zu hindern, mir näher zu kommen. Ich wollte ihm nicht nahe sein, sonst hätte ich keinen klaren Gedanken mehr fassen können. Er hielt inne, wirkte verletzt, aber in diesem Augenblick interessierte mich nur das überwältigende Gefühl, von ihm verraten worden zu sein.

»Barrow hatte also recht«, murmelte ich leise und legte die Hand auf die Stirn. Die Worte schmeckten wie Säure, aber sie trafen zu.

»Barrow?«, wiederholte Hayden verwirrt. Meine Augen huschten kurz zu ihm hinüber, doch dann drohte der Schmerz mich zu zerreißen. Ich keuchte schwer, musste den Blick abwenden. »Grace, ich habe keine Ahnung, was Barrow damit zu tun hat ... aber es tut mir so unendlich leid«, versicherte er mir von ganzem Herzen. Er sah aus, als wolle er die Hand nach mir ausstrecken, aber seine Berührung war im Moment wirklich das Letzte, was ich mir wünschte.

»Ich kann nicht glauben, dass er Recht hatte«, sagte ich Hayden ignorierend und mehr zu mir selbst.

»Wovon sprichst du überhaupt? Bitte sag es mir, Grace. Rede mit mir«, drängte er und machte einen Schritt auf mich zu. Ein wütender Blick in seine Richtung hinderte ihn allerdings am Weitergehen, und er hob die Hände, als wolle er sich ergeben.

»Er sagte, es sei deine Schuld gewesen, dass mein Vater starb ...«, begann ich. Die Worte rangen um Aufmerksamkeit, prallten aufeinander, machten jeglichen zusammenhängenden Gedanken beinahe unmöglich. »Du hast ... du hast ihn zwar nicht getötet, aber du hast sie daran gehindert, ihn zu retten ... und danach ist er so schnell gestorben ...«

»Du hast Recht«, sagte Hayden leise.

Zum ersten Mal heftete ich den Blick auf ihn, doch diesmal war *er* es, der *mir* nicht in die Augen sehen konnte.

»Nichts davon kann ich abstreiten«, sagte er mit ergebenem Achselzucken und blickte zu Boden. »Diese Männer versuchten, deinem Vater zu helfen, und ich habe dabei geholfen, sie zu töten.«

Dieser Gedanke ging mir jetzt wieder und wieder durch den Kopf, unaufhörlich. Ich konnte nicht daran denken, dass sie wahrscheinlich keine andere Wahl gehabt hatten. Ich konnte nicht daran denken, dass es vielleicht ohnehin keinen Unterschied gemacht hätte, wenn mein Vater die Medizin bekommen hätte. Ich konnte nicht daran denken, wie sehr dieses Bewusstsein Hayden wohl gequält haben mochte. Meine selbstsüchtige Natur brach sich Bahn in jenem einen abscheulichen Gedanken, der immer und immer wieder in meinem Kopf nachhallte: Hayden hatte indirekt zum Tod meines Vaters beigetragen.

»Es tut mir so leid, Grace, glaub mir das«, wiederholte Hayden.

Das verschwommene Chaos vor meinen Augen lichtete sich, und ich sah ihn in drei Meter Abstand vor mir stehen, wie erstarrt in einem inneren Kampf mit sich selbst. Ich schloss ganz fest die Augen. Meine Selbstbeherrschung geriet ins Wanken, und ein ersticktes Schluchzen entrang sich meiner Kehle.

Nun eilte er doch zu mir herüber. Ich spürte, wie seine starken Arme mich umfingen und er mich an seine Brust presste, aber die Umarmung blieb einseitig; er klammerte sich verzweifelt an mich, bemühte sich nach Kräften, mich zu trösten, während ich die Arme fest über der Brust verschränkt hielt, sodass ich nicht an ihm dahinschmelzen konnte, wie ich es normalerweise zu tun pflegte.

Mein einziger Quell unendlichen Trostes, mein Fels in der Brandung, meine unvorstellbare, allumfassende Liebe, war jetzt genau der Mensch, von dem ich mir keinen Zuspruch wünschte. Egal, wie sehr ich mich bemühte, ich brachte es nicht über mich, mich von ihm wieder aufrichten zu lassen. Ich blieb steif, ihm gegenüber gefühllos, zog mich in mich selbst zurück, weinte Tränen, die seine Umarmung nicht trocknen konnte, obwohl er mich gegen meinen Widerstand weiterhin festhielt. Es brach mir auf so vielerlei Weise das Herz, und ich befürchtete, dass seine Einzelteile zu sehr zu Schaden gekommen waren, um je wieder zusammengefügt werden zu können.

Wir standen eine gefühlte Ewigkeit so da – Hayden mich eng umschlungen haltend, ich mit den Armen wie eine Barrikade vor der Brust wild schluchzend. Aber er ließ mich nicht los, auch wenn ich die Umarmung nicht erwiderte. Er murmelte mir leise Worte ins Ohr, aber ich konnte sie nicht verstehen, da es in meinem Kopf unaufhörlich zu summen schien.

Barrow hatte zumindest teilweise Recht gehabt. Der Tod meines Vaters war indirekt tatsächlich auch Haydens Schuld gewesen, und das zerriss mir das Herz.

»Es tut mir so unendlich leid.«

Ich glaubte ihm, aber das hatte keine Bedeutung. Es tat ihm leid, ja, aber das änderte nichts am Verlauf der Ereignisse.

Ich spürte, wie meine Hände sich zu Fäusten ballten, und war selbst überrascht, als ich damit gegen seine Brust schlug. Doch er ließ immer noch nicht los, auch nicht, als meine Fäuste schwach erneut auf seine Brust trafen. Mit jeder Sekunde wurden meine Bewegungen energischer und aggressiver, und die dumpfen Schläge meiner Fäuste auf seiner harten Brust wurden immer lauter.

»Lass mich los«, würgte ich hervor, kämpfte gegen ihn an, wand mich in seinem Griff. Ich erinnerte mich sehr genau daran, wie er von dem bewussten Raubzug, über den wir soeben gesprochen hatten, zurückgekehrt war. Nur damals hatte ich mich von ihm auffangen lassen wollen, um nicht zusammenzubrechen, während ich mir jetzt verzweifelt wünschte, von ihm fortzukommen.

»Grace, nein«, sagte er sanft, aber entschieden.

Ich stieß ihm erneut gegen die Brust, hatte Mühe, weitere Tränen zurückzuhalten. Meine Kehle brannte vor Anstrengung, und ich schob ihn mit aller Macht von mir. Schließlich ließ er mich doch los und taumelte ein paar Schritte zurück. Ich keuchte schwer und starrte ihn an. Seine Miene spiegelte weder Wut noch Groll – nur Sorge, Trauer und Schuld standen ihm in das niedergeschlagene Gesicht geschrieben.

Ich sah ihn nur ausdruckslos an. Plötzlich fielen meine ganzen Gefühle krachend zu Boden, wo wahrscheinlich auch schon mein Herz lag. Eine seltsame Ruhe senkte sich über mich herab, während ich Haydens unglaublich besorgten Blick hielt. Und eine merkwürdige Leere erfüllte die klaffenden Löcher in meiner Brust, wo vorher mein Herz gesessen hatte.

»Es tut mir leid, Grace. Es tut mir so furchtbar leid«, sagte er leise. Seine Stimme war kaum hörbar, obwohl er keinen Meter von mir entfernt stand. Trotzdem verzog ich keine Miene.

»Ich weiß«, antwortete ich wahrheitsgemäß. Für den Bruchteil einer Sekunde zögerte Hayden, bevor er erneut etwas sagte.

»Ich wollte nicht, dass es dazu kommt«, fuhr er vorsichtig fort.

»Auch das weiß ich.«

Hayden holte tief Luft und machte einen vorsichtigen Schritt, als fürchte er, jegliche Bewegung könnte mich dermaßen in Angst und Schrecken versetzen, dass ich ans andere Ende des Zimmers flüchtete. Als ich mich jedoch nicht bewegte, machte er noch ein paar Schritte, bis er genau vor mir stand und mich wie immer überragte. Seine tiefgrünen

Augen fixierten die meinen. Er hielt meinem Blick stand, versuchte jedoch nicht, mich zu berühren.

»Ich wünschte, es wäre nicht wahr«, flüsterte er. »Aber es ist wahr.«

Ich gab keine Antwort, sondern blickte nur mit der gleichen merkwürdigen Ruhe wie zuvor zu ihm auf. Sein Blick war flehend, bat mich stumm um Vergebung, die ich ihm so gern gewährt hätte. Ich konnte sein Herz praktisch in seiner Brust pochen hören, spürte die Hitze, die sein Körper ausstrahlte. Ich sah, wie verzweifelt er sich danach sehnte, dass ich meinen Widerstand aufgab, aber ich brachte es einfach nicht über mich, egal, wie sehr ich selbst es mir wünschte.

»Ich liebe dich so sehr, Grace«, murmelte er. Kurz flackerte ein Gefühl in mir auf, doch dann senkte sich die Kälte wieder herab und erstickte es.

»Ich weiß, dass es dir leidtut, und ich weiß, dass du es nicht tun wolltest.« Ich hielt inne und schloss noch ein paar Sekunden lang die Augen. Dann öffnete ich sie wieder und sah ihn an. Er stand womöglich noch näher als eben. »Und du weißt, dass ich dich liebe, aber ...«

Haydens Miene, die einen Augenblick lang voller leiser Hoffnung gewesen war, wurde wieder düster, als er das verhängnisvolle Wort hörte: aber.

Ich wich einen Schritt zurück, und er atmete so scharf aus, dass seine Brust förmlich einfiel.

»Aber ich kann dir das nicht verzeihen«, sagte ich aufrichtig und schüttelte langsam den Kopf. »Ich kann nicht vergessen, dass du womöglich den Tod meines Vaters beschleunigt hast.«

»Grace ...«

Ein weiterer Schritt nach hinten schuf noch mehr Abstand zwischen uns. Der Schmerz, der mich kurzzeitig verlassen hatte, kehrte nun mit voller Wucht zurück. Mein Herz krampfte sich zusammen, als ich seine erschütterte Miene sah.

Meine Stimme war schwach und bebte, als ich wieder etwas sagte, seine unausgesprochene Bitte um Vergebung beantwortete.

»Nein, Hayden. Ich kann nicht.«

KAPITEL 16
GRÜBELN

Hayden

Nein, Hayden, ich kann nicht.
Ich kann nicht.
Ich kann nicht.
Nein, Hayden ...
Ich kann nicht.

Graces Worte hallten in meinem Kopf wider, während ich wie angewurzelt stehenblieb. Minuten oder Stunden waren vergangen, seit sie fort war, aber ich hatte keinerlei Zeitgefühl mehr. Das Bild, wie sie sich von mir abwandte, erschüttert und mit herzzerreißend ungläubiger Miene, hatte sich in mein Hirn eingebrannt. Das Echo ihrer Worte war unterlegt von dem Geräusch ihrer Schritte, die sie forttrugen, das Quietschen des Türrahmens und dem leisen Schließen der Tür, das ihren endgültigen Weggang besiegelte.

Wie oft würde ich noch zusehen müssen, wie sie mich verließ? Wie viele Erlebnisse wie dieses konnte ich noch verkraften, bis sie für immer für mich verloren war? Wir hatten uns schon früher einmal gestritten, einander gegrollt, aber derlei Auseinandersetzungen waren immer kurz und vorübergehend gewesen. Nachdem ich sie nach Hause geschickt hatte und sie zurückgekommen war, hatte unsere Beziehung die schlimmste Prüfung überstanden. Aber das hier fühlte sich anders an.

Das hier hatte ich nicht zu ihrem Besten getan, und ich konnte es auch nicht so leicht wieder in Ordnung bringen. Die Unsicherheit lag mir wie ein Stein im Magen, und jeder Atemzug ging mit einer Welle schmerzhafter Angst einher. Ich konnte nicht klar denken, spürte nur schreckliche Schuld und Beklommenheit; sie hatte Recht – ich konnte es nicht leugnen –, und ich konnte ihr keinen Vorwurf daraus machen, gegangen zu sein. Ich hatte den Tod ihres Vaters beschleunigt, und ich wusste, dass sie mir das, wenn überhaupt, dann nur unter großen Schwierigkeiten vergeben konnte. Es war meine Schuld, wie sie eben in deprimiertem Ton gesagt hatte, und das konnte ich nicht abstreiten.

Nein, Hayden, ich kann nicht.

Ich presste ganz fest die Lider zu, fuhr mir mit der Hand übers Gesicht und atmete tief aus. Mein Instinkt beschwor mich, ihr hinterherzulaufen, sie zu beruhigen, ihr alles zu erklären, aber ich wusste, dass es keinen Zweck hatte. Sie wollte mich nicht sehen, daran hatten ihre letzten Worte und ihre niedergeschlagene Körperhaltung keinen Zweifel gelassen. Wie konnte ich sie wieder aufbauen, wenn ich derjenige war, der sie zerstört hatte?

Das Schlimmste war, dass ich wirklich keine Ahnung hatte, wie es jetzt weitergehen sollte. War sie jetzt da draußen und dachte darüber nach, wie sehr sie mich hasste? Oder brauchte sie nur Freiraum für eine Nacht? Eine Woche? Einen Monat? Mir drehte sich der Magen um, und plötzlich hatte ich das

Gefühl, mich übergeben zu müssen, als mir ein weiterer Gedanke kam.

Was, wenn sie für immer mit mir fertig ist?

Ich konnte diesen Gedanken nicht zulassen, sonst wäre ich vollends zusammengebrochen. Sicherlich würde sie nach einer gewissen Zeit einsehen, dass ich keine Wahl gehabt hatte.

Ich hatte nichts tun können. Wir waren gleichzeitig auf Mitglieder Greystones und auf Brutes getroffen, sodass es schon schwer genug war, zu durchschauen, was überhaupt vor sich ging, geschweige denn, die möglichen Auswirkungen auszuloten. Erst nachdem alles vorüber war, wurde mir klar, was ich getan hatte und was es bedeutete, aber ich brachte es nicht über mich, Grace mit dieser schwachen Erklärung zu konfrontieren. Egal, was ich sagte, es änderte nichts, dass ich – zumindest teilweise – verantwortlich für den Tod ihres Vaters war, und dafür hasste ich mich.

Ich konnte also nur abwarten und inständig hoffen, dass sie nach einer gewissen Zeit allein eine neue Sichtweise auf die Dinge entwickeln würde. Ich würde warten, bis sie bereit dazu war, denn ich respektierte und liebte sie zu sehr, um sie unter Druck zu setzen, damit sie zurückkehrte, bevor sie bereit dazu war.

Das hieß: falls sie jemals bereit dazu war.

Einer Sache war ich mir jedoch sicher: Ich liebte sie – mit jeder Zelle meines Körpers, mit jedem Atemzug meiner Lungen, mit jedem Schlag meines Herzens. Alles, was ich tat oder dachte, drehte sich um die Frage, wie ich für ihre Sicherheit, ihr Glück und ihr Überleben sorgen konnte. Ich wollte nur ihr gehören und ihr die vollkommene Macht über mein Herz überlassen, aber wie es schien, unternahm das Schicksal jegliche Anstrengung, um mich daran zu hindern. Mein Leben war noch nie so kompliziert und stressig gewesen wie seit dem Tag, da Grace hineingetreten war. Dennoch zweifelte ich keine Sekunde lang daran, dass sie genau das war, was ich brauchte. Wenn ich mit ihr zusammen sein konnte, so war das jede einzelne Mühsal wert, und ich betete darum, dass dies nur wieder eine Bodenwelle auf unserem Weg zum Glück war.

Ich versuchte, das dunkle, hässliche Gewicht zu ignorieren, das sich auf meine Schultern gelegt hatte. Im Hinterkopf nagte eine Stimme an mir, die ich jedoch nicht so einfach missachten konnte; sie war beharrlich, flüsterte mir düstere Gedanken ein, die ich nicht hören wollte und die mir zusetzten, Wort für Wort.

Du hast sie nicht verdient.

Du hast es für immer vermasselt.

Sie wird dich verlassen.

Du wirst wieder allein sein.

Wenn du sie verlierst, verlierst du alles.

Ich schüttelte mich in dem verzweifelten Versuch, diese Gedanken zum Schweigen zu bringen. Mit zitternden Händen fuhr ich mir durchs Haar, beugte mich vor, stützte die Ellbogen auf die Knie und kniff die Augen wieder ganz fest zu. Der letzte Gedanke klang allzu vertraut, und die Erinnerung an den Tag, als Grace und ich nach unserem Ausflug zum Zeughaus auf den Klippen saßen, blitzte auf.

Er klang vertraut, weil ich es damals zu ihr gesagt hatte,

und schien sich nun in grausamer Ironie zu bewahrheiten. Ich sah ihr Gesicht im sanften Mondschein förmlich vor mir, fühlte die leichte Brise auf unserer Haut, hörte das leise Surren, das uns umfangen hatte, bevor ich diese Worte aussprach, an deren Wahrheit kein Zweifel bestand. Als ich sie sagte, hätte ich nie erwartet, dass sie mich irgendwann so wie jetzt heimsuchen würden.

»*Wenn ich dich verliere, verliere ich alles.*«

Diese Worte waren schon beim ersten Mal absolut wahr gewesen und blieben es bis heute. Ihre Abwesenheit ließ die Worte in meinem Schädel widerhallen, und mir wurde kalt bis auf die Knochen, als habe jemand sämtliche Wärme aus meinem Körper gestohlen, als sie die Hütte verließ. Ich konnte keinen klaren Gedanken fassen, aber eines wusste ich mit absoluter Sicherheit: wenn ich Grace wirklich verloren hatte, hatte ich alles verloren.

Grace

Die Welt schwankte vor meinen Augen, als ich aus der Hütte taumelte. Meine Schritte waren mit jeder Sekunde unsicherer und ruckartiger. Jeder Zentimeter, den ich zwischen Hayden und mich legte, kühlte meinen Körper weiter herunter, bis mir kalt bis auf die Knochen war. Ich konnte kaum fassen, was gerade geschehen war; ich wusste nur eins: Ich brauchte einen Platz, um mich hinzusetzen und über all das nachzudenken, was meine Welt so absolut auf den Kopf gestellt hatte.

Ich kam nicht allzu weit. Dann ließ ich mich auf einem kleinen Grasflecken am Rande der Hütten nieder. Von meinem Sitzplatz aus konnte ich auch unsere Hütte sehen, aber zumindest war sie weit genug entfernt, dass ich Haydens Präsenz nicht mehr spürte. Ich zog mich in mich selbst zurück, konzentrierte mich darauf, tief zu atmen, war entschlossen, meinen Gleichmut zurückzuerlangen, nachdem ich ihn auf so spektakuläre Weise verloren hatte.

Es kostete mich viel Mühe, aber schließlich gelang es mir, zumindest wieder einigermaßen normal zu atmen. Doch bei meinem Herzen schien die Botschaft noch nicht angekommen zu sein, denn es pochte weiterhin wie wild. Jeder Muskel in meinem Körper war schmerzhaft angespannt. Ich hatte mich zusammengekauert, sodass zumindest das Zittern aufgehört hatte. Doch trotz der Verbesserung meines körperlichen Zustandes wütete das Chaos nach wie vor ungebremst in meinem Kopf.

Am liebsten wäre ich an jenen Punkt zurückgekehrt, an dem ich noch nichts von alldem wusste. Als ich Hayden noch ansehen konnte, ohne den Stich des Verrats und des Schmerzes zu spüren. Ich wollte mich von ihm im Arm halten lassen, damit er den Schmerz vertrieb, den er verursacht hatte. Und ich wollte verstehen, was er wahrscheinlich jetzt empfand. Ich wollte für ihn da sein, wollte ruhiger werden, klarer denken und mich nicht länger irrational verhalten. Aber meine Gefühle trübten noch immer meine Urteilskraft.

Mittlerweile war es komplett dunkel, und eine sanfte Brise strich mir übers Gesicht, als ich den Kopf schließlich von den Armen hob. Ich hatte sie um die Knie geschlungen und löste sie nun, um aufstehen zu können. Da entdeckte ich eine Bewegung. Ich erstarrte und griff automatisch nach einer Waffe, hatte aber keine. Doch dann sah ich etwas näher hin. Zwei kleine Gestalten bewegten sich den Pfad entlang, dicht nebeneinander. Eine von ihnen zappelte nervös vor sich hin. Ich hoffte, dass sie mich auf dem kleinen graswachsenen Abhang nicht bemerken würden. Als ich sie erkannte, war ich mit einem Mal besorgt – so spät abends sollten sie nun wirklich nicht mehr unterwegs sein.

Es waren Jett und Rainey, das Mädchen in seinem Alter, das ich bei Kriegsbeginn seiner Obhut überlassen hatte. Mein stummes Gebet, unbemerkt zu bleiben, verhallte jedoch ungehört, denn nun sah Jett gleich zweimal in meine Richtung. Er warf Rainey einen schnellen Blick zu, als habe man ihn bei etwas erwischt, das er nicht durfte, dann kamen die beiden auf mich zu.

»Grace, was machst du denn hier?«, fragte er. Er zog ein gleichermaßen verwirrtes wie besorgtes Gesicht. Rainey blieb neben ihm stehen und lächelte verhalten und etwas ängstlich.

Ich seufzte tief und hoffte, dass er nicht merkte, wie verweint ich war. »Das Gleiche sollte ich dich fragen.«

Seine braunen Augen weiteten sich, und er warf Rainey einen schuldbewussten Blick zu. Wahrscheinlich waren sie nur zusammen spazieren gegangen, aber Jetts Auffassung nach war das vergleichbar mit etwas viel, viel Schlimmerem. Er war zu jung, zu unschuldig, zu naiv, um jemals etwas Weitergehendes zu wagen, und fand die Situation offensichtlich unglaublich peinlich.

Tatsächlich färbten seine Wangen sich tiefrot, und er trat bewusst einen Schritt von Rainey fort, die von dieser subtilen Zurückweisung etwas getroffen zu sein schien.

»Ich habe sie nur ... ähm ... nach Hause begleitet, weil ... es nicht sicher ist?« Am Ende hob er die Stimme, als hinterfrage er seine eigenen Überlegungen. »Wegen dem Krieg und so weiter ...«

»Wenn du meinst«, sagte ich achselzuckend. Normalerweise hätte eine solche Situation mich sehr amüsiert, aber heute ließ es mich kalt. Ich brachte auch nicht die Kraft auf, ihm Vorhaltungen zu machen. Ich wollte einfach nur in Ruhe weiter nachdenken.

»Wo ist Hayden?« Jett sah sich um, als erwarte er, Hayden irgendwo im Dunkeln lauern zu sehen.

»Drinnen«, antwortete ich vage. Unwillkürlich zog sich mein Magen bei der Erwähnung seines Namens zusammen.

»Aber ...«

»Lass uns gehen, Jett«, unterbrach ihn Rainey. Ich warf ihr einen kurzen Blick zu und stellte fest, dass sie mich eindringlich musterte. Sie schien trotz meiner Versuche, es vor den Kindern zu verbergen, mitbekommen zu haben, wie es mir ging, im Gegensatz zu Jett, der anscheinend immer noch keine Ahnung hatte. Ich nickte kurz und anerkennend. Sie war zwar nicht die Mutigste, schien aber recht intelligent zu sein und für ein Mädchen von etwa elf oder zwölf Jahren eine gute Beobachtungsgabe zu besitzen.

Jett nickte ebenfalls und warf Rainey einen weiteren beschämten Blick zu. Dann wandten sie sich zum Gehen. Doch Jett blieb noch einmal stehen und sah sich nach mir um.

»Geht es dir gut, Grace?«, fragte er leise. Seine braunen Augen waren besorgt.

»Ja, Jett, mir geht es gut«, log ich und warf ihm ein schwaches, beruhigendes Lächeln zu. Er sah aus, als glaube er mir nicht so ganz, ließ sich aber von Rainey ablenken, die am Ärmel seines zu großen Shirts zupfte. Das machte ihn offenbar verlegen, und so stolperte er davon und errötete schlimmer denn je.

»Tschüs, Grace«, rief er leise.

»Tschüs, Jett.«

Traurig sah ich ihnen hinterher, wie sie den Pfad hinabschlenderten, der zu Maisies Hütte führte, wo Jett wohnte. Sie waren etwa zehn Meter entfernt, als eine zweite Stimme zu hören war, bei deren Klang beide Kinder zusammenfuhren.

»Jett, du altes Schlitzohr!«

Ich sah Dax aus seiner Hütte kommen, auf dem Gesicht ein breites Grinsen. Jetts Gesicht konnte ich zwar nicht sehen, aber das brauchte ich auch gar nicht. Wahrscheinlich war er jetzt puterrot.

»Halt den Mund, Dax!«, rief er und erhöhte sein Tempo, floh förmlich in die Dunkelheit, um Dax' Neckereien zu entgehen. Rainey folgte ihm, aber offenbar hatte Dax' Bemerkung sie nicht ganz so getroffen.

Dax gluckste leise und trat vor die Tür. Wieder hoffte ich, nicht bemerkt zu werden, und wieder wurde ich enttäuscht. Dax war bestens ausgebildet und ein guter Beobachter, sodass ich eigentlich sofort seine Aufmerksamkeit erregte. Als er näher kam, verblasste sein amüsiertes Grinsen, und er musterte mich verwirrt.

»Was ist los?«, fragte er ruhig und sah auf mich herab. Ich seufzte tief und fuhr mir mit der Hand übers Gesicht.

»Nichts.«

»Okay, na ja, das ist offensichtlich gelogen. Versuchen wir's also nochmal«, murmelte Dax. Ich vergrub das Gesicht in den Händen, aber ich hörte, wie er sich neben mich setzte, und spürte seinen Blick auf mir.

»Was ist los?«

Ich wandte den Kopf und spähte zu Dax hinüber, ließ die Stirn aber weiter auf meinen Unterarmen ruhen, die auf meinen Knien lagen. Er presste die Lippen aufeinander und wölbte die Augenbrauen, wartete gespannt.

»Du musst nicht hier sein, weißt du«, sagte ich zu ihm.

»Ich weiß«, antwortete er achselzuckend. »Aber offensichtlich ist zwischen Hayden und dir irgendetwas vorgefallen, sonst würdest du nicht hier draußen herumsitzen, also ... spuck's aus.«

Ich drehte den Kopf wieder nach innen, um ihn und die Welt erneut auszuschließen, aber meine Gedanken konnte ich trotzdem immer noch nicht ordnen. Vielleicht würde es ja helfen, mich Dax anzuvertrauen. Vielleicht konnte er mir etwas sagen, das den Stachel des Verrats und des Schmerzes, der mich so quälte, etwas linderte. Also hob ich den Kopf von den Armen, und er lehnte sich zur Seite und stieß sanft meine Schulter an.

»Komm schon, raus damit.«

Ich holte tief Luft, um ihm alles zu erzählen. Es war seltsam, jemand anderem als Hayden persönliche Dinge zu offenbaren, aber Dax zufolge waren wir Freunde.

»Erinnerst du dich an diesen Raubzug, den ihr Jungs unternommen habt und bei dem ich euch nicht begleiten konnte? Nach dem du mir bei deiner Rückkehr weisgemacht hast, dass Hayden es nicht geschafft hat?«

»Natürlich. Immerhin hast du mir deshalb ins Gesicht geschlagen«, antwortete er mit leisem Glucksen. Ich zog warnend die Augenbraue hoch, und sein Lächeln erstarb. Er räusperte sich und fuhr fort. »Sorry, nicht witzig. Sprich weiter.«

»Erinnerst du dich daran, dass ihr auf Leute aus Greystone gestoßen seid?«

»Ja«, nickte er. »Es waren ziemlich viele. Und dann tauchten auch noch jede Menge Brutes auf. Es war echt der Wahnsinn.«

»Hast du gehört, was sie sagten, bevor ... ihr sie angegriffen habt?«, fragte ich leise. Eigentlich wollte ich es gar nicht wissen, andererseits aber auch so viele Einzelheiten wie möglich in Erfahrung bringen.

»Ja, etwas darüber, dass ihr Anführer krank war, und ...« Er hielt inne, blinzelte und sah mich dann eindringlich an. »Heiliger Strohsack, das wird mir jetzt erst klar ... das war dann wohl dein Vater.«

Ich konnte ihm nicht in die Augen sehen, sondern starrte nur vor mich hin und biss die Zähne zusammen, um mir nichts anmerken zu lassen. »Ja, das war dann wohl er.«

»Wow, diese Verbindung habe ich bisher nie gezogen ...« Er verstummte. Ich erinnerte mich, dass Hayden damals der Einzige gewesen war, der gewusst hatte, dass Celt mein Vater war. Für Dax und Kit war er seinerzeit nichts weiter gewesen als der Anführer des feindlichen Camps.

»Ja«, antwortete ich ausdruckslos, denn etwas anderes fiel mir partout nicht ein.

»Und was hat das mit den Ereignissen von heute zu tun?«, fragte Dax weiter.

»Sie wollten Medikamente für meinen Dad beschaffen, und ihr habt sie getötet. Er hätte länger leben können, wenn er die Medikamente bekommen hätte.« Ich hätte einen anklagenden Ton anschlagen können, aber meine Stimme klang eher gleichgültig und monoton.

»Und deshalb bist du jetzt sauer auf Hayden?« Ich konnte förmlich hören, wie er die Stirn runzelte, obwohl ich ihn nicht ansah.

»Sauer ...« Ich schmeckte dem Wort hinterher. Sauer traf es nicht. Verletzt, verraten, schockiert, ja. Aber sauer? Nein. »Nein, ich bin nicht sauer. Aber ich werde den Gedanken nicht los, dass sein Tod zum Teil auch Haydens Schuld ist ...«

»Na ja, dann ist es auch meine und Kits«, meinte Dax. Jetzt sah ich ihm zum ersten Mal in die Augen. Er musterte mich intensiv, wartete auf meine Reaktion. Unrecht hatte er nicht, aber es fühlte sich nicht so an.

»Für mich ist das etwas anderes«, antwortete ich. Ich mochte Kit und Dax, und ich vertraute ihnen, aber ich liebte sie nicht. Ihre Handlungsweise löste in mir nicht jenen ungeheuerlichen Schmerz und dieses brennende Gefühl des Vertrauensbruchs aus. Bei ihnen fühlte ich nichts.

»Grace, ich will dir jetzt mal was sagen, aber du darfst nicht wieder wütend werden und mich schlagen, okay?«, meinte Dax langsam, wobei er auf einen ruhigen, gleichmäßigen Ton achtete.

»Kann ich nicht versprechen«, antwortete ich, und unwillkürlich verzogen sich meine Mundwinkel zu einem leichten Lächeln. Er zuckte mit den Schultern und grinste.

»Na gut. Sieh mal, ich weiß, dass dich das alles wahrscheinlich total entsetzt. Selbst ich finde es schockierend, aber Hayden liebt dich, und er würde dir nie absichtlich schaden. Während dieses Raubzuges war er die ganze Zeit über völlig durch den Wind, weil es ihn offensichtlich belastet hat, dich hier zurückzulassen. Er hat es nie ausgesprochen, aber es war allzu deutlich.«

Mir schnürte sich die Kehle zu. Ich pflückte an den Grashalmen neben mir herum und wartete darauf, dass er weitersprach.

»Was an diesem Tag geschehen ist ... es ging alles so schnell und war so ein Chaos, dass es auch keine Rolle gespielt hätte, wenn er darüber nachgedacht hätte, was passieren könnte, nachdem er diese Männer getötet hatte. Wir hatten überhaupt keine Zeit für irgendwelche Überlegungen, wir mussten einfach handeln. Man kann unmöglich sagen, ob Hayden überhaupt jemanden aus Greystone getötet hat oder ob es nicht die Brutes oder wir waren. Aber wenn er es tat, dann, um zu *dir* zurückzukommen. Alles, was er tut, tut er nur für dich.«

Ich schniefte, und eine einzelne heiße Träne rann mir die Wange hinab. Ich machte mir gar nicht die Mühe, sie abzuwischen, sondern saß nur regungslos da und hörte zu. Dax hatte mir die Einzelheiten geschildert, die ich so unbedingt hatte hören wollen. Und jetzt fühlte ich mich zwar besser, kam mir aber gleichzeitig ziemlich beschissen vor. Dax zufolge hatte Hayden die Wahl gehabt, entweder zu kämpfen und zu töten oder selbst getötet zu werden. So gesehen konnte ich ihm dafür keinen Vorwurf machen.

»Davon hat er mir nichts gesagt ...«, sagte ich schwach und verstummte. Zu meinem Erstaunen hörte ich Dax neben mir leise glucksen.

»Das wundert mich nicht«, murmelte Dax leichthin. »Er neigt nicht dazu, sich herauszureden. Ich hab's dir doch gesagt: Er ist besser als wir alle.«

Ein merkwürdiges Gefühl der Erleichterung durchflutete mich. »Das ist er in der Tat.«

Wir schwiegen erneut ein paar Sekunden lang, dann ergriff Dax erneut das Wort.

»Das mit deinem Dad tut mir wirklich leid, und es ist wirklich ätzend, wie sich alles entwickelt hat, aber ... hätte es überhaupt eine Rolle gespielt? Wenn er die Medikamente bekommen hätte?«

»Ja«, antwortete ich überzeugt. Je früher man medikamentös behandelt wurde, umso größer waren die Überlebenschancen. Oft machten Tage einen Riesenunterschied, ganz zu schweigen von einer ganzen Woche. »Wahrscheinlich hätte es ihn nicht gerettet, aber es hätte ihm noch mehr Zeit verschafft.«

»Verdammt«, murmelte Dax mit leichtem Kopfschütteln. »Das Leben ist so grausam.«

Ich nickte schwach. Ich spürte, wie meine ungestümen Empfindungen nachließen, war aber immer noch nicht bereit, Hayden gegenüberzutreten. Dax' Worte hatten sehr geholfen, aber noch immer war mein Hirn in dunkle Wolken gehüllt. Nur eine Nacht lang Abstand, mehr brauchte ich nicht.

»Wäre es seltsam, wenn ich dich fragen würde, ob ich heute Nacht auf deiner Couch schlafen darf?« Ich warf ihm einen Seitenblick zu.

»Hayden würde mich umbringen«, antwortete er unbekümmert, aber nur halb im Scherz.

»Hayden hat nicht über mich zu bestimmen«, erinnerte ich ihn.

Er zuckte wieder mit den Schultern und nickte.

»Wenn hier jemand einen anderen kontrolliert, dann du ihn. Ich wünschte, ich könnte dir erklären, wie sehr er sich verändert hat, seit er dich kennt«, bemerkte Dax überraschend.

Ich zog ein skeptisches Gesicht.

»Inwiefern?«

»Oh, absolut nicht zum Schlechten. Er ist einfach nur ... anders«, erklärte Dax. Ich bemerkte, wie sein Blick zu Haydens Hütte hinüberwanderte. »Er ist glücklich. Als ob er das Leben tatsächlich genießt, statt es nur zu nutzen, um andere Menschen zu retten.«

»Und das soll meinetwegen so sein?«, fragte ich staunend. Wieder rumorten Schuldgefühle in mir.

»Absolut. Wie ich schon sagte: Er liebt dich. Was ehrlich gesagt ein echt erstaunlicher Anblick ist.«

»Ich liebe ihn auch«, bekannte ich leise.

»Ich weiß«, erwiderte Dax lässig. »Ihr beiden Softies sagt es ja oft genug.«

Er gluckste und versetzte mir noch einen Stoß, was ihm ein breiteres Lächeln meinerseits eintrug.

»Aber selbst ohne eure dauernden Liebesschwüre ist es

total offensichtlich«, sagte er plötzlich ernst. »Wahrscheinlich brauchst du schon ein bisschen Zeit, um über diese Geschichte hinwegzukommen, aber du wirst es schaffen. Das mit euch beiden wird schon wieder.«

Ich seufzte und lehnte mich zur Seite, ließ den Kopf einen Augenblick lang auf seiner Schulter ruhen. Seine Anwesenheit war tröstlich. Er war schon bald so was wie der Bruder geworden, den ich in Jonah nie gehabt hatte.

»Danke, Dax.«

»Gern geschehen. Nur brich meinem Kumpel nicht das Herz, sonst bekommst du es mit mir zu tun«, neckte er mich.

Ich lachte. »Niemals.«

»Gut. Willst du heute immer noch bei mir übernachten? Einen klaren Kopf bekommen?«

»Ja, bitte«, antwortete ich, erleichtert, dass er es von selbst angeboten hatte.

»Na gut«, sagte er und nickte. Er stieß sich vom Boden ab, stand auf und streckte mir die Hand entgegen, um mir aufzuhelfen. »Geht es dir besser?«

Ich nickte. Dax lächelte breit und ging dann zu seiner Hütte voran, wo ich mein Gemüt ein für alle Mal beruhigen wollte. Selbst nach all diesen Ereignissen war ich immer noch absolut sicher, wie sehr ich Hayden liebte; diese Liebe war unverwüstlich, und egal, wie viel Gegenwind wir bekamen, nichts und niemand würde das zerstören können.

KAPITEL 17
BEGLEITUMSTÄNDE

Grace

Ich war noch nie in Dax' Hütte gewesen, und obwohl ich ihm mittlerweile vollkommen vertraute, war ich seltsam unsicher, als ich die Tür aufstieß. Drinnen war es dunkel, und er zündete eine Laterne an, die ihren sanften Schein im Zimmer verbreitete. Ich entdeckte ein Bett, eine sehr kleine Couch und eine Kommode. Überrascht stellte ich fest, dass die Hütte nicht viel kleiner als Haydens war. Als Anführer des Camps lebte er offenbar nicht viel besser als alle anderen.

Dax räusperte sich und warf mir ein verlegenes Lächeln zu, als er merkte, wie ich mich in seinem Heim umsah. »Ist nicht viel, aber reicht, oder?«

»Ja, danke nochmal!«, antwortete ich leise.

»Ich kann auch auf der Couch schlafen, wenn du willst«, bot er freundlich an, während er eine Decke vom Fußende seines Bettes herunternahm.

»Nein, nein, dort schlafe ich. Keine Sorge«, widersprach ich kopfschüttelnd.

Ich fühlte mich an meine erste Zeit in Blackwing erinnert, während der ich auf Haydens Couch geschlafen hatte. Sogar nach einigen intimen Augenblicken hatte es einige Zeit gedauert, bis Hayden mich aufgefordert hatte, das Bett mit ihm zu teilen.

Dax reichte mir die Decke, und ich ging zum Sofa hinüber, um es mir darauf bequem zu machen. »Merkwürdig, oder?«, fragte er und setzte sich auf seine Bettkante.

»Ja«, bekannte ich mit einer Grimasse.

Dax war wie ein Bruder für mich, und doch hatte ich das Gefühl, Hayden zu verraten. Sicher würde ihm die Vorstellung nicht gefallen, dass ich in der Hütte eines anderen Mannes übernachtete, auch nicht, wenn es sich um Dax handelte. Als ich mich auf die Couch setzte, kam mir noch ein Gedanke. »Hey, Dax?«

»Ja?«

»Darf ich dich um einen Gefallen bitten?«

»Was, hier zu übernachten, ist noch nicht genug?«, scherzte er unbekümmert. Ich wusste, er wollte mich aufheitern, trotzdem hatte ich ein schlechtes Gewissen, weil ich so viel von ihm verlangte. »War ein Scherz. Ist was?«

»Meinst du, äh, meinst du, du könntest Hayden Bescheid sagen, dass ich hier übernachte? Ich will nicht, dass er sich Sorgen macht oder …« Ich verstummte, wusste nicht so genau, wie ich weitersprechen sollte.

»Oder denkt, dass wir es miteinander treiben?«, beendete er den Satz für mich. Ein breites, freches Grinsen umspielte seine Lippen. Offenbar fand er die Vorstellung belustigend. Auch wenn es total abwegig war, würde Hayden durchaus daran denken. Seine Eifersucht hatte seine Urteilsfähigkeit schon häufiger beeinträchtigt, und jetzt war wohl kaum ein geeigneter Zeitpunkt, dass sie wieder aufflammte.

»Im Grunde ja«, antwortete ich also und spielte an der Decke herum.

»Das hättest du wohl gerne«, lachte er, ließ den Gedanken jedoch genauso schnell wieder fallen wie ich selbst.

»Haha«, erwiderte ich trocken.

»Ja, ich sag's ihm. Aber wenn ich in einer halben Stunde noch nicht zurück bin, musst du kommen und nachsehen, ob er mich nicht umgebracht hat.«

»Er wird dich nicht umbringen«, antwortete ich kopfschüttelnd. Trotz seiner Versuche, mich zum Lachen zu bringen, war mein Lächeln nur oberflächlich und vermochte die Kälte nicht zu vertreiben, die sich in jeder Zelle meines Körpers festgesetzt hatte.

Dax schnaubte ungläubig und warf mir einen skeptischen Blick zu. Aber er stand vom Bett wieder auf und ging zur Tür.

»Bin gleich wieder da.«

»Danke, Dax«, wiederholte ich leise. Er nickte und schlüpfte hinaus, ließ mich wieder einmal allein.

Ich seufzte und ließ mich auf der Couch zurücksinken, die tatsächlich sogar noch ungemütlicher war als Haydens. Eine Sprungfeder hatte den Stoff durchstoßen und stach mir ins Schulterblatt, aber es störte mich nicht genug, um mich zu bewegen. In der Stille versuchte ich vergeblich, an etwas anderes als an Hayden zu denken. Schon bald beherrschte er meine Gedanken wieder ganz und gar.

Geistesabwesend fuhr ich mit der Hand über meine Brust, spürte den zerklüfteten, erhabenen Wulst auf meiner Haut direkt über meinem Herzen. Die Wunde war vernarbt, genau wie Hayden es vorausgesagt hatte und genau wie ich es gewollt hatte. Sie war der Beweis dafür, was mein eigener Bruder mir hatte antun wollen, und die Erinnerung daran, dass Menschen sich verändern konnten. Die nagende Stimme in meinem Kopf wurde mit einem Mal von einer anderen Stimme verdrängt – einer tiefen, beruhigenden, die jenem Mann gehörte, der die Gewalt über mein Herz hatte.

Diese Sache zwischen uns, was ich für dich empfinde ... das wird sich niemals verändern.

Ich hörte seine Worte ganz deutlich, während mein Finger die Narbe ertastete und ich so tat, als sei es Haydens Berührung und nicht meine eigene. Das Echo seiner Stimme beruhigte und tröstete mich so weit, dass ich jetzt eine Entscheidung treffen konnte: Ich würde mir diese eine Nacht gönnen, um die Sache mit mir abzumachen. Eine Nacht, um den Schmerz zu spüren und alles zu verstehen, was geschehen war. Dann würde ich diese Geschichte hinter mir lassen. Ich würde alles »wenn« und »vielleicht« vergessen und einfach mit meinem Leben weitermachen.

Eine Nacht, dann konnte ich zu ihm zurückkehren. Eine Nacht, und ich würde wieder dort sein, wo ich hingehörte.

Hayden

Die Wände meiner Hütte schienen mich zu erdrücken, mich einzuschließen und mich zu ersticken. Ich war fest entschlossen, drinnen zu bleiben, denn ich wusste, sobald ich zur Tür hinaus war, würde ich mich nicht mehr zurückhalten können und nach ihr suchen.

Blicklos starrte ich an die Decke, während meine Finger einen unregelmäßigen Rhythmus auf die Matratze neben mir trommelten. Ich hatte keine Ahnung, wie viel Uhr es war, aber es war mir auch gleichgültig. Ich wollte nur eins: diese Nacht hinter mich bringen und morgen Grace wieder für mich gewinnen. Es machte mich wahnsinnig, nicht zu wissen, wo sie war, und mein Instinkt gebot mir eindringlich, loszuziehen und nach ihr zu suchen. Aber dann rief ich mir ins Gedächtnis, dass sie stark genug war, um für sich selbst zu sorgen. Mein Herz und mein Verstand lagen im Widerstreit miteinander, und keiner von beiden gewann.

Vor Schreck fuhr ich fast aus der Haut, als es an meine Tür klopfte. Ruckartig setzte ich mich auf, sodass mir leicht schwindelig wurde. Trotzdem wartete ich nicht ab, bis die Benommenheit vorüber war, sondern hastete zur Tür.

»Jetzt schau doch nicht so enttäuscht«, sagte Dax gut gelaunt, als ich ein langes Gesicht zog.

»Ist kein guter Zeitpunkt, Dax«, murmelte ich tonlos, wandte mich um und kehrte in meine Hütte zurück. Er trat ein und schloss die Tür hinter sich.

»Ich weiß«, sagte er überraschend.

Ich schnaubte laut und setzte mich auf die Bettkante. Wieder nahmen meine Finger ihren Trommelrhythmus auf der Decke auf. Als ich nichts sagte, fuhr er fort.

»Ich, äh, ich weiß, dass du und Grace gerade eine ... schwere Phase durchmacht«, meinte Dax. Ich sah ihn mit gerunzelten Augenbrauen an. Er zupfte nervös am Saum seines Shirts herum.

»Könnte man so sagen.«

Meine Stimme klang leise und belegt. Dax trat einen vorsichtigen Schritt von der Tür auf mich zu.

»Hör zu, geh mir nicht gleich an die Gurgel, aber ...«

»Das ist nicht gerade ein vielversprechender Start«, sagte ich und zog eine Augenbraue hoch.

»Ich weiß, okay, aber er ist nötig«, fuhr Dax fort. Er schauderte. Aber dann nickte er, als sei er überzeugt, dass es sein musste. »Wie ich schon sagte, geh mir nicht gleich an die Gurgel ... aber Grace übernachtet heute in meiner Hütte.«

»Was?«, blaffte ich und konnte mich vor Eifersucht und Wut kaum beherrschen.

»Hey, hey«, sagte Dax und hob begütigend beide Hände. »Besser bei mir als allein da draußen, oder?«

Ich gab keine Antwort, sondern biss die Zähne zusammen. Mein Wangenmuskel zuckte, und ich spürte, wie meine Nasenflügel bebten.

»Oder bei jemand anders ...«, fuhr Dax fort und wölbte die Augenbrauen.

»Stopp.«

Ich knurrte förmlich. Ich wusste, dass er Recht hatte, aber das hieß noch lange nicht, dass es mir gefiel.

»Komm schon, Kumpel, sie braucht einfach nur eine kleine Pause. Sie ist mir nichts, dir nichts wieder daheim.«

Ich seufzte tief und fuhr mir mit der Hand übers Gesicht, als könne ich meine Wut einfach abwischen.

»Das kannst du doch gar nicht wissen«, sagte ich halsstarrig. Erstaunt hörte ich ihn glucksen.

»Halt's Maul, du weißt, dass sie zurückkommt. Sie braucht nur eine Nacht Abstand«, meinte Dax.

»Aber das passt mir nicht«, murmelte ich angriffslustig.

»Ja, na ja, ihr auch nicht, aber so ist nun mal das Leben. Ihr beide werdet euch immer mal wieder streiten. Es wäre keine wirkliche Beziehung, wenn ihr nicht hin und wieder mal eine kleine Auseinandersetzung hättet.«

Ich biss mir leicht auf die Lippen, blickte zu Boden und dachte nach. Ich hatte versprochen, ihr Freiraum zu geben. Trotzdem wünschte ich mir inständig, sie wieder in die Arme schließen zu können. Ich wollte sie so fest an meine Brust pressen, dass ich ihren Herzschlag unter ihren Rippen spüren konnte. Aber noch war das unmöglich.

»Ja.« Das Wort rumpelte aus meiner Kehle, als müsse es sich mit Gewalt hinauskämpfen. Dax schwieg eine Weile, bevor er weitersprach.

»Ich weiß, es ist hart für dich und so, und ich weiß, wie es sich anfühlt, jemanden zu lieben, aber ... vertrau mir einfach, wenn ich sage, dass das hier keineswegs das Schlimmste ist, was geschehen kann. Sie gehört immer noch dir, und du ihr.«

Mein Herz klopfte plötzlich hart und schmerzhaft in meiner Brust, allerdings zum ersten Mal nicht um meinetwillen oder wegen Grace. Ich hatte plötzlich großes Mitgefühl mit Dax, denn ich wusste genau, was er meinte. Ich hatte die Frau, die ich liebte, für eine Nacht verloren, er hingegen für immer. Seine Liebe, Violetta, konnte nicht zu ihm zurückkehren. Es war erstaunlich, dass er überhaupt Verständnis und Mitgefühl für mich aufbrachte.

»Tut mir leid, Mann ...«

»Muss es nicht«, sagte Dax obenhin, zuckte mit den Schultern und schüttelte ruhig den Kopf. »So hab ich es nicht gemeint. Ich will nur sagen, dass ihr beiden das schon wieder hinbekommt.«

Ich nickte und kam mir plötzlich sehr egoistisch vor. »Danke, Dax.«

»Keine Ursache«, antwortete er gut gelaunt und mit der Andeutung eines Lächelns. Er wandte sich zur Tür um, aber ich hielt ihn auf.

»Und Dax ...«

Er blieb stehen und drehte sich zu mir um.

»Ja?«

»Wenn du sie anrührst, bring ich dich um«, warnte ich ihn halb im Scherz. Seine Mundwinkel verzogen sich zu einem belustigten Lächeln.

»Keine Sorge. Das würde sie schon erledigen.«

Zum ersten Mal heute Abend musste ich breit grinsen. Er hatte Recht, und das machte mich stolz. »Ja, das würde sie wirklich.«

Er gluckste noch einmal, zog die Tür auf und verschwand in der Dunkelheit, ließ mich wieder allein. Es war eine gewisse Erleichterung, zu wissen, dass Grace in Sicherheit war. Wenn es einen Menschen gab, dem ich sie einigermaßen bedenkenlos anvertraut hätte, dann Dax.

Ich wollte gerade wieder ins Bett gehen, als mir etwas ins Auge fiel. Die untere Schublade stand einen Spalt offen. Darin befanden sich ein paar sentimentale Erinnerungen von mir. Ich beugte mich vor, um sie ganz aufzuziehen. Dort lagen mein Tagebuch und etwas, das ich immer noch nicht zu öffnen gewagt hatte: das Familien-Fotoalbum, das Grace für mich gerettet hatte.

Langsam streckte ich die Hand aus und nahm es hoch. Dann setzte ich mich an den Schreibtisch. Vorsichtig legte ich das Album darauf ab, als könnte es mich beißen, und starrte den verkohlten, ehemals hübschen Einband an. Obwohl sich mir schon bei der Vorstellung, es zu öffnen, vor Angst der Magen umdrehte, kam mir dieser Zeitpunkt genau richtig dafür vor. Ich war ohnehin angeschlagen und aufgewühlt, sodass es absolut sinnvoll erschien, die Wunde jetzt wieder zu öffnen. Sicherlich würde es wehtun, also warum nicht damit anfangen, wenn ich ohnehin schon Schmerzen litt?

Eigentlich hatte ich das mit Grace zusammen tun wollen, aber andererseits fürchtete ich mich vor meiner eigenen Reaktion. Ich wollte nicht, dass sie mich so sah – so schwach und verletzlich. Ich wollte, dass sie stolz auf mich war, aber ich wollte ihr auch zeigen, dass das, was sie für mich getan hatte, nicht umsonst gewesen war.

Langsam schlug ich das Album auf, wobei ich darauf achtete, die bereits beschädigten Seiten nicht noch weiter zu zerstören. Ich atmete scharf ein, als das erste Foto in Sicht kam, auf dem meine Mutter und mein Vater zu sehen waren. Sie hielten ein winziges Bündel in den Armen, vermutlich mich selbst als Baby.

Es war eine surreale Erfahrung, ihre Gesichter zu sehen. Sie sahen genauso aus, wie ich sie in Erinnerung hatte, weil sie, nur wenige Jahre nachdem diese Aufnahme gemacht worden war, gestorben waren. Beide Gesichter lächelten glückselig, waren umrahmt von dunklem Haar. Die Ähnlichkeit zwischen mir und meinem Vater war unverkennbar, aber ein paar Eigenschaften meiner Mutter wirkten ebenfalls vertraut. Ein Foto aus glücklichen Tagen, aber ich spürte bei seiner Betrachtung nur Verzweiflung über den Verlust.

Ich schüttelte hastig den Kopf und blätterte um, entschlossen weiterzumachen. Ich wollte mich beim Anschauen der Bilder glücklich fühlen, aber der Anfang war schon mal schiefgegangen. Die zweite Aufnahme zeigte die Hochzeit meiner Eltern. Das Haar meiner Mutter fiel in sanften Wellen um ihr überglückliches Gesicht, und sie hielt meinem Vater ein Stück Torte vor den Mund. Er aber war viel zu sehr damit beschäftigt, sie anzustrahlen, um zu bemerken, dass der Zuckerguss ihm aufs Hemd getropft war.

Unzweifelhaft hatten sie einander innig geliebt, was mich nur wieder an Grace erinnerte. Wirkten wir so auch auf andere? Wusste Dax daher schon so lange, wie sehr ich sie liebte? Wenn meine Eltern füreinander auch nur einen Bruchteil dessen empfunden hatten, was ich für Grace fühlte, wäre ich sehr froh für sie gewesen. Das Foto schien dafür zu sprechen, und erleichtert spürte ich eine kleine, warme Flamme in meinem Innern.

Als ich weiterblätterte, spürte ich etwas zwischen den Seiten rutschen. Erst als das Album ganz aufgeschlagen dalag, konnte ich genau erkennen, was es war. Ich erinnerte mich ganz deutlich daran, obwohl es sich nur um ein kleines Detail aus meiner Kindheit handelte. Die dünne Goldkette hatte meine Mutter beinahe jeden Tag am Hals getragen. Zwei Ringe, die in der Mitte miteinander verbunden waren, der eine ein wenig kleiner als der andere. Plötzlich hatte ich ihre Stimme im Ohr, mit der sie mir vor langer Zeit meine Frage beantwortet hatte.

»Wofür stehen die, Mum?«

»Die stehen für euch, Liebling. Einer für dich, einer für deinen Vater.«

Ich schloss die Augen. Das hatte sie immer gesagt – der kleinere Kreis für mich, der größere für meinen Vater, ineinander verschlungen und getragen von meiner Mutter, so würden wir stets vereint sein. Ich streckte vorsichtig die Hand danach aus. Obwohl sie zwischen den Seiten des Fotoalbums gelegen hatte, war die Kette in überraschend gutem Zustand. Anscheinend hatten die Flammen zwar den Einband angegriffen, das Innere aber verschont.

All diese Jahre war sie genau dort im Haus gewesen. Ich hatte sie für verloren gehalten, hatte geglaubt, dass sie Opfer der Bomben geworden oder einfach verschwunden war – wie der Körper meiner Mutter. Fassungslos schüttelte ich den Kopf, ließ die Finger an der dünnen Kette entlanggleiten und ertastete dann die miteinander verbundenen Ringe. Dies war ein greifbares Stück meines Lebens, ein Stück meiner Familie, und es lag jetzt nur wegen Grace vor mir.

Ich spielte mit der Kette, mehr als dankbar für das, was sie für mich getan hatte. Sie hatte ihr Leben aufs Spiel gesetzt und eine gebrochene Rippe in Kauf genommen, weil sie sie, ohne groß nachzudenken, aus dem Haus geholt hatte. Das machte es sogar noch schwerer, hier herumzusitzen, denn nun, da ich dieses Schmuckstück gefunden hatte, wünschte ich mir noch mehr, bei ihr zu sein. Meine ohnehin schon recht schwache Selbstbeherrschung schwand dahin, und ich wusste nicht, ob ich genügend Willenskraft haben würde, um die Nacht zu überstehen.

Doch in diesem Moment wurden meine Gedanken durch den unverkennbaren Knall einer abgefeuerten Waffe unterbrochen. Ich wandte den Kopf und spitzte die Ohren, mein Körper angespannt und bereit, sofort hinauszustürmen. Als ich einen zweiten Schuss hörte, legte ich hastig das Kettchen wieder zwischen die Seiten, schlug das Album kurzerhand zu und sprang auf. Mein Herz hämmerte wie wild in meiner Brust, als ich nach meiner Waffe griff und zur Tür rannte, sie aufriss und in die Nacht hinausstürmte.

Ich hatte durchaus vorgehabt, Grace eine Nacht lang Ruhe zu gewähren, aber nun hatte sich die Lage verändert. Weitere Schüsse trieben mich zu Dax' Hütte hinüber. Ich wollte unbedingt zu ihr, bevor jemand anders dort anlangte. Keine Ahnung, was da vor sich ging oder woher die Schüsse kamen, aber in einer solchen Situation würde ich Grace definitiv nicht aus den Augen lassen.

Mit etwas Derartigem hätte ich eigentlich rechnen müssen. Es war schon viel zu lange ruhig und nur eine Frage der Zeit gewesen, wann der Krieg die nächste Phase einläutete. Ich war beinahe sicher, dass wir von Greystone überfallen wurden. Falls ich Recht hatte, war es umso wichtiger, so schnell wie möglich zu Grace zu kommen.

Dax' Hütte lag jetzt direkt vor mir, und ich sprintete darauf zu. Mein Herz pochte wie wild, Adrenalin pumpte durch meine Adern, ebenso wie Entschlossenheit und Angst. Eines wusste ich genau: Ganz gleich, was geschah, Grace galt meine erste Sorge.

KAPITEL 18
RASEREI

Hayden

Ich hörte undeutliche Schreie in der Ferne, und die Luft schien zu vibrieren vor lauter Gefahr. Mein Puls dröhnte in meinen Ohren, jeder einzelne Schlag meines Herzens hart und schwer. Mein Körper reagierte so schnell auf die Bedrohung, dass ich kaum Zeit hatte, nachzudenken, bevor ich mich bewegte, obwohl meine Aufmerksamkeit voll und ganz der Aufgabe gewidmet war, Grace ausfindig zu machen.

Wieder mehrere Schüsse. Angst durchflutete mich, denn ich war ihr zwar nah, konnte sie aber immer noch nicht sehen. Ich preschte immer schneller voran. Mein Blick heftete sich unverwandt auf Dax' Eingangstür, der ich entgegenflog. Ich stieß ein frustriertes Knurren aus. Mich trennten nur noch fünfzehn Meter von ihr, und ich wagte nicht, darüber nachzudenken, was ich tun würde, wenn Grace nicht da war.

Sie wird da sein.

Mein Herz schien meine Brust zu sprengen, während ich im Geiste diesen Satz wie ein Mantra wiederholte. Aber ich konnte nicht daran glauben, denn in unserer Vergangenheit war einfach schon viel zu viel schiefgelaufen.

Sie wird da sein.

Und plötzlich war sie da. Meine Erleichterung war so überwältigend, dass ich beinahe zu Boden gesunken wäre, als ich sah, wie sie die Tür aufstieß und mit wild entschlossener Miene auf mich zusprintete. Ihre Augen blickten mich unverwandt an, und ich spürte, dass sie genauso froh war wie ich.

Der Abstand zwischen uns löste sich so schnell in Wohlgefallen auf, dass ich kaum Zeit hatte, zu entscheiden, ob ich mir ihren Anblick nicht einbildete. Bevor ich noch Luft holen konnte, spürte ich, wie sie mir die Arme um den Hals warf. Ich schlang ihr meine um die Taille, und einen Augenblick lang hatten ihre Füße keinen Bodenkontakt mehr, denn ich hob sie hoch, mehr als glücklich, dass sie nun bei mir war.

»Es tut mir leid«, keuchte sie hastig. Ihre Worte klangen erstickt, denn sie hatte die Lippen an meinem Hals vergraben und klammerte sich an mich. Ich spürte ihren unsteten Herzschlag.

»Nein, *mir* tut es leid«, antwortete ich und schüttelte den Kopf. Ich wusste, dass wir keine Zeit hatten und aktiv werden mussten, aber ich konnte nicht widerstehen, musste diesen winzigen Augenblick genießen, bevor ich riskierte, sie wieder zu verlieren.

»Ich liebe dich«, fuhr sie fort, die Stimme voller Gefühl.

»Mein Gott, und ich liebe dich, Grace.«

Ich löste mich gerade genug von ihr, um mit beiden Händen ihr Gesicht zu umfangen und ihr tief in die Augen zu sehen. Bei der Berührung schien mein Herz förmlich zu zerspringen, berauscht von der Tatsache, dass sie nicht nur in Sicherheit und bei mir war, sondern dass sie mich geküsst hatte.

Doch dieser Kuss war nur von kurzer Dauer, denn ein weiterer Schuss trennte uns.

»Sei vorsichtig«, rief ich hastig. Sie nickte kurz, runzelte die Augenbrauen und zog ein entschlossenes Gesicht.

»Du auch«, antwortete sie. »Gehen wir.«

Wir wandten uns um, um der Quelle des Lärms entgegenzujagen. Von hinten rief jemand hinter uns her, und ich drehte mich um. Es war Dax, und er hatte in jeder Hand eine Waffe.

»Die hier werdet ihr brauchen«, keuchte er. Er schob Grace eine der Waffen praktisch in die Hand, und ich registrierte das Klappmesser, das sie sich in die Tasche steckte und das dem meinen so ähnlich war.

»Danke«, antwortete sie. Geschickt schob sie die Kugeln in die Kammer.

»Gut, los geht's.«

Mit diesen Worten wandten wir uns um und rannten Seite an Seite durch das Camp. Unaufhörlich behielt ich die Umgebung im Auge. Hie und da entdeckten wir Menschen, aber es waren bislang nur Bewohner Blackwings, die ebenfalls zu Hilfe eilten. Nun, da ich Grace an meiner Seite wusste, konnte ich mich darauf konzentrieren, zu kämpfen und für die Sicherheit meiner Leute zu sorgen.

»Da«, murmelte Grace und deutete auf die Grenze des Camps, wo schemenhaft Gestalten zu sehen waren.

Meine Waffe steckte in meinem Hosenbund am Rücken. Ich wagte nicht zu schießen, denn ich konnte nicht erkennen, wer wer war. Dax löste sich von uns und rannte auf jemanden zu, der zwischen zwei Hütten umherstreifte. Plötzlich tauchten zwei weitere Gestalten vor uns auf, versperrten uns den Weg. Grace duckte sich geschickt vor einem Schlag, während ich mich auf meinen Angreifer konzentrierte.

Der Mann war um die dreißig. Er zielte mit einem Tritt auf meine Seite, doch ich konnte ausweichen. Ich schwang die Faust und parierte mit einem Kinnhaken. Doch der schien meinen Widersacher nicht sonderlich zu beeindrucken, und plötzlich spürte ich sengend heißen Schmerz am Oberarm. Blut spritzte aus der klaffenden Wunde, die er mir mit seinem Messer beigebracht hatte, durchtränkte meinen Ärmel und tropfte auf die Erde.

Er bewegte sich so schnell, dass ich – wie so oft im Nahkampf – keine Gelegenheit hatte, meine Waffe zu zücken. Mein Herz pochte wie wild, als ich dem zweiten Hieb seines Messers auswich und ihm das Knie in den Brustkorb rammte. Es gab ein hässliches Geräusch, und er zischte vor Schmerz, was ihn aber keineswegs davon abhielt, sich erneut auf mich zu stürzen. Diesmal machte er mit gezücktem Messer einen Ausfallschritt auf mich zu. Dem Messer konnte ich zwar ausweichen, aber er schaffte es zumindest, mir einen kräftigen Kinnhaken zu versetzen. Mein Kopf flog zur Seite, doch schon hatte ich mich wieder im Griff. Ich ignorierte das leichte Pulsieren, das der Schlag in meinem Kopf ausgelöst hatte, und den Schmerz der Wunde am Arm, stürzte voran und rammte ihn zu Boden.

Mit heftigem Schnauben landeten wir auf der Erde. Aus den Augenwinkeln konnte ich sehen, wie Grace mit einem anderen Unbekannten kämpfte. Ich war durchaus ein wenig erleichtert, dass es ihr noch gut ging, dann konzentrierte ich mich wieder auf den Angreifer unter mir, der sich wild gegen mich zur Wehr setzte. Sein Körper lag zwar unter mir, aber er war unglaublich stark. Er landete einen heftigen Schlag in meine Seite, um mich abzuwerfen. Mit einer schnellen Handbewegung gelang es mir, ihm das Messer aus der Hand zu schleudern, sodass es in einiger Entfernung auf der Erde landete.

Schweiß benetzte meine Stirn, aber ich kämpfte weiter und konnte zwei heftige Schläge in Folge gegen sein Kinn und seine Wange landen. Die Treffer schienen ihn ein wenig zu überrumpeln, und er hörte auf, gegen mich anzukämpfen, um wieder Kraft zu sammeln. Ich holte mit der Faust aus, die Muskeln fest angespannt und schleuderte sie seinem Kinn entgegen. Ein heftiger Schmerz zuckte meinen Arm hinauf, als meine Faust sein Gesicht traf und er bewusstlos unter mir im Staub zusammensank. Blut sickerte aus seinem Mund, und sein Blick flackerte kurz, bevor er erschlaffte und ohnmächtig wurde.

Sogleich hob ich den Kopf, um nach Grace zu sehen. Sie hatte ihrem Gegner gerade einen kräftigen Tritt gegen den Brustkorb verpasst. Ein dünner Blutfaden sickerte aus einer Platzwunde direkt an ihrem Haaransatz, aber abgesehen davon schien sie einigermaßen unverletzt zu sein. Sie hielt ihr Messer fest in der Hand, aber ihre Waffe war nirgends zu sehen. Ich nahm an, dass sie sie im Laufe des Gerangels irgendwo verloren hatte.

»Grace.«

Ich hievte mich vom Boden hoch, entschlossen, ihr zu helfen, auch wenn sie allein klarkam. Mit dem Fuß rutschte ich in einer Blutlache aus, aber ich fing mich gleich wieder und wollte auf sie zusprinten. Ich beobachtete, wie die beiden einander umrundeten, und eine Woge des Stolzes erfasste mich, als ich bemerkte, dass der Mann erheblich mehr Verletzungen davongetragen hatte als Grace: Offenbar hatte sie ihm die Nase gebrochen. Doch mein Stolz verwandelte sich in Entsetzen, als er sich auf sie stürzte, heftig gegen sie prallte und sie beide zu Boden warf.

Ich wollte mich gerade auf ihn stürzen und ihn von ihr herunterzerren, als ein weiterer muskulöser Körper mich aus der Bahn warf. Ich sah ihn an. Der Neuankömmling war kein Geringerer als Graces Bruder Jonah, der mich mit heimtückischer Miene musterte. Ich hatte kaum Zeit, sein plötzliches Erscheinen zu verarbeiten, als seine Faust schon gegen meine Schläfe traf. Grelle weiße Lichter tanzten vor meinen Augen, und einen Augenblick war ich wie gelähmt.

»Du«, spie er wütend hervor und funkelte mich an.

Wieder wollte er mir einen Hieb verpassen, aber diesmal war ich darauf vorbereitet und wich ihm geschickt aus. Ein schneller Blick nach links zeigte mir, dass Grace noch immer mit dem Mann kämpfte, der sie zu Boden gerissen hatte, aber ein heftiger Rums, gefolgt von einem tiefen Zischen sagten mir, dass sie erneut einen kräftigen Schlag gelandet hatte. Jonahs Gesicht tauchte wieder vor mir auf. Dieser Mann war der Grund für so viele meiner Probleme, und jetzt stand er genau vor mir.

»Jonah.« Ich kochte vor Wut.

Ich bemerkte, dass er keine Waffe bei sich trug. Er war also entweder unglaublich geschickt oder sehr draufgängerisch.

Wahrscheinlich beides. Meine Pistole befand sich immer noch sicher in meinem Rücken, aber wieder hatte ich keine Zeit, um sie herauszuziehen. Jonah stürzte sich auf mich, versuchte zweimal, zuzuschlagen, doch ich konnte seine Attacke mit den Unterarmen abwehren, bevor ich einen Gegenangriff startete. Er wich meinem ersten Hieb aus, aber der zweite traf zielsicher sein Kinn, sodass sein Kopf zur Seite ruckte. Wütend schnappte er nach Luft. Seine Brust hob sich, er spuckte Blut und warf mir ein hämisches Grinsen zu.

»Jonah, stopp!«, schrie Grace alarmiert, offensichtlich lenkte unser Kampf sie von ihrem eigenen ab. Ich warf ihr einen kurzen Blick zu. Sie schlug mit aller Macht gegen die Brust des Mannes, der sie überragte und sie wieder zu Boden werfen wollte. Ich wunderte mich darüber, dass er sie anscheinend nicht töten, sondern nur festhalten wollte.

Für die kurzzeitige Ablenkung bezahlte ich mit einem weiteren, heftigen Schlag gegen meinen Kopf, gefolgt von einem Hieb, der genau über der tiefen Schnittwunde an meinem Arm landete. Ich keuchte vor Schmerz, der sengend heiß durch mich hindurchfuhr. Ich spürte, wie das Blut von meinem Arm herabtropfte, aber das hinderte mich nicht daran, Jonah einen weiteren Schlag zu versetzen. Wenn ich doch nur an meine Waffe kommen könnte, hätte die ganze Sache ein Ende, aber ich wagte es nicht, sie zu zücken, da wir unaufhörlich aufeinander einschlugen.

»Warum gibst du nicht einfach auf?«, knurrte Jonah und versetzte mir einen Tritt in die Seite, den ich mit dem Unterarm abmilderte.

»Nach dir«, spie ich hervor.

Ich spürte, wie die Haut an meinen Knöcheln riss, als ich einen doppelten Schlag gegen ihn landete, mit der Linken vor der Rechten. Man konnte kaum sagen, ob es sein oder mein Blut war, das sich mit dem Schweiß auf unseren Körpern vermischte, während wir weiter heftig aufeinander einprügelten. Dumpfe Schläge, heftiges Keuchen und ein gelegentliches, schmerzerfülltes Stöhnen erfüllte die Luft. Jeder Treffer, den ich landete, verbrauchte ein wenig mehr von meiner Kraft, und jeder Hieb, den ich einsteckte, machte mich benommener.

»Hayden!«

Graces Stimme schallte durch die Luft, voller Angst und Anspannung, aber ich konnte mich nicht losreißen. Es war, als sei ich in diesem Augenblick mit Jonah gefangen, zu vertieft in unseren Kampf, um einen klaren Gedanken fassen zu können. Noch einmal konnte ich ausweichen, aber ich wurde deutlich langsamer. Dann richtete ich mich wieder auf, warf Grace einen Blick zu, und mir gefror das Blut in den Adern.

Der Mann hielt ihr die Arme über dem Kopf fest, drückte sie zu Boden. Sie lag unter ihm, wehrte sich verzweifelt, trat nach ihm, konnte ihn aber nicht abschütteln. Ich erstarrte, konnte nur noch verschwommen sehen. Zorn durchzuckte mich, als er ihr Shirt nach unten zog und die Hand in den Ausschnitt schob. Sie schrie in einer Mischung aus Wut und Furcht, wand sich unter ihm und riss mich so aus meiner entsetzten Trance. Ich hatte Jonah und unseren Kampf komplett vergessen und sprintete zu Grace hinüber.

»Sofort runter von ihr!«

Meine Stimme war nur noch ein wildes, wutentbranntes

Knurren. Ich stürzte mich auf den Mann, warf ihn von Grace herunter, sodass wir beide im Dreck landeten. Ich spürte weder Schmerz noch Pein, als ich mich schnell wieder aufrichtete und erneut in den Kampf stürzte. Ich nagelte seinen Körper mit dem meinen fest, ragte über ihm empor. Er lag auf dem Rücken, einen verblüfften Ausdruck im Gesicht, als hätte er meine Anwesenheit gar nicht bemerkt. Er war etwa in meinem Alter, aber mehr registrierte ich nicht, als meine Fäuste auf ihn herabhagelten.

»Dich Wichser bring ich um«, stieß ich zwischen zusammengebissenen Zähnen hervor, während Schlag um Schlag auf sein Gesicht traf.

Sein Kopf schnellte bei jedem Schlag zur Seite, und schon nach ein oder zwei wurde er ohnmächtig. Das hielt mich jedoch nicht davon ab, weitere Hiebe auf ihn herabregnen zu lassen. Blut spritzte, strömte ihm aus Nase und Mund, aber ich hörte immer noch nicht auf. Ich war blind vor Wut, und meine Muskeln brannten vor Anstrengung, und doch konnte nichts mich davon abhalten, ihn zu Brei zu schlagen.

»Hayden!«

Grace rief meinen Namen, aber ich hörte noch immer nicht auf. Das Malmen meiner Fäuste auf seinem Gesicht verwandelte sich in ein rhythmisches Mantra in meinem Kopf. Je mehr Schläge ich ihm verpasste, umso mehr konnte ich ungeschehen machen, was er getan hatte. Doch das Bild stand mir nach wie vor deutlich vor Augen. Ich hatte jegliche Kontrolle über mich verloren.

»Hayden, stopp!«

Eine Hand rüttelte meine Schulter, wollte mich wegzerren,

aber ich ignorierte denjenigen, der mich da aufhalten wollte, und konzentrierte mich lediglich auf die blutige Masse unter mir. Schweres Keuchen erfüllte die Luft, gesellte sich zu den rhythmischen Schlägen meiner Fäuste hinzu. Alles um mich herum verschwamm. Als sei ich in tiefer Trance.

»Hayden!«

Nun packten mich zwei Hände am Oberarm und zerrten an mir, rissen mich endlich aus diesem scheinbaren Trancezustand. Ich kam mir wild und brutal vor, als ich mich umsah, keuchend und blutüberströmt. Grace beugte sich herab, zerrte erneut an meinem Arm. Ich erschlaffte, ließ mich von ihr von dem reglos daliegenden Mann herunterziehen, die Augen unverwandt auf sie gerichtet, während ich im Staub kniete. Plötzlich wurde ich mir der Welt um mich herum wieder bewusst, obwohl ich niemand anderen als Grace ansah, um mich zu vergewissern, ob es ihr gut ging.

»Grace«, keuchte ich, erstaunt über mein eigenes Verhalten. Sie kniete ebenfalls nieder, sodass sie mit mir auf Augenhöhe war, und legte mir die Hände sanft auf die Wangen.

»Geht es dir gut?«, fragte sie drängend.

Meine blutbesudelten, zerfetzten Hände legten sich auf ihr Gesicht, als müsste ich mich überzeugen, dass sie real war. Sie nickte, konnte anscheinend meine Gedanken lesen. Ich bekam keinen Ton heraus. Meine Brust hob und senkte sich krampfartig.

»Hayden, geht es dir gut?«, fragte sie nun noch eindringlicher.

»Hat er dich verletzt?«, stieß ich mühsam hervor, ihre Frage ignorierend. Sanft wanderten meine Finger ihren

Hals hinab, um ihn nach unsichtbaren Verletzungen abzutasten.

»Nein«, antwortete sie mit heftigem Kopfschütteln. »Nein, er hat mich nicht verletzt.«

Einen Augenblick lang schloss ich die Augen. Als ich sie wieder öffnete, bemerkte ich, dass weder Jonah noch mein erster Gegner zu sehen waren. Erst da wurde mir klar, dass sich Stille über das Camp herabgesenkt zu haben schien. Keine weiteren Schüsse mehr, und auch die gedämpften Schreie waren verstummt.

»Was ist passiert?«, fragte ich. Ich zitterte noch immer vor Zorn, als ich mich mühsam erhob und Grace mit mir hochzog. Sie stand vor mir und sah aufmerksam zu mir empor.

»Kaum hast du dich auf diesen Kerl gestürzt, stand Jonah auf, um dich ebenfalls wieder anzugreifen, aber da zückte ich meine Pistole«, erklärte sie. Ich runzelte die Stirn, lauschte aufmerksam, und mein Kinn verkantete sich.

»Hast du ihn erschossen?«

Keine Ahnung, welche Antwort ich mir wünschte. Sie schwieg einen Augenblick lang und kaute auf ihrer Unterlippe herum, bevor sie sacht den Kopf schüttelte.

»Nein.«

Ich war gleichzeitig erleichtert und enttäuscht. Erleichtert, weil sie nicht gezwungen gewesen war, ihren eigenen Bruder zu töten, enttäuscht, weil er immer noch am Leben war.

»Na gut«, brachte ich nur heraus.

»Er ergriff die Flucht und blies den Angriff ab. Allerdings weiß ich nicht, was anderswo los ist«, beendete sie ihren Bericht. Ich nickte, versuchte, ihre Worte zu verstehen.

»Okay.«

Ich wollte sie berühren, sie festhalten, die beruhigende Hitze ihres Körpers spüren, aber das leuchtend rote Blut auf meinen Händen ließ mich innehalten. Sie merkte, dass ich zögerte, und mir wurde klar, was das ganze Blut womöglich zu bedeuten hatte. Ich wandte dem reglosen Mann auf dem Boden den Kopf zu, aber Graces Hände drehten ihn wieder zu sich hin.

»Ich liebe dich, Hayden«, erinnerte sie mich.

Es war, als könne sie meine Gedanken lesen; das waren genau die Worte, die ich hören musste, bevor ich mich dem stellte, was ich womöglich gerade getan hatte: jemanden getötet. Ich umfing sanft ihr Handgelenk, zog ihre Hand von meinem Gesicht und presste einen sanften Kuss in ihre Handfläche.

»Und ich liebe dich, Grace.«

Besorgt kniff sie die Augen zusammen, als ich mich sanft von ihr löste und wieder auf das zerfetzte, geschwollene Gesicht des Mannes starrte. Zuerst hielt ich ihn für tot, aber die beinahe unmerkliche Bewegung seiner Brust sagte mir, dass er auf wundersame Weise überlebt hatte.

Wieder spürte ich diese seltsame Mischung aus Enttäuschung und Erleichterung. Das Bild seiner Hände auf Graces Körper zuckte durch mein Gehirn. Ihre Hand legte sich leicht und beruhigend in mein Kreuz. Sie hockte neben dem Mann nieder und presste die Finger gegen die Innenseite seines Handgelenkes, um seinen Puls zu ertasten.

»Er lebt«, bestätigte sie leise.

»Schade«, murmelte ich verbittert.

»Wir sollten ihn zu Docc bringen«, sagte sie, meine Äußerung ignorierend.

»Was?«, fauchte ich. Von allem, was ich diesem Mann am liebsten angetan hätte, war das wirklich das Letzte, wonach mir der Sinn stand.

»Ja, Hayden. Wenn er überlebt, könnten wir ihn verhören«, erklärte sie. »Vielleicht packt er ja aus, wenn wir ihn nicht töten.«

»Das bezweifle ich«, grummelte ich.

Grace stand auf und trat einen Schritt zurück.

»Einen Versuch ist es wert. Aber vielleicht schafft er es ja sowieso nicht«, überlegte sie mit einem weiteren Blick auf ihn laut. Normalerweise war mir dieses sinnlose Morden ein Gräuel, aber in diesem Fall ertappte ich mich bei dem Wunsch, ihm noch ein paar mehr Schläge versetzt zu haben, bevor Grace mich daran gehindert hatte, die Sache zu Ende zu bringen.

»Er hat versucht ... er hat dich angefasst, Grace«, zischte ich. Ich fand nicht die passenden Worte, um zum Ausdruck zu bringen, wie entsetzlich sein Verhalten tatsächlich gewesen war. Ich spürte, wie der Zorn mich erneut übermannte.

»Aber es geht mir gut, Hayden«, versicherte sie mir beherrscht.

Endlich gelang es mir, den Blick von dem Mann loszureißen und sie anzusehen. Außer dem dünnen Blutfaden an ihrem Haaransatz und ein paar Schmutzflecken schien sie tatsächlich unverletzt zu sein. Ich hingegen blutete immer noch heftig aus der Schnittwunde am Arm und hatte bestimmt noch einige andere Verletzungen, die mir bislang noch gar nicht aufgefallen waren. Das Pulsieren in meinen Knöcheln zeugte von dem Schaden, den ich mir selbst zugefügt hatte.

»Gehen wir und schauen nach den anderen, ja? Dann kümmern wir uns um ihn und machen dich sauber«, schlug sie in ruhigem Ton vor. Bestimmt war sie erheblich gestresster, als sie sich anmerken ließ, aber ihr Hauptaugenmerk lag darauf, mir zu helfen.

Ich schloss die Augen und zwang mich, tief Luft zu holen. »Ja, okay.«

Obwohl ich Grace an meiner Seite hatte, wusste ich nicht genau, ob ich für das bereit war, was wir jetzt vorfinden würden.

KAPITEL 19
LINDERUNG

Grace

Haydens Hand, warm und klebrig vor Blut, hielt meine weiterhin fest. Das Blut störte mich nicht weiter; damit hatte ich schon viel zu oft zu tun gehabt, um jetzt, nach allem, was geschehen war, auf diesen winzigen Trost verzichten zu können. Es fiel mir schwer, auch nur einen klaren Gedanken zu fassen, also beschloss ich, einfach alles auszublenden und mich auf die Wärme seiner Berührung zu konzentrieren und auf das Gefühl, wieder an seiner Seite zu sein, wo ich hingehörte.

Im Vorbeigehen wies Hayden ein paar Bewohner aus Blackwing an, den bewusstlosen Mann zu Docc zu bringen. Das Gesicht meines Angreifers kam mir bekannt vor, aber wir hatten uns nie unterhalten, und seinen Namen wusste ich auch nicht. Ihm hingegen muss klar gewesen sein, wer ich war, und trotzdem hatte er mir das angetan. Bei dem Gedanken an seine Hand an meinem Körper schauderte ich. Ich zwang mich, nicht weiter darüber nachzudenken. Später würde ich noch genug Zeit haben, dieses Erlebnis zu verarbeiten, aber im Augenblick mussten wir dafür sorgen, dass in Blackwing wieder alles glattlief. Mein Bruder, der Kampf und alles andere konnten warten.

Ich blickte zu Hayden empor, sah sein energisch verkantetes Kinn, als zwänge er sich dazu, nach außen hin hart zu erscheinen. Auf seiner Wange bildete sich ein Bluterguss, und sein Gesicht war mit beunruhigend viel Blut besudelt, obwohl ich vermutete, dass das meiste davon nicht seins war. Am meisten jedoch sorgte ich mich wegen des klaffenden Schnittes an seinem Oberarm – er blutete immer noch stark, die Wunde musste genäht werden, sonst würde sie nie verheilen. Aber noch wollte ich das nicht erwähnen, denn er würde sich ohnehin nicht darum kümmern, bevor er nach allen anderen gesehen hatte.

Mein Herz schlug ein wenig schneller, als wir uns ungefähr der Stelle näherten, an der der Kampf ausgebrochen war. Zahlreiche Menschen hatten sich dort versammelt, aber mehr war zunächst nicht zu erkennen. Instinktiv wollte ich Hayden meine Hand entziehen, wie wir es stets in der Gegenwart anderer taten. Aber er widersetzte sich mir und packte meine Hand nur umso fester. Mit einem Seitenblick zu mir fügte er hinzu:

»Ist mir mittlerweile egal, Grace. Sollen es ruhig alle sehen.«

Seine Stimme klang locker, aber seine Worte waren alles andere als das. Ihm war es gleichgültig, wenn sein gesamtes Camp die Wahrheit über unsere Beziehung erfuhr. Über die möglichen Reaktionen der anderen machte ich mir im Augenblick allerdings ohnehin nicht allzu viele Gedanken, denn etwas anderes beunruhigte mich viel mehr. Hayden und ich waren so in unsere jeweiligen Prügeleien vertieft gewesen, dass wir gar keine Gelegenheit gehabt hatten, nach den anderen zu sehen. Mir kam ein entsetzlicher Gedanke, als wir uns der kleinen Menschenmenge näherten. Was war mit Dax? Kit? Jett? Docc? Ging es ihnen ebenfalls gut?

Ich atmete tief aus und drückte Haydens Hand. Mittlerweile konnte ich einige Gesichter in der Menge ausmachen. Vor lauter Erleichterung wäre ich fast umgekippt, als ich Kit mit ein paar Leuten in der Nähe reden sah. Er sah bemerkenswert unversehrt aus, also hielt ich auch nach meinen anderen Freunden Ausschau.

»Kit«, rief Hayden, offensichtlich ebenfalls erleichtert. Jetzt waren wir bei ihm angelangt.

»Bin ich froh, dass ihr beiden noch lebt«, antwortete Kit ehrlich.

»Geht mir genauso«, nickte Hayden. »Ist jemand ...«

»Heiliger Strohsack, Hayden, was haben sie denn mit dir gemacht?«

Eine zweite Stimme unterbrach Hayden, und mich traf erneut eine Woge der Erleichterung. Ich wandte mich um und sah, wie Dax zwischen zwei Hütten auf uns zugeschlendert kam. Er hatte eine Waffe in der Hand, und an einer Seite stand ihm das Haar vom Kopf ab, aber er lebte und hatte keine schlimmen Verletzungen davongetragen.

»So ist es nun mal im Krieg«, sagte Hayden achselzuckend. Ein winziges Lächeln umspielte seine Lippen, weil seine beiden besten Freunde – oder besser seine Brüder – überlebt hatten.

»Du siehst aus, als hättest du dir eine kleine Blutdusche gegönnt«, bemerkte Dax. Kit gluckste leise und schüttelte den Kopf.

»Ja«, murmelte Hayden geistesabwesend. »Und was war hier los? Ist jemand verletzt oder ...?«

Ich merkte, dass er die Worte nicht aussprechen wollte, aber es war klar, was er meinte: War jemand gestorben?

»Es waren echt nicht allzu viele«, begann Kit. »Man konnte sie vom Turm aus nicht kommen sehen, weil es heute Nacht so verdammt dunkel da draußen ist, aber einer der Wachmänner auf Patrouille hat sie gesehen und das Feuer eröffnet. Sie drangen zwar ins Camp ein, aber ich glaube, mehr als zehn waren es nicht.«

»Ja, okay, aber wurde irgendjemand verletzt?«, forschte Hayden ungeduldig, weil er nicht die gewünschten Informationen bekam.

»Sieht aus, als seiest *du* verletzt worden«, antwortete Dax und deutete mit vielsagendem Kopfnicken auf Haydens Arm.

»Herrgott, ist irgendjemand aus Blackwing verletzt worden oder gestorben?«, verlangte Hayden jetzt zu wissen. Offensichtlich hatte er es satt, dass die anderen so lange brauchten, um auf seine Frage zu antworten.

»Nur die Ruhe, Kumpel«, antwortete Kit entnervt. »Sieh dich doch um. Alle sind wohlauf.«

Ich wagte es kaum, Kit zu glauben, bis ich es nicht mit eigenen Augen sah. Es war überraschend, aber auch ungeheuer erleichternd, dass diesmal keine Leichname auf dem Boden lagen. Ich hatte durchaus Tote erwartet, weshalb mir das jetzt wie ein besonderer Glücksfall vorkam, den wir gar nicht verdient hatten.

»*Allen* geht es gut?«, wiederholte ich also ungläubig. »Jett, Docc, allen?«

»Ja«, nickte Dax. »Habe Jett sogar gerade gesehen. Der steckte gerade den Kopf aus Maisies Tür heraus, als ich vorbeilief, und fragte mich, was los war.«

»Gott sei Dank«, murmelte ich erleichtert. Ich konnte es noch gar nicht recht fassen, dass ausnahmsweise einmal alles gut gegangen war. Aber auch wenn es keine Todesfälle gegeben hatte, hatten die Angreifer durchaus Schaden angerichtet. Hayden war nach wie vor zutiefst erbost über das, was mir zugestoßen war, und musste immer noch medizinisch versorgt werden, bis wir uns mit anderen Themen befassen konnten.

»Ich kann kaum glauben, dass niemand verletzt wurde«, murmelte nun auch Hayden, als habe er meine Gedanken gelesen.

»Na ja, ein paar Leute haben schon ein paar Platz- oder Schürfwunden, aber nichts Ernstes. Ich habe sie zu Docc geschickt, er wird also eine Weile beschäftigt sein«, antwortete Kit achselzuckend.

»Na gut«, nickte Hayden.

Dann sah er die kleine Menschenansammlung an, von denen jeder Einzelne ihn aufmerksam musterte, als warteten sie jetzt auf weitere Instruktionen. Plötzlich war ich mir meiner Hand, die noch immer in seiner ruhte, deutlich bewusst, aber alle anderen schienen dem keine Beachtung zu schenken.

»Okay, Leute. Wenn ihr nicht verletzt seid und euch nicht erst von Docc verarzten lassen müsst, dann geht wieder ins Bett oder auf eure Posten. Gut gemacht. Alle sind in Sicherheit. Bleibt auch weiterhin auf der Hut.«

Wie immer schwang in seiner Stimme eine Mischung aus

Autorität und Respekt vor den anderen mit. Kein Wunder, dass man ihm trotz allem noch immer vertraute. Die Menschen nickten schweigend oder murmelten leise ihre Zustimmung. Dann verschwanden sie in der Dunkelheit, um nach Hause zurückzukehren. Hayden und ich blieben mit Kit und Dax zurück.

»Brauchst du uns noch, Boss?«, fragte Dax.

Hayden schüttelte den Kopf.

»Nein, alles gut. Danke, Jungs.«

»Kein Ding, Kumpel. Bis später, ihr zwei«, antwortete Kit. Er nickte uns zu und wandte sich ab, um nach Hause zu gehen.

»Lass deine Wunde nähen, Hayden. Du blutest ja wie ein Schwein ...« Dax schüttelte nur missbilligend den Kopf und kehrte dann ebenfalls in seine Hütte zurück.

Jetzt waren Hayden und ich allein, und ich konnte Dax nur zustimmen.

»Es ist nichts«, leugnete Hayden unbekümmert. Ich runzelte die Stirn.

»Hayden, wir müssen uns jetzt unbedingt um deinen Arm kümmern«, sagte ich. Er würde zwar nicht verbluten, aber ich wollte auch nicht länger warten als nötig, um die Wunde zu versorgen.

»Aber sie haben doch gesagt, dass Docc jetzt eine Weile beschäftigt sein wird«, wimmelte Hayden ab. »Wird schon verheilen. Mach dir keine Sorgen.«

»Nein, du musst definitiv genäht werden. Red keinen Unsinn. Ich kann es doch machen«, antwortete ich sachlich. Ich hatte schon öfters Wunden genäht und kein Problem damit, auch Haydens zu versorgen.

Er musterte mich mit unsicherem Blick.

»Sicher?«

»Natürlich. Oder hast du Angst, dass ich dir gleich ›Grace‹ auf den Arm sticke?«, fragte ich grinsend. Erfreut hörte ich ihn leise lachen, und er drückte sanft meine Hand.

»Man weiß ja nie ...«

Da wurde mein Lächeln sogar noch breiter. Dann schüttelte ich den Kopf. »Wenn ich dir verspreche, darauf zu verzichten, lässt du mich die Wunde dann nähen? Länger als nötig sollte sie nun wirklich nicht so offen klaffen.«

Hayden nickte. »Na gut, Grace.«

Ich lächelte verhalten, dann machten wir uns auf den Weg in Richtung Krankenstation. Es kam mir so seltsam ruhig vor, nun, da die Angreifer aus Greystone wieder fort waren. Doch erst musste ich mich darauf konzentrieren, Hayden zu versorgen. Danach konnte ich über die Ereignisse des Abends nachdenken, und da gab es jede Menge, womit ich mich befassen musste: Jonah, der Typ, den Hayden beinahe umgebracht hatte, meine Gefühle im Hinblick auf das, was zwischen Hayden und mir vorgefallen war.

Eigentlich hatte ich mich ja eine Nacht lang von ihm fernhalten wollen, aber kaum ahnte ich die Gefahr, in der das Camp schwebte, war das alles vergessen. Was mich vorher mit Unsicherheit und Verwirrung erfüllt hatte, betrachtete ich jetzt mit ganz neuer Klarheit. Trotz allem, was wir durchgemacht hatten, spielte nur eines eine Rolle: dass er sicher war und dass wir einander liebten. Erst die Furcht vor dem Unbekannten hatte mir gezeigt, dass unsere Krise vorübergehend war und die Zeit unsere Wunden heilen würde.

»Ich kann nicht glauben, dass sie einfach wieder abgezogen sind«, murmelte Hayden leise und riss mich aus den Gedanken.

»Ich schon«, antwortete ich aufrichtig. Er runzelte die Stirn und warf mir einen fragenden Blick zu.

»Warum?«

»Weil Jonah egoistisch ist«, erklärte ich achselzuckend. »Er bläst lieber einen Raubzug ab, statt zu sterben, nachdem ich ihn mit der Waffe bedroht habe.«

»Aber du hättest ihn nicht erschossen«, ergänzte er liebevoll.

Ich schüttelte den Kopf.

»Nein, ich glaube, das könnte ich nicht.«

Wir waren jetzt beinahe an der Krankenstation angelangt, und Hayden drückte zärtlich meine Hand. Obwohl ich wusste, dass Jonah mich, ohne zu zögern, sofort umbringen würde, brachte ich es nicht über mich, das letzte noch verbleibende Familienmitglied zu töten, egal, was er getan hatte.

»Ich verstehe«, antwortete Hayden leise.

Mehr sagte er nicht, und dann hatten wir den Eingang erreicht. Ich spürte, wie er sich anspannte, als er die Tür für mich öffnete. Hand in Hand betraten wir den Hauptraum. Die Luft schien zu vibrieren, und man hörte aufgeregtes Stimmengewirr, als wir uns dem Bereich näherten, in dem Docc arbeitete. Drinnen hatten sich fünf unterschiedlich schwer verwundete Menschen versammelt, zwischen denen Docc hin und her huschte. Plötzlich verkrampfte Hayden sich sogar noch mehr und stieß ein leises Knurren aus. Ich folgte seinem wütenden Blick in die Ecke, wo reglos auf einer Bahre der blutüberströmte, zusammengeschlagene Mann lag, mit dem ich gekämpft hatte.

»Hayden«, sagte ich in dem Versuch, seinen Zorn zu bändigen. Ich versuchte, ihn sanft am Arm zur anderen Seite der Krankenstation hinüberzuziehen, aber er bewegte sich keinen Zentimeter.

»Das kann ich nicht, Grace«, sagte er hitzig und fixierte den Mann, dessen Brust sich langsam hob und senkte. Sein Gesicht und sein Kopf waren stark mitgenommen; vielleicht würde er die Nacht nicht überleben. Docc konzentrierte sich natürlich zuerst auf die Mitglieder Blackwings und sparte sich den Mann bis zum Schluss auf.

»Doch, kannst du wohl«, widersprach ich. »Er hat mich nicht verletzt.«

»Das ist es nicht«, stieß er zwischen zusammengebissenen Zähnen hervor.

»Hayden, sieh mich an«, forderte ich ruhig, aber entschlossen. Er zwang sich, mir in die Augen zu sehen. »Ich verspreche dir, dass es mir gut geht. Bitte versuch, nicht mehr darüber nachzudenken, damit wir dich medizinisch versorgen können, okay?«

Anscheinend gingen ihm alle möglichen Bilder durch den Kopf. Seine Brauen saßen tief über seinen brennenden Augen, und sein Atem ging schneller als gewöhnlich. Ich drückte seine Hand und versuchte, ihn fortzuzerren, hoffte, dass er sich in Bewegung setzen würde. Steifen Schrittes folgte er mir und erlaubte mir, ihn in die Ecke neben einer einzelnen Liege zu ziehen. Ein paar Regale und ein Medizinschrank verstellten uns den Blick auf den restlichen Raum.

»Setz dich«, befahl ich und deutete auf die Liege. Zögernd gehorchte er, obwohl er immer noch ausgesprochen erregt war. »Ich hole mir jetzt alle notwendigen Utensilien.«

Er nickte, sagte aber nichts, als ich mich wieder in den Hauptteil des Behandlungsraumes begab.

Docc winkte mir kurz zu, nachdem er eine Platzwunde an einer Augenbraue genäht hatte.

»So, du bist versorgt«, entließ Docc seinen Patienten. Vier waren noch übrig, obwohl keiner von ihnen lebensgefährlich verletzt zu sein schien.

»Docc, kann ich irgendwie helfen?«, bot ich an, während ich begann, einen der Schränke nach dem zu durchsuchen, was ich benötigte.

»Kümmer du dich nur um Hayden«, antwortete er hastig. Er stand mit dem Rücken zu mir und begann, die nächste Person zu untersuchen. »Ich übernehme die anderen.«

Ich nickte, auch wenn er mich nicht sehen konnte. Dann hatte ich die Arme voll mit Verbandsmaterial und kehrte zu Hayden zurück, wobei ich darauf achtete, dem Mann in der Ecke keine weitere Beachtung zu schenken.

Der Schnitt befand sich an Haydens rechtem Oberarm, und ein Großteil der Haut unter der Wunde war mit einer dicken Schicht aus rotem, halb geronnenem Blut bedeckt. Die Wunde selbst war immer noch feucht und blutete weiter.

Er blieb auf der Liege sitzen, und ich stellte mich neben ihn, um mir die Verletzung besser ansehen zu können. Hier war die Beleuchtung besser als draußen, und so langsam wurde ich nervös. Seine normalerweise roten Lippen wirkten sehr blass. Ich legte das Verbandsmaterial neben ihn auf die Pritsche und presste die Finger gegen die Innenseite seines Handgelenks. Wie ich erwartet hatte, ging sein Puls mittlerweile rasend.

»Du hast viel Blut verloren«, sagte ich besorgt.

»Mir geht es gut«, versicherte er störrisch.

Ich machte mir gar nicht erst die Mühe, mit ihm zu diskutieren, sondern bereitete lieber alles vor. Eilig drehte ich den Deckel des Desinfektionsmittels auf und goss eine ordentliche Portion auf ein großes Gazestück. Ich wollte es gerade auf die Wunde pressen, als ich sein zerfetztes, schmutziges Shirt wahrnahm.

»Ausziehen«, befahl ich.

Er nickte, akzeptierte meine Hilfe. Ich zog das Shirt nach oben und enthüllte seinen flachen Bauch, ließ ihn seinen gesunden Arm herausziehen, bevor ich ihm dabei half, den schmutzigen Stoff über den Kopf und schließlich auch über den verletzten Arm zu ziehen. An seinem Brustkorb bildeten sich bereits mehrere Blutergüsse, aber er ignorierte sie einfach.

Hayden schwieg, während ich arbeitete, aber sein Blick ruhte unverwandt auf mir und folgte jeder meiner Bewegungen, während ich die mit Desinfektionsmittel getränkte Gaze wieder zur Hand nahm und zur Wunde führte. Ich versuchte, nicht auf die knisternde Spannung zwischen uns zu achten.

»Könnte ein bisschen brennen«, warnte ich und sah ihm kurz in die Augen.

»Okay«, erwiderte er leise. Ich nickte und konzentrierte mich wieder auf die Verletzung.

Ich presste die Gaze darauf, wischte sämtliche Schmutzreste und das geronnene Blut fort. Er gab keinen Laut von sich, zuckte auch nicht zusammen, obwohl es ihm bestimmt Schmerzen bereitete. Schon bald färbte sich die makellos weiße Gaze dunkelrot, und ich musste noch vier weitere Gazestreifen mit Desinfektionsmittel tränken, bis ich den Schnitt zufriedenstellend gereinigt hatte. Nun sah man, dass er einigermaßen gerade verlief, was ein Vorteil war. Eine solche Verwundung war erheblich leichter zu nähen als eine gezackte, zerklüftete.

»Geht es?«, fragte ich leise. Es erinnerte mich so sehr an das letzte Mal, da ich ihn gesäubert hatte. Aber damals hatte ich es nur mit ein paar angeschlagenen Knöcheln und kleineren Platzwunden zu tun gehabt.

»Ja, Grace«, antwortete er ausdruckslos.

Ich griff nach einem kleinen Fläschchen und einer Spritze.

»Was ist das?«, fragte er, als er mich damit hantieren sah.

»Lidocain. Das ist ein Lokalanästhetikum, mit dem ich die Stelle vor dem Nähen betäube.«

»Spar es auf«, sagte er kopfschüttelnd. Mit der unverletzten Hand hinderte er mich am Weitermachen.

»Aber Hayden ...«

»Davon haben wir nur wenig, stimmt's?«, forschte er.

»Ja ...«

»Dann spar es auf. Benutze es nicht für mich.«

»Aber ...«

»Spar es auf, Grace«, wiederholte er entschieden. Er nahm mir das Fläschchen aus der Hand und stellte es auf seine andere Seite, sodass ich nicht mehr herankam. »Ich brauche es nicht. Rede einfach nur mit mir.«

Ich stieß einen frustrierten Seufzer aus. Er war immer so selbstlos, dabei hätte er ein wenig Erleichterung durchaus verdient gehabt. Noch einmal schüttelte er leise den Kopf, und ich verdrehte entnervt die Augen, gab aber nach.

»Na gut«, grummelte ich. Ich nahm die feine Nadel und den Faden zur Hand, wobei ich darauf achtete, dass sie mit nichts anderem in Berührung kamen.

»Na gut«, wiederholte er schelmisch. Ich warf ihm einen gespielt tadelnden Blick zu und bereitete mich auf den ersten Stich vor.

»Eins, zwei, drei.«

Ich stieß die Nadel durch die Schnittwunde und zog am Faden. Ich musste die Stiche tief in die Verletzung einführen, da es sich keineswegs um eine reine Hautverletzung handelte. Ich musste sogar zweifach nähen, innen und außen. Ich bemerkte, wie sein Arm sich anspannte, aber wieder gab er keinen Laut von sich und beklagte sich auch nicht. Erst als ich schon vier Stiche gemacht hatte, sagte er etwas.

»Ich dachte, du würdest dich mit mir unterhalten?«, fragte er leichthin. Ich heftete den Blick weiterhin auf meine Arbeit, schüttelte den Kopf und lachte leise auf.

»Sorry«, antwortete ich bedauernd. »Wie fühlst du dich ansonsten? Und lüg mich nicht an.«

»Gut«, antwortete er automatisch.

Ich stach etwas weniger zaghaft erneut zu, was ihm eine erste Reaktion entlockte. Er zischte leise.

»Ich hab doch gesagt: Lüg mich nicht an.«

»Na gut, Frau, und du erdolche mich nicht!«, grummelte er im Scherz. »Ich bin wirklich okay. Ich muss vielleicht nur gleich noch meine Knöchel ein wenig reinigen ...«

»Ja, einverstanden. Und was ist mit deinen Rippen?«, fragte ich und deutete mit einem kurzen Kopfnicken auf seine Seite.

»Nur ein paar blaue Flecken. Ich werd's überleben.«

»Sicher?«, fragte ich streng. Er gab dermaßen ungern zu, wenn er ernsthaft verletzt war, dass ich Angst hatte, irgendetwas zu übersehen.

»Ja«, sagte er entnervt. Ich machte einen erneuten Stich, hatte jetzt die Hälfte der ersten Naht geschafft. Hin und wieder musste ich zur Gaze greifen, um den Blutfluss aus der Wunde aufzufangen.

Wir schwiegen wieder ein paar Sekunden lang, und ich konzentrierte mich auf meine Arbeit. Immer noch spürte ich Haydens Blick unverwandt auf mir ruhen. Als ob er sich gedanklich von der Nadel ablenken wollte, die in seinen Arm hinein- und wieder herausfuhr. Deshalb hatte er sich offenbar entschlossen, sich auf mich zu konzentrieren. Seine Stimme, die zuvor noch neckisch geklungen hatte, schien jetzt belegter: »Bist du ebenfalls sicher, dass es dir gut geht?«

Noch nie in meinem Leben war ich mir dermaßen hilflos vorgekommen wie in dem Augenblick, da dieser Mann mich auf den Boden gepresst und angefasst hatte. Ich vermutete, dass mir die Ereignisse noch gar nicht in ihrer ganzen Tragweite zu Bewusstsein gekommen waren und dass noch mehr Gefühle an die Oberfläche dringen würden, aber vorläufig war noch alles in Ordnung.

»Ja, Hayden. Hätte schließlich schlimmer kommen können.«

»Das heißt noch lange nicht, dass du es gut überstanden hast«, widersprach Hayden leise.

»Ich weiß. Habe ich aber«, versicherte ich im Brustton der Überzeugung. »Vorläufig jedenfalls.«

»Na ja, mir zumindest geht es gar nicht gut dabei«, sagte er ernsthaft.

Erneut sah ich ihm daraufhin in die Augen, die jetzt voller Sorge und Gefühl waren.

»Mein Gott, Grace, das hat mich fast umgebracht«, fuhr er fort. »Ich will mir gar nicht vorstellen, was ... was hätte geschehen können ...«

Sein Arm spannte sich unter meiner Berührung jetzt noch mehr an, und ich legte ihm die freie Hand auf den Rücken.

»Hey, denk nicht drüber nach, Herc«, sagte ich sanft. »Es ist nichts passiert, weil du rechtzeitig eingeschritten bist. Du hast es verhindert.«

»Ich weiß, aber ...«

»Nichts aber. Du hast mich gerettet.«

Da ich neben ihm stand, legte er mir die freie Hand auf die Hüfte und ließ den Daumen beruhigend über meine Seite kreisen. Ich hielt seinen Blick ein paar Sekunden lang, dann widmete ich mich wieder meiner Arbeit. Auf meine letzte Bemerkung erwiderte er nichts und schien eine Weile wieder seinen eigenen Gedanken nachzuhängen. Zufrieden über meine Leistung betrachtete ich kurz darauf die erste, innere Naht, schnitt den Faden ab, nachdem ich ihn ein paar Mal verknotet hatte.

»Die Hälfte haben wir hinter uns«, sagte ich und bereitete einen weiteren Faden vor.

»Das machst du echt gut. Es tut kaum weh«, sagte er. Wahrscheinlich war das gelogen. Oder sein restlicher Körper tat so weh, dass es ihn von dem Schmerz am Arm ablenkte.

»Ich habe schon häufig Wunden genäht«, antwortete ich. Das hatte ich vor Jahren gelernt und war immer besser darin geworden.

Haydens freier Arm entspannte sich und rutschte von meiner Hüfte herunter, dennoch ließ er die Hand seitlich an meinem Bein ruhen und die Finger sanft über meinen Oberschenkel wandern. Sie bewegten sich rhythmisch, als sei er sich dessen gar nicht bewusst.

»Was hab ich doch für ein Glück«, murmelte er.

Ich freute mich über sein Kompliment und lächelte. Dann hatte ich die letzten Stiche hinter mich gebracht und band den letzten Knoten. Zum Schluss fuhr ich nochmals mit einem frischen Gazestreifen über die sauber vernähte Schnittwunde. Ich war zufrieden mit meiner Arbeit.

»Was hältst du davon?«, fragte ich.

»Wunderschön«, meinte er und schenkte mir ein leichtes Grinsen. Ich war überrascht, als ich spürte, wie er den Finger unter mein Kinn legte und meinen Kopf nach hinten neigte. Er beugte sich herab und gab mir einen sachten Kuss auf die Lippen, verweilte lang genug, dass eine tröstliche Wärme meinen Körper erfasste. Dann löste er sich wieder von mir.

»Danke.«

»Gern geschehen«, antwortete ich, und meine Stimme war

kaum mehr als ein Flüstern. Seine Lippen verzogen sich zu einem winzigen einseitigen Lächeln.

»Gehen wir nach Hause. Den Rest können wir doch auch dort erledigen, oder?«, fragte er sanft.

»Ich denke schon. Ich muss nur noch ein paar Sachen mitnehmen«, antwortete ich.

»Dann nimm dir, was du brauchst«, meinte er zärtlich.

»Ich will einfach nur allein mit dir sein.«

Ich hoffte, dass seine Stimmung so bleiben würde, wenn wir die Krankenstation verließen. Allein mit ihm zu sein, kam mir vor wie die beste Medizin. Nichts konnte mich so wiederherstellen wie er, und ich wusste, dass ich eine ähnliche Wirkung auf ihn hatte. Allein konnten wir unsere körperlichen und seelischen Wunden heilen. Er hatte genau das ausgesprochen, was ich wollte, und ich war mehr als bereit, seinen Wünschen nachzukommen.

KAPITEL 20
VERLANGEN

Hayden

Es war spät, sicher schon nach Mitternacht, als Grace und ich zu unserer Hütte zurückkehrten. Sie hatte ein paar Utensilien unter dem Arm, um meine übrigen Wunden reinigen zu können, aber ihre andere Hand schmiegte sich wieder in meine. Die leichten Schmerzen in meinem Oberarm konnte ich ignorieren, solange ich auf die Wärme ihrer Hand achtete.

Ich wünschte mir nur eines: wieder mit ihr daheim zu sein. Ich wollte sie beenden lassen, was sie unter allen Umständen beenden wollte. Ich wollte ihre Finger spüren, die sanft und federleicht über meine Wunden fuhren, spüren, wie sie mich zärtlicher als jeder andere Mensch in meinem Leben umsorgte, spüren, wie sie allein durch ihre Anwesenheit meinen Körper und meine Seele heilte. Weil ich sie unbedingt beschützen wollte, konnte mich nichts so erschüttern wie sie, genauso wenig wie nichts mich wieder auf die Beine bringen konnte wie sie. Sie war wie eine Naturgewalt, die ich nicht aufhalten konnte, selbst wenn ich es gewollt hätte.

Nachdenklich schritt sie neben mir her. Sie hatte die ganze

Zeit über nicht allzu viel gesagt, aber ich wusste, dass wir unbedingt reden mussten. Trotz unserer Wiedervereinigung gab es noch ein paar Themen, die der Klärung bedurften. Der Tod ihres Vaters. Ihr Bruder. Dieses erbärmliche Stück Dreck von einem Mann, der es gewagt hatte, sie anzurühren. Der Überfall.

Ich hoffte, wir konnten das alles bald aus der Welt schaffen, damit ich nur noch das tun konnte, was ich wirklich wollte: einfach mit ihr zusammen zu sein.

»Seltsam, oder?«, murmelte sie leise.

Ich sah auf sie hinab und bemerkte, wie eine leichte Brise ihr ein paar Haarsträhnen aus dem Gesicht wehte.

»Was ist seltsam?«

»So wie jetzt draußen zu sein ...« Sie verstummte und drückte meine Hand, um mir deutlich zu machen, was sie meinte. Obwohl es sehr spät war und sich beinahe jeder zur Ruhe begeben hatte, war es natürlich immer noch möglich, dass jemand uns sah. Aber mittlerweile kümmerte mich das nicht mehr.

»Kann sein.« Ich zuckte gleichgültig mit den Schultern. »Aber es ist eine Riesenerleichterung, sich darum keine Gedanken mehr zu machen.«

»Stimmt«, pflichtete sie mir bei, als wir zu Hause anlangten.

Ich hatte gerade die Hand auf den Türknauf gelegt und wollte drinnen verschwinden, um mich mit Grace ganz und gar der Entspannung hinzugeben, als sie wieder etwas sagte.

»Was ist das?«

Stirnrunzelnd blickte sie auf etwas hinab, das am Boden

lag. Sie blinzelte, um in der Dunkelheit etwas erkennen zu können. Ich folgte ihrem Blick und sah etwas Kleines, Weißes, das auf der Erde an der Wand unserer Hütte lehnte.

»Keine Ahnung«, murmelte ich und trat dichter heran. Graces Hand löste sich von meiner. Ich beugte mich vor, um den Gegenstand mit noch immer sehr blutigen Fingern aufzuheben, was das Weiß ein wenig besudelte.

»Gehen wir rein und machen wir Licht«, schlug sie vor.

Sie zündete eine Kerze an, während ich die Tür hinter mir schloss und verrammelte. Warmer Schein breitete sich in der Hütte aus. Wir setzten uns auf die Couch, und ich streckte das Objekt vor mir aus, ein zusammengefaltetes Stück Papier. Zu so etwas hatte in unserer Welt keineswegs jedermann Zugang.

»Mach auf«, drängte Grace sanft.

Langsam faltete ich das Papier auseinander, wobei ich sorgsam darauf achtete, es nicht noch weiter mit Blut zu beflecken.

»Eine Nachricht«, bemerkte ich, nachdem ich die Falten geglättet hatte. Ich brauchte ganze drei Sekunden, um die vier Wörter, die auf dem Papier standen, zu entziffern. Die Schrift wirkte krakelig, als hätte die Person bei der Niederschrift nicht allzu viel Zeit gehabt.

Komm zu mir – Leutie.

»Wo kommt das her?«, fragte Grace.

»Keine Ahnung ...« Ich schwieg nachdenklich. Vier kleine Worte waren nicht allzu viel Information.

»Glaubst du, einer der Plünderer hat die Nachricht hier deponiert? Aus Greystone?«

Grace runzelte gedankenverloren die Stirn, als ich zu ihr aufsah.

»Wie sollte sie sonst hier gelandet sein«, murmelte sie. Sie schien genauso ratlos zu sein wie ich selbst. »Aber warum?«

»Ich weiß es nicht«, murmelte ich. In letzter Zeit hatte es so viele Rätsel gegeben, über die ich hatte nachdenken müssen, dass ich ganz erschöpft war.

»Und wer hat sie vor die Tür gelegt? Wusste Jonah Bescheid? Warum will Leutie, dass ich zu ihr komme ...«

»Hey ...«

»Was, wenn die Nachricht gar nicht von Leutie ist ...«

»Grace ...«

»Genauso gut könnte es eine Falle sein ...«

»Grace!«

Ich umfing ihre Wange und zwang sie, mich anzusehen, statt wild den Blick umherschweifen zu lassen. Ich fuhr kurz mit dem Daumen über ihr Kinn, und sie holte tief Luft, sah mir tief in die Augen.

»Wir sollten uns darüber heute Nacht keine Gedanken mehr machen«, sagte ich sanft, aber entschieden. Wahrscheinlich war sie ebenso fix und fertig wie ich. »Jetzt finden wir sowieso keine Lösung mehr, aber morgen können wir auch mit den anderen darüber reden, ja?«

»Aber was, wenn ...«

»Nein«, rief ich und schüttelte energisch den Kopf. »Selbst wenn wir die wahre Bedeutung dieser Botschaft jetzt schon kennen würden, könnten wir jetzt nichts unternehmen. Das kann warten.«

Sie atmete tief aus und nickte langsam, akzeptierte meine Entscheidung.

»Okay«, antwortete sie schlicht. Als hätte meine Berührung sie daran erinnert, zog sie sanft meine Hand von ihrem Gesicht, um sie in die ihre zu nehmen. »Wir müssen sowieso zuerst noch deine Wunden reinigen.«

Ich gab keine Antwort, während sie ihr Verbandsmaterial wieder aufnahm und mich zum Bad zog. Auf meinen Knöcheln war so viel Blut getrocknet, dass sie ganz steif waren, und das Gleiche galt für mein Gesicht. Deshalb war es kaum überraschend, als sie ihre Utensilien im Bad ablegte und mich zu unserer provisorischen Dusche hinschob.

»Kommst du freiwillig mit, oder muss ich dich auch noch ausziehen?«, fragte sie herausfordernd. Sie öffnete Knopf und Reißverschluss ihrer Shorts, ließ sie zu Boden gleiten und warf das Shirt dazu.

»Hätte nichts dagegen ...«, witzelte ich wahrheitsgemäß.

Sie stand jetzt nur in BH und Höschen vor mir, legte ihre warmen Hände auf meine Hüften. Die Spannung knisterte zwischen uns, als ihre Hände meine Seiten streichelten und auf dem Weg nach unten den Bund meiner Shorts packten.

»Okay«, hauchte sie leise.

Sie beugte sich vor, um mir einen federleichten Kuss auf den Hals zu geben. Dann zerrte sie meine Kleidung hinab, sodass auch sie auf dem Boden landete. Eigentlich war es mir mittlerweile vollkommen egal, ob sie meine Wunden säuberte oder nicht, so sehr trieb sie mich zum Wahnsinn. Sie griff nach hinten, um ihren BH zu öffnen, dann zog sie ihr Höschen aus. Ich konnte mich kaum mehr beherrschen.

»Komm schon«, sagte sie sanft, nahm meine Hand und zog mich unter die Dusche. Ich folgte ihr wie die Motte, die ins Licht fliegt. Als sie den Hebel für das Wasser betätigte, spürte ich förmlich, wie meine Haut dampfte, so viel Hitze hatte sich mit einem Mal dort angestaut.

Das Wasser prasselte auf uns herab, sodass ihr das Haar an den Wangen klebte. Sie schloss einen Augenblick lang die Augen, genoss das Gefühl. Ihre Lippen teilten sich einladend, und sie atmete beinahe aufreizend aus. Ich ließ die Augen von ihrem Gesicht zu ihrem Hals hinabwandern, über ihr Schlüsselbein, ihre Brust ...

Gerade wollte ich meinem Verlangen nachgeben und sie küssen, als sie mir ein freches Grinsen zuwarf.

»Gib mir deine Hand«, verlangte sie. Sie trat einen kleinen Schritt zurück, damit ich ihrer Aufforderung nachkommen konnte. Dann begann sie unter dem laufenden Wasser das Blut abzuwaschen, sah mir dabei nicht mehr in die Augen, sondern konzentrierte sich voll und ganz auf ihre Tätigkeit.

»Du spielst nicht fair«, grummelte ich leise. Ein leises, ganz untypisches Kichern kam ihr über die Lippen, und unschuldig schüttelte sie den Kopf.

»Keine Ahnung, was du meinst ...«

»Blödsinn«, murmelte ich. Je eher sie meine Wunden gereinigt hatte, umso schneller konnten wir uns anderen Dingen widmen.

Wieder lachte sie und säuberte meine Knöchel, wobei sie vorsichtig zu Werke ging, um mir nicht wehzutun. Nachdem sie mit der ersten Hand fertig war, führte sie sie an die Lippen und presste einen sanften Kuss darauf, verharrte lang genug, dass die Hitze meinen Arm hinaufbrandete. Dann widmete sie sich meiner anderen Hand, wiederholte die Prozedur, bis auch sie gesäubert war. Als sie diese Hand ebenso küsste, sah sie mir so tief in die Augen, dass ich erschauerte.

Mein Körper erwachte, und das warme Vibrieren in mir vertrieb jeglichen noch verbleibenden Schmerz. Ich zog sie dichter an mich heran, beschrieb mit den Daumen kleine Kreise auf ihrer Haut.

Sie schüttelte fast unmerklich den Kopf, als bemühe sie sich um Klarheit. Dann hob sie die Arme und begann, mir das Blut vom Gesicht und aus dem Haar zu waschen. Ich spürte, wie mein Blick sich förmlich in sie hineinbrannte, und alle paar Sekunden sah sie von ihren Händen auf und mir in die Augen. Ich spürte, wie ihr Körper unter meinen Händen reagierte, die ihre Hüften hinabglitten, und ich musste meine ganze Selbstbeherrschung aufbieten, um nicht eine Hand zwischen ihre Beine zu schieben.

Warte, Hayden.

Ich rang um Geduld, aber die zärtliche Art, mit der ihre Finger meine Kopfhaut massierten, und die Hitze unserer Körper, die sich aneinanderpressten, ließen mich beinahe die Kontrolle verlieren.

»Fertig«, murmelte sie schließlich. Der Rötung ihrer Wangen und der Art nach zu urteilen, wie ihre Lippen sich öffneten, wenn sie Luft holte, ging es ihr genauso wie mir, und mehr als diese Erkenntnis brauchte es nicht, damit ich mich endlich hinabbeugte und sie küsste.

Das Wasser ergoss sich über uns, würde sicher jeden Moment versiegen. Ihre Lippen verschmolzen sanft mit den meinen, passten sich ihnen an, als seien sie die noch fehlenden Teile eines Puzzles. Ihre warmen Hände legten sich mir auf die Brust, und sie ließ die Fingerspitzen federleicht an meinem Hals entlanggleiten, während ich sie zärtlich küsste. Es fühlte sich so gut an, sie zu küssen, sie wirklich zu küssen, nach allem, was geschehen war. Ich wusste nicht, ob ich je wieder damit aufhören konnte.

Tatsächlich war nun das Wasser aufgebraucht, und zwar genau in dem Augenblick, als sie die Lippen öffnete und meiner Zunge erlaubte, sich sanft an die ihre zu schmiegen. Bei der plötzlichen Veränderung löste sie sich von mir und sog leise die Luft ein. Ich wollte sie nicht loslassen, und so gestattete sie mir noch einen weiteren Kuss auf ihre Lippen, bevor sie etwas sagte.

»Hayden.«

Meinen Namen. Mehr nicht, nur meinen Namen, aber ihn als atemloses Flüstern aus ihrem Mund zu hören, wirkte auf meine Selbstbeherrschung wie ein Presslufthammer. Ich wollte, dass sie es immer und immer wieder sagte, atemlos und inständig und voller Begehren. Wieder versuchte ich, sie zu küssen, und wieder hielt sie mich auf, indem sie mir sanft die Hand auf die Brust legte.

»Du bringst mich noch um, Grace«, murmelte ich frustriert. Warum hielt sie mich immer wieder auf?

»Hayden, du blutest immer noch«, meinte sie.

Offen gesagt kümmerte mich das überhaupt nicht, denn in diesem Augenblick wollte ich nur eines: sie auf unser Bett legen und ihr zeigen, wie sehr ich sie brauchte.

»Siehst du?«, fuhr sie fort und griff wieder nach meiner Hand. Schmutz und geronnenes Blut waren zwar abgewaschen worden, aber die Haut war zerfetzt, sodass es tatsächlich immer noch blutete. Sie ließ meine Hand wieder los und machte einen Schritt zur Seite, um zwei Handtücher herauszunehmen. Eines schlang sie sich um die Brust und gab mir das andere, das ich nachlässig um meine Hüften band.

»Und was jetzt?«, fragte ich in dem vergeblichen Versuch, meine Ungeduld zu verbergen. Ich sah zu, wie sie das Verbandszeug durchging und ein paar Gaze-Vierecke und medizinisches Klebeband herausholte.

»Ich bandagiere sie. Dauert nur eine Minute.«

Sie streckte den Finger in die Höhe und winkte mich heran, nahm meine Hand erneut. Dann presste sie einen Gazestreifen auf meine Knöchel, der das austretende Blut aufsog. Das Ganze fixierte sie mit einem Klebestreifen, den sie ein paar Mal darum wickelte. Die Prozedur wiederholte sie dann geschwind an meiner anderen Hand. Es sah aus, als habe sie mich für einen Boxkampf vorbereitet, doch so würde die Blutung schnell aufhören.

»Fertig?«, fragte ich und zog eine Augenbraue in die Höhe. Sie holte tief Luft, als wüsste sie, was jetzt kam. Dann nickte sie.

»Ja.«

»Gott sei Dank.«

Die Worte waren mir kaum über die Lippen gekommen, da beugte ich mich auch schon zu ihr hinab und küsste sie. Diesmal reagierte sie sofort, indem sie mir die Arme um den Nacken schlang und sich dicht an mich presste. Meine frisch verbundenen Hände erkundeten ihren von dem Handtuch bedeckten Körper, kneteten ihre Muskeln leicht, während ich den Kuss intensivierte. Sie keuchte, als meine Hände ihr

Gesäß erreichten und dann ihre Schenkel packten, um sie hochzuheben. Ich hielt sie ganz fest, und sie schlang mir die Beine um die Hüfte.

Ohne Umschweife trug ich sie zurück in das Hauptzimmer, wo eine einsame Kerze gerade genug Licht spendete, dass ich mühelos den Weg zum Bett fand, auf dem ich sie sanft niederlegte. Ihr Rücken berührte die Matratze, und sofort legte ich mich über sie, wobei ich unsere Lippen keinen Augenblick lang voneinander löste.

Sie wand sich unter mir, als meine freie Hand zu ihrem Schenkel hinabwanderte. Ich ließ die Fingerspitzen über ihre Haut und unter das Handtuch gleiten. Als ich ihre Mitte erreicht hatte, konnte ich einfach nicht widerstehen und fuhr mit den Fingerkuppen neckisch darüber, bis ich das empfindliche Nervenbündel ertastete. Ich genoss die teuflisch heißen Laute, die sie von sich gab, wenn ich sie berührte.

Sie legte den Kopf in den Nacken und keuchte leise, als meine Finger ihr Innerstes umkreisten, und ich währenddessen einen hungrigen Pfad aus Küssen ihren Hals hinab beschrieb. Ich spürte, wie meine Lenden schwer wurden, wie mein Verlangen wuchs; trotzdem ließ ich mir Zeit, genoss ihre hinreißende Reaktion auf meine sachte Berührung zwischen ihren Beinen.

Ich ließ die Lippen zunächst an ihrem Schlüsselbein entlang und dann ihre Brust hinabwandern. Sie vergrub die Hände tief in meinem Haar, packte die Strähnen, zog sanft daran. Ich ließ meine Finger noch ein paar Mal über ihre Klitoris gleiten, dann zog ich die Hand zwischen ihren Beinen hervor und öffnete das Handtuch, entblößte ihren wunderschönen Körper meinen Blicken. Sie holte tief Luft und bäumte sich mir entgegen. Allein das hätte mich schon beinahe in den Abgrund gestürzt.

Ich schmeckte ihre Zunge, während sie mich umklammerte. Ihr Körper unter mir war ruhelos: Ich spürte, wie sie die Hüften an mir kreisen ließ in der stummen Bitte nach Vereinigung. Aber ich wollte sie noch ein wenig auf die Folter spannen, also riss ich die Lippen von ihren los und ließ sie erneut an ihrem Schlüsselbein und ihrer Brust hinabwandern. Dann umschloss ich mit den Lippen eine Brustwarze und ließ meine Zunge über sie hinwegtanzen, was ihr ein weiteres quälendes Stöhnen entlockte.

»Hayden ...«

Da war er – jener Laut, den ich so unbedingt hören wollte, seit sie unter der Dusche meinen Namen gesagt hatte. Mein Herz pochte noch schneller, pumpte Adrenalin und Verlangen nach ihr durch meine Adern, während ich ihren Nippel mit meiner Zunge noch einmal umkreiste und ihn dann mit den Lippen umschloss.

Ihre zarte Hand wanderte an meiner Seite entlang und löste mein Handtuch von meinen Hüften, schleuderte es vom Bett herunter. Schon spürte ich, wie sie mich sanft umfasste. Ich löste die Lippen von ihrem Nippel, um die Wölbung ihrer Brust zu küssen.

Mit großer Kraftanstrengung zog ich ihre Hand von dort fort, wo sie mich berührte. Ihre Finger verwoben sich mit meinen, und ich führte sie über ihren Kopf, stützte mich mit dem anderen Ellbogen ab, schwebte über ihr.

»Ich brauche dich, Grace«, hauchte ich zwischen unseren

Küssen. Meine Hüften brandeten ihr entgegen, sehnten sich verzweifelt nach Vereinigung mit ihr – so perfekt wie immer.

»Ich brauche dich auch«, keuchte sie und atmete scharf ein, als meine Hüften sich gegen sie drängten, jedoch immer noch, ohne in sie einzudringen. Kurz ging mir durch den Kopf, dass sie ihre Empfängnisverhütungsspritze erst vor kurzem bekommen hatte, wir also auf jeden Fall auf der sicheren Seite waren.

Ich ließ die Hüften zwischen ihren Schenkeln hinabsinken, und sie presste die Beine zusammen, als bettele sie darum, dass ich weitermachte. Ihre Hände erkundeten meinen Körper, fuhren mir durchs Haar, wanderten meinen Rücken hinab. Voller Begierde wand sie sich unter mir. Bei diesem Anblick entrang sich ein erneutes tiefes Stöhnen meiner Brust, und mehr war nicht nötig, um endlich in ihr zu versinken.

Ihre Lider schlossen sich langsam, ihr Kopf fiel in den Nacken, sie stöhnte leise, als ihr Körper meinen empfing. Ich würde mich nie daran gewöhnen, wie wundervoll das Zusammensein mit ihr war, wie absolut perfekt wir füreinander geschaffen waren. Und all das gesellte sich zu der heißen, brennenden Liebe, die ich für sie empfand. Sie hatte mich ganz und gar verzaubert.

Grace drückte fest meine Hand, während ich mich langsam zurückzog und dann wieder vorpreschte. Ich wollte diesen betörenden Lippen so oft wie möglich meinen geflüsterten Namen entlocken. Ich spürte, wie sie ihre andere Hand auf meine Hüfte legte und mich mit den Beinen umschloss, während ich mich zwischen ihren Schenkeln bewegte. Langsam wogte ich in sie hinein, und ihre Hüften brandeten mir entgegen, was die glühende Hitze zwischen uns nur noch steigerte.

Ich spürte einen dünnen Schweißfilm auf meiner Haut, während ich mit fließenden, gleichmäßigen Stößen in sie hineintrieb. Jedes Kreisen meiner Hüften war nur dazu bestimmt, ihr Lust zu bereiten, denn ihre Lust war auch meine. Ihr Keuchen und Flehen trieben mich an. Ihre Hand umfing die meine immer fester, während ich wieder und wieder in sie hineinrammte.

Die Intensität unseres Zusammenseins raubte ihr den Atem. Ein Kuss schien unmöglich geworden, als ich unglaublich tief in sie eindrang, also ließ ich die Lippen wieder ihren Hals hinabwandern. Ich saugte an ihrer Haut, und sie umklammerte meine Hand noch fester, bekam eine Gänsehaut. Ich zog die Hüften zurück, stieß wieder langsam und sanft in sie hinein. Sie bäumte sich auf, ihre Brust berührte meine, und erneut wimmerte sie leise.

Allein das Gefühl ihrer Haut an meiner hätte mich bereits zum Höhepunkt treiben können, aber dass sie dazu noch so intensiv auf mich reagierte, trieb mich förmlich in den Wahnsinn. Sie zog an meinem Haar, ließ die Hüften im gleichen Rhythmus kreisen wie die meinen, zerrte an meiner Hand und streichelte jeden Zentimeter meines Körpers. Vergeblich versuchte sie, ihr sinnliches Stöhnen zu unterdrücken, ihr Atem ging stoßweise, als ich wieder und wieder in sie hineinwogte. Und wenn sie meinen Namen hauchte, war es ganz und gar um mich geschehen.

»Hayden ...«, seufzte sie wieder, umklammerte meinen Nacken, entriss mir ihre Hand. Sie küsste mich leidenschaftlich, zuckte am ganzen Körper, während ich unaufhörlich in sie hineintrieb. Ich spürte, wie mein Höhepunkt nahte, wollte ihn aber hinauszögern, bis Grace gekommen war.

»Ja, Baby«, stöhnte ich und konnte einfach nicht anders, als den Rhythmus zu erhöhen. Sie keuchte, als meine Hüften gegen die ihren stießen. Ihr Körper erschauerte mit jeder meiner Bewegungen.

Plötzlich blieb mir die Luft weg, denn sie zog ihre Hände aus meinem Haar und stieß gegen meine Brust, drehte uns um, sodass ich auf dem Rücken landete. Ihr Körper folgte, und ich stöhnte laut, als sie sich wieder auf mich herabsenkte, über meinen Hüften sitzen blieb, sodass ich den besten Ausblick auf ihren Körper hatte.

»Oh, mein Gott«, raunte ich und biss mir heftig auf die Lippe.

Es war beinahe Folter. Ich ließ die Augen an ihr hinaufwandern, von dort, wo wir verbunden waren, über ihre wogenden Hüften, ihre Brust und schließlich bis hin zu ihrem überwältigend schönen Gesicht. Ihre Haut war gerötet und feucht von Schweiß: Sie glühte förmlich, während sie über mir emporstieg und sich wieder hinabsenkte. Hart schob ich die Hände an ihren Schenkeln hinauf, packte ihre Hüften fest, führte jede ihrer Bewegungen. Meine Lenden pulsierten ihr entgegen; der Abgrund war näher denn je.

Als sie in reiner Ekstase den Kopf in den Nacken warf und ihre Muskeln mich umkrampften, wusste ich, dass auch sie dem Höhepunkt ganz nah war. Ohne Zeit zu verlieren, schoss mein Körper nach oben, sodass meine Brust die ihre berührte, und sie mir die Arme um den Nacken schlang. Eine meiner Hände spreizte sich auf ihrem Rücken, um sie festzuhalten und an mich zu pressen, während wir uns unermüdlich weiterbewegten. Meine andere Hand glitt zwischen uns und übte erneut Druck auf ihre Klitoris aus.

Sie stieß das bis jetzt lauteste Stöhnen aus, und nun waren nur noch ein paar Kreise meiner Fingerkuppen über ihre empfindlichen Nerven vonnöten, um sie in den Abgrund zu stürzen. Sie klammerte sich an mich, als ihr Orgasmus sie durchtoste, sodass ihre Muskeln mich quälend fest umklammerten. Und immer noch glitt ich in sie hinein und wieder heraus, trieb sie durch ihren Höhepunkt. Ihr Atem ging flach und schnell, als sie um mich herum erbebte, und ich spürte, wie sie langsam dahinschmolz. Nur noch meine Arme hielten sie fest, denn ihre Muskeln versagten. Ich spürte das Pulsieren ihres Herzschlags, als ich sie so hielt, und ich musste nur noch ein einziges Mal tief in sie hineinrammen, um ebenfalls zu kommen.

Mit einem energischen Kuss erstickte sie mein tiefes Stöhnen, dämpfte meine Laute, während wir zusammen den Höhepunkt erlebten. Wieder vergrub sie die Finger in meinem Haar, hielt mich ganz fest, und ihr Atem ging noch immer schnell. Langsam ebbte das Hochgefühl ab, und endlich brach ich rücklings auf der Matratze zusammen, riss sie mit mir, sodass sie schlaff auf meiner Brust lag, zu erschöpft, um sich aufrecht zu halten. Ich spürte ihren Atem an meinem Hals und jenen kleinen Hitzepunkt an meiner Kehle, als sie mich küsste. Das perfekte Ende eines Wahnsinns-Orgasmus.

»Ich liebe dich, Hayden«, flüsterte sie, sprach meinen Namen noch einmal auf diese ungemein erotische Weise aus.

Mein Herz pochte wie wild, und wo immer sie mich berührt hatte, schien meine Haut zu kribbeln. Sie hatte sich noch immer nicht ganz beruhigt, denn ihr Körper erbebte mit jedem ihrer Atemzüge. Wieder staunte ich, dass sie mir gehörte – und über mein Glück, gleichzeitig auch ihr zu gehören.

»Und ich liebe dich, Grace. So sehr.«

KAPITEL 21
WESENTLICH

Grace

Ich hörte nur leise Atemzüge neben mir. Keine Ahnung, was mich aus den Tiefen des Schlafes gerissen hatte. Mein Gesicht war an Haydens warmen Rücken geschmiegt, und wir hatten unsere Hände an seiner Taille ineinander verschränkt. Ich spürte seine tiefen, gleichmäßigen Atemzüge und die Hitze seines Körpers dicht an meinem.

Er schlief jetzt tief und fest, und das war auch gut so. Meine Befürchtung, dass er nach alldem Schwierigkeiten mit dem Einschlafen haben würde, war unbegründet gewesen. Anscheinend hatten unser körperliches Zusammenkommen und die wenigen glückseligen gemeinsamen Augenblicke ihm Ruhe beschert. Wir waren gerade noch in der Lage gewesen, uns etwas überzustreifen, bevor wir schon eingeschlummert waren. Hayden hatte lediglich seine Boxershorts angezogen, während ich in T-Shirt und Unterhöschen geschlüpft war, bevor ich wieder ins Bett ging.

Am liebsten wäre ich den ganzen Tag so liegen geblieben, aber das war unmöglich. Wie sehr ich mir wünschte, nur einen einzigen Tag im Bett mit Hayden zu vertrödeln, doch das ließ unsere Welt nun mal nicht zu. Wir mussten unserer Verantwortung gerecht werden und unser Leben aufrechterhalten, was unsere Zeit für Freizeitaktivitäten deutlich beschränkte.

Sanft presste ich die Lippen auf seinen vernarbten Rücken. Als ich versuchte, ihm die Hand zu entziehen, stieß ich auf Widerstand, als seien wir im Schlaf untrennbar miteinander verbunden. Beim zweiten Versuch jedoch war ich erfolgreich, bewegte mich langsam, um ihn nicht zu wecken. Vorsichtig schob ich mich vom Bett herunter und lief ins Badezimmer. Ich hoffte, er würde noch eine Weile weiterschlafen, denn er brauchte unbedingt noch Ruhe. Deshalb freute ich mich, dass es nebenan still blieb, während ich meinen Geschäften nachging.

Nachdem ich fertig war, öffnete ich die Tür und kehrte zurück. Da fiel mir etwas Ungewöhnliches ins Auge. Ich hatte mich so an die Anordnung der Gegenstände in unserer Hütte gewöhnt, dass ich jetzt überrascht war, dass mir die Veränderung nicht früher aufgefallen war. Ich fixierte den Gegenstand, noch ohne die ganze Tragweite erfassen zu können. Automatisch trugen meine Füße mich zum Schreibtisch. Dort lag Haydens Familien-Fotoalbum.

Ein winziges Lächeln breitete sich auf meinem Gesicht aus, als ich die Hand ausstreckte, um es zu berühren. Ich ließ die Finger vorsichtig über den verkohlten Einband gleiten, hätte es durchaus gern aufgeschlagen, war aber entschlossen, dieser Versuchung zu widerstehen. Es gehörte Hayden, und ich würde ihm diesen Teil von ihm nicht aus selbstsüchtiger Neugier so einfach wegnehmen. Wenn er es mir zeigen wollte, würde ich es mir ansehen, aber ich würde nicht alles verderben, indem ich jetzt schon einen Blick hineinwarf.

»Hey.«

Beim Klang seiner tiefen Stimme zuckte ich zusammen, und schon schlang er die Arme um meine Taille. Er umarmte mich von hinten und legte mir das Kinn auf die Schulter, hielt mich auf höchst tröstliche Weise fest. Ich legte die Hände auf seine.

»Ich hab gar nicht gehört, wie du aufgestanden bist«, sagte ich.

»Mich anzuschleichen, ist eben mein Spezialgebiet«, antwortete er und gab mir einen Kuss auf den Nacken.

»Anscheinend«, murmelte ich geistesabwesend. Mein Blick haftete immer noch auf dem Fotoalbum, und ich wusste, dass auch er gerade daran dachte. »Hayden?«

»Hmm?«

Sein Brummen ließ seine Brust an meinem Rücken vibrieren.

»Hast du ... hast du es dir angesehen?«

Ihm war sofort klar, was ich meinte. Er schwieg ein paar Sekunden lang, drückte aber kurz meine Hände und ließ mich auch nicht los.

»Ich habe angefangen«, bekannte er leise. »Ein paar Seiten habe ich geschafft, bevor der Überfall begann und ich loslief, um nach dir zu suchen.«

Dass er endlich die Kraft gefunden hatte, es aufzuschlagen, sprach Bände, insbesondere wenn man bedachte, wie die Lage zwischen uns noch vor dem Angriff gewesen war.

»Ich bin so stolz auf dich, Hayden.«

Er schwieg wieder und presste die Lippen auf meine Schulter.

»Ich bin nicht allzu weit gekommen«, murmelte er schließlich.

»Aber du hast angefangen, und das ist schon mal ein Riesenschritt«, sagte ich ehrlich überzeugt. Dann drehte ich mich in seinen Armen um und schob ihm das wirre Haar aus dem Gesicht. »Wie war es?«

»Schwer«, gab er zu und sah mir tief und eindringlich in die Augen. »Aber trotzdem gut, glaube ich.«

Jetzt lächelte ich sogar noch breiter. »Das freut mich so.«

»Wir schauen es uns dann gemeinsam bis zum Ende an ... wenn du willst.«

Bei diesen Worten machte mein Herz einen Satz.

»Das wäre wirklich wunderbar.«

»Gut«, sagte er nur und nickte knapp. Er beugte sich herab und gab mir einen sachten Kuss auf die Lippen, verharrte dort einen Augenblick und löste sich dann von mir. »Aber nicht heute. Wir haben viel zu tun.«

Er hatte Recht. Wir mussten uns um einiges kümmern – in erster Linie um die Nachricht, die mutmaßlich von Leutie kam – und hatten keine Zeit für eine emotionale Reise ins Land der Erinnerungen. Er drückte noch einmal meine Hüften, dann ließ er mich los und ging seinerseits aufs Bad zu.

»Zieh dich an, danach trommeln wir alle zusammen, ja?«, schlug er vor.

»Ja, guter Plan.«

Er nickte und verschwand. Ich warf einen letzten Blick auf das Album, dann begab ich mich zur Kommode und holte ein paar Klamotten heraus. Meine Kleiderkollektion war während meines Aufenthalts hier beträchtlich gewachsen, sodass sich die Schublade mittlerweile nicht mehr mühelos schließen ließ. Ich lächelte; auch das war wieder ein Zeichen, dass ich jetzt in Blackwing wirklich zu Hause war. Bei Hayden.

Zehn Minuten später verließen Hayden und ich die Hütte und machten uns auf den Weg zu Kit, um ihn zum Meeting abzuholen. Die Nachricht befand sich zusammengefaltet in meiner Tasche und schien förmlich um meine Aufmerksamkeit zu buhlen. Ich war gespannt, was die anderen davon halten würden. Ich blinzelte, als wir vor Kits Tür stehenblieben und Hayden die Hand hob, um laut zu klopfen. Von drinnen hörte man schlurfende Schritte, und es vergingen ein paar Sekunden, bis die Tür geöffnet wurde. Sehr zu meiner Überraschung war es jedoch nicht Kit, der uns begrüßte, sondern Malin.

»Hey, Leute«, sagte sie gut gelaunt. Ihr dunkles Haar war leicht zerzaust, und sie trug ein viel zu großes T-Shirt. Offensichtlich hatte sie die Nacht hier verbracht.

»Hi Malin«, begrüßte ich sie. Ich sah kurz zu Hayden hinüber, doch dessen Miene blieb völlig gelassen. Wieder musste ich an das denken, was Malin mir versehentlich anvertraut hatte – dass sie auch mal zusammen gewesen waren. Ich versuchte zu ignorieren, dass sich mein Magen bei diesem Gedanken schmerzlich zusammenzog.

Es spielt keine Rolle, Grace.

Ich atmete tief ein und schenkte ihr ein gezwungenes Lächeln, das sie herzlich erwiderte.

»Ähm, ist Kit da?«, fragte Hayden jetzt doch etwas verlegen. Ich fragte mich, ob er wohl gerade daran denken musste, wie er die beiden im Lagerhaus erwischt hatte.

»Was ist los?«, erklang plötzlich Kits Stimme, der nun hinter Malin auftauchte. Er berührte sacht ihre Hüfte, um sie zur Seite zu schieben, und das winzige Lächeln auf ihrem Gesicht entging mir nicht. Plötzlich tat sie mir leid, denn anscheinend bedeutete er ihr mehr als sie ihm.

»Wir müssen uns unterhalten«, sagte Hayden. »In zehn Minuten in der Kommandozentrale?«

Kit nickte. »Ja, ich komme.«

»Dann bis später, Leute«, rief ich und winkte ihnen nochmal zu. »Schön, dich zu sehen, Malin.«

»Find ich auch. Wir sollten uns ... mal treffen«, sagte sie und errötete ein wenig. Ich wusste, dass sie mir nicht hatte wehtun wollen, als sie mir von ihrer Beziehung zu Hayden erzählt hatte. Keine Ahnung, worüber sie jetzt mit mir reden wollte, aber ich war durchaus offen für ein Treffen.

»Ja, gute Idee«, antwortete ich also aufrichtig. Sie lächelte, und dann kehrten sie und Kit in die Hütte zurück. Hayden schwieg während dieser Unterhaltung stoisch. Sein Kinn hatte sich etwas verkantet, als wir uns auf den Weg zu Dax' Hütte machten.

»Was?«, fragte ich belustigt.

»Nichts«, antwortete er. »Wusste ja gar nicht, dass ihr beiden Freundinnen seid.«

»Freundinnen ist vielleicht zu viel gesagt, aber sie war immer nett zu mir«, antwortete ich achselzuckend.

»Hmm.«

Er blickte nachdenklich auf mich herab, sagte aber nichts mehr. Dann klopfte er an Dax' Tür. Wie erwartet öffnete er und stand nur in Shorts vor uns. Sein Haar war noch ein wenig feucht.

»Morgen, ihr Turteltäubchen«, begrüßte er uns breit grinsend. »Ihr seid aber früh auf den Beinen.«

Spielte er einfach nur wie immer die Nervensäge vom Dienst, oder hatte er uns letzte Nacht gehört? Ich wurde ganz verlegen, aber Hayden rettete mich und antwortete an meiner Stelle.

»Ja«, sagte er, Dax' Anspielung ignorierend. »Wir haben in zehn Minuten ein Meeting, also zieh dir ein verdammtes Shirt über.«

»Was für eine Schande, solch einen wunderschönen Körper zu verhüllen ...«, meinte Dax scherzhaft. Hayden verdrehte die Augen. Dax ging zu seiner Kommode hinüber, nahm ein T-Shirt heraus und zog es sich über den Kopf. Eilig streifte er noch Socken und Schuhe über.

»Fertig. Gehen wir.«

»Sollen wir Docc auch dazubitten?«, fragte ich, als wir drei uns auf den Weg zum Zentrum des Camps machten.

»Ja, ist womöglich besser«, stimmte Hayden zu. »Vielleicht ist ja sogar dieses Schwein wieder bei Bewusstsein, und wir können ihm in der Krankenstation ein paar Fragen stellen.«

Plötzlich fand ich die Idee nicht mehr ganz so gut, denn es war fraglich, ob Hayden sich im Griff haben würde. Aber es war schon zu spät, denn wir waren bereits in der Krankenstation angelangt. Und tatsächlich: Kaum kam der blutüberströmte und schwerverletzte Mann in Sicht, verkrampfte Hayden sich wieder, und seine Schritte wurden ganz steif. Beruhigend legte ich ihm die Hand ins Kreuz, aber anscheinend erfolglos.

Docc saß an seinem Schreibtisch in der Ecke, und ich warf ihm einen wachsamen Blick zu, während ich Hayden zu dem

Patienten folgte. Er war jetzt gesäubert worden, und man konnte jede einzelne Wunde in seinem Gesicht erkennen, jeden Bluterguss am Kinn und die dunkelblauen Striemen um seine Augen. Er war übel zugerichtet, und sein Atem ging stoßweise, aber er lebte.

Sein dunkelblondes Haar war noch schmutzig und klebte ihm stellenweise am Kopf. Seine blaugrünen Augen öffneten sich flatternd und wirkten bei unserem Anblick zutiefst erschrocken. Er musste so um die fünfundzwanzig sein und hätte gut aussehen können, wäre er nicht dermaßen zusammengeschlagen worden und wäre er mir nicht dermaßen verhasst gewesen wegen dem, was er mir angetan hatte. Er schien große Angst zu haben, als sein Blick auf Hayden landete, der die Hände zu Fäusten geballt und die Zähne zusammengebissen hatte.

»Wie heißt du?«, fragte ich in scharfem Ton.

»Shaw«, antwortete der Mann mit tiefer, leicht heiserer Stimme.

Plötzlich rastete Hayden aus und versetzte dem Mann einen kräftigen Kinnhaken. Dessen Kopf schnellte zur Seite, und sofort war er wieder bewusstlos.

»Oh, Shit!«, schrie Dax überrascht.

»Hayden!«, rief ich aus und wollte ihn festhalten. Er setzte sich gegen mich zur Wehr, ignorierte meine Worte, versuchte, mich abzuschütteln, aber ich ließ nicht locker. »Was machst du denn da?«

»Ich kann das nicht«, grollte er zornig und funkelte den bewusstlosen Mann weiterhin wütend an. Ich trat neben ihn und stellte mich dann zwischen ihn und Shaw. Sein Blick war wild und düster, und ich musste ihm beide Hände fest auf die Wangen legen, damit er mich ansah.

»Ich liebe dich, aber besonders hilfreich war diese Aktion nicht«, rügte ich ihn. Er atmete tief und bebend durch die Nase aus und presste die Lippen aufeinander. Ich wusste, dass ihm gerade wieder das Bild vor Augen stand, wie der Mann mich begrapscht hatte.

»Ist mir egal«, murmelte Hayden erbittert.

»Krass, er ist echt weggetreten«, meinte Dax hinter mir. Haydens Blick huschte über meine Schulter hinweg, und er grinste finster, aber befriedigt.

»Dann werden wir uns wohl später mit ihm unterhalten müssen«, räumte ich ein und warf Hayden noch einen tadelnden Blick zu. »Du musst Ruhe bewahren, Hayden.«

»Kann ich nicht versprechen«, grollte er. Ich liebte ihn, weil er mich so sehr liebte, aber ich fragte mich, ob er bei einem Verhör Shaws wirklich von Nutzen sein konnte oder uns nicht vielmehr behinderte.

»Hayden, was hast du mit meinem Patienten angestellt?«, erklang Doccs ruhige Stimme. Mit strenger Miene tauchte er nun neben dem Krankenbett auf. Dax stieß Shaw in die Schulter, als wolle er überprüfen, ob der Mann nicht doch bei Bewusstsein war.

»Ich habe ihn geschlagen«, murmelte Hayden sachlich. Er zeigte keinerlei Bedauern, was ihm ein leises Glucksen von Docc einbrachte.

»Hoffentlich wacht er noch mal auf«, meinte er.

»Ich drück die Daumen«, meinte Hayden sarkastisch. Sardonisch verzog er die Lippen.

»Bist du nur gekommen, um meinen Patienten bewusstlos zu prügeln, oder hast du noch etwas anderes auf dem Herzen?«, fragte Docc ihn heiter.

»Wir müssen uns unterhalten. Kann ihn jemand bewachen, während du fort bist?«

»Ja, ich suche eben nach Frank und komme dann zur Kommandozentrale.«

Hayden nickte und warf dem Bewusstlosen noch einen vernichtenden Blick zu, bevor er sich abwandte. Dax verdrehte ironisch die Augen hinter Haydens Rücken, dann folgten wir seiner brütenden Gestalt nach draußen.

Schweigend legten wir den Weg zur Kommandozentrale zurück, aber ich beschloss, dass Hayden sich von selbst wieder beruhigen musste, und wollte ihn nicht bedrängen. Kit wartete bereits auf uns, als wir das Gebäude betraten. Er saß am Tisch in der Mitte und warf lässig ein Messer zwischen den Händen hin und her.

Er sah auf. »Wurde auch Zeit«, witzelte er gut gelaunt.

»Es gab noch einen kleinen Zwischenfall«, erwiderte Dax glattzüngig.

Hayden schmollte noch immer und stellte sich neben mich. Auch Docc stieß kurz darauf zu uns.

»Okay, was ist los?« fragte Kit, nun, da alle anwesend waren.

»Zeig es ihnen, Grace«, sagte Hayden. Seine Stimme war immer noch gefährlich leise und voller Zorn, aber er schien sich mittlerweile wieder so weit im Griff zu haben, dass er mich ohne jede Aggressivität ansehen konnte.

»Also, das hier haben wir nach dem Überfall gefunden ...«,

begann ich und zog den Zettel hervor. Ich faltete ihn sorgsam auseinander und legte ihn auf den Tisch, damit alle es lesen konnten. Die Männer schwiegen ein paar Sekunden lang.

»Wer ist Leutie?«, brach Docc als Erster das Schweigen.

»Meine Freundin aus Greystone«, erklärte ich.

»Glaubst du, dass sie wirklich dahintersteckt?«, erkundigte sich Dax. »Hattest du nicht gesagt, dass sie nicht an Raubzügen teilnimmt?«

»Genau.« Ich schüttelte den Kopf. »Es kann also gar nicht sie gewesen sein, die diese Nachricht hier deponiert hat. Wenn sie das überhaupt geschrieben hat.«

»Erkennst du ihre Handschrift?«, fragte Kit.

»Nein.« Ich schüttelte nochmals den Kopf. »Zum Schreiben haben wir nicht allzu häufig Gelegenheit, weißt du?«

»Stimmt schon ...«, murmelte Kit stirnrunzelnd.

»Also ... gehen wir davon aus, *falls* sie es geschrieben hat, dass jemand die Nachricht hier für sie hinterlassen hat?«, überlegte Dax laut.

»So ungefähr«, sagte ich achselzuckend. »Allerdings ist das ein ziemlich großes ›Falls‹.«

»Was kann sie von dir wollen?«, meldete sich Hayden jetzt zum ersten Mal zu Wort.

»Keine Ahnung«, bekannte ich, als er mich ansah.

»Woher sollte sie wissen, in welcher Hütte du wohnst?«, fragte Docc.

»Jonah weiß es. Vielleicht hat er es irgendjemandem erzählt, und Leutie hat es mitbekommen ... oder derjenige, der den Zettel vor die Tür gelegt hat?«

»Hätte sie doch nur irgendeinen Geheimcode benutzt, sodass nur ihr beiden wüsstet, dass sie dahintersteckt«, witzelte Dax unbekümmert. Hayden warf ihm einen wütenden Blick zu; er war absolut nicht in Stimmung für Scherze. »Sorry.«

»Es gibt also zwei Möglichkeiten«, erläuterte Hayden mit strenger Stimme. Er sah alle Beteiligten nacheinander an. »Nummer eins: Es war tatsächlich Leutie, und sie hat jemanden, der wusste, wo du wohnst, gebeten, die Nachricht hier zu hinterlassen. Nummer zwei: Es war jemand anders, und es handelt sich um eine Art Falle. Ich persönlich glaube, dass die erste Option ziemlich weit hergeholt ist.«

»Dem stimme ich zu«, murmelte Kit zögernd. Ich war der gleichen Ansicht – Option Nummer eins klang wirklich unglaubwürdig.

»Also versucht jemand, uns nach Greystone zu locken, um unser Lager besser angreifen zu können?«, schlussfolgerte Dax.

»Das halte ich für wahrscheinlicher«, sagte Docc. Er schürzte die Lippen und warf uns einen mitfühlenden Blick zu.

»Was sollen wir also tun?«, fragte ich. Ich war hin- und hergerissen zwischen dem, was ich glaubte und was ich glauben wollte.

Alles hing von unserer Entscheidung ab, wer diese Nachricht unserer Ansicht nach wirklich geschrieben hatte. Mein Bauchgefühl riet mir, nicht nach Greystone zu gehen, dass es sich um eine Falle handelte und dass Jonah nur darauf wartete, sich wie ein Raubtier auf seine Beute zu stürzen, aber mein Herz riet mir, hinzugehen und nach Leutie zu suchen. Hatte sie Probleme? Brauchte sie mich?

»Was denkst du selbst denn, Grace? Du kennst schließlich beide Seiten.«

Plötzlich wurde mir klar, dass sie meiner Entscheidung folgen würden, egal, wie diese ausfiel.

Wenn ich beschloss, Leutie tatsächlich aufzusuchen, riskierten wir das Leben aller Beteiligten. Wenn ich zu dem Schluss kam, dass es sich um eine Falle handelte, und wir nichts unternahmen, würde ich auf ewig mit der Frage leben müssen, ob ich die richtige Entscheidung getroffen hatte. Was, wenn ich mich irrte und Leutie tatsächlich in Gefahr war, ich aber hierblieb? Was, wenn sie irgendetwas wusste, womit sie uns helfen konnte, das wir aber nie erfahren würden, wenn wir jetzt nicht aktiv wurden? Mein Herz schlug schnell und unregelmäßig, während sich in meinem Kopf die Gedanken überschlugen.

Ich holte tief Luft und sah jeden einzelnen der Männer an, bevor ich den Blick auf Hayden richtete und mich wappnete.

»Ich glaube, jemand sollte nachsehen«, begann ich langsam. Die vier starrten mich mit entschlossenen Gesichtern an und warteten darauf, dass ich weitersprach. Mein Magen zog sich schmerzhaft zusammen, und ich versuchte, mein rasendes Herz zu beruhigen, bevor ich noch einen letzten Satz hinzufügte. »Jemand muss nach Greystone gehen ... Aber ich mache es allein.«

KAPITEL 22
BEEINDRUCKEND

Grace

Meine Worte schwebten nur für den Bruchteil einer Sekunde zwischen uns in der Luft, bevor Hayden sie praktisch zerschlug.

»Nein. Auf keinen Fall.«

Ich runzelte die Stirn. Ich hatte gewusst, dass er das sagen würde. Es war klar, dass er sich nicht darauf einlassen wollen würde, aber das hatte er nun mal nicht zu bestimmen.

»Doch«, antwortete ich also ruhig.

»Unter gar keinen Umständen«, murmelte er kopfschüttelnd. »Du wirst nicht allein dort hingehen. Das ist zu gefährlich.«

»Wieso? Eine Person ist viel weniger auffällig als vier, und ich kenne Greystone besser als jeder andere«, widersprach ich. Trotzig verschränkte ich die Arme vor der Brust.

»Damit hat sie Recht, Kumpel«, wagte Dax einzuwenden. Der böse Blick, den Hayden ihm zuwarf, ließ ihn allerdings sofort wieder verstummen, und er sah wieder zu mir herüber.

»Grace, du darfst nicht allein dort hingehen. Das wäre Wahnsinn!«, betonte Hayden.

»Wieso? Das ist auf jeden Fall die sinnvollste Lösung. Falls es sich tatsächlich um eine Falle handelt, dürfen wir nicht riskieren, alle erwischt oder womöglich sogar getötet zu werden. Wenn es keine Falle ist, wäre es für mich allein am leichtesten, mich hineinzuschleichen, nach Leutie zu suchen und wieder zu verschwinden, bevor überhaupt irgendjemand mitbekommen hat, dass ich da war.«

»Ist mir egal, wie die Lage ist, Falle hin oder her. Du gehst jedenfalls nicht allein«, grummelte Hayden wütend.

Ich hatte es gar nicht bemerkt, aber er hatte einen Schritt auf mich zugemacht und stand jetzt höchstens noch zwanzig Zentimeter von mir entfernt. Er funkelte zornig auf mich herab, doch ich hielt seinem Blick stand. Niemand sagte ein Wort, die Spannung im Raum war förmlich greifbar. Ich spürte sämtliche Augen auf uns.

»Du denkst nicht vernünftig«, erwiderte ich.

»*Du* denkst nicht vernünftig. Du könntest geradewegs in eine Falle laufen, und das willst du auch noch allein tun? Sie könnten dich töten, Grace. Sie haben es schließlich schon einmal versucht!« Hayden kochte vor Zorn. Ich wusste, dass es seine Liebe zu mir war, die ihn so wütend machte, aber dass er meinen Fähigkeiten so wenig vertraute, fand ich dennoch beleidigend.

»Ich komme allein sehr gut zurecht. Das weißt du«, spie ich barsch hervor.

»Du gehst nicht«, stellte Hayden halsstarrig fest.

»Das hast du nicht zu bestimmen, Hayden. Ich gehe, wenn ich es will«, antwortete ich. Mein Ton war jetzt wütend und bockig. »Denkst du etwa, ich bin dem nicht gewachsen?«

»Das ist nicht ...«

»Atmen wir doch zunächst einmal alle tief durch und reden darüber«, unterbrach da Docc unser Gezänk.

Hayden und ich funkelten einander noch ein paar weitere Sekunden lang an, und unser Atem ging schwer. Dann gelang es mir, den Blick von ihm loszureißen und meine Aufmerksamkeit wieder den anderen am Tisch zuzuwenden.

»Sie geht nicht allein«, blaffte Hayden sofort.

Ich warf ihm noch einen wütenden Blick zu, dann sah ich mich um, um die Reaktion der anderen Männer abzuschätzen.

»Nun, mein Sohn«, begann Docc ruhig. »Ich weiß, dass dir diese Vorstellung nicht gefällt, aber sie hat durchaus Recht. Sie kennt Greystone wie ihre Westentasche und hat die größten Chancen, in jeglicher Lage hinein- und hinauszugelangen, ohne dass man sie erwischt.«

»Aber wenn es eine Falle ist ...«

»Wenn es eine Falle ist, dann ist es umso sinnvoller, dass nur einer von euch hingeht«, unterbrach Docc ihn. »Ein höheres Risiko dürfen wir einfach nicht eingehen. Grace ist mehr als in der Lage, sich zu verteidigen. Das wissen wir alle.«

»Das ist es nicht!« Hayden schäumte vor Wut. »Ich weiß, dass sie so stark wie jeder andere ist, das heißt aber noch lange nicht, dass ich einverstanden bin, wenn sie allein geht.«

»Das ist nicht deine Entscheidung, Hayden«, sagte ich leise. Es war schön zu hören, dass er meinen Verteidigungskünsten vertraute.

»Du kannst mich nicht daran hindern, dich zu begleiten«, erwiderte er scharf. Ich seufzte tief, sah ihm wieder in die

Augen, war frustriert, weil er dermaßen darauf beharrte, mich zu beschützen.

»Stimmen wir doch einfach ab«, sagte Docc gelassen.

»Was, nein ...«

»Ich stimme dafür, dass sie allein geht«, sagte Kit schnell. Hayden sah ihn an, als wolle er sich mit ihm prügeln. Kit zuckte nur mit den Achseln, bevor er weitersprach: »Sie hat Recht, Kumpel. Sie hat von uns allen hier die besten Chancen, egal, was da los ist.«

»Dax?«, fragte Docc nun weiter.

»Ich ... Hör zu, Hayden, ich weiß, dass dir das nicht passt, aber ich stimme zu. Sie geht allein.«

»Ich stimme ebenfalls dafür«, schloss Docc.

»Was zum Teufel ist nur los mit euch allen?« Hayden knurrte beinahe und warf wütende Blicke um sich.

»Hayden, kann ich dich kurz draußen sprechen?«, fragte ich ruhig. Mir war klar, dass es nicht besonders hilfreich war, wenn sich alle gegen ihn stellten, denn das machte ihn von Sekunde zu Sekunde wütender.

»Na gut.«

Ich stellte mich in eine kleine Lücke zwischen der Kommandozentrale und dem angrenzenden Gebäude, um uns ein wenig Privatsphäre zu gewähren. Als ich mich umdrehte, blieb er einen Schritt vor mir stehen, die Hände an seinen Seiten zu Fäusten geballt.

»Hey«, begann ich ruhig.

Er zog trotzig eine Augenbraue hoch und erwiderte nichts.

»Hayden, komm schon«, bat ich ruhig. »Du weißt, dass ich Recht habe. Es ist die beste Möglichkeit.«

Er schnaubte frustriert und schüttelte beinahe unmerklich den Kopf. »Grace, du weißt, ich kann dich nicht allein gehen lassen. Ich kann es einfach nicht.«

»Doch, kannst du wohl. Du willst es nur nicht.«

»Spielt das denn eine Rolle? Was ist, wenn dir etwas zustößt, hm?«

Endlich schien sein Zorn zu verrauchen, und seine eigentliche Angst kam zum Vorschein. Er wirkte plötzlich verletzlich.

»Das gilt umgekehrt genauso, Hayden. Was, wenn du mitkommst, und *dir* etwas passiert? Ich kann viel leichter eindringen, wenn ich allein bin, und ich will das Risiko nicht eingehen, dass du verletzt wirst.«

»Ist mir egal, ob ich verletzt werde«, murmelte er entschlossen.

»Aber mir nicht«, antwortete ich sofort. »Also hör auf, mit mir zu streiten. Bitte.«

»Bitte, Grace.« Nun war auch die letzte Spur seiner Wut verraucht, und seine Stimme klang spröde und verwundbar. Ich war überrascht, als er die Hand hob und sie zärtlich auf meine Wange legte, mit dem Daumen sacht über meine Haut strich.

»Glaubst du denn nicht an mich?«, fragte ich in gekränktem Ton.

»Natürlich tue ich das«, antwortete er spontan und mit immer noch leiser, weicher Stimme.

»Dann lass es mich allein erledigen«, bat ich.

Hayden sah aus, als bereite unsere Unterhaltung ihm körperliche Pein. Er runzelte die Augenbrauen sogar noch mehr, und sein Gesicht war verzerrt. Ich wünschte mir so sehr, dass er mir vertraute. Er atmete tief ein und ruckte kurz mit dem Kopf, als fechte er einen inneren Kampf aus.

»Okay, Bär.«

Ich seufzte erleichtert, und meine innere Anspannung ließ langsam nach. Hayden sah mich unglücklich an, fuhr mit dem Daumen ein letztes Mal über meine Wange, dann beugte er sich vor und gab mir einen Kuss auf die Stirn.

»Lässt du mich dich wenigstens bis zum Waldrand begleiten?«, fragte er.

»Versprichst du mir, dort auf mich zu warten? Denn du und ich, wir wissen, wie schwer es wird, dort zu bleiben, wenn ich einmal fort bin«, antwortete ich in strengem Ton. Er zögerte mit der Antwort. »Hayden ...«

»Ja, ich verspreche es«, versicherte er. »Immer noch besser, als hier auf dich zu warten.«

»Okay«, gab ich nach. »Dann lass es uns den anderen sagen.«

Hayden ließ mein Gesicht los und trat beiseite, um mir den Vortritt zu lassen. Kit, Dax und Docc hielten in ihrer Unterhaltung inne, als ich hereinkam, und wandten sich mit erwartungsvollen Gesichtern mir zu. Hayden folgte mir dicht auf dem Fuße, schloss die Tür hinter uns, und wir versammelten uns erneut um den Tisch.

»Nun?«, fragte Kit angespannt.

»Ich gehe allein«, antwortete ich ihm. Hayden schnaubte neben mir unglücklich, sagte aber nichts.

»Na, das ist aber mal eine Überraschung«, meinte Dax heiter. »Eigentlich haben wir erwartet, dass er dich nie und nimmer gehen lässt.«

»Das hat er nicht zu bestimmen«, antwortete ich ruhig. Ich wollte Hayden nicht beleidigen, aber es war die Wahrheit. Ich traf meine eigenen Entscheidungen, ob sie ihm nun gefielen oder nicht.

»Ich begleite sie und warte am Waldrand auf sie«, fügte Hayden hinzu. »Ihr Jungs müsst hierbleiben, falls es tatsächlich eine Falle ist und sie uns nur aus Blackwing weglocken wollen.«

»Guter Plan«, pflichtete Docc bei. Er nickte nachdenklich und sah jedem von uns in die Augen. »Dax und Kit bleiben also hier. Hayden begleitet Grace bis zur Baumgrenze. Und Grace geht hinein, ja?«

»Ja«, stimmte ich zu. Eine bessere Möglichkeit gab es nicht. Nun, da alle sich einig waren, ging es mir besser. Alle außer Hayden, zumindest.

»Wann ziehst du los?«, fragte Kit.

»Am besten mache ich mich wohl heute Abend auf den Weg, oder?«, fragte ich und sah Hayden an. Er wirkte noch immer widerstrebend, nickte aber dann.

»Wahrscheinlich schon«, stimmte er zu. »Kit, Dax, ihr beiden kümmert euch um das Lager, während wir fort sind.«

»Klar doch, Boss«, sagte Dax mit übertrieben ernstem Nicken.

»Sei vorsichtig, Mädchen. Wir wollen, dass du heil wieder zurückkommst«, sagte Docc zu mir. Es war ein schönes Gefühl, zu wissen, dass ich ihnen wirklich am Herzen lag.

»Das werde ich.«

Docc wandte sich zum Gehen, dann blieb Kit vor mir stehen.

»Du machst das schon«, sagte er zuversichtlich. Er wirkte beeindruckt, da ich so wild entschlossen war, allein loszuziehen.

»Danke, Kit«, antwortete ich mit verhaltenem Lächeln. Er winkte kurz, dann folgte er Docc zur Tür hinaus. Jetzt blieb nur noch Dax übrig, und er kam näher, während Hayden uns beobachtete.

»Na gut, Kumpeline, brauchst du noch ein bisschen Zuspruch?«, fragte er mit schiefem Grinsen. Ich gluckste.

»Ich glaube nicht, Dax, aber trotzdem danke.«

»Schon gut, schon gut«, meinte er und hob abwehrend die Hände. »Aber pass auf dich auf und komm gesund wieder, ja? Wir brauchen dich. Der da braucht dich.«

Er deutete mit einem Kopfnicken auf Hayden, der seine Entscheidung mit Sicherheit bereits bereute, aber ich würde mich auf keine weitere Diskussion mit ihm einlassen.

»Ich komme bestimmt zurück«, versprach ich Dax. Ich war überrascht, als er mir den Arm um die Schultern legte und mich kurz an sich zog. Zum ersten Mal schien Hayden zu abgelenkt zu sein, um sich eifersüchtig zu zeigen.

»Dann also bis später«, meinte Dax und lächelte nochmals flüchtig. Er nickte Hayden zu und versetzte ihm einen Schlag auf die Schulter, bevor er uns allein ließ.

»Bist du ganz sicher, dass du das allein auf dich nehmen willst?«, fragte er.

»Absolut.«

Er nickte ergeben. »Na gut.«

Der restliche Nachmittag verging wie im Fluge. Hayden und ich aßen noch etwas in der Kantine, wo Maisie überaus erfreut war, uns zu sehen. Danach kehrten wir in die Kommandozentrale zurück, um mich mit dem Notwendigen auszustatten. Wir kehrten mit zwei 9mm-Pistolen, zwei Klappmessern, einigen Schachteln Munition, einer Flasche Wasser, etwas Verbandsmaterial und einem Rucksack wieder in unsere Hütte zurück. Mit so vielen Waffen fühlte ich mich gleich so viel stärker, glaubte die Dinge unter Kontrolle zu haben und war zugegebenermaßen ziemlich aufgeregt. Es ging doch nichts über den Adrenalinschub vor einem Überfall, und ich konnte nicht leugnen, dass ein Teil von mir sich sogar darauf freute.

Nach dem Abendbrot hatten Hayden und ich noch ein wenig Zeit totzuschlagen, bevor die Dunkelheit hereinbrach. Ich war überrascht, als Hayden darauf beharrte, dass ich mich vor dem Ausflug noch ein wenig ausruhen sollte, und noch überraschter, als er sich dazulegte. Danach sehnte ich mich jetzt schon so lange, und als schließlich die Zeit gekommen war, um loszuziehen, fiel mir das Aufstehen schwer. Hayden und ich verbrachten ein paar Stunden im Bett, taten absolut gar nichts, außer uns aneinanderzuschmiegen, hin und wieder einzuschlummern und ansonsten einfach nur die tröstliche Wärme des jeweils anderen zu genießen.

Ehe ich mich's versah, war es dunkel, und Hayden und ich durchquerten das Camp. Er hatte ebenfalls ein paar Waffen dabei, falls irgendetwas schiefging, aber ich hoffte inständig, dass er sie nicht brauchen würde. Auf dem Weg schwieg er beharrlich, und auch ich sagte erst etwas, als wir schon auf halber Strecke waren.

»Wirst du wie versprochen im Wald bleiben?«

»Ja, Grace.«

»*Wirklich?*« Ich sah ihn mit skeptisch hochgezogener Augenbraue an.

»Ja, wirklich«, antwortete er genervt. »Aber wenn es länger als eine Stunde dauert, folge ich dir.«

»Nein, so haben wir nicht gewettet, Hayden!« Ich hätte wissen müssen, dass er etwas in der Art plante.

»Wir haben nie darüber gesprochen«, meinte er. Er hielt einen langen Zweig aus dem Weg, und ich duckte mich darunter hindurch.

»Zwei Stunden«, feilschte ich.

»Eine.«

»Zwei, oder ich verlange, dass du umkehrst«, drohte ich. Wir wussten beide, dass ich diesen Kampf verlieren würde, aber einen Versuch war es wert.

»Eine.«

»Das ist nicht allzu viel Zeit, Hayden. Ich muss mich reinschleichen, Leutie suchen, herausfinden, was los ist, und mich wieder rausschleichen. Eine Stunde ist da in null Komma nichts vorbei, und dann kommst du hinterher und verursachst noch mehr Aufruhr«, argumentierte ich. Er stieß ein frustriertes Schnauben aus, denn an meiner Logik war nichts auszusetzen.

»Na gut. Zwei. Aber dann folge ich dir definitiv.«

»Gut«, antwortete ich mit leichtem Augenrollen und einem Lächeln.

Wir verstummten wieder, denn wir hatten die Baumgrenze erreicht. Durch die spärlichen Zweige war Greystone dank der Laternen, die hie und da brannten, deutlich erkennbar. Wie immer beschlich mich beim Anblick meiner ehemaligen Heimat ein seltsames Gefühl, aber diesmal war es dennoch anders. Ich fühlte mich stark, mächtig, entschlossen. Ich fühlte mich gut. Hayden und ich standen Seite an Seite und blickten voraus. Seine Hand glitt sanft in die meine, und er drückte sie leicht.

»Du schaffst das, Grace«, sagte er leise. »Ich weiß, dass du es schaffst.«

Ich konnte mir ein Lächeln nicht verkneifen. Das waren genau die richtigen Worte, um mein Selbstbewusstsein noch ein wenig mehr anzuspornen. »Danke, Hayden.«

Er ließ die Hand nun an meinem Nacken entlangwandern, vergrub die Finger am Hinterkopf in meinem Haar. Dann beugte er sich herab, zog mich an sich und gab mir einen hauchzarten Kuss. Wir erspürten einander ein letztes Mal, bevor wir uns, wie immer, unser Versprechen gaben.

»Ich liebe dich. Sei vorsichtig«, murmelte er.

»Und ich liebe dich. Pass auf dich auf und bleib hier«, antwortete ich mit einem schwachen Grinsen. Seine Miene blieb starr.

»Ich meine es ernst, Grace. Komm zu mir zurück.«

Ich holte tief Luft, um mich zu beruhigen. Diese Situation kam mir so bekannt vor, und doch waren die Rollen vertauscht. Als wir das letzte Mal getrennt worden waren, war ich diejenige gewesen, die ihn gebeten hatte, zu mir zurückzukommen.

»Das werde ich. Warte auf mich, dann komme ich zurück zu dir.«

Sein Gesicht war mit einem Mal schmerzerfüllt, dann

beugte er sich vor und gab mir einen letzten, gefühlvollen Kuss. Ich lächelte noch einmal flüchtig, dann wandte ich mich ab und verschwand in der Dunkelheit. Er hielt sein Versprechen und folgte mir nicht.

Ich musste mich jetzt hundertprozentig konzentrieren. Haydens Gesicht stand mir weiterhin vor Augen, bestärkte mich. Ich würde ihn wiedersehen. Ich blinzelte – bemüht um keine klare Sicht – und richtete den Blick auf die schwach flackernden Lichter Greystones.

Ich schlich durch die Dunkelheit, bewegte mich schnell, um nicht entdeckt zu werden. Beständig hielt ich nach Wachen oder Bedrohungen Ausschau, entdeckte aber nichts, während ich mich immer näher an den äußeren Hüttenring herantastete. Eigentlich hätte ich erwartet, viele Wachen zu sehen, denn immerhin befanden wir uns im Krieg. In meinem Hirn schrillten die Alarmglocken. Das deutete eindeutig auf eine Falle hin. Dennoch ließ ich mich nicht aufhalten.

Schließlich hatte ich das erste Gebäude erreicht und drückte mich mit dem Rücken flach gegen die Mauer, hielt inne, um zu überlegen, was als Nächstes zu tun war. Mein Blick schoss zum Wald zurück, wo Hayden auf mich wartete. Wahrscheinlich konnte er mich jetzt schon nicht mehr sehen. Wie beabsichtigt war ich jetzt vollkommen auf mich allein gestellt. Es lag einzig und allein an mir, ob diese Aktion Erfolg oder Niederlage wurde, und ich genoss die Verantwortung.

Als ich auf der anderen Seite des Gebäudes Schritte hörte, spitzte ich die Ohren. Leise tappte ich zur Kante der Mauer und lugte um die Ecke. Eine dunkle Gestalt bewegte sich den

Weg entlang. Dem Gewehr in ihren Händen zufolge schien es sich um eine Wache zu handeln. Anscheinend war mein Timing, um zu den Hütten zu gelangen, recht gut gewesen. Die Schritte verklangen, bis ich nichts mehr hörte, also sauste ich um die Ecke des Gebäudes herum, ohne entdeckt zu werden. Ein schneller Blick den Pfad hinab sagte mir, dass die Luft rein war, also rannte ich hinüber zum nächsten Ring aus Hütten.

Bislang konnte ich keinen Hinweis auf eine Falle erkennen, aber dennoch blieb ich hochkonzentriert und sah mich unaufhörlich um. Ich hatte die Waffe geladen und gezückt, war bereit, wenn nötig, sofort zu schießen. Es spielte keine Rolle, dass dies meine frühere Heimat war – wenn jemand mich angriff, würde ich nicht zögern und mich verteidigen. Ich rechnete jeden Augenblick damit, erwischt zu werden, und wartete nur darauf, ein Messer an der Kehle oder den Lauf einer Waffe an der Schläfe zu spüren.

Ich befand mich mittlerweile in der Mitte des Camps, kam Leuties Hütte immer näher, und mein Herz pumpte das Adrenalin so schnell durch meine Adern, dass mein Körper fast zu vibrieren schien. Ich sprintete zwischen den Hütten einher, und meine Sinne waren geschärfter denn je. Die Luft um mich herum schien erfüllt von einer immer stärker werdenden Intensität, die mich vorantrieb. Dreimal stieß ich auf jemanden, der entweder Wache schob oder einfach nur draußen war, und jedes Mal blieb ich unentdeckt.

Schließlich kam die Hütte in Sicht, in der Leutie wohnte. Sie war sehr klein, höchstens drei mal drei Meter. Durch das einzige schmutzige Fenster, das mehrere Sprünge aufwies, drang kein Licht nach außen. Ich hatte keine Ahnung, ob sie überhaupt darin war, aber wo hätte ich sonst anfangen sollen? Ich wollte gerade über den letzten Pfad hechten, als ich Stimmen hörte, die mich in die Schatten zurückzwangen. Ich hockte mich hin, duckte mich hinter einem Haufen Metallschrott, um nicht entdeckt zu werden. Ich hielt die Luft an, als ich die Worte verstand.

»... ich hab dir doch gesagt, er will nicht hören. Wenn er sich weiter widersetzt, müssen wir uns um ihn kümmern.«

Mir sank das Herz, als ich die Stimme erkannte. Was früher einmal ein Quell des Trostes für mich gewesen war, ließ mir jetzt das Blut zu Eis erstarren. Jonah. Ich hatte keinen blassen Schimmer, wem seine Worte galten, aber offenbar missfiel ihm das Verhalten des Betreffenden ganz gewaltig.

»Und was wirst du tun?«, fragte eine unbekannte zweite Stimme.

Ich schloss die Augen und hoffte inständig, dass sie weitergingen. Ihre Schritte klangen ziemlich nah, und ich betete darum, dass sie nicht anhielten. Glücklicherweise entfernten sie sich tatsächlich, und Jonahs Stimme wurde leiser. Dennoch konnte ich seine letzte Bemerkung noch verstehen.

»Wenn er nicht kooperiert, töte ich ihn.«

Bebend atmete ich ein – voller Angst um diese mysteriöse Person. Das war eine offene Drohung gewesen. Ich schüttelte einmal den Kopf, um mich wieder zu konzentrieren – das ging mich nichts an. Meine Aufgabe bestand darin, Leutie zu suchen, herauszufinden, ob sie hinter der Nachricht steckte und mich wieder aus dem Staub zu machen. Langsam stand ich wieder auf und konnte den Pfad nun wieder genau erkennen. Mehrfach sah ich mich nach potentiellen Widersachern um. Dann holte ich tief Luft und hechtete auf die andere Seite.

Meine leisen Schritte kamen schlitternd zum Stehen, als ich keuchend vor ihrer Tür stehenblieb. Ich presste das Ohr gegen das Holz, lauschte angestrengt auf Lebenszeichen. Die Stille, die drinnen herrschte, war auch nicht gerade dazu angetan, meine Nerven zu beruhigen. Wenn es sich bei der bewussten Nachricht um eine Falle gehandelt hatte, lauerte hinter der Tür womöglich Gefahr. Ich wippte unruhig mit dem Bein auf und ab und wartete ab.

Ich hob meine Waffe, packte sie in meiner verschwitzten Hand noch fester und drehte mit der anderen den Türknauf. Ich biss die Zähne fest aufeinander und beschwor die Tür, keinen Laut von sich zu geben. Zwischen Tür und Rahmen konnte ich durch den Spalt hineinsehen, aber drinnen war alles dunkel. Als sich niemand sofort auf mich stürzte, schöpfte ich Mut und öffnete die Tür weit genug, um hineinzuschlüpfen.

Jetzt hörte ich leises Atmen. Das Bett stand ganz in der Nähe. Langsam und vorsichtig schlich ich weiter. Ich hielt den Atem an, sodass ich in dem stillen Raum sogar meinen Herzschlag hören konnte.

Mit erhobener Waffe beugte ich mich vor, um Leuties schlafende Gestalt näher zu betrachten. Plötzlich hatte ich ein schlechtes Gewissen, als ich auf sie zielte; sie hasste Waffen, aber es war eine notwendige Vorsichtsmaßnahme. Ich hob die freie Hand und hielt sie vor ihr Gesicht, bereit, ihr den Mund zuzuhalten, wenn ich musste.

»Leutie«, zischte ich gerade laut genug, um sie zu wecken.

Sie seufzte leise, als wolle sie nicht wach werden, und ihre Augen blieben geschlossen.

»*Leutie*«, wiederholte ich eindringlicher.

Diesmal öffnete sie träge die Lider, blinzelte und riss dann entsetzt die Augen auf. Sie öffnete den Mund, um einen überraschten Schrei auszustoßen, aber ich ließ ihr keine Gelegenheit, sondern hielt ihr den Mund zu. Trotz meiner Hand war der Laut jedoch immer noch durchdringend genug, um jemanden, der womöglich in der Nähe lauerte, aufzuschrecken.

»Wirst du wohl ruhig sein?«, flüsterte ich scharf und hielt die Pistole weiterhin auf sie gerichtet.

Sie nickte. Ich spürte, wie sie zitterte, während ich sie festhielt. Glücklicherweise gab sie tatsächlich keinen Mucks von sich, sondern starrte mich nur erschrocken an.

»Grace, was willst du denn hier?«, flüsterte sie erschrocken und stützte sich auf den Ellbogen auf.

»Hast du mir eine Nachricht geschrieben?«, fragte ich, ihre Frage ignorierend.

»Eine Nachricht? Was? Nein, ich ...«

»Du warst es nicht?«

»Nein«, sagte sie mit verwirrtem Kopfschütteln.

»*Mist*«, murmelte ich leise.

»Grace, du solltest nicht hier sein«, warnte sie mich hastig. »Jonah dreht vollkommen durch ... alle suchen nach dir.«

»Es war also tatsächlich eine Falle«, zischte ich, mehr zu mir selbst als zu sonst jemandem. Ich spürte, wie die Wut in mir hochkochte und mein Kinn sich verkantete.

»Äh, Grace, könntest du die Waffe vielleicht herunternehmen?«, flüsterte Leutie zaghaft. Ich blinzelte, hatte gar nicht bemerkt, dass ich ihr die Pistole immer noch mitten ins Gesicht hielt.

»Oh, sorry«, murmelte ich geistesabwesend, senkte sie zwar, hielt sie aber weiterhin bereit.

»Was ist los?«, flüsterte sie. Ihre Stimme klang äußerst besorgt, und sie musterte mich eindringlich.

»Wir haben eine Nachricht gefunden, die angeblich von dir stammte, aber offensichtlich steckst du gar nicht dahinter ...«

»*Darüber* haben sie also gesprochen«, meinte Leutie rätselhaft.

»Worüber?«, fragte ich in scharfem Ton.

»Ist eine lange Geschichte ...«

Eine laute Stimme von draußen schnitt ihr das Wort ab. Ihre Augen weiteten sich noch mehr, und ihr Blick huschte nervös zur Tür.

»Du musst gehen«, murmelte sie voller Angst.

»Komm mit«, schlug ich spontan vor. Offensichtlich stellte sie keine Gefahr für mich dar, sonst hätte sie sofort um Hilfe gerufen, kaum dass sie mich gesehen hatte.

»Was? Nein, ich kann nicht.«

Sie fing wieder an zu zittern, offensichtlich voller Angst bei der Vorstellung, sich hinauszuschleichen und im Grunde Greystone zu verraten.

»Doch, kannst du wohl«, drängte ich sie. »Bist du hier glücklich? Fühlst du dich sicher?«

»Nein«, bekannte sie und runzelte heftig die Augenbrauen.

»Dann komm mit mir. Du könntest uns dabei helfen, das hier zu beenden, und wir sorgen im Gegenzug für deine Sicherheit«, versuchte ich sie zu überzeugen.

Wieder ein Geräusch von draußen, und ich zuckte gereizt zusammen, wurde mit jeder Sekunde ungeduldiger und ängstlicher. Sie sah mich unverwandt an, als fechte sie einen inneren Kampf aus. Mit jeder Sekunde, die verging, brannte mir der Boden mehr unter den Füßen, und die Geräusche von draußen steigerten meine Beklommenheit noch zusätzlich. Ich nickte ihr ermutigend zu, bat sie stumm, mitzukommen. Die Augen weit vor Angst nickte sie langsam.

»Okay.«

KAPITEL 23
ÜBERLAUFEN

Grace

»Ja, okay, gut«, antwortete ich hastig. »Dann steh auf, wir müssen los.«

»Ich weiß nicht, ob ich das schaffe«, sagte sie furchtsam, schob die Decke beiseite, zog sich die Schuhe an und stand auf.

»Doch, du schaffst das«, versicherte ich ihr.

Ich schlich zum Fenster und sah vorsichtig hinaus, blieb aber weiterhin im Schatten verborgen, suchte nach Anzeichen für Bewegung. Ihre Schwäche nervte mich schon jetzt, aber ich verdrängte den Gedanken. Es war wichtig, sie nach Blackwing zu schaffen.

»Nimm mit, was du brauchst, aber nur, was du auch mühelos tragen kannst«, befahl ich. Ich zog eine der Pistolen aus meinem Hosenbund und hielt sie ihr hin. »Und nimm die hier.«

»Ich kann nicht«, sagte sie und schüttelte den Kopf. Ihre Augen richteten sich auf die Waffe, als rechne sie damit, dass sie jeden Augenblick explodierte. »Ich habe noch nie eine Pistole benutzt.«

»Du wirst es lernen, und jetzt nimm sie«, befahl ich entschlossen. »Du musst dich selbst schützen können, und wir werden schnell rennen müssen.«

»O-okay«, stammelte sie schwach. Vorsichtig schlossen sich ihre Finger um die Waffe, dann hob sie eine kleine Tasche vom Boden auf. Sie stopfte ein paar Kleidungsstücke und noch ein paar Utensilien hinein, schlang sie sich auf den Rücken und nickte.

»Was hat der Lärm zu bedeuten?«, fragte ich und zwang mich dazu, leise zu sprechen.

»Weiß ich auch nicht so genau, aber Jonah hat vorhin zu jemandem gesagt, dass heute Nacht ein großes Ding losginge«, erklärte Leutie leise.

»So was wie eine Falle für mich?«, murmelte ich rundheraus, als ich die Verbindung herstellte. Es war nicht schwer zu erraten: Jonah hoffte, dass sein Trick funktionierte, und plante denjenigen anzugreifen, der auf die Nachricht reagierte. Ich war in Greystone eingedrungen, noch bevor sie ihre Vorbereitungen abgeschlossen hatten, aber mit jeder Sekunde, die verging, lief ich Gefahr, dass sie ihren Plan in die Tat umsetzten. Unsere Flucht würde dadurch erheblich erschwert werden.

»Anscheinend«, murmelte sie zustimmend.

Ich hatte so viele Fragen, auf die ich unbedingt Antworten brauchte, aber dafür war jetzt nicht der richtige Zeitpunkt. Der Lärm draußen nahm zu, und plötzlich waren immer mehr Menschen auf den Beinen. Das war untypisch für diese späte Stunde, was meinen Verdacht, dass Jonah mich heute Nacht fangen wollte, weiter erhärtete. Ich war mir undeutlich bewusst, dass ich mittlerweile etwa eine Stunde fort war, was mir noch eine weitere Stunde Zeit gab, bis Hayden seinen Posten verlassen und nach mir suchen würde.

»Wir müssen gehen«, flüsterte ich leise. »Und wenn jemand uns angreift, musst du schießen. Schaffst du das?«

»Ich ... ich weiß es nicht, Grace«, sagte sie mit unsicherem Kopfschütteln. Ihr Gesicht war jetzt beinahe grün, und ihre Augen waren total verängstigt. Wieder musste ich meine Frustration niederkämpfen.

»*Doch, du schaffst das.*«

Sie gab keine Antwort, sondern nickte mir nur kleinlaut zu. Dann sah ich ein letztes Mal aus dem Fenster. Ich konnte niemanden entdecken, trotzdem konnte jeden Moment jemand an Leuties Tür klopfen. »Bleib dicht hinter mir, und halt die Augen offen.«

Ich öffnete die Tür, so schnell und so leise ich konnte, dann schlüpfte ich in die Dunkelheit hinaus. Ich zuckte zusammen, als Leutie mir folgte und dabei einen Heidenlärm veranstaltete. Sie bewegte sich nicht halb so lautlos wie ich. Wir hasteten weiter, suchten Unterschlupf zwischen zwei Gebäuden. Doch dann vernahm ich laute Stimmen. Sie waren ganz nah. Ohne uns zu bemerken, gingen die Personen vorüber. Ich konnte es kaum erwarten, dass sie uns hinter sich ließen, damit ich mit Leutie auf den Fersen weiterziehen konnte.

Von dort aus eilten wir in das nächste dunkle Versteck in ein paar Metern Entfernung, hielten uns weiterhin im Schatten. Ich lugte um die Ecke, um nach Feinden Ausschau zu halten. Leutie blieb neben mir und keuchte viel zu laut für meinen Geschmack. Ich blickte den Weg hinab, auf dem jetzt zwei Gestalten – eine erheblich größer als die andere – auftauchten, die genau auf uns zukamen. Ihre Worte drifteten zu mir herüber. Ich lauschte.

»... er sagte, es könne heute Nacht oder auch später dazu kommen, aber wir müssen bereit sein. Seine Scheißschwester fällt mit Sicherheit darauf rein.«

Leutie keuchte, als ihr klar wurde, dass sie von mir sprachen. Zorn kochte in mir hoch.

»Psst«, zischte ich beinahe lautlos. Der Lärm, den sie veranstaltete, machte mich stinkwütend.

»Sorry«, flüsterte sie, und ich zuckte nur noch mehr zusammen.

Mit der freien Hand schob sie sich das verschwitzte Haar aus dem Gesicht. Die Folge war ein lautes Scheppern. Mein Kopf schnellte zur Seite, und ich sah, wie ein Stapel Holzkisten kippte, den Leutie mit ihrem Ellbogen angestoßen hatte. Überrascht sog sie den Atem ein und warf mir einen zutiefst entsetzten Blick zu. Keine Sekunde später hörte ich die Stimme eines der Männer, die sich uns näherten.

»Was war das?«, fragte der erste seinen Begleiter scharf.

»Es kam von da drüben«, antwortete der andere. Der Stimme nach war er erheblich jünger.

»Geh hin und schau nach«, befahl der erste.

Seine Stimme wurde lauter, sie kamen also näher. Es war bereits zu spät, um sich noch irgendwo zu verstecken, und ich wusste, dass es nur noch mehr Aufmerksamkeit auf unser Versteck ziehen würde, wenn ich auf die beiden schoss. Leutie zitterte wie Espenlaub und presste sich so dicht an die Mauer, als versuche sie, damit zu verschmelzen. Sie würde also nicht von Nutzen sein. Wenn wir eine Chance zur Flucht haben wollten, würde ich gleichzeitig mit den beiden Kerlen kämpfen müssen.

»Runter«, zischte ich ihr hastig zu. Ich schob meine Pistole in den Hosenbund und nahm je ein Messer in die Hand, bereit, uns beide zu verteidigen. Ich hörte das Knirschen ihrer Stiefel. Sie würden jede Sekunde da sein. Ich hatte gerade noch genug Zeit, um die Augen zu schließen, tief auszuatmen, mich innerlich zu wappnen und zu konzentrieren.

Du schaffst das, Grace. Ich weiß das.

Haydens Vertrauen in mich hallte in meinem Kopf wider, gab mir den letzten Rest der Kraft, die ich brauchte. Ich öffnete die Augen und sah den ersten Mann, den jüngeren, der in den Bereich zwischen den Hütten trat, in dem wir uns versteckten. Er wandte mir den Rücken zu, war nur wenige Meter entfernt, und ich war durch die Dunkelheit verborgen. Den zweiten Mann konnte ich noch nicht sehen, und ich wusste, ich musste schnell handeln. Ohne weiter nachzudenken, schoss ich aus dem Schatten hervor, die Messer fest in jeder Hand und sprintete zu dem Mann hinüber.

Die Erde knirschte unter meinen Füßen, sodass er mich hörte. Er wollte sich gerade zu mir umdrehen, da schlitterte ich mit den Füßen voran auf die Erde und an ihm vorüber. Zwei beinahe gleichzeitig erklingende, feuchte Schlitzlaute erfüllten die Luft, als die Klingen meiner Messer seine Achillessehnen durchtrennten. Er stürzte und schrie vor Schmerz. Seine Hände umklammerten seine Knöchel, und er versuchte, das daraus hervorsprudelnde Blut zu stoppen.

»Was zum Teu...«

Sein Fluch ging in gutturales Stöhnen über, und er wälzte

sich auf dem Boden. Er hatte mich immer noch nicht gesehen, denn schnell hatte ich mich wieder in den Schatten zurückgezogen, während er von seinem Schmerz abgelenkt war. Inzwischen war der zweite Mann herbeigeeilt, genau wie ich es beabsichtigt hatte.

»Was ist passiert?!«, fragte er und sah sich hektisch um. Dann richtete er den Blick auf den Mann am Boden. Ich merkte an seiner Stimme, dass er derjenige war, der mich als Jonahs »Scheißschwester« bezeichnet hatte. Bei seinem Anblick kochte ich vor Zorn.

»Ich weiß nicht – Vorsicht!«

Doch die Warnung des Verletzten kam zu spät. Ich stürzte mich auf ihn. Diesmal zielte mein Messer auf die Kehle des zweiten Mannes. Eine schnelle Bewegung, mehr war nicht notwendig, um die Klinge durch die empfindliche Haut zu ziehen und sein Blut zu vergießen. Ein ersticktes Gurgeln ertönte, dann sackte er leblos zu Boden.

»O mein Gott«, keuchte Leutie. Sie klang zu Tode erschrocken. Ich ignorierte sie und näherte mich dem Jüngeren, der mich ansah, als sei ich ein Geist, der ihn heimsuchen wollte.

»Bitte.« Er rang nach Luft und starrte mich mit großen Augen an, während er einen schwachen Versuch machte, sich von mir wegzurollen.

Unbeirrt kam ich auf ihn zu. Ich würde tun, was ich tun musste, um es lebend hier hinauszuschaffen. Blut tropfte von meinen Messern, klatschte in die Erde zu meinen Füßen.

»Bitte, töte mich nicht«, bat er schwach. Seine Haut war bleich und schweißüberströmt. Er schleppte sich durch den Schmutz von mir fort. Ich antwortete nicht, sondern ging weiter auf ihn zu. »Bitte«, wiederholte er. »Ich ... ich tue, was du willst, aber bitte bring mich nicht um.«

»Grace ...«, flüsterte Leutie hinter mir.

Beim Klang meines Namens blitzte die Erkenntnis im Gesicht des jungen Mannes auf. Er war noch gar kein Mann, sondern eigentlich noch ein Junge. Sechzehn oder siebzehn, schätzte ich.

»Grace?«, fragte er. Ich sah ihn ausdruckslos an und reagierte nicht. »Du bist Grace ...« Er sah aus, als verstehe er jetzt alles und musterte mein Gesicht. »Du bist diejenige, nach der sie alle suchen ... die Verräterin ...«

»Ich bin keine Verräterin«, zischte ich unwillkürlich. Tatsache war, dass ich eigentlich der Inbegriff des Verräters war, aber das laut ausgesprochen zu hören, konnte ich nicht ertragen.

»Grace, lass ihn einfach«, bat Leutie hinter mir.

Ich ignorierte sie. Der Junge hatte jetzt die Wand der Hütte erreicht und konnte nicht weiter zurückweichen. Er rang nach Luft und verzog alle paar Sekunden schmerzerfüllt das entsetzte Gesicht. Ich ragte über ihm empor, die Messer erhoben, um ihm den Todesstoß zu versetzen. Mein Herz klopfte heftig in meiner Brust, als bäte es mich, das nicht zu tun.

»Du musst das nicht machen«, fuhr er unsicher fort. »Ich werde ... ich werde dir alles sagen.«

Tu es, Grace.

»Ich weiß gar nicht, wie man in einem Krieg kämpft. Ich will nicht sterben.«

Tu's.

Ich biss fest die Zähne aufeinander und funkelte wütend

auf ihn herab, hasste ihn, weil ich mich seinetwegen so fühlte. Ich hätte ihm einfach das Messer ins Herz stoßen und es hinter mich bringen sollen. Langsam hockte ich vor ihm nieder und presste die Klinge an seine Brust, direkt über seinem Herzen.

»O mein Gott, nein«, keuchte er, und Tränen der Angst rannen ihm die Wangen hinab, während er ganz fest die Augen schloss. »Bitte, ich meine es ernst, ich sage dir alles, was du willst, nur töte mich nicht.«

Ich übte ein wenig Druck mit dem Messer aus, genug, dass es sich in seinen Muskel grub, aber dennoch nicht seine Haut unter dem Shirt verletzte. Er zuckte zusammen, die Augen fest geschlossen, die Zähne gebleckt.

»Sieh mich an«, befahl ich leise, aber energisch. Er holte tief und zittrig Atem, dann zwang er sich, die Augen zu öffnen, und sah mir ins Gesicht. »Wie heißt du?«

»Nell«, antwortete er angstvoll.

»Wenn ich dich leben lasse, gehörst du mir, verstanden? Ich komme zurück, und dann tust du absolut alles, was ich sage, verstanden?«

Er nickte hastig, und seine Lippen bebten.

»Du erzählst niemandem etwas von mir oder Leutie. Du sagst ihnen, dass du nicht gesehen hast, wer dir oder ihm das angetan hat, und du wartest auf meine Rückkehr.«

Er nickte noch einmal, nahm jedes meiner Worte mit schmerzerfülltem Blick in sich auf.

»Du schuldest mir dein Leben, und wenn du mir nicht gehorchst, dann ist das dein Ende, das verspreche ich dir.«

»Ich schwöre, ich sage kein Sterbenswort«, flüsterte er zitternd und schluckte schwer, sah mir aber nach wie vor in die Augen. »Ich werde ... ich werde den Mund halten.«

Ich musterte ihn eindringlich aus misstrauisch verengten Augen, das Messer immer noch auf seiner Brust. Dann nickte ich. »Gut.«

Damit stand ich auf und richtete mich zu voller Größe auf. Ich warf dem Jungen noch einen verächtlichen Blick zu, dann winkte ich Leutie zu mir. Sie blickte nervös auf den Toten hinab und mied den verletzten Jungen ganz, folgte mir aber. Mehr als ein leises, schmerzerfülltes Wimmern hörten wir nicht von Nell, als wir von einem Schatten zum nächsten huschten und uns langsam, aber sicher bis zum äußeren Rand des Camps vortasteten.

Jeder einzelne unserer Schritte steigerte die Spannung und Angst, die in meinem Magen lauerte. Jeden Moment rechnete ich mit einem Angriff durch Jonah und seine Verbündeten, aber nichts geschah. Noch drei weitere Male mussten wir uns verstecken, weil Bewohner Greystones vorüberkamen, aber niemand sah uns. Leutie war so ungeschickt wie eh und je, stolperte über Steine und keuchte viel zu laut, aber glücklicherweise stieß sie nichts mehr um. Nachdem wir etwa eine halbe Stunde durch das Lager geschlichen waren, blieben wir am Rande der Hütten stehen. Von hier aus konnten wir den Waldrand, von wo ich gekommen war, deutlich erkennen.

»Wir müssen jetzt rennen, Leutie«, verkündete ich ruhig. Ich selbst hatte kein Problem damit, langsam und stetig zu atmen, aber Leutie war schweißüberströmt und vollkommen außer Atem. Offensichtlich fehlte ihr jegliches Training.

»Wohin?«, fragte sie und sah zu dem riesigen Wald hinüber.

»Dorthin«, antwortete ich und deutete auf einen Bereich, den ich wiedererkannte. Ein letztes Mal sah ich mich nach Feinden um, aber es war niemand zu sehen. Ich wusste, dass wir nur ein kleines Zeitfenster zur Verfügung hatten, denn immerhin waren wir auf ziemlich viele Menschen gestoßen. »Folge mir und halte deine Waffe bereit, okay?«

»Ja, okay«, flüsterte sie. Sie war vollkommen verängstigt, und das mit Recht. Zwischen unserem jetzigen Versteck und den Bäumen gab es keinerlei Deckung für uns. Außerdem war damit ihr Abschied von Greystone besiegelt. Mein Herz pochte noch einmal laut, ich war entschlossen, uns hier lebend hinauszuschaffen.

»Los geht's.«

Sofort sprintete ich los. Meine Füße flogen über das unebene Gras, und meine Arme pumpten vor und zurück, um mich vorwärtszutreiben. Ich hörte Leuties schwere, plumpe Schritte hinter mir, ebenso wie ihr Keuchen. Ein kurzer Blick über die Schulter sagte mir, dass sie schnell zurückfiel, also verlangsamte ich mein Tempo weit genug, dass sie aufholen konnte. Wir bewegten uns sehr langsam, was mich nervös machte, obwohl niemand in Greystone Alarm zu schlagen schien.

»Komm schon, Leutie«, trieb ich sie im Laufen an, versuchte ihr zu suggerieren, sich schneller zu bewegen. Wir hatten die Ebene jetzt fast überquert, und ich betete darum, dass wir es schaffen würden, ohne entdeckt zu werden.

Ich hatte noch nicht gewagt, an Hayden zu denken. Das tat ich erst jetzt, als wir die Baumgrenze erreichten. Es hatte keine zwei Stunden gedauert, und ich hoffte, dass er Wort gehalten und im Wald ausgeharrt hatte. Jetzt hatten wir die letzten dreißig Meter zu den Bäumen zurückgelegt und verschwanden in ihrem Schatten, waren endlich wieder im Verborgenen.

Wir blieben stehen, und Leutie beugte sich vor, stützte die Hände auf die Knie und japste nach Luft. Ich war kaum außer Atem und ohnehin viel zu sehr damit beschäftigt, nach Hayden Ausschau zu halten. Panik machte sich in meinem Herzen breit, und leise rief ich seinen Namen.

»Hayden!«, zischte ich und spähte angestrengt in die Dunkelheit.

»Wer ist Hayden?«, flüsterte Leutie atemlos und sah kurz zu mir hinüber.

»Er ist mein ...« Ich verstummte. Mir fiel kein Wort ein, das unserer Beziehung gerecht geworden wäre. Keine Bezeichnung der Welt konnte aussagen, was er für mich war. »Er wollte hier warten.«

Ich ging noch ein paar Schritte weiter in den Wald hinein und sah mich um. Immer noch nichts.

»*Hayden!*«

»Grace, pass auf!«

Leuties Warnung folgte eine Hand, die fest mein Handgelenk packte. Instinktiv hätte ich mich dem Griff beinahe entwunden und zum Gegenangriff angesetzt, aber die Berührung hatte etwas Zärtliches, Vertrautes. Ich wusste, wer es war, noch bevor ich mich umwandte, und ohne zu zögern, warf ich ihm sogleich die Arme um den Hals.

Seine warmen Arme umfingen meine Taille, hüllten mich ein, pressten mich fest an seine Brust. Automatisch vergrub ich das Gesicht an seinem Hals. Ich atmete seinen vertrauten Duft ein und genoss die tröstliche Hitze, die sein Körper verströmte. Er hielt mich weiterhin fest, sagte aber nichts. Nur diese Berührung zeigte, wie erleichtert er war, dass ich wieder da war. In seinen Armen hatte ich Leutie total vergessen. Ich spürte nur noch eines: wie die Anspannung nachließ, unter der ich gestanden hatte, seit ich ihn hier zurückgelassen hatte.

»Herc.«

Meine Stimme war kaum lauter als ein Flüstern und wurde von der weichen Haut an seinem Hals noch zusätzlich gedämpft. Aber er presste mich noch dichter an sich, hatte also verstanden.

»Ich wusste, dass du es schaffen würdest, Grace«, murmelte er leise, gerade laut genug, dass nur ich ihn verstehen konnte. »Du bist zu mir zurückgekommen.«

Er gab mir jedoch gar keine Gelegenheit zu antworten, sondern zog sich gerade genug zurück, um die Hand an meinem Kinn entlangstreichen zu lassen und mich dann wieder an sich zu ziehen. Seine Lippen pressten sich auf meine, und ein paar Sekunden lang sah er mir tief in die Augen. Es war nicht zu übersehen, wie stolz er auf mich war.

»Das ist dann wahrscheinlich Hayden«, sagte Leutie und zerstörte unseren Augenblick. Sie klang verlegen, aber das war mir egal. Ich war viel zu erleichtert darüber, wieder bei Hayden zu sein.

Schließlich löste ich mich doch von ihm. Seine Hand aber verharrte in meinem Kreuz, als wir beide einen Schritt auf Leutie zumachten. »Genau, Leutie, Hayden. Hayden, Leutie.«

»Ich habe dich in jener Nacht gesehen«, meinte Leutie nachdenklich. Ich wusste, dass sie darauf anspielte, wie sie uns in Greystone erwischt hatte und uns gedeckt hatte, und das, obwohl sie außer mir selbst niemanden gekannt hatte.

»Ja«, antwortete Hayden langsam, und seine Stimme klang besorgt. Er musterte sie ein paar Sekunden lang, dann wandte er sich mir zu. »Was ist passiert? Hat sie die Nachricht geschickt?«

»Nein«, antwortete ich kopfschüttelnd. »Das war eine Falle.«

»Geht es dir gut?«, forschte er eindringlich.

»Ja, alles in Ordnung. Es gibt nur jede Menge zu bereden, wenn wir wieder daheim sind«, antwortete ich. Meine Gedanken überschlugen sich, und ich musste sie dringend mit ihm teilen.

»Aber wenn sie die Nachricht nicht geschrieben hat, warum ist sie dann hier?«, fragte er und deutete auf Leutie. Er sprach mit mir, als sei sie gar nicht anwesend, und ich erinnerte mich daran, wie er das auch mit mir gemacht hatte.

»Sie ist meine Freundin, Hayden, und ich vertraue ihr«, antwortete ich leichthin. »Sie kann uns helfen.«

Er musterte mich ein paar Sekunden lang eindringlich, als versuche er zu entscheiden, ob ich Recht hatte. Da ergriff Leutie das Wort.

»Ich kann tatsächlich helfen«, bekräftigte sie leise. Hayden schüchterte sie ein, trotzdem schien sie wild entschlossen, sich nützlich zu machen. »Ich habe gehört, wie Jonah und die anderen miteinander gesprochen haben ... ich weiß ein paar Dinge. Ich bin auf eurer Seite.«

Hayden warf ihr einen Blick zu, sog die Lippen ein und sah sie ein paar Sekunden nachdenklich an. Dann nickte er bedächtig.

»Na gut. Dann willkommen in Blackwing, Leutie.«

KAPITEL 24
ERKLÄREN

Grace

Die Luft schien zu vibrieren, als wir uns durch die Dunkelheit bewegten. Wir wollten schnell verschwinden, mussten aber andererseits leise sein. Jeder Schritt, den wir uns von Greystone entfernten, steigerte meine Angst, statt sie zu lindern. Ich konnte das Gefühl drohenden Unheils einfach nicht abschütteln. Es war keineswegs so gelaufen, wie ich geplant hatte: Ich hatte einen Mann getötet und einen anderen brutal verstümmelt. Aber so abscheulich es auch schien, mich belastete nicht, jemanden umgebracht zu haben.

Der Junge, den ich zurückgelassen hatte, Nell, war vielleicht sechzehn. Er wusste jetzt genau, wer ich war, wer Leutie war, und er wusste, was ich getan hatte. Unser Erfolg hing also davon ab, wie der Junge sich entschied, und ich vertraute nicht wirklich darauf, dass er den Mund hielt, auch wenn ich ihm noch so gedroht hatte. Ich an seiner Stelle hätte mich schwer damit getan, jemanden zu schützen, der meine Achillessehnen durchtrennt hatte, egal, wie sehr der Betreffende mich eingeschüchtert hatte. Ich konnte nur hoffen, dass er nichts verriet. Nur zwei Worte von ihm, und schon würde Jonah uns hinterherjagen.

Hayden ging in Richtung Blackwing voran, während ich die Nachhut bildete. Die absolut unbeholfene Leutie ging in der Mitte. Sie war so laut, dass es gar keine Rolle spielte, wie leise Hayden und ich uns bewegten. Durch ihr Keuchen, die schweren Schritte und das verängstigte Quieken, das sie ausstieß, wenn auch nur ein Luftzug die Blätter rascheln ließ, hätte uns jeder ohne viel Anstrengung finden können.

»Leutie, *versuch* doch wenigstens, leise zu sein«, zischte ich ungeduldig.

»Sorry«, keuchte sie und blickte sich voller Furcht um. »Hast du denn keine Angst, dass sie uns verfolgen?«

Ich schwieg eine Sekunde, ohne dass wir stehenblieben. »Angst nicht, ich bin nur vorsichtig.«

Sie schluckte schwer und nickte, als versuche sie, sich Mut zuzusprechen. Haydens Schultern waren angespannt. Ich wusste, dass er sauer auf sie war, aber er sagte kein Wort. Nach einer quälend geräuschvollen halben Stunde erreichten wir wieder das Camp. Mit großen Augen sah Leutie sich um, eindeutig eingeschüchtert von dem Gedanken, nun im berüchtigten Blackwing zu sein. Ich erinnerte mich daran, wie ich gestaunt hatte, als Hayden mich zum ersten Mal hergebracht hatte. Heute war ich nur noch stolz.

»Wir sollten unsere Leute zusammentrommeln«, brach Hayden endlich sein steinernes Schweigen.

»Ja«, stimmte ich zu.

Hayden bog vom Hauptweg ab, um an der Krankenstation vorbeizuschauen, die sich ganz in der Nähe der Stelle befand, an der wir das Camp betreten hatten. Er wollte Docc alarmieren. Anschließend gingen wir zur Kommandozentrale, wo er den diensthabenden Wachmann schnell nach draußen scheuchte.

»Docc holt noch Kit und Dax«, sagte Hayden zu uns und entzündete ein paar Kerzen inmitten des Tisches.

»Was tun wir jetzt?«, fragte Leutie ängstlich. Sie warf Hayden einen flüchtigen Blick zu, aber kaum dass er sie ansah, wandte sie den Kopf und sah nur mich an. Offensichtlich hatte sie eine Heidenangst vor ihm.

»Du wirst uns alles sagen, was du weißt«, befahl Hayden in scharfem Ton. Leutie runzelte die Brauen nur noch mehr, aber trotz ihres Schreckens nickte sie zustimmend.

Plötzlich hörte man einen lauten, dumpfen Schlag, und Leutie erschrak förmlich zu Tode. Die Tür sprang auf, und Dax, Kit und Docc erschienen auf der Bildfläche. Kit wirkte konzentriert, Docc neugierig und Dax geradezu aufgeregt, als sie hineinströmten und sich zu uns um den Tisch versammelten. Alle drei fixierten Leutie, und ich war beinahe sicher, dass ich ein furchtsames Quieken aus ihrem Mund hörte. Ich musste mir ein ungeduldiges Augenverdrehen verkneifen; auch wenn wir befreundet waren, hatten mich Mädchen wie sie immer genervt, denn sie bestärkten andere nur in dem Glauben, dass das weibliche Geschlecht schwach war.

»Na, was haben wir denn da?«, fragte Dax lauernd und musterte Leutie mit schiefem Grinsen, während er sie umkreiste wie ein Raubtier seine Beute. »Frischfleisch?«

Leutie stieß ein leises Wimmern aus und schloss ganz fest die Augen, um ihn nicht mehr zu sehen.

»Hör auf, Dax«, sagte ich tadelnd. »Sie hat schon genug

Angst, und so einen blöden Arsch wie dich können wir jetzt nicht gebrauchen. Dann flippt sie nur noch mehr aus.«

»Eigentlich halten mich die Leute sonst für charmant, danke«, erwiderte Dax. Er stand jetzt hinter Leutie und zwinkerte mir über ihre Schulter hinweg kurz zu. Dann kehrte er zu seinem Platz am Tisch zurück. Leutie schluckte nervös und wagte es, wieder die Augen zu öffnen.

»Bist du jetzt fertig?«, fragte Hayden scharf und sah Dax mit hochgezogenen Augenbrauen an. Dax verzog die Lippen zu einem schiefen Grinsen und zuckte unverbindlich mit den Schultern.

»Ich glaube schon.«

»Gut, Grace, willst du uns vorstellen?«, fuhr Hayden fort und sah mich erwartungsvoll an. Ich nickte.

»Leutie, versuch dich einfach zu beruhigen. Solange du keine Dummheiten machst, krümmt dir hier keiner ein Haar, okay?«, warnte ich. Ich wollte ihr durchaus vertrauen, aber wir mussten auf Nummer sicher gehen. Hayden hatte ihr die Waffe abgenommen, kaum dass wir den Rückweg zum Camp angetreten hatten.

»Ich – ich mache keine Dummheiten«, antwortete sie mit Piepsstimme und schüttelte hastig ein paar Mal den Kopf.

»Gut. Hayden hast du ja schon kennengelernt«, sagte ich und deutete neben mich. »Das hier sind Docc, Kit und Dax. Leute, das ist Leutie.«

Es ertönte ein leises »Hallo« von allen Seiten. Leutie schürzte nur die Lippen und bemühte sich nach Kräften, nicht zu verängstigt auszusehen.

»Hast du diese Nachricht geschrieben?«, fragte nun Kit.

»Nein«, antwortete Leutie. »Das muss eine von Jonah ersonnene Falle gewesen sein.«

»Ich wusste es«, sagte Kit stirnrunzelnd. »Warte, warum ist sie dann hier?«

»Sie ist hier, weil sie es möchte. Sie weiß einiges von dem, was da drüben vor sich geht, und hat sich bereit erklärt, uns zu helfen, wenn wir für ihre Sicherheit garantieren.«

»Na gut. Dann mal raus damit«, befahl Hayden, die Arme fest über seiner muskulösen Brust verschränkt.

»Ich ... ich weiß nicht, wo ich anfangen soll«, bekannte sie und warf mir wieder einen Blick zu.

Ich hatte wieder Jonahs Äußerung von vorhin im Ohr, als er gedroht hatte, jemanden zu töten, falls der nicht kooperierte. Diese Information war als Anfang ebenso gut wie jede andere.

»Ich hörte, wie Jonah etwas sagte von jemandem, der sich nicht fügt und mit ihm zusammenarbeitet. Wer das wohl ist ...?« Ich verstummte, hoffte, dass der Hinweis ihr auf die Sprünge helfen würde. Leutie runzelte nachdenklich die Stirn.

»Ich weiß nicht so genau ... das könnten viele sein. Einige Leute sind nicht gerade begeistert darüber, wie es läuft.«

»Wer?«, drängte ich sie. Plötzlich merkte ich, dass ich mich über den Tisch hinweg zu ihr gebeugt hatte, als wollte ich ihr die Antworten entreißen.

»Na, der ein oder andere«, antwortete sie mit verwirrtem Achselzucken. »Versteht mich nicht falsch, viele Menschen sind für den Krieg, aber manche eben auch nicht. Letztere versuchen, ihn aufzuhalten, aber das scheint unmöglich. Er greift jeden an, nicht nur euch.«

»Jeden?«, wiederholte Dax nachdenklich.

»Ja. Blackwing, Whetland. Vor ein paar Wochen hat er sogar versucht, ein paar Brutes anzugreifen, hat aber beinahe alle verloren, die an diesem Überfall beteiligt waren ...« Sie verstummte niedergeschlagen.

»Wenn er Whetland überfallen hat, dann könnte das der Grund sein, warum sie hier nach Waffen gesucht haben«, meinte Hayden plötzlich.

Whetland war das einzige Camp, das bislang autark war und somit gar keinen Bedarf an Waffen hatte. Aber wenn sie jetzt angegriffen wurden, hatte sich das sicher schlagartig geändert.

»Klingt einleuchtend«, stimmte ich zu. »Was gibt es sonst noch, Leutie?«

»Ich glaube, sie haben versucht, Renley dazu zu zwingen, ihnen zu zeigen, wie man die Dinge dort regelt, aber er hat sich geweigert«, fuhr sie fort. »Danach begann Jonah, auch Whetland zu plündern.«

Renley war der Anführer Whetlands. Er war ein paar Jahre älter als Hayden und ich und war schnell aufgestiegen, da das Camp es aufgrund seines Geschicks geschafft hatte, sich selbst zu versorgen. Was ihnen an Macht und Stärke fehlte, kompensierten sie durch Autarkie. Kein Wunder, dass Jonah seine Hilfe hatte haben wollen – ihn zu töten, hatte keinen Zweck, denn dann konnte man von seinem Wissen nicht mehr profitieren.

»Ich wette, dann hat Jonah mit seinen Worten Renley gemeint«, kombinierte ich leise.

Wenn er nicht kooperiert, töte ich ihn.

Plötzlich war mir alles klar. »Jonah wird den Krieg nicht aufgeben, auch wenn manche Leute aus Greystone das fordern. Also versuchte er, Renley dazu zu zwingen, sein Wissen mit ihm zu teilen. Als der sich weigerte, drohte Jonah damit, ihn töten zu lassen ... und fuhr mit dem Krieg gegen alle und jeden fort. Er versucht, sämtliche Mitstreiter loszuwerden ...«

Jonah war skrupellos, brutal, erbarmungslos. Er würde erst mit dem Krieg aufhören, wenn alle tot waren, egal, wie viele Leute er selbst dabei verlor.

»Wahrscheinlich liegst du damit richtig, Grace«, stimmte Hayden mir zu.

»Leutie, du sagtest, dass die Leute über den Krieg nicht glücklich sind«, erkundigte sich Dax.

»Ja.«

»Wie viele sind es?«, forschte Dax weiter.

»Wir haben so viele Menschen verloren, dass man nur schwer einschätzen kann, was jeder Einzelne überhaupt denkt.«

»Wie viele Opfer habt ihr zu beklagen?«, fragte Kit.

»Mindestens hundert«, antwortete Leutie leise, als bereite ihr schon der Gedanke Schmerz.

»*Hundert?*«, wiederholte Hayden ungläubig. Hayden zerriss es meist schon, wenn er auch nur einen Einzigen verlor, aber Jonah machte weiter, anscheinend ohne einen Gedanken an die riesigen Verluste zu verschwenden.

»Mein Gott«, murmelte Hayden schließlich.

Alle schwiegen ein paar Sekunden lang, als müssten sie diese schockierende Wahrheit erst einmal verdauen. Ich drückte Haydens Hand, um seinen Blick wieder auf mich zu ziehen.

»Wie viele sind gegen ihn, Leutie?«, wiederholte Docc leise.

»Höchstens zwanzig oder vielleicht dreißig Leute haben sich offen gegen ihn ausgesprochen. Einige haben viel zu viel Angst, um überhaupt etwas zu sagen. Der Rest unterstützt ihn. Diejenigen, die sich ihm widersetzen, begannen vor kurzem, ein wenig Mut zu schöpfen, aber ihr Anführer starb bei einem Überfall ... hier.«

»Warte, was?«, fragte ich scharf und betrachtete sie aus verengten Augen.

»Ja, da gab es einen, der sich offen gegen Jonah aufgelehnt hat, aber der ist jetzt tot, also ...«

»Er starb bei einem Überfall auf Blackwing?«, forschte Hayden. Er schien das Gleiche zu denken wie ich und beugte sich gespannt vor. »Wann? Bei ihrem letzten Überfall hier?«

»Da ist niemand gestorben ...«, murmelte Kit verwirrt.

»Wie heißt er, Leutie?«, fragte ich. Ich kannte die Antwort bereits, bevor sie sie aussprach. Das letzte Mal, da Greystone Blackwing angegriffen hatte, war niemand gestorben, aber einer hatte es nicht zurückgeschafft. Jemand, der auf unserer Krankenstation lag und mehr tot als lebendig war ...

»Shaw.«

»Heiliger Strohsack«, murmelte Dax, und ihm blieb der Mund offen stehen. »Der Typ, den Hayden beinahe totgeschlagen hat? Er ist derjenige, der sich in Greystone Jonah in den Weg stellt?«

»›Beinahe‹ totgeschlagen?«, fragte Leutie. Ihre hellblauen Augen verengten sich nachdenklich, als sie zwischen Dax und mir hin und her sah.

»Er lebt noch«, sagte ich zu ihr. »Aber nur noch so gerade

eben. Docc hat ihn auf der Krankenstation unter seinen Fittichen.«

»*Dieses Stück Scheiße* versucht Jonah dazu zu bringen, den Krieg zu beenden?«, murmelte Hayden wütend.

»Was hat er getan?«, fragte Leutie zögernd. Ich runzelte die Stirn, denn ich sprach nicht gern darüber.

»Er hat Graces körperliche Grenzen nicht respektiert«, sagte Docc bedauernd.

»Er hat sie verdammt noch mal angefasst!« Hayden brodelte vor Zorn.

Ich trat näher an ihn heran und legte ihm die Hand auf den Rücken. Wütend und verletzt brannten seine Augen unter den heftig gerunzelten Augenbrauen.

»Alles gut«, formte ich mit den Lippen, sodass nur er es wahrnehmen konnte. Er atmete tief und bebend ein, dann nickte er kurz, und sein verkantetes Kinn entspannte sich etwas.

»O mein Gott«, murmelte Leutie, und ihre Stimme klang jetzt wieder furchtsam. »Ich meine, er war immer ein ziemlich rauer Geselle, aber das hätte ich ihm nie zugetraut.«

»Er kann von Glück sagen, dass ich ihn nicht umgebracht habe«, murmelte Hayden finster.

»Also, was hat das alles denn dann zu bedeuten?«, fragte Dax, um uns wieder aufs Thema zurückzubringen.

»Da sind jetzt eine Menge Karten aufgedeckt worden«, sagte Kit.

»Also, wenn ich das alles richtig verstanden habe, dann ist Graces Bruder Jonah wild entschlossen, jeden zu zerstören, koste es, was es wolle. Er ist bereit, alles und jeden anzugreifen, auch gegen den Widerstand im eigenen Camp. Klingt das nach ihm, Grace?« Doccs Stimme war beherrscht, als wolle er erreichen, dass alle Ruhe bewahrten, zumal Hayden noch immer um Fassung rang. Seine dunklen Augen fixierten mich, während er geduldig auf meine Antwort wartete.

Sosehr ich mir wünschte, im Brustton der Überzeugung »Nein, das würde er nie tun« antworten zu können, ich konnte mir nichts vormachen. Jonah hatte von jeher bewiesen, dass der Einzige, für den er sich interessierte, er selbst war. Selbst als Kind hatte er sich immer an erste Stelle gestellt, hatte andere getreten, um zu bekommen, was er wollte, und nicht darauf gehört, was andere sagten, wenn es nicht das gewesen war, was er hatte hören wollen. Selbst ich, seine eigene Schwester, wurde beiseitegedrängt, wenn ich eine Bedrohung darstellte. In gewisser Weise war ich sogar dankbar dafür, denn das gehörte zu den Dingen, die mich zu dem Menschen gemacht hatten, der ich heute war. Er hatte zu einem großen Teil zu meiner Stärke beigetragen. Trotzdem tat es immer noch weh, dass mein einziger Bruder ein vollkommenes und absolutes Arschloch war.

»Ja, Docc. Das klingt genau nach ihm«, bekannte ich etwas verbittert. Ich hatte keine Ahnung, warum wir uns so unterschiedlich entwickelt hatten oder was ihn zu dem gemacht hatte, was er war, aber das spielte jetzt auch keine Rolle mehr. Nun war es an Hayden, mir tröstend die Hand auf den Rücken zu legen, und ich versuchte mich auf ihre Wärme zu konzentrieren, um die Kälte zu vertreiben, die sich bei dem Gedanken an Jonah in meinem Innern ausgebreitet hatte.

»Dass ich euch richtig verstehe«, sagte nun Dax heftig

kopfschüttelnd, als bemühe er sich um einen klaren Gedanken. »Jonah ist dein Bruder. Jonah leitet Greystone. Greystone führt Krieg gegen Gott und die Welt. Whetland versuchte, uns Waffen zu stehlen, weil Greystone ihr Camp angriff, da sie ihre Unterstützung verweigerten. Shaw ist ebenfalls aus Greystone, versuchte sich aber gegen Jonah aufzulehnen, bevor ihn Hayden beinahe zu Tode geprügelt hätte, sodass er auf unserer Krankenstation landete. Shaw ist zudem ein ziemliches Ekelpaket. Oh, und die Brutes haben irrsinnig viele Vorräte von allem, was sie jemals einsetzen könnten, um uns alle zu vernichten. Habe ich irgendetwas vergessen?«

»Während uns allen die Vorräte ausgehen, um zu überleben«, fügte Kit mit einem traurigen, sardonischen Grinsen hinzu.

»Ach ja, danke, Kit. Wir sterben also wahrscheinlich bald alle, weil uns die Nahrung ausgeht. War's das in etwa?« Dax wölbte beide Augenbrauen und sah lässig in die Runde, als hätte er gerade eine Einkaufsliste vorgelesen.

»Das trifft es ziemlich genau«, sagte ich rundheraus. So formuliert konnte man sich glatt wundern, dass wir überhaupt noch am Leben waren.

»Toll«, meinte Dax mit tiefem Seufzer.

»Was können wir also unternehmen?«, fragte Kit und sah sich um. Alle schienen tief in Gedanken versunken zu sein. Selbst Leutie runzelte die Stirn und schien über Lösungswege nachzugrübeln.

»Es ist schon spät«, sagte Hayden eine Spur resigniert. Wahrscheinlich war es schon lange nach Mitternacht. »Schlafen wir jetzt erst mal eine Runde und treffen uns morgen noch einmal, um uns darüber zu unterhalten.«

»Gute Idee, mein Sohn«, sagte Docc mit beifälligem Nicken. »In übermüdetem Zustand findet man sowieso keine Lösung.«

Dax hob die Arme in die Luft und reckte sich. Dann stieß er ein lautes, hochdramatisches Gähnen aus. »Einverstanden. Gibt ja auch viel, worüber wir nachdenken müssen.«

»Sagt Bescheid, wann wir uns treffen. Nacht Leute«, sagte Kit, winkte uns noch kurz zu, dann verließ er uns. Docc folgte ihm nach draußen, blieb aber noch einmal stehen und warf einen Blick über die Schulter, bevor er die Kommandozentrale verließ.

»Ach ja, Leutie, willkommen. Gute Nacht«, sagte er leise, dann schlüpfte er hinaus in die Dunkelheit.

»Danke«, antwortete sie leise, aber zu spät, dass Docc sie noch hätte verstehen können.

Nun waren nur noch Hayden, Dax, Leutie und ich übrig.

»Na ja, Leutie, ich hoffe natürlich, dass du tatsächlich auf unserer Seite bist, denn wenn du uns belügst, müssen wir dich töten«, sagte Dax und stieß spielerisch gegen ihre Schulter.

Seine Augen blitzten, aber Leutie entging sein humoristischer Unterton, denn sie sog angstvoll die Luft ein. Dax' Gesicht wirkte belustigt. Er genoss es, ihr einen gehörigen Schrecken einzujagen. Wieder einmal fiel mir sein fragwürdiger Sinn für Humor ein.

»Lass sie in Ruhe, Dax«, sagte ich und schüttelte missbilligend den Kopf. Leuties große Augen huschten zu mir hinüber, und Dax wich einen Schritt von ihr zurück.

»Ich sag doch nur, wie es ist«, antwortete er mit lässigem Achselzucken. Immer noch grinste er amüsiert, als er zur Tür ging. »Bis morgen also. Schlaf dich aus, Leutie, aber pass trotzdem auf – ich habe gehört, Blackwing ist voller Verrückter, die es nach Frischfleisch gelüstet.«

Er lachte herzhaft über seinen eigenen Witz, bevor er draußen verschwand und eine vollkommen verängstigte Leutie zurückließ. Ich hoffte, sie würde bald mal aufhören, vor allem und jedem Angst zu haben.

»Ignorier ihn einfach. Er will dich nur ärgern«, sagte ich zu ihr.

»Okay«, antwortete sie mit gezwungenem Lächeln. »Wo, äh, wo soll ich denn schlafen?«

Darüber hatte ich noch gar nicht nachgedacht. Ich drehte mich zu Hayden um. Er zuckte nur mit den Schultern, als sei ihm der Gedanke auch noch nicht gekommen.

»Sie könnte bei Dax schlafen?«, schlug er vor, und seine Lippen zuckten.

»Nein«, rief Leutie schnell. Hayden und ich wandten uns zu ihr um. Ihre Wangen waren tiefrot. »Ich meine, äh, bitte nicht bei ihm.«

»Warum nicht?«, fragte ich. »Ich meine es ernst. Er ärgert dich doch nur. Er würde dir nie etwas zuleide tun.«

»Nein ... bitte nicht«, antwortete sie vage. Ihre Wangen glühten sogar noch mehr, und sie mied meinen Blick.

»Okay ... Willst du nicht einfach bei uns schlafen, bis uns eine andere Lösung einfällt?«

»Was?«, rief Hayden scharf, offensichtlich nicht begeistert von der Idee. Ich warf ihm einen tadelnden Blick zu.

»Nur, bis wir etwas anderes gefunden haben«, antwortete ich ruhig. Unter gar keinen Umständen sollte Leutie zu dem Schluss kommen, dass sie in Greystone besser dran gewesen wäre, um dann dorthin zurückzukehren.

»Ja, na gut«, sagte Hayden, nachdem ich ihn stumm um seine Zustimmung gebeten hatte. »Du kannst auf unserer Couch schlafen«, erklärte er ihr ausdruckslos. Ein winziges Lächeln umspielte ihre Lippen.

»Danke«, antwortete sie aufrichtig.

»Ja, ja«, murmelte Hayden unzufrieden.

Ich musste lächeln, weil er so offensichtlich etwas dagegen hatte, dass sie unsere Privatsphäre störte. Mir wurde ganz warm ums Herz, zu wissen, dass er unsere Zeit zu zweit genauso sehr schätzte wie ich. Obwohl wir täglich eigentlich ständig zusammen waren, war die Zeit, in der wir wirklich allein waren, rar gesät. Nur dann konnte er wirklich die Mauern fallen lassen, die er um sich herum errichtet hatte. Nur dann konnte ich vollkommen entspannen und mich wohlfühlen. Nur dann konnten wir uns von ganzem Herzen ausschließlich aufeinander konzentrieren. Egal, wie viel Zeit wir zu zweit verbringen würden, ich war sicher, dass es niemals genug sein würde.

»Dann komm«, sagte ich leise zu Leutie und folgte Hayden aus dem Gebäude. Wortlos kam sie meiner Aufforderung nach.

Draußen war es kühl und dunkel, während wir Blackwing durchquerten, Hayden auf der einen Seite, Leutie auf der anderen. Trotz der schrecklichen Dinge, die wir diese Nacht herausgefunden hatten, und der schweren Zeiten, die uns bevorstanden, überkam mich ein seltsames Gefühl des Friedens. Mit Haydens Hand in meiner und dem felsenfesten Gefühl der Sicherheit und Kraft, das von ihm ausging, glaubte ich, es mit allem aufnehmen zu können, was sich uns in den Weg stellte. Ich wusste, solange ich Hayden hatte, konnte ich alles überstehen.

KAPITEL 25
MONSTER

Hayden

Ich fühlte mich seltsam verletzlich, als Grace, Leutie und ich an unserer Hütte anlangten. Ich wollte Leutie nicht bei uns haben, denn diese Hütte gehörte nur mir und Grace, der einzige Ort, an dem ich mich jemals öffnen konnte. Hier konnte ich alles um mich herum vergessen und mich Grace – und nur Grace – so zeigen, wie ich war. Solange jemand anders dabei war, war das unmöglich.

»Da wären wir«, sagte Grace zu Leutie und zündete ein paar Kerzen an. Ich schwieg auch weiterhin, lehnte mich gegen die Tür, die ich fest geschlossen hatte, und beobachtete die beiden.

»Schön hier«, sagte Leutie freundlich und sah sich um.

Ich seufzte tief und fuhr mir mit der Hand durchs Haar, während ich mir ins Gedächtnis rief, dass das hier notwendig war. Leutie konnte uns helfen, und ich wollte sie nicht in Angst und Schrecken versetzen, sodass sie schon in ihrer ersten Nacht hier wieder an Flucht dachte. Wenn sie sich am sichersten in Graces Nähe fühlte, würde ich es schon durchstehen.

Heute Nacht.

Aber keinen Tag länger.

Nach dieser Nacht musste sie ein anderes Plätzchen finden, wo sie wohnen konnte.

»Komm, ich zeige dir das Badezimmer«, sagte Grace nun und deutete mit dem Kopf in die Richtung. Sie warf mir einen kurzen belustigten Blick zu, bevor sie mit Leutie in dem winzigen Raum verschwand.

Ich seufzte erneut tief und schleuderte meine Stiefel von mir, ergriff die Gelegenheit, solange Leutie nicht im Zimmer war, mir ein paar Sportshorts und ein sauberes T-Shirt anzuziehen. Barfuß tappte ich leise über den Holzboden und setzte mich auf die Bettkante. Als die Badezimmertür sich wieder öffnete, schlüpfte nur Grace heraus.

»Hey, Babe«, begrüßte sie mich mit sanftem Lächeln.

Sie stellte sich vor mich hin, und ich streckte die Arme nach ihr aus, ließ die Finger sanft über die Außenseite ihrer Oberschenkel gleiten. Ich legte den Kopf in den Nacken, um zu ihr emporzublicken, und sanft schob sie mir das Haar aus dem Gesicht.

»Selber hey«, erwiderte ich leise.

»Tut mir echt leid. Sie hat einfach nur Angst, weißt du? Außer mir kennt sie hier niemanden.«

»Ich weiß«, gab ich zu. Ich schloss einen Augenblick lang die Augen und genoss das beruhigende Gefühl ihrer Finger in meinem Haar. Die Haut an ihren Beinen fühlte sich samtweich an, als meine Fingerkuppen federleicht darüberfuhren.

»Wir kriegen das schon hin, okay?«

Ich wusste, dass sie damit nicht nur Leuties Wohnsituation

meinte. Ich zog sie auf meinen Schoß, nahm sie in den Arm und sorgte dafür, dass ihre Beine zwischen meinen landeten.

»Ja, Grace, wir kriegen das hin.«

Ich presste ihr einen sanften Kuss auf die Schläfe, während sie gedankenverloren auf ihrer Lippe herumkaute. Wie gern hätte ich sie jetzt ins Bett gezogen und wäre mit ihr im Arm eingeschlafen, aber unser gemeinsamer Augenblick wurde unterbrochen, weil die Badezimmertür sich öffnete. Als Leutie Grace auf meinem Schoß sitzen sah, wandte sie die Augen ab und errötete. Widerstrebend erlaubte ich Grace, sich zu erheben, um Leutie eine Decke zu bringen.

»Du kannst auf der Couch schlafen«, sagte Grace freundlich zu ihr. »Sie ist nicht sonderlich gemütlich, aber immer noch besser als der Boden.«

Leutie nickte und machte es sich auf dem Sofa bequem. Grace breitete die Decke über sie, und dann flüsterten sie leise ein paar Worte miteinander, die ich nicht verstehen konnte. Plötzlich erinnerte ich mich an Graces ersten Monat hier. Damals hatte sie jede Nacht auf dieser elenden Couch verbracht. Das schien eine Ewigkeit her zu sein.

»Danke, Grace«, sagte Leutie jetzt leise, während Grace sich daranmachte, die Kerzen wieder auszupusten. »Und ... danke, Hayden.«

Es war wohl das erste Mal, dass sie mich direkt ansprach, was mich überraschte.

»Gern geschehen«, antwortete ich ruhig. Ich wusste nicht so genau, wofür sie mir dankte, aber ich akzeptierte es.

Grace blies die letzte Kerze aus, dann begab sie sich zur Kommode, wo sie schnell etwas zum Schlafen überstreifte.

Ich hörte, wie ihre Füße zu mir herübertappten, dann spürte ich die Hitze ihres Körpers an meiner Schulter, als sie an mir vorüberschlüpfte und ins Bett stieg.

Sie legte sich mit dem Gesicht mir gegenüber und schlang mir das Bein lose über die Hüfte, während ich die Decke um uns herumzog, uns in einen Kokon wickelte und den Arm um ihre Taille schlang. Auch wenn Leutie auf unserer Couch schlief, würde ich mich nicht davon abhalten lassen, Grace so zu halten, wie ich es mir wünschte.

Eine Zeitlang war alles still, und wir kamen zur Ruhe. Gern hätte ich Grace nach den Einzelheiten ihres Ausfluges nach Greystone gefragt. Ich wollte mir einen Plan überlegen, wie wir all die Probleme bewältigen konnten, mit denen wir uns konfrontiert sahen. Ich wollte freiheraus mit ihr reden können, ohne mir Sorgen darum zu machen, dass Leutie uns hörte.

»Ich wünschte, wir wären allein«, wisperte ich, nachdem eine halbe Stunde Stille geherrscht hatte. Es war schwer zu sagen, ob Leutie immer noch wach war oder nicht, aber meine Stimme war so leise, dass sie uns von der anderen Seite des Zimmers sicher nicht hören konnte.

»Ich auch«, murmelte Grace leise. Es war, als seufze daraufhin mein Herz, und ich zog sie dichter an meine Brust. Ihre Wärme sickerte in meine Haut und tröstete mich.

Wir lagen lange Zeit einfach nur da, schweigsam und schläfrig, konnten aber dennoch nicht einschlafen. Hin und wieder stieß sie einen tiefen Seufzer aus, öffnete den Mund, als wolle sie etwas sagen, doch verstummte dann wieder. Irgendetwas hielt sie wach, und ich wollte wissen, was es war, aber dazu mussten wir allein sein. Wieder machte mir Leuties Anwesenheit zu schaffen, denn sie hinderte Grace daran, das auszusprechen, was sie bedrückte.

»Wir reden morgen, okay?«, flüsterte ich leise.

»Okay«, hauchte sie als Antwort.

»Versuch jetzt zu schlafen. Du musst.«

Ihr Arm schlängelte sich um meinen Brustkorb und drückte mich leicht, schmiegte sich an mich und entspannte sich zum ersten Mal, seit wir uns hingelegt hatten, voll und ganz.

»Liebe dich«, murmelte sie schläfrig. Ein sanfter Hitzepunkt entflammte an meiner Kehle, als sie mir einen zärtlichen Kuss gab.

»Liebe dich auch, Bär«, antwortete ich leise.

Mein letzter Gedanke war, wie schön es sich doch anfühlte, mich an Graces tröstliche Wärme kuscheln zu können. Dann schlummerte ich ein.

Grace

Mein Körper war total angespannt, als würde ich von allen Seiten bedrängt, und das Atmen fiel mir schwer. Dunkelheit umgab mich, und ich blinzelte wie wild, versuchte verzweifelt durch das beklemmende Schwarz um mich herum etwas zu erkennen. Die Kälte drang mir bis ins Mark, machte mich schwach und zittrig. Eine seltsame Feuchtigkeit hing in der Luft, und der merkwürdige, metallische Geschmack, der auf meiner Zunge verharrte, erinnerte mich an etwas Bekanntes, Unerwünschtes.

Blut.

Furcht durchflutete mich, als mir all das, was ich schon einmal durchlebt hatte, jetzt erneut widerfuhr. Wenn ich den Fuß hob, entdeckte ich den gleichen dicken rotschwarzen Schlamm, der von Blut troff. Im Dämmerlicht war zwar kaum etwas zu erkennen, dennoch entdeckte ich, wie sich zu meiner Linken der Boden bewegte und mir eine Ahnung davon vermittelte, was darunter lauerte. Mein Herz hämmerte in meiner Brust, während ich mich umsah, verbissen nach einem Ausweg suchte, bevor das, was mit Sicherheit jetzt auf mich wartete, emporbrach, aber es war zu spät.

»Diebe.«

Ich presste die Lider zu, versuchte es auszublenden und hielt mir die Ohren zu. Die klebrige Substanz auf dem Boden verlangsamte meine Schritte, während ich vor der Stimme zu fliehen versuchte. Und was noch schlimmer war: Die Gliedmaßen, verwesend und von widerwärtig grüner Farbe, versuchten, mich zum Stolpern zu bringen, indem sie aus der Erde nach oben fuhren. Ich versuchte zu rennen, aber mein Körper gehorchte mir nicht. Es war, als zöge mich jeder Schritt, den ich tat, zwei Schritte zurück anstatt voran.

»Diebe.«

Ich stieß einen angsterfüllten Schrei aus, als etwas meine Kehle fest umklammerte und mich nach hinten gegen eine unglaublich kalte, steife Gestalt zog. Zwei übermächtige Pranken packten meine Arme und hielten sie an meinem Körper fest. Hilflos kämpfte ich dagegen an, aber es war sinnlos. Ich hörte den tiefen, rasselnden Atem meines Angreifers hinter mir.

»*Du hast uns bestohlen*«, zischte er mit leiser, krächzender und beinahe unmenschlicher Stimme.

»Nein ...«

Mein Schrei wurde erstickt von einer Hand, die ebenso steif und kalt war wie der Körper, an den ich gepresst wurde. Egal, wie sehr ich mich zur Wehr setzte, ich konnte meinen Gegner nicht abschütteln. Schließlich brachte ich genug Mut auf, um mich umzusehen. Aber kaum hatte ich ihm in die Augen geblickt, wünschte ich, es nicht getan zu haben.

Augen so schwarz, dass man die Iris nicht erkennen konnte, starrten mich an, umrahmt von einer dicken Schicht aus Blut, das ihm an beiden Seiten des Gesichts herabgeronnen war. Statt normaler Zähne bleckte er verfaulte, zackige Stumpen. Der Gestank aus seinem Mund konnte nur vom Tod selbst kommen, er benebelte mich, sodass ich kaum mehr klar denken konnte. Noch nie war ich so verängstigt und hilflos gewesen. Dies konnte nur mein Ende sein. Wieder schloss ich ganz fest die Augen, um den entsetzlichen Mann nicht sehen zu müssen, und bereitete mich darauf vor zu sterben.

»*Grace.*«

Ich schüttelte den Kopf und hielt die Augen geschlossen, brachte es einfach nicht fertig, dem Schrecken, der mich erwartete, in die Augen zu sehen. Der Griff um meine Arme war fester denn je, ich konnte mich unmöglich bewegen.

»*Grace!*«

Mein Körper erbebte, und irgendetwas lief mir das Gesicht hinab. Anscheinend hatte derjenige meine Hände jetzt losgelassen, also stieß ich mich mit der wenigen Kraft, die mir geblieben war, gegen den Körper, der sich an meinen presste.

Wieder erzitterte ich und öffnete ruckartig die Augen, als noch einmal mein Name gerufen wurde.

»Grace.«

Ich atmete tief ein, die Welt drehte sich wieder. Der Gestank nach Tod und Blut und Verwesung war verschwunden, abgelöst von dem vertrauten Duft Haydens. Ich blinzelte ein paar Mal. Er beugte sich über mich, strich mir das schweißnasse Haar aus dem Gesicht.

»Hayden«, hauchte ich. Ich spürte, wie ich an seinem Körper erzitterte.

»Ich bin es doch nur«, murmelte Hayden sanft. Er hatte die Brauen tief über den Augen gerunzelt und wirkte tief betrübt. »Alles ist gut.«

Ich nickte, brachte keinen Ton heraus und versuchte, wieder gleichmäßiger zu atmen. Hayden liebkoste weiterhin mein Gesicht, und durch seine Berührung beruhigte ich mich langsam wieder.

»War es der gleiche Alptraum?«, fragte er mit leiser, heiserer Stimme.

»In etwa«, flüsterte ich. »Diesmal war noch ein Mann da ... Er war voller Blut.«

»Ach Grace«, murmelte er zärtlich. Er sah mir tief in die Augen, und sein Blick war sogar noch schmerzerfüllter als vorhin. »Ich wünschte, ich könnte dich davor beschützen.«

»Du hast mich geweckt«, sagte ich kopfschüttelnd. »Mehr kannst du nicht tun.«

Ich konnte nicht kontrollieren, welche Richtung mein Geist im Schlaf einschlug, und es ließ sich auch nicht voraussagen, wann es wieder geschehen würde. Meine körperliche Fitness und meine Entschlossenheit kamen hier an ihre Grenzen; auch ich hatte Schwächen wie jeder andere, und das war mir verhasst.

Ich hob die Arme und schlang sie Hayden leicht um den Nacken, hielt ihn ein paar Sekunden lang ganz fest. Er seufzte tief und erwiderte die Umarmung.

»Kannst du jetzt wieder schlafen?«

Ich nickte. »Ich glaube schon. Danke, Hayden.«

»Mmm-hmm«, brummte er leise. Er verlagerte sich, sodass er mich quasi immer noch umschloss, aber nicht mit dem ganzen Gewicht auf mir ruhte. Ich spürte seine tröstliche Wärme, ohne erdrückt zu werden. »Schlaf, Liebste,«

Ich nickte und drehte mich noch einmal um, um ihm einen Kuss auf die Schläfe zu geben, dem einzigen Teil von ihm, den ich aus dieser Position erreichen konnte. Sein sanfter Atem wehte über meinen Hals hinweg. Meine Augen fielen zu, und ich versank in tiefen, ununterbrochenen Schlaf.

Als wir am darauffolgenden Morgen erwachten, war ich beinahe überrascht, Leutie auf unserer Couch vorzufinden. Ich hatte ihre Anwesenheit beinahe vergessen. Sie zuckte zusammen, als ich sie sanft schüttelte, um sie zu wecken, und versprach, sich fertig zu machen, damit wir in wenigen Minuten die Hütte verlassen konnten.

Nachdem wir angezogen waren – Leutie in einem neuen Shirt von mir –, machten wir drei uns auf den Weg zur Kantine, um zu frühstücken.

Ich hatte immer noch das überwältigende Bedürfnis, mit Hayden zu reden, aber ich wollte abwarten, bis wir vollkommen allein waren.

In der Kantine herrschte reges Treiben. Obwohl überall um uns herum schwatzende Menschen waren, entdeckten wir schon bald den Tisch, an dem meine Freunde saßen. Dax, Kit und Docc sahen uns erwartungsvoll an, als wir mit dem Essen, das wir uns bei der heute gut gelaunten Maisie geholt hatten, zu ihnen gesellten.

»Hallo alle zusammen«, sagte Docc mit mildem Lächeln.

»Hey«, grüßte Hayden ruhig. Leutie schwieg, und ich nickte allen nur zu. Ich war nicht sicher, ob ich einer Unterhaltung nach dieser Nacht schon gewachsen war.

»Was steht denn heute auf dem Programm, Boss?«, fragte Dax, nachdem er hinuntergeschluckt hatte. Mir knurrte der Magen, also fing ich an zu essen; ich bemerkte, dass unsere Portionen deutlich kleiner als sonst waren. Eine weitere Erinnerung daran, dass unsere lebenswichtigen Vorräte immer mehr zusammenschmolzen.

»Ich dachte, dass wir uns heute dem Training widmen«, antwortete Hayden. »Leutie braucht ein paar Grundkenntnisse in Sachen Selbstverteidigung und Waffenkunde. Jett und die anderen Frischlinge sollten ebenfalls am Ball bleiben.«

Alle nickten zustimmend. Als Jetts Name fiel, sah ich mich in der Kantine um. Nach ein paar Sekunden entdeckte ich ihn am anderen Ende des Raumes. Er saß niemand anderem gegenüber als Rainey und ihrer kleinen Schwester. Sie schienen nicht miteinander zu reden, und Jett sah sich viel zu häufig ebenfalls in der Kantine um, als sei er entschlossen, überallhin zu blicken, nur nicht zu Rainey.

»Leutie, bist du bereit, mit dem Training anzufangen?«,

fragte Dax, und wieder war seine Miene eindeutig amüsiert. Ihr Blick huschte zu mir hinüber, dann sah sie ihm in die Augen.

»Ich glaube schon«, erwiderte sie leise.

»Und wie unbegabt bist du?«, fragte Dax weiter. Sein Grinsen wurde sogar noch breiter, als sie immer verlegener wurde.

»Wahrscheinlich schrecklich unbegabt«, bekannte sie mit betretenem Grinsen.

»Das macht nichts. Die Jungs hier nehmen dich schon unter ihre Fittiche«, meinte Docc mit beruhigendem Nicken. Leutie wagte ein dankbares Lächeln in die Runde, als alle Docc leise beipflichteten.

Die restliche Mahlzeit verlief angenehm, aber ich konnte einfach nicht mit dem Grübeln aufhören. Mein Alptraum, Jonah, der Krieg, Nell in Greystone, die scheinbar endlose Folge von Problemen, denen wir uns gegenübersahen. Nachdem wir aufgegessen hatten und die anderen ihr Geschirr fortbrachten, blieb ich zurück und zupfte Hayden leicht an der Schulter.

»Hey, können wir reden, bevor wir uns dem Training widmen? Ich kann mich einfach nicht konzentrieren«, gestand ich. Er nickte sofort und musterte mich besorgt.

»Natürlich«, antwortete er leise.

Wir stellten ebenfalls unser Geschirr ab und durchquerten eilig das Camp. Wieder zurück in der Hütte, schob mich Hayden zum Bett. Ich setzte mich im Schneidersitz darauf. Ich wusste zwar, was ich sagen wollte, aber nicht, wie ich anfangen sollte.

»Was ist los?«, fragte Hayden mich sanft. Er streckte die Hand aus und fuhr mir mit den Fingerspitzen sacht übers Knie. Ich zog die Unterlippe zwischen die Zähne und kaute nachdenklich darauf herum, während ich blicklos die Bettdecke anstarrte.

»Habe ich dir je erzählt, dass ich mal einen Hund hatte?«

Die Worte waren mir entschlüpft, bevor ich richtig darüber nachgedacht hatte, und Hayden sah mich überrascht an.

»Nein, hast du nicht, glaube ich«, antwortete er, nachdem es ihm gelungen war, wieder eine neutrale Miene aufzusetzen.

»Ja, dachte ich mir. Ich hatte einen Hund, als ich jünger war, zehn oder vielleicht elf. Er hieß Farmer.«

»Ein interessanter Name«, antwortete Hayden mit sanftem Lächeln.

»Wir hatten gerade etwas über Farmer in unserer Ersatzschule gelernt, und ich fand das Thema total interessant. Mein Dad brachte ihn eines Tages von einem Raubzug mit nach Hause und schenkte ihn mir.«

Hayden hörte zu, als ahnte er schon, dass mehr dahintersteckte als nur mein Bericht über den Hund.

»Er war ein räudiger kleiner Köter mit schwarzem, fleckigem Fell. Die Beine waren viel zu lang, wodurch er total unbeholfen wirkte. Er war irgend so eine Promenadenmischung, würde ich sagen, aber für mich war er der beste Hund der Welt. Als Celt ihn mir schenkte, war er noch ein Welpe.«

Mein Herz pochte schmerzhaft, als ich mir das kleine Fellknäuel vorstellte. Nachdem mein Dad ihn mir in die Arme gelegt hatte, hatte er mit dem Schwanz gewedelt, und seine kleine Welpenzunge hatte mich erbarmungslos abgeschleckt.

»Ich nahm ihn überall mit hin. Zur Schule, zum Training, auf Raubzüge. Er schlief sogar in meinem Bett.«

Ich musste ein paar Mal blinzeln und den Kopf schütteln, um die Bilder zu vertreiben, die vor meinem geistigen Auge auftauchten.

»Irgendwann passte sich sein Körper seinen Beinen an, und er wurde ziemlich groß. Ich schwöre, er war der klügste Hund der Welt – wusste immer, wann es Zeit zum Essen war, wann wir nur spielten oder Gefahr im Verzug war. Und dann kam dieser eine Raubzug, bei dem er einen Brute daran hinderte, mich anzugreifen, noch bevor ich ihn überhaupt entdeckt hatte. Ich liebte diesen Hund beinahe mehr als jeden anderen.«

Hayden ergriff meine Hand und drückte sie. Das Gefühl, das ich die ganze Zeit über zurückzuhalten versucht hatte, hatte sich nun in meine Stimme geschlichen, und meine Lippe war schon ganz taub, weil ich mir so häufig darauf gebissen hatte.

»Dann kam dieser Tag im Sommer ... Es war wirklich heiß, und sein Fell war so dicht, dass ich einen Hitzschlag befürchtete. Deshalb wollte ich ihn scheren, weißt du? Ich wollte, dass er nicht krank wurde oder so was. Also fand ich diese Schere in Jonahs Zimmer und brachte Farmer nach draußen, um ihn zu trimmen ...«

Es fiel mir immer schwerer, mit fester Stimme zu sprechen. Ich spürte heiße Tränen hinter meinen Augen brennen, aber ich schluckte sie hinunter. Hayden beobachtete mich eindringlich, ein trauriges Stirnrunzeln auf dem Gesicht, als wüsste er bereits, dass diese Geschichte kein glückliches Ende genommen hatte. Ich holte tief Luft, entschlossen weiterzuerzählen.

»Ich war etwa zur Hälfte fertig, als Jonah heimkam und mich sah. Er entdeckte, dass ich seine Schere benutzte, und er wurde *unglaublich wütend*. Ich verstand gar nicht, wieso. Es war doch nur eine Schere. Ich tat damit doch niemandem weh ... ich versuchte doch nur, mich um meinen Hund zu kümmern. Ich wusste nicht, warum er so wütend war.«

Ich schluckte schwer und kniff die Lider in dem Versuch zu, die Bilder zu verdrängen, die mich jetzt bestürmten. Jeder meiner Atemzüge brachte meine Brust zum Erzittern.

»Er stürzte sich auf mich und riss mir die Schere aus der Hand. Er zeigte damit auf mich und schrie mich an ... Nannte mich eine Idiotin, weil ich seine Sachen für einen ›blöden Hund‹ missbrauchte. Er war damals so viel größer als ich, und ich hatte gar keine Chance gegen ihn ... Er – er kam immer weiter auf mich zu, drängte mich gegen die Hauswand ...«

Ein Schaudern durchfuhr mich, sodass ich mitten im Satz verstummte. Die Tränen, die ich zurückzuhalten versucht hatte, traten mir nun in die Augen. Haydens Hand rieb weiterhin beruhigend über mein Bein, aber ich konnte ihn nicht ansehen.

»Und dann legte er mir die Klinge der Schere an die Kehle. Er sagte, wenn ich je wieder wagen würde, eines seiner Dinge zu nehmen, würde mir das leidtun. Er drückte sie immer mehr auf mich herab, fester und fester, bis ich keine Luft mehr bekam. Ich versuchte, ihn abzuschütteln, aber ich war noch so jung und so schwach, dass ich es nicht schaffte ... Und ich hatte solche Angst und war so hilflos und wollte gerade aufgeben, als plötzlich Farmer ...«

Wieder schnappte ich nach Luft, und eine Träne rann mir die Wange hinab.

»Farmer griff ihn an ... Und er – er biss ihn in den Arm, mit dem er mir die Schere an die Kehle hielt, und warf ihn um. Ich konnte nichts tun, außer zuzusehen, wie mein Hund mich vor ihm beschützte ... Sie kämpften eine ganze Weile, aber dann ...«

Wieder brachte ein Schauder meine Lungen zum Erzittern.

»Sie kämpften, und ich schrie Jonah an, er solle aufhören. Ich bat ihn aufzuhören, *bettelte* darum. Aber – er hörte nicht auf, und schon bald hörte ich einen feuchten, dumpfen Laut und ein Winseln von Farmer ... und er bewegte sich nicht mehr, als Jonah aufstand ...«

Tränen strömten mir die Wangen hinab.

»Und Farmer war tot. Ein zusammengesunkener Haufen auf dem Boden, dem Blut aus der Brust strömte ... Jonah hatte meinen Hund getötet. Weil der mich beschützen wollte. Weil ich mir eine *Schere* genommen hatte, um ihm das Fell zu stutzen.«

Ich schniefte einmal und atmete tief ein. Beinahe zuckte ich zusammen, als ich spürte, wie Hayden mir beide Hände auf die Wangen legte und mir mit den Daumen die Tränen abwischte. Der Blick, mit dem er mich musterte, war voller Schmerz und tiefer Trauer.

»Es tut mir so leid, Grace«, beschwichtigte er mich sanft. »Es tut mir so unendlich leid.«

Ich nickte und schloss die Augen, schniefte noch einmal.

»Verstehst du es denn nicht, Hayden?«, flehte ich verzweifelt.

»Was soll ich verstehen, Grace?«, fragte er so sanft er konnte.

»Jonah ist ein Monster«, stieß ich erstickt hervor, entschlossen, nicht noch einmal die Fassung zu verlieren. »Er ist es jetzt und war es immer schon ... Er hört nicht auf, denn das liegt ihm nicht. Es ist ihm egal ...«

Geduldig wartete Hayden darauf, dass ich weitersprach. Ich wusste, was geschehen musste, ich wollte es nur nicht aussprechen.

»Es gibt nur eine Möglichkeit, wie wir diesen Krieg beenden können.«

»Und welche?«, fragte Hayden leise. Düstere Trauer überschattete sein Gesicht, als wüsste er es bereits.

»Wir müssen denjenigen aufhalten, der mit alldem begonnen hat ... wir müssen Jonah töten.«

KAPITEL 26
HELDENMUT

Grace

Die Stille um uns herum war dröhnend laut, schwer vom Gewicht der Worte, die ich soeben ausgesprochen hatte. Hayden beobachtete mich aufmerksam und mit schmerzerfüllten und doch verständnisvollen Augen, als versuche er, durch mich hindurchzublicken und zu erkennen, was ich wirklich empfand. Mir war übel und schwindelig, aber ich wusste, dass ich Recht hatte. Hunderte von Menschen waren wegen dieses einen Mannes bereits gestorben, und nichts deutete darauf hin, dass er irgendwann mit dem Morden aufhören wollte.

Wir mussten meinen Bruder töten.

»Grace, nein ... es muss eine andere Möglichkeit geben ...«, murmelte er und schüttelte langsam den Kopf.

Haydens Worte klangen schwer und resigniert. Er wollte einen anderen Weg finden, wusste aber gleichzeitig, dass ich die Wahrheit gesagt hatte. Er griff nach meiner Hand.

»Die gibt es nicht, Hayden. Du weißt, dass ich Recht habe. Solange er lebt, wird Greystone niemals aufhören. Lieber töten sie alles und jeden, als dass er aufgibt.«

Meine Stimme klang jetzt vollkommen ausdrucks- und gefühllos. Die Tränen waren getrocknet und hatten ein unangenehmes Spannungsgefühl auf meiner Haut hinterlassen.

»Wir überlegen uns etwas anderes«, beharrte Hayden zärtlich. »Er ist immerhin dein Bruder.«

»Nicht mehr. Dax und Kit sind eher Brüder für mich, als er es jemals war, und die kenne ich erst – wie lange? – fünf oder sechs Monate?«

»Grace ...« Ich merkte, wie seine Entschlusskraft schwand und er meinen Vorschlag zu akzeptieren begann. Ich wusste, er würde erkennen, dass es unumgänglich war – es gefiel ihm nur einfach nicht.

»Wenn man der Schlange den Kopf abschneidet, stirbt auch der restliche Körper, stimmt's? Und der ist Jonah ... Wenn wir ihn töten, ist wahrscheinlich alles vorüber.«

»Nicht alles ... aber ein großer Teil, ja«, stimmte Hayden schließlich ernst zu. Ich atmete tief aus und drückte nun meinerseits seine Hand. Ich biss entschlossen die Zähne zusammen und nickte kurz.

»Du bist also einverstanden?«, wagte ich zu fragen.

Überraschend streckte Hayden die Hand aus und schlang sie mir um den Nacken. Sanft zog er mich zu sich hin und beugte sich zu mir herab, um mir einen Kuss auf die Stirn zu geben. Nachdem er die Lippen von mir gelöst hatte, blieb seine Hand in meinem Nacken liegen, und sein Daumen strich federleicht an meinem Kinn entlang.

»Ja, Grace, ich bin einverstanden.«

Ich schniefte noch einmal und spürte, wie die brennenden Tränen wieder durchzubrechen drohten, aber ich schluckte sie hinunter. Ich musste in dieser Angelegenheit stark bleiben.

»Ich werde dich brauchen, Hayden. Mehr als ich es jetzt schon tue«, bekannte ich leise.

»Ich werde immer für dich da sein«, versprach Hayden.

Ich wollte gerade antworten, als er mich spontan losließ und vom Bett aufstand. Er ging zum Schreibtisch hinüber und kramte in der untersten Schublade herum. Als er sich wieder aufrichtete und zu mir zurückkehrte, hielt er irgendetwas in der Faust. Das Bett senkte sich unter seinem Gewicht herab, als er sich wieder daraufsetzte und hinter mir Platz nahm.

»Schließ die Augen«, forderte er leise.

»Hayden, was hast du vor?«

»Tu's einfach«, antwortete er mit bedächtigem Lächeln.

Ich warf ihm einen letzten verwirrten Blick zu, dann gehorchte ich. Ich spürte seine Nähe und die Hitze seiner Brust an meinem Rücken, während seine Hand zärtlich das Haar in meinem Nacken hochhob. Er schob es über meine Schulter und gab mir einen sanften Kuss, der die Haut in meinem Nacken warm durchflutete und einen Schauer über meinen Rücken sandte.

»Du bist so mutig, Bär«, murmelte er leise. »So mutig und so stark ... Aber du kannst nicht alles allein machen.«

In diesem Augenblick landete etwas Kaltes auf meiner Brust, wurde dann um meinen Hals gelegt und sodann mit seinen warmen, zärtlichen Fingern hinten verschlossen. Er beendete sein Werk mit einem letzten Kuss unter mein Ohr.

»Mach die Augen auf«, hauchte er.

Sofort sah ich nach unten. Er hatte mir eine zarte Goldkette um den Hals gelegt: zwei ineinander verschlungene Ringe, der eine etwas größer als der andere. Ich keuchte unwillkürlich leise auf, während ich den Anhänger hochhob, um ihn näher zu betrachten. Ich war absolut sprachlos.

»Ich weiß, dass von deiner Familie im Grunde niemand mehr da ist, aber ... du hast jetzt hier eine Familie. Menschen, die dich lieben, denen du wichtig bist, die zu dir aufblicken ... Menschen, die dich brauchen. Und du hast mich, du wirst mich immer haben, aber das weißt du, nicht wahr?«

Haydens Stimme klang bedächtig und tief, während er mir diese Worte leise ins Ohr flüsterte. Die ganze Zeit hielt er mich an seiner Brust fest, in der sein Herz überraschend schnell pochte. Mehr brauchte ich nicht, um zu wissen, dass dies nicht einfach nur eine Kette war. Sie hatte eine Bedeutung für ihn, wenn es ihn so tief berührte, sie mir zu schenken.

»Ja«, würgte ich schließlich mühsam hervor, zu bewegt, um einen zusammenhängenden Satz formen zu können.

»Du gehörst hierher, und ich möchte, dass dir das klar ist«, fuhr er sanft fort. »Du bist nicht allein.«

Ich schloss die Augen ganz fest, wurde von Gefühlen überwältigt. Ich hatte es absolut nicht verdient, mit einem solchen Mann wie Hayden zusammen zu sein. Wieso er mich so liebte, war mir ein Rätsel, aber ich würde es akzeptieren, denn ich liebte ihn umgekehrt zu sehr, um es nicht zu tun.

»Ich liebe dich, Hayden«, wisperte ich. Mehr bekam ich nicht mehr heraus.

»Ich liebe dich auch, Grace«, raunte er und gab mir einen flüchtigen Kuss auf die Schulter. Seine Arme umfingen mich fest. »Willst du wissen, woher ich das habe?«

Mein Herz pochte wild in meiner Brust. »Natürlich.«

»Es hat meiner Mutter gehört«, sagte er langsam. Allein dieses Bekenntnis ließ mich scharf einatmen. »Sie trug es Tag für Tag. Sie sagte stets, dass es für meinen Vater und mich stünde ... ein Ring für mich, einer für ihn, verstehst du?«

Zärtlich nahm er die Kette aus meinen Fingern, deutete auf die beiden Kreise und ließ dabei das Kinn auf meiner Schulter ruhen.

»Ich hielt das Schmuckstück für verloren, aber ... vor einer Weile fand ich es wieder – es lag in dem Fotoalbum. Dem, das du für mich geholt hast. Dem, das ich nur deinetwegen überhaupt öffnen konnte. Alles ist nur deinetwegen, deshalb ist es nur richtig, dass du es trägst. Es kann immer noch für eine Familie stehen, nur eben ... für eine andere.«

Eine einzelne Träne rann meine Wange hinab. Ich fühlte mich eines solchen Geschenks einfach nicht würdig.

»Hayden, das kann ich nicht annehmen ...«

»Doch, kannst du wohl«, erstickte Hayden meine Proteste im Keim. »Und das wirst du. Ich will, dass du es trägst. Ich will es an dir sehen.«

Ich stieß einen tiefen Seufzer aus, schmiegte mich noch dichter an ihn und schloss ergeben die Augen. Ich fand keine Worte, die meinen Gefühlen gerecht geworden wären. »Danke, Hayden.«

»Danke, dass du es trägst«, erwiderte er und gab mir einen weiteren zärtlichen Kuss auf den Hals.

Er nahm meine Hand in seine und umfing mich weiterhin fest, umarmte mich von hinten. Mit meiner freien Hand tastete ich wieder nach der Kette. Ich spürte nur noch die innige Liebe, die ich für ihn empfand, und die ungeheure Bedeutung, die diese Kette für ihn hatte. Nachdem ich zu jener Schlussfolgerung im Hinblick auf Jonah gekommen war, waren dieses Geschenk, diese Worte genau das gewesen, was ich brauchte. Es war, als hätte er sich die Kette bis jetzt aufgespart, weil er geahnt hatte, dass solch ein Augenblick einmal kommen würde.

Ich liebte ihn so unendlich.

Hayden und ich verharrten eine ganze Weile regungslos auf dem Bett – ineinander verschlungen, still, sodass man nur unsere leisen Atemzüge und das sanfte Pochen unserer Herzen hören konnte. Ich entspannte mich an ihm und schöpfte Kraft und Trost aus seiner Wärme und seiner beruhigenden Berührung. Jetzt konnte ich mich wieder nach draußen begeben und der Zukunft ins Gesicht sehen. Diese wenigen Momente der Atempause gaben mir meinen inneren Frieden zurück. So konnte ich akzeptieren, was getan werden musste. Als wir uns endlich wieder vom Bett erhoben, war ich überzeugter denn je.

»Sollen wir rausgehen und nachsehen, wie es mit dem Training vorangeht?«, fragte ich mit leichtem Lächeln, entschlossen, mich jetzt wieder auf andere Dinge zu konzentrieren.

»Wenn es dir jetzt wieder gut geht, ja«, antwortete Hayden.

Ich nickte.

»Vorläufig schon«, antwortete ich aufrichtig.

Es war immer noch früh am Tag, und draußen war es warm, aber dennoch zogen sich am Himmel dräuende Wolken zusammen, die Regen verhießen. Ich war immer noch damit beschäftigt, Haydens unfassbare Geste zu verarbeiten, weshalb ich schweigend neben ihm herging. Doch die Stille dauerte nicht lang an, als wir uns der Stelle näherten, wo Kit und Dax ihr Training abzuhalten pflegten.

Sporadisch hörte man Schüsse, da die Beteiligten offenbar Schießübungen absolvierten, und eine Reihe gedämpfter Laute zeugte davon, dass jemand im Nahkampf unterrichtet wurde. Als wir die kleine Lichtung am Rande des Camps erreichten, entdeckten wir dort mehr Menschen, als ich erwartet hatte.

»Sieht aus, als sei buchstäblich jeder hier«, murmelte Hayden mit leisem Glucksen.

Er hatte Recht. Auf den ersten Blick entdeckte ich mindestens dreißig Personen, die sich zu kleinen Gruppen zusammengefunden hatten. Auf der rechten Seite der Lichtung unterrichtete Kit ein paar Leute in Sachen Selbstverteidigung. In der Nähe befasste sich Malin mit einer Gruppe Mädchen. Die jüngsten waren etwa neun oder zehn, die ältesten konnten nicht viel jünger sein als ich. Sie brachte ihnen bei, wie man ein Messer richtig hielt. Noch überraschender war der Anblick von Perdita, die ich nun schon eine ganze Weile nicht mehr gesehen hatte. Sie saß inmitten der Lichtung, bastelte an ein paar Kabeln und einer Konstruktion herum, die verdächtig nach einer Bombe aussah. Sie summte eine Melodie und lächelte zufrieden vor sich hin.

Am Rande der Lichtung stand Dax mit einer weiteren kleinen Gruppe, zu der auch Jett und Leutie gehörten. Er demonstrierte ihnen, wie man auf Dosen zielte, die er aufgebaut hatte. Ich beobachtete, wie er Leuties Griff um die Waffe korrigierte, und bemerkte, wie verlegen Leutie wirkte, als er sie berührte. Er nickte und lächelte ihr ermutigend zu, dann trat er ein paar Schritte zurück, um zu beobachten, wie sie auf die Dose feuerte. Sie schoss daneben, aber der hochstiebende Staub zeugte davon, dass sie das Ziel nur knapp verfehlt hatte. Ein zweiter Schuss ertönte neben ihr. Jett durchlöcherte seine Dose, was ihm einen leisen Jubelruf und ein High Five von Dax einbrachte.

»Das ist neu«, meinte ich. Wieder spürte ich einen Anflug von Stolz, als ich mich umsah. So viele Menschen hatten sich hier mit einem gemeinsamen Ziel zusammengeschlossen: Blackwing zu schützen. Ich hatte schon häufig miterlebt, wie hier Menschen trainierten, aber niemals waren es so viele gleichzeitig gewesen, die sich mit Feuereifer in ihre Ausbildung stürzten.

»Mir gefällt nicht, dass so viele Kinder hier sind, aber wahrscheinlich müssen sie lernen, wie man sich selbst verteidigt«, sagte Hayden stirnrunzelnd. Er beobachtete, wie Rainey und ihre jüngere Schwester vorsichtig die Messer umfassten, die Malin ihnen hinstreckte. Malin achtete darauf, dass die Klingen von ihnen fort zeigten, als sie ihre kleinen Finger um die Griffe legte, um ihnen zu zeigen, wie man sie richtig hielt.

»Hoffentlich werden sie es nie brauchen, aber du hast Recht, es ist besser, wenn sie es wissen«, stimmte ich zu.

Mein Blick wanderte erneut über die Menge und richtete sich wieder auf Perdita. Ich beobachtete, wie sie zwei Drähte sorgfältig zusammendrehte, während sie mit dem Kopf zu der Melodie wippte, die sie vor sich hin summte.

»Sollte sie das wirklich hier tun? Bomben inmitten eines Platzes basteln, auf dem sich alle versammelt haben?«, fragte ich.

»Eher nicht«, sagte Hayden und gluckste leise. »Aber es ist noch nie eine hochgegangen, die sie nicht hochgehen lassen wollte. Sie ist wirklich gut.«

»Hmm«, machte ich. Solange Hayden keine Bedenken hatte, würde ich die Fähigkeiten einer Frau, die seit mehr als sechzig Jahren mit Sprengstoff herumhantierte, wohl kaum in Frage stellen.

»Sollen wir helfen?«, fragte er gut gelaunt. Anscheinend hatte der Anblick so vieler Menschen, die so hart arbeiteten, unsere Laune beträchtlich verbessert.

»Ja«, stimmte ich lächelnd zu. »Ich schaue mal, ob ich jemanden finde, der an Erster Hilfe oder so was Interesse hat.«

»Gut«, nickte er. »Ich rede mal mit Dax.«

Wir trennten uns, um unseren jeweiligen Aufgaben nachzugehen. Wenn so viele Menschen und mehr bereit waren, ihr Scherflein zu unserem Überleben beizutragen, war ich sicherlich ebenfalls willens, alles in meiner Macht Stehende zu tun, um sie zu beschützen, koste es, was es wolle.

Hayden

Als Grace sich von mir abwandte, fing ich das Glitzern auf, das von der Kette ausging. Sie an ihr zu sehen, machte mich glücklich; ich wollte, dass sie wusste, was dieser Anhänger bedeutete und was *sie* mir bedeutete. Und ich war sicher, dass sie es endlich verstanden hatte.

Ein Schuss gefolgt von einem leisen *Ping* und einem Jubelruf ließ mich zu Jett am Rande der Lichtung hinübersehen, also machte ich mich auf den Weg dorthin. Als ich mich näherte, sah ich, wie Dax hinter Leutie Stellung Bezog. Er schlang die Arme um ihre Schultern und half ihr beim Zielen. Bei der Berührung atmete sie scharf ein. Dax grinste über ihre Schulter hinweg und half ihr beim Feuern, was ein zweites *Ping* – ähnlich wie Jetts – zur Folge hatte. Leutie grinste und wandte sich aufgeregt um, strahlte Dax an. Er sagte etwas, das ich nicht verstehen konnte, bevor er einen Schritt zurücktrat und beobachtete, wie sie es erneut versuchte. Skeptisch schüttelte ich den Kopf, als ich mich neben ihn stellte.

»Was zum Teufel machst du denn da?«, fragte ich leise, damit Leutie uns nicht hörte.

»Alles zum Wohl des Camps, mein Freund«, antwortete Dax in gespielt vornehmem Ton. Ich warf ihm einen belustigten Blick zu, woraufhin er mir zuzwinkerte.

Ich schnaubte leise und nickte ungläubig.

»Ja klar.«

Dax zuckte mit den Schultern, sagte aber nichts weiter, sondern beobachtete Leutie, die sich ausschließlich auf ihr Ziel konzentrierte. Sie feuerte und verfehlte es, ließ deprimiert die Schultern sinken.

»Versuch's nochmal. Und halt die Arme gerade«, coachte Dax sie sanft. Leutie nickte.

Mir war klar, warum er nichts dagegen hatte, ihr zu helfen. Die Parallelen zwischen Leutie und dem einzigen Mädchen, das er je geliebt hatte – Violetta –, waren kaum zu übersehen. Sie war ebenfalls ruhig, sanft und ängstlich gewesen. Sie hatte keine Ahnung gehabt, wie man sich oder andere verteidigte, aber sie hatte eine scheue, rührende Sanftmut besessen, die Dax anziehend gefunden hatte. Leuties nächster Schuss ging wieder daneben, aber Dax gluckste nur leise. Ich seufzte nachdenklich vor mich hin und verkniff mir jeden weiteren Kommentar.

»*Ja!*«, rief ein aufgeregter Jett plötzlich und unterbrach meine Gedanken. Er wartete, bis die Trainierenden in seiner unmittelbaren Umgebung gerade nicht feuerten. Dann hastete er voran, um sich seine Dose zu holen. Seine mageren Beine trugen ihn zu mir zurück, und er streckte sie mir stolz entgegen.

»Hayden, sieh doch! Ich habe dreimal hintereinander getroffen!«

Sein Grinsen war so breit, dass ihm sicher schon die Wangen wehtaten. Er sah mich mit offensichtlichem Stolz auf seine eigene Leistung an und wartete auf meine Reaktion. Ich war erfreut und lächelte herzlich.

»Das ist fantastisch, Jett«, lobte ich ihn aufrichtig. Aufgrund seiner Mangelernährung war er immer noch viel zu klein für sein Alter, aber in den letzten paar Monaten war er zumindest *ein bisschen* gewachsen. Ich überragte ihn jedoch immer noch um Längen, als ich so auf ihn hinablächelte.

»Früher habe ich nie getroffen!«, sagte Jett gleichermaßen glücklich wie ungläubig. Seine Finger ertasteten die winzigen Löcher in der Dose, und er hüpfte buchstäblich vor mir auf und nieder.

»Bin stolz auf dich, Kleiner«, sagte ich mit nachsichtigem Lachen.

»Ich habe sogar Rainey beigebracht, wie man schießt«,

fuhr er glücklich fort. Doch dann wurde ihm klar, was er da gesagt hatte, und er wurde rot. Sein Blick huschte über die Lichtung hinweg zu Rainey, die mit Malin trainierte, bevor er überall sonst hinsah – nur nicht zu mir.

»Ach wirklich?«, lachte ich. »Du verbringst eine Menge Zeit mit ihr, nicht wahr?«

»Nein, äh, nur ... nur zum Trainieren«, sagte er verächtlich den Kopf schüttelnd. Aber mir konnte er nichts vormachen.

»Stimmt ja, okay«, antwortete ich mit sarkastischem Nicken. Er war zwar immer noch kindlich und unschuldig, aber dennoch schien er unmerklich erwachsen zu werden. Er war nicht nur etwas größer geworden, sondern entwickelte offensichtlich auch Interesse an Mädchen. Insbesondere an einem bestimmten Mädchen.

»Halt den Mund, Hayden«, sagte er verlegen grinsend. Ich lachte, und er wandte sich um, um sich wieder seinen Übungen zu widmen. Ich war wirklich stolz auf ihn.

Ein Gefühl des Friedens erfasste mich, als ich die Lichtung überblickte. Nach ein paar Sekunden hatte ich Grace auf der anderen Seite entdeckt, die einer kleinen Gruppe beibrachte, wie man einen Verband richtig anlegte. Sie hatte schon von Anfang an viel medizinisches Wissen gehabt, aber ihre Ausbildung bei Docc hatte es vervollkommnet. Ich lächelte, als ich sah, wie sie einer mittelalten Frau ermutigend zunickte, die versuchte, Graces Arm zu bandagieren.

Doch dann wurde mein Gefühl des Friedens plötzlich zerstört. Laute Schüsse drangen von der anderen Seite des Camps zu uns herüber. Ein paar Leute auf der Lichtung schrien vor Überraschung und Furcht auf, und ich wirbelte herum. Ich blickte zum Turm hinüber und sah, dass, wer immer dort oben stand, in den Wald feuerte, der Blackwing umgab. Mir sank das Herz, als mir klar wurde, was das zu bedeuten hatte; wir wurden angegriffen, und ich hatte einen ziemlich klaren Verdacht, wer dahintersteckte.

KAPITEL 27
MASSAKER

Grace

Mir sank das Herz, als ich den gespenstisch vertrauten Laut entfernter Schüsse hörte. Ängstliche Stimmen und panisches Flüstern schwirrten durch die Luft wie Moskitos auf der Suche nach Blut. Ich zwang meinen Blick vom Turm fort und sah mich um, wo die Leute begannen, den Jüngeren Anweisungen zur Rückkehr zu geben.

»*Was machen wir jetzt?*«

»*Was ist los?*«

»*Wo sollen wir hingehen?*«

Diese Fragen und mehr flogen durch die Luft, als die Menschen, die gerade noch trainiert hatten, von ihrer Furcht übermannt wurden. Ich hielt Ausschau nach Hayden, der alle paar Schritte stehenblieb, um Anweisungen zu geben. Seine Lippen bewegten sich unaufhörlich, aber sein Blick ruhte unverwandt auf mir. Begleitet von Maisie, die wiederum Jett und Rainey an den Händen hielt, kam er immer näher, und schließlich konnte ich seine Worte verstehen.

»... beeil dich und bring sie in deine Hütte«, sagte Hayden jetzt zu ihr. »Komm nicht auf die Idee, mitzukämpfen. Bleib einfach drinnen und sorge dafür, dass ihnen nichts passiert.«

»Natürlich«, erwiderte Maisie und nickte entschlossen. Ebenso wie Jett und Rainey stand ihr die Furcht eindeutig ins Gesicht geschrieben.

»Hayden ...« Jett machte den Mund auf, um etwas zu sagen, aber Hayden schnitt ihm scharf das Wort ab.

»Nein, Jett. Ich will, dass du für Maisies und Raineys Sicherheit sorgst, okay?«, sagte Hayden so streng und doch so sanft wie möglich. Jetts Gesicht nahm einen entschlossenen Ausdruck an, und er nickte mutig.

»Das werde ich, Hayden, das werde ich!«

Hayden streckte hastig die Hand aus und zerzauste ihm das Haar, dann ließ er Maisie die beiden davonführen. Sie brachte sie in die dem Kriegslärm entgegengesetzte Richtung. Sie war nicht die Einzige; Erwachsene machten sich überall mit Kindern an der Hand davon, aber die meisten Menschen blieben überraschenderweise stehen und warteten darauf, dass Hayden ihnen Anweisungen erteilte. Wieder Schüsse, die Hayden zwangen, hastig auch den letzten Abstand zu mir zurückzulegen. Ohne ein Wort nahm er mich bei der Hand und zog mich in die Mitte der versammelten Leute, wo Kit und Malin bereits begonnen hatten, jedem, der mit einer Waffe umgehen konnte, eine in die Hand zu drücken.

Ich bemerkte, wie Dax zu Leutie hinübereilte, sie leicht an der Schulter berührte und irgendetwas zu ihr sagte. Sie schüttelte den Kopf und wollte etwas antworten, aber er unterbrach sie, indem er ihr den Finger sanft unters Kinn schob. Er fügte noch etwas hinzu, und sie sah ihn bedrückt an, doch dann nickte sie und sauste Maisie hinterher. Erleichterung durchflutete mich, als sie sie einholte. Sie war noch nicht bereit für einen Kampf, und so war sie zumindest in Sicherheit.

»Bleib an meiner Seite, Grace«, murmelte Hayden hastig über die Schulter hinweg. »Ich meine es ernst.«

Aber ich hatte gar keine Gelegenheit, ihm zu antworten, denn schon sprach er mit lauterer Stimme weiter. Sein Ton war dringlich und scharf. Eilig gab er über das immer ohrenbetäubender werdende Gefechtsfeuer hinweg seine Anweisungen.

»Wir wissen es natürlich nicht genau, aber ich bin ziemlich sicher, dass die Angreifer aus Greystone stammen«, rief er der Menge zu, die, kaum dass er den Mund geöffnet hatte, vollkommen verstummt war. »Wenn ihr euch noch nicht bereit zum Kampf fühlt, dann lauft los und versteckt euch irgendwo. Besser ihr seid in Sicherheit als tot.«

Er machte eine Pause und wartete darauf, beim Wort genommen zu werden, aber niemand regte sich. Ich bekam eine Gänsehaut, als ich merkte, wie sehr sie an seinen Lippen hingen; ihre Blicke waren voller Entschlossenheit, bereit, ihre Heimat zu beschützen und ihrem Anführer zu folgen.

»Diejenigen, die Wachdienst haben, sind wahrscheinlich schon vor Ort, deshalb müssen wir uns beeilen. Wenn ihr zum ersten Mal an einem solchen Kampf teilnehmt, dann denkt stets an das, was ihr während des Trainings gelernt habt. Ihr habt hart gearbeitet, und ihr werdet das schaffen«, versicherte Hayden ihnen. Seine Stimme klang angespannt und gehetzt, aber ich merkte trotzdem, dass seine Worte ihre Wirkung auf die Menge nicht verfehlten. Die Zuhörer schienen sich allesamt gerade aufzurichten. Ich bemerkte Kit, Dax und Malin unter ihnen, die Kraft und Unerschütterlichkeit ausstrahlten.

»Na gut, also los«, rief Hayden aus. Seine Ansprache hatte höchstens sechzig Sekunden in Anspruch genommen, doch in dieser Situation kamen sie mir wie eine Ewigkeit vor.

Die Menschen reagierten sofort, wandten sich um und rannten zur Campgrenze, wo das Gefechtsgetümmel herkam. Ich wollte ihnen gerade folgen, als mein Arm zurückgerissen und ich herumgewirbelt wurde, sodass meine Brust leicht auf Haydens prallte. Ich hatte keine Zeit zu reagieren, da umfing seine Hand bereits mein Kinn und zog mich an sich, um mich zu küssen. Es dauerte nur eine Sekunde, aber es war lang genug, dass jeder es sehen konnte. Als Hayden sich von mir löste, war sein Blick intensiv und angespannt, aber dennoch nutzte er die darauffolgenden Sekunden, um unser Versprechen trotz der ernsten Lage zu halten.

»Sei vorsichtig, Grace. Ich liebe dich«, versicherte er mir.

»Das werde ich«, versprach ich. »Ich liebe dich auch, und pass ebenfalls auf dich auf, ja?«

Er nickte energisch und ließ den Daumen einmal über meine Wange gleiten. Dann zog er eine Waffe aus dem rückwärtigen Teil seines Hosenbundes und drückte sie mir in die Hand. Ich bemerkte, dass auch er schon eine hatte, ebenso wie das Messer, das er stets bei sich trug. Auch ich hatte meines dabei, war also ebenfalls doppelt bewaffnet.

»Gehen wir«, sagte er und nickte noch einmal knapp.

Damit wandten wir uns um und sprinteten los, holten die anderen mit Leichtigkeit ein und schlängelten uns ganz nach vorn, wo Kit und Dax die Menschen anführten. Das Adrenalin pumpte durch meine Adern, beschleunigte meinen Herzschlag, und Schweiß perlte auf meiner Stirn. Jetzt war es also so weit. Ich wusste, was getan werden musste, und hatte es akzeptiert. Aber ich hatte nicht damit gerechnet, so bald schon damit konfrontiert zu werden. Ich hatte die Worte gerade erst laut ausgesprochen, geschweige denn Zeit gehabt, mich wirklich innerlich darauf einzustellen. Ich schüttelte den Kopf, entschlossen, das Unausweichliche zu tun, wenn die Gelegenheit sich bot: Jonah zu töten.

Schon bald hatten wir das Kampfgetümmel erreicht. Wie Hayden vorausgesagt hatte, waren die Wachen von Blackwing bereits dabei, das Camp zu verteidigen, und den auf den Boden liegenden Körpern zufolge, waren bereits einige gefallen. Das Chaos erinnerte mich an die erste Nacht des Kriegsausbruchs. Wohin ich auch sah, kämpften die Menschen miteinander; Messer sausten durch die Luft, Waffen feuerten aus jeglicher Richtung, Fäuste flogen mit voller Wucht durch die Gegend, prallten mit Übelkeit erregendem, dumpfem Knall auf die Körper ihrer Gegner. Mehr Menschen, als ich zählen konnte, hatten sich hier versammelt und kämpften um das Recht zu überleben.

»O mein Gott«, keuchte neben mir jemand entsetzt.

Ich sah nach rechts, fort von Hayden, und entdeckte ein Mädchen von vielleicht achtzehn Jahren. Ihre Augen waren weit aufgerissen vor Angst, und sie zitterte am ganzen Körper, preschte aber voran. Sie schien noch nicht bereit für einen Kampf zu sein, und besonders stark war sie auch nicht, aber ich bewunderte ihren Mut, überhaupt mitgekommen zu sein. Ich wollte ihr gerade zurufen, dass sie umdrehen und sich in Sicherheit bringen sollte, da flog etwas mit schrillem Surren an meinem Ohr vorbei, augenblicklich gefolgt von einem widerlich feuchten, dumpfen Geräusch, als sich ein Messer in ihre Brust bohrte.

Vor Entsetzen blieb mir der Mund offen stehen, als ihre Augen sich weiteten, ihre Hand an ihre Brust flog, sie strauchelte und zu Boden stürzte. Ich lief zwar automatisch weiter, drehte mich aber trotzdem nochmal zu ihr um. Sie war nur noch ein regloses Bündel im Staub, um das die anderen achtlos herumliefen. Sie war tot – einfach so. Und wie leicht hätte ich an ihrer Stelle sein können.

Ich schüttelte den Kopf, um das brutale Bild aus meinem Kopf zu vertreiben. Die Menge stieb auseinander, denn nun suchte sich jeder einen Nahkampfgegner. Wie erwartet, entdeckte ich Gesichter aus Greystone, die gegen Menschen aus Blackwing antraten. Wohin ich auch sah, überall erspähte ich bekannte Gesichter aus beiden Camps. Ich war mir Haydens Anwesenheit neben mir deutlich bewusst. Mit geballter Faust stürzte jemand sich auf ihn, bereit zuzuschlagen. Doch Hayden duckte sich rechtzeitig und konterte mit einem Hieb gegen den Brustkorb des Angreifers, der diesen zu Boden warf.

Doch mehr sah ich nicht, denn dann wurde ich selbst attackiert. Das Schimmern einer Klinge, dann brennender Schmerz, als es meine Schulter glücklicherweise nur streifte. Ich riss meine Waffe herum und ließ sie heftig auf den Hinterkopf meines Gegners prallen, sodass dieser vor Schmerz aufschrie. Als er sich aufrichtete, sah ich, dass es sich um einen mir unbekannten Mann in meinem Alter, vielleicht auch ein paar Jahre älter handelte.

Mein Blut tropfte von seiner Messerklinge, als sein Blick wieder klar wurde und er sich wieder auf mich stürzen wollte. Aber er war nicht schnell genug. In den wenigen Sekunden, die er benötigt hatte, um sich von dem Schlag auf den Kopf zu erholen, hatte ich mein Messer zücken können. Mit einer einzigen, fließenden Bewegung hinterließ ich eine feine, beinahe unsichtbare Linie an seiner Kehle. Aber schon bald wurde die Wunde auffälliger, denn dickes rotes Blut sprudelte daraus hervor. Er ließ die Waffe fallen, und ihm traten die Augen aus dem Kopf. Seine Hände griffen sinnlos nach seinem Hals, aber er konnte nichts mehr tun. Er fiel vor mir auf die Knie, erstickte an seinem eigenen Blut und kippte dann kopfüber in den Staub, tot.

Ich war erst dreißig Sekunden vor Ort und hatte bereits zwei Menschen sterben sehen, einen davon von meiner Hand. Das Ganze lief gar nicht gut.

Meine Brust hob und senkte sich krampfartig, wild blickte ich mich um auf der Suche nach Angreifern oder Verbündeten, die Hilfe brauchten. Hayden war wieder auf den Beinen, nachdem er auf dem Boden gekämpft hatte. Wer immer gegen ihn angetreten war, lag jetzt reglos auf dem Boden und starrte mit leeren, blicklosen Augen in den Himmel hinauf. Eine Blutlache ergoss sich um seinen Körper, und Blut troff von Haydens Messer. Es war offensichtlich, was geschehen war.

Nun hastete Hayden zurück zu mir, zog mich am Arm, um mich aus meiner Erstarrung zu reißen und damit ich mich wieder am Kampf beteiligte. Um uns herum rangen, töteten, starben Menschen. Die Brutalität explodierte, das Chaos tobte. Wir rannten los, kamen aber nicht weit, denn schon wieder sahen wir uns Angreifern gegenüber. Ein Mann, der beinahe doppelt so groß war wie Hayden, tauchte vor uns auf und grinste mich auf widerlich anzügliche Weise an, bevor ihn Hayden heftig in die Magengrube trat und so seine Aufmerksamkeit ablenkte.

Aus den Augenwinkeln sah ich rechts neben mir eine Bewegung. Ich konnte mich gerade noch rechtzeitig ducken, als eine Faust über meinen Kopf hinwegflog. Ich richtete mich nicht einmal auf, sondern hob den Fuß und ließ ihn auf den meines Gegners niedersausen. Er stöhnte vor Schmerz und stürzte zu Boden. Als ich mich wieder aufrichtete, stand plötzlich eine junge Frau in meinem Alter vor mir. Sie fackelte nicht lange, sondern holte mit der Faust aus und schmetterte sie mit voller Wucht gegen mein Kinn. Ich hatte Sterne vor den Augen, und mein Kopf schnellte zur Seite. Ich spuckte Blut, und es dauerte eine Sekunde, bis ich wieder klar sehen konnte.

Wieder holte sie zum Schlag aus, aber diesmal wich ich aus und stürzte voran, prallte schwer gegen ihre Brust, sodass wir beide zu Boden gingen. Ich landete mit lautem Schnauben auf ihr, und sie wand sich unter mir und versuchte, mir das Knie in die Seite zu rammen. Ich atmete schwer und unregelmäßig, doch konnte ich sie mit den Knien am Boden festnageln, bevor ich ihr zwei heftige Hiebe rechts und links ins Gesicht verpasste. Blut spritzte aus ihrer Nase, sie war gebrochen. Dann hustete sie noch mehr Blut. Sie machte noch einen schwachen Versuch, zurückzuschlagen, doch dann flatterten ihre Lider ein paar Mal, und sie regte sich unter mir nicht mehr, war bewusstlos.

Ich rappelte mich auf und wischte mir Blut und Schweiß aus dem Gesicht. Ein kurzer Blick überzeugte mich davon, dass Kit gegen zwei Männer gleichzeitig kämpfte. Die beiden hatten keine Chance. Ein Mann aus Blackwing, den ich nicht kannte, kämpfte ohne jegliche Waffe gegen einen anderen aus Greystone. Beide waren blutüberströmt. Eine junge Frau aus Blackwing lag heftig keuchend auf den Boden, spuckte Blut, dann hob sich ihre Brust ein letztes Mal, und sie erstarrte für immer.

Als ich ein lautes Ächzen hörte, sah ich mich um, erblickte Hayden, der noch immer gegen den viel größeren Mann kämpfte. Entsetzt stellte ich fest, dass der Typ Hayden am Boden festhielt. Hayden landete zwei schwere Schläge gegen die Rippen des Mannes, sodass er sich lang genug krümmte, dass Hayden unter ihm wegschlüpfen konnte. Sobald Hayden stand, blickte er kurz in meine Richtung, und in dieser kleinen Ablenkungsphase versetzte der Mann ihm einen Schlag auf den Kopf, sodass er wieder auf der Erde landete.

»Grace, Vorsicht!«, schrie Hayden, kurz bevor ihm der Mann mit der großen Faust einen Kinnhaken versetzte.

Ich wirbelte herum, folgte Haydens Blickrichtung hinter mir und sah einen großen Mann auf mich zupreschen. Diesen geistesgestörten Ausdruck in den Augen hatte ich schon lange nicht mehr gesehen, und mir gefror das Blut in den Adern, als ich ihn erkannte. Er trug eine Art verkümmerten Speer in den Händen und sprintete auf mich zu, die zornigen Augen nur auf mich gerichtet.

Barrow.

Ich hatte kaum Zeit, mich zu fragen, wie er freigekommen war, geschweige denn, mich zu ducken. Er holte mit dem Arm aus, wollte den Speer direkt in meine Brust werfen. Dieser Wahnsinn in seinen Augen! Ich war wie gelähmt, stand reglos da, wehrlos. Sein Arm ließ den Speer los, und ich brachte keinen zusammenhängenden Gedanken zustande, als Barrow mich mit einem Schrei aus meiner Betäubung riss.

»Runter!«

Mein Körper reagierte noch vor meinem Verstand. Ich ließ mich zu Boden fallen, und zwar Millisekunden bevor ich das Surren des Speers über meinem Kopf hörte. Ich hörte einen Schmerzensschrei, der dem feucht-dumpfen Tranchier-Laut folgte, den der Speer hervorrief. Sofort drehte ich mich auf dem Boden um, sah entsetzt nach, wen er wohl getroffen haben mochte. Mit vor Angst geweiteten Augen betrachtete ich den blutgetränkten Speer, der tief in der Brust jenes Mannes steckte, der mit Hayden gekämpft hatte. Die Augen des Mannes weiteten sich. Er sah nach unten, dann brach er zusammen.

Ein verschwitzter, blutüberströmter Hayden stand eilig auf, sah voller Entsetzen zwischen dem Mann und Barrow, der nun neben mir stand, hin und her. Seine Augen blickten nun nicht mehr so wahnsinnig drein, obwohl er immer noch heftig schnaufte und Hayden wütend anfunkelte.

»Nun?«, zischte er. »Weiterkämpfen, ihr zwei.«

Mit diesen Worten stürmte er davon und stürzte sich auf einen der Männer, mit denen Kit gerangelt hatte, ließ Hayden und mich verblüfft zurück.

»Was zum Teufel?«, murmelte Hayden überrascht.

»Keine Ahnung«, antwortete ich mit heftigem Kopfschütteln.

Barrow war aus dem Nichts gekommen und hatte Hayden womöglich das Leben gerettet und meines verschont.

»Komm«, meinte Hayden mit einer wegwerfenden Handbewegung.

Er packte erneut meine Hand und zog mich wieder mitten ins Getümmel. Ein ohrenbetäubender Knall folgte einem hellen Lichtblitz, sodass einige Menschen ängstlich aufschrien, bevor sie von einem weiteren zum Schweigen gebracht wurden. Diesmal wusste ich, was es war, und ich brauchte nicht lange, um die zarte Perdita in den Schatten lauern zu sehen, wo sie eine weitere Bombe in die Ferne schleuderte, so weit ihre zerbrechliche Gestalt es ihr erlaubte. Der dritte Knall klang anders, irgendwie feuchter, und die rote Gischt, die die Luft erfüllte, sagte mir, dass jemand direkt getroffen worden war. Mir drehte sich der Magen um, aber ich zwang mich, mich weiter auf die Hitze von Haydens Hand in meiner zu konzentrieren. Es war wichtig, weiterhin wachsam zu bleiben.

»Lass uns verdammt nochmal von hier verschwinden!«, rief ein junger Mann beschwörend.

Ich strauchelte, als ich seinen Begleiter erkannte, und wieder wurde mir speiübel. Er befand sich im Zweikampf mit einem anderen, aber das Gerangel war schnell beendet, denn er zückte seine Pistole und pustete ein Loch in die Brust seines Gegners. Der sackte zu Boden, sodass ich den Mann nun deutlich im Blick hatte und kein Zweifel mehr über seine Identität bestand.

Jonah.

»Hayden«, keuchte ich und blieb so abrupt stehen, dass

meine Füße ein paar Zentimeter weiterschlitterten. Ich riss Hayden zurück.

Er drehte sich scharf um, sah mir ins Gesicht, wusste sofort, wie verstört ich war.

»Was ist los, Grace?«, fragte er hastig und hielt hinter mir nach weiteren Feinden Ausschau.

»Da ist Jonah«, sagte ich und deutete mit bebenden Fingern in seine Richtung. Hayden wirbelte herum. Jonah tötete soeben einen weiteren Bewohner von Blackwing.

»Grace, wir haben ...«

Doch Hayden konnte nichts mehr sagen, denn jemand flog aus dem Nichts auf ihn zu und prallte mit ihm zusammen, sodass sie beide gegen die Wand des Gebäudes stießen, neben dem wir uns befanden. Hayden stöhnte, als sein Angreifer ihm das Knie in die Seite rammte. Hayden hämmerte seinen Ellbogen mit aller Macht auf den Hinterkopf des Betreffenden, was ihm genug Zeit verschaffte, um mich anzusehen, und ein paar Worte zu rufen.

»Du weißt, was du zu tun hast, Grace«, schrie er über den entsetzlichen Lärm um uns herum. »Du schaffst das.«

Ich nickte energisch und holte tief Luft, warf ihm einen letzten Blick zu, bevor ich davoneilte. Im Zweikampf hatte ich gegen Jonah keine Chance. Sosehr es meinen Stolz verletzte, das zuzugeben, aber ich wusste, dass ich dazu nicht genügend Kraft hatte. Er war einfach zu groß, zu stark, zu erbarmungslos. Aber ich konnte gut mit der Waffe umgehen und ihm auf diese Weise den Garaus machen.

Die Luft durchschnitt meine Lungen, als ich durch das Schlachtgetümmel hindurchsprintete, mich hie und da vor einer Faust duckte und selbst ein paar Schläge austeilte. Ich hielt meine Pistole in der verschwitzten Hand fest und richtete den Blick auf mein Ziel – einen dunklen Spalt zwischen zwei Gebäuden, der mir genug Deckung geben würde, um genau und in Ruhe zu zielen. Ich spürte den scharfen Schmerz eines Messers, das meine Wade aufschlitzte, aber wieder hatte ich Glück, denn der Schnitt war nicht besonders tief. Ich sprintete weiter, konnte über einen zusammengekrümmten, unbekannten Leichnam springen, bevor ich in den Schatten der Hütten abtauchte.

Meine Brust hob und senkte sich von der Anstrengung des Laufens und Kämpfens, und eine Mischung aus Schweiß und getrocknetem Blut bedeckte meine Haut und strömte meine Stirn hinab. Das Adrenalin pumpte so schnell durch meine Adern, dass ich glaubte, mein Herz würde sogleich meine Brust sprengen, aber das war nichts im Vergleich zu dem psychischen Schmerz, der in mir aufstieg bei dem Gedanken an die Aufgabe, die ich jetzt zu bewältigen hatte.

Schnell schlich ich um die Ecke, sorgsam darauf bedacht, für niemanden sichtbar zu sein. Ich beugte mich vor, konnte sehen, wie Jonah mit dem Mann sprach, der ihn gebeten hatte, den Rückzug anzutreten. Er hielt in jeder Hand eine Waffe, hob eine und zielte. Er drückte so lässig ab, als schieße er nur auf eine Zielscheibe und tötete mal eben noch ein anderes Mitglied Blackwings. Ich musste handeln, und zwar schnell.

Mit leicht zitternden Händen hob ich meine Pistole. Mein Herz pochte, meine Augen verengten sich, und ich visierte Johahs Herz an. Er bewegte sich kaum, es wäre also leicht gewesen, ihn zu erschießen, aber ich war wie gelähmt. Mein Finger schwebte über dem Abzug, bereit, zu schießen und zu töten, aber ich brachte es einfach nicht fertig, ihn zu betätigen und das Werk zu vollenden.

»*Komm schon, Grace*«, zischte ich mir selbst zu, schüttelte einmal den Kopf, um mich auf alle Kraft zu besinnen, die ich hatte.

Meine Zehen wippten nervös auf und ab, sodass ich mein Ziel nicht mehr ruhig im Visier hatte. Ein frustriertes Knurren entrang sich meiner Kehle. Erneut schüttelte ich den Kopf, war wütend auf mich selbst, weil ich ausgerechnet jetzt versagte. Eine bessere Gelegenheit, ihn zu töten, und dieses Abschlachten ein für alle Mal zu beenden, würde ich wohl kaum bekommen. Aber mein Körper wollte mir einfach nicht gehorchen. Ich atmete schwer und zitterte, weshalb es unmöglich war, Kimme und Korn länger als eine Millisekunde auf seine Brust zu richten, und meine Wut auf mich selbst zusammen mit dem markerschütternden Schmerz waren so heftig, dass ich plötzlich nicht mal mehr klar sehen konnte.

Ich zwang meine Beine, mit dem Zittern aufzuhören, besann mich auf all meine Kraft, die psychische und die physische, um meine Waffe erneut auf seine Brust zu richten. Ich hielt den Atem an, starrte den Lauf entlang, bereitete mich auf den Schuss vor. In letzter Sekunde glitt mein Blick zu seinem Gesicht empor. Und genau in diesem Moment wandte er sich um, und ich keuchte beim Anblick seiner grünen Augen, die meinen so ähnlich waren und mich nun unverwandt ansahen. Seine Lippen öffneten sich überrascht, als er sah, dass ich auf ihn zielte. Und statt des höhnischen Grinsens, das ich erwartete, wirkte er verblüfft und überraschenderweise verletzt. Er schüttelte beinahe unmerklich den Kopf, und ich stand nur wie angewurzelt da. Dann öffnete er den Mund und rief den Kriegern aus Greystone etwas zu.

»Weg hier!«, schrie er, warf mir einen letzten, unergründlichen Blick zu, drehte sich um und floh.

Ich sackte zusammen, atmete tief ein und ließ die Arme sinken, die Waffe baumelte an meiner Hand. Entsetzt beobachtete ich, wie er und die noch übrigen Angreifer die Flucht in die Wälder antraten und Blackwing zurückließen.

Ich hatte es nicht fertiggebracht.

Ich war zu schwach, ich hatte versagt.

Reglos stand ich da, so zerrissen von meinen Gedanken und Gefühlen, dass es mich nicht gewundert hätte, wenn ich angefangen hätte zu bluten. Mein Blick wurde glasig, und ich starrte den Punkt an, an dem Jonah verschwunden war.

Das war's; er war fort und immer noch sehr lebendig.

Plötzlich hörte ich einen zutiefst gequälten Schrei, der mich aus meiner Erstarrung riss. Ich verließ mein Versteck, sprang über Leichen und Trümmer, rannte in die Richtung, aus der der Klagelaut gekommen war. Schnell entdeckte ich eine kleine Gruppe, die sich dort versammelt hatte und mir den Blick auf das verstellte, was alle anstarrten. Wenn mir vorher schon übel gewesen war, so war das nichts im Vergleich zu der plötzlichen, versteinernden Angst, die mich erfasste.

»Hayden.«

Sein Name kam mir über die Lippen, nicht lauter als der Geist eines Flüsterns, und die Furcht erschütterte mich bis ins Mark.

Wo war er? Ging es ihm gut?

Bitte, lass es ihm gut gehen.

Als ich bei der Gruppe anlangte, zitterte ich bereits am ganzen Körper. Mit bebenden, ausgestreckten Händen drängte ich mich zur Mitte hin durch. Eine entsetzliche, grauenvolle Vorahnung raubte mir die Sicht, sodass ich strauchelte. Schließlich hatte ich mich erfolgreich durch die dicht gedrängt stehende, erstickende Menge nach vorn gekämpft und wäre beinahe zu Boden gesunken.

»O mein Gott«, würgte ich hervor.

Die Worte blieben mir in der Kehle stecken und fühlten sich auf meiner Zunge wie Säure an. Der Anblick trieb mir einen eiskalten Dolch mitten ins Herz, zerfetzte mich und ließ mir das Blut in den Adern gefrieren.

KAPITEL 28
GRAUEN

Hayden

Schmerz.

Schmerz, wie ich ihn noch nie zuvor empfunden hatte, durchzuckte mich, schnitt mir das Herz aus der Brust. Sengende Qual verätzte mir die Eingeweide, die Haut, schien jeden Zentimeter meiner Muskeln zu zerfressen, mein Blut, meine Knochen. Es war, als werde die Welt von Flammen verschlungen, die wild entschlossen waren, uns alle zu zerstören und mich von innen nach außen zu verbrennen. Sicher gab es keinen größeren Schmerz als den, den ich gerade empfand.

Da war Blut. So viel Blut. Wo kam denn dieses ganze Blut her? Befand sich so viel in einem einzigen menschlichen Körper, oder spielte mir die Welt einen Streich, verwandelte die Wirklichkeit in einen wachenden Alptraum, aus dem es keine Hoffnung auf Entrinnen gab? Sicherlich war die heiße, nasse, klebrige, rote Substanz eine Ausgeburt meiner Fantasie, um mich zu foltern.

Es war, als sei die Welt um mich herum untergegangen, als hätte mir jemand eine riesige Glaskuppel übergestülpt, um mich von allem anderen abzuschneiden. Ich hörte keinen Laut. Ich hätte das gedämpfte Chaos der Schlacht oder zumindest das Pochen meines eigenen Herzens hören müssen, aber ich vernahm lediglich ein schwaches, unaufhörliches Rauschen im Ohr, das alles andere übertönte und mich ganz allein zurückließ mit dem Schmerz, der mich in zwei Teile zu reißen schien.

Wie hatte das geschehen können? Wie hatte unsere Welt sich so entwickeln können, dass so etwas passieren konnte? Menschen sollten so nicht leben müssen. Unser Leben sollte nicht von Angst bestimmt werden und uns in der Evolution zurückwerfen. Wir sollten einander nicht bis zu diesem Punkt der Zerstörung bekämpfen, und wir sollten einander nicht töten müssen, nur um zu überleben. Körper wurden massakriert und vernichtet, aber viel entsetzlicher war der Schaden, den die Seele nahm.

Sicher konnte sie ein solches Blutbad nicht überleben.

Ich hatte es nicht kommen sehen. Ich hatte nicht gesehen, wer das getan hatte, wer für den blutbesudelten Anblick vor mir verantwortlich war. Ich konnte nichts tun, konnte das hier nicht sühnen. Zum ersten Mal in meinem Leben wollte ich morden, aber ich konnte nicht, denn das Blut floss in Strömen über meine Hände.

»Ha-Hayden.«

Dieser Laut riss mich in die Wirklichkeit zurück, ließ mich noch tiefer abtauchen in den Anblick vor mir, den mein Verstand nicht erfassen konnte. Meine Hände zitterten heftig, während sie nutzlos über den blutbesudelten Körper strichen und die Löcher darin zuzuhalten versuchten. Es half nichts, und das Blut sprudelte mir über die Finger. Ich konnte es nicht stoppen.

Menschen hatten sich um uns herum versammelt, aber ich

nahm keinen von ihnen so richtig wahr. Ich kniete im Staub, schlang ihm den Arm um die Schulter in dem Versuch, ihn hochzuhalten. Seine Haut verlor bereits an Farbe, und die dunklen, braunen Augen, mit denen er mich ansah, waren voller Tränen, die sie in der Dunkelheit glitzern ließen. Sein Kinn zitterte, als er tief Atem zu holen versuchte, behindert durch die beiden kleinen Löcher in seiner Brust.

»Schon gut, Jett«, würgte ich hervor. »Du wirst wieder gesund.«

Er schnappte erneut nach Luft, sah mir unverwandt in die Augen, konnte nirgendwo anders hinsehen. Ich hielt seinen Blick. Mein unsicheres Nicken sollte eigentlich beruhigend auf ihn wirken, aber meine Kehle schnürte sich so sehr zu, dass es sich nicht besonders überzeugend anfühlte. Ich zitterte am ganzen Körper, als ich ihn so in den Armen hielt, entschlossen, ihn zu retten. Doch das so lebenswichtige Blut strömte unaufhaltsam weiter.

»Alles ist gut, so schlimm ist es nicht«, log ich, wobei ich kaum sprechen konnte.

Meine Hand wollte nicht aufhören zu zittern, als ich sie verzweifelt auf seine Brust presste, um die klebrige, warme Flüssigkeit zurückzudrängen. Mein Kopf fuhr in die Höhe, und ich sah mich verzweifelt nach Hilfe um. Die Gesichter verschwammen vor meinen Augen, sodass ich kaum jemanden erkannte, aber immerhin entdeckte ich Maisie in der Menge. Sie hielt sich die Hand vor den Mund und weinte leise. Ihr qualvoller Schrei hatte mich hierhergeführt, und jetzt stand sie unter Schock.

»Wo ist Docc? Jemand muss ihn holen!«

Unzählige blicklose, entsetzte Augenpaare starrten mich an. Niemand bewegte sich, um Hilfe zu holen. Manche standen nur da und sahen zu, während ihnen Tränen die Wangen hinabliefen. Andere wiederum hielten sich den Mund zu, um ihr Schluchzen zu unterdrücken.

»Hayden ...«

Wieder blickte ich auf Jett hinab. Seine Stimme war schwach, und die Verzweiflung in seinen Augen ließ ein wenig nach. Er hing an meinen Lippen. Tiefe Panik befiel mich, als seine Lider sich flatternd schlossen. Eine entsetzliche Kälte erfasste mich.

»Nein, nein, nein, Jett!«

Meine Stimme klang verzweifelt, und ich schüttelte ihn. Kurz war ich erleichtert, als er die Lider nochmals öffnete und erschrocken Luft holte. Dann sah er mir in die Augen.

»Werde – werde ich sterben?«

»Nein, kleiner Mann, du wirst nicht sterben«, versicherte ich und schüttelte heftig den Kopf.

Er nickte schwach, fuhr sich einmal mit der Zunge über seine entsetzlich bleichen Lippen und schloss einen Moment lang wieder die Augen. Dann öffnete er sie erneut, aber der Funke in ihnen verblasste zusehends, und seine Atemzüge wurden immer flacher und schwächer.

Wieder blickte ich mich in der Menge um, hielt händeringend nach Hilfe Ausschau.

»Hol doch jemand Docc! Oder Grace, irgendjemanden«, bettelte ich. Wieder bewegte sich niemand. Sie wussten alle, was ich nicht akzeptieren wollte: Jede Hilfe kam zu spät.

»Bitte helft ihm.«

Meine Stimme brach, und wieder ignorierten sie meine

Bitte. Ich schloss eine Sekunde lang die Augen, dann konzentrierte ich mich wieder auf Jett, dessen Körper in meinen Armen erbebte.

»Ich wollte doch nur ...« Er holte rasselnd Luft. »Ich wollte doch nur mutig sein.«

Mein Herz brach in tausend Stücke, und ich musste mein Kinn zwingen, nicht zu zittern. Er wurde so schnell immer blasser, und trotz des heißen Blutes, das meine Hände bedeckte, fühlte er sich kalt an.

»Du bist mutig, Jett. Du bist so, so mutig«, versicherte ich ihm aufrichtig. Tränen brannten mir in den Augen, drohten zu fließen.

»Bin ich so mu-mutig wie du?«

Plötzlich blickte er mich genauso intensiv an wie früher. Ich spürte, wie seine kleine Hand mein Shirt packte und er sich an mich klammerte. Ich konnte nicht verhindern, dass eine Träne herunterfiel und leise auf seiner Brust landete, wo sie in dem wirbelnden, roten Strudel versickerte.

»Du bist so viel mutiger als ich.«

Seine dünnen, weißen Lippen verzogen sich zu dem Hauch eines Lächelns, das allerdings nur einen Moment lang andauerte. Dann holte er tief Luft. Meine Augen weiteten sich und wanderten panisch über sein Gesicht. Ich betete darum, dass die Farbe zurückkehren und er sich plötzlich aufsetzen würde, aber das tat er nicht. Tränen raubten mir die Sicht, und ich konnte sein Gesicht nicht mehr erkennen. Hastig wischte ich mir die Augen an der Schulter ab. Mein Atem ging rasselnd, ich bekam kaum mehr Luft, denn mir brach das Herz, und meine Eingeweide hingen in Fetzen.

»Es tut mir leid«, flüsterte er und sah mich mit seinen braunen Augen eindringlich an. Ich schüttelte spontan den Kopf, schloss ganz fest die Augen und verzog das Gesicht, um das Schluchzen zu unterdrücken, das sich Bahn zu brechen drohte. Ich konnte mich gar nicht erinnern, wann ich das letzte Mal geweint hatte.

»Es muss dir nicht leidtun. Ich bin so stolz auf dich«, würgte ich mühsam hervor. Meine Stimme hörte sich wie ein Reibeisen an.

»Ich hab dich lieb, Hayden.«

Seine Stimme war wenig mehr als ein Flüstern und so leise, dass ich sie beinahe nicht hören konnte. Ich konnte nicht anders, als ihm einen sanften Kuss auf die Stirn zu geben. Ich hielt ihn in meinen zitternden Armen, hatte den Versuch aufgegeben, die Blutung zu stoppen. Es war zu spät, und das wussten wir beide. Als ich mich zurückzog, sah ich, dass er kaum noch die Augen offen halten konnte, und sein Atem war nicht mehr als ein leises Keuchen, das ihm über die blutleeren Lippen kam.

»Ich dich auch, Jett.«

Wieder jenes sanfte Lächeln von vorhin. Er schloss die Augen, zufrieden, nachdem er diese letzten Worte gehört hatte. Dann atmete er noch einmal leise aus, und seine Brust wurde ganz still, sein Griff um mein Shirt erschlaffte. Seine Hand fiel leblos auf seinen Bauch. Der winzige Funke, der bislang noch da gewesen war, war fort, viel zu früh erloschen, denn nun hatte er sein junges Leben ausgehaucht.

»Nein«, stöhnte ich, schüttelte den Kopf, wollte es nicht wahrhaben.

Ich schüttelte ihn leicht, weigerte mich zu glauben, dass er tatsächlich tot war. Doch diesmal reagierte er nicht mehr, als ich seinen schmalen Körper bewegte. Sein Kopf rollte auf meinem Arm zur Seite, und seine Augen blieben geschlossen, seine Brust hob und senkte sich nicht länger.

»Jett«, stieß ich erstickt hervor. »Nein, nein, nein ...«

Die Tränen rannen jetzt ungehindert meine Wangen hinab, und mein Kinn zitterte hemmungslos. Ich bekam keine Luft mehr. Ich hatte das Gefühl, dass mein Körper zerfallen war und nun zu Staub zermahlen und verbrannt wurde. Ich beugte mich vor, lehnte meine Stirn an die seine, nahm ihn fest in die Arme und presste ihn an meine Brust. Ich schloss die Augen in dem Versuch, den unerträglichen Schmerz auszublenden, aber keine noch so große Dunkelheit konnte ihn vertreiben. Ich biss die Zähne zusammen, verzog das Gesicht zur Grimasse, verbarg es an Jetts winzigem Körper.

Ich wiegte mich auf der Erde vor und zurück, drückte Jett an mich, als ob ihn das zurückbringen könnte. Sein Körper erkaltete schnell. Die letzte noch verbleibende Hitze war schon beinahe verschwunden. Krampfartiges Schluchzen schüttelte mich, aber ich ließ ihn nicht los.

Das konnte einfach nicht wahr sein.

Ich spürte eine warme Hand auf meiner Schulter, ignorierte sie aber, zu überwältigt von dem unerträglichen Schmerz, der mich zu verschlingen drohte, um an etwas anderes zu denken oder zu empfinden. Jett war beinahe steif, als ich mich über ihn beugte, immer noch nicht glauben wollte, dass er tot war.

»Hayden.«

Vage registrierte ich Graces Stimme, die meinen Namen rief, und ich wusste, dass wahrscheinlich sie es war, die mich berührte, aber ich fühlte nichts.

»Grace, mach ihn gesund«, bettelte ich schwach, meine Stimme gedämpft von seinem Körper. »Bitte mach ihn wieder gesund.«

»Hayden ...« Sie verstummte leise, ignorierte meine Bitten. Sie klang mutlos, und offensichtlich weinte auch sie.

»Komm schon, Grace«, drängte ich sie. »Du kannst ihn gesund machen, oder? Bitte mach ihn gesund ...«

Ich spürte, wie sie hinter mir niederkniete und mir die Arme um den Hals legte, ihre Brust an meinen Rücken presste und mich von hinten fest umarmte. Ich wusste nicht, ob sie es war, die so sehr zitterte, oder ich. Wahrscheinlich waren wir es beide.

»Das kann ich nicht, Hayden.«

Ihre Stimme brach, und ich spürte, wie sie den Kopf schüttelte, aber ihre Berührung vermochte mich nicht zu trösten. Ich spürte nur noch Jetts schlaffen Körper in meinen Armen, die Kälte seiner Haut an meiner Stirn, wo sie die meine berührte, die Schwere seines winzigen, zerbrechlichen Körpers, die vom Tod zeugte. Ich brach völlig zusammen, ließ mich von Grace festhalten. Noch nicht mal die Erleichterung darüber, dass sie lebte, konnte die klaffende Wunde über Jetts Verlust lindern.

Um uns herum herrschte tödliches Schweigen. Man hörte nur meinen rasselnden Atem, als ich versuchte, mich zusammenzureißen. Ich spürte heiße, feuchte Tränen in meinem Nacken. Grace weinte stumm. Keine Ahnung, ob wir allein waren oder ob das gesamte Camp zusah, aber das war mir auch egal.

Es spielte keine Rolle.

Nichts spielte mehr eine Rolle.

Wenn Jett, der unverwüstliche Quell des Lichts und der Unschuld in unserer Welt, sterben konnte, dann konnten wir es alle.

Ohne den bewussten Entschluss gefasst zu haben, begann ich, mich zu bewegen. Meine Gelenke protestierten schmerzhaft, als hätte ich eine Ewigkeit dort auf dem Boden gehockt. Ich hatte keine Ahnung, wie lang ich tatsächlich in dieser Stellung verharrt hatte, aber auch das interessierte mich eigentlich nicht. Grace ließ meine Schultern los, als ich aufstand und Jetts kleinen Leichnam hochhob. Er hing schlaff in meinen Armen, und ich ging los, konnte mich noch nicht mal nach Grace umsehen. Der Anblick ihres Gesichts hätte mir wahrscheinlich den Rest gegeben.

Erst da bemerkte ich, dass die anderen einen Kreis um mich gebildet hatten. Sie machten sofort Platz, um mich hindurchzulassen. Niemand sagte ein Wort, und es war so still, dass wahrscheinlich jeder einzelne Anwesende den Atem angehalten hatte. Ich hatte gerade den Rand des Kreises erreicht, da hörte ich eilige Schritte hinter mir. Enttäuscht schloss ich die Augen.

»Hayden ...«

Ich wusste, dass sie mir folgen würde. Sie tat das, weil sie mich liebte, aber im Moment konnte ich sie einfach nicht ansehen.

»Bleib hier, Grace.«

»Aber ...«

»Nein. Bleib hier.«

Meine Stimme war scharf und autoritär, aber dennoch tonlos. So leblos wie der Junge in meinen Armen, obwohl man ihr nicht mehr anhörte, dass ich kurz zuvor zusammengebrochen war. Sehr zu meiner Überraschung gehorchte Grace. Sie blieb stehen, während ich weiterging, mich von ihr und jedem anderen entfernte. Sie ließ mich ziehen, und dafür war ich ihr dankbar. Ich hätte jetzt niemanden um mich haben können.

Ich wollte nur noch allein sein und mich Kummer und Leid hingeben.

Grace

Mir brach das Herz, als ich sah, wie Hayden verschwand. Er war über und über mit Jetts Blut besudelt und vollkommen und zutiefst niedergeschlagen, als er den Leichnam davontrug. Tränen brannten in den Wunden meines Gesichts, und meine Hände bebten. Ich stand unter Schock. Es gab nichts, was ich hätte tun können, um ihm zu helfen.

Es kam mir so unfassbar vor. Jett hatte in der Schlacht nicht einmal anwesend sein dürfen, und schon gar nicht hätte er das Opfer dieses sinnlosen Blutbads sein dürfen. Eigentlich sollte er doch in seiner Hütte sein, in Sicherheit, wo ihm kein Leid hätte zustoßen können. Er sollte am Leben sein.

Leises Gemurmel erhob sich hinter mir, wo der Rest der Menge wie erstarrt verharrte. Wie gelähmt stand auch ich da und starrte Hayden hinterher, der uns allen den Rücken zugekehrt hatte. Die Stimmen der Menschen waren voller Schmerz, Verwirrung, Trauer und unzähliger anderer Gefühle, die auch mich bewegten. Doch der Schmerz war am schlimmsten. Ich zwang mich, mich umzudrehen und wieder zu den anderen zurückzukehren. Meine Kehle war wund vor unvergossener Tränen, und mein ganzer Körper fühlte sich an, als sei er von einem LKW überrollt worden.

»Es ging alles so schnell«, sagte Maisie nun zu den neben ihr Stehenden.

Vor lauter Schluchzen konnte man sie kaum verstehen. Die Tränen strömten ihr übers Gesicht, und ein paar Leute versuchten, sie zu trösten. Ich hörte zu, versuchte verzweifelt zu verstehen, wie so ein unschuldiger Junge inmitten dieses Blutbades hatte landen können.

»Wir – wir haben uns versteckt, genau wie Hayden gesagt hat. Da plötzlich ...« Sie schluchzte heftig, konnte einen Augenblick lang nicht weitersprechen. »Plötzlich platzte jemand in unsere Hütte und wollte uns angreifen.«

Mein Herz pochte bei Maisies Schilderung wie wild.

»Jett lockte sie nach draußen, fort von uns ... und das war das Letzte, was ich von ihm gesehen habe, bis ... bis jetzt«, würgte sie hervor. Dann brach sie zusammen und fiel auf die Knie. Sie presste die Hände auf die Augen und schluchzte. Tröstend nahm sie jemand in den Arm. »Er hat uns ge-gerettet.«

Mit einem Mal war mir speiübel. Die Ereignisse kamen mir erst jetzt richtig zu Bewusstsein. Steif schritt ich von der Menge davon, bis ich mich zwischen zwei Hütten verstecken konnte. Ich beugte mich vor und hatte kaum Zeit, einmal durchzuatmen, bevor sich der Inhalt meines Magens auf die Erde ergoss. Mit zitternden Händen wischte ich mir den Mund ab und holte mühsam Luft, atmete ein und aus, immer noch vornübergebeugt. Irgendwann lehnte ich mich gegen die Mauer neben mir, schloss ein paar Augenblicke lang die Augen und versuchte nachzudenken.

Jett war tot.

Aber Hayden war noch am Leben, und dieser Gedanke erfüllte mich trotz allem mit Erleichterung. Dennoch wurde mir wieder übel, wenn ich an all die anderen dachte. Dax, Kit, Malin, Docc … sie alle hatte ich noch nicht gesehen. Das Schicksal so vieler anderer, die mir etwas bedeuteten, war noch im Unklaren. Wieder musste ich mich vorbeugen und mich übergeben, sodass die Säure mir in meiner gemarterten Kehle brannte. Ich presste die Fäuste so fest gegen die Augäpfel, dass mir helle Lichtpunkte vor den Augen tanzten. Ich musste mich zusammenreißen und herausfinden, was sonst noch geschehen war.

Mit einem letzten bebenden Atemzug richtete ich mich mühsam auf. Zitternd atmete ich ein und trat zwischen den Gebäuden hervor. Hayden war fort und wollte offenbar unbedingt allein sein, also musste ich nach den anderen suchen, um nicht vollends den Verstand zu verlieren. Mein Herz pochte schmerzhaft in meiner Brust bei der Vorstellung, dass Jett vielleicht nicht der Einzige war, der mir am Herzen lag und den ich heute verloren hatte. Ich schüttelte den Kopf, um die düsteren Gedanken zu vertreiben.

Du wirst sie finden. Es wird ihnen gut gehen.

Aber kaum hatte ich klaren Ausblick auf das Schlachtfeld, war meine Hoffnung dahin. Angesichts der Szene, die sich mir bot, blieb mir vor Entsetzen der Mund offen stehen. Überall Blut und Tod! Es war noch viel schlimmer, als mir ursprünglich klar gewesen war. Der Boden war mit Leichen übersät, einige von ihnen so massakriert und entstellt, dass ich kaum erkennen konnte, ob es sich um Mann oder Frau handelte. Blut hatte die normalerweise dunkelbraune Erde schwarz getränkt. Mir wurde schwindelig vor Grauen.

Wie konnte ich überhaupt zu hoffen wagen, dass meine Freunde dieses Massaker überlebt hatten?

Eine lähmende, kalte Taubheit legte sich über mich. Ich zwang mich weiterzugehen, mied sorgsam die Blutlachen oder – noch fürchterlicher – die Körperteile. Mir lief es eiskalt den Rücken hinunter, als ich mich dem ersten Leichnam näherte – dem eines Mannes. Aufgrund seines wirren dunklen Haars konnte man zunächst nicht erkennen, wer es war, aber nachdem ich ihn umrundet hatte, durchflutete mich Erleichterung. Das Gesicht war mir unbekannt.

Der nächste Leichnam lag in nur wenigen Metern Entfernung. Es war der erste Mann, den ich selbst getötet hatte, starr und steif war er dort zu Boden gegangen, wo ich ihm die Kehle durchschnitten hatte. Sein Blick war leer und leblos, die Augen zum Zeitpunkt des Todes weit aufgerissen. Entschlossen trugen meine Füße mich weiter, um den nächsten Leichnam zu untersuchen.

Wieder und wieder kam ich an Gefallenen vorbei, und nie waren die Gesichter meiner Freunde dabei. Ich wagte es allerdings immer noch nicht, Hoffnung zu schöpfen, denn es lagen noch unzählige weitere Leichen herum. Jedes Mal, wenn ich vage jemanden erkannte, zog sich mein Herz schmerzhaft zusammen. Einige stammten noch aus Greystone, andere aus Blackwing, wieder andere erkannte ich gar nicht, aber jeder Einzelne war durch diesen Krieg gestorben.

Und während meiner ganzen Suche hatte ich Haydens Gesicht vor Augen und musste das brennende Verlangen unterdrücken, ihm nachzulaufen. Mir tat es in der Seele weh, dass er jetzt allein war, aber ich wusste, dass er es so wollte. Sosehr es auch schmerzte, ich musste das respektieren. Er lebte, und ich würde ihn wiedersehen, wenn er bereit dazu war.

Aber auch diese Gewissheit konnte mich nicht sonderlich beruhigen. Jeder Leichnam, den ich mir ansah, raubte mir ein weiteres Stückchen meines Verstandes. Ich redete mir mittlerweile ein, dass der nächste mit Sicherheit jemand sein würde, der mir etwas bedeutete.

Dax.

Kit.

Docc.

Malin.

Leutie.

Perdita.

Ihre Gesichter standen mir vor Augen, sodass die Umgebung immer mehr verschwamm. Ich konnte die Wirklichkeit kaum erfassen und befürchtete, dass ich ihre Gesichter übersehen könnte.

»Grace!«

Ich fuhr zusammen, als jemand von hinten meinen Namen rief, und ich wandte den Kopf. Jemand eilte auf mich zu. Ich war dermaßen erleichtert, dass ich kaum Zeit hatte, die Arme auszubreiten, bevor er gegen mich prallte und mich fest umarmte. Die Umarmung fühlte sich anders an, irgendwie seltsam, weil ich an seinen Körper einfach nicht gewöhnt war, aber dennoch tröstlich.

»Dax«, hauchte ich. Seine Arme pressten mich an sich, ich spürte, wie froh er war. Der Anblick eines vertrauten Gesichts ließ mich erneut zusammenbrechen. Ich spürte, wie meine Kehle sich zuschnürte und heiße Tränen in meinen Augen brannten.

»Ich bin so froh, dass du lebst«, murmelte er und drückte mich ein letztes Mal, bevor er mich wieder losließ. Als er sich von mir löste, entdeckte ich eine tiefe Platzwunde an seiner Stirn, die heftig blutete, ebenso wie diverse andere Wunden und Blutergüsse. Trotzdem schien es ihm im Großen und Ganzen gut zu gehen. Doch seinen Augen fehlte der übliche Funke, die Leichtigkeit, die ihn sonst umgab; nur Furcht und Beklommenheit standen auf seinem Gesicht.

»Wo ist Hayden? Lebt er?«, fragte er in offensichtlicher Furcht vor der Antwort.

»Ja, es geht ihm gut«, versicherte ich ihm schnell.

Vor Erleichterung sackte Dax förmlich in sich zusammen und schloss einen Moment lang die Augen. Offensichtlich war er davon ausgegangen, dass wir einander nicht von der Seite weichen würden, weshalb er vom Schlimmsten ausgegangen war, als er Hayden nirgends hatte entdecken können.

»Gott sei Dank«, murmelte er.

»Was ist mit Kit?«, fragte ich, ebenso voller Angst vor der Antwort.

»Keine Ahnung«, bekannte Dax angespannt. Seine Miene wirkte zutiefst besorgt. »Komm, machen wir uns auf die Suche nach ihm.«

Anscheinend wusste Dax noch nichts von Jett. Wie konnte ich ihm davon berichten, ohne selbst zusammenzubrechen? Es laut auszusprechen, machte es real, und in diesem Augenblick fühlte sich eigentlich gar nichts real an. Ich konnte nichts sagen, sondern ließ mich von ihm durchs Camp dort hinführen, wo sich eine weitere Menschenansammlung gebildet hatte. Erleichtert sah ich, dass doch viele am Leben waren; bei den Unmengen von Leichen war es mir so vorgekommen, als sei das Camp ausgestorben. Aber jetzt sah ich, dass diese Einschätzung nicht zutraf.

Dax und ich näherten uns der kleineren Gruppe, und die Menschen wandten sich zu uns um. Die Menge teilte sich, und plötzlich war ich überrascht und erleichtert, Kit in der Mitte zu entdecken. In den Armen hielt er eine schluchzende Malin, und ich sah, wie seine Lippen sich bewegten. Er flüsterte ihr unverständliche Worte ins Ohr. Sie standen neben einem Mann mittleren Alters, der auf dem Boden lag. Seine Körperhaltung ähnelte der von so vielen, die ich bislang gesehen hatte – massakriert, steif und eindeutig tot.

»Malins Vater«, raunte Dax mir leise zu.

Vor Entsetzen blieb mir der Mund offen stehen. Der letzte Rest, der von meinem Herzen noch übriggeblieben war, brach um Malins willen, denn ich musste in diesem Moment auch an meinen eigenen Vater denken. Ich wusste, wie es sich anfühlte, einen Elternteil zu verlieren, und diese Erfahrung wünschte ich niemandem. Meine Unterlippe zitterte, dann biss ich heftig darauf, entschlossen, ab sofort so stark wie möglich zu sein.

In diesem Moment bemerkte uns Kit. Er legte kurz den Kopf in den Nacken und schloss die Augen vor offensichtlicher Erleichterung darüber, dass Dax und ich am Leben waren. Als er sie wieder öffnete, hörte seine Hand immer noch nicht auf, Malin sanft über den Kopf zu streicheln. Stumm formte er ein einziges Wort mit den Lippen.

»Hayden?«

Dax nickte und signalisierte zurück. »Lebt.«

Kit atmete erleichtert aus, dann widmete er Malin wieder seine ganze Aufmerksamkeit. So seltsam ihre Beziehung auch sein mochte, ich war froh, dass sie ihm zumindest genug bedeutete, um für sie in Zeiten wie diesen da zu sein. Trotz unserer kleinen Verstimmung, als ich ihm vorgeworfen hatte, für den Tod meines Vaters verantwortlich zu sein, hätte ich mir nicht vorstellen können, wie es gewesen wäre, wenn ich nach dem Tod meines Vaters ohne Hayden dagestanden hätte. Ich hoffte, dass Kit für Malin da sein würde, wie Hayden es für mich gewesen war.

Hayden.

Jeglicher Gedanke an ihn fuhr mir wie ein scharfer Dolch durch die Brust, und wieder musste ich gegen den ungeheuren Drang ankämpfen, nach ihm zu suchen. Vorläufig musste ich erst einmal diese Situation hier bewältigen. Je mehr ich hier half, umso mehr würde ich Hayden helfen, wenn er endlich zurückkehrte. Hayden war offensichtlich vollkommen fertig, und ich musste stark für uns beide sein. Zwei Menschen, die am Ende waren, waren nutzlos, aber je länger ich dort stand und die Realität an mich heranließ, umso entsetzter und schockierter war ich. Wenn ich nicht stark bleiben konnte, waren die Menschen in unserem Camp schon bald nur noch Schatten ihrer selbst, zerrissen und zerfetzt, unkenntliche Scherben, die der Wind zu Staub zermahlen würde.

KAPITEL 29
RHYTHMUS

Grace

Eine zarte Staubwolke erhob sich in die Lüfte, als ein Leichnam mit dumpfem Geräusch auf die Erde prallte. Ich richtete mich auf und seufzte tief, hielt inne, um mir mit dem Ärmel den Schweiß von der Stirn zu wischen. Ich schloss die Lider, brauchte eine kurze Pause, aber auch in der Dunkelheit stand mir das Grauen weiterhin deutlich vor Augen. Ich öffnete sie erneut, und wieder traf mich der blutige Anblick von unzähligen Leichen, die in einer ordentlichen Reihe auf dem Boden lagen.

Genau wie nach dem letzten Angriff gab es zwei Reihen: eine für Blackwing, die andere für Greystone. Nachdem wir in jeder bei zwanzig Toten angelangt waren, hatte ich zu zählen aufgehört, und das war schon eine ganze Weile her. Dax stand mir gegenüber, ebenfalls schweißüberströmt und schmutzig. Er wirkte ziemlich verstört und hatte seit über einer Stunde kein Wort mehr gesprochen. Nachdem ich ihn und Kit gefunden hatte, war mir klar, dass ich ihnen von Jett berichten musste. Sie hatten ihm ebenfalls nahegestanden und mussten es erfahren.

Kit hatte die Nachricht schweigend aufgenommen. Seiner Frustration und Trauer machte er Luft, indem er sich umdrehte und mit der Faust gegen die Wand schlug. Dax hatte ungläubig vor sich hin gebrabbelt, dass man über so etwas keine Witze machen durfte. Erst als eine Träne meine Wange hinabrollte und ich den Kopf schüttelte, wurde ihm klar, dass ich die Wahrheit gesagt hatte. Er hatte sich auf den Boden fallen lassen, sich das dunkle kurze Haar gerauft und ein paar stumme Tränen vergossen. Seitdem hatte er nichts weiter von sich gegeben als leise gemurmelte Anweisungen.

Weder Kit noch Dax hatten sich erkundigt, wo Hayden war, nachdem sie das von Jett erfahren hatten. Die Ungewissheit über seinen Verbleib machte mich immer noch wahnsinnig, aber ich zwang mich, mich auf die Angelegenheiten im Camp zu konzentrieren. Je mehr ich dort arbeitete, umso weniger würde für Hayden zu tun bleiben, wenn er zurückkehrte. Ich hoffte nur, dass das bald geschehen würde.

»Komm«, murmelte Dax und riss mich aus meinen Tagträumereien. Immer wieder verfiel ich in so etwas wie eine Art Trancezustand, starrte mit großen Augen auf die erschreckend große Anzahl lebloser Körper, die wir dort ablegten.

Schweigend folgte ich ihm an der Reihe entlang, registrierte unzählige Schuhpaare an Füßen, die niemals mehr laufen würden. Ich ertappte mich dabei, wie ich winzige Details an den Toten wahrnahm. Ein Mann hatte sich eine Orchidee auf den Fußknöchel tätowieren lassen. Eine Frau hatte ein zartes Armband aus Schnur am Handgelenk; vielleicht hatte ein Kind ihr das gebastelt, und sie hatte es gern getragen, um dieses Kind zum Lächeln zu bringen. Ein Mann hatte nur noch einen Schuh an, den anderen hatte er in der Hitze des Gefechts offenbar verloren.

Ich riss den Blick los und schüttelte den Kopf. Je mehr Einzelheiten ich wahrnahm, umso menschlicher kamen mir diese Kriegsopfer vor und umso schmerzhafter war es, sie zur Ruhe zu betten. Jeder einzelne Leichnam rief mir ins Gedächtnis, dass ich es nicht geschafft hatte, Jonah zu töten. Jedes einzelne Leben, das auf beiden Seiten geopfert worden war, hatte er auf dem Gewissen. Das Leben dieser Menschen hätte verschont werden können, hätte ich nur die Kraft besessen, das zu tun, was getan werden musste.

Dieser Gedanke wollte mich einfach nicht loslassen. Als Dax und ich einen weiteren Toten erreichten und ihn als Einwohner Greystones identifizierten, packten wir jeder ein Paar seiner kalten Gliedmaßen und hoben ihn hoch, wanderten mit ihm zur Reihe der Opfer aus dem feindlichen Lager. Ich kannte diesen Mann nicht, aber es war immerhin ein Mensch, und jetzt war er tot. So viele waren gestorben, und jedes leere, leblose Augenpaar, das mich vorwurfsvoll ansah, traf mich bis ins Mark.

Du hättest mich retten können, sagten die Augen.

Das hier ist deine Schuld, höhnten sie.

Wenn du nicht so schwach wärst, könnte ich noch leben, riefen sie.

Wieder ein leiser Plumps, als wir den Körper sanft zu Boden ließen. Das Geräusch war mir mittlerweile allzu vertraut.

Gehen, hochheben, tragen, fallen lassen.

Gehen, hochheben, tragen, fallen lassen.

Dax und ich arbeiteten unermüdlich. Stundenlang ging es so, bis mir der Schweiß in Strömen übers Gesicht rann und mein Rücken sich anfühlte, als würde er gleich auseinanderbrechen. Doch dieses äußere Chaos war nichts gegen das, was sich in meinem Innern abspielte. Mein Herz hing in Fetzen, drohte vollends zu zerspringen. Ich brauchte Hayden, und ich musste für ihn da sein, konnte es aber nicht.

Dax und ich wollten uns gerade auf den Weg zum nächsten Leichnam machen, als ich ein lautes, verängstigtes Keuchen hörte. Sofort erwartete ich voller Panik einen weiteren Angriff, und mein Kopf wirbelte herum, dorthin, von wo der Laut gekommen war. Aber die Furcht ließ schnell wieder nach, als ich eine geisterhaft bleiche Leutie neben einer Leichenreihe stehen sah. Sie zitterte wie Espenlaub, während sie mit großen Augen den entsetzlichen Anblick in sich aufnahm. Sie taumelte nach hinten, wich instinktiv vor dem Blutbad zurück. Automatisch machte ich einen Schritt auf sie zu und hörte, wie Dax mir auf dem Fuße folgte. Wenn mich dieser Anblick schon zerriss, mochte man sich kaum vorstellen, wie Leutie ihn verkraften konnte.

»Nicht hinsehen, Leutie«, sagte ich sanft, packte ihre Handgelenke und zog sie ein paar Schritte weiter, wo eine Häuserwand den Blick versperrte.

Ihr Kinn bebte, und auch ihr Arm zitterte in meiner Hand. Ihre Augen huschten wild umher, als versuche sie verzweifelt, sich zu orientieren, und anscheinend bekam sie kaum mehr Luft. Plötzlich erinnerte mich diese Situation an Hayden und mich selbst in den Untiefen des Zeughauses, als ich zufällig die entsetzliche Fülle verstümmelter Leichname gesehen hatte, die in der Dunkelheit verwesten. Dieses Bild verfolgte mich bis heute, und ich hoffte, dass es Leutie jetzt nicht ebenso ergehen würde.

»Wie – wie konnte es nur so weit kommen?«, keuchte sie und konnte mich noch immer nicht ansehen, während ihr Blick weiterhin umherirrte.

»Krieg«, antwortete Dax überraschend. Seine Stimme war untypisch ernst, als er sich neben mich stellte.

»Warum nur?«, flüsterte sie mit bebender Stimme und sah nun erst mir, dann Dax in die Augen.

»Du weißt, warum«, antwortete ich sanft. »Allen gehen langsam die überlebenswichtigen Güter aus, und du kennst ja Jonah ...«

Sie nickte, hatte verstanden. Leutie kannte Jonah wahrscheinlich so gut wie kein anderer, abgesehen von mir, denn immerhin war sie auch mit ihm aufgewachsen. Sie wusste um seine barbarische, erbarmungslose Natur und seine irrationale Verantwortungslosigkeit.

»Ich weiß nur nicht ... ich kann nicht ...«

Doch sie konnte nicht weitersprechen. Sie schlug sich die Hand vor den Mund und würgte, keuchte, schluchzte, verlor sämtliche noch vorhandene Selbstbeherrschung. Ich beobachtete, wie sie zusammenbrach, und vermochte sie nicht zu trösten. Wieder dachte ich an Hayden und daran, wie hilflos ich auch seiner Trauer gegenübergestanden hatte. Leuties Schluchzen hallte um mich herum wider, und Tränen strömten ihr übers Gesicht.

»Sie dürfte gar nicht hier sein«, raunte Dax mir voller Mitgefühl zu. Er hatte Recht; Leutie war auf einen solchen

Anblick nicht vorbereitet. Wieder überraschte er mich, trat einen Schritt vor und legte ihr die Hand auf den Rücken.

»Hey, komm schon«, sagte er sanft. »Bringen wir dich von hier fort, ja?«

Sie stieß noch ein ersticktes Schluchzen aus, brachte aber immerhin ein Nicken zustande und lehnte sich sacht an ihn, als brauche sie dringend Trost. Ich sah, wie Dax die Augen schloss und einen tiefen Seufzer ausstieß, als sei ihm gerade eine Erinnerung hochgekommen, aber dann schüttelte er den Kopf, um sie loszuwerden.

»Heute kann sie bei mir übernachten«, verkündete er. »Hayden wird dich brauchen, und dann ist es nicht gut, wenn sie bei euch schläft.«

Erleichtert nickte ich wieder. Es würde schwer genug sein, Hayden Trost zu spenden, erst recht wenn Leutie noch bei uns war. Hayden würde sich in ihrer Anwesenheit niemals öffnen können, deshalb war ich Dax dankbar für sein Angebot. Außerdem hatte ich den deutlichen Eindruck, dass auch er nach alldem nicht allein sein wollte. Ich hoffte, Leuties Gesellschaft würde auch ihm helfen.

»Gute Idee«, antwortete ich.

Er nickte und führte sie davon, die Hand immer noch begütigend auf ihrem Rücken. Sie ließ sich anstandslos leiten, anscheinend waren sämtliche Vorbehalte ihm gegenüber verflogen. Ich sah ihnen hinterher, war ein wenig eifersüchtig, dass sie einander trösten konnten, obwohl sie einander doch eigentlich gar nicht richtig kannten. Die Anwesenheit eines anderen Menschen war nun einmal beruhigend, egal, wie viel man voneinander wusste.

Ich seufzte noch einmal tief und wandte mich um. Ich ließ den Blick über die Umgebung schweifen und war ein wenig erleichtert, dass die meisten Leichen mittlerweile weggeräumt worden waren. Zwei Gruppen von Menschen trugen anscheinend die letzten fort. Dieser Teil unserer Arbeit war also zumindest schon einmal erledigt. Eine kleinere Gruppe steckte einen Bereich ab, wo wir sie verbrennen konnten, ihnen so viel Würde und Respekt entgegenbringen konnten, wie es in solchen Zeiten überhaupt möglich war.

Eine sanfte Brise erhob sich über dem Camp, die den Gestank nach Blut durch die Luft trug. Der bittere, metallische Geruch würde noch eine Weile hier verharren als eindringliche Erinnerung an das, was geschehen war. Außerdem erinnerte er mich an das Blut auf meinem eigenen Körper – immerhin war auch ich verwundet worden. Ich musste Docc aufsuchen. Automatisch trugen mich meine Füße zur Krankenstation. Ich hatte ihn während der Aufräumarbeiten nicht gesehen, wusste aber trotzdem nicht, ob er noch lebte. Plötzlich bekam ich wieder Angst, wollte unbedingt in Erfahrung bringen, ob es ihm gut ging.

An der Tür angelangt, stürmte ich hinein und fuhr bei dem schockierenden Anblick heftig zusammen. Im Eingang lagen fünf Leichname ordentlich übereinander. Es waren weder Blut noch offensichtliche Verletzungen zu sehen, aber sie waren eindeutig tot. Ich erkannte, dass sie allesamt aus Greystone stammten, und runzelte verwirrt die Stirn, grübelte darüber nach, was wohl geschehen sein mochte.

»Bleib da nicht stehen, Mädchen. Lass dich ansehen.«

Erleichterung durchflutete mich, als ich den Blick von

den leblosen Gestalten losriss und Docc in die dunkelbraunen Augen sah. Er stand inmitten der Krankenstation und verband eine Armverletzung. Mit einem Zucken der Augenbraue winkte er mich hinein. Ich blieb einen halben Meter vor ihm stehen.

»Schön, dich zu sehen, Grace«, begrüßte er mich.

»Du lebst«, sagte ich, und in meiner Stimme schwang eine Mischung aus Schock und Erleichterung mit.

»Oh, ja. Obwohl sie durchaus versucht haben, mir den Garaus zu machen«, sagte er und deutete mit einem Kopfnicken auf die Leichen neben der Tür.

»Was ist passiert?«, fragte ich ganz verwirrt.

»Ein paar von diesen Greystone-Jungs kamen hier rein in der Absicht, uns unschädlich zu machen«, erklärte Docc und deutete auf sich selbst und ein paar andere Patienten, einschließlich Shaw. »Dazu hatte ich keine Lust.«

»Ja, aber was hast du mit ihnen gemacht?«, forschte ich. Ich fand es erstaunlich, dass sie allesamt anscheinend tot umgefallen waren, ohne eine Verletzung aufzuweisen.

»Ich habe ihnen Kaliumchlorid injiziert«, sagte er nur. Er konzentrierte sich auf das Anlegen des Verbandes. »Und zwar viel.«

»Allen?«, fragte ich erstaunt und zog die Augenbrauen in die Höhe.

»Durch meine jahrelange Tätigkeit als Arzt habe ich gelernt, leise zu sein – sehr leise, wenn es nötig ist«, sagte Docc geheimnisvoll. Ich blinzelte, sowohl überrascht als auch beeindruckt, dass er anscheinend unbemerkt und einfach so fünf Leute umgebracht hatte.

»Wow«, murmelte ich leise. »Kann ich irgendwie helfen?«, fragte ich nach einer Weile.

Docc schüttelte bedächtig den Kopf. Dann entließ er den Mann, den er verarztet hatte. Er wandte sich zu mir um, bemerkte meine Verletzungen. »Ich will mir das mal genauer ansehen. Ich glaube, hier ist alles unter Kontrolle.«

Ich nickte und zeigte ihm meine Wunden, wobei er mich so zurechtschob, dass er die Schnitte an meinem Arm und an meinem Schulterblatt genauer unter die Lupe nehmen konnte. Er griff zum Desinfektionsmittel und ein paar Gazestücken und arbeitete schnell und geschickt, um sie zu säubern.

»Ich glaube, genäht musst du nicht werden. Halt die Wunden bloß sauber und lass sie mich demnächst noch mal ansehen«, meinte er, nachdem er seine Untersuchung beendet hatte. Ich nickte.

»Danke, Docc.«

»Wo ist Hayden? Ich habe gehört, dass wir Jett verloren haben. Was für eine Tragödie. Er war so ein wundervolles Kind.«

Mir schnürte sich wieder die Kehle zu, als Haydens und Jetts Namen fielen, und ich kämpfte gegen die Tränen an, die mir wieder in die Augen traten.

»Ich weiß nicht, wo er ist«, antwortete ich wahrheitsgemäß und runzelte die Augenbrauen, denn der Schmerz drohte mich wieder zu überwältigen.

»Hmm«, machte Docc nachdenklich. »Und wie geht es dir? Sei ehrlich.«

Mit seinen dunkelbraunen Augen sah er mir tief in meine Seele.

»Ziemlich mies«, bekannte ich. Beim zweiten Wort brach meine Stimme, aber immerhin brach ich nicht in Tränen aus.

»Würde mir auch Sorgen machen, wenn es nicht so wäre«, antwortete Docc mit ruhigem, verständnisvollem Nicken. »Du darfst diese Gefühle nicht verdrängen, hörst du? Du bist ein Mensch. Es ist gut, wenn man etwas empfindet, auch wenn es schmerzt. Wenn du die Gefühle nicht zulässt, verlierst du noch den Verstand.«

Ich nickte und atmete bebend aus. Tränen traten mir erneut in die Augen, als meine Gefühle mit voller Wucht zurückkehrten, und ich blinzelte ein paarmal, um sie zu vertreiben.

»Danke, Docc. Für alles.«

»Ist doch selbstverständlich. Du solltest dich jetzt besser ein bisschen ausruhen. Und du kümmerst dich sicher um Hayden, oder?«

Beim Klang seines Namens zog sich mein Herz wieder schmerzhaft zusammen.

»Ja, mach ich.«

Er nickte, und ich wandte mich ab, machte mich auf den Weg zur Tür, doch er hielt mich auf.

»Und Grace«, rief er leise. Ich blieb stehen, wandte mich zu ihm um. »Lass zu, dass er sich auch um dich kümmert.«

Aus irgendeinem Grund schnürten mir diese Worte die Kehle sogar noch enger zu. Ich blinzelte erneut gegen die Tränen an. Meine Füße trugen mich davon, aber eins hatte ich noch zu erledigen. Meine Hand kramte in der Tasche nach dem Stift und dem Papier, das ich seit einiger Zeit bei mir trug. Das Papier war verknittert, aber es würde trotzdem reichen. Als ich an der Stelle anlangte, wo die Leichen gelagert wurden, entdeckte ich zu meiner Erleichterung auch Kit dort. Er konnte mir dabei helfen, denn es war wichtig, alles richtig zu machen.

Hayden

Meine Muskeln brannten, ebenso wie meine Handflächen, aber der tranceähnliche Zustand, in den ich verfallen war, ließ mich den körperlichen Schmerz ausblenden. Es war, als litten mein Geist und mein Herz zu sehr, um noch irgendetwas anderes spüren zu können. Der rhythmische Klang der Schaufel, die die Erde durchstieß, wurde bei jeder meiner Bewegungen mein Mantra. Ich war entschlossen, diese Aufgabe heute Nacht zu vollenden.

Ich stand in einem etwa einen Meter tiefen Loch, das gerade lang und breit genug war, um jemanden von der Größe eines Mannes in sich aufzunehmen. Die Erde bewegte sich unter meinen Füßen, während ich den Spaten hineinstieß, und ich spürte den vertrauten Schmerz, als ich die Erde damit heraushob und sie zur Seite warf. Jede Erdkrume, die ich herausholte, nahm ein wenig von meiner geistigen Gesundheit mit sich, bevor sie kurzerhand zur Seite geworfen, vergessen und verloren war, während ich immer tiefer in die Erde einsank.

Ich konnte ihn dort spüren. Er lag auf dem Boden auf dem weichsten Stück Gras, das ich hatte finden können, bedeckt mit meinem Shirt. Mehr konnte ich nicht tun, und es war nicht im Entferntesten das, was er verdient hätte, aber ich musste es sofort tun. Ich musste ihn begraben, bevor ich wieder vollkommen die Fassung verlor. Je schneller, desto besser, denn je eher er in der Erde lag, umso eher würde er Frieden finden können.

Frieden. Ich selbst würde ihn wohl nie mehr wiederfinden.

Schweiß rann mir den Rücken hinab, während ich immer weiter grub. Mittlerweile hieß ich den brennenden Schmerz, den die Arbeit mit der Schaufel verursachte, förmlich willkommen. Draußen war es stockdunkel, aber das spärliche Licht, das der Mond und die Sterne zwischen den Bäumen hindurchsickern ließen, reichte zum Arbeiten aus. Wie treffend, dass ich sein Grab in der Dunkelheit grub, denn diese Schwärze passte perfekt zu dem, was ich in mir hatte.

Trostlos. Taub. Traurig. Schlimmer noch, ich fühlte mich eiskalt. Kalt der Welt gegenüber, als seien meine Gefühle abgeschaltet worden in dem Augenblick, da ich seinen Leichnam forttrug. Kalt in meinen Gedanken, denn ich spürte nichts als erbitterten Hass auf denjenigen, der das getan hatte, auch wenn ich nicht wusste, wer genau es gewesen war. Das spielte eigentlich auch keine Rolle, denn ich wusste ja, wessen Befehl er gefolgt war. Es gab nur einen Menschen, den ich für all das verantwortlich machte, und der war zufällig der Bruder des einzigen Mädchens, das ich je geliebt hatte. Jonah war verantwortlich, ob er die Waffe, die ihn getötet hatte, nun persönlich abgefeuert hatte oder nicht.

Ich konnte seinen Namen nicht aussprechen. Ich konnte ihn nicht mal denken. Selbst im Geiste bedachte ich ihn lediglich mit vagen Pronomen.

Ihn.
Er.
Sein.

Niemals sein Name. Nicht ein einziges Mal brachte ich es fertig, seinen Namen zu denken. Sicherlich rannte ein Junge seines Namens immer noch im Camp herum, bot jedem, der sie brauchte, seine unerfahrene Hilfe an. Sicherlich warf er immer noch Rainey verlegene, verstohlene Blicke zu und versuchte zu verbergen, dass er für sie schwärmte. Sicherlich ging er gerade Dax auf die Nerven und fragte ihn, wann er wieder eine Schießstunde haben konnte. Das war viel wahrscheinlicher. Sicherlich handelte es sich gar nicht um diesen kalten und leblosen Leichnam, der von meinem zerfetzten, blutbesudelten Shirt verborgen wurde.

Ich war jetzt viel tiefer in der Erde, denn mit jedem Schwung meiner Schaufel verschwanden mehr Zentimeter. Die Oberkante des Lochs befand sich mittlerweile in Kopfhöhe, und ich wünschte mir unwillkürlich, sie würde einstürzen und mich dort begraben. Dann hätte ich mich in den Untiefen der Erde verstecken können, im Staub ertrinken und endlich dem Druck nachgeben können, der mich zu zerschmettern suchte. Ich hätte dieser alles erstickenden Qual nachgeben und meine Niederlage voll und ganz akzeptieren können. Das hätte mir Erleichterung verschafft. Erleichterung darüber, endlich mit allem fertig zu sein, nie wieder dem Sturm der Gefühle ausgesetzt zu sein. Ich hätte endlich aufgeben und zulassen können, dass alles vorbei war. Ich hätte der Eiseskälte, die jede Zelle meines Körpers erfasst hatte, endlich die Macht überlassen können.

Meine Handflächen waren mittlerweile blutig, denn die Blasen waren aufgesprungen, und trotzdem grub ich immer weiter. Nur eines hielt mich am Leben. Der Gedanke an Rache trieb mich voran, der Gedanke an Vergeltung, daran, es ihnen heimzuzahlen, gab mir Kraft. Ich konnte nicht zulassen, dass dies das Ende war, ohne sie für dieses Unrecht büßen zu lassen. Ich würde für Gerechtigkeit sorgen, und wenn es das Letzte war, was ich tat. Das hatte er verdient, das und so viel mehr.

Noch nie hatte ich den Wunsch verspürt, jemanden zu töten. Dieses Morden hatte mich immer abgestoßen. Man musste es tun, aber nur als letzten Ausweg oder um zu überleben. Jeder Todesfall nagte an mir, ob ich ihn nun selbst zu verschulden hatte oder nicht. Aber jetzt, während meine Muskeln arbeiteten und Blut von meinen Fingern tropfte, wollte ich töten. Ich wollte sehen, wie das Leben aus seinen Augen wich, spüren, wie das Blut aus seinem Körper strömte. Ich wollte, dass er erfuhr, wie viel Leid und Schmerz er verursacht hatte, und ich wollte es ihm zehnfach vergelten, bevor er sein Leben endgültig verwirkt hatte.

Ich wollte Jonah umbringen.

Die dunklen Gedanken brauten sich in meinem Hirn zusammen, wuchsen und gediehen immer mehr, wurden immer mächtiger, je länger ich grub. Ich spürte, wie mein Körper die Vorherrschaft übernahm, denn mein Hirn konnte sich auf nichts anderes mehr konzentrieren, ließ die Düsternis durch meine Adern fließen und sich in meine Knochen fressen. Erst als die Kante des Grabes etwa dreißig Zentimeter über meinem Kopf war, hörte ich endlich auf, warf meine

Schaufel mit aller Macht zu Boden und lehnte mich gegen die Erdwand. Ich legte den Kopf in den Nacken und schloss die Augen, genoss das Gefühl meiner brennenden Muskeln und meiner schweißüberströmten Haut. Der Schmutz klebte mir am Körper, aber das war mir gleichgültig.

An diesem Ort würde er seine ewige Ruhe finden. Er hätte etwas so viel Besseres verdient gehabt. Er hätte es verdient gehabt, dass sich eine Menschenmenge hier versammelte, um sich von ihm zu verabschieden. Er verdiente eine Parade, mit der sein kurzes, aber glückliches Leben gefeiert wurde. Er hätte es verdient gehabt, von jedermann die letzte Ehre erwiesen zu bekommen, den er so innig geliebt hatte. Er hätte es verdient gehabt, noch zu leben.

Manches davon würde er bekommen. Die Menschen würden herkommen und sich von ihm verabschieden können. Sie würden sein Grab besuchen können und sich voller liebevoller Gedanken an ihn erinnern können. Diese Chance würden sie haben, aber vorläufig brauchte ich diese Erfahrung für mich allein. *Ich* musste derjenige sein, der ihn zur ewigen Ruhe bettete. Er war mein kleiner Bruder gewesen, meine Wahlfamilie. Und ich hatte ihm das zu Lebzeiten nie gesagt. Ich hatte ihm nie gesagt, erst in den letzten Augenblicken seines Lebens, wie sehr ich ihn liebte. Niemals hatte ich ihm versichert, wie stolz ich darauf war, dass er so groß geworden war. Ihm nie gesagt, wie sehr ich seine Gesellschaft genossen hatte, auch wenn er mich hin und wieder genervt hatte.

Ich hatte nie Gelegenheit gehabt, all das zu sagen, und nun war er fort.

Ich schniefte einmal und wischte mir den Schweiß ab, der

an meinen Schläfen hinabrann. Dann hob ich die Schaufel auf und warf sie aus dem Grab. Meine Muskeln schrien protestierend auf, als ich mich aus dem Loch hievte. Sofort fand mein Blick seinen Leichnam, der kaum einen Meter entfernt lag. Es kam mir jetzt so viel heller vor, da ich aus der Dunkelheit des Grabes emporgestiegen war, und die Luft schien sauberer zu sein, sodass ich einen tiefen Atemzug tat.

Bevor meine Gedanken mich daran hindern konnten, ging ich zu ihm hin und nahm die beiden Seile zur Hand, die ich mitgenommen hatte, als ich mir die Schaufel geholt hatte. Ich bewegte mich rhythmisch, systematisch, denn ich wusste, wenn ich zu intensiv darüber nachdachte, würde ich wieder zusammenbrechen. Ich war fest entschlossen, dass es nicht wieder dazu kommen würde. Ich hatte meinen Zusammenbruch gehabt, hatte meine Tränen vergossen, aber das war nun vorbei. Danach würde ich nichts mehr fühlen. Ich hatte die Gefühle ausgesperrt, weigerte mich, etwas zu empfinden, und ich würde weiterleben, um mein Ziel zu erreichen.

Meine Hände beendeten ihre Arbeit, und ich richtete mich auf, um mein Werk zu begutachten. Ein Seil war um seine Knöchel gebunden, während das andere seine Brust umschloss. Sein Gesicht war von meinem Shirt bedeckt. Ich konnte es einfach nicht ansehen. Ich packte die Seile, mit denen ich seinen kleinen Körper vom Boden hievte. Er war so leicht, dass es kaum einer Anstrengung bedurfte, um ihn zur Kante des Grabes zu tragen. Sein Körper schwebte darüber – ich zögerte, schloss die Augen, holte entschlossen Luft. Mein Herz hämmerte schmerzhaft in meiner Brust, und ich spürte die brennende Trauer, die sich wieder in meine Seele schlich.

Schließlich öffnete ich die Augen, seufzte und ließ die Seile langsam durch meine Hände gleiten. Sein Körper senkte sich hinab. Die Dunkelheit verschluckte ihn, je weiter ich die Seile hinabließ, wobei ich sorgsam darauf bedacht war, sie langsam zu bewegen, bis ich spürte, wie sein Leichnam den Boden des Grabes berührte. Ich umklammerte die Seile ein paar Sekunden lang fester, so ähnlich wie ich mich an die Hoffnung geklammert hatte, dass er plötzlich wieder aufwachen würde. Aber das würde er nie mehr, und so ließ ich los, ließ die Seile in die Dunkelheit fallen, wo sie zusammen mit meinem verzweifelten Wunsch verschwanden.

Automatisch nahm ich die Schaufel wieder zur Hand. Die Wunden an meinen Händen fingen wieder an zu bluten, als ich Erde in das Loch warf. Die Aufgabe war körperlich erheblich leichter, aber emotional genauso anstrengend. Jeden Erdhaufen, den ich in das Grab warf, unterstrich die Tatsache, dass er nie mehr zurückkommen würde. Das Licht war fort, und so blieb nur Dunkelheit übrig.

Etwa eine halbe Stunde später war das Grab komplett gefüllt, sein Körper bedeckt. Wieder lief mir der Schweiß in Strömen hinab, als ich ein letztes Mal die Erde feststampfte und dann zu dem großen, flachen Stein hinüberging, den ich über dem Grab gefunden hatte. Ich holte das Messer aus meiner Tasche und rammte es in den Stein, schnitzte so lange, bis ich ein einzelnes, zittriges Wort in den Stein gegraben hatte. Seinen Namen.

Als ich fertig war, richtete ich mich auf und trat ein paar Schritte zurück. Es sah schrecklich aus und nicht annähernd wie ein schönes Grab, aber mehr konnte ich nicht tun. Hier konnte er bleiben und auf die sicherlich zahlreichen Besucher warten, die er in den nächsten Jahren haben würde. Dies war der Ort, an dem er seine ewige Ruhe finden würde, der Ort, an dem er erst als alter Mann hätte anlangen dürfen, an dem er jedoch ab sofort bleiben würde.

»Auf Wiedersehen, Jett. Ich liebe dich.«

KAPITEL 30
NIEDERLAGE

Grace

Schweren Herzens machte ich mich auf den Rückweg zu unserer Hütte. Es war jetzt über eine Stunde her, seit ich Docc verlassen und mit der Erledigung meiner Aufgabe begonnen hatte. Jetzt war ich fertig, und immer noch war keine Spur von Hayden zu sehen. Kit war gegangen, um sich um die verständlicherweise immer noch ganz aufgelöste Malin zu kümmern, und ich war froh, dass er ihr angesichts des Verlustes ihres Vaters Trost spenden konnte. Ich wusste nicht, was ich jetzt sonst noch tun sollte, also hatte ich beschlossen, nach Hause zu gehen und auf seine Rückkehr zu warten.

Die schwache Hoffnung, dass Hayden vielleicht längst zurück war, löste sich sofort in Wohlgefallen auf, als ich die Tür öffnete. Die Hütte lag still und offensichtlich verlassen da. Ich trat ein und entzündete eine Kerze auf seinem Schreibtisch. Ich versuchte, mich auf andere Gefühle zu besinnen als auf die der niederschmetternden Enttäuschung und des Verlusts, aber erfolglos. Ich hoffte so sehr, dass Hayden zurückkehrte, um zumindest die Erleichterung seiner Anwesenheit zu spüren. Allein mit ihm wieder im gleichen Raum zu sein, hätte zu diesem Zeitpunkt Wunder wirken können, aber er blieb verschwunden. Er war jetzt schon stundenlang fort, und jede Minute, die verging, fühlte sich ohne ihn wie eine Ewigkeit an.

Mit einem tiefen Seufzer setzte ich mich an seinen Schreibtisch. Unruhig trommelte ich mit den Fingern auf die Tischplatte und betrachtete die unterste Schublade. Ich zögerte. Ich wusste, wie quälend es für Hayden sein würde, sämtliche Opfer des heutigen Abends in seinem Tagebuch festzuhalten. Nachdem ich die scheinbar endlos lange Reihe mit Kit abgeschritten war, hatte ich jeden einzelnen Namen der Toten notiert. Zweiundvierzig standen nun auf dem Blatt Papier, das ich zusammengefaltet in meiner Tasche bei mir trug. Zweiundvierzig Namen, deren Niederschrift im Tagebuch ich Hayden ersparen konnte.

Nervös wippten meine Knie auf und ab. Doch dann schüttelte ich den Kopf und zog die Schublade auf – schnell, damit ich es mir nicht noch einmal anders überlegen konnte. Das Tagebuch befand sich an der gleichen Stelle wie immer, tief vergraben unter ein paar Papieren und seinem angesengten Familienalbum. Mein Herz pochte nervös, als ich es auf den Schreibtisch legte, wo ich es anstarrte, als würde es gleich zu mir sprechen. Im Zimmer blieb alles still, und mein Blick glitt über den weichen Ledereinband.

Mit zitternder Hand öffnete ich das Buch, achtete darauf, nur die letzte Seite aufzuschlagen. Selbst jetzt wollte ich sein Tagebuch nicht ohne ihn lesen. Obwohl er es mir gezeigt hatte, behielt er immer noch das ein oder andere für sich. Das wollte ich weiterhin respektieren, ganz besonders jetzt. Zwischen den Seiten steckte ein Stift, der anscheinend nur darauf wartete, benutzt zu werden. Ich nahm ihn zur Hand und holte das Blatt mit den darauf gekritzelten Namen aus meiner Tasche, legte es neben das Tagebuch auf den Schreibtisch und strich es mit den Fingern glatt.

Einen Augenblick lang schloss ich die Augen und rief mir nochmal die Gesichter ins Gedächtnis. Auch wenn das Leben dieser Menschen vorüber war, durften wir sie nicht vergessen. Langsam öffnete ich die Augen wieder und führte den Stift zum Papier. Sorgfältig schrieb ich den ersten Namen von der Liste ab, bei deren Erstellung mir Kit geholfen hatte. Ich fand es seltsam zu schreiben, denn ich kam nicht oft dazu, und meine Handschrift war auch nicht gerade die beste. Aber sie reichte aus, und schon schrieb ich den zweiten Namen auf.

So fuhr ich fort, sorgsam und so ordentlich ich es vermochte, bis die Seite voll war. Mein Herz machte einen schmerzhaften Satz, als ich umblättern musste, da die Seite nicht ausreichte. Im Geiste sah ich bei jedem einzelnen Namen das dazugehörige Gesicht vor mir, als warteten die Betreffenden nur darauf, dass ich ihren Namen korrekt protokollierte. Nach getaner Arbeit war ich psychisch vollkommen erschöpft, und meine Glieder waren schwerer denn je. Und trotzdem: Weil Hayden diese Aufgabe nicht würde auf sich nehmen müssen, war mir zumindest ein klein wenig leichter ums Herz. Für ihn wäre es sicherlich noch hundertmal härter gewesen, denn er hatte all diese Menschen tatsächlich gekannt.

Nur noch ein einziger Name blieb übrig, dessen Niederschrift wahrscheinlich am schmerzlichsten sein würde. Ruhelos ließ ich den Stift zwischen meinen Fingern wippen. Ich zögerte. Seinen Namen hier festzuhalten, würde es noch realer machen, noch endgültiger. Wenn er einmal auf der Liste stand, gab es kein Zurück mehr. Mir brach das Herz erneut, als ich ein »J« zu Papier brachte. Ich brauchte all meine Kraft, um auch die restlichen Buchstaben niederzuschreiben, und erst da ging mir zu meinem Schrecken auf, dass ich nicht einmal seinen Nachnamen wusste. Ich würde ihn also so hier verewigen, wie ich ihn gekannt hatte.

Jett.

Einfach nur Jett, andere Erkennungsmerkmale waren nicht nötig.

Ich starrte das Wort ein paar Sekunden lang an. Je länger ich es ansah, umso schwerer wurde mir ums Herz. Sorgfältig schloss ich das Tagebuch wieder und deponierte es an seinem angestammten Platz in der Schublade. Dann stand ich auf, musste ein wenig räumlichen Abstand zu ihm gewinnen. Sofort trugen mich meine Füße quer durchs Zimmer. Die ganze Situation erinnerte mich an jenen Tag, als Hayden mich veranlasst hatte, ihn nicht auf den Raubzug zu begleiten. Stundenlang war ich in dieser Hütte auf und ab getigert, hatte angstvoll auf seine Rückkehr gewartet.

Schon bald wurde mir klar, dass ich mich wieder in meine Angst hineinsteigerte. Ich schritt unaufhörlich hin und her, verknotete die Finger ineinander, löste sie wieder voneinander, begann wieder von vorn damit.

Eigentlich hätte ich duschen müssen, aber unter keinen Umständen wollte ich Haydens Rückkehr verpassen. Jeder noch so winzige Laut draußen ließ mich zusammenfahren und den Kopf zur Tür wenden, aber niemals war er es.

Es schien eine Ewigkeit her zu sein, dass ich ihn zum letzten Mal gesehen hatte, und meine Sorge wuchs ins Unermessliche. Da endlich vernahm ich leise Schritte vor unserer Tür. Wie angewurzelt blieb ich stehen, wandte ruckartig den Kopf, wartete angespannt und beschwor ihn im Stillen, doch bitte zu erscheinen. Mein Herz machte einen Satz, als der Türknauf sich drehte und die Tür geöffnet wurde. Als ich ihn dort stehen sah, wäre ich vor Erleichterung beinahe zu Boden gesunken.

»Hayden«, hauchte ich und eilte zu ihm hinüber.

Kaum war er eingetreten und hatte die Tür hinter sich geschlossen, da hatte ich ihm schon die Arme um den Hals gelegt und umarmte ihn innig. Er trug kein Shirt und war über und über mit Schmutz besudelt, aber das war mir egal. Doch meine Erleichterung war nicht von Dauer, denn seine Arme blieben schlaff und reglos an seinen Seiten hängen. Ich zog mich ein wenig zurück, ohne ihn ganz loszulassen, und musterte sein Gesicht. Bei dem Anblick zog sich mein Herz schmerzhaft zusammen.

Er wirkte hart, gefühllos und kalt. Mit leerem Blick sah er auf mich herab. Der Schmerz, den ich in seinen Augen zu sehen erwartet hatte, war hinter Gefühllosigkeit verborgen, und sein Kinn war verkannet. Seine Miene war beinahe unergründlich. Ich ließ die Hände an seinem Hals hinaufgleiten und legte sie ihm auf die Wangen, musterte ihn, hatte Angst vor dieser vollkommenen Gefühlsleere.

»Hayden«, wiederholte ich leise. Er antwortete nicht, berührte mich immer noch nicht. Ich fuhr mit den Daumen sacht über sein Kinn, dann ließ ich die Hände sinken, stand nur vor ihm. »Geht es ...«

»Hast du es getan?«

Seine Stimme war tödlich leer und monoton. Er brauchte mir nicht zu erklären, wonach er fragte: Hatte ich Jonah getötet?

»Nein«, gab ich leise zu und schüttelte niedergeschlagen den Kopf.

Um sein Kinn arbeitete es, und unter seiner Wange zuckte ein Muskel. Er nickte, offensichtlich enttäuscht. Zunächst schwieg er, dann umrundete er mich und machte sich auf den Weg ins Badezimmer. Ich versuchte, den Stachel der Zurückweisung zu ignorieren, als er sich von mir entfernte, denn ich spürte mehr als nur die physische Distanz.

»Ich gehe duschen«, verkündete er und öffnete die Badezimmertür. »Ich lasse dir die Hälfte des Wassers übrig.«

Mir drehte sich der Magen um, weil er mit der gleichen ausdruckslosen Stimme sprach wie zuvor und sich im Bad einschloss, ohne mich auch nur noch eines Blickes zu würdigen. Erfolglos versuchte ich, den Kloß in meiner Kehle herunterzuschlucken, und blinzelte ein paar Mal, versuchte, einen klaren Gedanken zu fassen. Plötzlich schien mein ganzer Körper zu vibrieren, und unwillkürlich biss ich mir nachdenklich auf die Unterlippe. Ich versuchte ja, es nicht persönlich zu nehmen, aber es tat weh, dass er sich gerade in solch einer Zeit von mir abwandte.

Ich hörte das Wasser rauschen und begann wieder, auf und ab zu schreiten, versuchte, mich wieder in den Griff zu bekommen, obwohl mein Magen sich ängstlich zusammenzog. Während er duschte, kämpfte ich gegen den Drang an, ihm Gesellschaft zu leisten, ihn zu umarmen, zu trösten, aber wie konnte ich das, wenn er es nicht annehmen wollte? Mir würde nichts anderes übrigbleiben, als zu warten und darauf zu hoffen, dass ich mich irgendwann um ihn kümmern durfte, denn das brauchte er, auch wenn er es nicht zugab.

Schließlich hörte das Wasserrauschen auf, und ein paar Sekunden später erschien er mit einem Handtuch um die Hüften. Er warf einen flüchtigen Blick zur Wand, wo das Bild hing, das Jett von uns dreien gemalt hatte, und der Anflug eines Gefühls huschte kurz über sein Gesicht. Doch sofort war es wieder ausdruckslos; er durchquerte den Raum zur Kommode.

»Die Hälfte ist sicher noch da«, sagte Hayden abweisend. Offenbar wollte er wieder allein sein. Ich biss mir erneut auf die Lippe und nickte. Steifen Schrittes ging ich zur Dusche, wo ich mich auszog und am Hebel zog, um das Wasser auf mich herabregnen zu lassen. Hastig wusch ich mich, während meine Gedanken weiterhin rasten.

Das hier lief total falsch. Ich hatte mich auf einen vollkommen aufgelösten, verzweifelten Hayden eingestellt. Ich war bereit gewesen, ihn zu trösten, ihn in den Armen zu halten, mit ihm zu weinen. Ich war bereit gewesen, mit ihm den Verlust eines so unschuldigen Lebens zu betrauern, genau wie den Verlust der vielen anderen. Aber auf diese kalte Hülle des Mannes, den ich liebte, war ich nicht gefasst gewesen. Ich hatte Trauer und Kummer erwartet, sah mich aber jetzt mit hohler, ausdrucksloser Leere konfrontiert. Gewiss lauerte mehr unter der Oberfläche, als er mir zeigte, aber es hatte wohl kaum einen Zweck, den Versuch zu wagen, ihn zu trösten, solange er es nicht wollte.

Ich seufzte tief, als kein Wasser mehr da war, und wrang mein Haar aus, um mich dann in ein Handtuch zu hüllen. Nachdem ich etwas getrocknet war, kehrte ich in den Hauptraum zurück. Erleichtert stellte ich fest, dass Hayden noch da war. Ein wenig hatte ich befürchtet, dass er in meiner Abwesenheit wieder verschwinden würde. Er trug nur ein Paar Shorts und saß auf dem Bett, starrte blicklos und mit heftig gerunzelten Augenbrauen zu Boden. Eilig wandte ich mich der Kommode zu, um mir ein paar Kleidungsstücke herauszunehmen, und rubbelte mein Haar ein letztes Mal mit dem Handtuch trocken. Dann hängte ich es auf und stellte mich vor Hayden hin.

Normalerweise streichelte er in einer solchen Situation die Hinterseite meiner Beine oder zog mich auf seinen Schoß, aber diesmal regte er sich nicht. Ich hockte mich vor ihm hin, legte ihm die Hände auf die Knie und sah zu ihm auf. Langsam fuhr ich mit dem Daumen über das weiche Haar an seinen Beinen und machte ein mitfühlendes Gesicht.

»Hayden, geht es dir gut?«

Blöde Frage, Grace.

Ich schüttelte den Kopf und beendete das ruppige Selbstgespräch, wartete nur auf seine Antwort. Natürlich ging es ihm nicht gut, aber ich wusste nicht, was ich sonst hätte sagen sollen.

»Alles bestens«, murmelte er.

Noch mindestens tausend weitere Fragen schossen mir durch den Kopf, aber ich wollte ihn nicht unter Druck setzen, wenn er offensichtlich so sehr litt. Er sperrte sich gegen alles: den Schmerz, den Verlust, sogar gegen mich.

»Willst du darüber reden?«, fragte ich sanft. Ich wünschte, er hätte irgendeine beruhigende Geste gemacht, aber er blieb regungslos sitzen.

»Nein.«

Seine Stimme klang zwar monoton und leblos, aber keineswegs, als habe er den Verstand verloren. Das wäre mir beinahe lieber gewesen. Zumindest hätte er dann *irgendetwas* zum Ausdruck gebracht. Mein Herz tat einen schmerzhaften Schlag, und ich beobachtete ihn eindringlich.

»Okay.«

Er nickte, stieß einen tiefen Seufzer aus und fuhr sich mit der Hand durch das noch feuchte Haar.

»Ich bin müde«, sagte er langsam.

Damit rutschte er auf dem Bett nach hinten und schlug die Decken zurück. Ich sah, wie er darunterschlüpfte und sich auf die Seite legte, mich komplett ignorierte. Ich stand auf und beobachtete ihn einen Moment, bevor ich zu der einzigen Kerze im Raum hinüberging, um sie auszupusten. Vorsichtig ging ich zur anderen Seite des Bettes und stieg zaghaft hinein, als fürchtete ich, dass es gleich in die Luft gehen würde.

Hayden wandte mir den Rücken zu, gerade so eben sichtbar im schwachen Licht, das durchs Fenster drang. Ich streckte leise die Hand aus, zögerte aber, ließ sie in der Luft verharren, berührte ihn nicht. Ich hielt mich zurück, wusste nicht, was ich tun sollte, und verabscheute meine Ratlosigkeit. Endlich ließ ich meine Finger sacht über die vernarbte Haut seines Rückens gleiten. Er fühlte sich warm an, blieb aber dennoch kühl und distanziert.

Langsam rückte ich näher, bis ich ihm meine Lippen sanft auf das Schulterblatt pressen konnte. Dort verharrte ich ein paar Sekunden lang und spürte, wie er die Luft einsog, als meine Hand zärtlich an seiner Seite entlangstrich. Wenn er nicht zuließ, dass ich ihn mit Worten tröstete, konnte ich ihn zumindest spüren lassen, dass ich bei ihm war.

»Du weißt, dass ich für dich da bin, oder?«, flüsterte ich leise. Behutsam strich mein Daumen über seinen Brustkorb.

»Ich weiß, Grace«, murmelte er. Er machte keine Anstalten, meine liebevolle Berührung zu erwidern.

»Und du weißt auch, wie sehr ich dich liebe, oder?«

»Ich weiß, Grace«, wiederholte er. Seine Stimme klang jetzt sanfter als zuvor, aber immer noch gefühllos. Ich versuchte, den Schmerz darüber zu ignorieren, dass er mir nicht ebenfalls seine Liebe gestand.

»Vergiss es nicht«, fügte ich also leise hinzu.

Meine Worte wurden von seiner Haut gedämpft, und erneut küsste ich ihn zärtlich auf die Schulter. Er reagierte immer noch nicht, sondern machte nur eine winzig kleine Bewegung, als wolle er mich abschütteln. Mir sank das Herz, als er sich unmerklich verlagerte, damit ich die Hand von seinem Brustkorb nahm. Ich zog also die Hand zurück und rückte nach hinten, denn offensichtlich war das sein Wunsch. Ich kam mir immer zurückgewiesener vor, während er sich wieder zum Schlafen zurechtlegte.

Ich rollte mich zusammen, kuschelte mich unter die Decke und versuchte, mich selbst zu beruhigen, während der einzige Quell des Trostes, nach dem ich mich so verzweifelt sehnte, nur wenige Zentimeter von mir lag, weiter entfernt denn je. Ich wollte die Wärme seines Körpers an meinem fühlen, das leise Pochen seines Herzens hören und das sachte Flüstern seines Atems. Ich wollte unsere Finger ineinander verschlingen und seine Arme um meine Taille spüren. Mehr als alles wollte ich, dass er da war, aber das war er nicht. Es war, als wäre er gar nicht zurückgekehrt, so wenig bekam ich von ihm, und das brach mir das Herz.

Überraschend spürte ich die heißen Tränen wieder in mir emporsteigen, während ich auf der Seite lag und Haydens Rücken anstarrte. Eine Träne lief brennend mein Gesicht hinab und versickerte im Kissen. Ich schniefte kurz und versuchte, das Geräusch vor Hayden zu verbergen. Aber er ließ sich sowieso nichts anmerken. Zwar war er noch wach, hatte sich aber vollkommen abgekapselt.

Ich schluckte und holte tief und leise Luft. Ich war entschlossen, den Tränenfluss zu stoppen. Ich musste mich einfach darauf konzentrieren, das hier zu überstehen. Das hier war nur eine Phase, und sie würde auch wieder vergehen. Zumindest hoffte ich das, denn dieses Gefühl zermalmte meine Seele. Ich schloss die Augen in dem Versuch, die Außenwelt auszuschließen und einzuschlafen, aber ich wusste, dass es keinen Zweck hatte. Ich würde den Schlaf nicht finden, den ich so dringend brauchte.

Ich wollte meine Niederlage schon akzeptieren und mich auf eine quälend lange Nacht einstellen, als Hayden überraschend doch etwas sagte. Er wandte sich nicht zu mir um, berührte mich auch nicht. Er bewegte sich eigentlich überhaupt nicht, aber seine Worte konnten ein paar der Risse in meinem Herzen kitten, die es im Laufe der Nacht erhalten hatte. Sie reichten aus, um mir ein winziges bisschen Wärme in der ansonsten bitteren Kälte zu spenden, der mein Geist, mein Körper und meine Seele ausgesetzt gewesen waren.

»Ich liebe dich, Grace. Gute Nacht.«

KAPITEL 31
KALT

Hayden

Als ich wach im Bett lag, tat mir jeder Knochen weh. Ich hatte Grace den Rücken zugekehrt, die versuchte, ihre Tränen vor mir zu verbergen. Schmerz jeglicher Form bestürmte mich aus allen Richtungen, und noch nicht mal die bittere Kälte, die sich in meinem Herzen festgesetzt hatte, konnte mich genug betäuben. Ich spürte gleichzeitig alles und nichts, hatte mich zu sehr abgekapselt und war viel zu gebrochen, um vernünftig zu empfinden oder zu denken. Es war, als sei meine Umwelt vollkommen zerstört worden, wobei einige Scherben meines früheren Lebens noch übrig waren, die mich verspotteten und quälten, bevor sie mir geradewegs ins Herz fuhren.

Ich war egoistisch. Eindeutig. Und das war mir bewusst. Auch Grace war sich darüber im Klaren, sagte jedoch nichts, sondern ließ mich in Ruhe wie ein sterbender Stern implodieren, der die letzten lebenserhaltenden Ressourcen aufgebraucht hat. Sie ließ zu, dass ich sie ignorierte, ohne ein Wort zu sagen, ließ sich von mir verletzen, ohne sich zu beklagen. Und was noch schlimmer war: Ich wusste ja, dass ich es tat, aber ich brachte es einfach nicht über mich, damit aufzuhören und mich aus dieser Erstarrung zu lösen. Meine Fähigkeit, Mitgefühl zu empfinden, war mit Jetts Tod verschwunden, lag tief begraben unter der kalten Erde.

Gewiss brauchte sie mich. Gewiss brauchte sie mich, um ihr zu versichern, dass alles gut war, dass wir schon einen Weg finden würden. Sicherlich vermisste sie ihn genauso sehr wie ich. Sicherlich brauchte sie meine Umarmung genauso sehr wie ich eigentlich die ihre. Sie hätte die Wärme meines Körpers spüren müssen, ich hätte ihr tröstliche Worte ins Ohr flüstern müssen, aber ich brachte es nicht fertig. Es hatte mich schon all meine Kraft gekostet, diese eine leise Antwort von mir zu geben, und jetzt war ich vollkommen erledigt, nicht in der Lage, ihr auch nur annähernd das zu geben, was sie verdient hätte.

In meiner Verzweiflung ließ ich sie auf sämtlichen Ebenen im Stich, aber ich konnte einfach nicht anders. Mein Kopf war mit etwas anderem beschäftigt, etwas Düsterem, das sämtliche Gedanken beherrschte. Rachsucht umwölkte meinen Verstand, trübte meine Gedanken und besudelte die Grundsätze, nach denen ich sonst lebte. Undeutlich tauchte Jonahs Gesicht vor mir in der Dunkelheit auf, eine sichtbare Erinnerung an das, was geschehen war. Egal, was die Logik gebot, ich konnte nicht aufhören, ausschließlich Jonah für Jetts Tod verantwortlich zu machen.

Das hier war Jonahs Schuld, und Jonah musste dafür büßen.

Ich grübelte schweigend vor mich hin, vollkommen steif und starr, überlegte, wie ich meinen Rachedurst stillen konnte. Meine Muskeln verhärteten sich mit jeder Stunde mehr, aber ich bewegte mich nicht, ignorierte es einfach. Warum sollte mein Körper sich anders anfühlen als die dunkle Wüste meines Geistes? Es schien mir angemessen, dass ich körperlich litt, denn ich war psychisch zutiefst angeschlagen.

Ich merkte kaum, wie Graces Atem hinter mir gleichmäßiger ging; sie machte nicht noch einmal den Versuch, mich zu berühren, nachdem ich sie abgewiesen hatte. Ich konnte mich einfach nicht von ihr so trösten lassen, wie sie es sich wünschte. In meinem Zustand hätte ich das nie akzeptieren können. Ich musste fest entschlossen und energisch in meinem Denken und Tun bleiben, und ihre Freundlichkeit und Liebe würden das verhindern. Ihr Trost wäre mir bei meinen Bestrebungen nur ein Hindernis.

Es war jetzt ein paar Stunden her, dass wir zu Bett gegangen waren, und endlich war sie eingeschlummert. Ich konnte hören, wie ihre Atmung sich veränderte, und spürte, wie die Spannung in der Luft nachließ. Ein leises, erleichtertes Seufzen kam mir über die Lippen, doch ich bewegte mich noch immer nicht. Obwohl ich nicht für Grace da sein oder mich von ihr trösten lassen konnte, wollte ich nicht, dass sie litt, und war erleichtert, dass sie jetzt ein paar Stunden Ruhe finden würde, bevor sie aufwachen und sich erneut dem Gefühlschaos gegenübersehen würde.

Wieder zuckte mir Jonahs Gesicht durch den Kopf. Die grünen Augen, die denen von Grace so gespenstisch ähnlich sahen, funkelten mich spöttisch an, höhnisch, als sei er stolz auf das, was Jett zugestoßen war. Diese Ausgeburt meiner Fantasie trieb mich an, trumpfte auf und piesackte mich. Ich ballte die Hände zu Fäusten und schloss ganz fest die Augen, kämpfte gegen die Bilder an, die mein Hirn heraufbeschwor. Ich konnte mich nur auf die unzähligen mir bekannten Möglichkeiten konzentrieren, ihn zu verletzen, ihn zu töten, ihn leiden zu lassen.

Doch plötzlich wurden meine düsteren Gedanken unterbrochen, als ich spürte, wie das Bett erzitterte. Grace zuckte neben mir, und ein leises Wimmern entrang sich ihrer Kehle. Ihr Atem ging stoßweise, und sie bewegte sich immer fieberhafter und wilder im Kampf gegen ihre unsichtbaren Peiniger. Sie keuchte, und ich spürte, wie sie zitterte, denn die Matratze unter mir erbebte.

»Nein ...«, murmelte sie mit gepresster Stimme.

Mir sank das Herz, denn das kannte ich schon von früher. Ihr Verhalten, ihre Atmung und die gemurmelten Worte ließen keinen Zweifel zu: Sie hatte einen Alptraum.

»Nein, nein ...!«, rief sie wieder und wälzte sich wild auf eine Seite, sodass das ganze Bett erneut wackelte. Ein leises, verängstigtes Wimmern kam über ihre Lippen, und ihr Atem ging unregelmäßig.

Ich presste die Lider zusammen, dann drehte ich mich um, sah sie zum ersten Mal, seit wir uns hingelegt hatten, an. Ihre Augen waren fest geschlossen und ihr Gesicht zur Grimasse verzogen. Sie biss die Zähne aufeinander und lockerte sie nur, um hin und wieder mühsam etwas hervorzustoßen. Ihre Brust hob und senkte sich krampfartig mit jedem bebenden Atemzug, und ihre Arme tasteten blind umher, bevor sie sich in der Decke verfingen.

»Hayden ...«

Angesichts der verängstigten, angespannten Stimme, mit

der sie meinen Namen rief, zog sich mein Herz schmerzhaft zusammen. Dann wandte sie den Kopf und zog erneut eine Grimasse, als versuche sie, von irgendetwas fortzukommen. Ein schwacher Lichtschimmer fing sich in der dünnen Kette, die sie noch immer um den Hals trug. Ich atmete scharf ein, als ich das Schmuckstück meiner Mutter sah, und erneut durchzuckte mich heftiger, unerträglicher Schmerz.

»Nein, nicht Hayden«, keuchte sie heftig und wimmerte wieder.

Ich biss mir auf die Lippe und holte tief Luft. Dann endlich brachte ich es fertig, die Hand auszustrecken, auf ihre Schulter zu legen und sie sanft zu schütteln. Sie fühlte sich heiß an und war vollkommen verschwitzt, wie immer, wenn sie Alpträume hatte. Sie riss sich von mir los – auch wie immer.

»Grace, wach auf«, murmelte ich. Meine Kehle war wund und meine Stimme heiser – von Tränen und weil ich sie so lange nicht benutzt hatte.

Sie runzelte die Brauen nur noch mehr über ihren geschlossenen Augen und öffnete den Mund. Sie bleckte die Zähne, zog eine Grimasse, wehrte mich unbewusst ab. Mit jedem Alptraum, den sie hatte, wurde es schwieriger, sie zu wecken. Ich schüttelte sie erneut, so heftig es möglich war, ohne ihr wehzutun.

»Grace, komm schon, wach auf«, fuhr ich fort, schüttelte sie wieder.

Sie keuchte, sog den Atem zwischen den gebleckten Zähnen ein, und ihre Lider öffneten sich ruckartig. Ihr Blick war verwirrt und verängstigt, und sie sah sich wild in der Dunkelheit um, bevor ihre Augen schließlich auf mir landeten.

»Hayden«, flüsterte sie atemlos.

»Du hattest einen Alptraum«, sagte ich, wobei ich immer noch nicht anders als monoton zu ihr sprechen konnte. Sie war kaum erwacht, da hatte ich meine Hand auch schon zurückgezogen. Mindestens dreißig Zentimeter lagen zwischen uns, und ich machte keinerlei Anstalten, sie zu überbrücken.

»Ich weiß«, murmelte sie. Sie wirkte enttäuscht, weil ich sie losgelassen hatte, und verzweifelt sah sie mir in der Dunkelheit in die Augen. Ich erwiderte ihren Blick ein paar Sekunden und spürte, wie ich unweigerlich von ihr angezogen wurde, aber ich blieb standhaft. Ich wusste, wenn ich zulassen würde, wie sie mich berührte, würde ich die Kraft verlieren, die ich so dringend brauchte. Auch wenn es sie verletzte, auch wenn es egoistisch war, ich musste einfach widerstehen.

»Gute Nacht, Grace«, flüsterte ich leise, dann rollte ich mich wieder auf die andere Seite, sodass ich sie erneut nicht ansehen musste.

»Hayden ...«

Ich schloss die Augen, versuchte, sie auszublenden, ignorierte, wie ihr Ton mir ins Herz schnitt.

Ich konnte nicht.

Ich konnte sie nicht an mich heranlassen.

»Gute Nacht«, wiederholte ich ausdruckslos, hasste mich dafür mit jeder Sekunde mehr. Ich konnte praktisch hören, wie alle Luft aus ihren Lungen entwich. Ihr Ton, in dem sie schließlich antwortete, ließ keinen Zweifel darüber, wie sehr sie litt, und ihre Stimme war wenig mehr als ein Flüstern.

»Gute Nacht, Herc.«

Grace

Drei Tage.

Drei Tage waren seit Jetts Tod vergangen, und Haydens Verhalten hatte sich noch immer nicht gebessert.

Er blieb so kalt und verschlossen wie eh und je, wenn es nicht sogar mit jedem Tag, der verging, schlimmer wurde. Jeder meiner Versuche, mit ihm über die Geschehnisse zu reden, wurde sofort abgeblockt, und seit jenem Abend hatte er mich kaum berührt. Ich hatte schon beinahe vergessen, wie es war, seine Arme um mich zu spüren oder meine Finger mit seinen zu verweben. Wie sich seine Lippen auf meinen anfühlten. Jeglicher früherer Quell des Trostes, den er mir gespendet hatte, war versiegt, und nie hatte ich mich so abgeschnitten von ihm gefühlt.

Obwohl es immer schmerzhafter wurde, in seiner Nähe zu sein, und ich anscheinend nichts zur Verbesserung der Umstände beitragen konnte, wagte ich es nicht, ihn aus den Augen zu lassen. Ich war vor Angst wie erstarrt, dass er sich in dem Augenblick, in dem ich wegsah, sofort davonschleichen würde, um das zu tun, wonach es ihn so verzweifelt verlangte: Rache zu üben.

Es war seltsam, ihn so zu erleben: unbehaglich und fremd auf jeglicher Ebene. Er sagte nur das absolut Nötigste, lächelte nicht, lachte nicht. Er sah mich nicht auf die gleiche Weise an wie früher, hatte nicht die leiseste Zuneigung bekundet, seit er mir am Abend nach Jetts Tod eine gute Nacht gewünscht hatte. Jeder Gedanke, jede Bewegung drehte sich einzig allein um seine Überlegungen, was er Jonah antun konnte, sodass er kaum Zeit hatte, über die vergangenen Ereignisse nachzudenken oder gar sich damit auseinanderzusetzen.

Ich wusste, dass er sich mit voller Absicht so verhielt. Er war unablässig zugange, schloss alles und jeden aus, nur um den Verlust nicht zu spüren. Er schob den Schmerz fort, der mit jedem Tag schwerer zu ignorieren war. Kein Zweifel: Er stand kurz vor dem Zusammenbruch. Jedes Mal, wenn ihn jemand ansprach, wappnete ich mich für die Krise, die schon lange hätte einsetzen müssen, aber sie kam nicht. Er behielt seine Gefühle tief im Innern für sich und verdrängte sie, wodurch ihm das Herz nur noch mehr brach, denn er machte gar nicht erst den Versuch, es zu heilen.

Auch ich stand kurz vor einer Nervenkrise. Trotz meines inständigen Wunsches, stark zu bleiben, nagten mein Schmerz, meine Enttäuschung und die Zurückweisung so sehr an mir, dass sich schließlich die allzu vertraute Taubheit wieder einschlich. Der Schmerz wegen Jetts Verlusts, die Enttäuschung über meinen gescheiterten Versuch, Jonah zu töten und damit all das zu beenden. Und das wahrscheinlich Schlimmste war die Zurückweisung durch Hayden, der ich ständig ausgesetzt war. So schwer es mir auch fiel, das zuzugeben.

Ich brauchte ihn, und er war nicht da.

Hinzu kam ein erster Anflug von Wut und Groll, was nur noch mehr zu meinem inneren Seelenkampf beitrug. Hatte ich das Recht, wütend auf Hayden zu sein, während er sich mit derlei Problemen herumschlug? Hatte ich das Recht, ihm zu grollen, weil er mich ausgerechnet zu einem Zeitpunkt ausschloss, an dem ich ihn am meisten brauchte.

Ich kannte die Antworten auf diese Fragen nicht, trotzdem waren diese Gefühle da und gesellten sich zu dem Haufen anderer widerstreitender Emotionen hinzu. Und so fühlte ich mich wie zerrissen, als ich nun neben dem eisern schweigenden Hayden das Camp durchquerte.

»Wohin gehen wir?«, fragte ich und achtete entschlossen darauf, dass meine Stimme stark klang.

»Ich brauche Waffen«, antwortete Hayden barsch. Er schritt energisch und zielstrebig auf die Kommandozentrale zu. Panik flackerte in mir auf, aber ich versuchte, Ruhe zu bewahren.

»Wofür?«

»Ich gehe nach Greystone. Heute Nacht.«

Sämtliche Alarmglocken schrillten in mir los, und ich holte tief Luft.

»Hayden, ich glaube nicht ...«

»Ich gehe, Grace. Es gibt nichts, womit du meine Meinung ändern könntest.«

»Aber du bist nicht ...«

»Grace!«, fauchte er und funkelte mich zum ersten Mal wütend an. »Ich gehe.«

Der Zorn, den ich bislang zu unterdrücken versucht hatte, flammte erneut auf. Mich auszuschließen und sich mental abzumelden, war eine Sache, aber deshalb durfte er mich noch lange nicht so behandeln.

»Schrei mich nicht an, Hayden. Da ist die Grenze.«

Er biss die Zähne zusammen, und an seiner Wange zuckte ein Muskel, dann stieß er heftig den Atem aus. Ich sah, wie er sich ungestüm mit der Hand durchs Haar fuhr und mir einen gestressten Seitenblick zuwarf.

»'tschuldigung«, murmelte er.

Ich gab keine Antwort, als wir an der Kommandozentrale anlangten. Wir stießen die Tür auf, gingen hinein, und ich beobachtete widerwillig, wie Hayden zu der Waffenkiste hinüberschritt, um sich seine Pistolen herauszuholen. Genau das hatte ich befürchtet, und ich fragte mich, ob es gut oder schlecht war, dass er keinerlei Versuch unternommen hatte, seine Absichten vor mir zu verbergen. Es machte mich sogar noch wütender, dass er offensichtlich vorhatte, nach Greystone zu gehen und meinen eigenen Bruder zu töten, aber nicht mit mir darüber reden wollte.

Das war nicht der Hayden, den ich kannte, und ich drohte daran zu zerbrechen.

KAPITEL 32
TURBULENZEN

Grace

Hayden wandte mir den Rücken zu, während er seine Waffen für den Kampf vorbereitete, schloss mich sowohl körperlich als auch seelisch vollkommen aus. Verzweifelt grübelte ich, wie ich noch zu ihm durchdringen konnte, aber es schien unmöglich. Er war fest entschlossen, nach Greystone zu gehen, und es schien ihn nicht im Mindesten zu interessieren, was ich darüber dachte. Als hätten wir in unserer Beziehung hundert Schritte zurückgemacht. Es fühlte sich beinahe an wie am ersten Tag nach meiner Ankunft, als er so kalt und distanziert zu mir gewesen war. Aber jetzt bereitete es mir nicht nur Unbehagen, sondern Schmerzen.

Seine barschen Worte und sein Verhalten machten mich krank. Ich wusste zwar, dass er litt, und ich hätte ihm gern geholfen, aber mein Drang, ihn zu trösten, wurde mittlerweile von anderen Gefühlen überlagert.

»Habe ich in dieser Sache auch noch ein Wörtchen mitzureden?«, fragte ich scharf, ohne meine Verärgerung zu verbergen.

»Nein.«

Wieder war ich total frustriert.

»Er ist immerhin mein Bruder«, merkte ich an. »Das letzte Mitglied meiner Familie.«

Angesichts der Tatsache, dass ich selbst beschlossen hatte, ihn zu töten, es nur nicht fertiggebracht hatte, war dieses Argument alles andere als brillant. Es war lediglich der Versuch, an einen tief verborgenen Teil seines Herzens zu appellieren.

»Du wolltest ihn doch selbst umbringen, oder? Wo ist der Unterschied, wenn ich es tue?« Seine Stimme war kalt und tonlos.

»Aber ich habe es nicht geschafft, Hayden«, widersprach ich. Ich verschränkte die Arme vor der Brust, um mein Zittern zu verbergen, und lehnte mich nervös gegen einen Tisch. Wütend betrachtete ich Haydens Rücken, während er auf der anderen Seite des Zimmers die Waffen bereit machte.

»Na ja, jetzt musst du es ja auch nicht mehr.«

»Hayden, jetzt warte doch mal kurz«, forderte ich scharf. »Du kannst nicht klar denken, und du wirst noch verletzt, wenn du das jetzt tust.«

»Ich werde mit dir nicht darüber reden«, murmelte Hayden halsstarrig und rammte ein Magazin in seine Pistole. Schließlich wandte er sich zu mir um und steckte die Waffe in seinen Hosenbund. Die andere hatte er noch in der Hand.

»Na ja, *ich* will aber jetzt mit dir darüber reden«, antwortete ich genauso starrköpfig. Ich hatte das Gefühl, es mit einem verletzten, bockigen Kind zu tun zu haben, das sich jeglicher Vernunft widersetzte, nur um mich zu ärgern.

»Natürlich«, murmelte er bitter und ging an mir vorbei, verließ das Gebäude. Ich stieß mich vom Tisch ab und biss mir auf die Lippe, um nicht sofort zu antworten. Ich würde warten, bis wir wieder in unseren vier Wänden waren, bevor ich weitersprach.

Hayden stapfte den Pfad zu unserer Hütte hinab – mit straffen Schultern und steifem Schritt. Ich ballte die Fäuste und lief hinter ihm her, blieb allerdings ein paar Schritte zurück, ohne wieder an seine Seite zurückzukehren. Ich brauchte räumlichen Abstand, um nachzudenken, denn lange konnte ich dieses Verhalten nicht mehr ertragen.

Meine Gedanken zu ordnen, erwies sich als unmöglich, denn dafür waren wir viel zu schnell wieder an unserer Hütte angelangt. Ehe ich mich's versah, stieß Hayden die Tür auf, stürmte hinein und legte die Pistolen auf den Tisch, hantierte damit herum, wandte mir aber weiter den Rücken zu.

Ich kochte vor Zorn und warf seinen Schultern wütende Blicke zu, forderte ihn im Stillen heraus, irgendetwas zu sagen, wusste aber, dass er weiterhin beharrlich schweigen würde.

»Hayden, du darfst nicht gehen«, begann ich erneut. Ich würde jetzt nicht einfach so klein beigeben.

Ich sah, wie er erneut die Schultern straffte. Er ließ den Kopf langsam von einer Seite zur anderen kreisen und atmete tief aus, als verursache ich ihm eine immense Belastung. Aber mein Mitgefühl hielt sich nach allem, was er mir zumutete, vorerst in Grenzen. Trauern und Klagen wäre okay gewesen, ja sogar willkommen, aber das hier war etwas anderes. Er weigerte sich, überhaupt irgendetwas zu fühlen, irgendetwas an sich heranzulassen. Das fühlte sich an, als sei es persönlich gegen mich gerichtet.

»Warum nicht?«, fragte er rundheraus und mit unglaublich leiser Stimme. Er hatte sich immer noch nicht umgedreht.

»Darum, Hayden! Du kannst einfach nicht klar denken. Dich interessiert im Augenblick nur deine Rache, und das treibt dich ins Verderben, das verspreche ich dir«, rief ich, appellierte an seine Vernunft, die in letzter Zeit vollkommen verschwunden zu sein schien.

»Vielleicht ist mir das ja egal«, murmelte er abweisend und mit gleichgültigem Schulterzucken.

»Fang nicht wieder mit diesem Scheiß an«, blaffte ich. Ich konnte mich nicht mehr beherrschen. »Wie oft müssen wir das hier noch durchmachen? *Mir* ist es nicht egal, und das weißt du. Reib mir das jetzt nicht unter die Nase.«

Endlich wandte er sich zu mir um. Er hatte die Augenbrauen tief in seine sonst so lodernd-grünen Augen gezogen, die jedoch heute trüb und leer dreinblickten.

»Ich muss es tun, Grace«, sagte er. Er zuckte erneut mit den Schultern, als sei das unumgänglich.

»Ich weiß, dass du das glaubst. Aber nein, das musst du nicht«, widersprach ich kopfschüttelnd. »Zumindest nicht sofort und ganz ohne Plan.«

Meine Stimme hatte etwas von ihrer Wut verloren. Ich versuchte, noch mehr Ruhe zu bewahren, aber verletzt klang ich trotzdem. Hayden gab keine Antwort. Der leere, leblose Ausdruck, den ich in den letzten drei Tagen schon so oft gesehen hatte, kehrte zurück. Er schottete sich wieder ab, nachdem es mir gelungen war, ihm zumindest ein paar Worte zu entringen.

»Bitte, tu das nicht«, bat ich leise, meine Stimme wenig

mehr als ein Flüstern. Er sah mir in die Augen, mit denen ich meine Bitte stumm unterstrich, allerdings ohne Ergebnis.

»Tut mir leid, Grace. Ich gehe.«

Ich musste mich mit aller Macht davon abhalten, vor Wut mit dem Fuß aufzustampfen.

»Nein!«, schrie ich zornig. Er war so störrisch! »Das *darfst* du nicht, Hayden! Du musst erst einmal innehalten und darüber nachdenken. Du musst spüren, was geschehen ist und deine Gefühle verarbeiten. Du darfst dich nicht emotional abschotten. Du kannst die Gefühle nur eine Zeitlang ausblenden, doch dann werden sie dich zerstören, und ich merke jetzt schon, wie sich das anfühlt. *Mich bringt das um.*«

»Ich muss es nicht fühlen«, sagte er tödlich leise.

»Musst du wohl!«, schrie ich wutentbrannt, und Tränen der Angst und Frustration brannten mir in den Augen. Ich hasste es zu weinen, aber ich hatte einfach nicht mehr genug Kraft, um es zu unterdrücken. Ich hatte die Grenze der Belastbarkeit erreicht, und ich war zu erschöpft, um den Versuch zu unternehmen, mit meinen Gefühlen noch länger hinterm Berg zu halten. »Du schottest dich ab, du weigerst dich, deine Gefühle anzuerkennen. Damit löst du aber kein einziges Problem«, fuhr ich hitzig fort und schüttelte den Kopf. Meine Kehle brannte.

»Was willst du von mir, Grace?«, fragte Hayden mit beinahe sarkastischem, resigniertem Achselzucken und schüttelte den Kopf.

Ein wütendes Schnauben kam mir über die Lippen. Ich legte einen Augenblick den Kopf in den Nacken und nahm die Unterlippe zwischen die Zähne. Dann sah ich ihn wieder an. Seine Augen waren immer noch ausdruckslos.

Was wollte ich von ihm?

Ich wollte, dass er aufhörte, so zu tun, als würde der Verlust Jetts ihn nicht absolut zerreißen. Ich wollte, dass er den Schmerz fühlte, den er unterdrückte, damit er ihn annehmen und weiterleben konnte. Ich wollte, dass er aufhörte, mich auszuschließen und sich von mir trösten ließ. Ich wollte, dass er mich in seinen Armen hielt, für mich da war, mich ebenfalls tröstete, genau wie ich mir das so inständig für ihn wünschte. Ich wollte, dass er wieder lächelte, lachte und glücklich sein konnte, dass er mich so ansah wie früher. Ich wollte, dass er weiterleben konnte, ohne dass ihn das alles mitten entzweiriss.

Ich wollte meinen Hayden zurück.

Meinen Herc.

All diese Gedanken wirbelten chaotisch in meinem Kopf herum, ließen sich in keine logische Reihenfolge bringen. Meine Antwort war emotional und entsprang ausschließlich meiner Frustration, was man meiner Stimme deutlich anhörte.

»Ich will, dass du überhaupt *irgendetwas* fühlst! Ich will, dass du aufhörst, mich auszuschließen, und mich für dich da sein lässt. Ich will, dass du dich mit dem, was passiert ist, auseinandersetzt und den Versuch aufgibst, es zu ignorieren. Ich will, dass du ...«

Ich atmete scharf ein, denn ein überraschendes Schluchzen drohte sich Bahn zu brechen, das ich gar nicht kommen gespürt hatte.

»Ich will, dass du auch für mich da bist«, beendete ich den Satz mit angespannter und unglücklicher Stimme. »Du brauchst mich, und ich weiß, dass *ich* dich brauche.«

Er sah mich ein paar lange Sekunden an, während mir eine wütende Träne die Wange hinablief. Uns trennte etwas mehr als ein Meter, als wir uns so gegenüberstanden, und keiner von uns beiden bewegte sich, um die Distanz zu überbrücken. Schließlich schüttelte er langsam den Kopf, wobei er mir unverwandt in die Augen sah.

»Ich kann nicht.«

Seine Antwort war wie ein Dolch, der mir mitten ins Herz fuhr, und ich spürte, wie meine Brust geradezu einfiel, als hätte er mich tatsächlich getroffen und zu Boden geworfen. Ich schloss ganz fest die Augen, und ein ersticktes Schluchzen drang aus meiner Kehle, bevor noch mehr Tränen meine Wangen hinabrannen.

Der Mann, den ich liebte, schien so weit weg zu sein, als sei er der Welt verloren gegangen; schlimmer noch, ich hatte das Gefühl, dass *ich* ihn verloren hatte.

Mein Herz pochte nur ganz schwach in meiner Brust, während ich nach einer anderen Möglichkeit suchte, ihn aufzuhalten oder zu ihm durchzudringen. Die Mauern, die er um sich herum errichtet hatte, waren so hoch, dass ich das Ende gar nicht sehen konnte, geschweige denn, sie niederreißen, um die riesige Kluft zu überbrücken, die sich zwischen uns aufgetan hatte.

Als ich beinahe schon sämtliche Hoffnung aufgegeben hatte, kam mir plötzlich eine Idee. Es war die letzte Möglichkeit, und sie entsprang purer Verzweiflung. Wenn ich ihn davon abhalten konnte, sich auf diese waghalsige und tödliche Mission zu begeben, dann würde ich es tun. Bevor ich es mir anders überlegen konnte, ging ich zu seinem Schreibtisch hinüber und zerrte die untere Schublade auf, um sein Tagebuch hervorzuholen. Meine Hände öffneten es auf den letzten paar Seiten, während meine Füße mich zu Hayden zurücktrugen.

Ich spürte, wie sein Blick sich in mich hineinbrannte, als ich stehenblieb und auf das Buch hinabdeutete. Dort prangten die Namen, die ich notiert hatte, endend mit dem schmerzhaftesten von allen: Jett.

»Sieh dir das an, Hayden«, forderte ich in scharfem Ton. Vor Entsetzen blieb ihm der Mund offen stehen, als er die Worte las. Einige Sekunden lang dehnte sich das Schweigen zwischen uns aus, und eine plötzliche Spannung, so undurchdringlich, dass sie uns beinahe zu ersticken schien, senkte sich herab.

»Was hast du getan?«, fragte er, und seine Stimme war nur noch ein tödlich kaltes Flüstern voller Wut, als er wie gebannt auf die Seiten starrte.

»Ich habe sie für dich aufgeschrieben. Ich wollte nicht, dass du den Schmerz fühlen musst, der dich erwartet hätte, wenn du es selbst hättest tun müssen, aber wenn ich gewusst hätte, dass du dermaßen dichtmachst, hätte ich es nicht getan. Ich wollte dir helfen und dich davor bewahren, aber das hat es nur schlimmer gemacht, denn jetzt bist du wie ... taub.«

Ich sah zu ihm auf. Sein Kinn zuckte heftig, und er schien sich ganz sacht zu schütteln, als er die Seite überflog. Mein Magen machte einen Satz, als ich seit einer gefühlten Ewigkeit den ersten Anflug von Emotion bei ihm beobachtete: Wut.

»Du hattest ... du hattest kein Recht, das zu tun«, murmelte er so gepresst, dass es schon überraschend war, seine Worte überhaupt hören zu können. Mein Herz zog sich zusammen, aber ich hielt ihm stand.

»Aber ich habe es für dich getan, weil ich dich liebe«, erklärte ich entschieden. »Und das hier tue ich jetzt auch, weil ich dich liebe ...«

Er kochte vor Wut, und mittlerweile zitterte er offensichtlich sogar.

»Du hättest das nicht tun dürfen«, fauchte er, immer noch beängstigend leise. Ich ignorierte die Bemerkung und fuhr fort.

»Sieh dir die Namen an, Hayden. Ich weiß, dass du so viele Menschen verloren hast und ... wir haben auch Jett verloren. Aber dich vor allem abzuschotten, hilft dir nicht weiter. Ich weiß, dass es wehtut, aber du musst die Gefühle zulassen, damit deine Wunden wieder heilen können.«

»*Verloren*«, wiederholte Hayden tonlos, trat einen Schritt von mir zurück und sah mir nun in die Augen.

»Ja ...«

»Haben wir ihn im Wald verloren, Grace?«

»Nein ...«

»Oder etwa in der Stadt?«, fuhr er fort, und der Zorn troff förmlich von seinen Lippen. Immer noch war seine Stimme seltsam leise, und seine Augen sprühten vor Zorn.

»Hayden, nicht, das hab ich nicht gemeint ...«, sagte ich und schüttelte in stummer Bitte den Kopf.

»Ist das hier etwa ein verdammtes *Versteckspiel*, und wir können ihn bloß nicht finden?«, zischte Hayden fuchsteufelswild und kam drohend einen Schritt näher.

»Nein«, antwortete ich, mich zur Ruhe zwingend.

»Taucht er vielleicht gleich wieder auf? Fröhlich und aufgeregt, obwohl er irgendwo *verloren* gegangen ist?«, fuhr er fort, und sein Zorn wurde immer heftiger. Er schrie nicht, aber das hier war viel schlimmer.

Es war dunkel und ernst.

Das hier fühlte sich an wie absoluter Schmerz in Reinkultur.

»Nein«, wiederholte ich sanft, aber fest. Die Atmosphäre hatte sich spürbar verändert. Unverwandt blickten wir einander in die Augen.

»Nein, er taucht nicht wieder auf. Denn wir haben ihn nicht verloren, Grace. Er ist verdammt nochmal *tot*! Er ist tot und kommt nie wieder, egal, was ich deiner Meinung nach *fühlen* soll.«

Seine Stimme wurde jetzt endlich lauter und brach. Er konnte die Gefühle nicht mehr zurückhalten. Es war, als hätte er mir die Worte buchstäblich gegen die Brust geschleudert, denn ich spürte den Aufprall am ganzen Körper. Überrascht sah ich, wie er plötzlich den Raum durchquerte, und mein Herz machte einen Satz, als er Jetts Bild von der Wand nahm. Er kam zu mir herüber und streckte es mir hin. Er hatte es so fest gepackt, dass seine Knöchel und seine Fingerspitzen sich ganz weiß vom Holz abhoben.

»Das hier«, spie er und deutete auf das Bild, »ist vorbei. Zu so etwas kann es nie wieder kommen, denn Jett ist *tot*, nicht *verloren* gegangen.«

Ich hielt ihm stand. Ich schaffte es, nicht zurückzuweichen oder zusammenzuzucken, als er das Bild plötzlich durch den Raum schleuderte, wo es mit einem lauten Knall gegen die

Wand flog und dann klappernd zu Boden fiel. Ich atmete unregelmäßig und zittrig ein, beobachtete ihn, untröstlich und gleichzeitig erleichtert darüber, dass sein Zusammenbruch jetzt endlich zu kommen schien.

»Jett ...« Er sog scharf die Luft ein und schüttelte zornig den Kopf. »Jett ist *tot*, Grace.«

»Ich weiß, Hayden«, flüsterte ich und nickte ein paarmal. Stumme Tränen strömten mir über die Wangen. Durch Hayden kam ich auch meinem eigenen Schmerz wieder näher. Jetzt konnte es nicht mehr lange dauern, bis er vollkommen davon überwältigt wurde.

»Er ist tot, und ich konnte ihn nicht retten«, würgte er hervor. Er starrte mich so eindringlich an, bebte am ganzen Körper, während er versuchte, die Beherrschung zu bewahren, die immer mehr dahinschwand. Seine Augen glühten, und plötzlich schimmerte der Anflug von Tränen darin.

»Ich weiß«, wiederholte ich, so ruhig ich konnte. Ich sprach leise und sanft, trotzdem war meine Stimme brüchig vor Schmerz.

Sein Atem ging immer flacher und unruhiger, sein Kinn verkantete sich, er versuchte die Tränen zurückzuhalten. Die wenigen Sekunden, die nun vergingen, fühlten sich an wie eine Ewigkeit. Wir beobachteten einander, Anspannung und Schmerz und so viele andere Gefühle erfüllten die Luft. Seine Stimme klang brüchig und schwach. Es war das letzte Wort, das er sagte, bevor er sich schließlich dem hingab, was er so lange gemieden hatte: seinem Zusammenbruch.

»Grace.«

Ich sah eine glitzernde Träne seine Wange hinabrollen,

dann stürzte ich voran, schlang ihm die Arme um den Hals und umarmte ihn ebenso innig wie verzweifelt. Erleichterung flackerte in mir auf, als er meine Taille umfasste, sich mit aller Kraft an mich klammerte. Ein herzzerreißendes Schluchzen zerriss seine Brust, und auch mir rannen weitere Tränen die Wangen hinab und brannten in meiner Kehle.

Haydens Tränen benetzten die Haut an meinem Hals, wo er das Gesicht vergraben hatte, und sein Schluchzen hallte in meinem Schädel wider. Verzweifelt klammerten wir uns aneinander fest. Endlich, endlich spürte er, was für einen Verlust er erlitten hatte, insbesondere diesen einen. Sein Körper zitterte heftig, und jeder Atemzug schien seine Lunge zu verbrennen, so sehr weinte er. Ich hatte das Gefühl, dass mein Herz in tausend Stücke zersprang, während er in meinen Armen in sich zerfiel.

»Schon gut, Hayden«, raunte ich, so ruhig ich es in meinem fragilen Zustand überhaupt vermochte.

Ich streichelte ihn überall: sein Haar, seine Schultern, seinen Rücken. Ich versuchte, alles von ihm zu beruhigen, was in Reichweite war. Wieder schien ein Schluchzen seine Brust zu zerreißen, und ich umfasste ihn sogar noch fester. Er konnte kein Wort mehr herausbringen, sein Weinen erfüllte den Raum. Ich atmete tief aus, versuchte meine eigenen Tränen zu trocknen, aber es schien unmöglich. Ich zitterte am ganzen Körper, und meine Kehle brannte wie Feuer.

Keine Ahnung, wie lange wir so dastanden. Hayden schluchzte und ertrug den Schmerz, den er so lange unterdrückt hatte, und ich konnte beinahe körperlich spüren, dass er bis ins Mark erschüttert war. Wenn Gefühle körperliche

Auswirkungen gehabt hätten, hätte er aus jeder einzelnen Pore geblutet. Es schienen Stunden zu vergehen, ohne dass er ein Wort sprach. Derweil hielt ich ihn fest, spürte, wie er am ganzen Körper zitterte, wie sein Herz brach und wie er sich verzweifelt an mich klammerte, während ich mich nach Kräften bemühte, ihn zu beruhigen und ihm Trost zu spenden.

»Es tut mir so leid, Grace«, flüsterte er. Seine Stimme klang brüchig und gedämpft an meinem Hals.

»Schon gut«, antwortete ich und schüttelte nur den Kopf. Ich wusste, dass die Verletzungen, die er mir zugefügt hatte, wieder heilen würden, nun, da er mich wieder an sich herangelassen hatte; es würde eine Zeit dauern. Aber in diesem Augenblick war mir das egal, denn endlich hatte er das getan, worauf ich so sehr gehofft hatte: Er hatte seine Gefühle zugelassen.

Überraschend löste er sich gerade weit genug von mir, um mir wieder in die Augen zu sehen. Seine weichen Wangen waren nass vor Tränen, und das brennende Rot um seine Augen stand in scharfem Kontrast zu dem Grün. Die Tränen hatten ein paar winzige blaue Akzente hervorgebracht, die man vorher gar nicht hatte sehen können. Der Schmerz stand ihm so deutlich ins Gesicht geschrieben, dass er ihn förmlich ausdünstete.

»Liebst du mich immer noch?«, fragte er verzweifelt und wartete begierig auf meine Antwort.

»Natürlich«, antwortete ich sofort. Die Luft zwischen uns brannte vor Intensität. »Ich liebe dich, Hayden. So sehr.«

»Ich liebe dich, Grace. Mehr als du weißt.«

Bei dieser Antwort brachte ich ein schwaches Lächeln zustande. Ich spürte, wie eine tröstliche warme Woge in mir emporflutete und die Hoffnung in mir wieder zum Leben erwachte. Wir hatten noch einen sehr, sehr langen Weg vor uns, bis alles zwischen uns wieder in Ordnung war, aber das hier war ein Anfang, egal, wie unerträglich schmerzhaft er war.

KAPITEL 33
ZEICHEN

Hayden

Graces Wärme ging auf meinen kalten, steifen Körper über, als ich sie so festhielt. Wir waren zum Bett hinübergegangen, wo wir so dicht ineinander verschlungen wie möglich lagen. Sie sah mich an, mein Arm lag über ihrer Taille, und ich zog sie dicht zu mir heran. Ihre Finger fuhren geistesabwesend und sacht über meinen Rücken, während ihr anderer Arm angewinkelt zwischen uns lag und leichten Druck über meinem schwach pochenden Herzen ausübte.

Endlich konnte ich das spüren, wonach ich mich zwar gesehnt, was ich mir aber trotzdem versagt hatte, indem ich mich so ausschließlich auf meinen Schmerz konzentriert hatte: Liebe. Sie liebte mich mehr, als ich verdient hatte. Das hatte sie bewiesen, indem sie bei mir geblieben war, obwohl ich mich ihr gegenüber so mies verhalten hatte und gedanklich so weit weg von ihr gewesen war. Ich konnte immer noch nicht fassen, wie viel Glück ich mit ihr hatte, aber so langsam drang es mir ganz und gar ins Bewusstsein. Ich seufzte tief und beugte mich vor, presste die Lippen sacht auf ihre Stirn. Ihr sanfter Atem wehte über meinen Hals hinweg, als sie sich dichter an mich schmiegte.

»Es tut mir leid, dass ich so ein egoistisches Arschloch war«, murmelte ich. Diese Formulierung traf es nicht im Entferntesten, aber ich musste es irgendwie ansprechen.

Mit voller Wucht jenem entsetzlichen Schmerz ausgeliefert zu sein, den ich so lange verdrängt hatte, war qualvoll gewesen, dennoch hatte Grace Recht gehabt: Ich musste es *fühlen*. Ich musste akzeptieren, dass Jett für immer fort war und dass es keinen Zweck hatte, sich davor und vor allem anderen abzuschotten. Meine Empfindungen hatten mich zerrissen. Es war, als blutete ich aus jeder Pore, als ich mich in Graces wartende Arme warf. Jeder Atemzug hatte vor Tränen gebrannt, jeder Schlag meines Herzens hatte ungeheuer wehgetan, als hätte es Mühe gehabt, mich am Leben zu erhalten. Selbst mein Innerstes schien auseinanderzufallen, und nur Grace hielt mich zusammen.

»Schon gut, Hayden«, raunte sie leise. Ihre Hand presste sich einen Augenblick lang auf meinen Rücken. »Ich verstehe, warum.«

»Ich hätte dich trotzdem nicht so ausschließen dürfen«, sagte ich zerknirscht.

»Nein, hättest du nicht, aber zumindest siehst du es jetzt ja ein«, erwiderte sie in zärtlich schmeichelndem Ton.

Ich schwieg eine Weile, spürte eine Unzahl negativer Gefühle in mir. Trauer, Niederlage, Schuld, Leid. So viele Dinge, die ich nicht fühlen wollte, denen ich aber für sehr lange Zeit nicht würde entkommen können. Aber es gab noch etwas anderes. Es war winzig und wurde beinahe vollständig von allen anderen Emotionen erstickt, aber es war da.

Dankbarkeit.

»Danke für alles. Dafür, dass du bei mir geblieben bist und es hingenommen hast.«

Angespannt wartete ich auf ihre Reaktion.

»Natürlich. Das tut man nun mal, wenn man jemanden liebt, oder? Ich könnte dich nie so einfach aufgeben«, sagte sie aufrichtig. Sie zog die Augenbrauen zusammen, als befürchte sie, dass ich ihr das nicht glaubte. Ich beugte mich erneut vor, um ihr die Sorgenfalte von der Stirn zu küssen.

»Stimmt«, pflichtete ich ihr leise bei.

Da kam mir ein weiterer Gedanke. Es gab noch etwas, wofür ich mich nicht nur entschuldigen, sondern sogar bedanken musste.

»Und ... es tut mir leid, dass ich dich angeschrien habe, weil du die Namen ins Tagebuch eingetragen hast. Ich hätte auf keinen Fall laut werden dürfen. Das war ... einfach toll von dir, und ich hätte dir danken sollen, statt wütend auf dich zu sein.«

Sie seufzte und gab mir einen sanften Kuss auf die Kehle. »Schon gut, Hayden. Danke, dass du dich entschuldigst.«

»Ich kann kaum glauben, dass du so etwas für mich getan hast«, bekannte ich mit ehrfürchtiger Stimme. Es war sicher nicht leicht für sie gewesen, aber sie hatte sich quasi aufgeopfert, um mir den Schmerz zu ersparen. »Mein Gott, ich liebe dich so sehr, Bär.«

Überrascht hörte ich, wie ihr ein leises Quieken entfuhr, bevor sie mir die Arme um den Hals schlang und sich an mich kuschelte. Aber schnell hatte ich mich von meiner Überraschung wieder erholt, umfasste ihre Taille fester und hielt sie fest. So lagen wir eng umschlungen da.

»Ich freue mich so, dich das sagen zu hören«, flüsterte sie, und ihre Worte klangen undeutlich an meinem Hals.

Ich hielt sie fest und schloss die Augen, genoss den Augenblick und die tröstliche Nähe ihres Körpers an meinem. Es fühlte sich so gut an, sie im Arm zu halten, dass ich mir jetzt kaum noch vorstellen konnte, warum ich mir das so lang versagt hatte.

»Ich liebe dich, Herc«, erwiderte sie, die Stimme genauso sanft und leise wie zuvor.

Mein Herz pochte warm und schwer in meiner Brust. Unsere Kosenamen waren seinerzeit einer spielerischen Laune entsprungen, aber mittlerweile hatten sie eine andere Bedeutung erlangt. Sie besaßen emotionales Gewicht, waren ein Teil von uns, der nur uns beiden gehörte, und das liebte ich.

Als Grace sich schließlich von mir löste, warf sie mir ein sanftes Lächeln zu, und wir nahmen unsere Lage von vorher wieder ein. Wieder rieselten ihre Finger federleicht an meinem Rücken entlang, und ich hielt sie so dicht bei mir wie möglich. Ich erinnerte mich daran, wie ich sie zum ersten Mal sah, damals, vor vielen, vielen Monaten. Es gab einen wichtigen Grund, warum sie heute zu meinem Leben gehörte, und es war eine traurige Tatsache, dass dieser Grund jetzt nicht mehr existierte.

»Weißt du, was ich gerade dachte?«, fragte ich sie zärtlich.

»Was denn?«, fragte sie sanft lächelnd.

»Er ist der Grund dafür, dass ich dich habe«, sagte ich langsam und sah, wie sie diese Worte in sich aufnahm. »Jett.« Ich zuckte zusammen, als ich seinen Namen aussprach. »Jett ist der Grund, warum du überhaupt in mein Leben getreten bist.«

Sie öffnete ganz leicht die Lippen, und ich sah, wie sie erstaunt eine Augenbraue wölbte, als ihr aufging, dass es tatsächlich so war.

»Wenn er dir bei diesem Überfall nicht nachgeschlichen wäre, hätte ich dich niemals gefunden ...«, vollzog sie langsam meinen Gedankengang nach.

»Und du hättest mich nicht laufen lassen. Dann wäre ich dir nichts schuldig gewesen und hätte dich vielleicht auch nicht gerettet und hierher mitgenommen ...«

Alles, was meine Beziehung zu Grace betraf, ging auf Jett zurück. Durch Jett hatte sie mich erwischt, aber auch verschont. Durch ihn war ich gezwungen gewesen, es Grace ein paar Tage später zu vergelten. Deshalb war sie als Gefangene nach Blackwing gekommen, und ich hatte mich hoffnungslos in sie verlieben können.

Alles nur wegen Jett.

Wieder schnürte sich mir die Kehle zu. Er würde nie wissen, wie unglaublich dankbar ich ihm für diesen kleinen Fehler war. Seine einzige übereilte Aktion hatte zu dem absolut Besten geführt, was mir je passieren konnte, und ich würde es ihm nie sagen können. Ich würde ihm niemals dafür danken können oder ihm sagen können, wie sehr ich ihn tatsächlich liebte.

»Wow«, murmelte Grace und blinzelte. Dann blickten ihre Augen nachdenklich ins Leere. Sie schüttelte sanft den Kopf und sah dann wieder zu mir auf, bevor sie es staunend wiederholte: »... wow.«

»Er wird es niemals erfahren ...«, murmelte ich. Ich runzelte die Augenbrauen, und mein Blick brannte sich in Grace hinein. »Er wird nie erfahren, dass er mir das Beste gegeben hat, was mir je widerfahren konnte.«

Grace wartete schweigend, spürte anscheinend, dass ich noch mehr zu sagen hatte. Unermüdlich strichen ihre Finger sanft über meinen Rücken.

»Er hat mir dich beschert, und ich kann ihm nicht mehr dafür danken. Er wird niemals wissen, wie dankbar ich bin für diese waghalsigen Aktion ... Er wird nie erfahren, wie sehr ich ihn tatsächlich geliebt habe.«

Ich schluckte schwer, und plötzlich konnte ich ihrem Blick nicht mehr standhalten. Ich schloss die Augen und atmete tief aus. Sanft legte sie die Hand auf mein Gesicht, und ich öffnete sie wieder.

»Hayden, er wusste es«, versicherte sie mit leisem Kopfschütteln. »Er liebte dich so sehr, und er wusste, dass du ihn auch liebhattest. Du musstest es nicht aussprechen.«

»Aber ich hätte es ihm sagen sollen ...«

»Er wusste es«, schnitt sie mir mit einem Nicken das Wort ab. »Vertrau mir. Mach dir darüber keine Gedanken, okay?«

Ich seufzte tief. Wie gern hätte ich ihr geglaubt, dass Jett klar gewesen war, wie sehr er mir am Herzen lag, auch wenn ich das nie gesagt hatte, aber es fiel mir schwer. »Was ist mit dir? Ich kann ihm nicht sagen, wie dankbar ich dafür bin, dass er mich zu dir geführt hat.«

»Ich glaube, auch darüber wusste er Bescheid«, sagte Grace nachdenklich. »Ich meine, immerhin hat er dieses Bild von uns gemalt, stimmt's? Ich glaube, er hat mehr mitbekommen, als dir klar ist. Er hatte erkannt, dass wir zusammen sind.«

Ich brachte kein Wort heraus. Ich spürte, wie sie sich bewegte und merkte, wie ihre Finger leicht über die Kette an ihrem Hals wanderten.

»Was, wenn ... wenn der hier auch für ihn stehen würde? Dieser kleine Kreis?«, fragte sie sanft und deutete auf den Goldschmuck.

Mein Herz tat einen schmerzhaften Schlag, doch diese Vorstellung gefiel mir. »Das wäre perfekt, Grace«, antwortete ich im Brustton der Überzeugung. Diese Kette stand jetzt schon für so viel: für meine Eltern, ihren Tod, meine Liebe zu Grace. Jetts Name ebenfalls auf die Liste zu setzen, schien mir genau richtig zu sein.

»Das wäre also geklärt. Ein kleiner Ring für Jett.«

»Das hätte ihm gefallen«, überlegte ich laut und wurde wieder nachdenklich.

Es war seltsam, in der Vergangenheitsform über ihn zu reden. Es fühlte sich nicht real an. Eigentlich erwartete ich, dass er jeden Moment auftauchen und seine ungeschickte Hilfe anbieten würde. Graces Erwähnung des Bildes verursachte mir einen schmerzhaften, schuldbewussten Stich. Mein Blick huschte durchs Zimmer, wo es noch auf dem Boden lag, genau da, wo es gelandet war, nachdem ich es gegen die Wand geschleudert hatte.

»Warte«, murmelte ich leise, gab ihr einen letzten Kuss auf die Stirn und löste mich widerstrebend aus ihrer warmen Umarmung.

Meine Füße trugen mich quer durchs Zimmer. Unverwandt sah ich das Bild an. Erleichtert stellte ich fest, dass es durch meinen Ausbruch nicht beschädigt worden war, und ich streckte behutsam die Hand aus, als könne es jeden

Augenblick zu Staub zerfallen. Ich nahm es in beide Hände und ließ die Daumen über das glatte Holz streichen, betrachtete die Details, die Jett mit seinen dünnen Fingerchen gemalt hatte.

Darauf waren drei Gestalten zu sehen, die sich an den Händen hielten. Jede einzelne hatte ganz bestimmte, charakteristische Eigenschaften. Ich holte tief Luft, und mein Herz zog sich schmerzhaft zusammen. Ich konnte den Blick einfach nicht davon losreißen. Mit den Fingerspitzen fuhr ich den Konturen der kleinsten Figur nach, bemerkte den wilden Haarschopf, der mit dem meines Ebenbildes beinahe identisch war.

Plötzlich spürte ich Graces warme Arme, die sich lose von hinten um meine Taille schlangen. Ihr sanfter Kuss auf mein Schulterblatt spendete mir ein wenig Trost. Ich legte meine Hand auf ihre an meinem Bauch, überließ mich ihrer beruhigenden Nähe. Wir sagten beide kein Wort. Stattdessen musterte ich das Bild noch ein paar Augenblicke länger, dann löste ich mich sanft aus ihrer Umarmung und ging zur Wand hinüber. Ich konnte meine Hände kaum vom Zittern abhalten, als ich es wieder aufhängte, wobei ich mich davon überzeugte, dass es auch wirklich fest saß und gerade ausgerichtet war.

Dann trat ich einen Schritt zurück. Grace erschien an meiner Seite, und wieder betrachteten wir das Gemälde.

»Wunderschön«, sagte sie nur.

Ich seufzte und nickte bedächtig. Dann hob ich den Arm und legte ihn ihr um die Schulter, zog sie an mich. Wieder schlang sie die Arme locker um meine Taille. Ein paar schweigsame Augenblicke vergingen, bevor sie wieder etwas sagte.

»Du wirst heute Abend nicht losziehen, oder?«, fragte sie behutsam.

Ich spürte, wie sie mein Profil beobachtete, konnte aber den Blick nicht von dem Bild abwenden. Ich wünschte mir so sehnsüchtig, Jetts Tod zu rächen, aber ich wusste, dass das, was Grace vor meinem Zusammenbruch gesagt hatte, stimmte: Dafür brauchte ich einen vernünftigen Plan.

»Nein, Grace«, murmelte ich. »Werde ich nicht.«

»Gott sei Dank«, hauchte sie zutiefst erleichtert und lehnte sich leicht an mich.

»Aber wir sollten uns mit den anderen zusammensetzen. Wir müssen einen Plan ausarbeiten. Wir wissen ja schon länger, dass wir ihn töten müssen, jetzt ist es nur noch ... persönlicher«, sagte ich. Ich spürte, wie Graces Finger mit dem Saum meines Shirts spielten. Doch sie zögerte.

»Ja, du hast Recht«, sagte sie etwas widerstrebend.

Natürlich war es unglaublich schwer für sie, das Ganze in die Tat umzusetzen, auch wenn sie diejenige gewesen war, die diesen Vorschlag als Erste gemacht hatte.

»Ich hätte es einfach tun sollen, als ich die Chance dazu hatte«, sagte sie mit ebenso erregter wie gequälter Stimme. »Ich habe es nur einfach nicht fertiggebracht, und jetzt ...«

»Schon gut, Grace«, antwortete ich kopfschüttelnd und sah sie an. Ihre Arme lösten sich von meiner Taille, und sie blieb vor mir stehen. »Wir finden einen Weg.«

Sie nickte, biss sich auf die Unterlippe und richtete voller Selbstzweifel die Augen zu Boden. Dieser Anblick war mir ebenso verhasst wie die Tatsache, dass sie ihr Verhalten bereute. Langsam legte ich ihr die Hand auf die Wange und zog ihr mit dem Daumen die Unterlippe aus dem Mund. Dann ließ ich ihn ein paar Mal über ihre zarte Wange gleiten und umfing ihr Gesicht.

»Wir finden einen Weg«, wiederholte ich mit beruhigendem Nicken. »Gemeinsam, ja?«

Sie schniefte leise und nickte. »Ja.«

Meine Mundwinkel verzogen sich zu einem traurigen Lächeln, und ich sah ihr tief in die Augen. Noch einmal strich ich ihr mit dem Daumen über die Wange. Dann konnte ich mich einfach nicht mehr zurückhalten, beugte mich hinab, wollte unbedingt ihre Lippen auf den meinen spüren. Langsam, zärtlich küsste ich sie – zum ersten Mal seit einer gefühlten Ewigkeit. Sie schmolz an mir dahin. Unsere Lippen passten sich perfekt aneinander an, während ich sie weiter festhielt – die Hand auf ihrem Gesicht.

Der Kuss wurde nicht inniger, und wir gingen auch nicht weiter, sondern verharrten lediglich in dieser Stellung. Wärme durchflutete meinen Körper. Es fühlte sich so gut an, sie endlich wieder zu küssen, auf körperliche und emotionale Weise mit ihr verbunden zu sein, dass ich glaubte, nie wieder aufhören zu können. Mein Herz tat noch ein paar heftige Schläge, die die Risse der letzten Tage etwas verheilen ließen. Schließlich lösten wir uns wieder voneinander, obwohl meine Hand auf ihrer Wange liegen blieb und ich die Stirn an die ihre legte. Meine Augen, die sich während unseres Kusses geschlossen hatten, öffneten sich langsam – ebenso wie Graces.

»Ich habe dich vermisst, Hayden«, flüsterte sie.

Ich war nicht fortgegangen, und doch wusste ich, was sie meinte. Ich hatte mich mental so weit von ihr entfernt, dass ich im Grunde weit weg zu sein schien. Wieder hatte ich ein schlechtes Gewissen, weil sie meinetwegen so viel durchgemacht hatte.

»Jetzt bin ich zurück, keine Sorge«, beruhigte ich sie zärtlich.

Sie schloss einen Moment lang die Augen, dann atmete sie tief und stetig aus. »Okay.«

Ich löste mich ein paar Zentimeter von ihr und musterte sie ein paar Sekunden lang, erleichtert, als sie die Augen wieder öffnete und mich verhalten anlächelte. Ich strich ihr ein letztes Mal über die Wange, dann ergriff ich ihre Hand. Sie drückte sie.

»Gehen wir und suchen nach den anderen, ja? Tun wir doch ausnahmsweise mal wieder etwas Produktives.«

Mein Herz flatterte in meiner Brust, als sie leise lachte. »Ja, machen wir das.«

Damit führte ich sie zur Hütte hinaus. Wir durchquerten das Camp gemeinsam, hielten an verschiedenen Punkten an, um die zu finden, die für die Planung notwendig waren. Bald hatten wir Kit, Docc, Dax und sehr zu meiner Überraschung auch Leutie im Schlepptau und machten uns auf den Weg zur Kommandozentrale. Ich hatte Leuties Anwesenheit offen gesagt vollkommen vergessen, aber sie war mit Dax in dessen Hütte gewesen, als wir vorbeisahen, und hatte angeboten, uns auf welche Weise auch immer zu helfen. Ich versuchte, nicht enttäuscht zu sein, als Grace mir mit einem winzigen entschuldigenden Lächeln die Hand entzog und auf Leutie wartete, um neben ihr herzugehen. Sie tauschte den Platz mit Dax, der nun an meiner Seite war. Kit und Docc gingen voran und unterhielten sich, sodass wir drei Paare bildeten.

»Du siehst wieder besser aus«, meinte Dax, während wir uns durch das Camp bewegten.

Ich warf ihm einen verwirrten Blick zu. Hatte ich ihn in den letzten drei Tagen überhaupt gesehen? Ich wusste es nicht mehr. Es war, als hätte meine Trauer alles andere ausgeblendet. Ich konnte mich kaum an irgendetwas erinnern, das ich in den vergangenen drei Tagen getan hatte – nur an meinen Wunsch nach Rache.

»Ja«, stimmte ich vage zu. »Du aber auch.«

Ich wusste nicht so genau, ob das stimmte, aber ich nahm es an, nachdem ich ihn kurz taxiert hatte. Er kam mir im Vergleich zu früher ein wenig ernüchtert vor. Dennoch strahlte er nach wie vor noch eine gewisse – wenn auch gedämpfte – Leichtigkeit aus.

»Mmm-hmm«, machte Dax unverbindlich. Ich sah mich nach Grace und Leutie um, die etwa fünf Meter hinter uns waren. Sie unterhielten sich leise, und ich bemerkte ein sanftes Lächeln auf Leuties Gesicht.

»Sie hat bei dir übernachtet, stimmt's?«, fragte ich so beiläufig wie möglich und deutete mit dem Daumen vor meiner Brust nach hinten, damit Leutie es nicht sah.

»Ja, die letzten paar Tage. Seit ... es passiert ist«, antwortete er und mied plötzlich meinen Blick. »Ich dachte, dass du wahrscheinlich mit Grace allein sein wolltest.«

»Hmm«, antwortete ich, und meine Augenbraue zuckte.

Zum ersten Mal seit langem spürte ich den Anflug von Belustigung. »Bist du sicher, dass das der einzige Grund ist?«

Dax warf mir einen entnervten Blick zu und verdrehte die Augen.

»Sie ist nett, okay? Also lass mich in Ruhe«, antwortete er und zuckte lässig mit den Schultern.

»Und hübsch«, bemerkte ich beiläufig, achtete aber genau auf seine Reaktion.

»Du hast doch schon Grace, oder?«, gab Dax vergnügt und mit fast unmerklichem Grinsen zurück.

»Stimmt schon. Aber du solltest ebenfalls jemanden haben, weißt du«, sagte ich aufrichtig, wobei ich leise sprach, damit die Mädchen uns nicht hörten.

Immerhin hatte er Grace und mich immer unterstützt. Deshalb sollte er wissen, dass ich umgekehrt ebenfalls hinter ihm und Leutie stand. Ich hatte Grace, Kit hatte Malin. Dax brauchte ebenfalls eine Partnerin.

»Sie erinnert mich an Vi«, sagte er leise, und seine Stimme klang jetzt nicht mehr ganz so amüsiert. »Ist das schlimm? Ich weiß nicht so genau, ob es schlimm ist oder nicht.«

Ich dachte ein paar Schritte lang ernsthaft über diese Frage nach. Wir waren jetzt beinahe an der Kommandozentrale angelangt, gleich mussten wir unsere Unterhaltung beenden.

»Ich glaube nicht«, antwortete ich wahrheitsgemäß. »Nur ... Geh lieber sicher, dass du sie magst und nicht die Erinnerung an Violetta, weißt du?«

»Ja, da hast du Recht«, stimmte er mir zu und nickte. »Danke, Mann.«

»Kein Ding«, antwortete ich leichthin.

Kit und Docc hatten die Kommandozentrale bereits betreten, als wir ankamen. Ich öffnete die Tür und hielt sie Dax auf, dann wartete ich auf Leutie und Grace, die sich ebenfalls näherten. Ich nickte Leutie zum Gruß beiläufig zu, als sie vorbeiging. Ihr Blick huschte schnell zu mir herüber, dann lächelte sie verlegen und folgte Dax hinein. Als Nächstes kam Grace, deren Lächeln herzlich war. Automatisch streckte ich die Hand aus, um sie leicht in die Seite zu zwacken, als sie an mir vorüberging, und sie kicherte leise.

Diese kleinen unbeschwerten Gesten, die ich mit Grace und Dax austauschte, waren allerdings gleich vergessen, als ich den Raum betrat. Jeder wusste genau, worüber wir jetzt reden wollten, und niemand würde unseren Plan auf die leichte Schulter nehmen. Den Anführer eines Camps töten zu wollen, war an sich schon schlimm genug, aber dass seine Schwester Grace nicht nur anwesend, sondern auch an der Planung des Anschlags beteiligt sein würde, machte die Situation besonders pikant.

Dax und Leutie standen Grace und mir am Tisch gegenüber, sodass Kit und Docc an den jeweiligen Kopfenden Platz nahmen. Die Stimmung war gedämpft. Wieder fragte ich mich, wann genau ich sie alle zum letzten Mal gesehen hatte. In meiner egoistischen Abwärtsspirale hatte ich offensichtlich nur noch an meine Rache gedacht.

Diese Absicht beherrschte mein Denken nach wie vor, obwohl ich nun, da der dunkle Nebel sich gelichtet hatte, wieder klarer und vernünftiger entscheiden konnte. Wieder war ich Grace dankbar dafür, auch wenn der tiefe Kummer, dem ich mich schließlich überlassen hatte, mir nach wie vor zu schaffen machte. Auch wenn mir jeder einzelne Herzschlag wehtat, wusste ich, dass es notwendig war, den Schmerz zuzulassen.

Alle Augen waren auf mich gerichtet, warteten darauf, dass ich etwas sagte, während ich meine Gedanken zu ordnen versuchte. Ich blickte mich in dem Kreis um, den wir gebildet hatten, sah jeden Einzelnen an, bis ich zum letzten, atemberaubend grünen Augenpaar neben mir gelangte. Grace nickte mir unmerklich und ermutigend zu. Dennoch konnte man die Trauer in ihren Zügen nicht übersehen. Ich hielt ihren Blick ein paar Sekunden, versuchte ihre Reaktion abzuschätzen und ihre Gedanken zu lesen, bevor ich das Wort ergriff.

Ich wusste, dass diese Unterhaltung schlimm für sie sein würde, aber es ließ sich nicht vermeiden. Ich gestattete mir noch einen weiteren Blick auf sie, dann riss ich die Augen von ihr los und wandte mich an die Gruppe.

»Na gut, Leute. Entwickeln wir einen Plan.«

»Was für einen Plan, mein Sohn?«, fragte Docc gelassen, beobachtete mich aber aufmerksam.

Ich spürte förmlich, wie Grace sich neben mir wappnete, damit ich aussprach, was ihr schon vor einer ganzen Weile klar geworden war.

»Wir werden das hier ein für alle Mal beenden. Wir werden Jonah töten.«

KAPITEL 34
STRATEGIE

Grace

Haydens kühne Ankündigung erntete Schweigen. Ich spürte förmlich, wie alle Blicke sich auf mich richteten, während sie die Worte verarbeiteten. Ich mied ihren Blick und setzte eine neutrale Miene auf. Ich wusste, dass es getan werden musste. Immerhin war ich sogar die Erste gewesen, die es vorgeschlagen hatte, aber es machte mir stärker zu schaffen, als ich gedacht hätte. Während alle darauf warteten, dass jemand das Schweigen brach, blitzte Jonahs Gesicht vor meinem geistigen Auge auf. Ich sah seine verblüffte Miene vor mir, als er mich dabei ertappt hatte, wie ich auf ihn zielte. Ich sah das Aufflackern von Schmerz in seinen Zügen, bevor er die Flucht ergriffen hatte.

Das war es, was mich aufgehalten hatte – dieses winzige Aufblitzen von Gefühl, das die Möglichkeit in sich barg, dass doch noch etwas Menschliches in den Untiefen seines verwirrten Hirns übrig war. Er war noch nie besonders nett gewesen, hatte mich nie unterstützt oder sich mir gegenüber ansonsten wie ein Bruder verhalten, aber so niederträchtig war er auch noch nicht immer gewesen. Ganz früher hatten wir uns in gewisser Hinsicht sogar aufeinander verlassen können. Es war eher ein Zweckbündnis als eine geschwisterliche Bindung gewesen, aber selbst davon waren wir heute meilenweit entfernt.

Unbewusst legte ich die Hand aufs Herz und fuhr mit dem Finger die Narbe entlang. Mein Andenken, das mir mein Bruder selbst beigebracht hatte: die Erinnerung daran, dass Menschen sich ändern können.

Ich schüttelte den Kopf, entschlossener denn je, das Unvermeidliche hinter mich zu bringen. Jonah war verantwortlich dafür, dass möglicherweise hunderte ihr Leben gelassen hatten, wobei der Verlust eines Menschen dabei schmerzhafter war als alle anderen: der von Jett.

Ich war einmal gescheitert, ich würde es nicht noch einmal tun.

»Ja«, brach ich das Schweigen schließlich. »Jonah muss sterben. Sobald er tot ist, hat das alles ein Ende.«

»Ach Grace ...«, murmelte Docc leise. Sein Blick war mitfühlend und verständnisvoll. Er nickte und seufzte laut. Die Neuigkeiten schienen ihn zu betrüben, aber er widersprach nicht. Selbst Docc wusste, dass die Zeit gekommen war.

»Shit«, murmelte Dax, zog die Brauen hoch und blinzelte ein paar Mal. »Er ist dein Bruder, Grace.«

»Ich weiß«, bestätigte ich ruhig. »Aber er ist nicht mehr derselbe Mensch wie früher. Er hat etwas verloren, und wenn er nicht stirbt, dann finden noch viel mehr Menschen den Tod. Er hat schon so viele Bewohner Greystones geopfert und ist für den Tod so vieler hier verantwortlich ... nicht zu vergessen ...«

»Jett«, ergänzte Hayden mit schmerzerfüllter Stimme.

Ich sah ihn an und warf ihm ein trauriges Lächeln zu.

»Ja.«

Deprimiertes Schweigen senkte sich über uns alle herab, während wir des kleinen Jungen gedachten, der viel zu früh sein Leben gelassen hatte. Womöglich würden wir auf ewig um ihn trauern, die anderen vielleicht sogar noch mehr als ich, denn sie hatten ihn von klein auf gekannt.

»Wie sieht also der Plan aus?«, fragte Kit.

»Um uns einen auszudenken, sind wir hier«, antwortete Hayden mit leiser, klarer Stimme.

»Woran denkt ihr beiden? Eine Art Angriff auf Greystone?«, fragte Dax und blickte zwischen Hayden und mir hin und her.

»Das wäre die eine Option«, antwortete Hayden. Nachdenklich blickte er auf den Tisch hinab.

»Hayden, hast du mittlerweile mit Shaw gesprochen?«, fragte Docc.

Hayden spannte sich sofort an, und unwillkürlich verzog er verächtlich das Gesicht. Ein Schauer lief mir den Rücken hinunter, als ich mich an Shaws Berührung erinnerte und daran, wie Hayden ihn beinahe mit bloßen Händen getötet hätte. Ich hatte ihn jetzt schon eine ganze Weile nicht gesehen, aber ich wusste, dass er sich immer noch in der Krankenstation bei Docc von seinen Verletzungen erholte.

»Nein«, spie er heftig hervor.

»Aber das könnte sich lohnen«, ließ Docc nicht locker.

»Er ist Jonahs Gegner, stimmt's? Er hat den Widerstand gegen ihn angeführt?«, erkundigte sich Dax.

»Das behauptet sie jedenfalls«, antwortete Hayden und deutete mit einem Kopfnicken auf Leutie.

»Er ist *wirklich* gegen Jonah«, beharrte Leutie, die ein wenig beleidigt wirkte, aber anscheinend nicht den Mut besaß, sich gegen Haydens indirekte Anklage zur Wehr zu setzen. »Er wollte Jonah stürzen, bevor er hier strandete.«

»Woher sollen wir wissen, dass wir dir trauen können, hm?«, fragte Hayden und zog die Augenbraue hoch.

»Nun mach mal halblang, Mann«, murmelte Dax leise. Er warf Hayden einen vorwurfsvollen Blick zu, den dieser jedoch ignorierte.

»Wir können ihr vertrauen, Hayden«, versicherte ich ruhig und legte ihm eine Hand ins Kreuz.

»Na gut. Dann rede ich mit ihm und höre mir an, was er zu sagen hat«, murmelte Hayden streitlustig.

»Also erst mal zur Krankenstation?«, fragte Docc und wölbte die ergrauenden Augenbrauen, während er sich fragend umsah. Alle nickten und wollten sich schon von unserem Versammlungstisch entfernen.

»Wartet«, rief ich. Wieder sahen mich alle an. »Bevor wir gehen, muss ich noch was sagen.«

Niemand sprach ein Wort, sondern alle warteten geduldig darauf, dass ich fortfuhr. Ich holte tief Luft, um mir so viel Mut zu machen wie möglich.

»Ich weiß nicht, wie wir es anstellen werden oder was passieren wird, aber ... ich sollte diejenige sein, die ihn tötet.«

Sofort erhoben sich Proteste beinahe von allen Seiten.

»Grace, nein.«

»Das musst du nicht tun.«

»Keinesfalls.«

»Das soll lieber jemand anders machen.«

Nur Docc und Hayden sagten nichts. Ich spürte Haydens Blick auf mir. Seine grünen Augen brannten sich in mich hinein, voller Schmerz und Sorge. Ich wusste, was er dachte, und umgekehrt hatte er meine Ankündigung offenbar erwartet.

»Ich *muss* es machen«, beharrte ich und bat sie mit einem Kopfschütteln, nicht weiter auf mich einzureden.

»Warum?«, fragte Dax vollkommen verwirrt und sogar irgendwie frustriert.

»Weil ...« Ich verstummte und zuckte kurz mit einer Schulter. »Weil ich demjenigen, der es tut, hinterher keinesfalls böse sein will.«

»Grace, das ist doch albern«, meinte Leutie kopfschüttelnd. Sie stand neben Dax, näher als nötig.

»Ist es nicht«, widersprach ich entschlossen. »Wenn er tot ist, dann seid ihr alle die einzige Familie, die ich noch habe. Ich will nicht für den Rest unseres Lebens daran denken, was einer von euch getan hat, wisst ihr? Wenn ich es selbst mache, kann ich es leichter akzeptieren.«

Ich wusste, dass ich demjenigen, der Jonah tötete, das mit Sicherheit anlasten würde. Ich selbst konnte die Schuld durchaus auf mich nehmen und damit klarkommen. Doch einem anderen Mitglied meiner neuen Familie wollte ich es keinesfalls verübeln müssen.

Nicht Kit.

Nicht Dax.

Und vor allem nicht Hayden.

»Grace ...«

Haydens Wort durchfuhr mich wie ein Schwert, denn es

enthielt eine stumme, aber verzweifelte Bitte. Ich sah ihm in die Augen, und immer noch war sein Gesichtsausdruck der gleiche wie eben. Er schüttelte einmal langsam den Kopf, sagte aber nichts mehr.

»Soll es doch jemand anders tun«, schlug Kit vor. »Shaw vielleicht.«

»Weißt du, wie der zugerichtet ist? Er wird die Krankenstation noch lange nicht verlassen. Aber es muss bald erledigt werden, bevor noch mehr Menschen sterben.«

Das konnte niemand bestreiten, und erneut verstummten sie und grübelten über weitere Argumente nach.

»Vielleicht habe ich ja Glück, und jemand aus Greystone kommt mir zuvor, allerdings bezweifle ich das. Falls diese Aufgabe also tatsächlich an uns hängenbleibt, dann bin ich die einzig Richtige dafür«, sagte ich.

Langsam nickten ein paar von ihnen, stimmten meinen Worten zu.

»Es besteht kein Zweifel daran, dass du eine der stärksten Frauen bist, die ich das Vergnügen hatte kennenzulernen, Grace, aber selbst dir wird das extrem schwerfallen. Das ist immerhin ein Schritt von ungeheurer Tragweite«, gab Docc langsam zu bedenken.

»Ich weiß«, antwortete ich. »Aber ich schaffe das.«

Ich war einmal gescheitert, noch einmal würde mir das nicht passieren. Mittlerweile hatte sich einiges verändert, und ich musste es tun. Für Jett. Für Hayden. Für jeden, der Jetts wahnsinniger Mission, Blackwing zu zerstören, zum Opfer gefallen war.

»Ich weiß, dass du es schaffst«, antwortete Docc mit

schwachem Nicken. Ich holte tief Luft und nickte ebenfalls, zwang mich, seinen Worten zu glauben. Wir schwiegen noch ein paar Sekunden lang, dann murmelte Kit:

»Mein Gott, Grace«, sagte er mit teils verwirrtem, teils beeindrucktem Gesicht. »Du bist unglaublich.«

Hayden räusperte sich und trat näher an mich heran, hielt mich von einer Antwort ab.

»Also auf zur Krankenstation?«, wiederholte er, um alle wieder auf Kurs zu bringen. Sie nickten und strömten hinaus. Hayden und ich bildeten die Nachhut.

»Echt jetzt?«, fragte ich mit dem Anflug eines amüsierten Grinsens auf dem Gesicht angesichts seiner Unfähigkeit, seine Eifersucht zu verbergen.

»Was?«, gab er mit Unschuldsmiene zurück. Ich lachte leise.

»Nichts«, antwortete ich. Er kniff mich kurz in die Seite, als wolle er mich aus dem Zimmer führen, als ich ihn aufhielt. »Hey, Hayden ...«

Er blieb stehen und wandte sich zu mir um. »Ja?«

»Ich weiß, dass du es tun wolltest ... um Jett zu rächen, aber ... du musst mir versprechen, dass du dich zurückhältst.«

»Grace ...«

»Bitte, Hayden«, bat ich und sah ihm eindringlich in die Augen. Er schnaubte kurz. Offensichtlich widerstrebte es ihm, mir dieses Versprechen zu geben.

»Warum, Grace?«, forschte er. »Warum musst du diejenige sein, die es tut?«

»Hab ich doch gerade gesagt«, erwiderte ich ernst. »Ich will es niemandem verübeln, dass er es getan hat. Schon gar nicht *dir*.«

»Versteh mich jetzt nicht falsch«, begann er und zog eine Augenbraue in die Höhe.

»Okay ...«

Er zögerte, runzelte die Stirn. »Wirst du dazu denn fähig sein? Wirklich?«

»Ja.«

Er hielt inne, musterte mich eindringlich, als wolle er herausfinden, ob ich log. Entschlossen erwiderte ich seinen Blick.

»Ich will nicht, dass du es tun musst, Grace«, sagte er jetzt, einen weicheren Ton anschlagend. »Es wird dir ungeheuer wehtun, das weißt du doch, oder?«

»Ich weiß«, bekannte ich leise.

»Und ich will nicht, dass du leidest«, fuhr er mit noch weicherer Stimme fort.

»Hayden, auch das weiß ich«, beharrte ich sanft. »Aber es muss auf diese Weise geschehen. Wenn du es tust, kann ich dir nicht garantieren, dass ich dir nicht hinterher doch böse bin. Dazu habe ich einfach nicht die Kraft. Ich will es nicht riskieren. Wenn ich es tue ... ja, es wird schmerzhaft sein ... aber das wird vergehen, weil ich dich habe. *Du* bist das, was mir wichtig ist. *Du* wirst mich am Leben halten nach einer Erfahrung wie dieser. Ich kümmere mich lieber selbst darum und kann mich später auf dich stützen, als zu riskieren, dich zu verlieren, weil ich nicht darüber hinwegkäme, dass du ihn getötet hast.«

Hayden schwieg und dachte über meine Worte nach, wobei er mir die ganze Zeit über unverwandt in die Augen sah. Er stand ganz dicht vor mir, nur wenige Zentimeter trennten uns, und er fühlte sich sogar noch näher an, als er die Hand ausstreckte und seine Finger am Nacken in meinem Haar vergrub.

»Na gut, Grace«, murmelte er leise. Er biss sich auf die Unterlippe und nickte. »Na gut.«

»Danke«, hauchte ich und bekam vor Erleichterung weiche Knie. Hayden hingegen sah nicht glücklich aus, aber er beugte sich trotzdem vor und gab mir einen federleichten Kuss auf die Stirn, bevor er mich nach draußen führte und wir den anderen folgten.

Sie warteten schon vor der Krankenstation auf uns.

»Ja, so ist's recht, ihr Turteltäubchen. Lasst euch ruhig Zeit!«, witzelte Dax und tippte sich kurz aufs Handgelenk, als trüge er eine Uhr.

»Halt's Maul, Dax«, murmelte Hayden und bemühte sich vergeblich, den Anflug eines Grinsens zu verbergen. »Bringen wir es hinter uns.«

Mit diesen Worten stieß er die Tür auf. Ich folgte dicht dahinter, und Dax, Kit, Docc und Leutie verloren ebenfalls keine Zeit. Sofort fiel unser Blick auf Shaw, der aufrecht in einem der Betten saß. Neben ihm stand ein Wachmann, die Waffe unentwegt auf ihn gerichtet. Er verließ uns sofort, damit wir mit dem Gefangenen allein sprechen konnten. Überrascht sah ich, dass Shaw nicht nur wach, sondern sogar einigermaßen munter war, obwohl sein Gesicht immer noch voller Blutergüsse und Schwellungen war. Wir versammelten uns um sein Bett, und er musterte uns kalt.

»Willst du mich jetzt wieder schlagen?«, forderte er Hayden heraus. Ich spürte deutlich, wie Hayden sich neben mir verkrampfte, und sah, wie er die Hände zu Fäusten ballte.

»Kommt auf deine Kooperationsbereitschaft an«, fauchte Hayden und versuchte, seine Wut im Zaum zu halten. Die Befragung hatte noch nicht mal begonnen, und schon machte Shaw uns das Leben schwer.

Er antwortete nicht, sondern starrte Hayden nur an, wartete darauf, was er noch sagen würde. Der Mann bewies Nerven, denn immerhin war Hayden der Grund für seinen Zustand. Außerdem war er eindeutig in der unterlegenen Position.

»Du hast den Widerstand gegen Jonah angeführt, korrekt?«, fragte Hayden weiterhin in scharfem Ton.

»Ja«, bekannte Shaw entspannt.

»Du wolltest ihn töten?«, forschte Hayden.

»Offensichtlich«, antwortete Shaw und wölbte eine Augenbraue, als fände er diese Unterhaltung einfach nur lästig. Wieder spannte Hayden sich an, offensichtlich stocksauer auf ihn – und zwar nicht nur wegen dem, was er sich in der Vergangenheit hatte zu Schulden kommen lassen.

»Erzähl mir alles«, forderte Hayden mit wütendem Blick.

»Was ist dabei für mich drin?«, wagte Shaw zu fragen. Nervig, wie überzeugt er von sich selbst war.

»Ich würde dich leben lassen«, spie Hayden mit tödlich ernster Stimme hervor. Ich wusste, dass er diese Drohung ernst meinte. Wenn Shaw nicht kooperierte, würde Hayden ihn unzweifelhaft töten.

Shaw zuckte mit den Schultern, als dächte er über dieses Angebot nach. Seine Augen huschten zu mir hinüber, dann ließ er sie an meinem Körper hinabwandern und grinste anzüglich.

»Schön, dich zu sehen, Grace«, sagte er glattzüngig. Mir drehte sich bei seinem schleimigen Ton der Magen um, und am liebsten hätte ich mich auf ihn gestürzt und ihm einen heftigen Schlag versetzt, aber Hayden schob sich vor mich, sodass ich ihn nicht mehr sehen konnte.

»Ich stelle jetzt eines klar«, zischte er. »Du wirst nie mehr das Wort an sie richten. Du wirst sie nie wieder berühren. Du wirst sie nicht mal mehr *ansehen*, verstanden?«

»Meine Güte, ist ja schon gut«, meinte Shaw leichthin und hob die Arme, so gut es ging, wie um sich zu ergeben. »Kannst mir doch eigentlich keinen Vorwurf machen, oder? Schließlich bin ich auch nur ein Mann. Und ihr Ärsche habt euch die beiden hübschesten Mädels des ganzen Camps geschnappt. Was soll man da machen, oder?«

»Ich schwöre verda...«

»Hayden«, schnitt ich ihm mit leiser Stimme das Wort ab. Ich legte ihm die Hand auf den Rücken, um seine Aufmerksamkeit von Shaw abzulenken. »Ignorier ihn einfach, ja?«, flüsterte ich leise. Wir mussten so viel aus Shaw herausbekommen wie möglich, aber das verlor Hayden sehr schnell aus den Augen. Er schnaubte ebenso wütend wie frustriert, dann nickte er und sah den Mann wieder an.

»Na gut. Versuchen wir mal einen Augenblick lang zu vergessen, dass du ein widerliches Stück Scheiße bist«, fing Hayden wieder an und funkelte wütend auf ihn herab.

»Versuchen wir's, Kumpel«, gab Shaw zurück, fletschte die Zähne und zwinkerte ihm zu.

»Zum letzten Mal, sag mir, was du weißt«, forderte Hayden in scharfem Ton.

»Zuerst einmal solltest du wissen, dass Jonah vollkommen den Verstand verloren hat. Ich meine, eigentlich war er immer schon ein Spinner, oder? Aber jetzt ist er vollkommen wahnsinnig«, begann Shaw. Sein Blick huschte zu mir hinüber, dann sah er Hayden wieder an. »Die Menschen sterben wie die Fliegen. Greystone ist nur noch halb so groß wie früher, und alles seinetwegen. Dauernd schickt er Leute auf irgendwelche Himmelfahrtkommandos nach Whetland oder sogar in die Stadt. Er glaubt, er kann die Macht über die Brutes erlangen, aber du weißt genauso gut wie ich, dass sie sich nicht beherrschen lassen. Und Whetland ist einfach zu schlau, um sich in unsere Scheiße mit hineinziehen zu lassen. Sie bleiben unter sich, wie immer schon.«

»Fahr fort«, drängte Hayden und blickte mit zusammengebissenen Zähnen auf Shaw herab. Er hatte die Arme fest vor der Brust verschränkt und lauschte angespannt.

»Etwa die Hälfte der Überlebenden in Greystone ist gegen ihn, aber die meisten haben zu viel Angst, um die Stimme zu erheben. Sie glauben, wenn sie sich ihm widersetzen, zwingt er sie, in die Stadt überzusiedeln. Du weißt, was passiert, wenn unerfahrene Leute in die Stadt kommen«, sagte Shaw düster.

Sofort erinnerte ich mich an Violetta. Hayden hatte mir erzählt, dass sie auf ihrem allerersten Raubzug getötet worden war, und plötzlich wünschte ich mir, Dax müsste das hier nicht mit anhören.

»Sie sterben«, murmelte der jetzt. Alle sahen ihn an, und

er blinzelte überrascht, als hätte er gar nicht bemerkt, dass er das laut ausgesprochen hatte. Verlegenes Schweigen senkte sich über uns herab, bis Docc sich räusperte.

»Sprich weiter, Shaw.«

»Gut, na ja, das war's eigentlich schon. Jonah hat total einen an der Klatsche und versucht, die Herrschaft über alles zu erlangen, aber tatsächlich erreicht er nur eins: dass ein Arsch voll von Leuten sterben. Ich *wollte* ja versuchen, ihn um die Ecke zu bringen, bevor ich hier bei euch gelandet bin«, beendete er seinen Bericht und warf uns einen vorwurfsvollen Blick zu.

»*Du* hast dich in diese Situation hineinmanövriert, nicht wir«, blaffte Hayden. »Wenn du gegen ihn bist, warum warst du in jener Nacht bei dem Überfall überhaupt dabei, hm?«

»Glaubst du etwa, ich hätte irgendetwas erreichen können, wenn er mir nicht vertraut hätte?«, erwiderte Shaw sarkastisch. »Glaubst du etwa, er hätte mich leben lassen, wenn er gewusst hätte, dass ich versuchen wollte, ihn zu töten? Natürlich nicht. Das gehört zum Spiel, mein Freund.«

»Ich bin nicht dein Freund!«, antwortete Hayden bissig. Shaw zuckte mit den Schultern und schüttelte entnervt den Kopf.

»Woher sollen wir wissen, dass du uns nicht anlügst?«, ergriff nun Kit zum ersten Mal das Wort. Auch er hatte die Arme über der Brust verschränkt und sah Shaw skeptisch an.

»Fragt sie«, sagte Shaw und deutete mit einem Kopfnicken auf Leutie. »Sie weiß es.«

»Er sagt die Wahrheit«, bekräftigte Leutie. »Alles, was er sagt, stimmt. So viele Menschen sind gestorben.«

Sie wirkte zutiefst bekümmert, und ich bemerkte, wie ihr Kinn zitterte, als ihr die Tragweite ihrer eigenen Worte aufging. Dax raunte ihr etwas ins Ohr, das ich nicht verstand, und strich ihr mit der Hand beruhigend über den Rücken.

»Also, wie machen wir es denn nun? Wie können wir ihn ein für alle Mal loswerden?«, fragte Hayden.

»Keine Ahnung, wie ihr normalerweise vorgeht, aber ich weiß, was ich tun würde«, sagte Shaw und sah uns alle der Reihe nach an. Mein Herz pochte ein wenig härter in meiner Brust.

»Nun?«, soufflierte Hayden ungeduldig.

»Ich würde ihm in der Stadt auflauern. Er und sein kleines Team sind alle drei Wochen dort. Versucht, die Brutes dazu zu zwingen, für ihn zu arbeiten, aber immer erfolglos. Verliert dann immer die Hälfte der Leute, kehrt aber jedes Mal wieder zurück dorthin. Dort kriegt man ihn zu fassen – wenn er abgelenkt ist und nicht von all seinen Greystone-Anhängern abgeschirmt wird. Man bringt ihn um, bringt sein Team um, bringt die Verrückten um, die in Greystone noch übrig sind, und schon ist das Problem gelöst.«

»Das ist alles? Ja? Du sprichst davon, bestimmt hundert Menschen zu töten«, sagte Hayden mit ausdrucksloser Stimme.

»Ich hab nicht behauptet, dass es angenehm wird«, wies Shaw ihn lässig zurecht.

»Weißt du, wer für ihn ist?«, forschte Hayden. »Wer auf seiner Seite ist und wer gegen ihn – egal, ob offen oder nicht?«

»Ja.«

»Gut.«

Hayden sagte sonst nichts mehr, aber ich wusste, in welche Richtung seine Gedanken gingen. Wir mussten Jonah töten und vielleicht auch ein paar seiner größten Befürworter, aber nicht so viele, wie Shaw vorgeschlagen hatte. Solange wir wussten, um wen es sich handelte, konnten wir uns etwas anderes einfallen lassen.

»Du sagtest, er geht alle drei Wochen in die Stadt. Wann ist es wieder so weit?«, fragte ich. Shaw sah mich an. Seine blaugrünen Augen musterten mich scharf.

»Du willst wirklich deinen eigenen Bruder töten?«, fragte er meine Frage ignorierend.

»Ja«, stieß ich zwischen zusammengebissenen Zähnen hervor.

Shaws Miene war unergründlich. Er dachte ein paar Sekunden über meine Antwort nach und starrte mich dabei an.

»Vielleicht bist du ihm ähnlicher, als ich dachte«, sagte er nachdenklich. Seine Stimme hatte jetzt einen boshaften Unterton. Unwillkürlich drehte sich mir der Magen um, und das Blut gefror mir in den Adern. Diesen Vergleich wollte ich nun wirklich nicht hören.

»Was hab ich dir verdammt nochmal gesagt?«, blaffte Hayden wütend. »Wage es nicht, mit ihr zu reden.«

»Sie hat zuerst mit mir gesprochen, Kumpel, was sollte ich also tun?«, entkräftete er Haydens Argument.

»Ist mir egal. Du hältst dich verflucht nochmal von ihr fern.«

Haydens beschützende Worte erwärmten mein Blut wieder etwas, aber dennoch blieb ein gewisses Frösteln zurück. Shaws Worte gingen mir nicht aus dem Kopf.

»Wann also wird er wieder in die Stadt gehen?«, wiederholte Kit meine Frage.

»Da habt ihr Glück«, antwortete Shaw mit dem Anflug eines düsteren Grinsens auf dem Gesicht. »Jonah wird schon morgen Abend wieder dort sein.«

KAPITEL 35
STRAHLEND

Grace

Das Schweigen, das Shaws Ankündigung folgte, war so schockiert, dass es beinahe in dem Raum widerhallte. Morgen ... das war so bald. Mittlerweile war es später Nachmittag; konnten wir uns in so kurzer Zeit auf eine solche Aktion vorbereiten?

»Das ist zu früh«, brach Dax schließlich das angespannte Schweigen. »Bis dahin haben wir kaum alle Vorbereitungen getroffen, oder?«

Er schaute sich um, doch je länger er uns ansah, umso mehr schwand seine Gewissheit, dass wir ihm alle zustimmen würden.

»Weiß ich nicht genau. Es ist sicher nicht leicht«, murmelte Hayden und runzelte nachdenklich die Augenbrauen. »Grace?«

Ich antwortete nicht sofort, denn ich war genauso verwirrt wie Hayden.

»Wir haben bis jetzt absolut keinen Plan«, stellte ich fest. Alle warteten ab, spürten wohl, dass ich noch etwas hinzufügen würde. »Und wahrscheinlich wird es wirklich gefährlich.«

»Abgesehen davon wissen wir auch gar nicht, wo in der Stadt er sich aufhalten wird«, fügte Hayden hinzu.

»Oder wen er bei sich haben wird«, meinte Kit.

»Oder mit welchen weiteren Problemen wir es in der Stadt zu tun haben werden«, beendete ich unsere Aufzählung und sah die anderen stirnrunzelnd an.

»Habt ihr jetzt echt gesagt, dass es schwer werden könnte? In meinen Ohren klingt das wie ein Spaziergang«, meinte Dax sarkastisch, zuckte mit den Schultern und zog die Mundwinkel spöttisch herab.

Niemand lachte. Wir alle waren viel zu angespannt und in Gedanken versunken. Shaw hatte während unserer kleinen Unterhaltung geschwiegen, doch jetzt ergriff er das Wort.

»Euch ist schon klar, dass ich auf die meisten eurer Fragen eine Antworte kenne?«, sagte er gelassen und wölbte eine Augenbraue.

»Ja, falls wir zu dem Schluss kommen, dass wir dir vertrauen können, und offen gesagt: *Ich* tue das nicht«, knurrte Hayden und funkelte ihn wütend an.

»Ihr vertraut mir genug, um ernsthaft darüber nachzudenken, morgen in die Stadt zu gehen, aber nicht genug, um euch meine Informationen zunutze zu machen, die euch die Sache erleichtern könnten? Klingt ungeheuer logisch«, antwortete Shaw sarkastisch.

»Ich glaube, damit hat er Recht, Leute«, stimmte Leutie nun zu. »Jonah und einige Leute aus Greystone verschwanden tatsächlich alle drei Wochen, und jedes Mal, wenn sie zurückkamen, hatten sie ein paar Verluste zu beklagen.«

»Wenn wir morgen nicht zuschlagen, werden noch mehr

Menschen sterben. Nicht nur diejenigen, die ihn in die Stadt begleiten, sondern jeder, den er nach seiner Rückkehr auf irgendein Himmelfahrtskommando schickt ...«, überlegte ich laut.

Je länger ich darüber nachdachte, umso mehr war ich geneigt, morgen tatsächlich in die Stadt zu ziehen. Es war nun mal Tatsache, dass wir umso mehr Leben retten konnten, je schneller wir handelten. Und darum ging es schließlich hier, nicht wahr? Würde ich wirklich besser darauf vorbereitet sein, meinen eigenen Bruder zu töten, wenn ich mehr Zeit hatte?

Ich bezweifelte es.

Um wirklich auf das vorbereitet zu sein, was ich tun musste, konnte es gar nicht genug Zeit geben. Eine Nacht, drei Wochen, zehn Jahre. Es war egal und würde nichts daran ändern, wie tief es mich treffen würde. Genauso gut konnte ich es also schnell hinter mich bringen.

Hayden schien zu dem gleichen Schluss zu kommen, denn als ich zu ihm hinübersah, wirkte seine Miene resigniert.

»Ich glaube, wir sollten uns tatsächlich morgen auf den Weg machen«, sagte er entschlossen und blickte alle Anwesenden an. Ich wartete besorgt auf die Antworten der anderen und wünschte mir insgeheim gleichzeitig, dass sie zustimmten und widersprachen.

»Ich bin der gleichen Ansicht«, stimmte Kit nüchtern zu.

»Ich auch«, murmelte ich leise.

»So ein Mist«, schnaubte Dax verärgert. »Sieht also so aus, als würden wir morgen losziehen.«

»Überlegt euch einen wirklich handfesten Plan«, riet Docc. »Ihr habt Shaw und Leutie auf eurer Seite. Nutzt ihr Wissen.«

Shaw zeigte bei Doccs Worten keine Reaktion, und Leutie schenkte jedem von uns ein mutiges, ernstes Lächeln. Es war also beschlossene Sache, und niemand erwähnte auch nur die Möglichkeit, es sich noch einmal anders zu überlegen. Wir konzentrierten uns darauf, einen Plan zu schmieden und so viele Information zu sammeln, wie wir konnten, und nicht darauf, einen Rückzieher zu machen oder andere Lösungen in Betracht zu ziehen.

Die darauffolgende Stunde verbrachten wir also damit, Shaw und Leutie so viele Informationen wie möglich zu entlocken. Hayden, Kit und Dax verhörten sie erbarmungslos, während Docc sich Notizen machte. Shaw reagierte schon bald gelangweilt auf ihre Fragen, beantwortete sie aber dennoch ruhig und ausführlich. Er sagte uns, wohin sie gingen, wann sie loszogen, wen Jonah mitnahm, welche Waffen sie mit sich führten und wonach sie suchten. Er schilderte uns, welche Orte wir meiden sollten und welche geeignet waren, um aktiv zu werden. Und was vielleicht am wichtigsten war: Er berichtete uns, wie man jene identifizieren konnte, die Jonah am ähnlichsten waren und die man ebenfalls loswerden musste. Leutie bestätigte seine Angaben.

Danach hatten wir einen relativ guten Plan. Selbst wenn Shaw uns einen Haufen Lügen aufgetischt hatte, war ich zuversichtlich, dass es uns gelingen würde, nicht in irgendwelche Fallen zu tappen. Für jeden der von uns geplanten Schritte gab es einen Plan B, falls irgendetwas schiefging. Gewissenhaft planten wir unsere Route, um jegliche Orte, die uns in Gefahr bringen konnten, zu meiden.

Zum ersten Mal seit langem hatte ich das Gefühl, dass wir

die Dinge unter Kontrolle hatten. Jonahs und Greystones Angriffe hatten uns stets gezwungen, nur zu reagieren. Es gab mir ein gewisses Selbstvertrauen, ausnahmsweise mal auf der offensiven Seite zu sein, statt sich wie sonst nur zu verteidigen. Endlich ergriffen wir die Initiative, und bald würde hoffentlich glücklicherweise alles vorüber sein.

»Na gut, Leute«, sagte Hayden schließlich mit tiefem Seufzer. »Ich glaube, für heute können wir Feierabend machen. Ruht euch etwas aus. Wir ziehen morgen in aller Herrgottsfrühe los.«

Zustimmendes Gemurmel erhob sich. Dann verabschiedeten sich alle zunächst von Docc, der sich bereits wieder auf den Weg zu seinem Schreibtisch gemacht hatte. Ich warf einen letzten Blick auf Shaw in seinem Krankenhausbett, dann wandte ich mich um und folgte Hayden, Kit, Dax und Leutie nach draußen. Ich bemerkte, dass Hayden sich bemühte, beim Hinausgehen nicht mehr zu Shaw hinüberzusehen.

Draußen herrschte bereits Abend. Ein leises Magenknurren erinnerte mich daran, dass ich ziemlichen Hunger hatte, und anscheinend war ich nicht die Einzige, denn Dax schlug vor, dass wir uns gemeinsam etwas zu essen holen sollten. Alle verfielen in brütendes Schweigen, und erst als wir die Kantine betraten und ich Maisie entdeckte, konnte ich die Gedanken an den morgigen Tag eine Weile zurückstellen.

Mir sank das Herz bei ihrem Anblick: Jede ihrer Bewegungen zeugte von ihrer tiefen Trauer und dem Kummer, den sie erlitten hatte. Wie immer stand sie hinter dem Tresen und gab den Wartenden ihre Mahlzeit aus. Aber statt eines strahlenden Grinsens und einer warmherzigen Begrüßung hatte sie heute kaum ein Nicken für uns übrig und füllte unsere Teller ohne ein Wort. Ich warf ihr ein trauriges, mitfühlendes Lächeln zu, bei dem mir das Herz sogar noch mehr wehtat als zuvor, nahm meinen Teller entgegen und ging davon.

Wir fünf setzten uns zusammen an einen Tisch, und wieder war ich offenbar nicht allein mit meinen Gefühlen.

»Sollte sie denn im Augenblick wirklich arbeiten? Jett war praktisch ihr Sohn ...«, fragte Dax.

»Sie will es so«, antwortete Kit. »Ich habe gestern mit ihr gesprochen. Sie meint, es hilft ihr, sich zu beschäftigen, aber sie sieht wirklich erbärmlich aus ...«

Das verstand ich voll und ganz. Müßig herumzusitzen, ohne eine Ablenkung, nur mit den eigenen Gedanken, war wohl die schlimmstmögliche Methode, mit solch einem Verlust fertigzuwerden. Jedes belastende Ereignis meines Lebens hatte ich überstanden, indem ich weiter auf Trab blieb und handelte. Wenn man allein war, wurde man von seinen Gedanken kontrolliert, die einen über kurz oder lang zu Boden zwangen.

»Ich glaube, sie ist eine ziemlich starke Frau«, meinte Leutie leise. Sie warf Maisie einen wehmütigen Blick zu, die wortlos weiter vor sich hin arbeitete. Wir nickten alle in wortloser Zustimmung.

Mir fiel auf, dass Hayden bislang kein Wort gesagt hatte. Er schien sich ausschließlich auf sein Essen zu konzentrieren, obwohl er sicherlich zutiefst trauerte. Plötzlich wünschte ich mir nichts sehnlicher, als mich für den Rest der Nacht mit ihm in unsere Hütte zurückzuziehen; wir brauchten beide eine Pause von dem Stress und den belastenden Ereignissen, zumal uns morgen doch einiges erwartete.

Schnell beendeten wir unsere Mahlzeit, und kurz darauf trennten sich unsere Wege. Kit wollte noch eine letzte Runde durchs Camp drehen, bevor er sich in seine Hütte zurückzog. Hayden und ich machten uns zusammen mit Dax und Leutie auf den Weg zu unseren jeweiligen Hütten. Es war merkwürdig, dass Dax so ernst war. Normalerweise hatte er schließlich immer einen Witz oder einen humorvollen Kommentar auf den Lippen, aber heute hatte er kaum ein Wort gesagt.

Die Stimmung war eben allseits gedrückt.

Schweigend betraten Hayden und ich unsere Hütte, schleuderten unsere Schuhe von uns und gingen ins Zimmer. Es wurde langsam dunkel, und ich wünschte mir nur noch eins: mich mit Hayden im Bett zu verkriechen. Ich sah, wie er sein Shirt am Nacken packte, es sich über den Kopf zog und zu Boden warf, sodass er jetzt nur noch, wie so oft, ein Paar Sportshorts trug. Ich selbst zog mir schnell ebenfalls ein paar bequeme Shorts und ein lockeres Tanktop über.

Hayden setzte sich auf die Bettkante und vergrub das Gesicht in den Händen, die Ellbogen auf seine Knie gestützt.

»Hey«, sagte ich sanft. Er richtete sich auf und blinzelte ein paar Mal, räusperte sich und sah mich dann an.

»Hey«, antwortete er mit leiser, heiserer Stimme.

Ich stand keinen Meter weit von ihm entfernt, und ohne zu zögern, streckte er die Arme nach mir aus und zog mich, wie so häufig, auf seinen Schoß. Ich legte die Beine seitlich über seine und die Arme lose um seinen Nacken. Ich schmolz an ihm dahin, genoss die Wärme seines Arms an meinem Rücken und die Berührung seiner Finger, die sacht an der Außenseite meiner Schenkel entlangwanderten.

»Wie geht es dir?«, fragte ich kaum hörbar. Ich erwartete, dass er mich mit der typischen Antwort »gut« abwimmeln würde, aber weit gefehlt.

»Erschöpft«, bekannte er. Seine Stimme ließ keinen Zweifel daran, dass er nicht nur körperlich erschöpft, sondern mental, physisch und emotional ausgelaugt war – genau wie ich selbst.

»Geht mir genauso«, stimmte ich zu. Er schwieg, war tief in Gedanken versunken und streichelte weiterhin geistesabwesend meine Haut.

»Ich weiß nicht, was morgen geschehen wird«, begann er schließlich und sah mir zum ersten Mal, seit wir die Hütte betreten hatten, in die Augen.

»Können wir das sein lassen?«, fragte ich. Die Worte waren heraus, bevor ich wusste, dass ich sie aussprechen wollte.

»Was sein lassen?« Er war verwirrt.

»Du weißt schon ...«, begann ich leise. »Dieses ganze Gerede über die Gefahren, die auf uns warten.«

Ich zuckte mit den Schultern, kam mir albern vor, weil ich überhaupt etwas gesagt hatte. Hayden öffnete den Mund, um mir zu antworten, aber ich kam ihm zuvor.

»Ich meine nur ... ich will heute Abend nicht darüber reden. Ich weiß, dass ich vorsichtig sein muss, und du weißt es auch. Du weißt, dass ich dich liebe. Ich weiß, dass du mich liebst. Ich weiß, es wird schwer, aber ich weiß, dass ich es schaffen kann. Was gibt es da sonst noch zu sagen?«

Meine Worte schienen Hayden zu überraschen, aber er nickte langsam, was mich ein wenig erleichterte.

»Ja, das trifft es wohl ziemlich genau«, pflichtete er mir bei. Er beobachtete mich mit einem Anflug von Belustigung.

»Ich will einfach, dass alles wieder normal wird«, sagte ich sehnsüchtig, zuckte halbherzig mit den Schultern und schüttelte unmerklich den Kopf.

»Was ist normal?«, fragte er sanft.

»Keine Ahnung. Das hier jedenfalls nicht.«

Hayden schwieg ein paar Sekunden lang nachdenklich.

»Ich weiß, Süße«, murmelte er dann. Er hob die Hand, um zärtlich meine Wange zu umfangen und sie mit dem Daumen zu streicheln.

»Ob es jemals wieder normal wird? Wird wieder alles so werden wie früher?«, fragte ich und wünschte mir inständig, er möge Ja sagen.

»Nein«, antwortete Hayden bedauernd. Mein Herz tat einen schmerzhaften Schlag. »Es wird nie mehr so werden wie früher. Aber besser.«

Jetzt war ich diejenige, die den Blick abwandte. Nachdenklich biss ich mir auf die Lippen. »Wahrscheinlich.«

Hayden lächelte liebevoll und gab mir einen sachten, federleichten Kuss auf die Lippen. Plötzlich wollte ich den heutigen Abend nur noch genießen. Ich wollte uns auf andere Gedanken bringen.

»Reden wir doch mal über etwas anderes«, sagte ich munterer.

»Etwas anderes«, wiederholte Hayden, abermals amüsiert. »Wie zum Beispiel?«

»Keine Ahnung, aber jedenfalls ist dieses ganze trübe Wir-könnten-morgen-sterben-Gerede tabu.«

Zufrieden hörte ich Hayden leicht glucksen, und ein Grinsen umspielte seine Lippen.

»Ja, Ma'am.«

Das sagte er nicht zum ersten Mal, aber immer sagte er es im gleichen Ton: belustigt, absolut zärtlich und in der Absicht, mich vor allem zu beruhigen. Das gefiel mir.

»Das mag ich«, sagte ich also breit grinsend. Meine Finger verwoben sich lose in seinem Haar am Hinterkopf. Ich drehte mich auf seinem Schoß so um, dass ich ihm genau gegenübersaß, und ich spürte, wie er hinter mir die Hände ineinander verschränkte.

»Ach ja?«, fragte er und zog eine Augenbraue hoch. Ein Grübchen erschien in seiner Wange, als er grinste.

»Mmm-hmm«, nickte ich und konnte mir das Lächeln kaum verkneifen.

»Ich bin ganz steif.«

Mir blieb vor Überraschung der Mund offen stehen, und ich riss die Augen auf.

»Hayden!«

Er lachte wieder, und diesmal strahlte er dabei übers ganze Gesicht. Es war so schön, nicht nur selbst wieder zu lächeln, sondern auch ihn lächeln zu sehen. Er war so gutaussehend, wenn er lächelte, und er tat es nicht annähernd so häufig, wie er sollte.

»Ich meinte meinen Nacken ... woran *du* gedacht hast, weiß ich natürlich nicht ...« Er verstummte und zog in gespielter Entrüstung die Augenbrauen hoch.

»Hast du nicht«, lachte ich.

»Nein, hab ich nicht«, bekannte er frech grinsend. Ich hatte die Finger immer noch in seinem Haar vergraben.

»Manchmal bist du ein kleiner Perversling«, schalt ich ihn im Scherz.

Hayden zuckte mit den Schultern und schloss eine Sekunde lang die Augen, während er einen übertriebenen Seufzer von sich gab.

»Aber du liebst es«, erklärte er selbstbewusst.

Ich schüttelte den Kopf, konnte aber das fröhliche Grinsen nicht länger zurückhalten. »Nö.«

»Doch, definitiv«, widersprach er noch zuversichtlicher und sah mir in die Augen.

»Nö«, wiederholte ich und biss mir auf die Unterlippe, um nicht laut loszulachen.

Aber ich scheiterte, als er plötzlich die Hand ausstreckte und mich kitzelte. Ich kreischte vor Lachen und versuchte, mich ihm zu entwinden, wobei ich beinahe von seinem Schoß heruntergefallen wäre. Ich schaffte es kaum aufs Bett, als seine Arme mich packten und auf den Rücken drehten. Sein Körper folgte, landete auf mir, nagelte mich fest. Er packte meine Hände und hielt sie über meinen Kopf, sodass ich hilflos dalag. Die andere Hand ließ er sanft an meiner Seite hinabgleiten.

»Sag, dass du es liebst«, forderte er leise und offensichtlich belustigt, während seine Finger über meinen Bauch wanderten in der stummen Drohung, mich erneut zu kitzeln.

»Niemals«, erklärte ich entschlossen und warf ihm ein herausforderndes Grinsen zu.

»Sag es, Grace«, flüsterte Hayden, und ich bekam eine Gänsehaut. Seine Finger, die sanft an meiner Seite auf und ab gewandert waren, setzten ihren Weg fort.

Diesmal gab ich keine Antwort, sondern schüttelte nur den Kopf, mit einem Mal atemlos unter seinem intensiven Blick. Ich atmete scharf ein, als er den Kopf neigte und die Lippen auf meinen Hals presste. Ich spürte ihre Wärme auf meiner Haut, während er einen Pfad aus Küssen an meiner Kehle hinab und wieder hinauf beschrieb. Dann hielt er inne, knabberte mir sanft am Ohr, und seine Lippen kitzelten mich, als er erneut flüsterte: »Du liebst es.«

Meine Lider schlossen sich. Das Spielerische zwischen uns war beinahe verschwunden. Ich genoss das Gefühl seiner Lippen auf meiner Haut. Dann spürte ich, wie er mir wieder in die Seite kniff und mich kitzelte, was mich überraschte, nachdem er mich so in seinen Bann geschlagen hatte. Ich zuckte zusammen und wollte mich ihm entwinden, aber er hielt meine Hände fest und blieb auf mir liegen. Ich konnte mich nicht bewegen, kicherte aber laut.

Der wunderschöne Klang seines eigenen Lachens erfüllte den Raum, während er mich weiter kitzelte, und als er sich etwas zurückzog, konnte ich das strahlende Grinsen auf seinem Gesicht und seine leuchtenden Augen erkennen.

»Okay, okay, ich liebe es!«, räumte ich schließlich ein, gab seinem erbarmungslosen Kitzeln nach. Atemloses Gelächter schüttelte mich. Aber sobald ich es zugegeben hatte, hörte er auf, mich zu quälen, und legte die Hand neben mein Gesicht.

»Dachte ich's mir doch«, triumphierte er und blickte mit großspurigem Grinsen auf mich herab.

»Du hast geschummelt«, erklärte ich anklagend und versuchte vergeblich, eine ernste Miene aufzusetzen. Er sah zu wunderschön und glücklich aus, um jetzt so zu tun, als sei ich wütend.

»Jep«, sagte Hayden mit sorglosem Achselzucken. »Und jetzt nochmal: Was liebst du?«

»Dass du ein Perversling bist«, lachte ich. Hayden hielt meine Hände immer noch über meinem Kopf fest, obwohl er den Griff um meine Hände gelockert hatte.

»Mmm-hmm«, summte er glücklich. »Und was liebst du sonst noch?«

»Dich, okay?«, gab ich zu und verdrehte zum Spaß die Augen.

»Sehr überzeugend«, lachte er sarkastisch.

»Ich liebe dich, Dummkopf.«

»Wie süß!«, meinte Hayden im gleichen Tonfall wie vorher. Seine Augen glühten bei meinem Anblick förmlich vor Glückseligkeit, was mich zufriedener machte, als ich es seit langer, langer Zeit gewesen war.

»Hey, ich bin nicht diejenige, die sich darum herummogelt, das Liebesgeständnis zu erwidern«, erwiderte ich lässig.

»Ooohhh«, meinte Hayden mit übertriebenem Grinsen. »Stimmt, danke, dass du das klargestellt hast.«

»Du hast es immer noch nicht gesagt«, meinte ich und blinzelte erwartungsvoll zu ihm empor.

»Jetzt mach mal halblang, verdammt. Du bist nämlich ziemlich einschüchternd, weißt du? Von mir zu verlangen, dass ich dir sage, dass ich dich liebe und so ... Ich kann ja kaum klar denken mit so einem wunderschönen Mädchen unter mir.«

»Du hast schließlich angefangen«, meinte ich lachend. »Aber trotzdem danke.«

Hayden zuckte erneut mit den Schultern. Ich konnte gar nicht aufhören zu lächeln.

»Okay, jetzt bin ich bereit, es zu sagen«, verkündete er mit übertrieben ernster Stimme.

»Okay. Ich warte. Jederzeit.«

»Aber das wird dich von den Socken hauen«, warnte er mich.

»Ich werde mich darauf gefasst machen«, antwortete ich in ähnlich pseudo-ernsthaftem Ton.

Er nickte und räusperte sich, schloss ein paar Sekunden lang die Augen, wie um sich zu wappnen. Als er die Augen wieder öffnete, blitzte es in seiner atemberaubend grünen Iris amüsiert auf.

»Ich liebe dich, Grace Cook, du einschüchterndes, forderndes, absolut fantastisches Wesen, du.«

»Das war so poetisch«, scherzte ich lachend.

»Ich weiß, ich weiß«, antwortete Hayden ernsthaft und musterte mich mit gewölbter Augenbraue. »Ich habe geübt.«

»Ach tatsächlich?«, lachte ich.

»Oh, ja«, log er grinsend. »Wie geht es deinen Socken?«

»Sind aus«, antwortete ich. »Hat mich glatt rausgehauen, echt.«

»*Ja*«, rief er ironisch und ballte die siegreiche Faust neben meiner Schulter. So glücklich war ich schon lange nicht mehr gewesen, und ich wünschte mir, dass es nie mehr verging.

»Aber ich liebe dich wirklich«, raunte er leise, und seine Stimme klang zum ersten Mal in der ganzen Unterhaltung aufrichtig. »So sehr.«

Eine so wunderbare Wärme durchflutete meinen ganzen Körper, dass Hayden sie sicher auch spüren konnte.

»Ich liebe dich auch, Hayden«, antwortete ich aufrichtig.

Er hatte meine Stimmung mit solcher Leichtigkeit aufgelockert, dass ich das Gefühl hatte, vor Liebe zu ihm gleich platzen zu müssen.

Morgen wartete die schwerste Aufgabe meines Lebens auf mich, aber solange ich Hayden an meiner Seite hatte, konnte ich absolut alles überstehen.

KAPITEL 36
HÖHEPUNKT

Dax

Ich verkniff mir eine Grimasse, ließ den Kopf von einer Seite zur anderen kreisen, um den Schmerz zu vertreiben, der sich in beinahe jedem Muskel meines Körpers festgesetzt hatte. Egal, wie ich mich bewegte oder verlagerte, die Couch, auf der ich lag, war und blieb unbequem. Ich gab mich leise schnaubend geschlagen und ließ mich in die durchhängenden Kissen sinken, um sodann die Decke über mich zu ziehen. Unwillkürlich wanderte mein Blick zum Bett hinüber, das momentan nicht verfügbar war, weil Leutie darin schlief.

Eine Leutie, die sich erheblich wohler fühlen dürfte, weil sie nicht auf dieser entsetzlichen Couch liegen musste.

Langsam ging die Sonne auf, und ich verabschiedete mich endgültig von dem Versuch zu schlafen. Ich schlug die Decke zurück und setzte mich auf, zuckte zusammen, weil mein Rücken lauthals protestierte. Ich wand mich von einer Seite zur anderen, um den Schmerz loszuwerden, aber ohne großen Erfolg. Ruhelos stand ich auf. Ich konnte es nicht ertragen, noch länger wach zu liegen und pausenlos über die Gefahr nachzudenken, der wir uns heute gegenübersehen würden.

Die Bodendielen knarrten unter meinen nackten Füßen,

und ich wollte mir gerade ein Shirt überstreifen, als ich das leise Rascheln der Decken hinter mir vernahm. Beim Klang meines Namens hielt ich inne und wandte mich um.

»Dax?« Leuties Stimme klang noch ganz schlaftrunken.

»Hey«, begrüßte ich sie mit leiser Stimme.

»Was hast du vor?«, fragte sie sanft und musterte mich in der Dunkelheit.

»Ich wollte gerade etwas frische Luft schnappen«, antwortete ich.

»Konntest du nicht schlafen?«, riet sie zutreffend und sah mich mit hochgezogener Braue an. Ich seufzte und ließ automatisch nochmals den Kopf kreisen.

»Nein.«

»Komm her«, verlangte sie. Sie schob die Decke auf der anderen Bettseite nach unten und machte für mich Platz.

Ich machte einen winzigen Schritt auf sie zu, zögerte dann aber. Ich wusste nicht so genau, ob ich diese Brücke überqueren wollte. Sie bei mir wohnen zu lassen und sie besser kennenzulernen, war eine Sache, aber im gleichen Bett miteinander zu liegen?

»Ich hab dich nicht gebeten, mich zu heiraten. Komm einfach her und rede mit mir«, scherzte sie.

Ich grinste und schüttelte den Kopf. Sie hatte Recht. Also stieg ich neben ihr ins Bett. Sie lag immer noch mehr als einen halben Meter von mir entfernt, und nicht nur der Abstand auf der Matratze, auch die Decke trennte uns. Sie war anders, wenn sie mit mir allein war – ohne Grace und Hayden. Hayden schien sie einzuschüchtern, sodass sie sich in seiner Gegenwart schweigsamer und ernster verhielt.

»Also, was ist los?«, fragte sie sanft. Sie pflückte an einem losen Faden in der Bettdecke, doch dann huschten ihre hellblauen Augen zu mir hinauf.

»Nichts«, erwiderte ich mit lässigem Achselzucken.

»Lügner«, widersprach sie mit spielerischem Grinsen.

»Nein, wirklich, es ist nichts!«, versicherte ich.

»Dax«, sagte sie ruhig und sah mich erwartungsvoll an.

Ich stieß einen tiefen, resignierten Seufzer aus.

»Na gut ... es ist nur ...« Ich holte tief Luft und stieß sie dann langsam wieder aus. »Diese Couch ist grauenhaft, und du nimmst mein Bett in Beschlag. Deshalb kann ich nicht schlafen.«

Leutie kicherte, und ich lächelte zufrieden. Ich mochte den Klang ihres Lachens, und es war ein gutes Gefühl, der Auslöser dafür zu sein.

»Ich habe dir *angeboten*, dass wir zusammen drin schlafen, weißt du noch?«, gab sie zu bedenken.

»Es gebührt sich wohl kaum für einen Gentleman, dergestalt in M'ladys Privatsphäre einzugreifen?«

Sie kicherte noch einmal, und diesmal glaubte ich, dass sie leicht errötete, was mich nur noch breiter lächeln ließ.

»Ja, ja. Du warst ein überaus zuvorkommender Gastgeber«, lachte sie.

»Oh, ich weiß«, antwortete ich selbstbewusst und erwiderte ihr Lächeln. Doch nun nahm ihr Gesicht einen ernsteren Ausdruck an. Wir schwiegen beide, und plötzlich herrschte eine ungeheure Spannung im Raum.

»Hast du Angst? Vor heute?«, fragte sie sanft.

»Ich habe vor gar nichts Angst«, prahlte ich und blähte

zum Spaß die Brust. Sie aber blieb weiterhin ernst, wollte offensichtlich keine Späße mehr von mir hören. Ich seufzte und zuckte einmal mit den Schultern. »Keine Ahnung. Ein wenig, ja.«

»Ich hätte welche«, bekannte sie. Sie sah mich über die leere Matratze hinweg an.

»Hast du jemals an einem Raubzug teilgenommen?«, fragte ich sie. Manches erinnerte mich ganz stark an Violetta, aber in vielerlei Hinsicht war sie auch wieder so ganz anders. Ich spürte einen schmerzhaften Stich, wie immer, wenn ich an sie dachte, aber ich versuchte, das Gefühl zu verdrängen.

»Oh, nein«, antwortete sie und schüttelte entschieden den Kopf. »In so etwas war ich nie besonders gut. Grace war immer so stark und fantastisch, aber ich ... ich habe weder die Kraft noch den Mut.«

»Es gibt viele Arten von Kraft«, antwortete ich.

»Aber nur eine, die verhindert, dass man getötet wird«, witzelte sie. Ihre Stimme klang unbekümmert, aber ihr Gesicht war sogar noch ernster. »Und das ist die Variante, die ich nicht besitze.«

Ich runzelte die Stirn. Sie hatte vielleicht nicht die körperliche Präsenz von Grace, aber auch sie verfügte über einige Stärken.

»Aber stark bist du trotzdem«, erklärte ich daher entschieden. »Nur in anderer Hinsicht.« Freundlichkeit, Verständnis und Selbstlosigkeit waren die Stärken, die ich während der kurzen Zeit, die wir miteinander verbracht hatten, schon hatte ausmachen können.

Bei meinem Kompliment errötete sie erneut leicht. Es war

beinahe zu einfach, sie verlegen zu machen, trotzdem fand ich es immer wieder amüsant.

»Danke«, antwortete sie leise.

Mein Blick huschte zu ihrer Hand hin, die auf der Matratze zwischen uns lag, und plötzlich verspürte ich den Impuls, sie zu ergreifen, aber ich widerstand.

»Gern geschehen.«

»Es ist okay, Angst vor dem heutigen Tag zu haben«, erklärte sie dann überraschend. »Vertrau nur einfach auf dich selbst und auf deine Freunde. Ihr werdet es alle überstehen.«

Ich spürte, wie ein trauriges Lächeln meine Lippen umspielte. Violetta pflegte früher etwas Ähnliches zu sagen, wenn ich sie verließ, um auf Raubzug zu gehen. Jedes einzelne Mal versicherte sie mir, sie würde auf meine Rückkehr warten, bis sie schließlich auf ihren allerersten Raubzug mitkam. An jenem Tag sprach sie diese Worte nicht aus, denn sie würde mich ja begleiten.

Das war der Tag, an dem sie starb.

Bei der Erinnerung daran wurde mir das Herz schwer, und ich musste ein paar Mal blinzeln, um Leutie vor mir wieder klar erkennen zu können. Geduldig wartete sie auf meine Antwort. Plötzlich war ich ihr zutiefst dankbar und verspürte das dringende Bedürfnis, für ihre Sicherheit zu sorgen. Ich durfte nicht zulassen, dass das, was Violetta zugestoßen war, sich wiederholte.

»Du hast Recht. Das werden wir.«

Grace

Ich konnte meine Nervosität kaum ignorieren, als ich neben Hayden zur Garage ging. Wir sollten uns mit dem Rest unserer Gruppe treffen, bevor wir in die Stadt fuhren, aber ich sehnte mich trotzdem danach, wieder ins Bett zurückkehren zu können, wo ich vor einer Weile in Haydens Armen aufgewacht war. Ich konnte die Resthitze seiner Brust an meinem Rücken beinahe jetzt noch spüren, ebenso wie die seiner Lippen an meinem Nacken, als er mir mit heiserer Stimme einen »guten Morgen« gewünscht hatte. Es war mir extrem schwergefallen, mich von ihm zu lösen, als mir wieder einfiel, was nach dem Aufstehen auf mich wartete.

Mir war das Herz schwer, und ich fühlte mich total zerrissen, trotzdem war meine Entschlossenheit stärker denn je, als ich das winzige, beruhigende Lächeln bemerkte, das Hayden mir zuwarf. Ich war überrascht, als er mir den Arm um die Schultern legte und mich zärtlich an sich zog. Er drückte mir einen sanften Kuss auf die Schläfe und hielt mich auf dem ganzen Weg zur Garage weiter im Arm.

»Alles wird gut, Bär«, raunte er mir nur zu.

Ich seufzte und nickte, packte seine Hand, die leicht auf meiner Schulter lag. Er drückte sie, und wieder fand ich seine Wärme und seinen Zuspruch tröstlich.

»Ich weiß«, stimmte ich leise zu.

Wir betraten die Garage, wo Kit bereits unseren Proviant in den Jeep lud, während Dax und Leutie in letzter Minute noch ein paar Blätter mit Notizen durchgingen. Kit nickte uns zum Gruß zu, nachdem er ein großes Gewehr auf den Rücksitz des Fahrzeugs gelegt hatte.

»Wir sind bereit, wenn ihr es seid«, sagte er zu uns.

»Gut«, antwortete Hayden und nickte ebenfalls. Ich schwieg, folgte ihm, um mich mit Waffen auszurüsten, steckte sie in den Hosenbund. Ich hatte zwei Pistolen, mein übliches Messer und ein paar zusätzliche Magazine mit Kugeln dabei. Mehr Waffen und Munition befanden sich bereits im Jeep, ebenso wie Wasser und Verbandsmaterial. Ich hoffte, Letzteres würde nicht nötig sein.

Schließlich waren wir so weit. Hayden hatte mich den ganzen Morgen über immer wieder aufmerksam gemustert. Er wollte sich davon überzeugen, dass es mir gut ging und dass ich immer noch entschlossen war, meine Aufgabe zu erledigen.

»Es geht mir gut, Hayden«, versicherte ich ihm also jetzt ruhig. Unglücklich presste er die Lippen aufeinander, nickte aber.

»Na gut, Leute, bereit?«, fragte er die Gruppe.

»Aber wie«, antwortete Kit mit zuversichtlichem Nicken.

»Darauf kannst du wetten«, pflichtete Dax ihm bei, warf uns einen Blick zu und wandte sich dann zu Leutie um. »Bis später, Leutie.«

»Ich habe nachgedacht«, sagte diese jetzt langsam, sah flüchtig zu Dax auf, mied dann aber seinen Blick ganz. »Ich glaube, ich sollte mit euch kommen.«

Mir drehte sich vor Angst der Magen um. Eigentlich hatten wir vereinbart, dass sie hierbleiben sollte, weil ihr jegliche Erfahrung fehlte. Es war nun einmal Tatsache, dass sie schon allein körperlich gar nicht in der Lage war, sich selbst zu verteidigen, und wir konnten nicht riskieren, dass sie verletzt wurde oder irgendjemanden behinderte.

»Nein«, kam mir Dax mit seiner Antwort zuvor.

»Aber ich glaube, ich könnte helfen ...«

»Nein, unter gar keinen Umständen«, wiederholte Dax nun noch entschlossener und schüttelte unerbittlich den Kopf.

»Das ist gar keine gute Idee, Leutie«, stimmte ich Dax zu. »Danke für das Angebot, aber ... es ist einfach zu gefährlich.«

»Hört zu, ich weiß, dass ich nicht gut im Kämpfen bin, aber ich kann doch auf andere Weise helfen!«, appellierte sie an uns beide.

»Du kannst nicht mitkommen«, betonte Dax. Schließlich sah sie ihm in die Augen und runzelte frustriert die Stirn.

»Aber ich will helfen«, sagte sie leise, und ihre Stimme klang verletzt.

Dax schüttelte langsam und mit bekümmerter Miene den Kopf.

»Nein.«

»Aber ich ...«

Dax machte einen Schritt auf sie zu. Er nahm ihr Gesicht in beide Hände, dann presste er die Lippen auf die ihren, was nicht nur sie selbst, sondern auch alle anderen Umstehenden überraschte. Mir blieb der Mund offen stehen, und Kit und Hayden ging es neben mir offensichtlich genauso.

Leutie, die anfänglich verblüfft gewesen war, entspannte sich und legte ihm während des Kusses die Hände auf die Brust. Es dauerte nur wenige Sekunden, und anscheinend wurde der Kuss auch nicht inniger, aber er reichte aus, um sie zum Schweigen zu bringen und ihre Gedanken in eine andere Richtung zu lenken. Als er sich von ihr löste, sah ich, wie er den Daumen sanft über ihre Wange gleiten ließ, genau wie Hayden es so oft bei mir tat; unbewusst rückte ich etwas näher an Hayden heran, um die tröstliche Wärme seines Armes an meinem zu spüren.

»Du musst hierbleiben. Vertrau mir«, bekräftigte Dax leise.

Sie schienen unsere Anwesenheit vollkommen vergessen zu haben, standen einander nur wenige Zentimeter entfernt gegenüber und sahen sich in die Augen. Leutie seufzte leise und nickte widerstrebend.

»Okay, na gut. Ich bleibe.« Dax grinste verhalten.

»Danke.«

Kit räusperte sich demonstrativ. »Äh ...«

Dax und Leutie blinzelten und sahen uns an. Offenbar hatten sie unsere Anwesenheit total vergessen. »Entschuldigt mal, aber keiner mag einen Haufen widerlicher Perverslinge, die einen bei einer privaten Unterhaltung stören«, meinte Dax mit schiefem Grinsen. Leutie kicherte und wurde rot, als er sich einen winzigen Schritt weit von ihr entfernte. Ich musste über die Ironie seiner Wortwahl lachen, die mich an meine gestrige Unterhaltung mit Hayden erinnerte.

»Na gut, nun, da unser Loverboy sich verabschiedet hat, können wir langsam mal losreiten?«, fragte Kit unbeschwert grinsend.

»Ach, gerade ihr solltet mal nicht so das Maul aufreißen«, murmelte Dax und schüttelte gutmütig den Kopf.

Leutie umarmte mich überraschend. Ich brauchte ein paar

Sekunden, um ihre Umarmung zu erwidern, und musste lächeln, als sie mir eilig ein paar Worte ins Ohr flüsterte.

»*O mein Gott, o mein Gott!*«

Ich hatte ja schon mitbekommen, dass sie und Dax sich gut verstanden, aber trotzdem war es durchaus eine kleine Überraschung gewesen, ihren vermutlich ersten Kuss mitzubekommen.

»Bis bald«, sagte sie. »Und pass auf dich auf.«

»Immer«, versicherte ich ihr mit zuversichtlichem Grinsen. »Bis bald. Bleib solange bei Docc. Er wird sich um dich kümmern.«

»Mach ich«, nickte sie.

Damit löste ich mich von ihr und folgte Hayden zur anderen Seite des Jeeps, sodass Kit auf seine Seite gehen und Dax sich noch einmal schnell von Leutie verabschieden konnte. Ich wollte gerade die Tür öffnen und auf den Rücksitz klettern, als ich spürte, wie Hayden meinen Arm packte und mich sanft zu sich herumdrehte. Er setzte mich zwischen seinem Körper und dem Jeep fest, sodass der Rest der Gruppe auf der anderen Seite uns nicht sehen konnte.

»Hast du nicht etwas vergessen?«, fragte er mit schiefem Grinsen.

»Sei vorsichtig, Hayden. Ich liebe dich sehr«, sagte ich lächelnd, aber mit leiser Stimme.

»Mach ich. Und du sei ebenfalls vorsichtig. Und denk daran, wie stark du bist, okay? Du schaffst das, das weiß ich, und ich bin für dich da, wenn es vorüber ist. Ich liebe dich, Grace.«

Bei diesen süßen Worten flatterte mein Herz in meiner Brust. Mir wurde sogar noch wärmer, als seine Hand ganz sacht mein Gesicht umfing und er mir einen ausgiebigen, innigen Kuss gab, um unser Versprechen zu besiegeln. Ich hätte beinahe losgekichert, als er mir die Tür öffnete, die Hand reichte und mit einer kleinen, scherzhaften Verbeugung auf den Rücksitz half, bevor er selbst sich hinter das Lenkrad setzte.

»Dann mal los«, murmelte er, startete den Motor und fuhr rückwärts aus der Garage. Ich warf einen letzten Blick auf Leutie, die ausgesprochen verlegen war und uns mit gerötetem Gesicht hinterherwinkte.

Auf der kurzen Fahrt in die Stadt herrschte Schweigen. Keiner von uns schien so recht zu wissen, was er sagen oder tun sollte, ich selbst am allerwenigsten. Es war immer noch sehr früh am Tag, aber wir wollten vor Jonah und seinen Leuten da sein, damit wir uns ein Versteck suchen konnten. Hayden und ich wollten zusammenbleiben, während Kit sich an Dax halten würde. Unsere Kräfte wollten wir zwischen zwei strategischen Aussichtspunkten aufteilen, von denen aus wir Shaw zufolge am besten sehen konnten, wo Jonah aufkreuzte.

Mein Bauchgefühl sagte mir, dass wir ihm trauen konnten, aber eigentlich war es heutzutage beinahe unmöglich, überhaupt irgendjemandem zu vertrauen, und schon gar nicht so einem Widerling wie Shaw. Im Hinblick auf Jonah mochte er vielleicht auf unserer Seite sein, aber das war auch alles, was wir gemeinsam hatten. Doch die Informationen, die er uns geben konnte, machten nicht nur die Zusammenarbeit mit ihm notwendig, sondern wir mussten ihm auch Glauben schenken. Und das fiel uns allen schwer.

Ich bemerkte, wie wir die zerfallenen, heruntergekommenen Häuser am Stadtrand passierten und weiter in die frühere Großstadt vordrangen. Schlaglöcher von der Größe ganzer Autos und Schutthaufen, die so riesig waren, dass wir sie umfahren mussten, behinderten unseren Weg. Trotzdem dauerte es nicht lange, bis wir das Gebäude erreicht hatten, das wir uns auserkoren hatten. Erleichtert stellte ich fest, dass in der Umgebung nichts los zu sein schien.

Mein Magen krampfte sich vor Nervosität zusammen. Hayden saß nach wie vor am Steuer, und ich sah das Grün seiner Augen im Rückspiegel aufblitzen, als er mich ansah, aber auch das konnte mein immer stärker werdendes Unbehagen nicht mehr vertreiben. Mein Bein wippte nervös auf und ab, und mein Körper schien zu vibrieren. Alle sahen angespannt aus den Fenstern auf der Suche nach irgendwelchen Feinden. Wir befanden uns nur wenige Straßenzüge von der Karosseriewerkstatt entfernt, in der sich der Eingang zum Zeughaus, dem Lager der Brutes, befand. Vorsicht war also mehr als geboten.

Schließlich bog Hayden in eine abgelegene Gasse ein und stellte den Jeep hinter einem großen Container ab, der ihn vor den Blicken verbergen würde. Ich schloss ein paar Sekunden lang die Augen und atmete tief und langsam aus, sammelte all meine Kräfte. Als ich die Augen wieder öffnete, entdeckte ich Hayden, der durchs Fenster sah und mir nun die Tür öffnete. Ich sprang aus dem Wagen und spürte die sanfte Berührung seiner Hand in meinem Kreuz.

»Okay, alle mal herhören«, sagte Hayden, als wir uns um ihn scharten. »Ihr kennt den Plan. Ihr beiden bleibt rechts, wir halten uns links. Jonah wird wohl in einer Stunde oder so hier sein, aber bleibt wachsam. Bestimmt laufen hier auch ein paar Brutes durch die Gegend. Wir wollen nicht gesehen werden, bis Grace Gelegenheit hat, zu schießen, kapiert?«

»Kapiert«, murmelte Dax, während Kit nur stoisch nickte.

Wir waren uns vollkommen bewusst, dass ein – hoffentlich tödlicher – Schuss auf Jonah unvermeidlich einen Kampf zur Folge haben würde, und wir waren allesamt darauf vorbereitet. Ich brachte kein Wort heraus, also nickte ich nur ruhig und konzentrierte mich auf eine gleichmäßige Atmung.

»Passt alle auf euch auf«, schloss Hayden seine Ansprache. Es gab nicht mehr viel zu sagen. Wir waren den Plan unzählige Male in allen erschöpfenden Einzelheiten durchgegangen. Alle waren bereit, es hinter sich zu bringen.

»Zu Befehl, Boss«, meinte Dax und tippte sich an den imaginären Hut.

Ich konnte nicht mal lächeln, als wir auf die Kreuzung zuliefen und die Umgebung in Augenschein nahmen. Nachdem wir zu dem Schluss gekommen waren, dass die Luft rein war, hasteten Hayden und ich mit gezückten Pistolen als Erste hinaus und auf unser Ziel zur Linken zu. Kit und Dax taten es uns gleich, allerdings wandten sie sich, wie geplant, nach rechts. Ich rannte ebenso schnell wie Hayden, während wir über Schutthaufen und wuchernde Pflanzen sprangen, die sich ihren Weg durch den geborstenen Asphalt bahnten. Das Adrenalin sprudelte durch meine Adern, durchflutete meinen Körper.

Unser Ziel war ein kleines Bekleidungsgeschäft mit großem, kaputtem Schaufenster, das vor Schmutz starrte. Nachdem wir die verrostete Tür aufgezwängt hatten, drangen Hayden und ich ins Haus ein. Es roch modrig, und die dicke Schicht aus Staub zeugte ebenso wie die abgestandene Luft davon, dass sich hier schon lange kein menschliches Wesen mehr aufgehalten hatte. Kleidungsstücke lagen auf dem Boden verstreut, und die Ständer, auf denen sie einst gehangen hatten, lagen nach entsprechenden Plünderungsaktionen zerbrochen und kaputt auf dem Boden.

Überrascht entdeckte ich kleine glitzernde Glasscherben unter der gesprungenen Schaufensterscheibe. Vielleicht war hier eine Kugel versehentlich vor nicht allzu langer Zeit eingeschlagen. Aber vielleicht waren es einfach nur weitere Verschleißerscheinungen. Wenn alles so lief wie geplant, konnte ich mühelos durch das Fenster hindurchschießen. Falls Shaw Recht behielt, würden sich Jonah und seine Leute in dem Gebäude direkt auf der anderen Straßenseite versammeln, was mir die perfekte Gelegenheit bot, ihn zu töten.

»Perfekt«, murmelte jetzt auch Hayden, dem das ebenfalls aufgefallen war.

Ich stand da und starrte zu dem Loch hinaus, stellte mir vor, wie ich die Pistole hob, zielte und auf das letzte noch lebende Mitglied meiner Familie schoss. Mir drehte sich bei dem Gedanken der Magen um, aber dann rief ich mir ins Gedächtnis, was er mir und so vielen anderen angetan hatte, und so geriet meine Entschlossenheit auch jetzt nicht ins Wanken.

Ich zuckte zusammen, als ein ziemlich lautes Geräusch zu hören war, entspannte mich aber dann wieder. Es war nur Hayden gewesen, der eine kleine Couch vors Fenster zerrte.

Er ließ das andere Ende wieder auf den Boden herunter und richtete sich auf, wischte sich mit dem Unterarm über die Stirn, um den Staub zu entfernen, der von der Couch hochstieb, und setzte sich darauf.

»Für dich, Geliebte«, sagte er ein wenig über sich selbst amüsiert und deutete mit großer Geste auf das Sofa.

»Danke«, antwortete ich leise. Ich ließ zu, dass Hayden mich am Arm auf die Couch neben sich zog, nah genug, dass sein Schenkel und seine Schulter meine berührten, aber auch mit genügend Abstand, dass wir unsere Waffen fest in der Hand halten konnten.

Danach sagte Hayden nichts mehr, als spüre er, dass ich nicht in der Stimmung zum Reden war und dass jetzt keine Beruhigung oder heitere Ablenkung der Welt mehr half. Ich wollte es einfach nur noch hinter mich bringen. Je schneller, umso besser.

Wir saßen etwa eine Stunde lang schweigend so da, nur mit der Hitze seines Körpers an meinem und dem gelegentlichen Streicheln seiner Finger über meine Oberschenkel. Da hörte ich plötzlich das erste Geräusch. Automatisch beugte ich mich vor und spitzte die Ohren, horchte auf die kleinste Regung. Hayden machte es ebenso und wartete angespannt. Wieder ein Geräusch. Als ob draußen irgendetwas umgeworfen wurde.

»Hast du gehört?«, hauchte ich und suchte intensiv die Straße ab.

»Ja«, antwortete er. »Kam vom anderen Ende der Straße.«

Mit dem Lauf seiner Waffe deutete er in die Richtung, wo Kit und Dax Stellung bezogen hatten. Sofort spürte ich die

Angst in mir hochsteigen, aber ich unterdrückte sie; sie würden schon wissen, wie man sich versteckte.

»Komm«, flüsterte Hayden, stand langsam und leise von der Couch auf und tastete sich langsam voran, wobei er sich duckte, um unter dem Fenstersims zu bleiben. Ich folgte seinem Beispiel. Wir richteten uns nur so weit auf, dass unsere Augen so gerade eben übers Fensterbrett schauen konnten.

Zuerst entdeckte ich nichts; die Straße schien ausgestorben dazuliegen, keine offensichtlichen Anzeichen für Gefahr. Man hörte auch nichts mehr, und ich konnte mir immer noch nicht denken, was die ersten Geräusche zu sagen hatten. Ängstlich spähte ich nach draußen, hoffte inständig, jemanden zu sehen, und gleichzeitig genauso inständig, niemanden zu sehen.

»Vielleicht war es nur ...«

Der ohrenbetäubende Knall eines Schusses schnitt mir das Wort ab. Ich machte einen Satz, als in etwa dreißig Metern Entfernung ein Fenster zerbarst.

»Shit«, fluchte Hayden und sprang instinktiv ebenfalls auf die Füße.

»Waren das ...«

»Kit und Dax«, murmelte Hayden. Ich hörte das leise Klicken seiner Pistole, als er sie entsicherte.

Wieder ein Schuss von draußen, gefolgt von einem Ruf. Es war Dax' Stimme, der laut fluchte.

»Wir sind aufgeflogen! Rückzug!«, zischte Hayden.

Er wandte sich um und sprintete zur Tür. Mein eigener Körper reagierte noch vor meinem Verstand, befahl meinen Beinen, mich Hayden hinterherzutragen. Er langte noch vor mir an der Tür an und riss sie kurzerhand auf. Nach einem kurzen Blick nach draußen stürzte er dem Lärm entgegen.

Im Stillen fluchte ich unablässig vor mich hin, hastete ihm hinterher, wollte unbedingt herausfinden, was da los war, und uns dann alle wieder hier herausbringen. Doch dann ertönte ein neuerlicher Schuss. Man konnte nicht sagen, wer da schoss oder ob irgendwer getroffen worden war. Ich sprintete schneller, meine Arme pumpten heftig vor und zurück, die Pistole fest in der Hand. Allerdings war sie sinnlos, solange ich nichts fand, worauf ich zielen konnte.

»Hayden, Grace! In Deckung!«

Ich warf mich flach auf den Boden, noch bevor ich wusste, was dieser Befehl bedeutete. Kaum hatte ich die Erde berührt, als ich ein schrilles Pfeifen hörte und einen heftigen Luftzug über dem Kopf spürte, beinahe sofort gefolgt von einem ohrenbetäubenden Knall, als, was immer mich da gerade knapp verfehlt hatte, mit einem liegen gebliebenen Fahrzeug hinter mir kollidierte. Glühend heißes Feuer folgte der Explosion, sandte eine so heftige Druckwelle zu uns herüber, dass der ganze Staub um mich herum aufgewirbelt wurde. Ich hustete und würgte, doch dann gelang es mir wieder durchzuatmen.

Genauso schnell wie ich auf dem Boden gelandet war, sprang ich wieder auf und sprintete voran, war mehr als erleichtert, Hayden vor mir auf der Erde liegend zu sehen. Ich packte eine Handvoll seines Shirts und zerrte daran. Sofort stieß er sich vom Boden ab, die Waffe nach wie vor in der Hand.

»Komm!«, rief ich drängend.

Ich hatte keine Ahnung, was hier los war, aber eins wusste ich genau: Keinesfalls konnten wir mitten auf der Straße bleiben. Zusammen bewegten wir uns weiter, suchten die Gegend fieberhaft nach demjenigen ab, der auf uns geschossen hatte, aber ohne Erfolg. Im aufwirbelnden Staub konnten wir kaum etwas erkennen, hatten kein klares Ziel, saßen schutzlos quasi auf dem Präsentierteller.

»Hier rein!«

Ich hörte Dax' Stimme, als wir gerade an einem kleinen Eingang vorbeirannten. Sowohl Hayden als auch ich kamen ruckartig zum Stehen und traten hastig den Rückzug an. Man konnte immer noch kaum etwas erkennen, denn Schutt und Asche regneten auf uns herab. Aber nachdem eine Hand nach meinem Arm gegriffen und mich in den Eingang gezogen hatte, sah ich mich niemand anderem als Kit und Dax gegenüber.

»Gott sei Dank«, murmelte ich und bekam vor Erleichterung weiche Knie.

»Alles in Ordnung mit euch?«, fragte Kit und musterte Hayden und mich eindringlich. Wir kauerten dicht beieinander, und sobald der Staub sich gelegt hatte, würde man uns sehen.

»Ja, uns geht's gut«, antwortete Hayden. Ich spürte den Druck seiner Hand auf meinem Rücken, als widerstrebe es ihm, mich loszulassen. »Was zum Teufel ist passiert?«

»Brutes«, spie Dax wütend hervor. »Ein ganzer Haufen kam an unserem Versteck vorbei und merkte, dass die Tür aufgebrochen worden war. Sie kamen rein, um nachzuschauen, aber wir konnten ein paar Schüsse abfeuern und die Flucht ergreifen. Aber dann brachten sie eine verdammte Bazooka in Stellung.«

»Woher haben die denn eine Bazooka?«, fragte Hayden ungläubig.

»Keine Ahnung, Kumpel, aber sie haben eine, und offensichtlich funktioniert sie auch«, antwortete Dax entnervt und deutete grob in die Richtung der lodernden Auto-Überreste.

»Wir müssen hier weg«, beharrte Hayden. »Heute können wir es nicht durchziehen, dafür ist zu viel Scheiße passiert.«

»Stimmt«, pflichtete Kit ihm bei und nickte. Dax murmelte ebenfalls etwas Zustimmendes, dann spuckte er mit angewidertem Gesicht jede Menge Schmutz auf den Boden.

»Gut«, sagte ich. So gern ich es heute auch hinter mich gebracht hätte, ich wusste, dass es jetzt schon viel zu gefährlich war angesichts der Brutes und ihrer offenbar schweren Geschütze.

»Los, weg hier, bevor der Staub sich legt«, befahl Hayden. »Bleibt dicht beieinander.«

Ich nickte und spürte die Hitze seiner Hand, die meine umfing, sodass wir beide noch eine Hand für unsere Waffen frei hatten. Kit und Dax nickten ebenfalls entschlossen. Wir vier schossen aus dem Eingang und bewegten uns schnell und heimlich durch die sich langsam herabsenkenden Staub- und Rauchschwaden. Sie konnten uns zwar nicht sehen, aber hören durchaus.

Jeder einzelne meiner Schritte steigerte die Nervosität und Angst, die ich in Schach zu halten versuchte; das Adrenalin, das mich normalerweise antrieb, brauste auch jetzt durch meine Adern, aber seine Wirkung wurde durch meine zwiespältigen Gefühle gedämpft. Ich konzentrierte mich auf jeden einzelnen Schritt, und wir hatten bereits dreißig Meter zurückgelegt, als ich mit etwas Hartem zusammenstieß.

Ich prallte zurück, sodass Hayden meine Hand loslassen musste. Ich wurde ruckartig aus meiner Benommenheit gerissen, als mein Blick vom Boden nach oben wanderte. Entsetzen befiel jede einzelne Zelle meines Körpers, als ich ramponierte Boots, zerrissene und fleckige Jeans, ein schäbiges, schwarzes Shirt über einem muskulösen Körper entdeckte, und schließlich grüne Augen, die meinen eigenen so ähnlich waren, mich aber voller Widerwillen und Hohn musterten.

Er war aus dem Nichts aufgetaucht, genauso überrascht von der Situation wie wir selbst, und doch stand er vor mir, auf dem Gesicht ein Ausdruck reinen brodelnden Hasses.

Er war der Grund, warum wir hier waren.

Jonah.

»Grace«, zischte er gefährlich leise und voller Häme.

Mir stockte der Atem. Auf eine so katastrophale Abweichung von unserem Plan war ich nicht vorbereitet. Hayden schien von der Staubwolke verschluckt worden zu sein, im Bruchteil einer Sekunde meinem Griff entrissen. Obwohl ich niemanden außer Jonah erkennen konnte, ließen die Geräusche keinen Zweifel daran, dass um uns herum gekämpft wurde. Ich hörte dumpfe Schläge von Fäusten und leises Stöhnen, wann immer jemand getroffen wurde. Ich wollte nach Hayden rufen, brachte aber keinen Ton heraus, sondern starrte Jonah nur aus weit aufgerissenen Augen an.

»Grace!«

Haydens Stimme, die meinen Namen rief, riss mich aus meiner Erstarrung, und das auch keinen Augenblick zu früh, denn in dem Bruchteil der Sekunde, die meine Reaktion sich verzögerte, hatte Jonah mit der riesigen Faust ausgeholt und zielte jetzt geradewegs auf meinen Kopf. Ich duckte mich schnell und spürte noch den Luftzug, als er mich nur um wenige Millimeter verfehlte. Schnell richtete ich mich wieder auf und hob die Pistole.

Allerdings hatte ich sie kaum auf seine Brust gerichtet, als sein Fuß schon durch die Luft schoss und gegen meine Handgelenke prallte, sodass die Waffe ein paar Meter weiter durch den Schmutz flog.

Meine Füße bewegten sich schnell. Ich rannte darauf zu, spürte dann aber, wie sich ein paar starke Arme um meine Taille schlangen und mich zu Boden schleuderten. Jonah landete auf mir, hielt mich am Boden fest.

Ich setzte mich gegen ihn zur Wehr, biss die Zähne zusammen, und es gelang mir, mich auf den Rücken und zur Seite zu drehen, als er mir wieder einen Hieb auf das Gesicht versetzen wollte, aber ich war nicht schnell genug, um den zweiten Teil seines Angriffs abzuwehren. Ich spürte einen scharfen Schmerz am Kinn, und mein Kopf schnellte zur Seite. Der warme, bittere Geschmack des Blutes durchflutete meinen Mund beinahe sofort, und hastig spuckte ich es auf den Boden. Dann sammelte ich all meine Kraft und schwang mein Bein in die Höhe, rammte ihm das Knie in den Rücken.

Er verzog vor Schmerz das Gesicht und ließ mich genug los, dass ich mich zur Seite neigen und ihn abwerfen konnte. Ich kam auf die Füße und griff, ohne zu zögern, nach der zweiten

Waffe, die ich in meinem Hosenbund verborgen hatte. Doch meine Hand blieb leer. Fieberhaft sah ich mich um – anscheinend hatte ich die Pistole während des Kampfes verloren.

»*Shit*«, zischte ich wütend.

Innerhalb von weniger als einer Minute hatte ich beide Waffen verloren.

Also zückte ich mein Messer und sprintete auf die erste Pistole zu, die immer noch in ein paar Metern Entfernung auf dem Boden lag. Ich war schon fast dort angelangt, als ein zweites Mal ein starker, schwerer Körper auf mich prallte. Mir blieb die Luft weg, und ich landete bäuchlings auf der Erde. Ich hatte das Messer trotz der Kollision festhalten können. Er hielt mich fest, sah voller Wut und mit einem Anflug von Wahnsinn in den Augen auf mich herab.

»Wolltest du mich etwa umbringen?«, knurrte er. Trotz meiner üblen Lage konnte ich nicht anders, als ihm geradewegs ins Gesicht zu schnauben.

»Musst du gerade sagen«, spie ich hervor und ließ die Hand mit dem Messer nach vorn schnellen.

So wie er mich festhielt, konnte ich kaum richtig zielen, aber das feuchte, dumpfe Geräusch und das schmerzerfüllte Zischen, das er von sich gab, sprachen Bände, als ich ihm das Messer tief in den Oberschenkel rammte. Sofort strömte Blut aus der Wunde. Ich zog die Klinge heraus, wollte erneut zustoßen, als seine Faust heftig und schmerzhaft auf mein Gesicht traf, sodass plötzlich weiße Punkte vor meinen Augen explodierten.

»Scheiß Schlampe«, stöhnte er mit gepresster Stimme und verkrampfte sich vor Schmerz.

Er drückte die Hand auf die stark blutende Wunde an seinem Oberschenkel, war für kurze Zeit abgelenkt genug, dass ich unter ihm hervorkrabbeln konnte. Immer noch stand er vornübergebeugt, als ich auf die Füße kam, und er reagierte nicht schnell genug, als ich ihm das Knie mit aller Macht ins Gesicht schmetterte. Ich hörte das laute Krachen, als seine Nase brach, sodass sogar noch mehr Blut in den Schlick tropfte, der sich um ihn herum gebildet hatte.

Er stöhnte, beugte sich vor, umklammerte seine Nase und schrie mir Flüche und Beleidigungen entgegen. Ich schoss davon, und endlich konnte ich nach meiner Pistole greifen. Der Schweiß lief mir in Strömen herab, und an einigen Stellen blutete ich offenbar ebenfalls, aber dennoch umfasste ich die Waffe mit aller Kraft, wirbelte zu ihm herum und zielte. Ich war überrascht, ihn nun in etwa drei Metern Entfernung wieder aufrecht dastehen zu sehen, in herausfordernder Pose, das Gesicht voller Hass und Widerwillen.

Um mich herum waren weiterhin Kampfgeräusche zu hören, aber ich konnte immer noch nur verzerrte Schatten erkennen, die in Rauch und Staub verborgen waren. Das gedämpfte Stöhnen und die Schmerzensschreie gaben mir keinen Aufschluss darüber, wer gewann, oder – viel schlimmer noch – verlor. Auf seltsame Weise schien das hier eine Neuauflage jenes Tages zu sein, an dem ich zuerst eine Waffe auf Jonah gerichtet hatte und es nicht fertiggebracht hatte, auf ihn zu schießen: das Kämpfen, die Atmosphäre, der absolute Schrecken und das Gefühlschaos, das meinen ganzen Körper durchzuckte.

»Das schaffst du nicht«, zischte er und schüttelte mit höhnischem Grinsen den Kopf. »Dazu bist du nicht stark genug. Du warst noch nie stark genug.«

Ich gab keine Antwort, sondern starrte ihn nur an, konzentrierte mich mit aller Macht darauf, dass meine Hände nicht zitterten, während ich genau auf sein Herz zielte. Ich biss die Zähne so fest aufeinander, dass ich schon glaubte, sie würden in meinem Mund in tausend Stücke zersplittern.

»Du wirst scheitern, und ich komme davon. Schon wieder.«

Ich schwieg weiter. Meine Brust hob und senkte sich, als ich tief und unsicher ein- und ausatmete. Aber mein Körper war seltsam reglos, während ich ihn mit solcher Intensität ansah, dass ich beinahe daran zerbrochen wäre.

»Jonah, hör mit all dem hier auf«, sagte ich entschieden und mit leiser und souveräner Stimme.

Höhnisch zog er eine Augenbraue in die Höhe und sah mich herablassend an.

»Womit soll ich aufhören? Mit dem Überleben? Weil du zu schwach bist und nicht dazu in der Lage?«, stieß er wutentbrannt hervor. Er zitterte vor Zorn.

»Hör mit allem auf. Hör auf, Menschen für nichts in den Tod zu schicken, hör mit dem Kämpfen auf. Hör einfach mit allem auf«, drängte ich ihn und schüttelte den Kopf, wobei sich mein Kinn sogar noch stärker verkantete. Meine Pistole war weiterhin unbeirrbar auf seine Brust gerichtet.

»Du bist erbärmlich«, höhnte er. »Bittest mich aufzuhören, *weil Menschen sterben*. Weißt du was, Grace? So funktioniert diese Welt nun mal. Töten oder getötet werden.«

Sein Ton war spöttisch. Jedes seiner Worte hatte nur ein einziges Ziel: mich zu beleidigen und zu verletzen.

»Aber so muss es nicht sein«, widersprach ich. Wir beide standen wie angewurzelt da, ich beide Arme ausgestreckt und schussbereit, er in Abwehrstellung, um sich im Bruchteil einer Sekunde auf mich zu stürzen.

»Doch«, sagte er und schielte wütend auf seine gebrochene Nase hinab. »Und du bist einfach zu schwach, um daran etwas zu ändern.«

Wieder antwortete ich nicht, sondern schluckte nur schwer. Meine Knöchel waren ganz weiß, weil ich die Waffe so fest umklammert hielt, und mein Körper schien so heftig zu zittern, dass ich mich nicht von der Stelle rühren konnte. Die Kämpfe um uns herum dauerten weiterhin an, aber wir blieben unbehelligt.

»Du wirst mich nicht töten. Ich bin dein Bruder. Ich bin alles, was du noch hast«, ätzte Jonah.

»Du wolltest mich umbringen!«, schrie ich. Jetzt war es mit der Ruhe, die ich bis zu diesem Augenblick hatte bewahren können, vorbei. »Weißt du nicht mehr?«

Ich löste eine Hand von der Waffe, um den Ausschnitt meines Shirts herunterzuzerren, sodass man die Narbe sehen konnte, die er mir über dem Herzen beigebracht hatte. Einen Moment lang sah er darauf hinab, dann aber mir wieder in die Augen.

»Ich bin auch alles, was *du* noch hast, aber dir ist das egal«, sagte ich jetzt wieder ruhiger, schüttelte den Kopf und sah ihn stirnrunzelnd an. Diesmal war Jonah mit Schweigen an der Reihe.

Ich legte die zweite Hand wieder um die Waffe und beobachtete ihn, wobei die Bilder wie ein Film vor meinem geistigen Auge vorüberzogen. Ich sah Farmer tot im Staub liegen, aus der Wunde blutend, die Jonah ihm beigebracht hatte. Ich sah, wie er versuchte, mich zu töten, mir die Wunde zufügte, die nun vernarbt war. Ich sah die Gesichter jedes Einzelnen vor mir, der seinetwegen gestorben war, aus keinem vernünftigen Grund vom Angesicht der Erde getilgt worden war.

Ich sah Jett vor mir, wie er lachend und lächelnd mit mir um das Feuer getanzt war, bevor sein Gesicht im Tod so bleich und leblos geworden war.

Zorn, Kummer, Wut, Groll und so viele andere Gefühle durchtosten mich, brannten in meiner Kehle und in meinen Augen.

»Ich wusste, dass du es nicht schaffen würdest«, höhnte er, mein Zögern erspürend. »Erbärmlich.«

Sämtliche Gefühle, die ich bislang zurückgehalten hatte, kochten über, brodelten durch meine Eingeweide, bevor sie durch meine Haut an die Oberfläche brachen, zerfraßen mich von innen nach außen, während ich in diesem Augenblick mit Jonah gefangen war.

»Töten oder getötet werden, stimmt's?«, fragte ich mit tödlich ruhiger und zorniger Stimme.

Jonahs Grinsen erstarb, und ihm blieb der Mund offen stehen. Seine Brust fiel ein, als er plötzlich Luft holte. In diesem Bruchteil einer Sekunde schien ihm plötzlich klar zu werden, was geschehen würde.

»Warte, Grace ...«

Aber ich hörte nicht hin, atmete tief aus, sah ihm ein letztes Mal in die Augen. Dann schüttelte ich den Kopf und schob entschlossen das Kinn vor. Meine Arme spannten sich ebenso an wie mein gesamter Körper. Es gab kein Zurück mehr. Ein letzter Atemzug und ich zog den Finger zu mir heran und tat das Unwiderrufliche ...

  Ich drückte ab.

BONUSKAPITEL

Die junge Grace

Ich wischte mir den Schweiß von der Stirn und war vollkommen außer Atem, als ich aus dem Kreis der Menschen hinaustrat, die sich um mich versammelt hatten. Unwillkürlich musste ich grinsen, als ich den Jungen in meinem Alter stöhnen hörte, der versuchte, sich vom Boden wieder aufzuraffen, und bei jeder Bewegung vor Schmerz zusammenzuckte. Die Umstehenden unterhielten sich lautstark, hatten unseren kleinen Sparringskampf äußerst unterhaltsam gefunden. Sehr zu meiner Freude hatte ich meinen Gegner besiegt.

Schließlich gelang es ihm, aufzustehen und aus der Mitte des Kreises zu humpeln. Dann setzte er sich sofort wieder hin. Er sah mir kurz in die Augen, erkannte seine Niederlage mit einem Nicken an und ließ sich dann rücklings ins Gras fallen. Nur wenige Sekunden später traten zwei weitere Kids in meinem Alter in den Ring und begannen mit ihrem eigenen Übungskampf.

Jonah, mein Bruder, stand ganz in der Nähe und sah schweigend zu. Er half uns oft beim Trainieren und gab auch gelegentlich Hinweise, aber während der Kämpfe hielt er meist den Mund und beobachtete jene, die Erfolg hatten und die man später mit weiterem Training auf Raubzüge vorbereiten konnte. So zerstritten wir auch waren, ich wollte ihn trotzdem unbedingt beeindrucken. Jedes Mal, wenn ich dran war, galt mein letzter Gedanke Jonah und seiner Beurteilung. Ich wollte unbedingt ausgewählt werden, um mich zu beweisen und meinen Vater stolz zu machen.

Mein Vater, Celt, kam nur gelegentlich vorbei, um sich unser Training anzusehen, war aber meist viel zu beschäftigt mit der Leitung des Camps. Er kam selten dazu, mich beim Trainieren zu beobachten, aber wenn er es tat, dann gab ich wirklich alles. Meist hatte ich Erfolg und schlug meinen Gegner, egal, wer es war. Dass ich die Tochter des Anführers war, trieb mich sogar noch härter an. Ich wollte mir meinen Platz im Überfallskommando aufgrund meiner Fähigkeiten verdienen, und nicht aufgrund der Stellung meines Vaters.

Ich beobachtete das nächste Paar beim Kampf und zuckte zusammen, als einer der Jungs einen hässlichen rechten Haken am Kinn einstecken musste. Da tauchte neben mir jemand auf, der meine Aufmerksamkeit erregte.

»Keine Ahnung, wie du da immer mitmachen kannst«, sagte Leutie und musterte mich mit ihren blauen Augen. Sie sah sich die Schlägereien nicht gern an.

Ich zuckte mit den Schultern. »Und ich weiß nicht, wie du es nicht kannst.«

Solange ich denken konnte, war Leutie meine beste Freundin gewesen. In meiner ersten Erinnerung an sie waren wir vielleicht fünf oder sechs Jahre alt, und ein paar Jungs hatten sie gepiesackt, weil sie sich nicht schlagen wollte. Ich war eingeschritten und hatte sie verteidigt, hatte einem ins Gesicht geschlagen, sodass sie die Flucht ergriffen hatten. Seither waren wir beste Freundinnen. Und seit diesem Tag hatte sich auch unser Wesen nicht sonderlich geändert.

»Ich glaube, es liegt mir einfach nicht«, antwortete sie heiter. Sie sog scharf den Atem ein, als ein Junge bewusstlos liegen blieb. Die umstehende Menge jubelte laut und klatschte den siegreichen Kämpfer ab. Jemand spritzte dem bewusstlosen Jungen Wasser ins Gesicht, weckte und ermutigte ihn, bevor er aufstand und seinem Gegner die Hand schüttelte.

»Kein Problem«, antwortete ich Leutie. Die Menge löste sich langsam auf. Das heutige Training war beendet.

»Willst du noch mit Jonah reden?«, fragte Leutie. Ich suchte die Menge ab und entdeckte schließlich sein Gesicht. Er stand mit einem Jungen seines Alters zusammen, ernsthaft ins Gespräch vertieft.

»Nein«, antwortete ich.

»Baum?«, fragte sie mit einem Grinsen. Ich nickte und erwiderte ihr Lächeln.

Gemeinsam durchquerten wir das Camp, begaben uns zu den wenigen Bäumen, die in Greystone standen. Gern verbrachten wir unsere Zeit unter den Zweigen und genossen es, an warmen Tagen in ihrem Schatten zu liegen. Nachdem wir unser Ziel erreicht hatten, setzte ich mich hin und lehnte mich an den Baumstamm, während Leutie sich im Schneidersitz neben mich setzte. Sie ließ die Finger durchs Gras gleiten.

»Hat Jonah bislang irgendetwas dazu gesagt, ob du endlich mit auf Raubzüge darfst?«, fragte sie.

Eine Welle der Frustration erfasste mich, und ich schüttelte den Kopf.

»Nö. Nichts.«

Leutie runzelte die Stirn. »Aber das sollte er bald tun. Du bist viel zu gut. Er muss dich einfach auswählen.«

»Wird er nicht, und zwar einfach nur weil er weiß, dass ich es will«, murmelte ich bitter. Jonah war sich darüber im Klaren, wie sehr ich es mir wünschte, an Überfällen teilzunehmen und damit unserem Camp zu helfen. Ich vermutete, dass er mich gerade deshalb nicht auswählte, weil er wusste, wie glücklich mich das gemacht hätte.

»Vielleicht versucht er ja nur, dich zu beschützen«, wandte Leutie sanft ein. Im Gegensatz zu mir gehörte Freundlichkeit zu einer ihrer Stärken. Sie sah immer zuerst das Positive in anderen Menschen. Mir fiel das nicht so leicht.

»Das bezweifle ich«, erklärte ich rundheraus.

»Na ja, wie auch immer, er kann dich nicht ewig ignorieren. Du besiegst beinahe jeden, gegen den du antrittst.«

»Außer ihn«, wandte ich ein.

»Ja, aber er ist ja auch fünf Jahre älter als du. Das ist ein riesiger Altersunterschied.«

Ich zuckte mit den Schultern. Die wenigen Male, die ich Gelegenheit hatte, mit Jonah zu kämpfen, hatte er mich mit Leichtigkeit geschlagen. Und das hatte mich unglaublich frustriert.

»Was sagt Celt denn dazu?«

»Nicht viel.« Ich seufzte. »Er findet, dass ich gut bin, aber er will auch nicht, dass mir etwas zustößt.«

»Daraus kann man ihm keinen Vorwurf machen«, antwortete sie aufrichtig.

Ich gab keine Antwort. Ich war enttäuscht, dass man mir

immer noch keine Gelegenheit gegeben hatte, an einem Raubzug teilzunehmen, und diese Unterhaltung steigerte meine Laune auch nicht gerade. Ich ließ den Blick über jene Teile Greystones schweifen, die ich von ihr aus sehen konnte, betrachtete die kahlen Steingebäude. Sie sahen alle gleich aus, unterschieden sich maximal in der Größe und durch die winzigen Schilder an den Türen, die anzeigten, was sich dahinter befand. In einigen wohnten Menschen, in anderen waren Vorräte untergebracht. Mein Blick richtete sich auf das eine, in dem Celt sich jetzt mutmaßlich aufhielt: sein Büro. Ich seufzte und schüttelte den Kopf in dem Versuch, mich abzulenken.

»Was gibt es Neues bei dir?«, fragte ich Leutie. Sie lächelte und schob sich das hellbraune Haar hinters Ohr.

»Sie lassen mich jetzt mit den Lehrern zusammen unterrichten«, verkündete sie stolz. »Margaret wird langsam ziemlich alt. Man muss also damit rechnen, dass sie die Lehrtätigkeit bald an den Nagel hängt, und dann kann ich ihren Platz einnehmen.«

Ich grinste. »Das ist toll, Leutie.«

Leutie konnte wunderbar mit Kindern umgehen. Ich selbst fühlte mich in ihrer Gegenwart unbehaglich und unsicher, während Leutie immer eine Verbindung zu ihnen fand. Wir hatten unsere »Schule« vor ein paar Monaten beendet, mussten uns also jetzt auf das konzentrieren, was wir zum Gemeinwohl im Camp beitragen würden. Für mich bedeutete das, zu trainieren, um an Raubzügen teilzunehmen, und mir medizinisches Wissen anzueignen. Leutie hingegen wollte lernen, wie sie den Kindern Greystones grundlegende Fähigkeiten wie Lesen und Schreiben und alles über die Funktionsweise des Camps vermittelte.

»Danke. Ich freue mich auch wirklich sehr«, antwortete sie glücklich.

»Und bedeutet das, dass du nicht mehr am Kampftraining teilnehmen musst?«

Heranwachsende mussten am körperlichen Training teilnehmen. Dazu gehörten die Grundlagen der Kampfkunst, der Waffenkunde und des Wachdienstes. Leutie war in allen drei Disziplinen äußerst schlecht gewesen. Sie war viel zu freundlich, um gegen jemanden zu kämpfen, zu zerbrechlich, um eine Waffe zu bedienen, und zu ungeschickt, um als Wache von Nutzen sein zu können.

»Ja, glücklicherweise«, antwortete sie mit verlegenem Grinsen. »Endlich muss ich mich nicht mehr ständig blamieren.«

Ich lachte und schüttelte den Kopf. »So schlecht warst du nun auch wieder nicht.«

»Doch, das kannst du ruhig zugeben«, sie lachte. »Insbesondere im Vergleich zu dir.«

»Was hat denn deine Großmutter gesagt?«, fragte ich, ihr Kompliment ignorierend.

»Sie ist begeistert. Sie war immer davon überzeugt, dass ich irgendwann in einer Überfallstruppe enden und schon beim ersten Einsatz getötet würde«, antwortete sie und verdrehte die Augen.

Leutie war in Greystone von ihrer Großmutter großgezogen worden. An ihre Eltern konnte sie sich nicht erinnern, und ihr Großvater war lange vor ihrer Geburt gestorben. Ihr

Leben war so anders verlaufen als meines, die ich mit beiden Elternteilen und einem Bruder aufgewachsen war. Wir waren eine der wenigen Familien gewesen, die noch vollständig gewesen waren, bis meine Mutter vor ein paar Jahren an Krebs gestorben war. Leutie war für mich da gewesen, und das, obwohl sie selbst gar nicht wissen konnte, wie es war, einen Elternteil zu verlieren. Ich schüttelte den Kopf, um die Gedanken zu vertreiben.

»Na ja, jetzt muss sie sich zumindest darüber keine Sorgen mehr machen«, antwortete ich mit sanftem Lächeln.

»Sie sorgt sich auch um dich«, berichtete Leutie mir. »Und das ist deutlich berechtigter, wenn du mich fragst.«

»Das gehört wohl dazu, schätze ich«, sagte ich schulterzuckend. Aus irgendeinem Grund hatte ich keine Angst davor, auf Raubzüge zu gehen. Ich fand die Vorstellung sogar aufregend, und das trieb mich an, so hart dafür zu trainieren.

»Ich werde dich niemals verstehen, Grace«, sagte Leutie mit gutmütigem Kopfschütteln.

»Geht mir mit dir ähnlich, Leutie«, lachte ich.

Plötzlich bewegte sich in unserer Nähe etwas. Wir wandten die Köpfe und sahen, wie Jonah auf uns zukam, das Gesicht wie immer grimmig und missmutig. Leutie verkrampfte sich sichtlich, als er näher kam. Sie hatte Angst vor ihm, obwohl sie das niemals zugegeben hätte.

»Grace«, sagte er und blieb vor uns stehen. Leutie ignorierte er vollkommen.

»Ja?«

»Celt will mit dir reden«, verkündete er kurz angebunden. Wir pflegten unseren Vater beide beim Vornamen zu nennen, obwohl ich gar nicht so genau wusste, warum. Wir hatten es immer schon so gehandhabt.

»Sofort«, fügte Jonah in scharfem Ton hinzu. Dann wandte er sich brüsk ab und ging davon. Ich blinzelte überrascht und sah Leutie an, die verwirrt mit den Schultern zuckte.

»Bis später«, murmelte ich und stieß mich vom Boden ab.

»Ja, bis später.«

Ich eilte Jonah hinterher, folgte ihm zu Celts Büro. Auch als ich ihn eingeholt hatte, sagte er keinen Ton. Dann standen wir vor der Tür und klopften an.

»Herein«, rief eine Stimme von drinnen.

Die Tür quietschte, als wir sie öffneten. Mein Vater saß an seinem Schreibtisch. Normalerweise lagen immer jede Menge Papiere darauf verstreut, aber heute war er leer. Celt wirkte ernst, und offensichtlich wartete er bereits auf uns.

»Setzt euch bitte.« Er deutete auf die Stühle auf der gegenüberliegenden Seite seines Schreibtisches. Ich wurde unsicher. So oft schon war ich in dieser Position gewesen, normalerweise weil er mich wegen irgendeiner waghalsigen Aktion zurechtwies. Celt war streng, aber auch freundlich und gerecht. Er wollte, dass eine starke und unabhängige Frau aus mir wurde, mich aber gleichzeitig vor Schaden bewahren.

Ich setzte mich hin und wartete schweigend ab. Jonah blieb stehen, lehnte sich neben mir an die Wand, schwebte über mir wie eine schwarze Wolke.

»Wie lief dein Training heute?«, begann Celt. Seine grünen Augen, die meinen so ähnlich waren, beobachteten mich aufmerksam.

»Gut«, antwortete ich kurz angebunden. Er wartete gespannt, also räusperte ich mich. »Ich habe gewonnen«, fügte ich hinzu.

Celt lächelte sanft. »Wie man hört, tust du das in letzter Zeit häufiger.«

»Ja.« Mein Herz pochte nervös.

»Wie geht es mit deinem Waffentraining voran?«

»Läuft ebenfalls gut«, antwortete ich. Mein Blick huschte kurz zu Jonah hinüber, dann sah ich meinem Vater wieder in die Augen.

»Womit trainiert du?«

»Hauptsächlich mit Pistolen und Messern«, antwortete ich. Ich hatte das Gefühl, eine Art Vorstellungsgespräch hinter mich zu bringen. »Bewegliche Ziele treffe ich jetzt ziemlich genau.«

»Das ist schön zu hören«, lächelte Celt. »Jonah sagt, dass du die Beste deines Jahrgangs bist, sowohl der Mädchen als auch der Jungen.«

Vor Überraschung blieb mir der Mund offen stehen, und wieder sah ich zu Jonah hinüber. Der nickte, wirkte aber nicht allzu glücklich darüber. Ich war erfreut, aber auch hocherstaunt, dass er sich so positiv über mich geäußert hatte.

»Also Grace«, sagte Celt zu mir. »Du weißt, dass ich immer betont habe, wie wichtig es ist, nicht nur sich selbst verteidigen zu können, sondern auch das Camp.«

»Ja«, antwortete ich gedehnt.

»Und – obwohl das hoffentlich nicht nötig sein wird – dass ich von dir die Kraft erwarte, im Zweifel alles Notwendige zu tun, um zu überleben. Selbst wenn das bedeutet, jemand anders zu töten.«

Ich nickte und zwang mich, nicht nervös auf meinem Stuhl hin und her zu zappeln.

»Meinst du, dass du das schaffst?« Er beobachtete eindringlich jede meiner Reaktionen.

»Ja«, antwortete ich wahrheitsgemäß. Ich hatte mein ganzes Leben darauf hingearbeitet, endlich die Gelegenheit zu bekommen, auf Raubzüge zu gehen, und ich wusste, dass der Tod bei derlei Aktionen durchaus im Bereich des Möglichen lag.

Celt schien nach meiner Antwort hin- und hergerissen zu sein. Ich bemerkte die Flamme des Stolzes in seinen Augen, aber auch der traurige Ausdruck darin entging mir nicht. Ich wartete darauf, dass er weitersprach.

»Nun ja, Grace«, verkündete er also langsam. »Sowenig es mir gefällt, ich glaube, mein kleines Mädchen ist jetzt erwachsen genug dafür. Du hast dich als mehr als fähig erwiesen, und ich weiß, dass es das ist, was du willst ...«

Er verstummte, und erneut war seine Miene voller gemischter Gefühle. Mein Herz pochte heftig, während ich mit angehaltenem Atem darauf wartete, dass er weitersprach, ohne das Hochgefühl, das in mir emporstieg, unterdrücken zu können. Jetzt würde ich hören, wofür ich so hart gearbeitet hatte, was ich mir mehr wünschte als alles andere. Als Celt wieder das Wort ergriff, war seine Stimme erfüllt von der grimmigen Entschlossenheit eines widerstrebenden Vaters, der seine eifrige Tochter in die Schlacht schickt.

»Grace, du gehst auf deinen ersten Raubzug. Von da an gibt es kein Zurück mehr.«

»Ein Debüt voller Nostalgie und Herz. So wie wir uns an unvergessliche Sommer erinnern, bleibt auch diese Liebesgeschichte weit über die Lektüre hinaus im Herzen.« USA Today

Nostalgie und Romantik pur: Der unwiderstehliche New-York-Times-Bestseller

Unendlich viele Erinnerungen verbindet Percy mit Barry's Bay, dem idyllischen Ort in Kanada, an dem sie die Sommer ihrer Jugend verbracht hat. Fünf unvergessliche Sommer, in denen sie und der Nachbarsjunge Sam unzertrennlich waren: Eisessen am Steg, Wettschwimmen und Sternezählen am See. Doch die Sache mit den Erinnerungen ist – sie gehören der Vergangenheit an. Aber als Percy erfährt, dass Sams Mutter gestorben ist, kann sie nicht anders, als sofort nach Barry's Bay zu fahren. Und als sie Sam nach all der Zeit wiederbegegnet, ist plötzlich alles wieder da: das ganze Glück und der ganze Schmerz – über den einen Moment, der eine gemeinsame Zukunft unmöglich machte …

Eine Eistänzerin auf dem Weg an die Spitze.
Ein Snowboarder am Abgrund.
Die große New-Adult-Winterreihe!

Als Paisley mit nichts als ihren Schlittschuhen im Gepäck im verschneiten Aspen ankommt, raubt ihr die bezaubernde Winterwunderlandschaft den Atem. Ab jetzt zählt für sie nur noch die Zukunft: Die begabte Eiskunstläuferin nimmt einen Trainingsplatz an der renommiertesten Schule Aspens an und träumt von Olympia. Auf ihrem Weg an die Spitze darf sie sich auf keinen Fall ablenken lassen – schon gar nicht von dem selbstverliebten Snowboarder Knox. Von allen gefeiert und unverschämt attraktiv, steht er im Mittelpunkt jeder Party. Paisley versucht, die Anziehungskraft zwischen ihnen zu ignorieren, denn er ist nicht gut für sie – bis sie unerwartet eine andere Seite an ihm kennenlernt …

**Für jede Mitbewohnerin
das perfekte Match – willkommen in
der heißesten WG Londons!**

Als Journalismus-Studentin Liv dem einzigen männlichen Mitbewohner ihrer neuen Londoner WG begegnet, setzt ihr Herz einen Schlag aus: Noah ist kein Fremder, sondern ihr ehemaliger bester Freund. Der sie im Stich ließ, als sie ihn am dringendsten brauchte. Und den sie kaum wiedererkennt. Als Liv die Chance bekommt, sich für all den Schmerz an Noah zu rächen, zögert sie nicht: Sie schreibt einen Artikel für die Collegezeitung, wie man einen Herzensbrecher bekehrt – und Noah ist ihr Testobjekt …